LIVRO DAS MIL E UMA NOITES

LIVRO DAS MIL E UMA NOITES

volume III – ramo egípcio

traduzido do árabe por Mamede Mustafa Jarouche

EDITORA GLOBO

TÍTULO ORIGINAL
Kitāb alf layla wa layla

REVISÃO
Beatriz de Freitas Moreira
Maria Sylvia Corrêa

CAPA E PROJETO GRÁFICO
Raul Loureiro
Claudia Warrak

1ª edição, 2007

Dados Internacionais de Catalogação na Publicação [CIP]
Câmara Brasileira do Livro, SP, Brasil

Livro das mil e uma noites, volume III: ramo egípcio / Anônimo; traduzido do árabe por Mamede Mustafa Jarouche. – São Paulo: Globo, 2007

ISBN 85-250-3967-5 [obra completa]
ISBN 978-85-250-3970-5 [v. III]

1. Contos árabes 2. Fábulas orientais 3. Fábulas orientais – História e crítica.

07-8887 CDD-892.73008

Índices para catálogo sistemático:
1. Fábulas: Literatura oriental: Coletâneas 892.73008

Direitos de edição em língua portuguesa adquiridos por Editora Globo S.A.
Avenida Jaguaré, 1485 05346-902 – São Paulo – SP
www.globolivros.com.br

Sem que se possa propriamente chamá-las de inúmeras, as configurações do *Livro das mil e uma noites* em terras egípcias são bastante plurais, fato do qual se procurou dar conta neste terceiro volume da série. Um de seus propósitos é a caça de tradições – seriam esses precisamente os termos? – manuscritas anteriores à ordenação final e fatal, no Cairo, de um vago escriba anônimo do século XVIII. Trata-se de ensaios esporádicos, fadados ao esquecimento não fosse a frígida resistência de documentos que os constituem como ruína de um caos deslocado para outro lugar pela ânsia da ordenação, e talvez por outras ansiedades mais, superpostas às de todos os personagens do livro. Embora acidental e devida à variedade das fontes, a metáfora mais que adequada desse caos insubordinante, diga-se assim, é o caráter errático da numeração das noites deste volume – um bloco de histórias vai da 198ª à 275ª noite, outro, da 176ª à 210ª noite, e o terceiro, da 885ª à 929ª noite, sem contar os anexos, da 471ª à 486ª e da 563ª à 566ª. Tudo dependeu da fonte escolhida. Insista-se, aliás, que é a sucessão quase sempre idêntica da noite e da aurora – o seu inexorável devir, a sua mecânica repetição de falas pragmaticamente ansiosas (plenas de lições e similitudes) e gozos febris – que instaura a incorporação de qualquer história ao repertório de Šahrazād, não passando os números propriamente ditos de mera formalidade.

As histórias aqui traduzidas obedecem a múltiplas determinações, que se desdobram e não raro se entrecruzam: seus personagens viajam, na demanda de alguma paixão, seja ela amor, cobiça ou fé, mostrando-se, em lutas contra o demônio, quase sempre valentes; também praticam e sofrem intrigas, mentiras, calúnias, tentando provocar a morte e dela fugindo; têm sede de saber e ouvir, arremedo de lubricidade muitas vezes irrealizada, esmagados pela dor de atrozes insônias que alegorizam os medos do poder e deformam os jogos da dominação; enfim, seus personagens desejam, o tempo todo, a tudo e a todos. Antegozo de escribas, leitores e ouvintes, a narrativa de Šahrazād duplica, às vezes em tom de falsete, a situação por ela vivida, antecipando ou premeditando o desfecho de sua própria exterioridade, afugentando fantasmas com movimentos e empuxos contínuos para dentro e para fora do quadro de sua narradora principal.

Em mais de uma história, alguns aparentes defeitos de transmissão podem ser lidos como coisa diversa: abuso de elipse que evidencia saturação de tópicas, busca de renovados espantos, amor do insólito elevado ao paroxismo, apropriação e adulteração de relatos de viagem, islamização descuidada de fábulas originariamente árabe-cristãs, e mais uma pletora de possibilidades das quais seria imp(r)udente pretender dar conta.

Ressalte-se, enfim, que o leitor interessado na minúcia dos procedimentos adotados para a execução deste volume encontrará os devidos esclarecimentos no posfácio que o acompanha.

Mamede Mustafa Jarouche
São Paulo, 20 de abril de 2007

LIVRO DAS MIL E UMA NOITES

E quando foi a 198ª noite

Disse Šahrazād:

Eu tive notícia, ó rei venturoso, de que existiu um rei estrangeiro, chamado Muḥammad Bin Sābik,[2] o qual governava a terra de Ḫurāsān; todo ano ele fazia algaras contra as terras dos infiéis, a Índia, o Sind[3] e a China, as terras para além do rio e, mais adiante, todas as terras estrangeiras e outras também. Era um rei justo, corajoso, nobre e liberal, que apreciava tertúlias, narrativas, poesias, crônicas, histórias, serões e relatos sobre os antigos. Quem quer que conhecesse uma história de cor ia lhe contar, e por ela ganhava presentes; dizia-se que, se acaso um forasteiro chegasse com uma boa história e a contasse diante dele, causando a sua admiração e espanto, o rei oferecia-lhe uma valiosa vestimenta, entregava-lhe mil dinares e o fazia montar em uma égua ajaezada de cima a baixo;[4] o premiado, destarte, embolsava tudo e prosseguia o seu caminho.[5] As notícias a respeito desse sultão se espalharam por todos os países, sendo então ouvidas por um homem chamado Ḫawāja[6] Ḥasan, que era inteligente, eloqüente, nobre, liberal, sábio, poeta e virtuoso; foi isso que ele ouviu: que o sultão Muḥammad Bin Sābik dava, a qualquer um que lhe expusesse uma boa narrativa ou história, mil dinares de ouro, uma égua totalmente ajaezada a ouro e uma vestimenta valiosa com certa quantia em dinheiro. Esse rei tinha um vizir invejoso, ingrato, que não gostava de ninguém, nem de ricos, nem de pobres; sempre que alguém ia até o sultão e dele recebia algo, o vizir ficava com inveja e dizia ao rei: "São atitudes assim que esgotam o dinheiro e arruínam o lar". Nisso e em mais nada consistiam os seus esforços. Ao ouvir tais palavras de seu vizir, o rei, tendo recebido notícias a respeito daquele Ḫawāja, mandou chamá-lo e lhe disse: "Ó Ḫawāja Ḥasan, o vizir diverge de mim e me hostiliza devido ao dinheiro que dou aos poetas por causa das histórias;[7] quero que você me conte uma boa narrativa, uma história espantosa e insólita, um conto que eu jamais tenha ouvido em toda a minha vida. Se acaso me agradar, eu lhe darei muitas cidades com castelos e vilas, para além das propriedades que você já tem, e colocarei meu reino inteiro em suas mãos, tornando-o meu principal vizir, aquele que se sentará à minha direita, governando depois de mim, em minha ausência; isso se você me trouxer o que eu lhe disse; porém, se não trouxer, tomarei

1 Além do texto-base (o "Arabe 3612"), utilizaram-se o "3612b", o "Bodl. Or. 550" e as edições de Būlāq, Calcutá 2.ed. e Breslau, esta última com parcimônia: nas notas à tradução, a remissão a "todas as versões" não a inclui, salvo referência explícita. Veja o posfácio a este volume.

2 Būlāq e Calcutá 2.ed. trazem *Muḥammad Bin Sabā'ik*; o "Bodl. Or. 550", *Muḥammad Bin Sābil.* No próprio texto-base ocorre a variação *Muḥammad Bin Šābik*.

3 O *Sind* designa uma região correspondente, *grosso modo*, ao atual Paquistão. E a província de Ḫurāsān, "sol do oriente", amiúde citada nesta obra, situa-se na região oriental do Irã.

4 Para "ajaezada de cima a baixo" seguiu-se o manuscrito "Bodl. Or. 550", pois o texto-base dá, e Būlāq e Calcutá 2.ed. o confirmam, que "o rei a provia de cima a baixo"; o "3612b" omite esse passo.

5 Būlāq e Calcutá 2.ed. acrescentam: "Deu-se então que foi até o rei um homem importante com uma história insólita e a contou a ele, que a considerou bela e gostou de seu discurso, mandando que lhe dessem um prêmio valioso, o qual continha, entre outras coisas, mil dinares de Ḫurāsān e uma égua com equipagem

tudo quanto você possui e mandarei surrá-lo e expulsá-lo do meu reino". O homem respondeu: "Ouço e obedeço ao meu amo o sultão; conceda, porém, um ano de prazo a este seu criado, e então lhe trarei uma narrativa que em toda a sua vida nem o senhor nem qualquer outro jamais terão ouvido igual nem mais bela". O sultão respondeu: "Vá e permaneça em sua casa; não cavalgue nem saia de seu lugar pelo período de um ano, ao cabo do qual você comparecerá com o que eu lhe disse; se trouxer, gozará benefícios especiais e regozijar-se-á recebendo o que prometemos; caso contrário, não respondo pelo que acontecerá". O Ḫawāja Ḥasan beijou o chão diante do sultão e saiu de sua presença, dirigindo-se para casa, onde escolheu, entre seus secretários,[8] cinco que sabiam ler, escrever e eram educados, virtuosos e ajuizados – seus auxiliares mais próximos. Deu a cada um deles cinco mil dinares e lhes disse: "Eu não os criei senão para uma ocasião como esta; ajudem-me e salvem-me das mãos desse sultão". Perguntaram: "E o que quer que façamos? Sejam nossas vidas o seu resgate!". Ele respondeu: "Viajem cada um para uma região e investiguem junto aos sábios, letrados, conhecedores de histórias, narrativas e crônicas;[9] vejam para mim a história de Sayf Almulūk;[10] se acaso a encontrarem com alguém, paguem-lhe quanto ouro pedir e o agradem; mesmo que lhes peça mil dinares, tragam-no até mim! Aquele dentre vocês que topar com ele receberá uma vestimenta valiosa e honrosos benefícios, e será para mim o mais caro". Em seguida, o Ḫawāja Ḥasan disse a um deles...

E a aurora alcançou Šahrazād, que parou de falar.

E quando foi a

199ª

noite

Disse Šahrazād:

Eu tive notícia, ó rei venturoso, de que o Ḫawāja Ḥasan disse a um deles: "Vá você para a terra da Índia e do Sind e suas províncias e distritos"; a outro: "Vá para a terra de Alḫaẓā, Alḫatan[11] e China, com suas províncias e distritos"; a outro, que era o terceiro: "Você vá para a terra de Ḫurāsān e Tabrīz da Pérsia e suas províncias e distritos"; disse ao quarto: "Você vá para as terras do Iraque e dos Árabes,[12] suas províncias e distritos"; e disse ao quinto: "E você vá para a Síria, o Egito, suas províncias e distritos". O Ḫawāja Ḥasan escolheu um dia de bons augúrios para a viagem e então lhes disse: "Vão, partam e se esforcem para conseguir aquilo de que necessito;

completa". Conforme se verá, esse acréscimo de intenções esclarecedoras é perfeitamente inútil para a compreensão e o andamento da narrativa.

6 *Ḫawāja*, termo utilizado para designar estrangeiros, apresenta uma acepção semelhante à de "gringo" em português. A palavra provém do persa, podendo significar, nessa língua, "senhor", "dono da casa", "mercador abastado", "governante", "mestre" e "eunuco". Būlāq e Calcutá 2.ed. utilizam *tājir*, "mercador", o que não é de estranhar, pois era comum a existência de estrangeiros mercadores. A partir de certo ponto, os manuscritos passam a se referir a ele como *wazīr*, "ministro", como que antecipando o desfecho, mas a tradução preferiu evitar tal denominação.

7 Būlāq, Calcutá 2.ed. e "3612b" dizem: "por causa do dinheiro que dou aos poetas, convivas e contadores de histórias" (*alḥakwātiyya* no "3612b", e *arbāb alḥikāyāt*, "donos das histórias", nas impressas, que acrescentam: "recitadores de poesia").

8 O texto-base utiliza, neste passo, a palavra *mamlūk*, "mameluco", "escravo",

não esmoreçam, ainda que para isso tenham de dar suas vidas; agradem com dinheiro a quem o merecer".

Disse o narrador: então ele se despediu deles e voltou. Os auxiliares viajaram cada qual para a localidade a si destinada, mas quatro deles, após uma ausência de oito meses procurando, voltaram sem nada ter encontrado. O peito do Ḫawāja Ḥasan se apertou, e a sua aflição era tamanha que ele desmaiou. O quinto auxiliar viajou até entrar na Síria, atravessando a cidade de Jilliq, que é a própria Damasco,[13] aprazível com seus jardins, e ali ele morou, considerando-a um deleite com suas árvores, rios, flores, tâmaras e muitas frutas, romãs, aves que reverenciavam o Deus único, o vencedor, que criou a noite e o dia. Permaneceu ali por dez dias indagando por aquilo que procurava, mas, como ninguém atendesse o seu pedido, preparou-se para partir, quando então topou com um rapaz que corria e tropeçava nas próprias pernas; o auxiliar lhe perguntou: "Por que você está correndo desesperado? Aonde vai?". O rapaz respondeu: "Vive aqui um xeique sábio e virtuoso que todo dia a esta hora se senta em uma cadeira e conta histórias e contos agradáveis que nunca ninguém ouviu iguais. Deixe-me continuar correndo para eu encontrar um ponto próximo a ele, pois há tanta gente que vou acabar não achando lugar". O auxiliar do Ḫawāja Ḥasan pediu: "Leve-me com você para que eu ouça as histórias dele", e o rapaz respondeu: "Venha atrás de mim!"; o auxiliar fechou a porta e seguiu o rapaz até chegar à mesquita na qual o xeique contava as suas histórias. Quando conseguiu entrar, viu um xeique de rosto radiante falando, sentado em uma cadeira, e as pessoas acorrendo até ele. O auxiliar se acomodou nas proximidades e ouviu a sua história. O sol se aproximava do ocaso quando o xeique terminou a narrativa, e os circunstantes, tendo ouvido o que ele contara, saíram de seu redor.

Disse o narrador: então o auxiliar se aproximou dele, cumprimentou-o, e o xeique lhe retribuiu o cumprimento, dirigindo-lhe calorosa saudação. O auxiliar lhe disse: "Por Deus, meu senhor, que você é um homem agradável e respeitável, e sua história também é agradável. Gostaria de lhe perguntar uma coisa". O xeique respondeu: "Diga e pergunte o que desejar". O auxiliar perguntou: "Por acaso você tem, meu senhor, a história de Sayf Almulūk e Badīʿat Aljamāl?". O xeique lhe disse: "De quem você ouviu isso? De onde você obteve conhecimen-

"serviçal", "criado" etc. Porém, aqui, o sentido é mais próximo de "secretário", "auxiliar".

9 "Conhecedores de histórias, narrativas e crônicas" traduz *aṣḥāb alasmār wa alḥikāyāt wa alaḫbār*. Būlāq e Calcutá 2.ed. trazem: "conhecedores de histórias espantosas e crônicas insólitas", *aṣḥāb alḥikāyāt alʿajība wa alaḫbār alġarība*, título de pelo menos uma coletânea de histórias do século XIII d.C. que foi em parte incorporada ao *Livro das mil e uma noites*. Registre-se que o texto varia bastante o uso dos termos em árabe: *qiṣṣa*, *ḥikāya*, *ḥadīṯ*, *sīra*, *ḫabar*, *samar* etc., sem que se possa atinar, de modo claro, com alguma diferença conceitual entre eles.

10 *Sayf Almulūk* significa "espada dos reis". Conforme se verá adiante, a história é dele e de *Badīʿat Aljamāl*, que significa "maravilha de beleza". No manuscrito, a grafia do primeiro nome da personagem varia entre *Badīʿ* e *Badīʿat*, "maravilhoso" e "maravilhosa", e sua tradução literal seria "maravilhoso/a de beleza". Preferiu-se a forma feminina, embora a masculina, no caso desse nome, não fosse absurda.

11 *Alḥaẓā* e *Alḫatan* constituem possíveis erros de cópia; em Būlāq e Calcutá 2.ed., tais palavras foram suprimidas, e nos outros dois manuscritos aparecem grafias diferentes: *Alḥaṭā* e *Aljilliq* ("3612b"),

to dessa história? Quem lhe informou a respeito?". O auxiliar respondeu: "Eu nunca ouvi essa história; porém, sou de um país distante e só vim para cá por causa dela. Peça o quanto pedir e eu lhe pagarei se você a tiver; serei generoso e por essa história distribuirei esmolas em sua honra; por ela você pode tomar minha vida". O xeique lhe disse: "Fique tranqüilo, pois essa história virá. Trata-se, porém, de uma narrativa que ninguém faz na rua, nem para qualquer um". O auxiliar do Ḫawāja Ḥasan disse: "Por Deus, meu senhor, não seja avaro comigo! Cobre o que desejar!". O xeique lhe disse: "Se você quiser esta história, dê-me cem dinares para que eu lhe dê a narrativa completa, com cinco condições". Ao ouvir que o xeique tinha a história, o auxiliar ficou muitíssimo contente e lhe disse: "Dou-lhe cem dinares mais dez! Diga-me quais são as cinco condições que você mencionou".

E a aurora alcançou Šahrazād, que parou de narrar.

E quando foi a

200ª

noite

Disse Šahrazād:

Eu tive notícia, ó rei venturoso, de que o xeique disse ao auxiliar: "Vá buscar o ouro e volte para pegar o que você precisa". O auxiliar beijou a mão do xeique, foi para casa feliz e contente, recolheu os cento e dez dinares, colocou-os em um saco que estava consigo e, assim que Deus iluminou o dia com sua luz, fazendo-o amanhecer e brilhar, o auxiliar se vestiu, pegou os dinares e foi até o xeique, a quem viu sentado à porta de sua casa. Cumprimentou-o e lhe entregou os cento e dez dinares; o xeique recolheu o dinheiro, entrou na casa, instalou o auxiliar no local, estendeu-lhe tinteiro, cálamo e papel, além de um livro, e lhe disse: "Copie deste livro, pois ele contém a história que você procura". O auxiliar do Ḫawāja Ḥasan sentou-se na casa do xeique e pôs-se a copiar a história até terminar de escrevê-la, lendo-a em seguida para o xeique e corrigindo-a; depois, disse-lhe: "Ó xeique, meu senhor, diga-me agora quais são as condições de que falou". O xeique respondeu: "Meu filho, a primeira é que você não leia esta história em público nem diante de mulheres, concubinas e escravos; nem diante de néscios e ignorantes; nem diante de garotos; você deve lê-la, isto sim, diante de reis, de sultões, de cortesãos e de sábios.[14] O auxiliar beijou a mão do xeique, despediu-se, saiu dali e viajou no mesmo dia, feliz e contente, conduzindo-se com extrema

Alḥaẓā e *Aljanaq* ("Bodl. Or. 550"), que também parecem equivocadas.

12 "Árabes" é o que se lê no "3612b"; no texto-base e no "Bodl. Or. 550", consta *alġarb*, "o Ocidente", em vez de *alᶜarab*, "os árabes", cujas grafias são muito semelhantes (a diferença é de apenas um pingo). Būlāq e Calcutá 2.ed. substituem a referência por "terras do Magrebe, seus países, distritos, províncias e todas as suas extremidades".

13 Embora inusual, a descrição está correta, conforme se pode constatar no *Muᶜjam Albuldān*, "Dicionário dos países", de Yāqūt de Ḥamā: "Jilliq é o nome da circunferência dos campos (*ġūṭa*) de Damasco, e se disse que é a própria cidade de Damasco". Referência eliminada em Būlāq e Calcutá 2.ed.

14 Como talvez já tenha ficado claro, as quatro primeiras condições são negativas, introduzidas pelas palavras "não/nem" (*lā/wa lā*), e apenas a última condição é positiva. Nesse ponto, o "Bodl. Or. 550" é bastante abreviado e omisso, e o "3612b", Būlāq e Calcutá 2.ed. acrescentam outros elementos para os quais as histórias devem ser contadas,

velocidade em virtude da enorme felicidade por ter encontrado a história. Chegou à sua terra, entrou em casa e enviou um de seus serviçais para transmitir a boa-nova ao Ḫawāja Ḥasan, inteirando-o de que chegara são e salvo e atingira seu propósito e meta. Quando o auxiliar chegou à cidade, faltavam cinco dias para terminar o prazo que seu mestre lhe dera, e restavam dez dias para se esgotar o prazo que o rei dera ao seu mestre. Por isso, assim que ele chegou e informou tudo ao Ḫawāja Ḥasan, este ficou muito contente, e o auxiliar, após ter descansado em seu quarto, foi até o mestre e lhe entregou o livro que continha a história de Sayf Almulūk e Badīᶜat Aljamāl. Ao ver o livro, o Ḫawāja Ḥasan o presenteou com todas as suas roupas, deu-lhe dez camelos, dez corcéis e dez asnos, e fez dele o seu auxiliar-mor. Depois, o Ḫawāja Ḥasan pegou a história e a escreveu, interpretando-a, com a sua letra; a seguir, dirigiu-se munido dela até o rei, a quem disse: "Saiba, ó rei venturoso, que eu lhe trouxe uma história agradável e rara que nunca ninguém escutou". Ao ouvir as palavras do Ḫawāja Ḥasan, o rei determinou que imediatamente se apresentassem ali todos os comandantes, sábios, nobres, poetas e letrados. O Ḫawāja Ḥasan se acomodou e leu a história diante do rei, e todos os presentes também a ouviram e lhe atiraram ouro, prata e pedras preciosas. Em seguida, o sultão ordenou que se desse ao seu vizir, o Ḫawāja Ḥasan, uma valiosa vestimenta – das mais opulentas que possuía – e uma grande cidade com todos os seus castelos e aldeias; fez dele o seu grão-vizir, dando-lhe assento à sua direita, e ordenou que a história fosse copiada com ouro e enfeitada com prata.

E a aurora alcançou Šahrazād, que parou de falar.

E quando foi a

201ª

noite

Disse Šahrazād:

Eu tive notícia, ó rei venturoso, de que o rei ordenou que a história fosse escrita com ouro e enfeitada com prata, e que a guardassem em sua biblioteca pessoal, lendo-a sempre que sentia o peito opresso.[15]

SAYF ALMULŪK E BADĪᶜAT ALJAMĀL

Retomemos agora a seqüência dessa história.[16]

Disse o narrador: conta-se que havia na capital do Egito um rei chamado ᶜĀṣim Bin Ṣafwān, que era justo, generoso, bom, acatado e reverenciado. Tinha muitos países, fortifica-

tais como "comandantes", "vizires" e "hermeneutas".

15 A passagem para a história de Sayf Almulūk e Badīᶜat Aljamāl é feita de modo abrupto em todas as versões. Nos manuscritos "3612b" e "Bodl. Or. 550", "sempre que o rei sentia o peito opresso, liam-na para ele"; em Būlāq e Calcutá 2.ed., "sempre que sentia o peito opresso, o rei chamava o mercador Ḥasan, que a lia para ele". Note-se que não se voltará a fazer menção ao rei Muḥammad Bin Sābik em nenhuma versão, permanecendo assim em suspenso todas as possibilidades que a narrativa levanta ao descrever a sua corte, o seu vizir invejoso e mau etc. Na edição de Breslau, como já se informou, é nesse ponto que a narrativa começa, sem a moldura constituída pela história do rei Muḥammad Bin Sābik.

16 Em lugar de "seqüência" (*siyāqa*, que hoje, na forma masculina, se usa para "contexto"), Būlāq e Calcutá 2.ed. trazem "conteúdo" (*maḍmūn*): "E o conteúdo dessa história é que havia em um passado distante, em um tempo muito remoto...". Aliás, todas as outras versões colocam os eventos desta narrativa em um passado bem remoto.

ções, castelos, tropas e soldados, bem como um vizir chamado Fāris Bin Ṣāliḥ. Todos eles adoravam o Sol, e não a Deus altíssimo e poderoso. Esse rei se tornara um ancião enfraquecido pela idade avançada e debilitado pela doença; já vivera cento e oitenta anos e não tinha filho nem filha, consumindo as noites e os dias em preocupações e pensamentos a respeito disso. Conta-se que certo dia, estando instalado em seu trono – com outros reis, vizires, cortesãos e notáveis do reino prestando-lhe reverência, conforme era o hábito deles, e os presentes e ingressantes se faziam acompanhar por um, dois ou três filhos, os quais se postavam ao lado de seus pais, prestando reverência ao rei de acordo com a sua posição –, o rei ᶜĀṣim lançou um olhar de inveja aos circunstantes e disse de si para si: "Todo mundo está contente e feliz com seus filhos, mas eu, que não tenho filhos, amanhã morrerei deixando meus serviçais, trono, corcéis, criados e tesouros para serem tomados por estranhos, e ninguém se lembrará de mim nem terei memória neste mundo". Em seguida, engolfando-se nessa idéia enquanto os presentes passavam por ele acompanhados de seus filhos, o rei ᶜĀṣim chorou, saiu do trono e se sentou no chão, sobre a terra, chorando e gemendo. Vendo esse comportamento do rei, o vizir e os demais circunstantes temeram por suas próprias vidas, e logo os oficiais da guarda e os maiorais do reino começaram a gritar para as pessoas: "Vão para suas casas e descansem até o rei se recuperar do que lhe sucedeu". Assim, não permaneceu junto ao rei senão o seu vizir Fāris Bin Ṣāliḥ. Quando o rei se recuperou, o vizir beijou o solo diante dele e perguntou: "Ó rei de todos os tempos, por que esse choro e esses lamentos? Conte-me quem, dentre os reis da terra, dos donos de fortalezas e castelos ou dos notáveis do reino, se tornou seu inimigo! Alguém lhe desobedeceu as ordens, ó rei? Ficaremos todos contra ele e lhe arrancaremos o espírito do corpo!". Mas, como o rei não respondeu nem ergueu a cabeça, o vizir tornou a beijar o chão diante dele e lhe disse: "Meu senhor, sou como seu pai e escravo. Criei-o e carreguei-o em meus ombros, e, se eu não puder saber suas angústias, preocupações, tristezas e o que está passando, então quem saberá? Quem desfruta do mesmo prestígio diante de você? Conte-me a que se devem este choro e esta tristeza". Mas o rei não se pronunciou nem abriu a boca nem ergueu a cabeça, prorrompendo, ao contrário, em choro e altos gritos, ao que o vizir, pacientemente, lhe disse:

"Ó rei, se não me disser o que o aflige, vou me matar! Se não me contar o que lhe ocorreu, vou enfiar esta espada em meu coração e me matar!".

E a aurora alcançou Šahrazād, que parou de falar.

E quando foi a

202ª

noite

Disse Šahrazād:

Eu tive notícia, ó rei venturoso, de que o rei ᶜĀṣim ergueu a cabeça, enxugou as lágrimas e disse: "Ó vizir de bons conselhos, inteligente, honrado e ajuizado, deixe-me com minhas preocupações e angústias! Basta o que já me sucedeu!". O vizir lhe disse: "Ó rei, conte-me o motivo desse choro, e talvez a solução esteja em minhas mãos!". Disse-lhe o rei: "Ó vizir, eu não choro por dinheiro nem pelo reino nem por qualquer outra coisa dessas, mas sim porque eu me tornei um homem velho, com cerca de cento e oitenta anos, e ainda não fui agraciado com nenhum filho ou filha. Se eu morrer, meu nome será enterrado, meus traços desaparecerão, algum estranho conquistará meu trono e meu reino e ninguém nunca mais se lembrará de mim". O vizir Fāris lhe disse: "Meu senhor, eu sou cem anos mais velho que você e tampouco fui agraciado com filhos; passo minhas noites e meus dias em angústias e preocupações com isso! Como faremos?". O rei disse: "Ó vizir, para essa questão não existe estratégia ou saída". O vizir respondeu: "Sei lá! Porém, eu ouvi dizer que na terra de Sabá existe um rei chamado Salomão Bin Davi, que alega ser profeta e ter um rei poderoso nos céus, o qual lhe concedeu o governo de todos os seres humanos, aves, animais, ventos e gênios. Ele conhece a linguagem de todos os pássaros, as línguas de todas as criaturas, e, apesar disso, prega para todos os seres a religião do seu deus, e os estimula a adorá-lo. Vamos enviar-lhe, de sua parte, um mensageiro para pedir-lhe aquilo de que você precisa. Se a religião dele for verdadeira, e o seu deus for todo-poderoso, pediremos a ele que nos agracie com um filho para você e um filho ou filha para mim. Se isso der certo, adotaremos a sua religião e adoraremos o seu deus; do contrário, vamos ver direito e encontrar outro estratagema". O rei ᶜĀṣim lhe disse: "Está certo! Agora, o meu peito se desanuviou por causa desse discurso. No entanto, onde encontrar um mensageiro para essa missão tão importante? Pois Salomão Bin Davi não é um reizinho qualquer, e ir até ele constitui um pesado encargo. Não quero que se dirija a ele em tal missão outro que não você, ó vizir, que é grande e conhece todos os assuntos. Quero que você se dê esse trabalho, esforçando-se como se fosse eu mesmo, e viaje até ele, pois para enfrentar tais assuntos ninguém é como você.[17] Quiçá minha libertação se dê pelas suas mãos". O vizir respondeu: "Ouço e obedeço, mas agora se levante imediatamente e acomode-se no trono para que entrem os comandantes, os notáveis do reino, a gente toda e os soldados a fim de lhe prestar reverência, segundo o hábito, pois todos saíram daqui com os pensamentos abalados por sua causa. Em seguida, sairei e viajarei em busca do pedido do rei". O rei imediatamente se levantou e se instalou no trono; o vizir saiu e disse ao secretário-mor: "Diga às pessoas que voltem ao serviço conforme o hábito", e os soldados, militares e notáveis do reino entraram depois que as refeições foram servidas; comeram, beberam e se retiraram, conforme o hábito.

Então o vizir Fāris saiu do palácio do rei ᶜĀṣim e foi para casa ajeitar as coisas para a viagem; em seguida, regressou até o rei, que lhe abriu os depósitos e preparou jóias, presentes e corcéis – em conformidade com o hábito dos reis –, tecidos opulentos e preciosidades sem igual, que não eram possuídas nem por príncipes nem por vizires. O rei lhe recomendou que tratasse Salomão Bin Davi com reverência, transmitisse-lhe suas saudações e não falasse muito em sua presença; e completou: "Em seguida, faça-lhe o seu pedido; se ele responder positivamente, você terá cumprido a missão; portanto, regresse até nós com rapidez, pois estou à sua espera". O vizir Fāris beijou a mão do rei, saiu de sua presença e se pôs a caminho.

E a aurora alcançou Šahrazād, que parou de falar.

E quando foi a

203ª

noite

Disse Šahrazād:

Eu tive notícia, ó rei venturoso, de que o vizir Fāris beijou a mão do rei, despediu-se, recolheu as jóias e se pôs a caminho noite e dia até chegar ao reino de Sabá. Quando faltavam quinze dias de marcha para que o vizir chegasse, Deus inspirou a Salomão Bin Davi, que a paz esteja com ele,[18] o seguinte: "O rei do Egito enviou até você o seu grão-vizir com presentes e jóias. Ele é assim e assado... Envie, você também, o seu vizir Āṣif Bin Barḫiyya para recepcioná-lo. Quando ele estiver diante de você, diga-lhe: 'O rei não o mandou senão para conseguir

17 Esse trecho é confuso nas duas versões que o contêm, o texto-base (*tusāfir lahu anta wa tuᶜānī hadihi alumūr*) e o "3612b" (*tusāfir lahu anta wa taᶜālà famā lihāḏihi alumūr illā anta*). Talvez a melhor interpretação seja: "viaje até ele, pois ambos enfrentamos igualmente o problema" (*tusāfir lahu wa nuᶜānī haḏihi alumūr anā wa anta*).

18 Būlāq e Calcutá 2.ed. trazem, meticulosa e sistematicamente, "que a paz esteja sobre ambos", isto é, Salomão e Davi.

isso e aquilo, e sua demanda é isso e aquilo...', e então lhes ofereça a fé e o islã". Nesse momento, Salomão Bin Davi, que a paz esteja com ele, ordenou a seu vizir Āṣif Bin Barḫiyya que escolhesse um grupo de sua corte, se munisse de fartas provisões e forragens boas e abundantes e fosse recepcionar o grão-vizir do Egito. Āṣif então saiu, preparou-se e foi ao encontro do grão-vizir do Egito, a quem recepcionou, saudou e acolheu muito bem, oferecendo a ele e a seu séqüito as provisões e forragens e dizendo-lhes: "Sejam muito bem-vindos os hóspedes e viajantes! Recebam a boa-nova da satisfação de suas demandas! Tranqüilizem as suas almas!". Então o vizir Fāris pensou: "Quem informou vocês sobre isso?",[19] e de pronto o vizir Āṣif Bin Barḫiyya respondeu: "Foi o nosso profeta Salomão, que a paz esteja com ele, que nos informou disso". O vizir Fāris perguntou: "E quem informou o seu senhor Salomão?". Āṣif respondeu: "Quem o informou foi o senhor dele, o senhor dos céus e da terra". O vizir Fāris disse: "Esse não é senão um deus poderosíssimo". Āṣif lhe perguntou: "E vocês, o que adoram? Quem é o seu deus?". Fāris respondeu: "Nós adoramos o Sol e diante dele nos prosternamos". Āṣif disse: "O Sol é um dentre outros corpos celestes criados, e jamais seria ele o senhor, pois o sol nasce e morre, e Deus tudo pode".[20] Então eles se puseram em marcha por algum tempo até que chegaram à cidade, e Salomão, que a paz esteja com ele, ordenou a todas as feras selvagens que aparecessem e formassem duas fileiras, uma para cada gênero. Em seguida convocou os bandos de gênios, todos visíveis, com formas diversas e terríveis; formaram eles também duas fileiras, enquanto as aves faziam sombra para todas as criaturas e cantavam em todas as línguas e melodias. Quando os egípcios chegaram, ficaram com medo e não ousaram caminhar até eles. Āṣif então lhes disse: "Atravessem e caminhem sem medo deles, pois são todos escravos de Salomão Bin Davi, que a paz esteja com ele, e nenhum lhes fará mal", e passou no meio deles, entre todas aquelas criaturas; os egípcios foram atrás dele, assustados, até que chegaram, entraram na cidade e foram instalados na Casa de Hospedagem, sendo extremamente bem tratados e dignificados; forneceram-lhes provisões e opulentos regalos de hospedagem durante três dias, passados os quais levaram-nos à presença de Salomão, que a paz esteja com ele.

E a aurora alcançou Šahrazād, que parou de falar.

19 Nas outras versões, o vizir Fāris antes pensa e somente depois enuncia a pergunta. Embora exista a possibilidade de "pulo" de cópia, uma vez que a frase é repetida, preferiu-se manter a versão do texto-base, na qual o vizir Āṣif responde à pergunta mentalmente elaborada por Fāris.

20 O texto-base apresenta uma redação curiosa, mas que pode ser fruto de "pulo" durante a cópia: "Fāris respondeu: 'Nós adoramos o Sol dentre todos os corpos celestes criados. Jamais seria outro o senhor, pois o sol nasce e morre, e a tudo vigia'". O que se traduziu, porém, concorda com o "3612b", Būlāq e Calcutá 2.ed. O "Bodl. Or. 550" contém uma redação demasiado resumida.

E quando foi a

204ª

noite

Disse Šahrazād:

Eu tive notícia, ó rei venturoso, de que o vizir Fāris foi conduzido com seus companheiros e seu grupo à presença do rei Salomão Bin Davi, que a paz esteja com ele. Mal entraram, fizeram menção de beijar o chão diante dele, mas Salomão os impediu de fazer aquilo e disse: "Só devemos nos prosternar diante de Deus altíssimo e poderoso, criador dos céus e da terra", emendando em seguida: "A terra pertence a Deus, e todos somos escravos de Deus altíssimo e poderoso. Aquele de vocês que desejar se sentar, que se sente, e aquele que desejar ficar em pé, que fique. Todavia, que ninguém se sente para me prestar reverência!". Então o vizir Fāris e alguns de seus companheiros se sentaram, enquanto outros menos importantes se colocaram em posição de reverência. Mal haviam se acomodado, foram-lhes servidas refeições e comeram todos, sem exceção.

Depois Salomão, que a paz esteja com ele, ordenou ao vizir egípcio que falasse e mencionasse a sua demanda, a fim de que fosse satisfeita, e lhe disse: "Fale sem nada ocultar, pois você não se extenuou nem veio até nós senão para satisfazer alguma demanda. Se não falar, eu mesmo lhe direi o que você veio pedir". E Salomão, que a paz esteja com ele, continuou: "Ó vizir, o rei ᶜĀṣim se tornou um ancião e Deus não o agraciou com filhos, nem macho nem fêmea, e ele se mantém noite e dia nessa preocupação e nesse pensamento. Então, certo dia ele se sentou no trono e vieram ter com ele vizires, comandantes e notáveis do governo, cada um deles acompanhado de um, dois ou três filhos que ficavam parados ao seu lado, prestando reverência. Ele refletiu e disse, tamanha era sua tristeza: 'Quem será que tomará meu reino após a minha morte e governará os meus súditos? Será o meu reino tomado por um estranho, e, quanto a mim, será como se eu nunca tivesse existido?'. Ele tanto pensou nisso que seus olhos se inundaram de lágrimas, e ele cobriu o rosto com o lenço e chorou copiosamente, descendo em seguida do trono e indo ao chão chorar e se lamentar. Não sabia o que lhe ia pelo coração senão Deus exalçado. Depois, os secretários e oficiais da guarda retiraram as pessoas do local e lhes deram licença dizendo: 'Vão para suas casas, pois o sultão não está passando bem', e todos saíram, ficando o rei sozinho com você, que nesse momento beijou o solo diante dele e lhe perguntou o que tinha e por que chorava, mas ele não respondeu; você então uma segunda vez beijou o solo, implorou de maneira bem eloqüente e repetiu-lhe o discurso, dizendo-lhe ainda: 'Se não me disser o que ocorreu, qual o motivo desse choro caudaloso, quem se tornou seu inimigo, e por que você chora, sairei e imediatamente me matarei para não vê-lo nesse estado'. Nesse instante, o rei ergueu a cabeça, limpou as lágrimas e disse: 'Ó vizir de bons conselhos, o motivo do meu choro não é nem dinheiro nem o reino nem tecidos nem corcéis, nem servidores nem criados; choro, isto sim, por ter me tornado um ancião que em vida não se alegrou neste mundo terreno com um filho ou uma filha; amanhã morrerei e alguém conquistará meu reino depois de mim, talvez um estranho, e ninguém nunca mais me recordará', e você respondeu: 'Ó rei, você poderá ser agraciado com um filho, a não ser que no mundo incognoscível haja alguma coisa. Por Deus que eu sou cem anos mais velho que você e tampouco fui agraciado com filha ou filho, e durante a noite e o dia inteiros penso nisso e me preocupo'; o rei lhe perguntou: 'Ó vizir, haverá para isso alguma estratégia ou remédio que o homem faça?', e você lhe respondeu: 'Por Deus que não sei; porém, ouvi que neste nosso tempo surgiu na terra de Sabá um rei a quem chamam Salomão Bin Davi, que alega ser profeta e portador de uma mensagem, e que prega para conduzir as pessoas ao bom caminho, afirmando ter um deus poderosíssimo, onipotente, e levando-as à adoração desse deus. Nós lhe enviaremos mensageiros e estes lhe pedirão que rogue a seu deus para que nos agracie com filhos; se ele satisfizer nossa demanda, entraremos em sua fé e seguiremos a quem ele adora; se as coisas não se derem assim, arranjaremos outro estratagema para resolver a questão'; o rei lhe disse: 'Sim, você não disse senão coisas boas; porém, um assunto complexo como esse, com esse rei tão poderoso, não deve ser encargo senão de um homem conhecedor e experimentado, que o preserve', e completou: 'Para ir ter com reis, não há senão você; portanto, satisfaça sua demanda e retorne a nós rapidamente'.[21] Isso tudo está correto, ó vizir? O que eu disse é veraz e verdadeiro?".

E a aurora alcançou Šahrazād, que parou de falar.

21 Essa repetição toda se encontra bastante resumida em Būlāq, Calcutá 2.ed. e no "Bodl. Or. 550".

E quando foi a

205ª

noite

Disse Šahrazād:

Eu tive notícia, ó rei venturoso, de que o vizir Fāris disse: "Ó profeta de Deus, isso tudo é correto, verdadeiro e veraz. Contudo, ó profeta de Deus, enquanto o rei ᶜĀṣim e eu conversávamos sobre essa questão, não havia ninguém que eu visse. Quem foi que lhe informou essas coisas todas?". Salomão

22 O trecho entre colchetes foi traduzido do "3612b", Būlāq, Calcutá 2.ed. e "Bodl. Or. 550", que apresentam praticamente a mesma redação nesta passagem.

respondeu: "Foi o meu senhor, que sabe o que os olhos não vêem e o que se manifesta no peito". Nesse momento, o vizir Fāris disse: "Ó profeta de Deus, esse não é senão um senhor poderoso, uma divindade onipotente", e, ato contínuo, converteu-se ao islã, ele e todos quantos o acompanhavam. Depois Salomão Bin Davi, que a paz esteja com ele, perguntou: "Você traz consigo as jóias e os presentes tais e tais?". O vizir respondeu: "Sim". Salomão, o profeta de Deus, lhe disse: "Aceito-os todos e os concedo a você", e continuou: "Vá descansar por esta noite na hospedagem que lhe foi destinada, vizir Fāris, pois você está cansado da viagem. Amanhã, se Deus altíssimo quiser, não vai ocorrer senão o bem e sua demanda será satisfeita da melhor maneira, conforme a vontade do senhor dos céus e criador das luzes após a escuridão". Então o vizir Fāris se retirou e foi para o local de hospedagem, pondo-se a refletir durante a noite sobre o senhor Salomão; quando amanheceu, levantou-se e foi até o senhor Salomão, que lhe disse: "Quando você chegar ao rei ᶜĀṣim e ambos se reunirem, saiam no mesmo dia munidos de arcos, flechas e espadas, e vão os dois até o lugar tal, onde encontrarão uma árvore na qual subirão ambos [e se mantenham quietos; após as duas preces, quando o calor tiver diminuído, desçam para a base da árvore],[22] da qual sairão dois dragões, um com cabeça de vaca e outro com cabeça de *ifrit*, e em cujos pescoços haverá um colar de ouro; assim que vocês virem os dragões, alvejem-nos com as flechas e matem-nos; depois, cortem-lhes um palmo além do começo da cabeça e um palmo além do começo do rabo; cozinhem o resto de suas carnes com cebola frita, façam suas mulheres comerem e nessa noite durmam com elas, que engravidarão, com a permissão de Deus altíssimo, e terão filhos machos". Em seguida, Salomão Bin Davi, que a paz esteja com ele, mandou trazer um anel, uma espada e uma trouxa contendo duas túnicas cravejadas de jóias e disse: "Quando os filhos de ambos crescerem, vizir, dêem uma túnica destas para cada um", e continuou: "Que Deus atenda a sua demanda, vizir. Não restou nenhum entrave; viaje com a bênção de Deus altíssimo, pois o rei ᶜĀṣim lhe deu um prazo e está à sua espera noite e dia, com os olhos pregados na estrada". Então o vizir despediu-se do senhor Salomão e partiu em viagem.

E a aurora alcançou Šahrazād, que parou de falar.

Disse Šahrazād:

E quando foi a

206ª

noite[23]

Eu tive notícia, ó rei venturoso, de que o vizir Fāris partiu em viagem pelo resto do dia, feliz por ter conseguido satisfazer sua demanda; forçou a marcha dia e noite até que chegou às proximidades do Egito, mandando então um de seus criados avisar o rei de sua chegada. Ao ouvir a notícia, o rei ᶜĀṣim, seus cortesãos, os principais do governo e as tropas ficaram muito contentes com o fato de o vizir estar são e salvo. Assim que se encontraram, o vizir se apeou diante do rei, aproximou-se, beijou-lhe a mão e o pé e lhe deu a boa-nova da satisfação de seu interesse da melhor maneira. Ofereceu-lhe a fé e o islã e o rei ᶜĀṣim se converteu junto com os membros de seu governo, o povo de seu reino e todos quantos viviam no Egito. Muito contente, o rei ᶜĀṣim disse ao vizir: "Vá para casa e descanse alguns dias, vizir; vá ao banho e depois venha até mim a fim de que eu lhe diga o que faremos". E o vizir beijou o chão e se retirou, com seu séqüito, criados e serviçais, para casa, onde descansou por exatos oito dias e depois retornou ao serviço, relatando ao rei tudo quanto sucedera entre ele e o senhor Salomão, que a paz esteja com ele, e lhe dizendo ao cabo: "Venha, vamos comigo, apenas você!", e foram ambos, munidos de arcos, flechas e espadas, até a árvore, na qual treparam, permanecendo quietos desde o meio-dia até a tardezinha, antes do anoitecer,[24] quando então os dois dragões saíram da base daquela árvore. Ao avistá-los, o rei gostou deles, apreciou-os por causa dos colares de ouro e disse: "Eles estão com colares de ouro, vizir! Por Deus que isso é algo espantoso! Vamos capturá-los e colocá-los em uma jaula para ficar assistindo!". O vizir respondeu: "Eles foram criados por Deus para produzir benefício.[25] Lance você uma flecha em um deles que eu lançarei no outro". Então ambos lançaram suas flechas, desceram da árvore, mataram-nos, cortaram-lhes um palmo além do começo da cabeça e um palmo além do começo do rabo; carregaram o restante de suas carnes e foram para a casa do rei, que chamou o cozinheiro, entregou-lhe aquelas carnes e disse: "Cozinhe imediatamente e sem demora esta carne com bastante cebola frita, encha duas tigelas e traga-as até aqui". O cozinheiro pegou a carne, foi para a cozinha, lavou tudo, colocou em uma panela e cozinhou a carne com cebola frita bem oleosa, com especiarias e pimenta, enchendo então duas tigelas e levando-as até o rei, que pegou uma das tigelas e deu

23 Corrigiu-se aqui a numeração, pois no texto-base ela se repete.

24 Tanto o texto-base como o "3612b" e o "Bodl. Or. 550" trazem a mesma formulação estranha, *ilà baᶜd azzuhri qabla alᶜaṣri fī alqā'ila*, "até depois da tarde, antes do anoitecer, ao meio-dia". Como as três versões concordam, é possível que exista aí algum sentido não apreendido pelo tradutor, que se resignou a socorrer-se da redação quase sempre clara e meridianamente medíocre da edição de Būlāq.

25 Todas as versões falam em *manfaᶜatuhum*, "benefício deles".

de comer à sua mulher, enquanto o vizir levava a outra tigela e dava de comer à sua mulher. Naquela mesma noite, pelo desígnio e vontade de Deus, ambos copularam com suas mulheres.

Disse o narrador: durante três meses o rei permaneceu com os pensamentos turbados, dizendo de si para si: "Será que deu certo ou não?", até que, certo dia, a sua esposa estava sentada e a criança se remexeu em seu ventre.[26]

E a aurora alcançou Šahrazād, que parou de falar.

E quando foi a

207ª

noite

Disse Šahrazād:

Eu tive notícia, ó rei venturoso, de que certo dia a mulher do rei estava sentada quando a criança se remexeu em seu ventre e ela percebeu que estava grávida; sentiu dores, sua cor se alterou, e ela chamou um dos criados à sua disposição, o mais importante, e lhe disse: "Vá até o rei, onde quer que ele esteja, e lhe dê a boa-nova dizendo-lhe: 'Meu senhor, a boa notícia de que a senhora está grávida é verdadeira, pois a criança se mexeu em seu ventre!'". O criado caminhou apressadamente, muito feliz, e viu o rei sentado sozinho com a mão no rosto, refletindo e dizendo: "Será que a minha esposa ficará ou não grávida com aquela comida?". Estava assim perturbado quando o criado entrou, beijou o chão diante dele e disse: "Alvíssaras, meu senhor! A senhora sua esposa está grávida, pois a criança se remexeu em seu ventre, ela sentiu dores e sua cor se alterou". Ao ouvir as palavras do criado, o rei ficou tão contente que se pôs de pé incontinente, beijou a mão e a cabeça do criado, presenteou-o com uma roupa honorífica[27] e disse aos membros de sua corte: "Quem quer que esteja presente nesta assembléia, se de fato gostar de mim, tratará bem este criado e lhe dará dinheiro, jóias, rubis, corcéis, asnos, propriedades e jardins", e então lhe deram tantas coisas que era impossível contá-las. Naquele mesmo instante, o vizir adentrou e disse: "Meu senhor, eu estava agorinha sentado em casa, sozinho, refletindo preocupado e dizendo: 'Será que a minha esposa vai de fato engravidar ou não?', e eis que um criado veio até mim e me deu a boa-nova da manifestação da gravidez dela, pois a criança se remexeu em seu ventre, ela sentiu dores e teve a cor alterada. Minha felicidade foi tamanha que coloquei sobre ele todas as minhas roupas, dei-lhe mil dinares e o tornei o meu criado-mor". Então o rei ᶜĀṣim disse ao vizir: "Ó vizir, Deus

26 Nas outras três versões, a gravidez das mulheres é informada imediatamente após a cópula.

27 Não terá passado despercebido ao leitor a constante, dir-se-ia mesmo abundante, prática de "distribuir vestimentas honoríficas" por parte de muitos dos personagens reais desta obra. Em alguns manuais de conduta de reis exumados pelo crítico Jalīl Alᶜaṭiyya – tais como *Aẖlāq Almulūk* [O caráter dos reis], de Aṯṯaᶜlabī, do século III H./IX d.C., e *Ādāb Almulūk* [O decoro dos reis], de Ibn Razīn, do século VI H./XII d.C. –, nos quais se mencionam hábitos dos antigos reis sassânidas, evidencia-se que tais "trajes honoríficos" poderiam não passar, na verdade, das próprias roupas usadas dos reis.

bendito e altíssimo generosamente nos concedeu a reta religião, com seu mérito e nobreza, retirando-nos das trevas para a luz, e por isso eu quero fazer o bem ao povo". O vizir disse: "O que você quiser eu farei", e então o rei lhe disse: "Quero tirar todo mundo da cadeia – ladrões e devedores de impostos –, e deixá-los livres. Depois disso, punirei da forma merecida quem cometer algum crime.[28] Vamos dar isenção de impostos por três anos, e também deixarei comidas prontas ao longo dos muros desta cidade...".

E a aurora alcançou Šahrazād, que parou de falar.

28 No texto-base, o rei diz: "cortarei o pescoço de quem quer que cometa um crime e punirei da forma adequada", o que parece ilógico. Por isso, preferiu-se traduzir o que consta das outras versões.

29 "Atiraria uma miçanga pela portinhola", *yarmū ḫaraza min aṭṭāqa*, é leitura colhida em Calcutá 2.ed.; o texto-base, o "3612b" e a edição de Breslau trazem o enigmático "atiraria uma miçanga na taça", *yarmū ḫaraza fī aṭṭāsa*, que talvez indicasse alguma espécie de ritual hoje incompreensível. Mas, como diria algum autor árabe antigo, o mais provável, se Deus quiser, é que se trate de erro de revisão.

30 No texto-base e no "3612b" menciona-se também os *muḥtasimīn*, palavra inexistente no léxico árabe, ou *muḥtašimīn*, "pudibundos", como está em Calcutá 2.ed. e Breslau, o que não parece fazer muito sentido.

E quando foi a

208ª

noite

Disse Šahrazād:

Eu tive notícia, ó rei venturoso, de que o rei disse ao vizir: "Deixarei prontas, no entorno dos muros desta cidade, comidas de toda espécie e cozinheiros que cozinhem noite e dia. Todo mundo, nesta cidade, nas vizinhanças e cidades próximas, comerá, beberá e levará uma vida agradável. A cidade será enfeitada e as lojas não serão fechadas nem de dia nem de noite. Vamos, vizir, saia e faça o que eu ordenei, senão cortarei o seu pescoço!". O vizir saiu imediatamente e fez o que lhe ordenara o rei ᶜĀṣim; puseram os melhores enfeites no forte e nas torres; todos vestiram as melhores roupas, comeram, beberam, brincaram e se divertiram até que, em dada madrugada, as dores do parto atingiram a mulher do rei: era hora de dar à luz. O rei ᶜĀṣim ordenou que todos os sábios, astrônomos, letrados, chefes, nobres, astrólogos, estudiosos e escribas comparecessem, e compareceu muita gente; todos se puseram a esperar para ver quando se atiraria uma miçanga pela portinhola,[29] pois era esse o sinal combinado entre os astrólogos e as aias;[30] aguardaram todos até que o sinal foi feito: a senhora deu à luz um menino que se assemelhava à aparição da lua, e logo os presentes, em conjunto, puseram-se a traçar o seu mapa zodiacal, a hora de seu nascimento, as datas; depois todos beijaram o chão e foram dar ao rei ᶜĀṣim a boa-nova de que o surgimento do seu filho era abençoado e a hora de seu nascimento, venturosa – "porém, no início de sua vida, lhe ocorrerá algo que tememos mencionar diante do rei". Ele disse: "Falem e nada temam", e então eles emendaram: "Senhor, ele sairá desta terra, viajará exilado, naufragará, cairá prisioneiro, em dificuldades e desditas; terá pela frente enormes tribulações; depois, livrar-se-á de

31 Palavra que significa "antebraço".

32 O texto-base fala em cinco, vinte e vinte e cinco anos, ao passo que as outras versões trazem cinco, dez e quinze anos ("3612b" e Calcutá 2.ed.), e cinco, dez e vinte anos ("Bodl. Or. 550"). Para a tradução, preferiu-se cinco, quinze e vinte anos. Toda essa passagem, por descuido ou talvez por sua forte inconsistência histórica (pula-se do rei Salomão para o Alcorão com a maior naturalidade, conforme se leu), foi eliminada da edição de Būlāq, mas mantida na de Calcutá 2.ed., evidenciando-se assim que, na primeira, tal eliminação ocorreu durante o processo de composição gráfica.

tudo, atingirá seus objetivos e viverá o restante de sua vida da maneira mais agradável, governando sobre os homens e mandando no país, apesar dos inimigos e dos invejosos". Ao ouvir as palavras dos astrólogos, o rei lhes disse: "Isso é fácil. Tudo quanto Deus altíssimo houver escrito para seus adoradores se realizará. É imperioso que, até a chegada desse dia, ocorram mil alegrias", e, sem atribuir maior importância às palavras dos astrólogos, deu-lhes e aos demais presentes vestimentas honoríficas e todos se retiraram. Então, o vizir Fāris chegou até o rei, beijou o chão e, muito feliz e contente, disse: "Alvíssaras, senhor! Neste momento minha mulher deu à luz um menino varão que parece um pedaço da lua". O rei disse: "Ó vizir, traga a sua esposa, a criança e seus pertences; deixemos que os dois cresçam juntos no palácio", e o vizir trouxe a esposa e a criança. As aias e as amas-de-leite ficaram com os dois rebentos por sete dias, colocaram-nos nos berços e levaram-nos à presença do rei.

E a aurora alcançou Šahrazād, que parou de falar.

E quando foi a

209ª

noite

Disse Šahrazād:

Eu tive notícia, ó rei venturoso, de que os dois rebentos foram colocados nos berços e levados à presença do rei, a quem perguntaram: "Que nomes lhes daremos?". O rei respondeu: "Dêem-lhes vocês os nomes". Disseram-lhe: "Não lhes dará os nomes outro que não o rei!". Então o rei disse: "Chamem o meu filho de Sayf Almulūk, conforme o nome do meu avô, e chamem o filho do vizir de Sā^{c}id";[31] presenteou as aias e as amas-de-leite com vestimentas honoríficas e continuou: "Tenham afeto por eles e criem-nos da melhor maneira".

E as aias criaram os dois meninos até que cada um atingiu a idade de cinco anos, quando então os entregaram a um alfaqui na escola para que lhes ensinasse o Alcorão e a escrita; ficaram com ele até os quinze anos, sendo entregues a mestres que os ensinaram a cavalgar, atirar flechas e lanças, jogar péla e lutar a cavalo, até que ambos atingiram a idade de vinte anos e já não havia ninguém que pudesse rivalizar com eles nessa arte.[32] Cada um podia enfrentar mil cavaleiros e derrotá-los sozinho. O rei ^{c}Āṣim os via e ficava sumamente feliz. Quando eles chegaram aos vinte e cinco anos, o rei pediu para conversar a sós com o vizir Fāris e lhe disse: "Vizir, estou cá cismando em uma coisa que pretendo fazer. Preciso consultar você". O vizir respondeu: "O que quer que lhe tenha ocorrido, faça, pois seu parecer é abençoado". O rei ^{c}Āṣim prosseguiu: "Eu me tornei um velho de idade avançada; quero me instalar em um canto qualquer, adorar a Deus altíssimo e entregar meu reino e poder a meu filho Sayf Almulūk, pois ele se tornou um jovem agradável, perfeito na arte da cavalaria, no juízo, no decoro, no pudor e na liderança. O que me diz a respeito de minhas palavras e meu parecer?". O vizir respondeu: "É o melhor dos pareceres – um parecer venturoso – esse que você proferiu. Se assim fizer, também eu o farei, entregando meu vizirato a meu filho Sā^{c}id, que é agora um rapaz agradável, de conhecimento e bom parecer. Destarte, os dois ficarão um com apoio do outro. Jovens! E nós ficaremos de olho neles e lhes indicaremos o caminho do bem, da justiça e da benemerência". O rei ^{c}Āṣim disse ao seu vizir Fāris: "Escreva as mensagens e envie os correios para todas as províncias, cidades, castelos e fortalezas sob nosso governo; que todos estejam, no mês tal, presentes na Praça da Justiça", e o vizir Fāris foi imediatamente escrever a todos os funcionários, encarregados, comandantes de fortalezas, em suma, todos quantos estivessem sob as ordens do rei, que comparecessem após algum tempo, junto com todos os moradores da cidade, nobreza e vulgo...

E a aurora alcançou Šahrazād, que parou de falar.

E quando foi a

210^{a}

noite

Disse Šahrazād:

Eu tive notícia, ó rei venturoso, de que o rei ordenou aos camareiros que arrumassem o centro da praça e que o decorassem com os mais opulentos enfeites e ornamentos, ali montando o grande trono no qual não se sentava senão em ocasiões festivas, e eles sem mais delongas montaram o trono enquanto as pessoas estavam ali reunidas provindas de todos os lugares, as cabeças apreensivas, pensando no motivo pelo qual o rei as convocara. Após algum tempo, apareceram os secretários reais, os representantes, os comandantes e os oficiais da guarda dizendo, alto e bom som, "Por Deus, abram alas para os serviçais do rei", e então passaram os régulos com seus criados, os governadores de vilas e províncias, os comandantes, os vizires, enfim, todos passaram por aquela praça, foram para o seu centro e, conforme o hábito, cada qual ocupou o lugar corres-

33 "Sobre a cabeça e o olho", *ᶜalà arra's wa alᶜayn*: expressão típica de concordância entre os árabes, ainda hoje bastante utilizada.

pondente à sua posição. O rei ᶜĀṣim se dirigiu para o meio deles e se sentou em seu lugar. Alguns permaneceram em pé até que todos chegassem, e o rei ordenou que fossem servidas as refeições, o que se fez de imediato, junto com doces e bebidas. Todos comeram, beberam e rogaram pelo rei. Em seguida, o rei ordenou aos seus secretários que gritassem no meio do povo: "Que ninguém vá embora até ouvir o discurso do rei"; ergueram as cortinas e o rei disse: "Quem gostar de mim que permaneça e ouça meu discurso". Todos se tranqüilizaram e se sentaram, as almas já despreocupadas depois do temor. O rei se colocou de pé, fê-los jurar que ninguém sairia do lugar e disse: "Ó reis, comandantes de fortalezas, vilas, províncias e castelos; ó vizires, comandantes e encarregados do governo, grandes e pequenos; ó presentes e ausentes! Vocês conhecem este reino e seu protocolo desde meus pais e avós"; responderam: "Sim, ó rei, é verdade que conhecemos isso". O rei ᶜĀṣim prosseguiu: "Vocês e eu, todos nós, adorávamos o Sol e a Lua, mas Deus nos agraciou com a fé e nos salvou daquele extravio no qual nos encontrávamos, conduzindo-nos para a fé do islã! Saibam, contudo, que eu sou um homem velho e incapacitado, e quero ficar no meu canto adorando a Deus altíssimo e pedindo perdão pelos pecados passados. E eis aqui o meu filho Sayf Almulūk, que vocês conhecem muito bem. É um jovem agradável, eloqüente, generoso, sagaz, ajuizado, sábio, virtuoso e justo, e quero, agora, transmitir-lhe o meu reino para que ele seja sultão no meu lugar. Assim, enquanto eu estiver no meu canto adorando a Deus altíssimo, Sayf Almulūk governará o reino. Que me dizem vocês todos?". Então todos se levantaram, beijaram o chão e responderam: "Ouvimos e obedecemos!"; continuaram: "Ó nosso rei e protetor! Mesmo que você nos impusesse um de seus escravos nós lhe obedeceríamos e por você o ouviríamos! Que dizer então de seu filho Sayf Almulūk? Já aceitamos e já estamos satisfeitos com ele, sobre a cabeça e o olho!".[33] O rei ᶜĀṣim se levantou, desceu do trono e disse aos comandantes e a todos os presentes: "Assim, o seu rei entroniza seu filho neste reino", e, retirando a coroa de ouro de sua cabeça, depositou-a na cabeça do filho, colocou-lhe o cinturão real e o fez sentar-se no grande trono, sentando-se ele próprio, o rei ᶜĀṣim, em uma cadeira de ouro ao lado. Então, levantaram-se os régulos, os vizires, os comandantes, os notáveis do governo e os demais presentes, beijando o solo e dizendo a Sayf Almulūk: "Ó rei, você merece o reino, que lhe pertence mais que a qualquer outro". Os oficiais bradaram seu juramento de lealdade, "*alamān, alamān!*", rogaram-lhe vitórias e prosperidade, e atiraram ouro, jóias e rubis para a população; [pai e filho][34] distribuíram vestimentas honoríficas, donativos e justiça. Após alguns momentos, o vizir Fāris levantou-se, beijou o chão e disse aos régulos e comandantes: "Ó presentes a este local, vocês sabem que sou vizir e que meu vizirato é antigo, anterior mesmo ao governo do rei ᶜĀṣim. Por isso, agora que ele se retirou do governo e entronizou o filho, também eu, por minha vez, estou me retirando do vizirato e nomeando meu filho Sāᶜid para me suceder. Que dizem todos vocês?". Responderam: "Não serve para ser vizir do rei Sayf Almulūk senão seu filho Sāᶜid! Ambos são adequados um para o outro". O vizir Fāris levantou-se, tirou o turbante do vizirato e o colocou na cabeça de seu filho Sāᶜid, depositando na frente dele os seus instrumentos de trabalho. Os oficiais da guarda bradaram: "Parabéns! Parabéns! Ele merece! Ele merece!". Nesse momento, o vizir Fāris e o rei ᶜĀṣim se levantaram, abriram os depósitos reais e distribuíram valiosas vestes honoríficas aos régulos, ministros e notáveis, concedendo-lhes igualmente pensões e outros benefícios. Escreveram decretos nomeando o rei Sayf Almulūk e o vizir Sāᶜid, e os convidados permaneceram ainda uma semana, após o que cada qual foi para seu posto e país. Acompanhado de seu filho Sayf Almulūk e do vizir Sāᶜid, o rei ᶜĀṣim foi ao palácio, onde o tesoureiro-mor lhe trouxe anel, espada, trouxa e arco. O rei disse: "Meus filhos, façam a sua escolha dentre estes presentes". O primeiro a estender a mão foi Sayf Almulūk, que pegou o anel e o pôs no dedo; depois, Sāᶜid estendeu a mão e pegou a espada; em seguida, Sayf Almulūk pegou a trouxa e enfim Sāᶜid recolheu o arco;[35] beijaram a mão do rei ᶜĀṣim e foram para suas casas.

Quando escolheu a trouxa, Sayf Almulūk, sem olhar o que ela continha, jogou-a sobre a cama em que dormia à noite. Conforme o hábito, as camas foram feitas e os dois subiram para se deitar, com velas acesas sobre as cabeças e diante dos pés. No meio da noite Sayf Almulūk acordou, viu aquela trouxa ao lado de sua cabeça e pensou: "Qual será o conteúdo desta trouxa que o rei nos deu como regalo?"; então, levantando-se, recolheu a trouxa, uma vela, desceu da cama e se afastou de Sāᶜid para que ninguém o visse indo para a des-

34 O trecho entre colchetes é acréscimo do tradutor.

35 Nesse ponto se encerra a redação do "3612b", que é arrematada com esta declaração: "termina aqui a [décima] nona parte das mil e uma noites, completas e inteiras". Mas a vigésima parte do manuscrito, e as seguintes, a exemplo de tantas outras, perderam-se, uma vez que o fólio seguinte começa com a vigésima quarta parte.

36 O manuscrito "Bodl. Or. 550" não contém nenhuma poesia nesse passo. Em Būlāq e Calcutá 2.ed., ela foi mantida com o acréscimo de alguns versos: "No início, o amor é uma doçura (*mujāja*, 'suco')/ que o destino traz e conduz/ mas quando o jovem depara seus abismos/ sucedem coisas insuportáveis e graves".

37 Trecho traduzido da segunda edição de Calcutá. O manuscrito "Bodl. Or. 550" é incompreensível nesse ponto.

pensa, onde colocou a vela no castiçal; abriu a trouxa, e eis que ela continha uma túnica produzida por gênios; abriu-a e viu pregada no seu forro interno a imagem de uma jovem pintada com tinta de ouro, uma coisa espantosa. Mal contemplou aquela imagem, Sayf Almulūk perdeu o controle da razão e ficou feito louco: apaixonou-se pela imagem, abraçou a túnica e caiu no chão, desmaiado, chorando, lamentando-se, batendo no peito, beijando a imagem e recitando poesias para ela; dizia:

"Soubesse eu que a paixão é assim,
seqüestradora de vidas, teria cuidado;
porém, descuidoso, a ela me atirei,
ignorante do amor, e aprisionado fiquei".[36]

Disse o narrador: Sayf Almulūk permaneceu assim, lamentando-se, chorando, gemendo e golpeando o próprio rosto; o vizir Sā^{c}id acordou, não viu o rei, viu uma só vela e pensou: "Aonde terá ido Sayf Almulūk?". Levantou-se e perambulou por todo o palácio até chegar à despensa na qual estava Sayf Almulūk, a quem viu sentado chorando e se lamentando. Perguntou-lhe: "Por que está chorando, meu irmão? O que lhe aconteceu? Vamos, levante-se e me conte, me fale sobre isso", sem que ele ouvisse nem erguesse a cabeça ou prestasse atenção às suas palavras; pelo contrário, continuou chorando, gemendo, lamentando-se e batendo com as duas mãos no peito. Então Sā^{c}id beijou o chão e disse: "Meu senhor, sou seu vizir, seu irmão, e me criei com você! Se não contar a mim o seu segredo, a quem contará?". E continuou por algum tempo, ora suplicando, ora beijando o chão, sem que Sayf Almulūk lhe desse atenção nem lhe dirigisse uma única palavra.

E a aurora alcançou Šahrazād, que parou de falar.

E quando foi a

211ª

noite

Disse Šahrazād:

Eu tive notícia, ó rei venturoso, de que por algum tempo Sayf Almulūk não lhe deu atenção nem lhe dirigiu a palavra, apenas chorando e se lamentando.

Disse o narrador: [assustado e esgotado com aquilo, Sā^{c}id saiu dali, pegou uma espada],[37] retornou à despensa, colocou a ponta da espada no próprio coração e, perdendo a razão, disse a Sayf Almulūk: "Se você não esclarecer o que de fato lhe aconteceu, meu irmão, eu me mato para não ver você nesse estado". Somente então Sayf Almulūk ergueu a cabeça para o seu vizir Sāᶜid e lhe disse: "Meu irmão, eu estou com vergonha de lhe dizer o que me aconteceu". Sāᶜid lhe disse: "Eu lhe peço por Deus, o senhor dos senhores, salvador dos pescoços, motivador de tudo, o único, o doador: diga-me de verdade o que lhe aconteceu sem se envergonhar, pois sou seu escravo, vizir e conselheiro para todas as situações". Sayf Almulūk disse: "Venha ver essa imagem", e Sāᶜid a viu, contemplou por algum tempo, e notou que sobre a coroa da imagem estava escrito, com pérolas organizadas e sabiamente arranjadas: "Esta é a imagem de Badīᶜat Aljamāl, filha de Šahbāl Bin Šārūḫ,[38] rei dos reis dos gênios crentes que vivem e moram na ilha da Babilônia, no Jardim de Iram [Bin ᶜĀd, o Grande][39]". Após ler e discernir do que se tratava, Sāᶜid perguntou ao rei: "Meu irmão, porventura você sabe o que é essa imagem e por que a desenharam?". Sayf Almulūk respondeu: "Por Deus que não sei, meu irmão". Sāᶜid prosseguiu: "Venha, veja, contemple e leia!". Sayf Almulūk avançou e, ao ler o que estava escrito sobre a coroa, compreendeu e soltou um grito do interior, das profundezas do coração, dizendo: "Ai, ai, ai!", e continuou: "Meu irmão, se acaso a dona dessa imagem, essa a quem chamam Badīᶜat Aljamāl, existir em algum lugar do mundo, eu a procurarei sem tréguas até atingir meu objetivo". Sāᶜid disse: "Não chore, meu irmão! Agora vá para a sua cama, pois pela manhã entrarão os membros do governo para lhe prestar reverência. Durante a serenidade do dia, convoque mercadores, andarilhos[40] e gente que viajou o mundo, e indague-os sobre essa localidade; talvez alguém, com a bênção de Deus altíssimo e sua ajuda, nos indique a ilha da Babilônia e o Jardim de Iram". Quando amanheceu, Sayf Almulūk se levantou, subiu e se instalou no trono, mas sem tranqüilidade nem constância. Entraram comandantes, vizires e membros do governo. Depois que o cortejo se completou e rufaram os tambores para todos, o rei Sayf Almulūk disse ao vizir: "Apareça diante deles e diga-lhes que o rei está indisposto". Sāᶜid então foi até eles e lhes comunicou que "o rei está indisposto; mal dormiu ontem e está debilitado". Ao ouvir aquilo, o rei ᶜĀṣim, preocupado com o filho, mandou convocar médicos e astrólogos, indo todos ter com Sayf Almulūk; os médicos o examinaram, prescrevendo-lhe beberagens, remédios e ervas, escrevendo-

38 No texto-base lê-se *Sahhāl*, por erro de grafia, como se evidenciará mais adiante. Būlāq e Calcutá 2.ed. trazem *Šammāḫ Bin Šārūḫ*, e o "Bodl. Or. 550", *Yašhāk Bin Šāwaḫ*.

39 O trecho entre colchetes consta de todas as outras versões. *Iram Dāt Alᶜimād*, "Iram das Colunas", mencionada no Alcorão e associada à tribo de ᶜĀd, alimentou muitos relatos e é pensada desde a tradição árabe imediatamente anterior ao islã como uma cidade de localização incerta; seu tema é o do lugar muito rico que foi destruído pela ira divina em razão da impiedade e da soberba de seus habitantes. Sua história, aliás, foi tardiamente incorporada ao ramo egípcio do *Livro das mil e uma noites*.

40 "Andarilhos" usou-se aqui e em algumas outras passagens para traduzir *fuqarā'*, "pobres", pois tal palavra, no atual contexto, não dá a idéia imediata de "viagem" ou "mobilidade geográfica" – muito embora esses elementos tenham sido desde sempre associados, como é fácil constatar.

41 *Amān* é uma garantia de vida que se dá a quem se dispõe a falar a verdade.

lhe fórmulas mágicas e incensando-o com sândalo e aloés por três dias, mas a doença perdurou por três meses. Encolerizado, o rei ᶜĀṣim disse aos médicos e aos demais presentes: "Ai de vocês, seus cachorros! São todos incapazes de curar o meu filho! Pois agora mesmo vou matá-los!". Disse então o médico-mor: "Meu senhor, este nosso rei...".

E a aurora alcançou Šahrazād, que parou de falar.

E quando foi a

212ª

noite

Disse Šahrazād:

Eu tive notícia, ó rei venturoso, de que o médico-mor disse: "Por Deus, meu senhor, que nós não trapaceamos nem sequer no tratamento de estranhos! Como trapacearíamos no tratamento de seu filho, nosso rei? Contudo, ele está com uma doença rara. Você quer que digamos qual é e conversemos a respeito?". O rei ᶜĀṣim perguntou: "O que a sua ciência lhes mostrou a respeito da doença do meu filho? Contem-me!". O médico-mor respondeu: "Ó rei do tempo, seu filho está agora apaixonado, apaixonadíssimo! Ele ama, caiu de paixões por alguém". O rei se irritou com os médicos e lhes disse: "Como é que vocês ficaram sabendo que o meu filho está apaixonado? Como é que o meu filho poderia estar apaixonado?". Responderam-lhe: "Pergunte sobre isso ao irmão dele, o vizir Sāᶜid, que sabe da situação". Então o rei ᶜĀṣim se levantou, entrou sozinho na despensa e mandou chamar Sāᶜid, a quem perguntou: "Diga-me a verdade: qual é a doença do seu irmão?". Sāᶜid respondeu: "Não sei". O rei ᶜĀṣim disse ao carrasco: "Leve Sāᶜid, vende-lhe os olhos e decepe-lhe a cabeça". Então, temeroso por sua vida, Sāᶜid disse: "Meu senhor, dê-me o seu *amān*!",[41] e o rei redargüiu: "*Amān* concedido". Sāᶜid disse: "Seu filho está apaixonado". O rei perguntou: "E por quem ele está apaixonado?". Sāᶜid respondeu: "Ele está apaixonado pela filha do rei dos gênios". O rei ᶜĀṣim perguntou: "Como o meu filho viu a filha dos gênios?". Sāᶜid respondeu: "Na túnica que Salomão, a paz esteja com ele, tinha dado para nós". O rei ᶜĀṣim foi então até Sayf Almulūk e lhe disse: "Meu filho, o que é isso que o atingiu? Que imagem é essa pela qual você se apaixonou? Conte-me!". O rei Sayf Almulūk respondeu: "Eu estava com vergonha de você, meu pai, e por isso não conseguia revelar-lhe nada sobre isso que está no meu coração. Agora, que você já sabe da minha situação, veja o que fazer por mim". O pai lhe disse: "Qual a artimanha? Que fazer, se ela é filha de gênios? Quem pode com ela? Só se fosse o próprio rei Salomão Bin Davi![42] Seja como for, levante-se agora, crie coragem, monte seu cavalo, vá caçar, pescar e jogar péla na praça; coma, beba e dissipe as aflições de seu coração que eu lhe trarei, como compensação por ela, cem filhas de reis. Você não tem precisão das filhas de gênios, que não são do nosso gênero, nem nós do deles". Sayf Almulūk disse: "Por Deus, meu pai, que eu não consigo deixá-la nem ir atrás de outra". O pai lhe disse: "Que fazer, então, meu filho?". Ele respondeu: "Traga todos os mercadores e viajantes à minha presença para que lhes indaguemos a respeito desse Jardim de Iram e dessa ilha". O rei ordenou que trouxessem todo mercador, todo capitão de navio, todo andarilho e todo peregrino que houvesse na cidade; compareceram todos e o rei ᶜĀṣim a todos perguntou sobre a ilha da Babilônia e o Jardim de Iram, mas ninguém soube dizer nada sobre aquilo nem puderam lhe dar notícia alguma. Contudo, no fim, um dos indagados afirmou: "Meu senhor, se quiser conhecer essa ilha e esse jardim, deve ir até a China, que é um grande país e possui preciosidades, tesouros e gente de todas as espécies. Você não conhecerá essa ilha senão por meio da China, pois talvez alguém de lá lhe indique o seu objetivo. Então Sayf Almulūk disse: "Prepare um navio para eu viajar até a China, meu pai", e o pai lhe disse: "Meu filho, instale-se no trono do reino e governe os súditos que eu viajarei por você e irei até a China, onde investigarei essa questão, a ilha da Babilônia e o Jardim de Iram". O filho respondeu: "Essa é uma questão que me diz respeito, meu pai; ninguém poderá investigá-la melhor que eu. O que me acontecerá se você me der permissão para viajar e ficar distante algum tempo? Se acaso eu encontrar alguma notícia ou pista, estará tudo bem; caso contrário, é possível que a própria viagem traga conforto ao meu peito; longe de casa, talvez as coisas se tornem mais suportáveis, e permanecendo vivo eu voltarei são e salvo para você". O rei ᶜĀṣim olhou bem para o filho e não enxergou nenhuma possibilidade de artimanha: teve de agir do modo como ele queria, dando-lhe permissão para viajar e providenciando-lhe quarenta fragatas, mil serviçais, dinheiro, munições, provisões e tudo quanto fosse necessário para lutar e combater; disse-lhe: "Meu filho, viaje bem e fique bem", e, despedindo-se, prosseguiu: "Vá, pois eu entreguei você em

42 "Só se fosse o próprio rei Salomão Bin Davi" é tradução inspirada pelos textos de Būlāq, Calcutá 2.ed. e "Bodl. Or. 550". O texto-base diz: "Pois se nem o próprio rei Salomão Bin Davi poderia!", o que contraria a concepção muçulmana, largamente explorada nas narrativas míticas – que a trataram como tópica –, de que o rei Salomão detinha o poder de dominar os animais e as criaturas sobrenaturais.

43 "Capital da China" traduz *madīnat aṣṣīin*, "cidade da China", fórmula habitual em árabe para designar capitais ou cidades importantes de um país.

44 Como seria de esperar, o nome varia em cada uma das versões: *Qa*ᶜ*fū Šāh* (Būlāq), *Qa*ᶜ*nūr Šāh* ("Bodl. Or. 550"), *Faġfūr Šāh* (Calcutá 2.ed. e Breslau). *Šāh*, em português "xá", é palavra persa que significa "rei".

depósito para aquele que jamais falha na devolução dos depósitos". Nesse momento, Sayf Almulūk se despediu do pai e da mãe, embarcando, acompanhado de seu irmão e vizir Sāᶜid, em uma das fragatas, que foram carregadas de água, provisões, armas e os soldados que faltavam. Viajaram até chegar à capital da China.[43]

E a aurora alcançou Šahrazād, que parou de falar.

E quando foi a

213ª

noite

Disse Šahrazād:

Eu tive notícia, ó rei venturoso, de que, ao ouvir que quarenta fragatas armadas com combatentes estavam chegando à sua costa, os chineses pensaram que se tratava de inimigos que lhes vinham fazer guerra e cerco; fecharam, pois, os portões da cidade e prepararam as catapultas. Informado daquilo, Sayf Almulūk logo lhes enviou dois de seus criados particulares, a quem disse: "Vão até o rei da cidade, cumprimentem-no e digam-lhe: 'Trata-se de Sayf Almulūk, filho de ᶜĀṣim, rei do Egito. Ele veio à sua cidade como hóspede – para conhecer o país e suas províncias durante algum tempo, retornando em seguida à sua terra –, e não como guerreiro ou inimigo; se você o aceitar, ele será seu hóspede; caso contrário, retomará o caminho dele sem criar confusões para você nem para o povo da cidade'". Quando chegaram à cidade, os criados disseram: "Nós somos mensageiros de Sayf Almulūk", e então abriram-lhes o portão e os conduziram à presença do rei, cujo nome era Qaᶜfūr Šāh,[44] e que entretinha antigas relações de conhecimento com o rei ᶜĀṣim. Ao ouvir as palavras de Sayf Almulūk, presenteou os mensageiros com vestimentas honoríficas e determinou que os portões da cidade e das províncias fossem abertos, saindo pessoalmente com os notáveis de seu governo; Sayf Almulūk chegou, ambos se abraçaram e ele disse: "Muito boas-vindas para quem veio até mim e até minha cidade! Sou seu criado e criado do seu pai, e minha cidade é toda sua! Tudo quanto você quiser será providenciado!", e forneceu-lhe provisões e rações, oferecendo montarias a Sayf Almulūk e a seu vizir Sāᶜid. Acompanhados dos notáveis e das tropas, cavalgaram do litoral até a cidade; tocaram-se cornetas anunciando a sua chegada, e Sayf Almulūk e seu séqüito ficaram muito bem hospedados com o rei da China durante quarenta dias, findos os quais ele lhe perguntou: "Como vai, ó filho de meu irmão?

Apreciou o meu país?". Sayf Almulūk respondeu: "O mérito é todo seu, ó rei". O rei da China lhe disse: "Você não foi trazido para cá senão por alguma necessidade que lhe sucedeu ou algo que você quer em meu país". Sayf Almulūk lhe disse: "Minha história é espantosa: eu me apaixonei pela imagem de Badīᶜat Aljamāl", e chorou tanto que o rei da China sentiu pena e chorou junto perguntando-lhe: "Que posso fazer, Sayf Almulūk?", ao que ele respondeu: "Eu lhe peço que traga à minha presença todos os peregrinos, andarilhos e capitães de navio, todos quantos tenham o hábito de viajar, para que eu lhes pergunte sobre a dona desta imagem, e quiçá alguém me dê alguma notícia sobre ela". Então o rei determinou que os secretários e verdugos apregoassem em todas as localidades: "Que se apresente já todo capitão de navio, todo andarilho e todo viajante!", e compareceram todos, e era muita gente. Sayf Almulūk lhes perguntou sobre a ilha da Babilônia e o Jardim de Iram, mas, como ninguém lhe deu resposta, ele se quedou perplexo com a situação. Um dos capitães disse: "Ó rei venturoso, se você quiser se informar a respeito disso, deve ir às ilhas marítimas e terrestres[45] nas proximidades da Índia, pois lá eles conhecem essa região". Ato contínuo, Sayf Almulūk determinou que preparassem as fragatas e embarcações, o que logo se fez, sendo elas lançadas ao mar e abastecidas de água, provisões e tudo o mais; Sayf Almulūk e seu irmão e vizir Sāᶜid despediram-se do rei da China, embarcaram e zarparam, navegando pelo período de quarenta meses com bons ventos por todos os lados, sãos, salvos e seguros, até que certo dia foram atingidos por maus ventos por todos os lados, com borrascas e granizo despencando sobre eles. O mar se tornou revolto, cheio de ondas, e eles ficaram com enorme...

E a aurora alcançou Šahrazād, que parou de falar.

45 "Ilhas marítimas e terrestres" é o que consta do texto-base e da edição de Breslau. Faz-se referência, provavelmente, a ilhas de fato e a porções de terra ligadas ao continente por algum braço. O "Bodl. Or. 550" traz apenas "ilhas terrestres", ao passo que as edições de Būlāq e Calcutá 2.ed. se limitam a dizer "as ilhas".

E quando foi a

214ª noite

Disse Šahrazād:

Eu tive notícia, ó rei venturoso, de que eles ficaram com enorme temor e medo durante os dez dias em que os ventos açoitaram fragatas e embarcações, que afundaram todas, naufragando todos os que nelas se encontravam, com exceção de Sayf Almulūk, que se salvou com um grupo de criados em uma pequena fragata. A ventania enfim cessou e com isso as ondas se amainaram; o sol surgiu, Sayf Almulūk abriu os olhos e – não vendo nenhum dos navios e nada além do céu, da terra, do mar e da pequena fragata em que se salvara – perguntou: "Onde estão as embarcações e fragatas? Onde meu irmão Sā^{c}id?". Responderam: "Senhor, não restaram embarcações nem fragatas; todos naufragaram e se transformaram em comida de peixe". Encolerizado, Sayf Almulūk gritou, estapeou-se no rosto e fez tenção de se atirar ao mar, sendo impedido pelos criados, que lhe disseram: "Senhor, e o que isso iria resolver? Foi você mesmo quem o provocou! Se tivesse escutado as palavras de seu pai, nada disso lhe aconteceria. Porém, isso tudo está escrito há muito tempo e cada homem tem de cumprir o que lhe foi determinado.[46] Quando você nasceu, os astrólogos predisseram que todas estas dificuldades lhe sucederiam. Não resta senão ter paciência até que Deus poderoso e exalçado nos liberte desta adversidade". Sayf Almulūk pronunciou então uma frase que nunca decepciona quem a pronuncia: "Não existe poderio nem força senão em Deus altíssimo e grandioso! Não há escapatória dos decretos de Deus exalçado!", e se arrependeu do que havia feito.[47] Depois, pediu um pouco de comida e comeu. Não sabiam para onde iam nem com o que topariam, e os ventos os arremessavam para o sul e para o norte. Em tais condições, logo não lhes sobrou nada para comer ou beber, mas então a determinação de Deus altíssimo fez com que avistassem uma ilha para a qual se dirigiram, deixando um vigia na fragata. Encontraram frutas e, famintos, ocupavam-se em comê-las quando, repentinamente, um homem sentado entre as árvores de frutas, de rosto comprido, aparência espantosa e corpo branco, chamou um dos criados pelo nome e lhe disse: "Não coma dessas frutas, pois elas ainda não estão maduras. Venha até mim que eu lhe darei frutas saborosas e maduras". Supondo que o homem fosse um dos náufragos, o criado ficou contente e foi até ele, mas, quando se aproximou, o maldito deu um salto e trepou em seus ombros, enrolando as pernas, uma em seu pescoço, outra em suas costas, e disse-lhe: "Ande! Você não escapa mais de mim! De agora em diante vai ser o meu burro". O criado gritou e chorou, enquanto seu patrão...

E a aurora alcançou Šahrazād, que parou de falar.

46 Em Būlāq e Calcutá 2.ed., a determinação religiosa muçulmana da fala dos criados é mais rigorosa.

47 Nas edições de Būlāq e Calcutá 2.ed., ele profere os seguintes versos: "Por Deus, sem dúvida que estou perplexo!/ Preocupações me sobrevêm não sei de onde./ Terei paciência até que todos saibam/ que fui paciente com coisas mais amargas que a paciência./ Minha paciência não foi por boa fruta,/ mas sim por algo mais quente que a brasa./ Não tenho nenhum ardil para esta questão/ e me entrego ao senhor de todas as questões". O quinto e o sexto hemistíquios faltam em Calcutá 2.ed. Poesia mais longa, mas com versos semelhantes, foi recitada pelo segundo dervixe na qüinquagésima segunda noite do primeiro volume desta coleção.

Disse Šahrazād:

Eu tive notícia, ó rei venturoso, de que o criado gritou e chorou, enquanto seu patrão e os demais fugiam para se salvar adentrando na fragata. O maldito os seguiu até o mar dizendo: "Para onde vocês vão? Para onde? Venham até nós, que os alimentaremos, mataremos sua sede e montaremos nas suas costas para que sejam nossos burros!". Ouvindo aquilo, eles remaram até se distanciar[48] e se entregaram a Deus altíssimo. Ficaram nesse estado por cerca de um mês, até que avistaram outra ilha, em cuja floresta entraram ressabiados; tendo encontrado frutas no local, ocupavam-se em comê-las quando avistaram no caminho algo que brilhava ao longe; foram na sua direção, e eis que era algo estirado como uma coluna; um dos criados o chutou dizendo: "O que é isso?", e eis que aquilo acordou e imediatamente se pôs de pé: o que se viu era um homem alto, de dois corpos compridos,[49] olhos fendidos, escondido sob as orelhas: quando dormia, punha uma orelha sob a cabeça e para se cobrir usava a outra orelha. Agarrou o criado que o chutara e o levou ao interior da ilha, onde se preparou para devorá-lo cortando-o em pedaços. O criado gritou: "Meu senhor, fujam e saiam desta ilha, pois seus moradores são ogros canibais; eles vão me retalhar e devorar". Ao ouvir tais palavras, fugiram e entraram na fragata sem ter colhido nada daquelas frutas. Navegaram mais alguns dias até que avistaram outra ilha; logo chegaram, e eis que nela havia uma alta montanha na qual subiram e, vendo-se em uma grande floresta com muitas árvores, ocuparam-se, famintos, em comer as frutas, só dando por si quando foram agarrados por negros nus que saíram do meio da floresta, cada qual com cinqüenta braças de altura, dentes para fora da boca, tal como presas de elefante; [conduziram-nos até um local onde][50] um negro estava sentado em um pedaço de feltro preto sobre um rochedo, cercado por um grande grupo em pé, em posição de reverência; os negros depuseram Sayf Almulūk e seus companheiros diante dele e lhe disseram: "Ó rei, encontramos estas aves entre as árvores". Como estivesse com fome, o rei pegou dois criados, matou-os e devorou-os. Ao ver aquilo, Sayf Almulūk ficou com medo, chorou e lamentou sua vida.

E a aurora alcançou Šahrazād, que parou de falar.

E quando foi a

215ª

noite

48 Nesse episódio, o andamento da narrativa em Būlāq e Calcutá 2.ed. (nas quais os moradores da ilha são gênios) é mais minucioso: "o criado gritou por seus companheiros, pôs-se a chorar e dizer: 'Senhores, saiam e salvem-se desta floresta; fujam, porque um dos moradores montou em meus ombros e os outros estão atrás de vocês querendo fazer o mesmo que ele fez comigo!'. Ouvindo as palavras do criado, todos fugiram e entraram no escaler, e os moradores os seguiram mar adentro dizendo-lhes...". O episódio dessa primeira ilha não consta do "Bodl. Or. 550".

49 Aqui, cada versão diz uma coisa. No texto-base está *ṭawīl albadanayn*, "de dois corpos compridos"; no "Bodl. Or. 550", *ṭawīl alyadayn*, "de duas mãos compridas"; em Būlāq e Calcutá 2.ed., *ṭawīl alʿaynayn*, "de dois olhos compridos" (o que faz com que a característica seguinte seja "de cabeça fendida"); em Breslau, o editor Habicht leu *ṭawīl aludunayn*, "de duas orelhas compridas". Preferiu-se manter o que está no texto-base, que pode ser entendido como "muito corpulento".

50 Acréscimo exigido pelo contexto, mas que não consta de nenhuma das versões manuseadas.

E quando foi a

216ª

noite

51 Em Būlāq e Calcutá 2.ed., são duas poesias recitadas por Sayf Almulūk que provocam essa reação admirada do rei dos negros.

Disse Šahrazād:

Eu tive notícia, ó rei venturoso, de que, ao ouvir-lhes o choro, o rei disse: "Estes pássaros têm boa voz e canto. Gostei da voz deles! Façam uma gaiola para cada um, coloquem-nos nelas e pendurem-nas à minha cabeceira a fim de que eu os ouça".[51] E foi assim que Sayf Almulūk e seus criados passaram a viver nas gaiolas; davam-lhes de comer e de beber, e eles ora choravam, ora contavam, ora riam. Isso posto, o rei dos negros se deliciava com suas vozes, e eles permaneceram em semelhante condição naquelas gaiolas, ó rei, por quatro anos. O rei dos negros tinha uma filha casada, residente em outra ilha, a qual, tendo ouvido a respeito dos pássaros de boa voz de seu pai, enviou um grupo para pedi-los a ele, que lhe enviou, por meio de um dos mensageiros, Sayf Almulūk e mais três de seus criados em quatro gaiolas. Tão logo chegaram, ela os observou e admirou, ordenando que fossem pendurados à sua cabeceira. Sayf Almulūk ficou espantado com o que lhe ocorrera, pensando no poder que já detivera e chorando por si, bem como os três criados, e isso levava a filha do rei a imaginar que eles estavam cantando. Um dos hábitos dela era o seguinte: quando capturava alguém proveniente do Egito ou das proximidades, e esse alguém a agradava, passava a ter uma boa posição diante dela. E foi por decreto e desígnio de Deus que ela olhou para Sayf Almulūk e lhe admirou a beleza e formosura, a altura e esbelteza; então, ordenou que o soltassem e a seus companheiros das gaiolas, passando a dignificá-los, alimentá-los e bem tratá-los. Certo dia, ficou a sós com Sayf Almulūk e lhe pediu que a possuísse, mas ele se recusou, dizendo: "Minha senhora, eu sou um jovem abandonado, pelo amor de quem amo desgraçado, e não aceito outro destino que não estar com esse amado". Assim, a filha do rei não conseguiu se achegar a ele de jeito nenhum, e, quando se cansou de tentar, encolerizou-se e determinou que ele e seus criados a serviriam como lacaios, situação na qual permaneceram por quatro anos. Esgotado por aquilo, Sayf Almulūk enviou um pedido de clemência para a filha do rei: que ela os libertasse para que eles pudessem seguir seu caminho e descansar de tanto sofrimento. Esperou até que ela apareceu e disse: "Ó Sayf Almulūk, se você fizer o que me agrada eu o libertarei disso que está sofrendo e você irá a seu país são e salvo", e lhe suplicou que a possuísse, mas Sayf Almulūk não lhe obedeceu. Ela lhe ordenava: "Vá buscar lenha!". Sayf Almulūk e os criados ficaram ali naquela situação e se tornaram conhecidos, pelos habitantes da ilha, como os pássaros da filha do rei, motivo pelo qual ninguém os maltratava. O coração da filha do rei estava tranqüilo em relação a eles, pois sabia que não tinham como escapar da ilha, deixando-os, por conseguinte, soltos sem vigilância, em ausências eventuais de um, dois ou três dias, por alguma das extremidades da ilha, catando lenha, que levavam para a cozinha da filha do rei, e nessa situação permaneceram por cinco anos.

Certo dia, Sayf Almulūk se sentou na beira da praia, contemplou-se a si mesmo e a seus criados naquela situação, lembrou-se de seu pai, de seus parentes, de sua mãe, de sua criadagem, de seu reino e de seu poder pretérito, e chorou; pensou em seu irmão Sāᶜid e seu choro e gemidos aumentaram; também chorando, os criados lhe disseram: "Senhor, o choro não vai adiantar nada. O destino está inscrito na fronte de cada um dos servos. Isso tudo foi determinação de Deus altíssimo; o cálamo correu conforme a decisão dele, não nos restando senão ter paciência, e talvez Deus, que decretou contra nós, acabe nos libertando". Disse Sayf Almulūk: "Meus irmãos, que faremos para nos livrar dessa maldita? Não temos outra chance de salvação senão Deus altíssimo. Todavia, tive uma idéia para fugirmos e descansarmos deste sofrimento". Eles disseram: "Senhor, para onde fugiremos desta ilha? Todos são ogros canibais e para onde quer que fujamos eles nos perseguirão, ou nos devorando ou nos devolvendo a este lugar, e a filha do rei se encolerizará conosco". Sayf Almulūk redargüiu: "Eu vou cá fazer uma coisa, e quiçá Deus altíssimo nos ajude a escapar e nos livrar desta ilha". Perguntaram: "Como você agirá?". Respondeu: "Cortaremos destas madeiras compridas, confeccionando com suas cascas cordas que amarremos umas nas outras, transformando-as em uma jangada, a qual lançaremos ao mar, encheremos de frutas e dotaremos de remos, e quebraremos nossas correntes com o machado. Quiçá Deus altíssimo nos dê, por meio disso, a libertação, pois ele tudo pode, e talvez nos agracie com ventos favoráveis para a terra da China, livrando-nos das mãos dessa maldita". Disseram: "É um bom parecer", e, muito contentes com aquelas palavras, imediatamente se puseram a cortar as madeiras; em um mês amarraram as cordas e fizeram a jangada.

E a aurora alcançou Šahrazād, que parou de falar.

E quando foi a

217ª

noite

52 Neste ponto, existe uma falha de concatenação na narrativa do texto-base, fruto de provável erro do original comum (pois se repete no manuscrito "Bodl. Or. 550"), e que tampouco foi percebido pelos editores de Būlāq e Calcutá 2.ed. O fato é que, no início da viagem de fuga, três são os criados; o crocodilo devora o primeiro – e portanto restaram dois –, mas o texto, em seguida, diz "o criado que restara". É possível que o desaparecimento do segundo criado tenha se dado em uma cena semelhante à do desaparecimento do primeiro criado, com as mesmas palavras, o que facilmente poderia causar um "pulo" de cópia, problema esse muito banal em manuscritos. Na edição de Breslau, o editor Maximilian Habicht corrigiu a falha fazendo com que dois criados desaparecessem na mesma cena.

Disse Šahrazād:

Eu tive notícia, ó rei venturoso, de que, ao terminar a jangada, atiraram-na ao mar, abasteceram-na de frutas e até o último dia a ninguém disseram o que iriam fazer; um dos criados pegou o machado, quebrou as correntes e eles embarcaram na jangada, remando mar afora durante quatro meses, ignorando onde iam parar. As provisões se esgotaram e sua fome já se tornara muito aguda quando repentinamente o mar espumou e se encapelou, dele se erguendo altas ondas, e eis que foram atacados por um enorme crocodilo que esticou a pata e agarrou um dos criados, engolindo-o e devorando-o; Sayf Almulūk, agora só com dois criados [...],[52] se pôs a remar com o criado que restara para bem longe, temerosos, conduzindo a jangada, até que certo dia lhes surgiu uma imensa e elevada montanha, e ambos ficaram muito contentes; logo avistaram uma ilha e remaram com denodo, renovando as esperanças de libertação conforme iam se aproximando, mas eis que o mar se agitou, suas ondas se ergueram e o crocodilo botou a cabeça para fora, esticou a pata e agarrou o último criado que restara. Sayf Almulūk ficou sozinho e chegou à ilha, na qual se refugiou, galgando a montanha, à espera de que alguém aparecesse. Lembrou-se de quando saíra de seu país e começou a chorar; embrenhou-se pela floresta, pondo-se a comer frutas em meio ao arvoredo, quando subitamente surgiram mais de vinte macacos, cada qual maior que um asno, causando-lhe muito medo. Cercaram-no por todos os lados e caminharam na sua frente, conduzindo-o, até chegar a uma torre de elevada construção e colunas maciças, na qual havia todas as espécies de tesouros, pedras de ouro, pedras de prata, metais, pedras preciosas e outras coisas indescritíveis; também havia ali um jovem ainda sem penugem nas faces, porém alto, bem alto, e que, ao ver Sayf Almulūk, simpatizou com ele. O rapaz era o único ser humano naquela torre e, tendo se admirado com Sayf Almulūk, perguntou-lhe: "O que você busca? Qual o seu nome? De que país você é? Como chegou até aqui? Conte-me a sua história e não me esconda nada". Sayf Almulūk lhe disse: "Por Deus que não cheguei aqui de propósito, nem poderei me fixar em lugar nenhum até atingir meu objetivo". O rapaz perguntou: "E qual é o seu objetivo? Qual o seu nome? Você é de que país?". Sayf Almulūk respondeu: "Sou do Egito, meu nome é Sayf Almulūk, meu pai é o rei ᶜĀṣim Bin Ṣafwān", e lhe contou tudo quanto lhe ocorrera do começo ao fim – e agora não adianta repetir. Então o rapaz se levantou e prestou reverência a Sayf Almulūk dizendo-lhe: "Senhor, quando eu estava no Egito, ouvi dizer que viajara para a China". Ele disse: "Sim, eu viajei para a China e depois para a Índia; durante quatro meses tudo foi bem, mas depois vieram ventanias, o mar se agitou e todos os navios se destroçaram, restando apenas alguns criados e eu em uma pequena fragata. Sucederam-nos vários horrores e dificuldades até que só restei eu, e cheguei aqui". O jovem disse: "Ó filho de rei, com a sua chegada aqui terminou seu exílio e sua dificuldade! Fique comigo e me faça companhia; quando eu morrer, você será o rei deste reino e destas províncias. Ninguém conhece esta ilha, e para percorrer a sua superfície toda se gastam muitos dias. Estes macacos que você está vendo têm ofícios, e tudo que quiser aqui você vai encontrar". Sayf Almulūk lhe disse: "Meu irmão, não posso me fixar em local nenhum até satisfazer a minha demanda! Procurarei e perguntarei pelo mundo todo, e talvez Deus me conceda meu objetivo ou me faça chegar a algum local onde esteja meu fim e então eu morra de uma vez". O jovem se voltou para os macacos, fez-lhes um sinal e eles desapareceram por alguns momentos, retornando com toalhas de seda amarradas na cintura; serviram o banquete, colocando cerca de cem suportes de ouro com tigelas de prata e ouro que continham todas as espécies de alimento, e ficaram em pé, segundo o hábito de quem serve os reis. Em seguida, o rapaz fez um sinal aos secretários para que se sentassem e eles se sentaram, ficando em pé o macaco cujo hábito era servir. Assim, o rapaz, Sayf Almulūk e os notáveis dentre os macacos se acomodaram para o banquete e comeram. O banquete foi retirado, trouxeram bacias e jarros de ouro com água de rosas e almíscar e todos lavaram as mãos. Depois, trouxeram recipientes para bebida, aperitivos, doces e açúcar vegetal. Beberam, apreciaram e se divertiram.

E a aurora alcançou Šahrazād, que parou de falar.

E quando foi a 218ª noite

Disse Šahrazād:

Eu tive notícia, ó rei venturoso, de que eles beberam, se embriagaram e passaram momentos agradáveis. Todos os macacos começaram a dançar e a brincar, deixando Sayf Almulūk estupefato com o que via e fazendo-o esquecer as dificuldades

52a Note que não existe explicação de como o personagem saiu da ilha; ou bem se tratava de "península", ou então essa comezinha verossimilhança não importa aqui.

53 Alcorão, 22, 45.

que passara. Quando anoiteceu, acenderam velas, espetaram-nas em candelabros de ouro cravejados de pedras preciosas e trouxeram petiscos e frutas. Na hora de dormir, estenderam-lhes a cama e dormiram. Quando amanheceu, o rapaz se pôs de pé antes que o sol nascesse, acordou Sayf Almulūk e lhe disse: "Ponha a cabeça nessa portinhola e veja o que há diante dela". Sayf Almulūk pôs a cabeça na portinhola e, vendo a vastidão do território inteiramente recoberta de macacos em tamanha profusão que somente Deus saberia seu número, perguntou: "Por que eles se reuniram aqui?". O rapaz respondeu: "É esse o costume dos macacos desta ilha: vir aqui, caminhando dois ou três dias, todos os sábados; ficam parados – até eu acordar e colocar a cabeça nessa portinhola – para me ver, prestar reverência e beijar o chão, após o que se retiram para seus misteres, e quem tem alguma atividade vai cuidar dela". Assim dizendo, o rapaz enfiou a cabeça pela portinhola de modo que o vissem e, quando suas vistas caíram sobre ele, saudaram-no abaixando a cabeça e se retiraram para seus misteres. Sayf Almulūk ficou na companhia do rapaz por um mês completo, findo o qual se despediu e partiu. O rapaz ordenou que um grupo de cerca de duzentos macacos ficasse a seu serviço durante sete dias, conduzindo-o até os limites do país, quando então se despediram e retornaram para o seu lugar. Sayf Almulūk prosseguiu viagem sozinho,[52a] atravessando montanhas, planícies, desertos e locais inóspitos durante quatro meses, ora passando fome, ora se alimentando, ora comendo ervas. Arrependido do que fizera consigo mesmo abandonando a companhia daquele rapaz, já tencionava retornar seguindo seu próprio rastro quando vislumbrou ao longe uma mancha negra e pensou: "É uma cidade ou um arvoredo. Vou até lá ver de que se trata", e caminhou pelo deserto até chegar às proximidades e constatar que se tratava de um palácio bem elevado, construído em pleno deserto por Jafé, filho de Noé, que a paz esteja com ele; era o castelo mencionado por Deus altíssimo em seu livro caríssimo, "poços inutilizados e palácios abandonados".[53] Sayf Almulūk sentou-se à porta do palácio e pensou: "Quais reis estarão dentro desse palácio? Quem será seu dono? E seus moradores, serão humanos ou gênios?". Ficou por algum tempo sentado, mas, não encontrando ninguém que estivesse ali fora ou viesse lá de dentro, resolveu ir em frente e confiar em Deus poderoso e excelso: entrou no palácio, contou sete cômodos e não encontrou ninguém; na sétima entrada viu uma cortina; ergueu-a com as mãos e entrou, vendo-se em um grande galpão triangular dotado de tapetes de seda, em cujo centro havia um leito de ouro no qual estava sentada uma jovem como a lua iluminada, vestida com roupa de reis e enfeitada como uma noiva na noite de núpcias; sob o trono havia quarenta suportes para banquete, e, sobre os suportes, travessas de ouro e prata repletas de alimentos opulentos. Ao vê-la, Sayf Almulūk foi em sua direção e a cumprimentou; ela retribuiu o cumprimento e perguntou: "Você é gênio ou humano?". Ele respondeu: "Sou dos melhores dentre os humanos, rei filho de rei". A jovem lhe disse: "Sente-se para comer, e depois me conte como chegou aqui". Sayf Almulūk se acomodou e, faminto, comeu daquelas travessas até se fartar, refreando então as mãos e se pondo a beber. Depois, subiu no leito e se sentou junto da jovem, que lhe perguntou: "Quem é você? Qual o seu nome? De onde veio? Quem o fez chegar até aqui?". Ele respondeu: "Eu? Minha história é longa!". Ela perguntou: "Diga-me de onde é e o que veio fazer aqui". Ele respondeu: "Diga-me você quem a trouxe aqui e o que está fazendo sentada neste palácio assim sozinha, sem mais ninguém!". Ela respondeu: "Meu nome é Dawlat Ḫātūn, filha do rei da Índia; meu pai mora na capital de Sarandīb[54] e possui um belo e grande jardim, o mais formoso de toda a Índia, no qual existe uma grande piscina. Certo dia, acompanhada de minhas criadas, entrei naquele jardim, despimo-nos e mergulhamos na piscina, onde ficamos brincando e nos divertindo. Porém, antes que nos déssemos conta, algo semelhante a uma nuvem se arrojou sobre mim e me capturou no meio das criadas, carregou-me e saiu voando rumo ao céu enquanto dizia: 'Ó Dawlat Ḫātūn,[55] não tenha medo e mantenha o coração tranqüilo!'. Voou comigo mais um pouco e mal me apercebi quando pousamos no palácio, e quem me carregava imediatamente se transformou em um rapaz gracioso, de bela mocidade e roupas sem sujidade, que me perguntou: 'Você me conhece?'. Respondi: 'Não, meu senhor, não tenho nenhum conhecimento consigo'. Ele disse: 'Eu sou filho de Alazraq,[56] rei dos gênios. Meu pai mora às margens do Mar Vermelho, e tem às suas ordens seiscentos mil gênios voadores e mergulhadores. Eu estava passando em viagem, voando pelo meu caminho, quando vi você e me apaixonei; apaixonei-me por sua figura, desci e a seqüestrei do meio de suas criadas.

54 Preferiu-se manter o nome árabe dessa localidade, cujo correspondente em português é Ceilão, atual Sri Lanka.

55 *Dawlat* pode significar, entre outras coisas, "estado" ou "modificação de situação"; e *Ḫātūn*, "senhora".

56 *Alazraq* significa "azul".

Trouxe-a para este sólido castelo, que foi construído para ser meu lugar e residência. Ninguém pode chegar até aqui, seja humano, seja gênio. Daqui até a Índia a distância é de cento e vinte anos. Nunca mais você vai ver a terra de seu pai nem sua mãe. Fique aqui comigo de bom coração e boa vontade, e eu lhe trarei tudo que você quiser'. Em seguida me abraçou e beijou".

E a aurora alcançou Šahrazād, que parou de falar.

E quando foi a 219ª noite

Disse Šahrazād:

Eu tive notícia, ó rei venturoso, de que [a jovem disse:] "Ele me abraçou, beijou e disse: 'Sente-se e nada tema'; deixou-me, ausentou-se por uma hora e voltou trazendo estes suportes, esta cama e estes tapetes. Toda terça-feira ele vem ficar comigo três dias, até a sexta-feira à tarde, quando então parte e se ausenta até a terça. É nessa condição que ficamos juntos, comendo e bebendo, ele e eu, e ele me beija e abraça. Continuo virgem como Deus me criou, pois ele nada fez comigo. Meu pai, o rei Tāj Almulūk,[57] não tem notícia alguma sobre mim nem encontrou nenhum rastro meu. Essa é a minha história. E você? Conte-me a sua!". Sayf Almulūk lhe disse: "Minha história é longa; eu temo demorar demais para contar, e então o gênio talvez chegue". A jovem disse: "Hoje é sexta-feira e ele acabou de sair daqui;[58] hoje ele não volta mais, só na terça-feira. Por isso, mantenha a mente tranqüila e me conte o que lhe aconteceu de fio a pavio".

Então, ele iniciou a sua narrativa, mas, quando tocou no nome de Badīᶜat Aljamāl, os olhos da jovem marejaram lágrimas abundantes[59] e ela disse: "É esse o nome de uma irmã minha, meu irmão! Badīᶜat Aljamāl! Ai, ó tempo! Ó Badīᶜat Aljamāl! Ai, Badīᶜat Aljamāl, você não se recorda de mim nem diz 'Onde está minha irmã Dawlat Ḫātūn? Aonde foi ela?'", e durante um bom tempo chorou mais ainda, e se lamentou pelo fato de Badīᶜat Aljamāl não se lembrar dela. Sayf Almulūk disse: "Ó Dawlat Ḫātūn, você é humana e Badīᶜat Aljamāl é gênia. Como poderia ser sua irmã?". Ela respondeu: "É minha irmã de leite. No dia em que minha mãe me deu à luz no jardim, [a mãe de Badīᶜat Aljamāl também estava lá e foi][60] surpreendida pelo parto, dando à luz Badīᶜat Aljamāl em uma das partes do jardim, e enviou então algumas criadas para pedir comida e acessórios de parto à minha mãe, que lhe atendeu o

57 *Tāj Almulūk* significa "coroa dos reis".

58 "E ele acabou de sair daqui" traduz *wa huwa kamā rāḥ min ᶜindī*, sintagma no qual se verifica o uso de um coloquialismo antigo, *kamā* ("como", "tal como"), com função de "agora", a exemplo do que se verifica na história do mercador e do gênio, no primeiro volume desta coleção, p. 57, nota 26.

59 O texto-base diz que os olhos do rapaz se encheram de lágrimas. As outras versões, que os olhos da jovem. Pelo desenrolar da narrativa, parece que eram os da jovem. É visível que o original comum, neste ponto, apresentava problemas de concatenação.

60 O trecho entre colchetes foi traduzido do manuscrito "Bodl. Or. 550". Būlāq e Calcutá 2.ed. apresentam uma narrativa mais floreada.

pedido e a convidou para se hospedar ali. A mãe de Badī^{c}at Aljamāl veio então com a filha, que mamou de minha mãe, e permaneceu dois meses conosco no jardim, viajando em seguida para sua terra, não sem antes entregar um objeto à minha mãe e lhe dizer: 'Se você precisar de mim, eu virei até você no meio deste jardim'. Todo ano Badī^{c}at Aljamāl vinha nos visitar com a mãe, passando algum tempo conosco e em seguida retornando a seu país. Se eu estivesse com minha mãe, ó Sayf Almulūk, e tivesse encontrado você na terra dela,[61] como nós, de hábito, somos muito unidas, eu armaria um estratagema e faria você lograr seu propósito. Porém, estou aqui, e eles não têm notícias de mim; se acaso soubessem que estou aqui, conseguiriam libertar-me deste lugar. O caso está nas mãos de Deus altíssimo. Que posso eu fazer?". Sayf Almulūk lhe disse: "Venha! Vou levá-la e fugir!". Ela disse: "Aonde você poderá ir? Por Deus que se fugisse por um ano esse gênio maldito o alcançaria em uma hora, mataria você e me mataria junto". Disse Sayf Almulūk: "Eu me esconderei em algum lugar aqui e quando ele vier e passar por mim aplico-lhe um golpe de espada e o mato!". Disse Dawlat Ḫātūn: "Você não poderá matá-lo senão matando-lhe o espírito!".[62] Ele perguntou: "E o espírito dele, onde está?". Ela respondeu: "Perguntei-lhe a respeito diversas vezes e ele nunca respondia, até que um dia, muito irritado, me disse: 'Que tanto você pergunta sobre o meu espírito? O que você tem que ver com o meu espírito?'. Respondi: 'Ó Ḥātim,[63] já não tenho ninguém além de Deus e de você! Enquanto estiver vivo, eu estarei bem. Meu espírito está ligado[64] ao seu, e, se eu não cuidar dele e colocá-lo bem no meio dos meus olhos, como poderei viver sem você? Se eu souber onde está o seu espírito, guardá-lo-ei tal como guardo os meus olhos'. Foi aí que ele disse: 'Assim que nasci os astrólogos me disseram que minha vida seria suprimida pelas mãos de um filho de reis, humano, e então eu levei meu espírito e o coloquei na vesícula de um passarinho, prendi o passarinho em um pote, e tranquei o pote em sete caixinhas, e as sete caixinhas em sete baús, e os sete baús em um caixão de mármore, e o caixão de mármore enterrei no mar oceano, que é muito distante desta terra e ao qual nenhum ser humano tem acesso. Agora eu lhe contei, mas não diga a ninguém; é um segredo entre nós dois'. Eu perguntei: 'E por acaso existe alguém comigo, ou alguém me vê além de você para que eu conte?', e

61 Trecho estranho, embora confirmado pelo desenrolar da narrativa. O texto-base e o "Bodl. Or. 550" apresentam a mesma redação: *wa naẓartuka ^{c}indahā fī bilādihā*, literalmente "e [se eu] visse você com ela no país dela". Poder-se-ia, ainda, considerar que a construção correta seria *wa naẓartuka turīd an tarūḥ ilà ^{c}indahā fī bilādihā*, "e visse você querendo ir ao país dela [de Badī^{c}at Aljamāl]...". Nas edições impressas, Breslau inclusive, os revisores consideraram que havia erro no pronome oblíquo e optaram por uma formulação mais clara: *wa naẓartuka ^{c}indanā fī bilādinā* "e [se eu] visse você conosco em nosso país". Mais adiante, outra possibilidade de leitura: quando ela afirma que "somos muito unidas", talvez esteja se referindo à irmã de leite, que desse modo aceitaria encontrar-se com Sayf Almulūk.

62 Por "espírito" traduziu-se *rūḥ*. Poderia ainda ser traduzida como "vida", "sopro vital" e até mesmo "alma" (para a qual, no entanto, é mais comum o uso da palavra *nafs*).

63 *Ḥātim*, nome próprio usual em árabe que significa "juiz". Pode-se ler também *Ḫātim*, "anel". A primeira forma foi escolhida em Būlāq e Calcutá 2.ed., e a segunda em Breslau.

64 "Ligado" traduz *mu^{c}allaqa*, que é como o editor de Breslau corrigiu o que consta do texto-base: *muqliqa* (ou *muqlaqa*), "preocupante", talvez coloquialismo de *qaliqa*, "preocupada".

prossegui: 'Por Deus que você escondeu o seu espírito em um lugar magnífico, ao qual ninguém além de você pode chegar. Mas como poderia acontecer outra coisa, isto é, como poderia esse humano [do qual falaram os astrólogos] chegar até o seu espírito?'.[65] Ele respondeu: 'No seu dedo estará um dos anéis de Salomão Bin Davi, sobre ele esteja a paz. Esse humano chegará bem aqui, colocará seu anel na superfície da água, porá a mão sobre o anel e dirá: 'Pelos nomes existentes neste anel, que o espírito do gênio fulano saia!' e então o caixão virá à tona, sendo quebrado junto com os baús e as caixas; o passarinho sairá do pote, ele o estrangulará e eu morrerei'". Sayf Almulūk disse: "Sou eu o filho de rei, e eis aqui no meu dedo o anel de Salomão Bin Davi, que a paz esteja com ele. Vamos até a beira da praia para averiguar se a conversa dele era mentira ou verdade", e ambos foram até a orla marítima, onde Dawlat Ḫātūn estacou. Sayf Almulūk avançou até o meio do mar, colocou o anel na superfície das águas e disse: "Pelos nomes que existem neste anel, exijo que saia o espírito do gênio fulano, filho do rei Alazraq". Nesse momento o mar se agitou...

E a aurora alcançou Šahrazād, que parou de falar.

65 Frase confusa no texto-base. Lançou-se mão das edições impressas, Breslau inclusive. No manuscrito "Bodl. Or. 550", o relato inteiro de Dawlat Ḫātūn está bastante resumido. O trecho entre colchetes é acréscimo do tradutor.

66 O texto-base e o "Bodl. Or. 550" trazem "estrangulou-o", equívoco evidente que passou despercebido também ao editor de Breslau. Corrigido em Būlāq e Calcutá 2.ed. Outra possibilidade interpretativa é que, no texto, a repetição dos trechos – a seqüência das ações já fora enunciada – se impôs ao andamento presumível dos eventos narrados.

E quando foi a 220ª noite

Disse Šahrazād:

Eu tive notícia, ó rei venturoso, de que o mar se agitou e o caixão veio à tona. Sayf Almulūk pegou-o e atirou-o contra as rochas, quebrando-o; quebrou os baús, as caixas, retirou o passarinho da caixinha, agarrou-o,[66] retornou ao palácio, subiu ao leito com a moça, e eis que então uma poeira subiu e algo enorme se avizinhou dizendo: "Ó filho de rei, poupe-me e não me mate; faça de mim seu liberto e eu o farei atingir seu objetivo!". Dawlat Ḫātūn disse: "Que está esperando? Mate logo esse passarinho, pois assim que entrar no palácio aquele maldito vai tomá-lo das suas mãos, matar você e depois me matar!", e então Sayf Almulūk estrangulou o passarinho e o gênio caiu morto na porta do palácio, transformando-se em um monte de cinzas negras, e se acabou. Dawlat Ḫātūn disse: "Já nos livramos das garras deste maldito! Que faremos agora?". Sayf Almulūk respondeu: "Buscaremos ajuda em Deus, que nos mandou a desgraça e agora vai arranjar as coisas, ajudando-nos a ficar livres desta situação". Arrancou quatro grandes tábuas das portas do palácio, que eram de aloés e sândalo, com pregos de ouro vermelho e também de prata branca; pegou as cordas dos mosquiteiros, que eram de seda especial entretecida com corda de palma, e com elas amarrou as tábuas arrancadas das portas umas nas outras; levou tudo até Dawlat Ḫātūn e montou uma jangada que ambos arrastaram até o mar, jogaram na água e amarraram nas estacas; retornaram ao palácio, recolheram tudo quanto ali havia – suportes de ouro, tigelas de prata, gemas, rubis, pérolas e metais preciosos – e carregaram, ele e Dawlat Ḫātūn, para a jangada, na qual embarcaram; confiaram-se a Deus, soltaram as cordas e, usando duas tábuas como remo, zarparam, dando livre curso à jangada e pondo-se a remar no meio das águas, sem saber para onde iam enquanto os ventos sopravam sobre a jangada. Ficaram naquela situação por quatro meses, ao cabo dos quais a comida acabou. Para dormir, Dawlat Ḫātūn apoiava as costas em Sayf Almulūk, e ele apoiava também as costas nela para dormir, deixando a espada entre ambos. Certa noite, enquanto Sayf Almulūk dormia, Dawlat Ḫātūn, acordada, viu que a jangada subitamente adentrava terra firme: um porto no qual existiam embarcações, em uma das quais um homem conversava com marinheiros; era ele o chefe de todos os capitães, o capitão-mor. Ouvindo a voz do capitão, Dawlat Ḫātūn teve certeza de que se tratava do porto de uma cidade e que haviam chegado à civilização. Muito contente, acordou Sayf Almulūk dizendo: "Vamos perguntar ao capitão que está no mar sobre o nome deste país e como é conhecido este porto". Sayf Almulūk se levantou contente e perguntou ao capitão: "Qual o nome deste país, meu irmão? E como é conhecido este porto?". O capitão respondeu: "Seu idiota tresloucado![67] Se você não conhece este país nem esta cidade, como veio parar aqui?". Sayf Almulūk respondeu: "Sou forasteiro".

E a aurora alcançou Šahrazād, que parou de falar.

E quando foi a

221ª

noite

Disse Šahrazād:

Eu tive notícia, ó rei venturoso, de que Sayf Almulūk respondeu: "Sou forasteiro e estava em um navio de passageiros que se quebrou e afundou com todos quantos estavam a bordo. Eu subi em uma tábua de madeira e foi assim que cheguei até aqui. Fiz-lhe uma pergunta que não é nenhuma vergonha". O homem lhe disse: "Esta é a cidade de ᶜAmmār, e este é o porto de Kamīn Albaḥrayn".[68] Ao ouvir tais palavras, Dawlat Ḫātūn

67 "Seu idiota tresloucado" traduz *yā saqīᶜ alliḥya bārid alwajh*, expressões obscuras, literalmente, "ó de barba pálida e face frígida". Seguiu-se, para a tradução, o *Supplément aux Dictionnaires Arabes* de Dozy, segundo o qual os dois sintagmas são semanticamente próximos.

68 O nome do porto foi traduzido a partir de Būlāq e Calcutá 2.ed., e significa "alçapão dos dois mares". No texto-base lê-se *Kīn Albaḥrayn*, sintagma no qual claramente falta uma letra na primeira palavra, que o editor de Breslau tentou corrigir para *Amīn Albaḥrayn*, "o secretário dos dois mares".

ficou muito contente e disse: “Receba a boa notícia da libertação próxima, Sayf Almulūk, pois o rei desta cidade é meu tio paterno, cujo nome é ^{c}Ālī Almulūk! Vamos, pergunte se o sultão da cidade se chama ^{c}Ālī Almulūk!”, e ele perguntou. O capitão respondeu irritado: “Como você é cretino! Diz que nunca veio para cá – ‘sou forasteiro’ – e como é que não sabe o nome da cidade mas sabe o nome do rei?”. Ouvindo as palavras do capitão, Dawlat Ḫātūn o reconheceu – seu nome era Mu^{c}īn Addīn[69] –, e disse a Sayf Almulūk: “Diga-lhe: ‘Ó Mu^{c}īn Arriyāsa, venha até aqui falar com a sua patroa!’”, e ele assim procedeu. Ao ouvir-lhe as palavras, o capitão ficou deveras encolerizado e disse: “Seu cachorro, seu ladrão! Você não é senão um espião! De onde conhece o meu nome?”. E gritou para alguns marinheiros: “Tragam-me o bastão de freixos para eu quebrar a cabeça desse nojento que fala torpezas!”, e eles lhe entregaram o bastão. Ele se aproximou da jangada e, vendo algo espantoso, iluminado, sua mente ficou encantada com tal visão; aguçou o olhar, avistou uma jovem como a lua, e perguntou: “O que você tem aí?”. A jovem então disse que se chamava Dawlat Ḫātūn e o capitão Mu^{c}īn Addīn caiu desmaiado ao ouvir-lhe a voz e o nome, pois a moça era filha de seu rei. [Ao acordar, deixou a jangada],[70] montou em sua égua, galopou até a cidade, entrou no palácio do rei e disse ao criado: “Vá até o rei e diga-lhe que Mu^{c}īn Addīn veio lhe trazer uma boa-nova que irá alegrá-lo”. O criado foi então transmitir o recado ao rei, que concedeu a sua permissão dizendo: “Deixe-o vir até aqui”; Mu^{c}īn Addīn entrou, beijou o chão e disse: “Ó rei, receba a boa-nova de que a sua sobrinha Dawlat Ḫātūn chegou bem ao porto em uma jangada, na companhia de um jovem de graciosa figura, semelhante à lua na noite do dia catorze”. Ao ouvir as palavras sobre sua sobrinha, o rei ficou muito contente e presenteou o capitão com uma valiosa vestimenta honorífica; ordenou que a cidade fosse ornamentada em homenagem à sobrinha, e ambos entraram nela. O tio de Dawlat Ḫātūn mandou chamar seu irmão, Tāj Almulūk, que veio encontrar a filha, e todos ficaram contentes. Tāj Almulūk permaneceu no reino do irmão durante algum tempo, após o que pegou a filha e Sayf Almulūk e viajaram até chegar a Sarandīb, sua terra. Dawlat Ḫātūn reencontrou a mãe e ambas ficaram felizes por tudo haver terminado bem; fizeram-se festas e a tristeza partiu. O rei tratou Sayf Almulūk com honrarias e lhe disse: “Você fez

69 *Mu^{c}īn Addīn*, “o apoiador da fé”, é como está em Būlāq, Calcutá 2.ed. e no “Bodl. Or. 550”. O texto-base, que nesse ponto apresenta redação assaz confusa, atribui-lhe inicialmente o nome de *Mu^{c}īn Arriyāsa*, “o apoiador da chefia”, e, mais adiante, *Mu^{c}īn Addīn Arriyāsa* (ou *Arru’asā*). Em Būlāq e Calcutá 2.ed. há um acréscimo que não parece gratuito e reforça a coerência da narrativa: “era um dos capitães de seu pai e saíra para procurá-la quando ela fora seqüestrada, mas, não a encontrando, continuou a busca até chegar à cidade do tio paterno da moça”. O nome desse tio, *^{c}Ālī Almulūk*, significa “o elevado entre os reis”, e foi traduzido a partir das outras versões, pois o texto-base apresenta um equívoco na transcrição.

70 O trecho entre colchetes foi traduzido a partir de Calcutá 2.ed., Būlāq e o “Bodl. Or. 550”. A redação do texto-base apresenta frases aparentemente desconexas, que parecem ter sido copiadas de um rascunho ou de mais de uma versão, sem que o copista se decidisse pela melhor.

por mim e por minha filha todo esse bem que não posso compensar, e só quem pode fazê-lo é o senhor dos mundos. Porém, eu gostaria que você ocupasse o meu lugar no trono e governasse a terra da Índia, pois eu lhe concedo o trono, o reino, os tesouros, os criados e todo o meu dinheiro; é tudo seu!". Nesse momento, Sayf Almulūk fez uma reverência, beijou o chão, agradeceu e disse: "Ó rei da terra, aceito tudo quanto você me concedeu e o devolvo a você. Eu, ó rei, não desejo reino nem poder; não desejo de Deus altíssimo senão que me faça atingir meu propósito e objetivo". O rei disse: "Todos os meus tesouros pertencem a Sayf Almulūk; dêem-lhe dali tudo quanto ele pedir, e não me consultem". Sayf Almulūk disse: "Gostaria de percorrer a cidade e passear por ela, por seus mercados e ruas". O rei então determinou que selassem os cavalos e Sayf Almulūk cavalgou, entrou na cidade e se pôs a cortar suas ruas, quando de repente, ao ver um jovem carregando uma túnica pela qual pedia quinze dinares, julgou-o parecido com seu irmão Sā^cid; e eis que de fato era o seu irmão Sāᶜid, que no entanto não o reconheceu em virtude do longo período de separação e da modificação na cor em todas as partes do corpo por causa das viagens excessivas. Sayf Almulūk deteve-se e disse aos criados: "Peguem aquele jovem e enviem-no ao palácio; retenham-no com vocês até eu retornar do passeio". Os criados, porém, supuseram que ele lhes dissera: "Peguem aquele lá e ponham-no na prisão", e pensaram: "Esse aí deve ser algum criado fugido"; então, levaram-no para a cadeia e o deixaram ali trancafiado. Como Sayf Almulūk voltou do passeio ao palácio esquecido de Sāᶜid – tampouco os criados lhe fizeram alguma menção a respeito –, ele permaneceu na prisão. Quando vieram recolher os presos acorrentados, Sāᶜid foi levado no meio deles para trabalhos forçados como pedreiro, e, enquanto pensava naquela situação degradante...

E a aurora alcançou Šahrazād, que parou de falar.

E quando foi a

222ª [71] noite

Disse Šahrazād:

Eu tive notícia, ó rei venturoso, de que Sāᶜid permaneceu um mês naquela situação, depois que Sayf Almulūk se esquecera dele durante o passeio. Certo dia, porém, ele se lembrou e perguntou aos criados: "Onde está aquele que enviei com vocês?". Responderam: "Ué, você não mandou levá-lo para

71 No texto-base, repete-se o número da noite anterior, 221; aqui, renumerou-se de acordo com a seqüência.

72 O relato de Sā^c^id está resumido em três linhas no manuscrito "Bodl. Or. 550".

a prisão?". O rei Sayf Almulūk disse: "Não, o que eu lhes disse foi que o levassem ao palácio!", e mandou atrás dele os secretários e comandantes, e estes trouxeram Sā^c^id ainda acorrentado e o colocaram diante do rei, que lhe perguntou: "De que país é você, meu jovem?". Ele respondeu: "Sou do Egito, meu nome é Sā^c^id, filho do vizir Fāris". Ao ouvir suas palavras, Sayf Almulūk se atirou do trono sobre ele, pendurou-se em seu pescoço e de tão contente chorou um choro copioso; disse-lhe: "Meu irmão Sā^c^id! Pude viver para vê-lo! Sou seu irmão Sayf Almulūk, filho do rei ^c^Āṣim!", e eles se abraçaram por longo tempo e choraram, deixando espantados os criados. Sayf Almulūk ordenou que conduzissem Sā^c^id ao banho e o vestissem com roupas opulentas, trazendo-o em seguida. Ele se sentou junto do irmão, que o colocou ao seu lado no trono. Tāj Almulūk apareceu e ficou contente com o que aconteceu. Sentaram-se para conversar sobre o que lhes sucedera; Sayf Almulūk contou tudo do começo ao fim, e então Sā^c^id disse:

O NAUFRÁGIO DO VIZIR SĀ^C^ID[72]

Logo que o navio naufragou, meu irmão, alguns criados e eu montamos em um pedaço de madeira durante um mês inteiro, e os ventos, pelo poder de Deus, empurraram-nos para uma ilha. Famintos, começamos a esquadrinhá-la e nos embrenhamos por seu arvoredo.

E a aurora alcançou Šahrazād, que parou de falar.

E quando foi a 223ª noite

Disse Šahrazād:

Eu tive notícia, ó rei venturoso, de que Sā^c^id disse:

Embrenhamo-nos pelo arvoredo da ilha e começamos a comer frutas, com isso nos distraindo; quando nos demos conta, fomos surpreendidos por gentes semelhantes a gênios, que subiram em nós, montando em nossos ombros, e disseram: "Andem! Vocês viraram nossos burros". Eu disse ao que montara em mim: "O que é você? E por que montou em mim?". Ele enroscou uma das pernas no meu pescoço, apertou até eu quase sufocar e bateu com o outro pé nas minhas costas; senti que minha espinha se deslocava e caí de cara no chão, pois já não me restavam forças, tamanhas eram minha fome e fadiga devido à viagem no mar. Percebendo que eu estava faminto, conduziu-me pela mão até debaixo de uma grande árvore de frutas e disse: "Coma desta árvore até se fartar"; foi o que fiz: comi até me fartar e, sem alternativa, caminhei um pouco, mas logo aquele indivíduo tornou a trepar em meus ombros; ora eu caminhava, ora eu corria, ora eu me apressava, enquanto ele ria dizendo: "Nunca em minha vida montei em um burro como você!". Foi assim, em tal situação, que ficamos com eles durante dois anos. Certo dia, vimos que eles tinham muitos pomares com cachos de uva; reunimos então aquelas uvas, colocamos em uma grande cavidade no solo e as esmagamos com os pés, até que a cavidade ficou parecendo uma grande lagoa; o sol atingiu aquele líquido, transformando-o em vinho, e dele passamos a beber à vontade; nós nos embriagávamos, nossas faces se avermelhavam, cantávamos, corríamos e dançávamos. Eles nos perguntaram: "Por que essas faces e bochechas avermelhadas, tanta cantoria, dança e alegria?". Respondemos: "E para que estão perguntando? O que pretendem de nós?". Disseram: "Contem para que saibamos!".[73] Dissemos: "Essa é uma bebida, o vinho". Disseram: "Dêem-nos de beber disso". Dissemos: "Acabou-se a uva", e eles então nos levaram a um vale de incalculável vastidão, e do qual não se vislumbrava início nem fim; era todo cheio de vinhedos com cachos pendentes de cinqüenta quilos bem pesados.[74] Eles disseram: "Ajuntem essas uvas", e nós as ajuntamos em grande quantidade. A seguir, encontrando um grande buraco, maior que a cavidade que havíamos usado, nele jogamos as uvas e as pisoteamos, deixando-as por um mês; quando elas fermentaram e viraram vinho, dissemos a eles: "Já fermentou. Em que recipiente vocês vão beber?". Responderam: "Tínhamos outros burros como vocês que morreram; nós então os comemos e restaram as cabeças; dêem-nos de beber nos seus crânios", e nos fizeram caminhar até umas cavernas onde havia muitos ossos humanos; encontramos e levamos as cabeças, e demos-lhes de beber. Quando beberam, disseram: "Isso é amargo!". Dissemos: "Por que vocês estão dizendo que é amargo? Todo aquele que diz que isso é amargo deve beber dez vezes, ou então morrerá no mesmo dia". Com medo de morrer, eles disseram: "Dêem-nos de beber", beberam e se embriagaram; começaram a gostar da bebida e disseram: "Dêem-nos para beber, mais e mais!", e nós lhes demos até que se embriagaram completamente e ficaram sem forças para nos montar; corremos com eles sob o sol e o vento, que os atingiu e lhes fez pesar as pestanas; pediram para

73 "Para que saibamos" foi traduzido de Būlāq e Calcutá 2.ed.; o texto-base traz "para que vejamos".

74 O texto-base diz um *qinṭār*, que em medida egípcia equivale a quase 45 quilos.

75 Compare esta primeira parte da história de Sāᶜid com a quinta viagem do navegante Sindabād, neste volume (p. 208).

dormir e nós dissemos: "Deixem-nos correr", assim ficando até que, vencidos pelo sono, dormiram sobre os nossos ombros; suas pernas afrouxaram a pressão sobre os nossos pescoços e finalmente os tiramos das costas e atiramos um em cima do outro; ajuntamos bastante madeira dos vinhedos, depusemos em torno e em cima deles, ateamos fogo e ficamos observando de longe: após alguns instantes as chamas cresceram, eles se queimaram e transformaram em um montão de cinzas, não restando nenhum com vida.[75] Agradecemos a Deus altíssimo por nos haver livrado deles e tentamos sair daquela ilha bordejando a praia e separados uns dos outros; dois criados e eu caminhamos e chegamos a uma floresta de muitas árvores, onde nos distraímos comendo frutas, sendo então surpreendidos por um homem muito alto, de longas barbas, longas orelhas, olhos semelhando fogueiras; à sua frente havia muitas ovelhas que ele apascentava. Quando ele nos viu, julgamos que fosse algo alvissareiro.

E a aurora alcançou Šahrazād, que parou de falar.

E quando foi a

224ª

noite

Disse Šahrazād:

Eu tive notícia, ó rei venturoso, de que Sāᶜid disse:

Ao nos ver, o xeique nos deu boas-vindas, demonstrando contentamento e dizendo: "Muitíssimo bem-vindos! Venham comigo, para que eu lhes sacrifique ovelhas e asse-as para dar-lhes de comer". Perguntamos: "E onde você mora?". Ele respondeu: "Próximo à curva da ilha, na montanha; é uma caverna; passem por lá, pois tenho muitos hóspedes como vocês; vão para lá e fiquem com eles". Acreditamos que ele falava a verdade, que fazia parte das pessoas cuja fala é verdadeira, e fomos à tal caverna, na qual entramos, e eis que havia gente como nós, seres humanos, todos cegos, dos quais nos acercamos, e eis que um deles dizia: "Estou doente!"; outro dizia: "Estou fraco"; perguntamos então: "O que é isso que vocês estão dizendo?"; eles responderam: "Vocês são agora nossos companheiros! O que os jogou nas mãos desse maldito? Não existe poderio nem força senão em Deus altíssimo e grandioso! Ele é um ogro canibal!". Perguntei-lhes: "Como ele cegou vocês?". Responderam: "E agora mesmo ele vai cegar vocês também!". Perguntamos: "Como ele nos cegará?". Responderam: "Trazendo-lhes taças de leite e dizendo-lhes: 'Vocês acabaram de chegar de viagem. Tomem, bebam deste leite enquanto eu asso a carne que trarei daqui a pouco para vocês'. Assim que beberem do leite, ficarão cegos". Pensei: "A única saída é entabular uma artimanha", e fiz um pequeno buraco no solo. Após algum tempo, aquele maldito ogro entrou pela porta empunhando três taças de leite; estendeu-me uma delas, as outras para os dois criados que me acompanhavam, e disse: "Vocês chegaram do deserto com sede! Tomem, bebam este leite! Bebam enquanto eu asso carne!". Peguei a taça que ele me ofereceu, aproximei-a de minha boca, derramei o leite no buraco e gritei: "Perdi minha vista! Fiquei cego!", e cobri os olhos com as mãos, chorando e gritando enquanto ele ria e dizia: "Ó Sā^{c}id, você se tornou igual aos que estão na caverna". O maldito supôs que eu de fato ficara como aqueles cegos. Quanto aos criados que me acompanhavam, ambos beberam o leite e ficaram cegos. Imediatamente o maldito fechou a porta da caverna e veio apalpar minhas costelas; verificando que eu estava enfraquecido, sem carne nenhuma, agarrou um homem gordo, sacrificou três ovelhas, esfolou-as, tomou um espeto de ferro, pegou o resto da carne, assou tudo e comeu.[76] Depois, trouxe um odre cheio de vinho, bebeu, dormiu de borco e roncou. Ao perceber que ele mergulhara no sono, pensei: "Como matá-lo?"; olhei ao meu redor, vi dois espetos bem quentes no fogo, que os deixara como brasa; recobrei o ânimo, fiquei em pé, agarrei os dois espetos, retirei-os do fogo, aproximei-me do ogro e o golpeei com todas as minhas forças bem no meio dos olhos. Ele se ergueu desesperado querendo me pegar, e fugi para o interior da caverna com ele correndo no meu encalço. Não encontrei lugar nenhum onde fugir dele nem saída, pois a caverna estava bloqueada com pedras. Estarrecido com o que me sucedia – um ogro a me perseguir! –, perguntei aos cegos que ali estavam: "Que fazer com esse maldito?", e um deles me respondeu: "Suba, corra, pule e atravesse aquela entrada no alto; ali você encontrará uma espada de cobre; pegue-a, retorne para cá, espere que lhe digamos: "Que está fazendo?", e aí golpeie o ogro na cintura que ele morrerá de imediato". Então eu corri, pulei, alcancei a entrada no alto com a força e o poderio de Deus, entrei, agarrei a espada, desci, vi o ogro – o qual também estava cansado de tanto correr atrás de mim, além de ter ficado sem os olhos – agarrando os cegos da caverna com a intenção de matá-los, aproximei-me dele e lhe assestei

76 Aqui, há uma evidente falha no encadeamento narrativo. Būlāq e Calcutá 2.ed. introduzem outros elementos que também carecem de nexo: "Apalpou outro e, vendo que estava gordo, ficou contente. Depois, sacrificou três ovelhas, esfolou-as, trouxe espetos de ferro nos quais enfiou a carne das ovelhas, colocou no fogo, assou e ofereceu aos meus dois criados, que comeram e ele comeu com ambos". É possível que, na redação original, o objetivo fosse produzir uma cena na qual o ogro comia carne humana; talvez ela tenha se esfumado devido a algum erro de cópia; quanto aos dois criados do narrador, é impossível atentar para a funcionalidade dessa refeição compartilhada com o ogro, uma vez que depois ambos se evaporam da narrativa.

um único golpe com a espada, cortando-o em duas partes. Ele berrou: "Mate-me direito, homem! Aplique mais um golpe", e me preparei para dar-lhe outra espadeirada no pescoço, mas o homem que me mostrara a entrada superior e a espada disse: "Não lhe dê um novo golpe, caso contrário ele irá viver, e não morrer, e nos matará a todos!", e eu o atendi.

E a aurora alcançou Šahrazād, que parou de falar.

E quando foi a

225ª

noite

Disse Šahrazād:

Eu tive notícia, ó rei venturoso, de que [Sā^{c}id disse]:

Quando eu o golpeei, o ogro caiu dividido em dois pedaços, morreu e se acabou. O cego disse: "Vamos tentar abrir a porta da caverna; quiçá Deus nos ajude a fazê-lo e então nos livraremos deste lugar". Eu disse: "Agora nada mais resta que possa nos prejudicar; vamos, isto sim, descansar, comer destas ovelhas e beber deste vinho". Permanecemos naquela ilha pelo período de dois meses, comendo daquelas ovelhas e frutas, até que certo dia avistamos ao longe uma grande embarcação no mar; acenamos e gritamos, mas os tripulantes ficaram com medo daquele maldito ogro, a quem já conheciam e que sabiam viver naquela ilha, e nada sabiam a nosso respeito. Fizemos mais acenos e imploramos dizendo: "Aquele maldito ogro se acabou e morreu! Venham se apossar de suas ovelhas e objetos!", e então um grupo deles veio em um bote; subiram a terra, entraram e nós os conduzimos ao ogro maldito, cuja morte eles puderam constatar. Transportaram ao navio tudo quanto havia na caverna de tecidos, ovelhas e dinheiro, bem como frutas para muitos dias e meses. Embarcamos com eles, que viajaram até este lugar, e me vi em uma bela cidade, cujo sultão e povo são a melhor gente; passei a morar aqui, onde estou há sete anos, vivendo como leiloeiro. Graças a Deus, que fez com que no final tudo ficasse bem, pois minha grande aflição era saber onde você estava e o que lhe sucedera, e eu pedia a Deus poderoso e onipotente que me deixasse viver para ver você; graças a ele nos encontramos, e agora não me resta no coração tristeza alguma.[77]

[*Prosseguiu Šahrazād*:] Sayf Almulūk imediatamente se pôs de pé, foi para o interior da casa, onde ficavam as mulheres, encontrou Dawlat Ḫātūn e lhe disse: "Minha senhora, onde está a promessa que me fez no palácio elevado? Acaso você

77 Būlāq e Calcutá 2.ed. dão um remate diverso para as aventuras de Sā^{c}id após a morte do ogro: "Certo dia, avistamos uma grande embarcação ao longe; acenamos para os seus tripulantes e gritamos, mas eles tiveram medo daquele ogro, pois sabiam que ele vivia na ilha e era canibal, e fizeram tenção de fugir. Acenamos-lhes então com nossos turbantes, nos aproximamos e gritamos. Um dos passageiros, cuja vista era aguda, disse: 'Ó passageiros, eu vejo que aqueles vultos são seres humanos como nós, e não estão com roupas de ogros'. Então eles vieram em nossa direção lentamente, aproximaram-se e, certificando-se de que éramos seres humanos, cumprimentaram-nos, retribuímos o cumprimento, demos a boa nova da morte do ogro maldito e eles nos agradeceram. Em seguida, nos abastecemos com as frutas da ilha, embarcamos e os bons ventos nos empurraram por três dias, mas depois a ventania se voltou contra nós, a escuridão da atmosfera recrudesceu e não era passada nem uma hora e já a ventania arremessava o barco

não me dissera que 'Se eu estivesse com meus familiares elaboraria um estratagema para você alcançar o seu objetivo'?". Ela respondeu: "Sim, ouço e obedeço!", e foi até a mãe, a quem disse: "Mamãe, vamos comigo agora nos arrumar e passar incenso para que Badī^{c}at Aljamāl venha com a mãe dela, a fim de me verem e se alegrarem!". A mãe lhe disse: "Com muito gosto e honra!"; foi até o jardim, passou uma espécie de incenso que se elevava, e após uma boa hora vieram todos ao jardim montar suas tendas. A mãe de Dawlat Ḫātūn foi se reunir com a mãe de Badī^{c}at Aljamāl, informando-a de que a filha chegara bem, e ambas ficaram contentes. Dawlat Ḫātūn se reuniu com sua irmã Badī^{c}at Aljamāl e ambas se alegraram uma com a outra; montaram uma tenda para cozinhar pratos opulentos e mandaram ajeitar o local. Dawlat Ḫātūn providenciou ainda para ficar a sós com Badī^{c}at Aljamāl em uma tenda, em cima da cama, as duas comendo, divertindo-se e bebendo. Dawlat Ḫātūn disse: "Como é difícil a separação, minha irmã, e como é bom o encontro, conforme disse o poeta:

'No dia da separação se dilacerou meu coração.
Deus dilacere o coração do dia da separação!
Se para a separação achássemos saída,
ninguém provaria essa coisa tão ardida'".

Badī^{c}at Aljamāl disse: "Ah, minha irmã Dawlat Ḫātūn!", e esta disse: "Minha irmã, fiquei sozinha por anos no palácio elevado. Eu chorava noite e dia pensando em nossa separação, na separação de minha mãe, de meu pai e de minha família. Agora, graças a Deus que estou bem!". Badī^{c}at Aljamāl perguntou: "Como você se livrou daquele tirano opressor, o filho do rei Alazraq?". Nesse momento Dawlat Ḫātūn se levantou e começou a falar, contando a história de Sayf Almulūk desde o início, ou seja, o que lhe sucedera durante a viagem, os tormentos e terrores que o afligiram, até que chegou ao palácio elevado, onde matou o filho do rei Alazraq, arrancou as portas, transformando-as em jangada e remos, e depois entrou na cidade. Admirada com as façanhas de Sayf Almulūk, Badī^{c}at Aljamāl disse: "Por Deus que ele é de fato um homem, mas por que abandonou os pais e viajou, expondo-se a todos esses perigos?". Dawlat Ḫātūn respondeu: "Por Deus, minha irmã, quero agora lhe contar a origem de toda a história, e não terei

contra uma montanha, e ele se quebrou e suas tábuas se soltaram. Deus grandioso determinou que eu me agarrasse a uma das tábuas, na qual montei e naveguei por dois dias; vieram bons ventos e eu me pus, sobre a tábua, a remar com os pés por algum tempo, até que Deus altíssimo me fez chegar incólume à terra. Entrei nesta cidade, forasteiro, sozinho e abandonado, sem saber o que fazer. Premido pela fome e exaurido pelo grande esforço, fui ao mercado da cidade; escondi-me, tirei esta túnica e pensei: 'Vou vendê-la para comer, até Deus decidir o que tiver de ser'. E assim, meu irmão, enquanto eu empunhava a túnica e as pessoas assistiam e faziam ofertas, você me viu e ordenou que eu fosse levado ao palácio, mas os criados me levaram para a prisão. Após algum tempo você se lembrou de mim e mandou trazer-me à sua presença. Já lhe contei tudo quanto me sucedeu, e graças a Deus por este encontro".

vergonha de você”. Badīᶜat Aljamāl disse: “Minha irmã, existem muitas coisas entre nós duas...”.

E a aurora alcançou Šahrazād, que parou de falar.

E quando foi a

226ª

noite

Disse Šahrazād:

Eu tive notícia, ó rei venturoso, de que Badīᶜat Aljamāl disse: “Existem muitas coisas entre nós duas; você é minha irmã e companheira, e não me pediria nada que não fosse bom! Por que teria vergonha de mim, ou me ocultaria as coisas? Diga o que quiser, sem nada esconder!”. Dawlat Ḫātūn disse: “Por Deus que tais desditas não aconteceram a esse pobre coitado senão por sua causa; você foi o motivo!”. Badīᶜat Aljamāl perguntou: “Como pode ser isso, minha irmã?”. Dawlat Ḫātūn respondeu: “Ele viu a sua imagem na túnica que seu pai enviou a Salomão Bin Davi, que a paz esteja com ele, e Salomão Bin Davi enviou essa túnica ao rei ᶜĀṣim, do Egito, pai de Sayf Almulūk, em meio a outros presentes e regalos. O rei ᶜĀṣim deu a túnica a Sayf Almulūk, e ele, ao abri-la para examinar, viu a sua imagem, apaixonou-se por ela, saiu à sua procura e sofreu todas essas dificuldades”. Enrubescida e com vergonha de Dawlat Ḫātūn, Badīᶜat Aljamāl disse: “Por Deus que isso não pode ser, nunca! Os humanos não se combinam com os gênios!”. Dawlat Ḫātūn passou a descrever-lhe Sayf Almulūk e sua beleza, sua formosura, sua bravura, e continuou descrevendo-o até dizer: “Minha irmã, por Deus altíssimo e por mim, deixe-me mostrá-lo a você. Venha vê-lo você mesma!”. Badīᶜat Aljamāl disse: “Por Deus, minha irmã, essas coisas que você está querendo nunca acontecerão”. Ela não correspondeu, nem o amor por Sayf Almulūk lhe penetrou o coração. Então Dawlat Ḫātūn se pôs a descrever Sayf Almulūk com mais veemência, e a suplicar-lhe dizendo: “Não existe no mundo ninguém melhor que ele!”, beijando-lhe os pés e pedindo: “Ó Badīᶜat Aljamāl, em nome do leite que mamamos juntas! Em nome do desenho que existe no anel de Salomão Bin Davi, que a paz esteja com ele! Por favor, ouça-me, ouça minhas palavras! Eu jurei a ele, eu prometi, no palácio elevado, que o faria vê-la! Por Deus, pelo meu juramento, por mim, deixe-o vê-la uma única vez! E você também dê uma olhada nele!”, e a outra também chorou e suplicou, beijando-lhe as mãos e os pés, até que enfim concordou e disse: “Por você, vou deixá-lo ver o meu rosto, uma única visão bem rápida". Nesse instante, o coração de Dawlat Ḫātūn ficou feliz e, após beijar-lhe as mãos e a cabeça, saiu e se dirigiu ao palácio, ordenando aos camareiros que arrumassem o palácio do jardim, onde montaram um gracioso leito de ouro, prepararam bebida e trouxeram taças de ouro. Em seguida, Dawlat Ḫātūn foi até onde estavam Sā^{c}id e Sayf Almulūk, e lhe deu a boa-nova de que ele atingiria seu intento; disse-lhe: "Pegue seu irmão e vá com ele ao palácio do jardim; mantenham-se escondidos e não deixem que ninguém os veja até Badī^{c}at Aljamāl chegar". Então Sā^{c}id e Sayf Almulūk se dirigiram até o lugar indicado, e, muito contente, ele beijou a cabeça de Dawlat Ḫātūn. Caminharam pelo jardim e viram o leito de ouro montado, sobre o qual havia almofadas douradas; viram ainda os utensílios de bebida. Ambos tinham comido e bebido muito, e Sayf Almulūk sentiu o peito opresso; pensou em sua amada, e foi invadido pela ansiedade e pela paixão; levantou-se, saiu do galpão em que estava escondido e disse ao seu irmão Sā^{c}id: "Fique aí no seu lugar; não me siga, espere meu regresso", e, saindo, pôs-se a caminhar pelo jardim.

E a aurora alcançou Šahrazād, que parou de falar.

E quando foi a

227ª

noite

Disse Šahrazād:

Eu tive notícia, ó rei venturoso, de que Sayf Almulūk se pôs a caminhar pelo jardim; estava embriagado, abalado pela ansiedade e vencido pela paixão e pelo amor, e recitou a seguinte poesia:

"Ó Badī^{c}at Aljamāl, quem a ti equivale?
Tem dó de quem por tua paixão se desgraçou!
És minha procura, meu destino, minha alegria;
meu coração já recusou outra amar que não a ti!
A noite inteira acordado, os olhos chorosos!
Quem dera eu soubesse que conheces meu choro!
As lágrimas ainda me escorrem pela face;
será que o teu consentimento te abandonou?
Ordenarei ao sono que me envolva os olhos
e assim quem sabe em sonhos te vejo,
se neles fizeres essa gentil caridade:
teu encontro terá dó deste débil doente.
Aumente Deus teu regozijo e alegria,

sejam todos os humanos teu resgate,
sob tua bandeira estejam todos os belos!".

E, chorando, recitou o seguinte:

"Ó Badīᶜat Aljamāl, és minha vida!
E no interior do coração és o segredo!
É só a ti que me refiro, quando falo,
e é só em ti que penso, quando calo.
Só quero do mundo encontrar-vos;
outro, por Deus, pela mente não me passa!".

Sayf Almulūk recitou ainda:

"Em meu fígado há um fogo que cresce;
oculto meu estado mas a paixão aumenta;
desejo a vós, não me desgosta vossa fala;
rogo encontrar-vos: o apaixonado tudo suporta!
Tende pena de quem o amor macerou o corpo!
Minha cor se amarelou, doente está meu coração,
mas a vós não trocarei nem de vós me apartarei".

E se lamentou:

"Ó minha senhora Badīᶜat Aljamāl,
ó aquela que na beleza é sem igual!
Tem dó deste escravo teu que tanto chora,
e que de pai e mãe está separado agora!
Tem dó daquele que a insônia cegou,
e que pelo repouso foi abandonado!
Tem dó de quem passa a noite acordado,
Tem dó de quem passa o dia abismado!".

E depois recitou:

"Por Deus que, sol nascendo ou se pondo,
Badīᶜat de meu coração é desejo e sussurro;
com quem quer que me sente para falar,
tu és sempre o assunto de meus convivas.
Por mais pura que seja a água que bebo,
no meu copo é a tua imagem que eu vejo".[78]

78 Em Būlāq e Calcutá 2. ed., as poesias são mais copiosas e apresentam redação diferente. O "Bodl. Or. 550", bastante resumido, não contém nenhuma poesia.

Sayf Almulūk continuou caminhando pelo jardim até topar com uma azenha; caiu debaixo de uma árvore e dormiu. Quanto a Badīcat Aljamāl, após sua conversa com Dawlat Ḫātūn, ela atentou para Sayf Almulūk, para sua juventude, sua virilidade, beleza e formosura, sua altura e esbelteza, e o amor por ele se infiltrou em seu coração; ela se apaixonou de ouvir falar, tal como se diz: "Às vezes, o ouvido se apaixona antes do olho". Badīcat Aljamāl estava sentada...

E a aurora alcançou Šahrazād, que parou de falar.

E quando foi a 228ª noite

Disse Šahrazād:

Eu tive notícia, ó rei venturoso, de que Badīcat Aljamāl estava sentada na tenda com suas serviçais e criadas, alegrando-se e divertindo-se, admirada; embriagou-se e o amor e a paixão se agitaram em seu coração; lembrou-se de Sayf Almulūk e pensou: "Por Deus que eu gostaria agora, nesta noite agradável, de ir até onde ele está e ver sua imagem, a imagem desse sobre quem tanto falou Dawlat Ḫātūn, ver direito qual é a sua história; se for mesmo como descreveu Dawlat Ḫātūn, vou aceitá-lo, viver com ele e fazê-lo minha parte neste mundo; se for diferente de sua descrição, vou tirá-lo de minha mente e nunca mais me lembrar dele". Levantou-se do meio das criadas e saiu dizendo: "Que ninguém me siga nem saia do lugar até meu regresso". Penetrou no jardim e caminhou até chegar à azenha, onde viu Sayf Almulūk deitado no chão, sobre a terra, tão bêbado de vinho e amor que não acordou. Reconhecendo-o graças à descrição que lhe fizera a irmã, ela se sentou junto à sua cabeça, que colocou sobre os joelhos, e se pôs a observar-lhe o rosto, a contemplá-lo e a gemer, pois seu amor, anelo e paixão haviam aumentado; suas lágrimas escorreram e, sem poder reprimir o choro, ela recitou:

"Ó adormecido noite afora!
Sono de amante é sempre pecado,
pois quem deseja o amor
tampouco quer dormir!".

Mas Sayf Almulūk continuou a dormir e Badīcat Aljamāl a chorar e se lamentar; uma de suas lágrimas escorreu sobre o rosto dele, acordando-o. Viu Badīcat Aljamāl sentada à sua cabeça, reconheceu-a, chorou de alegria e recitou:

“Este é meu choro por ti, e contém desculpas,
informando-te hoje sobre meu estado e segredo;
a felicidade avançou sobre mim com tal força,
e foi tamanha a alegria que me fez chorar!
Plenilúnio que surge sobre galho de bambu,
seu amor me fez perder paciência e consolo,
e nele o coração se perdeu em segredo oculto;
ofertei a ti, com sentimento, minhas pálpebras,
o negro dos meus olhos, o rubro de meus lábios;
as maçãs de tua face eram como as anêmonas,
e eu quis, de tanto anelo e tanta ansiedade, recitar:
é isto que quero, e não troco uma pessoa por outra.
Por Deus eu te peço, ó aquela que não tem igual
para o amante: ó minha vida, ó minha anêmona,
por toda a beleza que em tuas faces se reúne,
pelo branco, pelo vermelho-escuro da anêmona,
e pelo encanto e pintura que há em teus olhos,
e pela esbelteza de ramo que há em tua cintura:
não deseje a danação deste pobre condenado!
Não restaram senão restos de meu débil corpo.
Isto é o que te peço após exaltar-te, e já
cumpri minha obrigação, dentro do que posso”.

Em seguida, Sayf Almulūk...

E a aurora alcançou Šahrazād, que parou de falar.

E quando foi a

229ª

noite

Disse Šahrazād:

Eu tive notícia, ó rei venturoso, de que em seguida Sayf Almulūk recitou:

“A paz esteja convosco: a saudação é um sinal,
e todo generoso por outro generoso se inclina!
A paz esteja convosco, não perca eu vossa vida,
pois em meu coração tendes posição e repouso.
Tenho ciúme de vós e nunca vos esqueço:
o amante por seu amado sempre se debilita!
Não negueis a vosso amado vossa generosidade:
ele morrerá de saudade, com o coração enfermo!
À noite apascento as estrelas, humilhado,
enquanto meu coração se distorce de paixão;

já não me sobra paciência nem estratagema,
e só me resta falar a mim mesmo. Para que falar?
Convosco a paz de Deus esteja por toda hora!
Saudações de um amante que ainda a tudo suporta!".

Em seguida, recitou o seguinte:

"Devera eu procurar por outros, meus senhores,
pois de vós não alcancei meu objetivo ou desejo!
Mas quem, além de vós, atingiu tamanha beleza,
para que atrás dele eu vá até o meu juízo final?
Quem dera pudesse eu amar a outros, eu que
em vós saturei minhas pupilas e entranhas!". [78a]

Ao concluir as suas poesias, Sayf Almulūk chorou e Badīᶜat Aljamāl lhe disse: "Ó filho de rei, eu temo me entregar a você por inteiro e não receber, de sua parte, companheirismo nem amor, pois os seres humanos são de pouca fidelidade e muita perfídia e indiferença. Até o senhor Salomão, que a paz esteja com ele, casou-se por amor com Belquis,[79] mas abandonou-a tão logo encontrou outra de quem gostou". Sayf Almulūk lhe disse: "Meu coração, meus olhos, minha vida, Deus altíssimo não fez todos os homens iguais. Eu, se Deus altíssimo quiser, me manterei fiel ao compromisso, e morrerei aos seus pés. Você vai testemunhar a verdade das minhas palavras, das quais Deus é fiador e vigia". Badīᶜat Aljamāl lhe disse: "Venha, sente-se agora, e me jure, conforme a sua fé nos compromissos perante Deus – e quem trai será por Deus traído". Então Sayf Almulūk se sentou, um pegou nas mãos do outro, e ambos fizeram o juramento recíproco de que nenhum deles daria preferência a outro, fosse gênio, fosse humano, e depois se abraçaram por um bom tempo, beijaram-se e choraram por sua muita alegria. Sayf Almulūk recitou o seguinte:

"Chorei de paixão, de anseios, ardendo pela
distância de quem meu coração e olhos amam,
ainda que teu longo abandono me aumente as dores,
e seja curto meu braço para alcançar meu desejo,
e me cresça a tristeza com a queda de minha fortaleza,
e a ampliação da desgraça me diminua a paciência,
que, tendo sido bem vasta, na verdade ora se estreita

78a Note o uso do masculino para referir personagens femininas. Era procedimento comum na poesia árabe.

79 Referência ao conhecido episódio bíblico, também sustentado pela tradição árabe-islâmica.

e contrai depois de minha satisfação e alegria.
Será que antes de minha morte Deus nos reunirá
e eu vou me curar de tanto tormento e fraqueza?".

Após o juramento mútuo, [Sayf Almulūk foi caminhar um pouco, bem como Badīᶜat Aljamāl, acompanhada de uma criada, que carregava um pouco de comida e uma garrafa de bebida, e, quando sua patroa se sentou, ela depôs comida e bebida diante dela; após alguns instantes, Sayf Almulūk chegou e][80] ela o recebeu com saudações; abraçaram-se, beijaram-se e se puseram a comer e a beber durante algum tempo, após o que ela disse: "Ó filho de rei, quando você entrar no Jardim de Iram, verá uma grande tenda de cetim vermelho com bordas de seda vermelha e estacas de ouro vermelho; entre nessa tenda e verá uma velha sentada em um leito de ouro sob o qual haverá uma cadeira de ouro; logo que entrar, cumprimente-a com educação, respeito e autoridade; pegue as sandálias dela, beije-as, coloque-as na cabeça, enfie-as debaixo de sua axila direita e pare diante dela calado e cabisbaixo. Quando ela lhe perguntar: 'De onde você veio? Quem é você? Como chegou aqui? Quem o trouxe? Por que você reverenciou estas sandálias dessa maneira?', saia da frente dela calado; esta minha criada vai entrar e conversar com a velha; observe como ela lhe dirige a palavra e lhe conquista o coração e a mente, e assim talvez Deus os faça inclinar-se por você e lhe conceda o seu desejo"; em seguida, chamou uma de suas criadas, chamada Murjāna,[81] e disse a ela: "Em nome do afeto que lhe tenho, por favor atenda hoje a este meu pedido, sem negligência; depois de atendê-lo, você será libertada, por Deus altíssimo: receberá todas as honrarias, não haverá ninguém mais próximo de mim e não revelarei meus segredos senão a você". Murjāna respondeu: "Patroa, luz de meus olhos, diga-me qual é o seu pedido e eu o atenderei com meus dois olhos!". Disse Badīᶜat: "Carregue este humano em seus ombros e mostre-lhe o Jardim de Iram, onde está minha avó, mãe de meu pai. Leve-o até a tenda dela e coloque-o lá dentro. Quando Sayf Almulūk entrar na tenda e fizer as reverências com a sandália de minha avó, ela lhe perguntará: 'De onde você é? De onde veio? Quem o trouxe a este lugar? Por que reverenciou estas sandálias? Qual o seu pedido para que eu o atenda?'; nesse momento entre você depressa, cumprimente-a e lhe diga: 'Patroa, fui eu quem trouxe aqui este rapaz; é filho do

80 O trecho entre colchetes foi traduzido de Būlāq; o texto-base traz: "Sayf Almulūk saiu dali enquanto Badīᶜat Aljamāl permanecia à sua espera, acompanhada de uma criada, um pouco de comida e uma garrafa cheia de vinho até a boca. Quando ele voltou, ela o recebeu...", o que é uma redação visivelmente falha.

81 *Murjāna* quer dizer "coral".

rei do Egito, e foi ele quem chegou ao palácio elevado e matou o filho do rei Alazraq, salvando Dawlat Ḫātūn e conduzindo-a ao pai dela sã e salva. Enviaram-no comigo para que você o veja e ele lhe dê uma boa-nova. Seja bondosa com ele, patroa! Não é um rapaz gracioso?'. Ela lhe dirá: 'Sim, por Deus', e você lhe dirá: 'Patroa, este rapaz é perfeito em boas qualidades e coragem, é rei do Egito, possui todas as virtudes apreciáveis'. Quando ela lhe perguntar: 'Qual é o pedido dele?', responda-lhe: 'Minha patroa Badī^{c}at Aljamāl envia-lhe saudações e lhe diz: 'Minha avó, até quando vocês deixarão esta jovem assim solteira, sem casamento? Por acaso ela é trigo para que a deixem armazenada? Por que não a casam enquanto a mãe dela e a senhora estão vivas, como se faz com todas as jovens?'. Quando ela lhe perguntar: 'O que faremos? Se ela conhecesse alguém que caísse no seu gosto e nos informasse, agiríamos para a sua total satisfação', diga: 'Vovó, vocês queriam dá-la ao senhor Salomão Bin Davi, sobre ele esteja a paz, mas não foi seu destino ficar com ela. Salomão enviou a túnica ao rei do Egito, que a deu ao seu filho, este rapaz, o qual, ao abri-la e vesti-la, viu a imagem de minha patroa, apaixonou-se por ela, abandonou seu reino, sua mãe, seu pai, tudo quanto possuía e saiu transtornado mundo afora à procura dela, arrostando dificuldades e terrores até chegar ao palácio elevado, onde matou o filho do rei Alazraq e encontrou Dawlat Ḫātūn, irmã de minha patroa, entregando-a aos parentes, ao pai e à mãe. Dawlat Ḫātūn foi o motivo de tudo, pois o colocou em contato com minha patroa. Você já lhe viu a beleza, a capacidade, a juventude, a formosura. A mente de minha patroa está com ele. Se vocês pretendem casá-la, casem-na com ele e não a impeçam, pois trata-se de um rapaz gracioso, grandioso, rei do Egito; melhor que ele não vão encontrar, e se não a derem a este jovem, ela vai se matar, não se casando com mais ninguém, seja humano, seja gênio'.[82] Veja, minha mãezinha Murjāna, como fazer para conquistar o coração da minha velha avó e levá-la a aceitar. Se você cumprir esta missão, será libertada em nome de Deus altíssimo. Trate-a com doçura e quiçá ela me atenda. Se cumprir esta missão, não haverá para mim ninguém mais caro que você, mãezinha". A criada respondeu: "Patroa, sobre a cabeça e os olhos eu a servirei e agirei para satisfazê-la", e, carregando Sayf Almulūk nos ombros,...

E a aurora alcançou Šahrazād, que parou de falar.

82 Nas recomendações de Badī^{c}at a Murjāna, ora se usa a primeira pessoa, ora a terceira. Padronizou-se com a terceira pessoa.

E quando foi a

230ª

noite

Disse Šahrazād:

Eu tive notícia, ó rei venturoso, de que a criada carregou Sayf Almulūk nos ombros e lhe disse: "Feche os olhos, filho de rei"; ele fechou e depois de uma boa hora ela lhe disse: "Abra os olhos, filho de rei"; ele abriu e viu o jardim, que era o de Iram. A criada lhe disse: "Entre naquela tenda, sem medo"; Sayf Almulūk entrou, mencionou o nome de Deus altíssimo, espichou os olhos e viu a velha sentada no trono, com criadas a servi-la; cumprimentou-a, fez reverências com respeito e educação, pegou suas sandálias, beijou-as, enfiou-as debaixo do braço direito e parou cabisbaixo. A velha lhe perguntou: "Quem é você? De que país é? Quem o fez chegar até aqui? Quem o trouxe a este lugar? Por que fez essas reverências? Qual o seu pedido para que eu o atenda?". Nesse instante, a criada Murjāna entrou, cumprimentou-a, fez reverências e disse: "Patroa, fui eu quem trouxe este jovem até aqui, até este palácio. Foi ele quem entrou no palácio elevado e matou o filho do rei Alazraq, salvando a princesa Dawlat Ḫātūn e levando-a até o pai e a mãe, virgem e imaculada. É um rei grandioso, filho do rei do Egito, possui muito decoro, bela compleição, é importante, valente e respeitoso. Enviaram-no comigo para servi-la, para que você o veja. Por Deus, patroa, não se trata de um jovem gracioso?". A velha respondeu: "Sim, por Deus, Murjāna, é um rapaz gracioso, de bela compleição e formosa figura". Nesse momento a criada principiou a falar de acordo com as instruções de Badīᶜat Aljamāl, e, ao ouvir tais palavras, a velha gritou e se irritou dizendo: "E desde quando os humanos se combinam com os gênios?". Sayf Almulūk disse: "Minha senhora, eu me combino com os gênios! Serei seu criado, morrerei às suas portas, não prestarei atenção a mais ninguém e preservarei o compromisso. A senhora saberá que sou veraz e não minto, e verá o meu bom afeto, se assim o quiser Deus altíssimo".[83] Então a velha refletiu por algum tempo, de cabeça baixa, erguendo-a a seguir para perguntar: "Gracioso rapaz, você preservará o compromisso, o pacto e a fidelidade?". Respondeu Sayf Almulūk: "Sim, em nome daquele que estendeu a terra e ergueu os céus, preservarei o compromisso, o pacto e a fidelidade". Nesse momento a velha disse: "Em nome de Deus, atenderei seu pedido se Deus altíssimo assim o quiser. Agora vá descansar e passear pelo Jardim de Iram; coma de suas frutas, as quais não têm igual no mundo, enquanto vou atrás de

83 O discurso de Sayf Almulūk para a velha é, em síntese, o mesmo que ele dirigira antes à sua amada Badīᶜat Aljamāl. Embora pareça existir aí alguma falha de cópia, tal discurso é praticamente idêntico em todas as versões compulsadas. Para sanar a dúvida, consultaram-se outras edições – inclusive a libanesa do padre jesuíta Anṭūn Ṣāliḥānī, que sofreu revisões, correções e mutilações drásticas –, mas em todas a fala é a mesma, sinal de que, mesmo nesse formato, o discurso satisfez os mais variados editores e copistas.

meu filho Šahbāl para conversar com ele, que não diverge de minhas ordens nem me desobedece, e casarei você com minha neta Badīᶜat Aljamāl, enquanto seu pai, sua mãe e eu ainda estamos vivos; se Deus altíssimo quiser, ó Sayf Almulūk, ela será sua esposa e você, seu marido". Ele beijou a mão da velha, fez uma reverência, agradeceu e se dirigiu ao jardim. A velha disse à criada que trouxera Sayf Almulūk: "Vá você procurar meu filho Šahbāl, esteja onde estiver, e traga-o até mim", e a criada partiu, procurou-o e o trouxe à presença da velha.

Quanto a Sayf Almulūk, enquanto ele passeava pelo Jardim de Iram, deu-se que ali se encontravam cinco gênios do grupo do rei Alazraq; vigiavam-no e diziam: "Quem o trouxe para este lugar? Não terá sido senão ele quem matou o filho do nosso mestre! Vamos observá-lo, inquiri-lo e armar um estratagema". Foram até a extremidade do jardim e se puseram a caminhar devagarinho, até que cruzaram com Sayf Almulūk, dele se acercando e perguntando: "Gracioso rapaz, você agiu muito bem liquidando o filho do rei Alazraq e salvando Dawlat Ḫātūn daquele cachorro que a seqüestrou! Não fosse você, ela, filha do rei do Sarandīb, nunca teria se livrado dele. Como o matou?". Julgando que fossem habitantes do jardim, Sayf Almulūk lhes respondeu: "Sim, eu o matei com este anel que está em meu dedo", e então, seguros de que fora ele o matador do gênio, agarraram-no, dois pelas pernas, dois pela cabeça – o quinto tapou-lhe a boca para que não gritasse, fosse ouvido e viessem resgatá-lo; carregaram-no e voaram com ele, levando-o até o rei Alazraq, diante do qual o depuseram dizendo: "Ó rei de todos os tempos, encontramos o assassino do seu filho!". Ele perguntou: "Onde está ele?". Responderam: "Ei-lo aqui". O rei Alazraq então lhe perguntou: "Como matou o meu filho? Por que o matou?". Sayf Almulūk respondeu: "Porque ele era injusto e opressor; seqüestrava filhas de reis, aprisionava-as no palácio elevado, separava-as de seus familiares, fornicava e as corrompia. Matei-o com este anel que está em meu dedo, e Deus mandou o espírito dele para o fogo, o pior paradeiro". Tendo assim se certificado de que aquele era o matador de seu filho, o rei Alazraq convocou todos os vizires e demais membros de seu governo e lhes disse: "Esse é o assassino de meu filho! Como devo matá-lo? Digam-me, o que faço com ele? Como matá-lo? Qual tortura lhe devo infligir?". O grão-vizir lhe disse: "Corte todo dia um membro dele"; disse outro: "Dê-lhe uma surra violenta todo dia"; disse outro: "Corte-lhe todos os dedos e queime-os"; disse outro: "Corte-o pela metade"; disse outro: "Empale-o"; enfim, cada um deles se pôs a fazer uma sugestão. O rei Alazraq tinha um comandante entrado em anos, de boas propostas, que disse: "Ó rei de todos os tempos, eu lhe falo e você me acata" – era ele conselheiro do reino e do governo, e tudo quanto ele propunha era seguido; esse homem beijou o chão e disse ao rei: "Meu filho, você vai acatar o que eu lhe disser e me dará garantia de vida?". O rei disse: "Diga, pois você tem a garantia de vida". Ele disse: "Ó rei, se você aceitar meu conselho e minha palavra, matá-lo não é do seu interesse, pois ele está em suas mãos, sob seu arbítrio; é seu prisioneiro e você pode matá-lo quando bem entender. Ele foi ao Jardim de Iram, casou-se com Badī^{c}at Aljamāl, filha de Šahbāl, tornando-se um deles. Seus criados foram capturá-lo no Jardim de Iram, e a situação dele não lhes permanecerá oculta; o rei Šahbāl, pela filha, exigirá a devolução do rapaz, e com soldados atacará você, que não poderá resistir-lhe – nem a ele, nem aos seus soldados".

Badī^{c}at Aljamāl ordenou, tão logo Šahbāl chegou ao jardim, que uma criada buscasse o rapaz, mas ela procurou por ele e, como não encontrasse ninguém, revirou o jardim inteiro, mas todos lhe disseram: "Não vimos ninguém", exceto um, que lhe disse: "Eu vi, sob uma árvore, um humano que repentinamente foi cercado por criados do rei Alazraq, os quais conversaram com ele, agarraram-no, taparam-lhe a boca, voaram com ele e partiram". Ao ouvir tais palavras, a velha não aceitou, encolerizou-se bastante, pôs-se de pé e disse a seu filho Šahbāl: "Você é o rei, e ainda durante a sua vida, e também a minha, vêm os criados do rei Alazraq ao nosso jardim, raptam nosso hóspede e retornam sãos e salvos?". Šahbāl disse: "Mamãe, aquele humano matou o filho do rei Alazraq, e agora Deus altíssimo o lançou nas mãos dele! Ele é gênio e eu sou gênio; agora, só por causa de um humano, irei me inimizar com ele e combatê-lo, deflagrando a discórdia entre nós?". A mãe lhe disse: "Por Deus que é imperioso que você vá, lute com ele e exija nosso filho e hóspede. Se ele ainda estiver vivo, pegue-o e venha; se o tiver matado, pegue o rei Alazraq, seus filhos, suas mulheres, quem estiver junto dele e seu povo; traga-o até mim vivo para que eu o mate com minhas próprias mãos e destrua sua cidade. Caso contrário, não perdoarei você das obrigações decorrentes do meu leite, com o qual o amamentei,[84] nem da educação que lhe ministrei". Nesse momento, para honrar sua mãe, para satisfazê-la, e também por algo que estava escrito desde a eternidade, o rei Šahbāl levantou-se e ordenou a seus soldados que se pusessem em marcha, saindo ele mesmo no dia seguinte; os dois exércitos se encontraram e combateram até a morte, sendo derrotado o rei Alazraq com seus soldados; o restante de seu grupo foi capturado, bem como os notáveis de seu governo; amarrados, foram todos conduzidos à presença do rei Šahbāl, que disse: "Onde está meu hóspede humano, Alazraq?". O rei Alazraq respondeu: "Šahbāl, você é gênio, tal como eu. Por causa de um humano que matou meu filho você age desse jeito comigo? Era meu filho, o alento do meu fígado e da minha vida! Foi por isso que você produziu toda essa inimizade e derramou o sangue de tantos gênios?". Šahbāl lhe respondeu: "Acaso você não sabe que, perante Deus, cada humano é melhor que mil gênios? Deixe dessa conversa! Se ele estiver vivo, traga-o já aqui e eu libertarei você e todos os seus filhos e companheiros que aprisionei; se o tiver matado, vou degolar você e destruir a sua cidade". O rei Alazraq disse: "Ó rei, ele me atacou e matou meu filho!". Šahbāl disse: "Seu filho era um opressor [e mereceu],[85] pois seqüestrava filhas de reis e as aprisionava no palácio elevado a fim de fornicar e corrompê-las". O rei Alazraq disse: "[Sayf Almulūk está vivo em meu reino].[86] Faça-se, portanto, a conciliação entre nós", e então a conciliação entre ambos se fez; o rei Šahbāl presenteou-o com uma vestimenta honorífica, e escreveu um acordo mediante o qual o rei Alazraq declarava Sayf Almulūk inocente da morte de seu filho; ofereceu-lhes boa hospedagem, inclusive aos soldados, durante três dias. Também foi até sua mãe levando Sayf Almulūk, e ela ficou extremamente contente; Šahbāl se impressionou com a beleza e a formosura do rapaz, a quem disse, após a velha ter-lhe contado a sua história de cabo a rabo: "Eu o aceito para minha filha. Leve-o até Sarandīb e faça lá a sua festa de casamento com Badīᶜat Aljamāl, pois é um gracioso rapaz que enfrentou muitos terrores por causa dela". A velha viajou, acompanhada de suas criadas, até que chegaram a Sarandīb e entraram no jardim da mãe de Dawlat Ḫātūn; Badīᶜat Aljamāl os viu quando passaram em direção à tenda, onde a velha contou de cabo a rabo tudo quanto sucedera ao rapaz, e como ele quase morrera na prisão do rei Alazraq – e a repetição não

84 "Não perdoarei [...] amamentei" (*mā ajᶜal laka fī ḥillin min labanī*): formulação de difícil compreensão que foi mantida em Būlāq e Calcutá 2.ed. Traduziu-se conforme Lane, citado por Dozy.

85 A expressão entre colchetes foi traduzida do "Bodl. Or. 550".

86 Traduzido de Būlāq e Calcutá 2.ed.

trará nova informação.[86a] Ficaram muitíssimo espantados com tudo, e o rei Tāj Almulūk, pai de Dawlat Ḫātūn, convocou os notáveis de seu governo e escreveu o contrato entre Badīᶜat Aljamāl e Sayf Almulūk, casando-a com ele. Quando se encerrou a celebração do contrato, os oficiais da guarda gritaram "Parabéns, ele merece!", e atiraram ouro e prata na cabeça de Sayf Almulūk, distribuíram vestimentas honoríficas e serviram comida. Nesse momento, Sayf Almulūk beijou o chão diante de Tāj Almulūk e disse: "Ó rei de todos os tempos, gostaria de fazer-lhe um pedido; não se recuse nem me decepcione!". Disse o rei Tāj Almulūk: "Por Deus, ainda que você peça meu reino e minha vida, eu não lhe recusaria, devido ao grande favor que me fez". Sayf Almulūk disse: "Eu gostaria que você casasse sua filha Dawlat Ḫātūn com meu irmão Sāᶜid, a fim de que todos nos tornemos seus criados". O rei Tāj Almulūk respondeu: "Ouço e obedeço!", e, reunindo os notáveis de seu governo, ordenou que os escribas redigissem o contrato de casamento de sua filha com Sāᶜid"; jogaram ouro e prata sobre Sāᶜid, o rei ordenou que a cidade de Sarandīb fosse enfeitada com todas as espécies de adorno e se realizou a festa de casamento; Sayf Almulūk possuiu Badīᶜat Aljamāl e Sāᶜid possuiu Dawlat Ḫātūn, ambos na mesma noite. Sayf Almulūk permaneceu isolado em seu palácio com Badīᶜat Aljamāl durante quarenta dias, e ela lhe perguntou: "Ó rei, ainda resta em seu coração alguma tristeza?". Ele respondeu: "Meu desejo foi atendido e não resta em meu coração nenhuma tristeza. Porém, tenho o propósito de me encontrar com meus pais no Egito, e ver se continuam vivos"; então Badīᶜat Aljamāl ordenou a um grupo de criados que os fizessem chegar ao Egito, e eles foram levados a seus parentes; Sayf Almulūk se encontrou com sua mãe e seu pai, bem como Sāᶜid com os dele, ficando todos juntos por três anos, ao cabo dos quais se despediram e se encaminharam para a capital de Sarandīb. Tanto Sayf Almulūk, ao lado de Badīᶜat Aljamāl, como Sāᶜid, ao lado de Dawlat Ḫātūn, viveram a melhor vida, até que se abateu sobre eles o destruidor dos prazeres e dispersador das comunidades.[87]

Dunyāzād disse: "Como foi boa, minha irmã, esta história de Sayf Almulūk com Badīᶜat Aljamāl!". Šahrazād respondeu: "Se acaso eu viver até amanhã e o rei me preservar, irei contar-lhe uma história melhor".

E a aurora alcançou Šahrazād, que parou de falar.[88]

86a Trata-se de tradução do bordão *laysa fī aliᶜāda ifāda*.

87 Alcunhas do arcanjo da morte, comandado por Deus.

88 No texto-base, após tais dizeres, registra-se o seguinte: "Terminou a quarta parte das mil e uma noites, bem, inteiras e completas. Louvores, por tudo, a Deus, que é o que me basta e o meu melhor protetor". Após essa história, o texto-base apresenta, em noites cuja numeração vai da 229ª à 250ª noite, a de Nūruddīn ᶜAlī Bin Bakkār e Šamsunnahār, já traduzida no segundo volume desta coleção, da 171ª à 200ª noite, e que ocupa toda a quinta parte do manuscrito "Arabe 3612".

E quando foi a

251ª[90]

noite

Disse Dunyāzād à sua irmã Šahrazād: "Conte para mim, minha irmã, uma de suas graciosas histórias a fim de atravessarmos o serão desta noite, se você não estiver dormindo". Šahrazād disse: "Com muito gosto e honra".

Eu tive notícia, ó rei venturoso, de que havia nas cidades de Alḥaḍra e Alᶜamdān um rei chamado Badr Jarwān Arrayān, dono do reino da Pérsia. Acometido, dada noite, por forte insônia, o rei ficou com vontade de ouvir algumas histórias e crônicas, informando então aquilo ao seu vizir, que lhe disse: "Tenho um homem que se tornou sábio graças às experiências e viagens por terra e mar; já atingiu a idade de cento e quarenta anos, e seu nome é Alḫaylaḫān Bin Hāmān,[91] o persa. Se o nosso amo assim o desejar, eu o trarei para que lhe conte tudo quanto viu", e ele respondeu: "Traga-o à minha presença"; então o vizir o trouxe, colocando-o diante do rei. O velho beijou o chão, cumprimentou o rei e rogou por ele, que lhe ordenou que se sentasse, e foi obedecido. O rei lhe disse: "Conte-me o que de mais espantoso você viu, e diga a verdade". O homem respondeu:

Saiba, ó rei, que pertenço à classe dos grandes dirigentes, da qual era membro o meu pai, após cuja morte, porém, perdi a disputa por seu cargo para um homem que armou tramóias contra mim, acabando por me desterrar para Nisāpūr,[92] onde permaneci cinco anos e gastei tudo quanto possuía; saí de lá pobre e andarilho, e adentrei em certa cidade, passando por um de seus intendentes, que estava a acertar contas com um encarregado. Parei perto deles e pensei: "Quando eles terminarem de acertar as contas, irei pedir-lhes alguma coisa". Comecei a calcular interiormente os seus acertos de contas, atividade na qual se mantiveram até terminar, a tudo registrando no caderno. O encarregado tomou seu rumo e eu me aproximei do dono do dinheiro, cumprimentei-o e disse-lhe: "Meu senhor, ele o enganou em dez mil dinares". Refiz-lhe os cálculos, entre nós, e ele, constatando que minhas palavras estavam corretas, disse-me: "Que Deus o recompense!", e me agradeceu pelo que fizera dando-me um punhado de dirhams, que embolsei, e fiz menção de me retirar, mas ele me ordenou que me acomodasse em sua casa; obedeci, ele entrou na minha frente, e eis que se tratava de uma bela casa que tinha servidores e criados. Ele retor-

89 Foram utilizados os manuscritos "Arabe 3612", da Biblioteca Nacional de Paris, e o "Arabic 646", da John Rylands Library. Seguiu-se a numeração das noites do primeiro; no segundo, a história cobre da 255ª à 272ª noite. Veja o posfácio a este volume, pp. 364 e 366-367.

90 A indicação da noite está precedida da fórmula "Disse [o narrador]".

91 Essa é a grafia do manuscrito "Arabic 646" (*ḫaylaḫāna* significa, em persa, "família ilustre"); já o manuscrito "Arabe 3612" traz *Alḫaylajān*, que não tem significado conhecido. Segundo Zotenberg, a leitura correta do último nome seria *Māhān*.

92 Capital da província de Ḫurāsān, na Pérsia, foi uma das maiores e mais prósperas cidades do islã. Terra natal do poeta Omar Khayyam (ᶜUmar Alḫayyām), morto em 1123 d.C., e do místico Farīd Addīn ᶜAṭṭār, morto em 1230 d.C. Também é possível transcrevê-la *Nīšāpūr*.

93 "Ilha dos Ventos" traduz *Jazīrat Arriḥān*, que seria mais propriamente "Ilha das Murtas"; porém, a palavra *rīḥān*, "murta", foi nesse caso utilizada como plural de *rīḥ*, "vento".

94 Ambos os manuscritos trazem *funduq*, "hotel" ou "hospedaria", em lugar de *bunduq*, "avelã", que é obviamente o étimo correto.

95 O trecho entre colchetes é acréscimo do tradutor.

nou e serviram uma refeição, da qual comi até me fartar; em seguida ele disse: "Construí um grande navio. Você aceitaria minhas palavras e viajaria nele? Meu coração gostou de você, que para mim passou a ser como filho. Eu lhe darei capital suficiente para praticar um pequeno comércio, e quiçá Deus o ajude e favoreça pelo resto de sua vida". Respondi: "Com muito gosto e honra, meu senhor!". O homem ficou contente comigo, deu-me boas roupas e mandou chamar o capitão do navio, ao qual me recomendou dizendo-lhe: "Este é meu filho. Olhe por ele e obedeça-lhe todas as ordens". Em seguida, instruiu-me a não divergir do mestre, que era o mais entendido de seus capitães do mar. Transportei todas as mercadorias para o navio e zarpamos, viajando por quarenta dias, após o que os ventos pararam; deitamos âncora e baixamos velas em um lugar conhecido como Mar de Labdī, onde permanecemos dez dias, até que os ventos se tornaram favoráveis; levantamos então as velas e viajamos por sete dias, chegando a um local chamado Ilha dos Ventos.[93] O capitão disse: "Receio que os ventos deste lugar nos levem de encontro ao deserto dos negros, cujo único alimento são os seres humanos. A tática deles consiste em apanhar as pessoas e alimentá-las com avelã,[94] para que engordem, e então as assam e devoram". Com muito medo, eu disse: "Não fiquem neste lugar! Vamos zarpar!". O capitão disse: "Nada tema", e pegou no interior do navio uma caixa contendo artimanhas que ele arranjara para este local; entre elas, retirou máscaras de ferro e de madeira, com aspecto de rostos de demônios, e fez os marinheiros vestirem-nas. Quando chegamos à ilha, os ventos cessaram e o navio parou. Fomos então atacados por dez navios, a bordo de cada um dos quais havia trinta homens que nós combatemos ferozmente. O capitão apanhou alguns ganchos e enganchou cinco navios, e os outros cinco fugiram, pondo-se a nos espreitar ao longe. [Capturamos os homens dos cinco navios enganchados][95] e verificamos que seus cabelos eram longos como os cabelos das mulheres, suas roupas eram de seda e seus dentes pareciam serrotes; nas orelhas, tinham sinos de cobre amarelo, e em cada sino havia uma pérola que valia muito dinheiro. Pegamos aquelas jóias de suas orelhas e atiramos os homens ao mar. Os ventos se tornaram favoráveis e viajamos na segurança de Deus altíssimo. O capitão nos disse: "Essa ilha à nossa frente contém um demônio que, ao ver o navio, soltará um grito tal que cegará todos quantos o ouvirem,[96] e então tapamos os ouvidos. Depois, o capitão disse aos marinheiros: "Usem o equipamento de batalha", e eles assim procederam; enquanto estávamos nisso, eis que nos aproximamos da ilha, que tinha em seu centro uma montanha imensa em cujo topo havia um palácio que resplandecia de tão branco, com alicerces constituídos por abóbadas verdes semelhando esmeralda; como não se ouvisse nenhum som do demônio que ali morava, o capitão ordenou que todos desembarcassem do navio, nele permanecendo eu na companhia de vinte homens. O capitão me disse: "Vou atacar o demônio. Se eu o matar, tudo bem; caso contrário, você ocupará o meu posto e me substituirá no navio. Muito cuidado e não nos siga. São estas as minhas instruções. Adeus!", e partiu. Pouco depois de sua saída, eis que gritos e berros encheram a terra. Incomodei-me, tive muito medo, embarquei em um bote junto com meus acompanhantes e fomos para a ilha, onde verifiquei que o nosso grupo localizara o demônio e o atacava com espadas. O capitão me disse: "Eu não o proibira de desembarcar?". Respondi: "Por Deus que eu temi por você". Ele me agradeceu por aquilo e me disse: "Olhe bem para esse demônio"; observei a sua cabeça, e eis que ela era um pedaço de montanha; tinha três olhos, quatro mãos, rabo e crina com comprimento de duzentas braças e largura de duzentas braças. Em seguida, retornamos para o navio, temerosos das feras marítimas. Quando amanheceu, ouvimos alguém dizendo: "Que Deus os recompense! Vocês nos fizeram um grande favor matando aquele demônio. Nós não podemos recompensá-los, mas procurem na ilha e encontrarão muitos muçulmanos presos. Libertem-nos!". Ao ouvir tais palavras, desembarcamos, fomos ao lugar onde estava o demônio, e eis que deparamos com uma grande árvore sob a qual havia uma fonte de água e um tanque de mármore cheio de vinho, e ao lado dele uma caixa de pedra com quatro cadeados pesando cada qual quatro arrobas.[97] Como não conseguíssemos abrir nenhuma, trouxemos lenha e fogo com a intenção de incendiar a caixa, e repentinamente ouvimos algo dizendo: "Não queimem, caso contrário serão aniquilados pelo demônio". O capitão disse: "Quem é você? Apresente-se a nós!". Ela respondeu: "Sou uma mulher-gênio". O capitão disse: "Deus altíssimo liquidou o demônio por intermédio de nossas mãos; ele já foi morto. Por acaso você tem alguma notícia sobre como abrir esta caixa?". Ela disse: "Se vocês tiverem

96 Assim no texto-base: o grito "cegará", e não "ensurdecerá".

97 O texto-base traz um *qinṭār*, antiga medida árabe, origem da medida portuguesa "quintal", desusada.

98 Provavelmente tenha sido pulado, na cópia, o trecho no qual se faz referência à origem desse colar, que tornará a aparecer na narrativa, sempre determinado: "o colar".

de fato matado o demônio, então as chaves estão debaixo do tanque vermelho ao lado da fonte de água; virem-no e vocês encontrarão um ídolo de ouro em cujas mãos estão as chaves". Então viramos o tanque, apanhamos as chaves, abrimos a caixa e dela retiramos uma jovem que parecia o plenilúnio luminoso; apresentou-se em árabe e persa, falava todas as línguas, e a enviamos ao navio com todos os seus pertences. O capitão ordenou que arrancassem o ídolo, e então um marinheiro avançou e o puxou, dele saindo sete cabeças e quatro patas como de fera: tratava-se de um *ifrit*, que assoprou sobre o marinheiro, transformando-o em um monte de cinzas, e fugiu por uma entrada que havia no ídolo. Então o capitão pegou uma garrafa de óleo, amarrou uma das cordas do navio na cintura e disse: "Chacoalhem este ídolo; se o *ifrit* sair e eu conseguir matá-lo, tudo bem; mas se eu não o matar, puxem-me por esta corda que está amarrada na minha cintura". Então pegamos a corda e o capitão foi chacoalhar o ídolo e, quando o *ifrit* saiu para atacá-lo, arremessou contra ele o óleo da garrafa; o *ifrit* soltou um grande grito, fazendo desmaiar todos que estavam conosco; ficamos caídos por alguns instantes, mas logo o capitão gritou dizendo: "Vamos, o demônio foi liquidado!". Levantamos, encontramos seu rosto inteiramente queimado e o golpeamos com nossas espadas, retalhando-o por completo; em seguida, entramos no subterrâneo da ilha e encontramos um ídolo de pedra empunhando uma espada desembainhada; colocamos um colar[98] em seu pescoço e ele caiu; tomamos-lhe a chave e abrimos uma porta que ali havia; topamos com um enorme aposento contendo um ídolo de ouro cercado por muitos outros ídolos pequenos e grandes de ouro e prata; levamos tudo para o navio e, em seguida, encontramos um grande leito sobre o qual gemia um grupo de sete homens que nos perguntaram: "Quem são vocês?". Respondemos: "Somos gente, somos muçulmanos. Já matamos o demônio", e os transportamos para o navio. Depois, encontramos um quartinho na qual havia um homem e uma mulher; tiramos os dois de lá, verificamos que as correntes lhes tinham amputado as pernas, e os levamos para o navio. Comemos, bebemos e perguntamos à jovem que estava na caixa como o demônio a capturara. Ela respondeu:

Saibam que eu descendo dos reis do Iêmen, e certo rei pediu minha mão ao meu pai, que me deu em casamento a ele. Passamos a nos amar. No entanto, fomos atacados por outro rei, que conquistou nosso país à força; vagamos errantes pelo mundo afora durante três dias, e no quarto avistamos na montanha uma gruta com árvore e fonte de água, [e lá fomos nos abrigar. Saí então][99] para espairecer, deixando meu marido no interior da gruta, e um gênio me seqüestrou, trazendo-me para esta ilha, onde foi morto por este demônio, que me tomou do gênio e me pôs nesta caixa, da qual constantemente me retirava para ficar com ele. Quando por cá aportava algum navio, ele apanhava tudo quanto nele havia e devorava os passageiros, menos os loiros, aos quais ele dava de beber e de comer até a chegada de seu dia sagrado, quando então os trazia, abria a caixa, retirava-me, virava o tanque, recolhia as chaves, ia até o *ifrit* postado à porta e este o deixava entrar com aquelas pessoas à sua frente, e então lhes devorava as cabeças, deixando o resto para os filhos. Todo ano ele repetia essas coisas, e foi por isso que eu lhes indiquei o caminho para as chaves.

[*Prosseguiu o xeique Alḫaylaḫān*:] Ficamos espantados com a história dela. Depois perguntamos ao grupo dos sete sobre a história deles, e eles nos responderam em persa:[100]

99 O trecho entre colchetes é adição do tradutor. No texto-base consta o seguinte: "[...] fonte de água, e então entrei para espairecer, deixando meu marido no interior da gruta" etc., o que não faz sentido.

100 O texto, obviamente, está em árabe, o que o constitui, no âmbito de sua própria ficcionalidade, como uma tradução – não importando se de fato "o original" era em persa etc.

OS SETE IRMÃOS E O XEIQUE

Somos de Ḫurāsān, irmãos de pai e mãe, e embarcamos para fazer comércio na Índia. Viajamos durante um mês completo e entramos em um mar chamado Kamlābān, em cujo centro havia montanhas e ilhas que atravessamos em sete dias. Após nos livrarmos daquilo, avistamos uma ilha na qual entramos para nos abastecer, e ali encontramos um homem cujos pêlos o haviam coberto; nós o cumprimentamos e lhe perguntamos quem era, constatando que era da Pérsia; ele nos disse: "Estava eu em um navio que se rompeu; salvei-me e arribei nesta ilha, na qual vivo há vinte anos. Vocês são os primeiros que passam por mim". Então o conduzimos ao navio e lhe dissemos: "Conte-nos o que lhe sucedeu desde o dia em que chegou até agora", e ele respondeu:

Saibam que sou de Kīrwān, e tinha uma bonita esposa a quem amava, e ela também me amava; engravidou de mim e deu à luz um varão de bela figura, mas em seguida ela foi se debilitando pouco a pouco e morreu. Sem poder suportar a separação, vaguei errante pelo deserto durante dois dias, ao cabo dos quais entrei em uma gruta para dormir; no meio da noite, ouvindo som de passos, peguei minha espada, saí para verificar o que acontecia e vi à entrada da gruta um leão carregando ao dorso uma jovem que parecia o plenilúnio; soltei um grito, matei-o e salvei a garota, que trajava a mais luxuosa vestimenta e fora ferida no ombro pelo leão. Perguntei-lhe: "De onde é você?", e ela respondeu: "Sou deste país. Saí para brincar sob a lua com minhas criadas e fui capturada do meio delas por esse leão, que me trouxe para este lugar. Agora, Deus altíssimo me livrou dele por intermédio de suas mãos". Dormimos na caverna até o amanhecer, e então nos levantamos. Perguntei-lhe: "Você consegue andar?", e ela respondeu: "Sim". Caminhamos, pois, até chegar à terra da jovem, onde a conduzi aos seus familiares, que ficaram contentes; ela lhes contou como fora salva e eles me dignificaram bastante; deram-me uma égua na qual montei e cavalguei até o mar; fui colhido pelo anoitecer ao lado de um jardim fechado, em cujos portões bati, sendo atendido por um jardineiro que recolheu minha égua, amarrou-a, introduziu-me em uma choupana de folhas, deu-me de jantar, ração para minha égua, trancou a porta e saiu para cuidar de sua vida. Enquanto eu estava sentado, eis que um leão enorme começou a esfregar os testículos na choupana; ao vê-lo, puxei minha faca, estendi as mãos por entre a folhagem e lhe cortei as bolas. O leão fugiu berrando e dormi aquela noite. Quando amanheceu, o jardineiro não apareceu e saí da choupana para caminhar pelo jardim; gritei e ninguém apareceu; caminhei mais um pouco pelo jardim e encontrei o jardineiro estirado e morto sob uma árvore, e, em cima da árvore, chorando por ele, uma mulher a quem perguntei: "Qual era a condição desse homem? Quem é você?". Ela respondeu: "Saiba que este jardineiro era meu amigo e nesta noite eu viera visitá-lo; como você também veio, ele ficou com vergonha e o fez dormir no local onde ele dormia, por temor de que lhe acontecesse algo, pois neste jardim existem muitas feras. Assim, subimos os dois e dormimos juntos nesta árvore; ao conciliar o sono, porém, ele despencou e morreu". Terminando de ouvir as palavras dela, montei em minha égua e cavalguei até a beira-mar, onde encontrei um navio de partida para a Índia. Vendi a égua e parti em viagem; fomos empurrados por bons ventos até que dois monstros marítimos nos atacaram e afundaram o nosso navio com todos os que nele estavam, mas Deus escreveu que eu me salvaria tal como outros se salvaram. Permaneci boiando até que as ondas me fizeram chegar a esta ilha.

Disse o grupo dos sete:

[Pedimos ao homem:][101] "Conte-nos sobre o que de mais espantoso você viu".[102] Ele disse:

Em uma parte desta ilha vive uma anciã em uma gruta com árvores e rios; ela se senta em um trono de ouro cravejado com várias espécies de jóias e rubis, cercado por oito pés que formam a base de uma abóbada de ouro com pilares de coral e cortinas de várias espécies de seda; diante dela há um ídolo, e ela possui um vinhedo de ouro com cachos de gema, além de coral e estacas de esmeralda. A velha se prosterna ante o ídolo duas vezes ao dia. Querendo descobrir como ela comia e bebia, lancei mão de todas as artimanhas, até que entrei debaixo de sua cama; ao anoitecer, surgiu um cão preto que se pôs a girar e a latir até o alvorecer, quando então parou diante dela e gritou. A velha lhe disse: "Cale-se, pois eu me cansei nesta noite", e ele se retirou. A velha se levantou da cama, prosternou-se diante do ídolo, girou ao seu redor por uma semana e se sentou novamente na cama, e de repente apareceram muitas aves que pousaram em torno da cama e se chacoalharam, transformando-se em moças que pareciam luas; cumprimentaram-na e lhe solicitaram um pouco de magia; a velha as ensinou por algum tempo com atenção, e em seguida elas se retiraram; então, eis que uma grande ave pousou ao seu lado à tarde; chacoalhou-se e se transformou em uma jovem graciosa empunhando um prato coberto; descobriu-o, e eis que ele continha uma comida branca como a neve; a jovem deu-lhe bocados daquela comida até que a velha se saciou, retirando-se em seguida. Então eu saí de baixo da cama, prosternei-me diante do ídolo, circulei em seu redor e cumprimentei a velha, que me retribuiu o gesto e disse: "O que você quer?". Respondi: "Preciso de companhia e quero um conselho seu". Ela disse: "Não saia do lugar onde está vivendo, ao lado do mar, pois dali você verá os navios. E, muito cuidado, não vá para o oeste da ilha!". Respondi: "Aceito as suas palavras", e me sentei para conversar com ela. Mantive-me no local onde eu vivia e passei a fazer-lhe visitas. Certo dia, enquanto eu conversava com ela, eis que a grande ave pousou e se transformou em uma jovem, o que me fez correr para baixo

101 O trecho entre colchetes é acréscimo do tradutor.

102 Neste ponto, ocorre confusão entre as vozes narrativas. O texto-base traz: "Dissemos: 'Conte-nos o que de mais espantoso você viu', e então o grupo dos sete disse-lhe: 'Conte-nos o que de mais espantoso você viu', e ele disse: [...]". Evidencia-se a ocorrência, no fluxo narrativo, de uma falha que desencadeará inconsistências, conforme se constatará adiante, muito embora o conjunto permaneça compreensível. Não é possível saber se se trata apenas de erros de cópia ou se a elaboração original já conteria problemas de concatenação que acabaram não sendo corrigidos (veja o posfácio a este volume).

da cama. Enquanto era alimentada pela jovem, a velha lhe falou a meu respeito. A jovem perguntou: "Onde está ele?". A velha respondeu: "Entrou embaixo da cama". A jovem disse: "Vou matá-lo!". A velha disse: "Você já não pode matá-lo, pois ele se prosternou diante do nosso ídolo e circulou em torno dele, e eu sou obrigada a matar quem lhe fizer mal. Depois vou ordenar a ele que coma desta árvore", e eu vi qual árvore era. Mal a jovem se retirou, saí de baixo da cama em uma distração da velha e comi da árvore três frutos que jamais eu comera mais doces. Fui dormir no local onde eu vivia e, quando amanheceu, voltei até a velha, cumprimentei-a e me sentei. Olhando para mim, ela disse: "Parece que você ouviu ontem as minhas palavras e comeu da árvore!". Eu disse: "Sim, comi três frutos". Ela se irritou e disse: "Você agiu corretamente. O primeiro fruto fará com que nenhuma das nossas magias o prejudique; o segundo tornará sem efeito os nossos feitiços contra você; e o terceiro evitará que adoeça até o final de seus dias; nada lhe resta a temer". Enquanto conversávamos, conforme o hábito, chegaram os pássaros, os quais se retiraram depois que ela lhes ensinou diversas espécies de feitiçaria. Indaguei-a a respeito e ela respondeu: "Esses são os feiticeiros espalhados pelo mundo; sou a professora deles". Estávamos nisso, e eis que a filha dela chegou e se aproximou de nós. A velha me disse: "Levante-se e vá beijar a cabeça dela"; aproximei-me então para fazê-lo, e ela se transformou em uma víbora que me picou mas não me causou dano algum. A mãe lhe disse: "Ele comeu três frutos da árvore", e, ao ouvir tais palavras, ela retomou sua forma. Cumprimentei-a e disse: "Sou seu escravo e escravo de sua mãe". A velha lhe disse: "Alimente-o de nossa comida e, desse modo, o sangue dele se tornará proibido para nós", e a jovem me deu três bocados mais saborosos que o mel. Fiquei com elas até o entardecer, quando fiz menção de me retirar, mas a velha me disse: "Agora é o momento em que os monstros se movimentam; não saia daqui esta noite". Ao escurecer, veio o cão preto, prosternou-se diante do ídolo e circulou em volta dele; em seguida, foi para o centro da ilha e sumiu por algum tempo. Logo ouvi gritos e a velha disse: "Aconteceu algo ao cachorro"; balbuciou palavras que não compreendi, e eis que avançou em nossa direção algo semelhante a um elefante, rosto como de leão, corpo como de ser humano e cauda como de dragão; conduziam-no pelas mãos dois homens imensos empunhando bastões de ferro com os quais o surravam; não interromperam a marcha até chegar diante da velha, que lhe perguntou: "Quem é você, seu iníquo? Quem o introduziu em nossa terra e país?". Ele respondeu rindo e demonstrando submissão: "Faça os seus criados me tratarem com gentileza e eu lhe contarei toda a minha história". A velha disse então aos criados: "Deixem-no!", e ambos obedeceram. Ele disse: "Saiba, minha senhora, que eu tinha uma esposa a quem amava, mas um mágico a corrompeu contra mim e ambos se apaixonaram e fugiram juntos; faz um ano que não a vejo nem sei onde ela se encontra. Indicaram-me você, e então vim por causa de minha mulher". Ela perguntou: "Qual o nome do feiticeiro que enfeitiçou a sua prima?".[103] Ele respondeu: "É conhecido como Alḫaṭīb Bin Naṣīb". A velha balançou a cabeça, soltou um grito tremendo e imediatamente a sua filha apareceu na forma de leão com duas asas, acompanhada de um dragão, que era seu marido, e perguntou: "Mamãe, o que aconteceu para você soltar esse grito tremendo?". A velha a informou do caso e disse: "Eu quero que você o traga à minha presença, bem como a esposa desse gênio". A filha disse: "E quem é ele dentre os feiticeiros para que eu vá em pessoa? Deixe que o meu escravo Jahṣar, encarregado de vigiar o trono, vá até ele e traga os dois". Então a velha chamou Jahṣar e lhe disse: "Traga-me agora Alḫaṭīb Bin Naṣīb e junto com ele a esposa deste homem". O escravo se chacoalhou, tomando a forma de leão com dois longos cornos rachados e olhos como lampiões, fendidos ao comprido. Avançou, prosternou-se diante do ídolo, deu uma volta em torno dele e voou, ausentando-se por uma horinha e logo retornando com Alḫaṭīb Bin Naṣīb e a esposa do gênio, os quais depôs diante da velha, cuja cabeça Alḫaṭīb avançou para beijar, mas ela o increpou e admoestou dizendo: "Seu asqueroso! Quantas vezes já o proibimos de fazer essas coisas? Você não pára!". Ao ouvir tais palavras, ele respondeu com grosserias e a filha da velha lhe disse: "Seu asqueroso! E por acaso lhe resta algum poder para responder desse jeito à minha mãe e discutir com ela?". Então Alḫaṭīb saiu voando para o mais alto do céu, transformou-se em uma bola de fogo e se lançou sobre a filha da velha, que gritou, mas a moça não viu de onde vinha a bola de fogo. A velha se transformou em um fogo imenso e se lançou contra Alḫaṭīb; saiu fumaça de seu embate e então a velha retomou a sua forma original; sua filha desmaiara e Alḫaṭīb virara

103 Antes disso, a velha pergunta: "Qual o seu país?", mas a resposta foi provavelmente "pulada" durante a cópia.

um monte de cinzas à nossa frente. Voltando-se para a esposa do gênio, a velha lhe disse: "Se por acaso você desobedecer ao seu marido, eu lhe darei o mesmo destino de Alḫaṭīb"; depois, disse ao marido: "Receba-a de minhas mãos. Quando ela fugir de você, me avise, pois eu lhe garanto que a encontrarei", e então o gênio se despediu e partiu levando a esposa.

Continuei minhas conversas com a velha até que certo dia lhe disse: "Minha senhora, aceitei o seu conselho quanto ao lugar onde devo me manter; porém, gostaria que me informasse sobre o que existe no lado oeste, contra o qual me preveniu". Ela disse: "Existe ali uma cobra cujo comprimento é de trezentas braças, cuja cabeça parece um pedaço de montanha, cujos olhos semelham dois escudos; a cada três dias, ela mergulha no mar, e fica até a tardinha, saindo depois com alguns monstros marinhos, chamados de filhotes, do tamanho de um elefante e com oito patas, quatro embaixo e quatro em cima; trata-se da comida com que ela se alimenta". Eu disse: "Minha senhora, eu gostaria de ver essa cobra". Ela respondeu: "Você não tem necessidade de vê-la". Eu disse: "É absolutamente imperioso!", e ela ordenou à filha que me mostrasse a cobra. A jovem me levou à região oeste da ilha, onde encontramos uma montanha enorme que era uma continuidade do céu; subimos nela e fomos dar em uma terra negra malcheirosa, com colinas e uma árvore tão enorme, de folhas semelhantes a orelhas de elefante, que abrigaria mil cavaleiros à sua sombra; em suas proximidades, um monte vermelho e outro negro, um fosso descomunal...

E nesse momento a aurora alcançou Šahrazād, que parou de falar.

E quando foi a

252ª

noite

Disse Šahrazād:

Eu tive notícia, ó rei venturoso, de que [Alḫaylaḫān disse:]

[Disse o grupo dos sete:]

[O homem disse:]

Vi um monte vermelho e outro negro, um fosso descomunal e muita fumaça saindo de duas grutas. Disse à filha da velha: "Vi algo assombroso!". Ela perguntou: "E o que é?". Respondi: "Esta terra negra, estes dois montes, estas duas grutas e esta fumaça que sai delas". Ela disse: "Não são dois montes, nem duas grutas; trata-se, isto sim, da cobra que você quer ver.

Ela está enrolada, e estas duas grutas são suas narinas; a terra da ilha se queimou e escureceu por causa da sua respiração". Quando o sol raiou, a cobra se mexeu, e eis que ela era os dois montes que eu vira; esticou-se e ergueu a cabeça, a qual notei que tinha vinte braças; olhei para sua boca, que parecia uma fossa com presas como as de elefante, e seus pêlos eram como lanças. Continuou se esticando até mergulhar no mar, sumindo e ressurgindo logo depois com um animal gigantesco que ela lançou na praia; mergulhou a seguir e voltou com outro animal; não parou de fazer isso até encher a praia com dez daqueles animais, e então devorou-os todos, não restando senão os ossos. Em seguida ela se aproximou[104] da árvore e girou ao seu redor, deixando-me espantado. Descemos da montanha e a filha da velha passeou comigo pelas diversas partes da ilha; avistei uma colina formada pelas maiores criaturas das quais aquela cobra se alimentava, bem como uma árvore gigantesca na qual estavam pousados pássaros brancos; perguntei à jovem: "O que é essa árvore? E esses pássaros?". Ela respondeu: "É uma árvore nobre, embaixo da qual certo homem abençoado reza para o seu Deus; esses pássaros são anjos que vêm ter com ele por ordem do senhor destes céus". Eu disse a ela: "É absolutamente imperioso que eu veja esse homem e o conheça". Ela respondeu: "Não posso ir até ele", e continuou: "Você já conhece o caminho para cá?". Respondi: "Sim". Ela disse: "Por Deus que, não tivesse você comido da nossa árvore e ficado imune à nossa magia, eu o mataria, pois estou certa, meu camarada, de que você nunca mais voltará para nós, e tememos que nossa aniquilação se dê por seu intermédio. Minha recomendação é a seguinte: quando você chegar até esse homem, rogue-lhe por nós, pois ele quebrará os nossos ídolos", e me deixou, retirando-se. Encaminhei-me até a árvore e vi pérolas, aljôfares e rubis espalhados debaixo dela, e, ao seu lado, água corrente;[105] à direita havia um turíbulo enorme, retangular, semelhante a um trono, e à esquerda também. Quando me aproximei da árvore, os pássaros revoaram, desaparecendo por alguns instantes e logo retornando com uma ave gigantesca à frente, de duas asas, rosto humano, coroa de ouro na cabeça e em uma das patas uma placa na qual estavam escritas duas linhas que não compreendi. Repentinamente, alguém disse: "Afaste-se do lugar do virtuoso xeique Abū ᶜAbdillāh! Não o conspurque!". Meus membros ficaram arrepiados com aquelas palavras e eu disse: "Por Deus

104 No texto-base, a palavra traduzida por "aproximou-se" é incompreensível: *faṣarat*, ou *faḍarat*, palavras não constantes de nenhum dicionário.

105 A partir desse ponto, o texto do manuscrito "Arabic 646" é o original do século XVI, o que amplia um pouco as possibilidades de leitura e tradução.

106 Não fica claro se a voz é da ave gigantesca.

107 Trata-se do ponto que, nas mesquitas e nos locais de prece, indica a direção de Meca.

que eu quero seguir esse xeique e entrar em sua religião". A voz disse:[106] "Ele tem um Deus generoso, e você não chegará a ele senão purificando o corpo e o coração da prática de adoração dos ídolos. Purifique-se nessa fonte e conserve-se em seu lugar, pois o xeique chega à tardezinha. Não lhe dirija a palavra; quando ele chegar e fizer as abluções, imite-lhe as ações; quando ele rezar, reze igual; quando o xeique terminar a prece, acerque-se dele e diga-lhe: 'Que a paz, a misericórdia e as bênçãos de Deus estejam convosco', e ele lhe retribuirá o cumprimento; conte-lhe então toda a sua história". Respondi: "Ouço e obedeço", e decorei tudo quanto ouvi. À tardinha, chegou um homem: era o xeique, de rosto bonito, roupas brancas, na cabeça um turbante preto, montado em um asno. Apeou-se diante do *miḥrāb*,[107] fez suas abluções – imitei-o – e se pôs a rezar – imitei-o, atrás dele. Quando terminou de rezar, fui até ele, cumprimentei-o, ele retribuiu, e lhe contei minha história com a velha feiticeira. Ele disse: "Fique comigo três dias e Deus o libertará". Permaneci então com ele naquela noite, durante a qual ele rezou sem interrupção até o amanhecer, quando então montou em seu asno e fomos até a velha, a quem ele golpeou no alto da cabeça e puxou pelos cabelos; avançou até o ídolo, cuspiu nele e o agarrou, agarrando a filha da velha com a outra mão; os pássaros brancos chegaram, pondo-se a voejar em seu entorno; ordenou-lhes que cavassem um buraco, o que se fez rapidamente, e atirou dentro dele o ídolo, a velha e sua filha. Em seguida, soltou um grito gigantesco, e eis que a cobra que eu vira surgiu e se apresentou submissa e humilhada, parando diante dele, que lhe ordenou queimasse o ídolo, a velha e sua filha. A cobra avançou então até eles e soltou um único assopro; o fogo que saiu de sua boca queimou-os todos e o xeique lhe ordenou que se retirasse, sendo prontamente obedecido. O xeique se virou para mim e disse: "Pronto, Deus aniquilou a velha, sua filha e o ídolo. Recomendo-lhe que não abandone a religião na qual você me seguiu, pois o Deus destes céus é poderosíssimo. Volte para o seu lugar que amanhã passará por você um navio; embarque com os que nele estiverem e estará a salvo, se Deus altíssimo quiser". Assim, fui para o meu lugar e lá dormi aquela noite. Quando amanheceu, eis que um navio passou por mim; levaram-me e tudo bem! Respeitei a recomendação do velho e perseverei em sua fé; suas palavras atingiram o meu coração.

[Depois, as palavras dele atingiriam o coração dos sete irmãos, que disseram:][108]

[Foi assim que conhecemos na ilha][109] aquele xeique e o cumprimentamos; à noite o víamos rezando e o imitávamos. [Ele veio conosco e prosseguimos a viagem][110] no navio por mais quarenta dias, quando fomos atingidos por forte vendaval; soltamos as velas e então aquele demônio que vocês mataram veio, levou todos aqueles que estavam a bordo – éramos mais de quarenta pessoas –, e devorou todos enquanto olhávamos e dizíamos: "Ó Deus do céu e da terra, salve-nos deste demônio!". Ao ouvir nossas palavras, ele nos agarrou e fez conosco o que vocês viram. Mas não sabemos o que ele fez com Abū Hāmān.[111]

[*Prosseguiu Alḥaylaḥān*:]

Então o capitão gritou: "Ó Abū Hāmān, você está bem?", e eis que um homem, o que estava preso junto com a mulher, respondeu: "Sim, eis-me aqui salvo, e a Deus pertence o mérito de eu estar bem". O capitão se levantou, beijou a cabeça de todos e lhes disse: "Não se esqueçam de mim em suas preces". Dormimos até o amanhecer, retornamos à ilha e procuramos por todos os seus cantos, topando então com um ídolo de pedra de cuja boca aberta saía uma gigantesca fumaça. O capitão ordenou que colocassem o colar em seu pescoço e o puxassem até sair do lugar; eles assim procederam e, quando o ídolo foi arrancado, saiu um fogo enorme de baixo dele; esperamos até que se apagasse e apareceu uma gruta; acendemos velas e entramos, ali encontrando um rio corrente que atravessamos; vimos então sete portas e as abrimos, encontrando-as cheias de trigo, farinha, grãos, banha, mel e todo tipo de comida: eram estas as coisas que o demônio roubava dos navios. Levamos tudo e o capitão ordenou aos marinheiros que consertassem dez dos navios que estavam na ilha, o que foi providenciado, carregando-os então com aquelas mercadorias; amarramos os navios ao nosso e o capitão chamou a mulher que estava com Abū Hāmān no pequeno compartimento e lhe pediu: "Informe-me como você chegou a este lugar". Ela disse:

A MULHER, SEU IRMÃO E AS FEITICEIRAS

Sou de uma cidade chamada Nahruwān, e meu pai era daqueles que praticam o comércio nas embarcações de mar salgado. Certo dia, ele partiu em viagem, deixando minha mãe e

108 Os dois manuscritos trazem "as suas palavras atingiram o meu coração e o coração dos meus irmãos", o que apresenta óbvios problemas para o andamento da narrativa, uma vez que não é nenhum dos sete irmãos quem está narrando, mas sim o velho que encontraram na ilha, e cuja narrativa, neste instante, eles estão reproduzindo. Efetuando este e outros pequenos ajustes no texto (todos marcados com colchetes), o tradutor não pretendeu apagar o problema, mas sim conferir alguma legibilidade ao relato (veja o posfácio a este volume).

109 Colchetes do tradutor. O texto-base traz: "Viajamos até o xeique", o que não faz sentido. O pressuposto da intervenção é que o discurso pertence aos sete irmãos e que o xeique mencionado é o velho a quem eles encontraram no começo de seu relato, e não o que matou as feiticeiras e destruiu o ídolo.

110 Colchetes do tradutor. O texto-base traz apenas "Viajamos".

111 *Abū Hāmān* é, decerto, a alcunha do velho a quem os sete irmãos encontraram na ilha.

se ausentando cerca de vinte anos. Minha mãe estava grávida e deu à luz tanto a mim como a meu irmão, de uma só barrigada. Quando atingimos a idade de cinco anos, ela o entregou ao alfaqui na escola, onde ele aprendeu tudo quanto necessitava do Alcorão e das ciências, passando a alternar-se entre a escola e a mesquita até crescer.[112] Ao se completarem trinta anos de ausência, minha mãe perdeu toda a esperança do regresso de meu pai e disse ao meu irmão: "Meu filho, apanhe o que me resta do dinheiro de seu pai e faça comércio com ele, vendendo e comprando; quiçá você obtenha lucros e ocupe a posição dele". Meu irmão aceitou o conselho de minha mãe, e ela o enviou com alguns mercadores que o levaram consigo e ganharam muito dinheiro na empreitada; o capital de meu irmão aumentou e ele comprou escravos e criados, casando-se então com a filha de um cristão da região do Iêmen, de uma cidade conhecida como Alyamāniyya, e a possuiu. Essa moça, que meu irmão amava, tinha uma mãe feiticeira. Ao ir morar com a esposa, ele abandonou as viagens e o comércio, gastando com ela todo o dinheiro que possuía. Certo dia, estando nós sentados em casa, eis que um estafeta anunciou a chegada de meu pai! Minha mãe o cumprimentou, abraçou e, sem saber o que lhe sucedera, choraram ambos; depois ele perguntou sobre a situação e sobre o que Deus altíssimo fizera com a sua gravidez, sendo então informado que meu irmão e eu nascêramos de uma só barrigada, e papai deu graças a Deus altíssimo. Ele trouxe todos os seus pertences para casa, que se encheu com sua riqueza, e se concedeu um descanso de três dias. Em seguida, vendeu todas as mercadorias que trouxera, obtendo grandes lucros, e foi informado do que meu irmão fizera, ficando profundamente pesaroso com aquilo.

Quanto à esposa de meu irmão, ela se apaixonou por um indivíduo da cidade de Alafqah, que era um grande feiticeiro e com o qual fugiu. Tendo recebido notícias de que a esposa estava em determinado país, meu irmão perdeu o juízo e a inteligência, quase morrendo devido ao amor que nutria por ela. Ele me contava seus segredos e desabafava comigo; parou de comer e de beber por três dias e eu lhe perguntei: "Meu irmão, o que vai acontecer ao final disso?". Ele respondeu: "Por Deus, minha irmã, que é imperioso que eu viaje para obter notícias dela. Ou me reúno a ela, e atinjo meu desejo, ou morro!". Tentei dissuadi-lo daquilo, mas, como ele não desistisse, disse-lhe: "Meu

112 O trecho "do Alcorão [...] até crescer" foi traduzido do manuscrito "Arabic 646". O "Arabe 3612" traz: "do Alcorão, tornando-se diácono e alternando-se entre a escola e o comércio até crescer", o que não faz sentido por dois motivos: primeiro, a palavra *šammās*, "diácono", é designação de um ofício cristão, o que contradiz a afirmação anterior de que ele estudara o Alcorão com um alfaqui, doutor da lei religiosa muçulmana; segundo, o exercício do comércio é posterior, conforme se verá logo adiante. O leitor tampouco deixará de notar certa incongruência na descrição da passagem dos anos, o que não é incomum nesse gênero de narrativa.

irmão, é-nos difícil ficar separados de você. Leve-me consigo!", e ele ficou contente, indo incontinente preparar duas éguas e munindo-se do que queria e precisava. Montamos e saímos juntos à noite, sem que ninguém soubesse de nós, mantendo-nos em marcha até chegar ao Iêmen. A terra da minha cunhada ficava na região das dunas, e então passamos pelo poço desativado e pelo grande palácio. A sogra, que não gostava dele,[113] pertencia ao que restara das tribos de ^{c}Ād e da grande Tubba^{c},[114] e ninguém podia com ela, tão poderosa era a sua magia. Quando nos aproximamos do vale, apeamos discretamente e alugamos uma casa, nela colocando tudo quanto precisávamos, a fim de que a mãe de minha cunhada não ficasse sabendo da presença de meu irmão, caso contrário o liquidaria. Ficamos nessa situação por alguns dias, ao cabo dos quais perguntamos sobre ela, sendo-nos respondido que se mudara daquele vale para outro país, e fomos então procurá-la. Meu irmão vestira sua couraça de batalha,[115] e eu também. Montamos e avançamos para o Alto Iêmen; a noite nos colheu e dormimos no alto de uma elevada montanha, sob uma romãzeira. Quando acordamos, vimos uma fonte de água fresca; comemos então da romã, bebemos da fonte, pegamos um pouco de romã e avançamos rumo ao local que pretendíamos. Enquanto avançávamos, fomos cercados por cem cavaleiros que disseram ao meu irmão: "Salve a sua vida e deixe essa moça conosco", mas, sem responder, ele os atacou e não parou de enfrentar um cavaleiro após o outro até matar cinqüenta deles, e o resto fugiu de sua frente. Avançamos até o final da montanha e topamos com um pastor de ovelhas, o qual, ao nos ver, caminhou em nossa direção, oferecendo ao meu irmão uma taça cheia de leite e dizendo: "Em nome de Deus!". Meu irmão pegou a taça, bebeu e me deu de beber. Então o pastor nos convidou para sermos seus hóspedes; amarramos as montarias sob uma árvore, ele lhes deu ração de cevada, ofereceu-nos uma refeição composta de pão, leite e tâmaras e disse: "Comam, meus senhores, e me desculpem", sentando-se para conversar conosco e dizendo ao meu irmão: "Congratulações, ó cavaleiro do tempo![116] Eu o vi combatendo os cavaleiros, bem como o que fez com eles, e fiquei contente por você estar bem; Deus o salvou deles e pôs ponto final à sua perversidade; eram ladrões e salteadores de estrada, e você nos livrou deles". Vendo meu irmão preocupado, perguntou-lhe: "Conte-me a sua história, e quiçá Deus altíssimo o liberte de suas preocupações por

113 Ambos os manuscritos trazem "que gostava dele", o que parece não fazer sentido.

114 Tribos árabes pré-islâmicas da região do Iêmen.

115 "Sua couraça de batalha" traduz o que consta em ambos os manuscritos: *la'amat jarbihi*, algo como "a couraça de sua sarna", o que não faz sentido; por isso, supôs-se que fosse *la'amat ḥarbihi*, dada a semelhança de grafias, em árabe, entre o *ḥ* e *j*.

116 "Congratulações" traduz o árabe *ḥayyāka Allāh*, literalmente, "que Deus lhe preserve a vida", saudação até hoje bastante usual.

117 Os dois manuscritos trazem *faḥm*, "carvão", mas preferiu-se manter o que havia antes, *kabrīt*, "enxofre".

meu intermédio, pois você agora se tornou para mim como um irmão, e o afeto por você invadiu o meu coração quando lhe observei a coragem. Vocês são as duas únicas pessoas que, sozinhas, conseguiram atravessar este país, pois somente consegue atravessá-lo quem se acompanha de muitos cavaleiros". Meu irmão então falou e informou a sua história e tudo quanto lhe sucedera ao pastor, que perguntou: "Como se chama a velha mãe de sua esposa?"; meu irmão lhe disse o nome e o pastor balançou a cabeça e disse: "Por Deus que ela é uma grande feiticeira. Você está a dez jornadas de distância dela, mas eu lhe indicarei um local próximo onde saberá como chegar até ela e pegar a sua esposa". Meu irmão disse: "Faça o que estiver ao seu alcance". Então o pastor saiu e voltou com um saco; abriu-o, dele retirando uma caixa; abriu-a, dela retirando um anel de ferro com inscrições, e o entregou a meu irmão, bem como uma garrafa com óleo, um pote cheio de essências aromáticas, um incensório e incenso enrolado em uma folha; disse-lhe: "Guarde o que vou lhe dizer e aconselhar, meu filho. Muito cuidado para não ser desobediente como as mulheres, caso contrário se arrependerá e será destruído!". Meu irmão lhe respondeu: "Aconselhe-me sobre o que quiser". O pastor disse: "Você partirá daqui hoje mesmo e avançará até o final da tarde, quando então chegará a uma vasta montanha; suba nela e chegará ao seu cume na metade da noite; quando estiver no ponto mais elevado, encontrará um grande tapete; durma nele pelo restante da noite, sem pronunciar palavra; quando amanhecer, caminhe um pouco no pico e encontrará um ídolo de pedra com um manto a enfeitá-lo, e na mão um bastão sobre o qual se apóia; ponha então o óleo desta garrafa na mão esquerda e besunte o rosto e a cabeça do ídolo; abra este pote, pegue sua essência aromática e esfregue nas bochechas do ídolo; pare depois ao seu lado e ele levantará a perna direita para você; estenda a sua mão direita e tire de baixo do pé uma chave, pederneira, iscas secas e enxofre; faça faíscas com a pederneira, queime as iscas, atice fogo no enxofre,[117] incense o entorno do ídolo com apenas um pedaço deste incenso e guarde o resto, porquanto ele lhe será necessário e útil nas outras atividades. Em seguida, vá para o lado esquerdo do ídolo e caminhe sem olhar para trás, pois ali você não verá nada, avistando, no declive da montanha, um vale imenso onde, ao entrar, topará com um descomunal leão de cobre, e, quando chegar perto dele, você deverá produzir faíscas com a pederneira, atiçar fogo e incensar com outro pedaço deste incenso. Assim que terminar, surgirá diante de você um xeique enorme de boas feições e roupas; borrife-o com as essências aromáticas e o óleo, tal como fez com o ídolo, e incense-o com um pedaço de incenso; em seguida, pare diante dele, que movimentará a cabeça para você dizendo: 'Já compreendi que você veio da parte de meu irmão; o que deseja? Agora você passou a ter prerrogativas sobre mim!'. Dê-lhe então o anel que pegou debaixo do pé do ídolo e explique-lhe a sua situação e história, o motivo pelo qual foi até lá. Esta é a minha recomendação. Aceite os meus dizeres e não me desobedeça. Muito cuidado para não errar ou se esquecer!". Meu irmão respondeu: "Eu ouço e obedeço, meu senhor!". Então o pastor se despediu e nós nos pusemos a caminhar o dia todo até o anoitecer, quando chegamos à montanha, que escalamos até a metade e depois o topo, onde mal pisamos e já era metade da noite, tal como dissera o pastor; dormimos e, quando Deus fez amanhecer, avançamos até o ídolo de pedra; meu irmão agiu conforme as determinações do pastor; chegamos até o xeique, com o qual meu irmão também agiu conforme lhe ordenara o pastor. O xeique disse: "Fale-me do que precisa. Já compreendi que você vem da parte de meu irmão, sendo-me necessário, portanto, dignificá-lo". Meu irmão lhe contou toda a sua história e o motivo de sua ida até ele. O xeique disse: "Quer dizer então que aquela maldita chegou a esse ponto, voltou a fazer aquelas coisas mesmo depois de se haver penitenciado? Juro pela minha senectude que me é imperioso liquidá-la, bem como a todos que com ela estão, inclusive a filha, pois ambas estavam aqui há dois dias na forma de aves". A seguir, o xeique disse ao meu irmão: "Venham, durmam em minha casa esta noite e, quando acordarmos amanhã de manhãzinha, faremos tudo quanto você quiser e escolher". Descemos para o leito do vale onde despontava um sólido palácio cercado por árvores. O xeique ia bem à nossa frente e o seguimos até nos aproximar do palácio, em cujo portão encontramos criados e serviçais que, ao avistar o xeique, se colocaram todos em pé, e logo beijaram o solo na frente dele. O ancião entrou seguido por nós, introduzindo-nos em um saguão mobiliado de todo gênero de mobília luxuosa, almofadas bordadas a ouro, várias espécies de estofados[118] de seda, mosquiteiros com enfeites de ouro e muitas outras coisas. Mal nos acomodamos e trouxeram bacia e vasilha; lavamos as mãos e nos

118 "Estofados" traduz o obscuro vocábulo *kišāyāt*, constante de ambos os manuscritos; supôs-se que a forma correta seria *kisāyāt*, plural de *kisā'*, que segundo Dozy era "um estofo de lã tecido pelos beduínos, e que servia para diferentes usos".

119 Referência a algum ritual hoje desconhecido.

ofereceram magnífico banquete; comemos e os pratos foram retirados, chegando então dois moços que pareciam duas luas; traziam bebidas das quais bebemos, pondo-nos a conversar até o fim da noite. Quando amanheceu, vieram a nós dois xeiques veneráveis com roupas pretas de algodão e bengalas de ouro vermelho; saudaram-nos, sentaram-se ao nosso lado e perguntaram ao meu irmão: "O que você acharia, jovem, de resolver logo o assunto que o trouxe até aqui?". Ele respondeu: "Se vocês me fizerem esse favor, meus amos, terão a minha gratidão". Um dos xeiques disse a um dos rapazes: "Traga-me imediatamente a feiticeira, sua filha e o amante".

Disse o narrador: não se passou nem um instante, e eis que todos foram trazidos acorrentados a ferros. Meu irmão disse a ela: "Louvores a Deus, que possibilitou agarrá-la, ó inimiga de Deus!". Vi então a velha se inchar até encher a casa, transformando-se em uma chama que se estendeu em direção aos céus e atirando-se em seguida sobre nós com a intenção de nos atingir. O velho disse: "Ai de você! Faz isso na minha presença?!", e gritou com ela, pronunciou palavras que não entendi, e eis que a velha se transformou em cinzas. O xeique disse ao meu irmão: "Já está morta. O que você ordena que eu faça com a filha e o amante?". Meu irmão respondeu: "O caso está nas suas mãos". Voltando-se para o amante, o xeique gritou com ele e disse: "Seja pedra!", e pedra ele se tornou. O xeique chamou o jovem e lhe disse: "Jogue-o na ponte e sacrifique-lhe um galo que o vigie a fim de que ele nunca escape",[119] e o jovem agiu conforme o instruíra o xeique, que perguntou ao meu irmão: "Que lhe parece que devemos fazer com a sua iníqua esposa?". Ele respondeu: "Quero ficar sozinho com ela esta noite".

E nesse momento a aurora alcançou Šahrazād, que parou de falar.

E quando foi a

253ª

noite

Disse Šahrazād:

Eu tive notícia, ó rei venturoso, de que [Alḫaylaḫān disse:] [A mulher disse:]

Meu irmão disse: "Ficarei sozinho com ela esta noite". O xeique respondeu: "Faça o que bem entender, pois ela está à sua mercê". Conduzindo-a pela mão, meu irmão a levou a uma sala e se pôs a censurá-la, enquanto ela se conservava calada, sem nos dar resposta alguma. Isso durou até o amanhecer.

Sem encontrar nela nenhuma obediência, meu irmão se calou e então uma palma de mão saiu da parede, aplicando em minha cunhada um golpe que imediatamente a transformou em pedra branca, e eis que surgiu o xeique e disse ao meu irmão: "De modo algum me passaram despercebidas as palavras que você lhe dirigiu, pois, se acaso houvessem permanecido a sós, ela o teria matado". Meu irmão disse: "Meu senhor, minha alma já está vingada dela e de sua iníqua mãe. O que você fez por mim não poderei pagar jamais". O xeique presenteou meu irmão com uma linda jovem, abasteceu-nos para a viagem de volta e disse a um dos jovens: "Vá agora mesmo até o posto do navegador e ordene-lhe que prepare o navio e os conduza para a terra deles o mais rápido possível".

Disse o narrador: o rapaz foi para a praia, encontrou o navegador, aproximou-se e lhe transmitiu a mensagem, e o homem então preparou o navio; embarcamos e navegamos com bons ventos durante três dias e três noites, mas quando foi o quarto dia amanhecemos diante desta ilha e fomos atacados por aquele *ifrit*, que devorou meu irmão, a jovem e o navegador, restando apenas eu aprisionada naquele compartimento, até que Deus atendeu aos meus rogos enviando vocês.

[*Prosseguiu Alḫaylaḫān*:][120]

Perguntamos à mulher: "O que vocês comiam?". Ela respondeu: "A cada três dias vinha um escravo negro nos trazer uma comida que não sei o que era, nem o que Deus fez com ele". Perguntei-lhe: "Era humano?". Ela respondeu: "Sim, e creio que continua na ilha". Ficamos espantados com a história dela e, quando amanheceu, o capitão chamou os homens, vestiu-os com roupas de batalha e caminhamos pela ilha rumo ao palácio que havia no pico da montanha.

E nesse momento a aurora alcançou Šahrazād, que parou de falar.

120 Com o fim da história da mulher, o narrador volta a ser, obviamente, Alḫaylaḫān, mas em algumas passagens, por provável distração do copista, o texto se refere a ele como personagem de sua própria narrativa, o que foi corrigido na tradução.

E quando foi a 254ª noite

Disse Šahrazād:

Eu tive notícia, ó rei venturoso, de que [Alḫaylaḫān disse:]

Assim que o capitão e seus homens se aproximaram do palácio, eis que nos vimos diante de um rio que corria na direção de uma imensa lagoa, a qual, quando a água chegava até ela, submergia nas profundezas, e não sabíamos onde ia parar. O capitão ordenou e um dos marinheiros mergulhou por

121 No "Arabic 646" o nome é *Balnūš*.

alguns momentos, retornando com uma esmeralda verde, que deixamos ali e continuamos galgando a montanha até chegar ao palácio, o qual estava cercado por uma enorme fossa, e na ponte que conduzia a ele havia um ídolo de cobre de uma braça de altura com uma chave de ferro pendurada no pescoço e na mão um livro no qual estava escrito: "Este é o vigia do palácio do sábio feiticeiro Mānbūs,[121] que reinou sobre as sete regiões e possui as chaves do palácio. Quem o abrir não deve levar nada, caso contrário se arrependerá. Que aprenda com as lições que irá presenciar".

Disse o narrador: apanhamos as chaves, abrimos o palácio, entramos no saguão, e eis que deparamos com dois homens acorrentados aos quais perguntamos: "Vocês são humanos ou gênios?", e eles responderam: "Humanos, e temos uma história espantosa". Soltamos ambos, prosseguimos a incursão pelo palácio, e eis que deparamos em seu centro com um grande aposento de ouro vermelho sobre quatro pilares de esmeralda, com uma cama de ouro vermelho ao meio, cravejada de rubis e pérolas e recoberta com guarnições de brocado; sobre a cama estava um xeique de cabeça e barba brancas, cujas pálpebras a idade fizera cair sobre os olhos; à sua cabeceira estava um garoto que o abanava com leque. Ao perceber a nossa presença, ele perguntou ao garoto: "O que é esse descomunal alarido?", e este respondeu: "O palácio foi aberto e homens entraram aqui".

Disse o narrador: o xeique estendeu a mão para a bengala ao lado, pegou-a, usou-a para erguer as pálpebras de sobre os olhos e nos contemplou. O capitão deu um passo adiante, saudou-o e foi correspondido. O xeique perguntou: "Vocês mataram o demônio?". O capitão respondeu: "Sim". O velho disse: "Portanto, a ilha agora passou a ser propriedade de vocês. Chegou a hora de minha morte", e perguntou: "Há entre vocês algum dos filhos de Israel?". Respondemos: "Sim". O xeique disse: "Então vocês de fato se tornaram donos do palácio e da ilha", e continuou dizendo ao capitão: "Resta-lhes agora uma única coisa: vocês devem se apossar do palácio e da ilha; caso contrário, estarão liquidados. Abram as portas trancadas e nelas verão prodígios". Perguntei: "E quais são esses prodígios?". Ele respondeu: "Saibam que Aṭṭaliqān Bin Ġaydān...".

E nesse momento a aurora alcançou Šahrazād, que parou de falar.

E quando foi a

255ª

noite

Disse Šahrazād:

Eu tive notícia, ó rei venturoso, de que [Alḫaylaḫān disse:]

O xeique disse: "Saibam que o sacerdote Aṯṯaliqān Bin Ġaydān – amigo de ᶜImlāq, o sacerdote-gênio que se uniu a Šaddād Bin ᶜĀd, dono da cidade de Iram Ḏāt Alᶜimād –[122] colocou sob minha responsabilidade estes sete aposentos trancados e me disse: 'Não os abra', dando-me como propriedade esta ilha, da qual cuidei até envelhecer e me debilitar. Não me restam senão este filho e dez gênios que me protegem e servem. Atrás do palácio vivem, apascentando vacas e ovelhas, mil de meus escravos, com suas esposas e filhos. Vocês não chegarão até eles senão por detrás daquela porta". Perguntamos: "Do que você está nos alertando?". Ele respondeu: "Temo que os dez gênios façam mal a vocês". Perguntamos: "E qual a forma correta de nos livrarmos deles?". Ele respondeu: "Vocês devem ler o Evangelho e a Torá diante deles, que então morrerão. Saibam que vou morrer hoje mesmo e lhes recomendo este garoto. Cuidem dele, pois foi de fato o meu melhor companheiro e filho. Se acaso ele lhes der alguma ordem, ouçam-no e obedeçam-lhe; e se acaso os advertir contra algo, não o façam". Voltando-se para o garoto, disse-lhe: "Meu filho, quando eu morrer, enterre-me no mesmo túmulo de meu pai"; estendeu-se na cama e desfaleceu; fomos mexer nele e, constatando que estava morto, começamos a preparar-lhe o corpo, junto com o filho. Carregamos o xeique e o levamos a uma tenda no canto do palácio, onde havia uma cama de cristal e sobre ela um xeique com um manto vermelho tecido a ouro e outro de pérolas; em sua cabeceira uma placa na qual se registrara seu nome, o nome de seu pai e sua idade. Lemos, e eis que nela estava assim escrito: "Vivi oitocentos e setenta anos, e meu pai viveu quatrocentos e oitenta anos". Depositamos o xeique ali na cama, saímos, fechamos a porta e nos pusemos a perambular pelo palácio. À noite o garoto nos disse: "Iniciem a leitura do Evangelho e da Torá", e assim nós fizemos até a quarta parte da noite, quando então o garoto, cujo nome era Zaᶜīm,[123] nos fez um sinal e disse: "Olhem o que veio até vocês". Nós nos voltamos, e eis que eram indivíduos na forma de leões e tigres dotados de enormes asas! Prosseguimos a leitura e eles fugiram em disparada. Pela manhã saímos para caminhar e de repente um homem altíssimo se inflou até preencher o horizonte; Zaᶜīm então gritou com ele, que se pronunciou e perguntou:

122 Todos os nomes que aparecem nesse trecho pertencem a entidades mitológicas e sofrem uma que outra variação na grafia, que a tradução regularizou. *ᶜImlāq* tem que ver com a tribo de gigantes conhecida como "amalecita"; *Šaddād Bin ᶜĀd* foi um dos reis da dinastia de ᶜĀd, que governou o Iêmen em tempos pré-islâmicos; já a referência à cidade de *Iram Ḏāt Alᶜimād*, de incerta localização, deriva de uma controvertida locução alcorânica (Alcorão, 89, 7).

123 Em árabe, *Zaᶜīm* quer dizer "líder".

"Ó Za^{c}īm, o xeique morreu?". O garoto respondeu: "Sim". O homem disse: "Ai, por Deus que essa é uma terrível desgraça! Se estes humanos não tivessem lido o Evangelho, o demônio os teria matado, e nenhum deles teria chegado aqui nem cobiçado as nossas coisas". Za^{c}īm nos disse: "Saibam que esse era um ajudante que vinha dos céus para o meu pai com notícias sobre as gentes da terra, e agora ele quer lhes fazer uma recomendação". O capitão deu um passo adiante...

E nesse momento a aurora alcançou Šahrazād, que parou de falar.

E quando foi a 256ª noite

Disse Šahrazād:

Eu tive notícia, ó rei venturoso, de que [Alẖaylaẖān disse:]

O capitão deu um passo adiante e disse ao ajudante: "Fale, ó generoso, espiritual e magnífico senhor, pois estamos ouvindo e obedeceremos ao que você apreciar!". Ele disse ao capitão: "Saiba, ó xeique, que você se tornou proprietário de algo que nunca antes alguém possuiu, nem nenhuma criatura chegou perto. Muito cuidado, não vá destruir nada do que aqui está construído. Quando você abrir as portas, não pegue nada dos aposentos, caso contrário, morrerá; feche-as tal como as abriu e observe o indivíduo que estiver lá dentro; preserve suas [palavras] e aja conforme ele sugerir. Não ataque os escravos e escravas que vivem atrás do palácio, pois eles farão o que você desejar. Muito cuidado para não deixar de entrar nos depósitos malditos onde estão os criados do falecido; quando os encontrar, mate-os todos, pois eles são ímpios. Você não chegará até eles senão mediante o anel do abençoado xeique dono deste palácio; o anel está enterrado sob a cabeça dele em uma caixinha de ouro; quando apanhar o anel, mostre-o a eles, que assim não poderão aproximar-se de você. Então saia e verá aquele negro que servia e alimentava o falecido xeique; rogue por esse negro e ele lhe será fiel e lhe mostrará os depósitos do *ifrit*; abra-os e apanhe o seu conteúdo. Esteja alerta para não desobedecer às minhas ordens, e saiba que senti a falta de vocês todas as noites".

Disse o narrador: ele voou e se retirou – que Deus lhe dê boa recompensa. Za^{c}īm me pegou pela mão e me conduziu à tenda, colocando-me diante do local onde estava o anel, que apanhamos após escavar, e o enfiei no dedo do capitão. Sentamo-nos e o garoto nos trouxe um pouco de alimento, do qual comemos; em seguida, eu disse ao capitão e a Zaᶜīm: "Seria bom se fossem trazidos aqui os dois xeiques que encontramos acorrentados, a fim de lhes perguntarmos sobre a sua história, a não ser que você, Zaᶜīm, saiba algo da história deles e nos conte". O garoto disse: "Na noite passada, passou por nós um *ifrit* carregando aqueles dois xeiques, ambos acorrentados. Quando estava à altura da metade do palácio, no céu, pretendendo atravessar para o lado onde ficava o demônio que vocês mataram, um dos criados do meu pai, sabedor do que vocês haviam feito na ilha, olhou para o céu e viu aquele *ifrit*, amigo do demônio, e o avisou com um grande grito dizendo: 'Solte esses dois indivíduos e salve a sua vida, pois o seu amigo foi morto!'. Então o *ifrit* largou os dois e logo vocês apareceram, abriram a porta e os salvaram. Mas ignoro qual é a história deles". Eu disse: "Gostaria que você os trouxesse aqui".

E nesse momento a aurora alcançou Šahrazād, que parou de falar.

E quando foi a 257ª noite

Disse Šahrazād:

Eu tive notícia, ó rei venturoso, de que [Alḫaylaḫān disse:]

O capitão também disse: "Gostaria que eles fossem trazidos para indagar-lhes a sua história". Imediatamente o garoto gritou por um escravo e lhe ordenou que trouxesse os dois xeiques, a quem o capitão perguntou quando chegaram: "Meus jovens, Deus foi gentil com vocês livrando-os da situação em que estavam. Contem-nos, pois, a sua história, e o motivo pelo qual se envolveram com aquele gênio amigo do demônio". Disseram: "Meu senhor, nossa história é longa, e cada um de nós tem uma". O primeiro deu um passo e disse:

O PRIMEIRO ACORRENTADO

Saibam, meus irmãos, que eu sou do Iêmen e era muito aficionado à caça. Meu pai pertencia ao clã iemenita dos Tubbaᶜ, e gostava tanto de mim que me impedia de caçar por temor à minha vida. O máximo que eu conseguia era caçar no vale de Sabá, onde eu tinha uma velha avó que alcançara a idade de duzentos anos. Certo dia, estando eu a caçar naquele vale, fui surpreendido pelo anoitecer e ordenei aos meus criados que montassem uma tenda, na qual dormi aquela noite, retomando

124 A fala se inicia na terceira pessoa ("Quando eles adentraram o corredor, viram..."), regularizando-se em seguida.

125 Referência ao reino de Ḥimyar, que se desenvolveu no Iêmen, sul da Península Arábica, antes do islã, e cuja escrita era diferente da árabe; sua própria língua era diferente da árabe, embora muito assemelhada.

a caça pela manhã. Afastei-me de meus criados durante a perseguição a uma corça, que acabou por entrar em uma gruta da montanha; saí no seu encalço, e eis que fui atacado por três homens armados com espadas que de lá saíram; desembainhei a minha espada e fiz carga contra eles, que me cercaram; avancei na direção de um e o acertei, decepando-lhe a cabeça. Quando viram aquela minha ação, seus companheiros me pediram paz e eu a aceitei. Aproximaram-se e disseram: "Nosso senhor, filho de nosso senhor, somos seus escravos! Viemos a este lugar em busca de um tesouro do qual nos falaram: que em dado ponto da gruta haveria dinheiro enterrado. Escavamos até chegar a ele e o encontramos; então você apareceu e matou o nosso companheiro, que era quem nos indicara o tesouro".

Disse o narrador: ao ouvir as palavras deles, louvei e agradeci a Deus altíssimo e lhes disse: "Se a situação for como vocês descreveram, sentem-se até que venham os meus escravos e criados, e assim resolveremos o assunto, se Deus altíssimo quiser". Tão logo meus criados chegaram, ordenei-lhes que montassem uma tenda naquele lugar e pus-me a observar a escavação: eles haviam chegado a uma placa enorme. Ordenei aos criados que arrancassem a placa, e eis que debaixo dela havia um corredor subterrâneo. Acendemos velas e entramos, avançando até topar com um aposento escavado na própria montanha; no centro desse aposento havia uma cama de ouro vermelho.

E nesse momento a aurora alcançou Šahrazād, que parou de falar.

E quando foi a

258ª

noite

Disse Šahrazād:

Eu tive notícia, ó rei venturoso, de que [Alḫaylaḫān disse:] [O primeiro dos acorrentados disse:]

Quando adentramos o corredor, vimos[124] uma cama de ouro vermelho na qual estava deitado um ancião coberto com sete mantos e em cuja cabeceira havia uma placa de ouro com inscrições em alfabeto ḥimyarita,[125] que eu não soube ler. Ordenei que tudo aquilo fosse retirado, arranquei os mantos de cima do ancião, quebrei a cama, e eis que debaixo dela havia uma caixa, uma gazela de ouro e uma espada. Quando retiramos tudo aquilo, ordenei-lhes que demolissem o lugar, e nos sentamos; dividi o ouro em três partes, cada qual de nós levando a que lhe cabia. Ao cabo, ficou restando apenas a caixa, a gazela e a espada. Um deles disse: "Não sabemos o que a caixa contém". Eu lhes disse: "Vamos sortear essas coisas", e então a caixa coube a mim, ficando eles com a espada e a gazela. Carreguei minha parte nas minhas bestas de carga, cheguei à cidade, mostrei aquelas coisas a meu pai e fui me isolar para abrir a caixa, dentro da qual encontrei um traje de brocado colorido, cuja túnica, com grandes pérolas, gemas e rubis vermelhos, era de linho fino com fios de esmeralda verde,[126] e cuja coroa era cravejada de jóias; dentro dela havia ainda outra caixa trancada que abri, nela encontrando um grande espelho em cujo verso, após meu exame, revelou-se a existência de duas linhas escritas em uma língua para mim desconhecida. Pretendi contemplar a minha face[127] no espelho, e eis que nele havia um belo frasco de incenso; olhei mais atentamente para o espelho e vi a imagem de uma jovem que nenhum olho jamais vira igual; ia e vinha no que parecia um jardim com muitos rios, repleto de árvores e flores, refrescando-se à beira de um regato. Tornei a guardar o espelho no lugar onde estava e ordenei aos meus criados que varressem uma casa que utilizávamos para hospedagem e a mobiliassem; entrei lá e ordenei que, mal chegasse ao país algum mercador ou viajante estrangeiro, conduzissem-no até ali para que me contasse o que de mais insólito vira e ouvira, pois quiçá algum deles tivesse notícias sobre aquele espelho, com o qual passei a ficar a sós na casa, observando-o, e parei de cavalgar e de conviver com as pessoas. Após permanecer em tal estado por um ano inteiro, sem revelar a ninguém o que eu tinha, aquilo pesou para meus amigos[128] e meu pai, o qual me disse: "Meu filho, não tenho outro senão você, que agora resolveu isolar-se de todo mundo nesta casa! Está parecendo morto, apesar de vivo! Fale-me a verdade sobre o que o está prendendo a esta casa, de onde você não se afasta nem sai!". Justifiquei-me com meu pai dizendo-lhe: "Como não encontro nenhum amigo que me faça espairecer ou ajude a liberar angústias e expulsar preocupações e aflições, dediquei-me à leitura dos livros, cuja companhia me apetece".

Disse o narrador: nesse momento ele se retirou, mas mandou vir ver-me [às escondidas][129] um homem perspicaz de idade bem avançada – tinha trezentos anos – chamado Jahīm Bin Lāwī Bin Fahīm, a quem meu pai mencionara o estado de isolamento em que eu me encontrava; ele dissera: "Gostaria de ir ao

126 Como de hábito, ocorrem termos hoje obscuros na descrição da indumentária. Ambos os manuscritos trazem *quḍbān azzumurrud alaḫḍar*, "bastões (ou ramos) de esmeralda verde", o que não faz sentido, ao menos em vista dos sentidos rastreáveis nos dicionários. Supôs-se aqui que, em vez de *quḍbān*, o correto seja *qaṣbà*, "roupa fina de linho com fios de ouro"; a grafia, em árabe, é assemelhada.

127 No "Arabic 646" lê-se: "não pretendi contemplar a minha face". Em todo caso, alguma coisa parece não estar bem concatenada nesse trecho.

128 O "Arabic 646" traz, em sua forma coloquial, *aḫawātī*, "meus irmãos", que se preferiu ler como *iḫwānī* "meus amigos", devido à frase adiante. As duas palavras têm grafia semelhante. Já o "Arabe 3612" traz *aḫwālī*, "meus tios paternos".

129 O trecho entre colchetes é acréscimo do tradutor.

local onde seu filho está, de modo que ele não perceba a minha presença. Tenho esperança de que Deus lhe dê libertação por meu intermédio". Então meu pai mandou chamar o criado que me levava comida e lhe disse: "Quando o seu amo se isolar, introduza este homem sábio na casa de modo que meu filho não o veja nem ouça". O criado disse: "Amo, o meu patrão, depois que come, quer ficar sozinho; desembainha a espada e inspeciona o palácio; ordena-me: 'Muito cuidado! Que ninguém entre nem se aproxime de mim!', e se isola no quarto; fico sem saber dele até a hora da refeição". O criado afinal foi levar alimento, acompanhado pelo sábio; quando a comida foi servida, saí conforme o hábito para inspecionar a casa, e o sábio Jahīm Bin Lāwī Bin Fahīm entrou e se escondeu debaixo da minha cama. Voltei após ter circulado pela casa, tranquei as portas, soltei as cortinas e apanhei o espelho, pondo-me a contemplá-lo e a chorar dizendo: "Parabéns, viva quem vir esta imagem no mundo!", e chorei e me lastimei mais ainda. Nesse estado, ouvi alguém dizer: "Não se apresse, venturoso e nobre senhor! Controle-se, pois a liberdade está próxima, se Deus altíssimo quiser. Dê-me salvaguarda de seu poderio para que eu seja seu camarada e o faça chegar a seu propósito e amor".

Disse o narrador: ao ouvir aquilo, fiquei seduzido e disse: "Apareça, que a salvaguarda já está concedida"; o sábio saiu de baixo da cama e disse: "Saiba, meu amo, que arrisquei a minha vida para fazê-lo chegar ao seu objetivo. Ouça as minhas orientações, pois por mim passaram-se as eras e os tempos, com espantos e assombros. Conte-me a sua história do começo ao fim. Para resolver o problema, buscarei auxílio em meus ajudantes, gênios, *ifrit*s e tudo o que eu quiser". Quando ouvi aquilo...

E nesse momento a aurora alcançou Šahrazād, que parou de falar.

E quando foi a

259ª

noite

Disse Šahrazād:

Eu tive notícia, ó rei venturoso, de que [Alẖaylaẖān disse:] [O primeiro dos acorrentados disse:]

Ao ouvir tais palavras, contei-lhe a minha história do começo ao fim. Quando viu o espelho e a imagem nele contida, o sábio desatou a rir desbragadamente e perguntou: "Meu senhor, como é o incenso que veio junto com o espelho?".

Respondi: "É pra já!" e, apanhando o frasco que continha o incenso, entreguei-o a ele, que começou a revirá-lo e a rir. Depois disse: "Já está chegando a hora, meu amo. Saiba que este incenso é o que mostra a imagem e informa a seu respeito", e se pôs a conversar comigo pelo resto da noite até o amanhecer, quando então disse: "Meu senhor, traga-me fogo", e eu lhe trouxe fogo. Ele pegou um incenso que parecia folha de murta, pronunciou palavras que não compreendi, e eis que o lugar se encheu de indivíduos. Um dos homens que surgiram parecia do povo de ^{c}Ād, gigantesco, acompanhado de três que pareciam ser seus secretários; montou uma cadeira de ouro vermelho e, logo que se acomodou direito, o xeique o cumprimentou e ele disse: "Meu irmão, estou contente por ter chegado a você. Vim de um país distante. O que deseja?". O xeique disse: "Preciso do que está neste espelho". O homem riu ao olhar para o espelho e disse: "Já sei tudo a respeito dele. O espelho foi encontrado sozinho ou estava com o deflagrador?". O xeique perguntou: "O que o deflagra?". O homem respondeu: "O incenso que estava com ele", e o xeique lhe entregou o frasco. O homem pegou-o, cheirou-o, sinalizou para um de seus companheiros, o qual mais que rapidamente lhe estendeu uma taça e um frasco de onde retirou incenso, lançando-o ao fogo e vendo-se então diante de um indivíduo com forma de chacal alado. O xeique Jahīm Bin Lāwī Bin Fahīm saudou-o, aproximou-se e lhe disse: "Meu senhor, necessito de algo"; a criatura perguntou: "O quê?". O xeique respondeu: "Esta mulher", e lhe mostrou a imagem. Ao olhar para ela, a criatura respondeu: "Como chegou até ela? Faz duzentos e vinte anos que foi enterrada por Rāfi^{c} Bin Šaddād, de Ḥimyar. É a imagem de Layla, filha do gênio ^{c}Ād Bin Musaṭṭaḥ, e esse rapaz não chegará até ela senão após arrostar grandes fadigas e imensos sofrimentos", e atirou incenso ao fogo, surgindo então um indivíduo na figura de monge, empunhando cesta e báculo. O xeique o cumprimentou, deu-lhe boas-vindas e, quando ele se acomodou, voltou-se para mim e disse: "Meu filho, você está se impondo coisas somente suportáveis mediante o enfrentamento de esforços incomensuráveis e terrores descomunais. Contudo, tenho esperança de que tudo se resolverá, se Deus altíssimo quiser". Em seguida, fez-nos todos levantar e caminhou na nossa frente até um rochedo, em cujas dunas nos sentamos; o xeique se pôs a conversar conosco, a esconjurar e a incensar, e então o rochedo se encheu de cavalos e homens, e legiões de gênios começaram a passar por nós em tropéis.

E nesse momento a aurora alcançou Šahrazād, que parou de falar.

E quando foi a

260ª

noite

Disse Šahrazād:

Eu tive notícia, ó rei venturoso, de que [Alḫaylaḫān disse:] [O primeiro dos acorrentados disse:]

Legiões de gênios começaram a passar por nós em tropéis. Estávamos nessa situação quando chegaram sete cavaleiros com fisionomias semelhando luas e mantos de seda verde na cabeça; pararam diante de nós, cumprimentaram-nos, apearam-se e vieram ter conosco. O xeique Jahīm e seus companheiros olharam bem para eles e se levantaram imediatamente; abraçaram-nos e disseram após os cumprimentos: "Já vem o xeique Abū Miḫṭaf, dono do Caminho das Rosas". Então acenderam incenso para sua vinda e o reverenciaram acendendo uma imensa fogueira, e eis que surgiram mil cavaleiros cujo comandante empunhava uma bandeira, vestia roupa branca e estava montado em um corcel cinzento com sela de ouro vermelho cravejada de pérolas e pedras preciosas. Quando se aproximou, todos se atiraram sobre ele, pondo-se a beijar-lhe mãos e pés, e a cuidar-lhe dos estribos. Veio até nós, apeou-se e, tão logo se acomodou, indagou de nossa situação, voltou-se para o monge e lhe perguntou: "Como vai, meu irmão? De que precisa?". O monge respondeu: "Estava eu tranqüilo quando fui convocado por este meu irmão" – e sinalizou na direção do xeique Jahīm – "para uma questão que lhe sucedeu", passando a explicar-lhe a história, enquanto eu me ocupava em acender incenso. O cavaleiro pôs-se a me examinar e observar, e então bateu palmas, voltou-se para o nosso grupo ali presente e disse: "Meus irmãos, para mim o caso do rapaz não é nenhuma enormidade, nem o que vocês me pediram para fazer. Mas temo que, antes de atingir o objetivo, ele aja irrefletidamente e seja aniquilado. Por isso, vou ditar-lhe algumas condições que, se ele respeitar, lhe permitirão atingir o seu propósito, e, se desrespeitar, o farão ser aniquilado, ou, mesmo que se salve da aniquilação, vagar pelo mundo, extraviado, sem nunca mais ver os pais. Caso vocês me ordenem, eu lhe ensinarei o caminho do triunfo". O xeique Jahīm lhe disse: "Faça-o, meu senhor!".

Disse o narrador: o cavaleiro se voltou para mim e disse: "Vejo que você é nobre. Se acaso tiver paciência com os horrores, alcançará o seu intento. Saiba, meu filho, que desde o seu primeiro contato com o espelho ela já tem notícias suas. Ela o vê, tal como você a vê, desde que o espelho existe. Não tenho dúvida de que ela o ama; não fosse assim, você teria morrido já no primeiro dia. Como quer que seja, mantenha-se aqui, e, no terceiro dia a partir de hoje, virei ter com você, fazendo-o chegar até ela, se Deus altíssimo quiser". E, pondo-se em pé, despediu-se. Todos foram embora, restando o xeique Jahīm e eu; ele me disse: "Como você está resolvido a viajar para um país distante, meu senhor, vá ao seu pai e se despeça dele". Então fui falar com meu pai e despedi-me dele dizendo: "Meu pai, estou resolvido a viajar em busca de meu desejo". Ele me disse: "Não o faça", mas eu me recusei a obedecer e saí acompanhado de Jahīm, dirigindo-me para o vale, onde acendemos fogo e incenso,[130] e, antes que nos apercebêssemos, o companheiro do xeique Jahīm, os dois *ifrit*s e o monge chegaram e nos cumprimentamos; depois, antes que nos déssemos conta, Abū Miḫṭaf apareceu e todos nos pusemos de pé para cumprimentá-lo. Ele me disse: "Eu lhe faço uma recomendação; guarde-a", e me entregou turbante, lança e incenso.

E nesse momento a aurora alcançou Šahrazād, que parou de falar.

130 Nenhum dos dois manuscritos volta a tocar no assunto dos três dias de prazo anteriormente pedidos. Poder-se-ia presumir que passaram?

131 "Frondosa árvore" traduz *dawḥa*, que por equívoco o copista registrou *dawja*, palavra inexistente em árabe.

E quando foi a

261ª

noite

Disse Šahrazād:

Eu tive notícia, ó rei venturoso, de que [Alḫaylaḫān disse:] [O primeiro dos acorrentados disse:]

Abū Miḫṭaf me estendeu turbante, lança e incenso e me disse: "Quando você chegar ao fim da província de Alḥarās, pegue o turbante e a lança, pois eles o orientarão". Em seguida, entregou-me o anel que tinha no dedo, fez-me levantar, ficando eu de pé junto com ele, e caminhamos até a orla marítima, onde havia um barco simpático com um homem negro, para o qual Abū Miḫṭaf gritou assim que o viu: "Ó ᶜAqīm Bin Salīm, leve este seu amo e conduza-o para baixo da frondosa árvore[131] sobre cujo estado lhe falei; ordene a ele que durma ali e proteja-o durante a noite, até que chegue o dono da árvore, a quem você o entregará". Então nos despedimos, o dono do navio me carregou, arrumou as velas e zarpamos com bons ventos naquele dia, até que se passou um quarto da noite, quando então nos aproximamos da costa, e eis que nos vimos diante de uma árvore gigantesca sob cuja sombra poderiam se abrigar mil cavaleiros, e ao seu lado uma fonte de água corrente. ᶜAqīm me ordenou que desembarcasse, e eu lhe obedeci; ele também desembarcou e ficou conversando comigo por algum tempo, até que, de súbito, aves negras se aproximaram da árvore e nela pousaram. De repente, surgiu um pássaro gigante carregando uma jovem, que ele se pôs a estreitar ao peito após pousar na árvore. Espantei-me com aquilo, e eis que o pássaro falou aos gritos: "Ó ᶜAqīm Bin Salīm! Como está você? Por que esse humano está neste recôndito desolado?". ᶜAqīm respondeu: "O senhor Abū Miḫṭaf enviou-o comigo e me ordenou que cuidasse dele até entregá-lo ao dono desta árvore". Ao ouvir tais palavras, o pássaro desceu da árvore, balançou-se, e eis que se transformou em um belo jovem que se aproximou de mim, cumprimentou-me e disse: "Boas-vindas ao hóspede! Qual é o seu nome?". Respondi: "Ṣāᶜid Bin Muhalhil Alḥimyarī", e prossegui: "Meu senhor, o que é essa mulher que está com você?". Ele respondeu: "Ela é humana". Perguntei: "Qual é a história dela?". Ele respondeu: "Meu irmão, faz quatrocentos anos que vigio esta ilha de Azzahra, e nunca me passou pela cabeça algo semelhante à minha história com essa moça".[132] ᶜAqīm disse: "Conte-me a história dela". Ele disse:

O PÁSSARO-GÊNIO E A BELA

Certo dia, circulava eu pela região de Assalāhib, que vem depois da região de Alḥijāz, e súbito passa por mim essa jovem; então, foram tais meu assombro com sua beleza e minha admiração por sua formosura, que estive a ponto de morrer de amor por ela: retirei-me com o coração em chamas e, quando foi o dia seguinte, dirigi-me ao local onde a vira e, encontrando-a, assumi a forma de um ser humano.

E nesse momento a aurora alcançou Šahrazād, que parou de falar.

132 "E nunca me passou pela cabeça algo semelhante à minha história com essa moça" traduz a obscura formulação *fa-amarr* [ou: *fa-amara*] *ᶜalà ra'sī miṯlu* [ou: *maṯalu*] *qiṣṣatī maᶜa hāḏihi aljārya*, que certamente contém equívocos e comporta várias leituras, entre elas a adotada para a tradução: *fa-lam yamurr ᶜalà ra'sī miṯlu qiṣṣatī maᶜa hāḏihi aljārya.*

Disse Šahrazād:

E quando foi a

262ª

noite

Eu tive notícia, ó rei venturoso, de que [Alḫaylaḫān disse:]

[O primeiro dos acorrentados disse:]

[O grande pássaro disse:]

Assumi a forma de ser humano e me ofereci a ela, que me rejeitou; insisti e ela perguntou: "O que você quer de mim?". Respondi: "Você me priva do prazer da vida e do conforto. Temo morrer de amor por você, ó senhora das graciosas", ficando estonteado, diante dela, a contemplar-lhe a beleza de cima a baixo. E recitei:

"Que a casa nos deixe e se afaste,
que a visita fique difícil e custosa:
jamais eu abandonarei aquele afeto!
Tanta pureza não merece degradação".

Ao ouvir as minhas palavras, ela riu como que admirada de meus versos e disse: "Você está apaixonado, mas não parece, pois seu corpo está bem forte! Por Deus que o apaixonado somente será apaixonado quando se desmanchar de paixão e amor. Mas o que o levou a desejar o meu amor e a supor que eu lhe obedecerei e morarei com você em regiões inóspitas, abandonando terras prósperas e praças-fortes e indo deambular e me arriscar?". Intrigado com suas palavras, perguntei: "Como você percebeu que sou um gênio?"; espantado com a força de sua inteligência, transformei-me imediatamente em vento, fazendo tenção de entrar em seu corpo, mas ela se protegeu de mim por intermédio de um amuleto pendurado em seu braço. Não consegui prejudicá-la nem beneficiá-la. Pensamentos perplexos me aturdiram e foi forte meu estupor. Ela se riu daquilo e disse: "Mas que assombroso! Você tenta me prejudicar e alega estar apaixonado por mim e me amar! Absolutamente não me conquistará! Quem é você? Qual o seu nome?". Respondi: "Sou Rāqib, da ilha de Azzahra, de cuja vigilância sou o encarregado". Ela disse: "Isso a minha mãe já havia me contado", e saiu de minhas vistas. Na manhãzinha do dia seguinte, reuni a minha tribo e o meu povo, assumimos a forma humana e fomos até ela, encontrando-a sentada à porta da tenda. Cumprimentei-a e pedi-lhe para ser apresentado à sua mãe. Ela me reconheceu e disse: "Já voltou, seu desgraçado? Você se recusa a ir para suas terras inóspitas?". Em seguida, chamou a mãe, que

133 Os gassânidas eram uma tribo árabe cristã cujo reino, que sucumbiu ao islã, se situava ao norte da Península Arábica. Quanto a alguns nomes que aparecem no texto, eis seu sentido: *Azzahra* significa "flor"; *Rāqib*, "vigilante"; *Qāriᶜa*, "calamidade"; *Ṣāᶜid*, "aquele que se eleva"; *Alḥijāz* significa "barreira" e é uma região da Arábia; *Abū Miḫṭaf*, "pai do gancho"; *ᶜAqīm*, "estéril"; *Salīm*, "sadio".

era um demônio humano, uma das grandes feiticeiras. Ao nos ver, deu-nos boas-vindas, dignificou-nos, introduziu-nos na tenda e mandou servir uma refeição, da qual comemos; depois, trouxe perfumes, perfumamo-nos e, antes que nos déssemos conta, já um xeique adentrara e nos cumprimentara; respondemos ao cumprimento, e a mãe, piscando para mim, disse: "Este é o pai dela; peça-a em casamento". Então dissemos a ele: "Nós viemos pedir em casamento a mão de sua filha, pela qual muito ansiamos; por isso viemos atrás de você; portanto, aprecie o apreciador e intervenha a favor de quem pede".

Disse o narrador: o xeique me atendeu e casou-me com a filha; mandou trazer tinteiro e papel e escreveu o contrato de casamento: "Este é o casamento de Rāqib, da ilha Azzahra, com Qāriᶜa, filha de Suwayd, a gassânida".[133] Assim, consumei o casamento com ela, que é essa que está comigo; tenho-lhe um amor imenso e não suporto ficar longe dela; levo-a para passear por todo lugar e semanalmente vou com ela ver os seus pais.

E nesse momento a aurora alcançou Šahrazād, que parou de falar.

E quando foi a

263ª

noite

Disse Šahrazād:

Eu tive notícia, ó rei venturoso, de que [Alḫaylaḫān disse:] [O primeiro dos acorrentados disse:]

O pássaro da ilha Azzahra disse: "Semanalmente, vou com ela ver os seus pais, para visitá-los. É essa a minha história e narrativa".

Fiquei assombrado com aquilo. Continuamos conversando até o sol nascer, quando então o gênio saiu voando com sua esposa. Ato contínuo, depois dele veio até nós um homem de rosto formoso e cabeça e barba brancas. Estava montado em um cavalo de raça cinzento e disse: "Boas-vindas ao hóspede!"; apeou-se, tirou de baixo de si um simpático alforje e disse: "Meu irmão, não me atrasei ontem senão porque estava resolvendo o seu caso"; sentou-se e prosseguiu: "O xeique Abū Miḫṭaf, que Deus altíssimo o dignifique, recomendou-me que zelasse por você, e já aprontei as coisas para a sua viagem; portanto, levante-se, com a bênção e a ajuda de Deus, e monte nesta égua; não a chicoteie nem lhe dirija a palavra até que ela lhe fale, e então você deverá limpar-lhe o suor. Quando sentir sede, peça-lhe água que ela o levará até a água; quando você atingir, em sua marcha, o local que a égua lhe determinar, ponha este turbante e, chegando onde há poço, árvore, banco e pássaro, apeie-se, desaperte-lhe as amarras da sela e demore-se junto dela enquanto pasta; depois, dê um passo adiante, cumprimente o pássaro e peça-lhe tudo quanto deseja; faça-o saber que você é enviado de Abū Miḫṭaf, mostre-lhe o anel e ele o servirá, trazendo-lhe o dono do vale e do poço". Em seguida, ordenou-me que montasse, e obedeci, despedindo-me de ᶜAqīm e do dono da árvore; avancei, e a égua cortou nuvens e atravessou terras inóspitas até chegar a uma ponte enorme, cuja altura era de cem braças; ela subiu comigo, e eis que no alto da ponte havia um ídolo; a égua me disse: "Ó senhor, desça, prosterne-se diante do ídolo e cumprimente-o", e então desci e fiz o que ela dissera, tornando em seguida a cavalgá-la e sendo por ela levado a duas montanhas descomunais que sumiam nas alturas, e em cujo sopé havia fontes de água corrente, árvores frutíferas e um grande exército em trajes de guerra; a égua me disse: "Vista o turbante e eles não irão vê-lo", e assim agi; a égua passou me carregando e, quando deixamos os soldados para trás, ordenou-me que me apeasse, e me apeei, comi e bebi.

E nesse momento a aurora alcançou Šahrazād, que parou de falar.

E quando foi a

264ª

noite

Disse Šahrazād:

Eu tive notícia, ó rei venturoso, de que [Alḫaylaḫān disse:]

[O primeiro dos acorrentados disse:]

A égua ordenou que me apeasse, e me apeei, comi e bebi; depois, ordenou que montasse, montei e ela prosseguiu viagem até que chegamos a um bosque verde que tinha uma fonte de água corrente, e ao seu lado um banco branco e uma árvore na qual estava pousado um pássaro. Apeei-me, cumprimentei o pássaro, detive-me longamente ao lado da égua enquanto ela pastava, desapertei-lhe a sela e sentei-me no banco. O pássaro se chacoalhou e assumiu a forma humana, cumprimentando-me e dizendo: "Meu senhor, as notícias a seu respeito chegaram a mim, bem como o que você pretende fazer"; em seguida, sentou-se e pôs-se a conversar comigo, quando repentinamente surgiu um velho com uma coroa na cabeça e uma espada desembainhada na mão; estava montado em um corcel amarelo

134 Ambos os manuscritos trazem *karḫ*, nome de várias localidades, entre elas um bairro de Bagdá – não é obviamente o caso – ou "cela monacal", o que tampouco é o caso. É mais plausível que se trate de abreviatura de *karḫāna*, palavra que tem o sentido de lugar onde se trabalha: fábrica, oficina, loja etc. Aqui, preferiu-se "galpão".

e se dirigiu a nós, que o cumprimentamos. O pássaro me disse: "Meu senhor, este é Šalhūb! Levante-se na presença dele!", e então me levantei, cumprimentei-o e ele me retribuiu o cumprimento; fez-me sentar no banco, trinou um apito que fez todo o local estremecer, e súbito surgiu uma velha montada em um leão; ao vê-lo, cumprimentou-o e se apeou do leão; Šalhūb pôs-se de pé diante dela e eu o imitei; em seguida, ele informou a velha a meu respeito, e que eu viera da parte de Abū Miḫṭaf.

Disse o narrador: a velha se voltou para mim, cumprimentou-me e disse: "Vamos, meu filho, monte atrás de mim neste leão, sem medo, pois a libertação já se aproxima". Ao ouvir tais palavras, minha alma e meu coração se fortaleceram, e montei em sua garupa; despedimo-nos de nossos companheiros e avancei com a velha por um deserto onde havia um galpão;[134] a velha se apeou do leão, eu também, e entrou comigo naquele galpão, e eis que ali estavam duas jovens parecendo luas; a velha – após me acomodar em um leito forrado com os mais luxuosos lençóis e me trazer uma porção de comida da qual comi à saciedade – disse-me: "Prepare-se, meu filho, para ir satisfazer a sua demanda; veja aí como se arrumar, endireite juízo e inteligência e saiba que ela é a rainha deste lugar; é uma digna senhora, e você, um nobre senhor". Em seguida, conduziu-me pela mão e ordenou que eu me banhasse; colocou sobre mim uma valiosa vestimenta, perfumou-me e levou-me para o interior do galpão, e, quando cheguei, ouvindo barulho de cascos, alarido de homens e agitação de cavaleiros, perguntei à velha: "Minha senhora, que bagunça é essa?". Ela respondeu: "É o mensageiro da sua amiga". Enquanto estávamos nisso, de súbito veio a nós um criado branco que parecia o sol nascente; cumprimentou-nos, atirou-se sobre mim, cobrindo-me a cabeça de beijos, e me entregou uma coroa de ouro vermelho cravejada de rubis e gemas, uma túnica de pérolas e uma espada, ordenando-me que as usasse. Após ter obedecido, trouxeram-me um corcel no qual montei. Cumprimentei a velha e me despedi dela, que me disse: "Saiba como agir, meu filho", e me deixou aos cuidados do criado, que me levou e saiu. Olhei para o deserto e vi que estava repleto de cavalos, homens e criados; avançamos então até vislumbrarmos uma enorme cidade com muralhas de cobre que se alçavam aos céus, e, quando nos aproximamos, eis que nos vimos diante de um imenso rio que a circundava, e sobre o qual havia sete pontes; atravessamos todas elas e adentramos pelo portão da fortaleza, topando com homens de pé em duas fileiras e equipados com trajes de guerra; passamos por eles e demos na porta do palácio, e eis que era um grande palácio fortificado, construído de mármore branco com colunas de mármore verde. Continuei marchando, passei por sete vestíbulos e enfim chegamos ao palácio, em cujo centro havia uma grande piscina, e sobre a piscina uma tenda com quatro colunas verdes; no ponto mais alto daquele local, um pavilhão com um leito no qual havia várias espécies de guarnição; era de aloés e estava cravejado com distintas qualidades de pedras preciosas; à sua direita e à sua esquerda havia dois leões de âmbar. O criado que estava comigo me ordenou que me apeasse do cavalo e me acomodou naquela cama; assim que me alojei, entraram secretários, pararam diante de mim e disseram: "Ó amo, o rei Alġammās[135] está à porta pedindo a sua permissão para entrar e felicitá-lo por estar bem após ter enfrentado as dificuldades e fadigas da viagem".

E nesse momento a aurora alcançou Šahrazād, que parou de falar.

135 *Alġammās* significa "ferrete".

E quando foi a

265ª

noite

Disse Šahrazād:

Eu tive notícia, ó rei venturoso, de que [Alḫaylaḫān disse:] [O primeiro dos acorrentados disse:]

Os secretários me disseram: "Ó amo, Alġammās está à porta pedindo a sua permissão para entrar e felicitá-lo por estar bem após ter enfrentado as fadigas da viagem". Perguntei: "Eu, dar-lhe permissão em sua casa, em sua terra?". Responderam: "Ó senhor, desde o primeiro dia em que saiu de sua terra e país para vir até nós, este palácio foi construído e preparado para você, com toda espécie de equipamento, conforme está vendo, e nós faremos o que ordenar; somos seus serviçais e escravos".

Disse o narrador: nesse momento, concedi a permissão, e então entrou um velho de face e fisionomia bonitas, seguido por três rapazes que pareciam plenilúnios. Ao vê-los, pus-me de pé e os recebi no ponto mais elevado da sala; eles acorreram até mim, abraçaram-me e sentaram-se, e o velho me perguntou sobre meu estado. Contei-lhe tudo quanto se passara comigo e ele me disse: "Levante-se, pois nós lhe preparamos a casa lá do alto, que dá para o rio e o jardim; vamos até lá"; levantamo-nos,

136 Parece evidente, nesse ponto, que o texto se refere a imagens em movimento.

subimos até a casa situada no alto do lugar, e eis que ela continha uma tenda suspensa no ar e fora mobiliada com o melhor mobiliário, e dali contemplávamos um aprazível jardim e um rio corrente em cujas beiras existiam árvores de vária espécie. Acomodamo-nos ali, a mesa foi servida, comemos, a refeição foi retirada e lavamos as mãos; em seguida anoiteceu e acendemos lampiões, lanternas e velas; foram trazidos utensílios para bebida e vinho puro envelhecido; taças foram servidas por copeiros que pareciam plenilúnios ascendentes; escravas cantoras cantaram e ficamos acordados até o amanhecer, quando então criados vieram até mim e me levaram no meio deles até o banho, onde me purifiquei, descansei, vesti meus trajes, ergui a cabeça para o teto, e eis que minha imagem estava ali gravada, bem como a dos rapazes que cavaram comigo em busca do tesouro, ambos repartindo entre si a gazela e a espada enquanto eu ficava com a caixa que continha a imagem da mulher, a fim de que eu não me esquecesse de nada.[136] Saí do banho e fui conduzido a uma grande sala, onde me sentei em um leito e logo surgiram dez escravas carregando a cauda do vestido de uma mulher até que ela parou diante de mim, beijou-me a cabeça e disse: "Levante-se para ficar com sua amada, meu senhor, pois já soou a hora de o amado encontrar sua amada". Levantei-me então com ela e caminhei até o saguão do palácio, e eis que ali havia uma cúpula de ouro vermelho em cuja ponta, apitando e girando com a velocidade do vento, estava uma águia produzida de ouro vermelho cravejado de várias espécies de pérolas e gemas. Quando me aproximei da cúpula, as criadas e as escravas acudiram e ergueram-lhe as cortinas, e eis que me vi diante da jovem que eu vira no espelho, sentada no leito; quando olhei para ela, desabei desmaiado, e ela acorreu até mim, ergueu-me do chão, estreitou-me ao peito e disse: "Meu senhor, sou eu a sua amiga! Controle-se, pois você alcançou o seu desejo!", e começou a me beijar e a limpar o meu rosto com mãos mais macias e tenras que a seda, até afastar de mim aquele mal-estar. Em seguida, conduziu-me e acomodou-me no leito, sentando-se ao meu lado; sorriu, indagou-me sobre as fadigas que enfrentei e, depois que lhe contei a respeito, ela me perguntou: "Meu senhor, por acaso sabe qual a distância entre você e seus familiares?". Respondi: "Não". Ela disse: "Saiba que entre você e seus familiares a distância é de cinqüenta anos"; então, subi em cima dela e satisfiz a minha necessidade; durante três anos vivi a melhor vida com essa mulher, que engravidou, e, quando seus dias se completaram, deu à luz um menino. Havia um primo seu que muito a amava e a pedia em casamento ao pai, mas, como ela não o aceitava, um dia ele saiu vagando pelo mundo, e, ao saber o que sucedera à prima, reuniu soldados e aliados e atacou-a, derrotando-lhe o exército e capturando-a à força; em seguida, amarrou-me, colocou correntes em meus pés e me entregou a um demônio-gênio a quem disse: "Carregue esse aí e atire-o na ilha do gênio" – o gênio que vocês mataram. Destarte, o demônio me carregou nos ombros e saiu voando comigo pelos céus; de súbito, avistou o homem que vocês encontraram acorrentado comigo; estava sentado à beira de uma montanha e o demônio se lançou sobre ele e o agarrou também; carregou-nos ambos até que, ao passar sobre o centro deste palácio, um dos moradores gritou-lhe: "Largue-os, ó inimigo de Deus, pois seu amigo já foi morto!", e então ele nos soltou dos ombros e fugiu. Permanecemos no mesmo lugar ontem e hoje, até que Deus nos atendeu por meio de vocês, que nos salvaram. Esta é a minha história.

Disse Alḫaylaḫān:

Ficamos, ó rei do tempo, extremamente assombrados com sua história, e dissemos ao outro homem: "Conte-nos também a sua história, e qual o motivo de estar sentado na beira da montanha quando o demônio passou por você carregando esse aí". Então ele chorou copiosamente e disse: "Sim, eu lhes contarei a minha história, e o que me desabou sobre a cabeça".

E nesse momento a aurora alcançou Šahrazād, que parou de falar.

E quando foi a 266ª noite

Disse Šahrazād:

Eu tive notícia, ó rei venturoso, de que [Alḫaylaḫān disse:]

O SEGUNDO ACORRENTADO

O segundo homem disse:

Informo-lhes que sou do Oriente e tinha uma prima a quem eu amava e pela qual estava apaixonado; pedi-a então em casamento ao pai, mas, como ele a recusasse para mim, não deixei de buscar outras pessoas que o convencessem, até que enfim concordou em me casar com ela, impondo porém um pesado dote que eu não tinha como satisfazer. Saí, pois, à procura de certo rei de Ḥimyar,[137] a quem elogiei em um panegírico poético e contei minha história; ele me deu então vultosos cabedais e retornei para a minha família em imensa alegria. Eu adorava ídolos e, no caminho de volta, converti-me ao islã pelas mãos daquele rei de Ḥimyar, entrando portanto para a reta religião, à qual me apeguei. Quando adentrei minha terra, dei ao meu tio tudo quanto ele exigira e realizei minha festa de casamento. Na noite do casamento e de sua consumação com minha prima, vieram membros da minha tribo e ordenaram que eu fosse ao ídolo, que ficava em uma montanha próxima e se chamava Yaġūṯ,[138] e me prosternasse diante dele antes de possuir a minha prima. Aquele ato era uma tradição entre eles, e me encaminhei em direção ao ídolo refletindo sobre como poderia me prosternar diante dele após haver me convertido e adotado o islã; continuei caminhando em direção à montanha onde estava o ídolo e pensando nesse ato até chegar à sua beira, sendo então seqüestrado por aquele gênio, que me deu o mesmo destino deste meu companheiro, atirando-nos aqui. Tal é a minha história, a desgraça que me acometeu justamente na noite do meu casamento.

O capitão lhe disse: "Você já não corre perigo, pois nós o levaremos para a sua terra e seu país, se Deus altíssimo quiser". Quando o dia raiou, saímos do palácio acompanhados do jovem Zaᶜīm e nos pusemos em marcha pela ilha; de repente, topamos com um rapaz negro para quem o jovem Zaᶜīm gritou, dizendo: "Pare, ai de você!", e então ele estacou, cumprimentando-nos quando nos aproximamos; Zaᶜīm lhe perguntou: "Ó Misṭaḥ,[139] onde é a morada em que o maldito demônio se refugia?". Ele respondeu: "Nesta montanha". Zaᶜīm disse: "Vá na frente e mostre-nos a casa dele", e o rapaz caminhou na nossa frente até chegarmos, e eis que era um grande palácio do qual Misṭaḥ se aproximou, abrindo-o para nós e entrando; entramos atrás dele e Zaᶜīm se pôs a esconjurar e a fazer preces com palavras que não compreendemos, enquanto nos dizia: "Matem os demônios deste lugar", e nós os íamos matando, até que no palácio não restou um único. Em seguida, Misṭaḥ desceu por um subterrâneo, e descemos com ele, caminhando até chegar a uma casa ampla, na qual Misṭaḥ nos contou que vivia um demônio revoltoso aprisionado – "Se vocês conseguirem salvá-lo, façam-no, mas, se não conseguirem, deixem-no". Zaᶜīm avançou até a porta e ouviu palavras ditas com voz

137 Dinastia de reis que governou o Iêmen, no sudoeste da Península Arábica, em tempos pré-islâmicos.

138 Trata-se, com efeito, de uma das divindades pré-islâmicas, descrita no *Kitāb Alaṣnām*, "Livro dos ídolos", de Ibn Alkalbī, morto em 819 d.C.

139 *Misṭaḥ* significa "cilindro"; mais adiante, *Ṭālib* significa "aquele que procura" ou "estudante".

de trovão: "Por Deus que nunca fiz mal a ninguém. Serei seu ajudante contra Qamaruzzamān".[140] Zaᶜīm lhe disse: "Se suas palavras forem verdadeiras, faça-nos a sua promessa e firme seu pacto". Ele respondeu: "Ouço e obedeço, ó filho de meu senhor", e lhe fez a promessa e firmou o pacto de que ajudaria. Assim assegurado, Zaᶜīm deu a ordem a Misṭaḥ, que abriu a porta e o demônio veio até nós: semelhava uma palmeira gigante, seu rosto era como de leão, seus dentes, como de elefante, e possuía quatro patas. Quando saiu, disse: "Não tenham medo de mim, e, quando me quiserem, chamem 'Ó Ṭālib!', que eu virei e ficarei com vocês", e se retirou, tomando seu rumo. Avançamos até a parte ocidental da ilha e vimos um grande ídolo que tinha diante de si um velho xeique acorrentado e agrilhoado, empunhando um incensório com o qual incensava o ídolo. Soltamos as suas correntes e o levamos conosco. Quando foi a hora de voltar, dissemos-lhe: "Conte-nos no que você estava metido", e ele respondeu:

140 "Lua do tempo". Também é nome do personagem cuja história se conta no segundo volume desta coleção.

141 "Vale das Trevas" traduz *Wādī Azzulam*, que é o que consta do manuscrito "Arabic 646"; poderia também ser lido como *Wādī Azzulm*, "Vale da Opressão". O manuscrito "Arabe 3612" traz *Alwādī Azzalīm*, "Vale Oprimido" ou "Vale do Avestruz", possível erro de cópia.

142 É bem possível que esteja faltando algo nesta passagem.

O VELHO QUE INCENSAVA O ÍDOLO

Saibam que eu lia muito, noite e dia, e certa feita veio até mim um de meus amigos e me disse: "Meu irmão, encontrei um antigo livro escrito na língua de Ḥimyar, no qual se indica a existência de um tesouro – com muito dinheiro, armas, equipamentos e várias outras coisas quase indescritíveis – em um dos poços do Vale das Trevas".[141] Respondi-lhe: "Mostre-me o livro"; meu amigo mostrou, e eis que o livro continha o que ele dissera. Associei-me a ele no investimento em equipamentos, montarias e armas para irmos até o tesouro, e parti ao seu lado, levando comigo homens, montarias, equipamentos, comida e bebida. Avançamos pelo deserto por três dias e chegamos ao lugar sobre o qual ele falara. Escavamos durante todo aquele dia e quando anoiteceu dormimos ali, em uma caverna próxima. Amanheceu e tornamos a escavar, persistindo nessa atividade por três dias, até chegarmos a uma porta que abrimos após exaustivos esforços; meu companheiro avançou e entrou por ela, e quando ele estava lá dentro saiu um ídolo de cobre empunhando uma espada desembainhada com a qual o golpeou, partindo-o ao meio.

Disse o narrador: retrocedemos, elaboramos uma artimanha e conseguimos paralisá-lo,[142] pegando a chave ao lado de sua cabeça, com a qual destrancamos o aposento seguinte, abrindo-o e encontrando-o cheio de caixas com escudos, armaduras e couraças. Abrimos a quarta porta, entramos e verificamos que continha estátuas[143] cheias de pérolas, gemas, metais, rubis, esmeraldas e cornalina.[144] Em seguida, abrimos a quinta porta e verificamos que o local estava cheio de ídolos de ouro e prata.

E nesse momento a aurora alcançou Šahrazād, que parou de falar.

E quando foi a

267ª

noite

Disse Šahrazād:

Eu tive notícia, ó rei venturoso, de que [Alḫaylaḫān disse:]

[O xeique] disse:

Dali subimos para a sexta porta, verificando que o local estava cheio de selas de ouro cravejado de várias espécies de metal; dali saímos para a sétima porta, e atrás dela encontramos muito dinheiro empilhado. Olhei para uma grande pilha em cujo centro havia uma caixa com um livro, que peguei às escondidas de meus companheiros; saímos e nos pusemos a carregar tudo aquilo, até que enfim nada deixamos nos aposentos. Carregamos os camelos e asnos com o que recolhemos e, após dividi-lo, rumamos para nossas casas. Passei a distribuir esmolas aos pobres e desvalidos durante três anos, quando então ouvi o profeta dizer que fora enviado [por Deus], conclamando as pessoas à adoração do deus dos céus e advertindo-as contra a adoração de ídolos; tive anseios de vê-lo e entrar em sua fé, e então me lembrei do livro que trouxera comigo, e que estava escrito na língua de Ḥimyar; mostrei-o a uma pessoa que o leu, e eis que nele estava escrito: "Em nome de Deus, clemente, misericordioso; em nome de Deus, que impede os céus de caírem sobre a terra somente com sua permissão, senhor da outra vida e também desta. Eu sou Qābūs, filho de Alhumaysa[c], filho de Qaydār, filho de Lū'ī, filho de Qaḥṭān, filho de Hūd, profeta de Deus, que a paz esteja com ele.[145] Escrevi esta folha que contém a imagem do profeta[146] portador da clara verdade, com provas e argumentos evidentes; é ele o interventor [junto a Deus]". Pensei então: "Por Deus que é imperioso que eu o siga e entre em sua religião". Preparei-me arranjando provisões e montaria de viagem e, sem avisar ninguém de minha tribo, saí marchando pelo deserto, do amanhecer até o anoitecer, quando então vi um velho entrado em anos que me cumprimentou e a cujo cumprimento

143 "Estátuas" traduz *afrād*, palavra que significa "indivíduos".

144 "Cornalina" traduz *balḫaš*, "rubi vermelho"; trata-se da designação popular de uma variedade dessa pedra preciosa encontrada na província persa de Badaḫšān. É, conforme Dozy, expressão egípcia do período mameluco. Segundo o dicionário de Houaiss, a cornalina é uma variedade da calcedônia, palavra de origem grega que designa certa "pedra preciosa freqüentemente encontrada na região de Cartago". Os árabes devem tê-la associado ao rubi devido à cor.

145 *Hūd* é profeta na tradição islâmica, citado várias vezes no Alcorão e em outras obras.

146 Referência ao profeta Maomé, ou Muḥammad.

respondi; disse-me: "Sossegue e se tranqüilize, filho de meu irmão! Você não é fulano, filho de fulana?". Respondi: "Sim". Ele disse: "Seu pai era meu amigo. Venha comigo para minha casa". Perguntei: "E onde é sua casa, tio?". Respondeu: "Atrás daquela montanha e daquela colina arenosa". Avancei com ele por aquela noite enluarada e, em certo ponto do deserto, ele soltou um grito portentoso e o lugar se encheu de escravos aos quais ele disse: "Levem este seu senhor Mālik Bin Ṭūq para a casa da generosidade", e os escravos me levaram para o interior de um palácio no deserto, acomodando-me em um leito ao lado de uma piscina. Tão logo me recompus, veio ter comigo um rapaz de rosto gracioso que me cumprimentou e se sentou ao pé de mim, ordenando que se trouxesse comida, e então comemos; trouxeram-nos bebida, e bebemos. Deixei-me estar ali com eles naquela situação durante um mês inteiro, comendo, bebendo, divertindo-me e alegrando-me, entre escravas e criadagem formosa. Ao final do mês, fiquei a sós com uma escrava que me perguntou: "Você sabe, meu senhor, em que lugar está?". Respondi: "Não sei". Ela disse: "Você está no país dos gênios; agora, com Lúcifer, o maioral dos demônios. Eu temo por você por causa da perversidade e da perfídia dele". Perguntei a ela: "Que tenho eu com ele?". Ela respondeu: "Ele soube que você estava indo até Muḥammad, e que abandonou seu país para visitá-lo e ingressar em sua religião por amor a ele. Quando soube disso, foi encontrar você, convidando-o para cá e dignificando-o. O que ele quer é corromper seu juízo e sua fé; está lhe preparando um deus para ordenar-lhe que o adore. Amanhã pela manhã você vai ver algo assombroso da parte dele se acaso divergir. Por Deus, meu senhor, que eu vim aqui pelo meu temor do que ele possa fazer com você. Mantenha-se prevenido contra ele". Eu lhe disse: "Que Deus bem a recompense!", e dormi com ela até o amanhecer; quando o dia raiou, o xeique me chamou, cumprimentou-me e se pôs a conversar comigo, até que o dia avançou, e eis que chegaram rapazes trazendo um grande ídolo de ouro cravejado de pedras preciosas e com coroa e diadema na cabeça, depositando-o diante de nós. O xeique se ergueu e fez uma longa prosternação diante do ídolo, levantando em seguida a cabeça e ordenando aos criados que se prosternassem, e eles obedeceram. Depois, disse-me: "Ó Mālik, venha e prosterne-se ante este deus, o mais magnífico! Uma única prosternação, pois este é o dia do grande feriado". Respondi: "Não devemos prosternar-nos senão diante do Deus adorado; por Deus que nunca me prosternarei diante de um ídolo". Terrivelmente encolerizado, o xeique ordenou a seus criados que amarrassem pesadas correntes em minhas pernas, e eles assim agiram; ato contínuo, ordenou-lhes que me carregassem e depositassem diante do ídolo para incensá-lo; disse-me: "Você está encarregado de incensar este ídolo até aceitar prosternar-se ante ele". Foi assim que os criados me carregaram e depositaram neste local, para que eu incense o ídolo. Se acaso eu fazia menção de interromper o incensamento, era atacado por uma enorme víbora, e então, temeroso, retomava a atividade, até que Deus altíssimo me libertou com a chegada de vocês a este local e me salvou pelas suas mãos. É essa a minha história, é esse o motivo de minha chegada a este lugar.

Ao ouvir-lhe tais palavras, o capitão ficou assombrado, bem como todos quantos estavam presentes. Enquanto estávamos nessa conversa, eis que Za^{c}īm disse: "Meu amo, veio até mim um grupo de seus criados; eles querem residir nesta ilha, no palácio, e vieram indagar-me a respeito. Eles o cumprimentam e lhe dizem: 'Recolham todo o dinheiro e todos os cabedais existentes nesta ilha e levem-nos com vocês', pois só o que eles pretendem é residir e estabelecer-se nesta ilha". Ao ouvir as palavras de Za^{c}īm, o capitão ordenou aos criados e marinheiros que transportassem cabedais e dinheiro, e eles carregaram tudo quanto viram para o navio.

Disse o narrador: quando terminamos de transportar o dinheiro e os cabedais, despedimo-nos de Za^{c}īm, zarpamos e nos fizemos ao mar, viajando por sete meses até chegar à nossa terra, onde descobri que o proprietário da embarcação falecera e deixara dois filhos pequenos, que me encarreguei de criar, e dos quais cuidei até agora. Estou muitíssimo bem, e a Deus louvo e agradeço. O tempo total que durou a minha ausência por causa da viagem foi de vinte anos. Essa é minha história e o que me sucedeu, ó rei do tempo.

[*Disse Šahrazād*:] Em seguida, Alḫaylaḫān puxou da manga um saco do qual retirou sete aljôfares que ninguém vira iguais e os ofertou ao rei dizendo: "Este é o meu presente para você, ó rei; pertenciam àquela ilha". O rei recolheu as jóias, colocou-as na coroa e passou a se orgulhar delas perante todos os outros reis. Foi isso o que chegou até nós da história de Alḫaylaḫān, inteira e completa. Mas ela não é mais assombrosa que a história de Munamnam e de ᶜAwbaṯān.

E nesse momento a aurora alcançou Šahrazād, que parou de falar.

OS XEIQUES MUNAMNAM E ᶜAWBAṮĀN[147]

E quando foi a 268ª noite

Disse Dunyāzād à sua irmã Šahrazād: "Por Deus, minha irmã, conte-nos uma de suas graciosas histórias para com ela atravessarmos esta noite". Disse Šahrazād: "Com muito gosto e honra", e continuou:

Eu tive notícia, ó rei venturoso, de que existia, em tempos remotos, certo rei persa que, dada noite, estava sentado conversando com alguns de seus convivas, quando se começou a discorrer sobre datas, biografias e coisas espantosas do mar. Entre os presentes havia dois velhos xeiques, um chamado Munamnam e o outro, ᶜAwbaṯān,[148] cada qual com a idade de cento e cinqüenta anos. Questionado pelo rei sobre o motivo de não ter um pêlo branco sequer na barba nem na cabeça, Munamnam respondeu:

Saiba, ó rei, que tenho uma história inusitada, e que consiste no seguinte: no início da minha mocidade, eu vendia comida e ração. Contudo, ocorreu um incêndio na loja onde eu vendia, queimando-se tudo quanto nela havia; tornei-me pobre e fiquei angustiado. Fui então a um homem do mar chamado Alablah,[149] que era um velho capitão a quem me aluguei como marinheiro, mais um entre os trezentos de que ele dispunha em seu navio. Zarpamos com bons ventos e a viagem se tornou a mais prazerosa possível, e um dos passageiros entrou no banheiro,[150] localizado em uma das alas do navio, ali se acomodando para descansar e satisfazer-se. Um dos marinheiros usava o local para abluir-se, e, como tal passageiro ali se demorasse, quis ver o que lhe sucedera: entrou e não o viu; inquirimos os seus companheiros, os quais nos informaram que ele não regressara; gritamos pelo homem, procuramos, e não o encontramos. Um de nós disse: "Talvez ele tenha caído ao mar sem que percebêssemos", e então dez marinheiros entraram em um pequeno barco[151] e o procuraram bastante, mas não o viram. Aflitos por sua causa, choramos, e, enquanto conversávamos sobre o assunto e prosseguíamos viagem, eis que ele gritou alto e bom som: "Ó capitão fulano!". Olhamos, e eis

147 Foram utilizados os mesmos manuscritos da história anterior, o "Arabe 3612" e o "Arabic 646". Seguiu-se a numeração das noites do primeiro; no segundo, a história ocupa da 273ª à 280ª noite.

148 *Munamnam* significa "adornado"; já *ᶜAwbaṯān* é nome de um árabe ancestral da região da Síria, que teria também praticado a poesia. Ambas as palavras remetem a tempos remotos.

149 Em árabe, *ablah* quer dizer "néscio", "idiota".

150 "Banheiro" traduz *z̤ūlī*, palavra que não consta de nenhum dicionário consultado. A forma feminina dessa palavra, *z̤ūliyya*, significa "tapete", mas não é o caso. Talvez se trate de "latrina".

151 "Barco" traduz, pelo contexto, *ᶜašīrī* ou *ᶜasīrī*, palavras de cujo sentido para este uso os dicionários não dão conta.

que era o nosso companheiro, a quem nada ocorrera, e que estava sentado sobre algo semelhante a um leito; perguntamos: "Quais as suas notícias?". Ele respondeu: "Não se preocupem comigo, pois estou bem. O que me sucedeu é prodigioso, mas, como não posso ir até vocês, prossigam a viagem, com a proteção e a ajuda de Deus", desaparecendo em seguida de nossas vistas, e então o deixamos, assombrados com o que lhe sucedera. Após um mês, eis que ele apareceu acomodado em uma das alas do navio, exalando um aroma agradável, com o rosto banhado em luz fortíssima e vestindo roupas limpas e formosas. Ao vê-lo, agradecemos a Deus altíssimo por reencontrá-lo e ficamos extremamente felizes, indagando-o sobre sua história e notícia. Ele respondeu:[152]

O HOMEM SEQÜESTRADO

Eu lhes contarei a minha história sem nada ocultar a respeito. Saibam que, quando fui ao banheiro,[153] veio até mim alguém enquanto eu urinava.

E nesse momento a aurora alcançou Šahrazād, que parou de falar.

E quando foi a **269ª** noite

Disse Šahrazād:

Eu tive notícia, ó rei venturoso, de que [o xeique Munamnam] disse:

[O homem disse:]

Enquanto eu urinava[154] no banheiro, veio alguém que me agarrou, tapou minha boca e me carregou, alçando-se comigo aos céus; nada pude fazer, e fiquei assim até que ele me fez chegar a um palácio cuja beleza jamais eu vira igual no decorrer de toda a minha vida, tantas eram suas mobílias e suas diversas espécies de revestimentos de tecido, objetos e jóias: era algo que deixava atordoado quem via, e perplexo o inteligente. Avistei um velho sentado, de formosas cãs, e de belas gravidade, circunspecção e solenidade. Quando me aproximei, ele me fez sentar ao seu lado, dirigiu-me a palavra e me informou que pertencia aos seres do mar; disse: "Nada tema, pois você não corre perigo", e me deixou um pouco, até que meu terror passasse, pois eu conjecturava que perderia a vida. Depois perguntou: "Ó homem, será você digno do favor que lhe farei?". Respondi: "Sim, eu lhe serei grato por todos os dias da minha

152 Por mais de uma ocasião, como neste passo, o texto traz "disse a eles"; pode, como em outros casos, tratar-se tanto de distração do copista como de resquício de uma fonte em que a narrativa se dava em terceira pessoa.

153 Agora, "banheiro" traduz *sindās*, cujo sentido somente foi encontrado no dicionário de Dozy (*commodités, lieux d'aisanse, privés*). Segundo Dozy, tal vocábulo foi recolhido no *Vocabulista aravigo en letra castellana* de Pedro de Alcalá, publicado em 1505, com o sentido de "privada".

154 Nesse ponto, a narrativa se interrompe e é introduzido o seguinte: "Terminou a sexta parte das mil e uma noites, inteiras e completas; por tudo graças a Deus, o vivente que é o melhor patrono [*ou:* 'meu amado e melhor patrono']; acabou-se". E, na mesma página, a narrativa é retomada após o título em letras garrafais que o copista usava para o que queria destacar: "Sétima parte das mil e uma noites".

vida". Ele disse: "Quero casá-lo com esta minha filha, e não aceitarei outro marido que não você, embora ela tenha um primo paterno. Eu lhe garanto – se você me obedecer e respeitar – providenciar tudo quanto você quiser, deixá-lo visitar sua família e exercer o seu comércio na hora que desejar e nunca lhe fazer o mal. Nós somos um bando de gênios muçulmanos – os piedosos dentre eles –, reconhecemos a unicidade de Deus e a missão profética de Muḥammad; vivemos no mar e eu sou o chefe deste lugar, quer dizer, o rei desta região".

Disse o narrador: perguntei-lhe: "Como você foi querer isso? Quer casar-me com a sua filha, preferindo-me ao primo dela, sendo ambos gênios e eu, homem humano?". Ele respondeu: "Eu lhe direi a verdade, que é a seguinte: minha filha foi hoje à praia com suas criadas para espairecer, e então viu você e se apaixonou. Veio correndo até mim e me pediu para casá-la com você. Ofereci-lhe homens de nosso povo, mas ela se recusou, e não lhe entrou no coração outro que não você. Ouça-me, portanto, e não me encolerize".

Disse o narrador: gostei do que ouvi e respondi positivamente ao seu desejo, pedido e discurso; nesse momento ele tomou meu juramento e promessa, casando-me com a filha; realizaram para mim um festival gigante que ninguém nunca viu mais formoso. Fiquei com eles alguns dias e agora eis-me aqui, meus irmãos, regressando a vocês.

[*Prosseguiu o xeique Munamnam*:] Em seguida, deu um salto e [fez menção de] se atirar ao mar. Quando vimos aquilo, avançamos até ele, agarrando-o e amarrando-o; imobilizados os seus membros, nós o largamos no meio do navio, quando repentinamente se ergueu no meio do mar uma voz que ouvíamos, sem ver quem a emitia: "Muḥammad, o que o fez atrasar-se? Que afazeres o retêm no navio? Se você estiver desejando algo que se interponha entre nós, e querendo trair a nossa paixão, nunca mais vai retornar aos seus!".

Disse o narrador: o nome do rapaz era Muḥammad. A voz se interrompeu e deixamos de ouvi-la; conservamo-nos o dia inteiro em viagem com bons ventos, e, quando amanheceu, o capitão nos disse: "Estamos no mesmo lugar. Não avançamos nem retrocedemos". Estávamos nisso, até que, súbito, ouvimos uma voz alta, cujo emissor não víamos, recitando a seguinte poesia:

“Ó marinheiros, libertem seu prisioneiro,
pois as amarras, minha gente, lhe fazem mal;
deixem-no escolher o que deseja e o agrada,
ou, então, quando quisermos iremos até ele,
primeiramente cobrindo seu barco com ondas:
tenham, portanto, certeza da morte no extravio”.

Disse o narrador: quando ouviram esse discurso, os marujos começaram a dizer uns aos outros: “Soltem o homem, admoestem-no e aconselhem-no; se ele aceitar, tudo bem; caso contrário, deixem-no fazer o que escolher, ou então serão mortos”.

Disse o narrador: soltamos o homem, que se pôs a nos fazer as melhores recomendações.

E nesse momento a aurora alcançou Šahrazād, que parou de falar.

E quando foi a

270ª

noite

Disse Šahrazād:

Eu tive notícia, ó rei venturoso, de que o xeique Munamnam disse:

O homem disse: “Saibam que eu vejo o que ninguém vê;[155] é-me imperioso estar com os meus, mas dentro em pouco tempo retornarei[156] e lhes informarei o que me ocorreu”, e, levantando-se ligeiro, atirou-se no mar, desaparecendo de nossas vistas. O barco avançou, e era eu quem mais temia pela vida de todos. Navegamos dias e noites até chegar ao país da Índia, e, quando o navio se aproximou da terra, eis que vimos nosso companheiro ali sentado; retirara suas mercadorias do navio sem que ninguém visse e ali estava ele a vendê-las. Quando terminamos de atracar, fomos cumprimentá-lo e fizemos menção de perguntar-lhe sobre seu estado, mas ele piscou para nós como a dizer: “Guardem segredo enquanto eu estiver por aqui”.

Disse o narrador: nós então o deixamos até que concluísse a venda de suas mercadorias, após o que ele se atirou ao mar e desapareceu. Não tornamos a vê-lo até terminar de vender todas as nossas mercadorias, quando então nos dirigimos ao ponto onde ele se atirara ao mar e o avistamos ao longe. Zarpamos com bons ventos, chegamos à nossa cidade e ali informamos aos seus parentes do que lhe ocorrera, ficando eles bastante contristados.

155 “Eu vejo o que ninguém vê” traduz *anẓur lišay' dūna ġayrī*; outra leitura possível, clara no “Arabic 646”, é *anẓur linafsī dūna ġayrī*, “olho para mim mesmo antes de qualquer outro”.

156 “Retornarei” traduz *sa'ātīkum*, leitura hipotética, pois ambos os manuscritos registram *wiṣāyatukum*, “seu mandato”.

Disse o narrador: certo dia, estando eu a caminhar, subitamente topei com ele, que estava com a melhor das aparências. Cumprimentamo-nos, perguntei-lhe sobre sua condição e ele me informou estar muito bem; convidei-o à minha casa, ele foi comigo e lá comemos alguma coisa. Em seguida, fi-lo prometer que viria visitar-me; ele prometeu e foi embora. Passou a me visitar uma vez por mês, trazendo-me regalos e raridades do mar como presente. Depois, realizei uma viagem por força da qual me ausentei quarenta anos. Envelheci.

Disse o narrador: estava eu assim viajando pelo mar, com vários mercadores, quando de repente um monstro marítimo começou a jogar com o navio em que estávamos, afundando-o e desfazendo-o em tábuas, a uma das quais me agarrei, as ondas me lançando à direita e à esquerda, até que Deus me colocou sobre algo para o qual olhei, e eis que se assemelhava a um disco. Quando o vi, começou a remexer-se nas águas; montei, examinei, e eis que se tratava de uma tartaruga marítima; pôs-se a avançar comigo às costas, como se fora uma nau, até me depositar, são e salvo, em uma ilha pela qual vaguei e ouvi uma voz humana, a chorar e a implorar, em cuja direção segui, e eis que era de um homem que estava conosco no navio; chamei-o: "Fulano!", e ele respondeu: "Eis-me aqui!"; eu disse: "Conte-me o que lhe aconteceu"; ele respondeu: "Saiba, meu irmão, que quando o barco naufragou eu me pendurei em uma tábua, e foi nessa situação que de repente um bicho do mar começou a morder a minha perna, mas Deus me socorreu por intermédio de outro bicho do mar, que atacou o primeiro e aliviou a minha perna, não parando de fazê-lo até livrá-la inteiramente; depois, atirou-me nesta ilha, e agora chegou você". Em seguida, mostrou-me a perna machucada, e eu lhe trouxe frutas das árvores da ilha, alimentei-o e cuidei dele; saí então a caminhar pela ilha e vi uma árvore semelhante ao malvaísco, de cujas frutas comi, mas, quando elas se assentaram em meu estômago, perdi os sentidos, assim permanecendo por dois dias, e no terceiro meu terror diminuiu; constatei que meu cabelo todo caíra e eu me tornara careca, e lá fiquei até que me nasceram cabelos negros, como você está vendo, ó rei. Fiquei conversando com meu companheiro na orla marítima e súbito surgiu um navio cujos tripulantes nos indagaram sobre nosso estado, e nós lhes demos as notícias e os informamos do que nos sucedera; colocaram-nos a bordo e zarpamos com bons ventos, por dias e noites, até

157 *Albāẓ Alašhab* quer dizer "falcão cinzento"; já *Abū Lahab* quer dizer "pai da chama".

que aportamos nesta cidade. Esta é a minha história e o motivo dos meus cabelos serem pretos, ó rei.

[*Prosseguiu Šahrazād*:] Espantado com aquilo, o rei se voltou para ^{c}Awbaṯān e lhe disse: "Conte-nos o que sabe, ó ^{c}Awbaṯān!".

Disse o narrador: ^{c}Awbaṯān deu um passo adiante e disse:

O XEIQUE ALBĀZ ALAŠHAB, O CAMBISTA E SUA ESPOSA

Conta-se, ó rei, que certo rei de autoridade e poderio ficou doente em dada ocasião; quando se curou da doença, distribuiu esmolas, fez donativos e libertou prisioneiros, e, enquanto ele ordenava a libertação, eis que saiu da cadeia um velho de altura mediana. O rei olhou para ele e, vendo em suas pernas pesadas correntes, soltou-as, libertou-o, deu-lhe um dinar e lhe recomendou que não se envolvesse com nada proibido.

Disse o narrador: o velho assentiu dizendo: "Ouço e obedeço", e, quando ele já tinha ido embora, os carcereiros foram até o rei e lhe perguntaram: "Ó rei, que Deus lhe prolongue a permanência, por acaso sabe quem você acabou de libertar da cadeia?". O rei respondeu: "Libertei um velho xeique e lhe dei um dinar. Vocês o conhecem?". Disseram: "Ó rei, ele é o maioral dos velhacos, insuportável, tão amargo que nem se prova! Nós lhe pedimos que o devolva à prisão!".

Disse o narrador: então o rei determinou que o velho fosse devolvido à cadeia.

E nesse momento a aurora alcançou Šahrazād, que parou de falar.

E quando foi a

271ª

noite

Disse Šahrazād:

Eu tive notícia, ó rei venturoso, de que [o xeique ^{c}Awbaṯān disse:]

O rei ordenou que o velho fosse devolvido à cadeia e, quando o trouxeram, perguntou-lhe: "Qual o seu nome, velho?".

Disse o narrador: ao ouvir aquilo, percebendo que fora denunciado por algum dos carcereiros, o velho respondeu: "Ó rei, meu nome é Albāz Alašhab, e minha alcunha é Abū Lahab.[157] Não aceite a meu respeito, ó rei, as palavras dos detratores, pois eles às vezes falam demais", e recitou:

"Se eu tiver praticado erros no passado,
meus atos perpetrando coisas condenáveis,
arrependi-me do que cometi, e seu perdão
abrange a quem errou: é o que lhe rogo".

Disse o narrador: impressionado com tal discurso, o rei lhe disse: "Ó xeique, ouvi falar a seu respeito e o libertei. Alguém como eu não liberta alguém como você e depois volta atrás. Entretanto, farei em sua mão uma tatuagem na qual escreverei meu nome, e então o libertarei. Se você cair de novo em minhas mãos, deceparei a sua mão". O xeique respondeu: "Ouço e obedeço". Após fazer-lhe a tatuagem, o rei ordenou que fosse libertado.

Disse o narrador: o velho se retirou com o dinar recebido; trocou-o e entrou no banho, ali cortando o cabelo e se lavando; vestiu a roupa, pagou um dirham ao dono do banho e três dirhams ao barbeiro;[158] o primeiro rogou por ele, mas o barbeiro, que era curioso e estúpido, fez o seguinte: ao ver que o xeique se retirara, vestiu as roupas, fechou sua caixa de ferramentas e pôs-se a segui-lo – sem que o xeique se desse conta –, pensando: "Não resta dúvida de que esse Albāz Alašhab estava entre os prisioneiros que acabaram de ser soltos da cadeia pelo rei. De onde vieram esses dirhams com os quais ele entrou no banho e pagou a mim e ao rapaz do banho? Não resta dúvida de que ele roubou algo e nos pagou com o que roubou. Vou atrás dele para ver o que fará, pois quem sabe ele roube mais alguma coisa e me dê uma parte; caso contrário, irei denunciá-lo ao delegado".[159]

Disse o narrador: enquanto o barbeiro o seguia, o xeique parou no mercado, onde comprou dois pães de trigo, um arrátel[160] de assado e outro de doces, entrando em seguida em uma mesquita para fazer sua refeição. O barbeiro pensou: "Fosse ele mercador, não teria feito isso, desperdiçando tanto dinheiro". Parou para observá-lo às escondidas, a fim de espreitar o que faria a seguir, cheio de suposições idiotas sobre ele.

Disse o narrador: após terminar de comer, já saciado, Albāz Alašhab deu o resto a um homem enfermo e saiu da mesquita, caminhando até certo ponto onde se pôs a examinar uma faca à venda, tudo isso com o barbeiro atrás dele a espreitá-lo. O xeique comprou a faca do vendedor, pagou o preço, enfiou a faca na manga e saiu sem perceber o barbeiro em seu encalço; chegou

158 Neste ponto, o personagem é caracterizado como *ballān*, palavra que indica o empregado que atende as pessoas que se dirigem ao banho, mas mais adiante o mesmo personagem é identificado como *muzayyin*, "barbeiro". Como antes o texto falara em *ṣāḥib alḥammām*, "o dono do banho", é possível que o uso indistinto das duas palavras indique a prática simultânea das duas atividades – cortar cabelo e servir no banho – por parte de um único encarregado. Preferiu-se manter "barbeiro" em razão da recorrente tópica que os produz como impertinentes.

159 "Delegado" traduz *wālī*, que normalmente se traduziria como "governador". Como aqui, contudo, o personagem parece reduzido a funções exclusivamente policiais, preferiu-se uma palavra mais restrita a esse campo semântico.

160 "Arrátel", medida de origem árabe – *arraṭl* – equivalente a 459 gramas.

enfim perto de um grupo de pessoas que travavam discussão, passou no meio delas e saiu pelo outro lado, entrando em uma loja de câmbio, onde parou. O barbeiro se voltou e, não vendo Albāz Alašhab no meio do grupo que discutia, caiu desmaiado. Quando acordou as pessoas lhe perguntaram sobre seu estado, mas ele nada lhes informou. Foi isso o que sucedeu ao barbeiro. Quanto ao xeique, ele entrou na loja de câmbio, cujo proprietário examinava o ouro e a prata que tinha diante de si.

Disse o narrador: Albāz Alašhab deu um passo adiante e lhe disse: "Troque-me isto em dinar", mas o cambista lhe respondeu: "Por hoje já fechei a loja e não trocarei mais nada".

Disse o narrador: encolerizado, Albāz Alašhab se afastou do cambista e se pôs a observá-lo e a espreitá-lo, enquanto ele guardava o ouro e a prata do lugar em sacos, gritando em seguida por um carregador a quem disse: "Ponha estes sacos em uma caixa e carregue até a minha casa!". Trancou a loja e foi para casa acompanhado do carregador; Albāz Alašhab foi atrás sem que o cambista percebesse. Após descarregar os sacos da caixa levada sobre a sua cabeça e receber o pagamento do cambista, o carregador se retirou. O cambista bateu na porta de casa e saiu uma criada a quem ele fez carregar aquele dinheiro. Enquanto ambos entravam, Albāz Alašhab aproveitou a oportunidade e entrou, escondendo-se em um canto escuro do corredor. O cambista tirou as roupas e entrou no banheiro, e então Albāz Alašhab entrou no lugar, encontrando à sua direita uma tenda na qual havia uma cama com lençóis de seda estendidos. A criada estava no banheiro com o patrão, servindo-o até que ele terminasse. O xeique entrou debaixo da cama, encontrando atrás dela uma grande porta com duas maçanetas. Ao sair do banheiro, o cambista foi até uma elegante sala contígua àquele lugar; estava com a esposa, que parecia o sol luminoso; estendeu-lhe a mesa e ambos comeram até se fartar, lavaram as mãos e foram servidas as bebidas, junto com os utensílios adequados; a criada acendeu velas ao redor do lugar; a esposa gritou-lhe e ela trouxe um alaúde desregulado, afinou-o e, levando-o ao colo, recitou o seguinte:

"As taças parecem pérolas espalhadas
quando seu sabor se torna cânfora;
contemplei o carregador da pura taça:
parecia o crescente com lampião luminoso.

Percebam, continua a dar ao meu coração
e aos meus olhos frescor e felicidade;
a alma sempre quer recolher-lhe as tranças,
e suas frontes são o paraíso e a seda;
de sua saliva me fez beber o néctar celeste
e taças contendo bebidas puríssimas
em garrafas de prata nas quais bóiam
pérolas a que se dá altíssimo valor;
antes de servir e rogar o bem, eu nada
tinha, e ninguém de mim se lembrava".

Disse o narrador: o cambista não parou de beber e de dar de beber à esposa até que ambos se fartaram e ela perguntou: "Você sabe o que aconteceu hoje?".

E nesse momento a aurora alcançou Šahrazād, que parou de falar.

E quando foi a

272ª

noite

Disse Šahrazād:

Eu tive notícia, ó rei venturoso, de que [o xeique ᶜAwbaṯān disse:]

A esposa do cambista perguntou ao marido: "Você sabe o que aconteceu hoje?". Ele respondeu: "O quê?". Ela disse: "Hoje eu vi um prodígio". Ele perguntou: "O que você viu?". Ela respondeu: "Vi as pessoas reunidas, no meio das quais estava um homem que apontava para outros dois ali presentes enquanto eles o amarravam; prenderam-lhe fortemente os polegares atrás das costas com cânhamo, e então suas mãos foram envolvidas em um pano de lã e ele as retirou soltas". O cambista disse: "Devagar... Isso lá é prodigioso? Eu também posso fazer". Então a mulher saiu e retornou trazendo cânhamo mergulhado em vinagre; colocou-lhe as mãos nas costas e lhe amarrou os polegares com tamanha força que suas mãos parecia que se romperiam, pois o cânhamo lhe chegou até os ossos; ele dizia: "Você está me matando!", e ela respondeu: "Solte as mãos!", mas, como não conseguisse, ele respondeu: "Por Deus, solte as minhas mãos!". Percebendo que ele não conseguiria soltá-las, ela lhe deu um chute no peito que o fez cair de costas, desmaiado; deixou-o assim desmaiado e foi até o armário, abrindo-o e dizendo: "Saia, meu querido, querido do meu coração!".

161 Usou-se "altivez" para traduzir *nahwat*. Como, porém, tal palavra se encontra determinada pela locução "dos homens" (*nahwat arrijāl*), é plausível aqui que o termo se refira a um sentimento específico de homem para homem, o que permitiria a sua tradução como "solidariedade".

Disse o narrador: saiu então do armário um escravo negro de pernas fendidas e com os lábios semelhando dois fígados; ela se agarrou a ele, abraçou-o, pôs-se a beijá-lo e disse: "Faça o que quiser com esse cachorro! Mate-o e livre-nos dele!". O escravo riu de suas palavras e, tomando nas mãos uma espada, perguntou-lhe: "Mato?". Ela respondeu: "Mate-o e vamos jogá-lo no rio Tigre".

Disse o narrador: o escravo avançou até o cambista, ajoelhou-se em seu peito e se preparou para matá-lo. Tendo visto o escravo e toda a traição que a mulher do cambista cometera, de cabo a rabo, Albāz Alašhab descobriu que se tratava de seu amante e pensou: "Que coisa insólita! Vim para cá esta noite a fim de tomar o dinheiro do cambista e matá-lo, mas então me vem esse escravo também a fim de matá-lo e tomar o seu dinheiro! Eis-me aqui, pois, fazendo esta jura e promessa a Deus: nunca mais farei mal a ninguém e socorrerei pessoalmente o cambista contra essa adúltera maldita. Vou ajudá-lo!". E assim, tomado pela altivez[161] masculina, pulou sobre o escravo e o golpeou com a faca que trouxera consigo, cortando-lhe a garganta e fazendo-o tombar morto; foi até o cambista, desamarrou-o e perguntou-lhe: "Você me reconhece?". O cambista respondeu: "Sim". Albāz Alašhab disse: "Era eu que iria matá-lo nesta noite e roubar o seu dinheiro. Vi então este escravo e esta adúltera tramando o seu assassinato e, tomado pela altivez masculina, matei-o e salvei você das mãos dela". O cambista perguntou: "Qual foi o motivo de você ter vindo aqui?"; o xeique lhe contou a história e disse: "Deus fez com que sua vida se salvasse por minhas mãos", perguntando em seguida: "Gostaria de me ordenar que eu dê a ela o mesmo destino do escravo?". O cambista respondeu: "Não, meu senhor". O xeique perguntou: "Talvez você queira torturá-la...". O cambista respondeu: "Sim".

Disse o narrador: ato contínuo, o cambista foi até a mulher, amarrou-a, colocou-a diante da porta da latrina e se pôs a espairecer e a conversar com Albāz Alašhab até o amanhecer, quando então foi surrar a esposa com uma vara de bambu; disse ao xeique: "Ela é minha prima, e esse escravo me pertencia, mas fugiu há um ano e parei de procurá-lo, sem saber o que ele planejava, às ocultas, fazer comigo". Em seguida, escavou um buraco, enterrou o negro, convocou testemunhas e juiz e disse: "Eu os torno testemunhas de que este xeique é meu irmão de pai e mãe, e não tenho ninguém para me herdar senão ele". Isso feito, o cambista deu-lhe a loja com tudo quanto continha de dinheiro e entregou-se à devoção, adoração, freqüentação de mesquitas e total dedicação a Deus altíssimo. Mal eram passados três dias e a esposa do cambista morreu, sendo por ele enterrada. Nesse ínterim, Albāz Alašhab já tomara posse da loja com tudo quanto continha, e se pusera a trocar e a comprar moeda na qualidade de proprietário.

Disse o narrador: certo dia, estando ele sentado na loja a comprar e a vender, com dinares e dirhams diante de si, subitamente passou por ali o barbeiro que o seguira no dia da briga; reconheceu-o e pensou: "Não presumo senão que ele tenha matado o cambista dono da loja e lhe tomado o dinheiro. Deixe-me botar-lhe medo, e quem sabe assim ele não me dá algum dinheiro". Avançou até ele contente, cumprimentou-o, o xeique retribuiu o cumprimento, examinou-o, reconheceu-o e pensou: "Esse homem é pobre, ao passo que eu recebi de Deus muito dinheiro. Ele serviu-me naquele dia no banho, e talvez hoje esteja necessitando de algum dinheiro para gastar"; estendeu a mão e lhe entregou dez dirhams, que o barbeiro lhe atirou na cara dizendo: "Não tem vergonha de me oferecer dez dirhams?"; Albāz Alašhab lhe perguntou: "E o que você quer?". O barbeiro respondeu: "Que você me dê metade do seu dinheiro". O xeique perguntou: "E por que isso?". O barbeiro respondeu: "Porque você matou o dono desta loja e lhe tomou o dinheiro. Eu presenciei quando você comprou a faca, e desde aquele dia o procuro. Agora, vendo-o na loja dele, percebi que você o matou e lhe roubou o dinheiro, e então vim para dividir meio a meio o que você pegou. Caso se recuse, irei até o delegado e lhe contarei a sua história".

Disse o narrador: ao ouvir aquilo, Albāz Alašhab se encolerizou bastante, avançou até ele e o socou no rosto. O barbeiro ergueu-se e correu rapidamente até o delegado, entrou, informou-o do que ocorrera de cabo a rabo e disse afinal: "Você é quem tem poderes sobre isso".

Disse o narrador: o delegado se voltou para o barbeiro e perguntou: "Onde o xeique está agora?". Ele respondeu: "Na loja do cambista". Então o delegado enviou-lhe seus homens acompanhados pelo barbeiro, e, quando eles chegaram, reconheceram-no e disseram: "O barbeiro diz a verdade, pois aquele é

162 "Está mentindo para os vivos?" traduz *a takḏib ʿalà alaḥyā'*, mas é possível que a frase contenha algum erro de cópia.

o maior ladrão do Iraque". Albāz Alašhab ergueu a cabeça, viu os homens do delegado avançando em sua direção e perguntou: "O que vocês procuram?". Responderam: "O delegado mandou buscá-lo agora". Ele disse: "Com muito gosto e honra", ajuntou o dinheiro, colocou em uma caixa, trancou a loja e saiu com eles.

Disse o narrador: estava Albāz Alašhab nessa situação quando o cambista chegou para ter notícias dele e de seus negócios e, vendo as pessoas aglomeradas em torno da loja de câmbio, perguntou-lhes: "Quais são as notícias?", e então o informaram do que ocorrera. O cambista se escondeu e foi na frente de todos para a casa do delegado, com quem tinha amizade. Quando entrou, o delegado o acomodou ao seu lado e perguntou: "Do que está precisando?", e ele lhe fez o relato completo e integral de sua história com Albāz Alašhab e do que ocorrera entre sua esposa e o negro, bem como que o xeique era seu irmão de pai e mãe e seu único herdeiro.

Disse o narrador: enquanto estavam conversando, eis que Albāz Alašhab entrava em meio a vultoso alarido, cercado pelos homens do delegado, que perguntou ao barbeiro: "Qual é a sua história com este homem?". O barbeiro respondeu: "Amo, ele matou fulano, o cambista, e roubou-lhe o dinheiro". Albāz Alašhab disse: "Esse que você alega que eu matei está presente aqui na frente".

Disse o narrador: voltando-se para o barbeiro, o delegado lhe disse: "Maldito! Está mentindo para os vivos?",[162] e ordenou que ele fosse surrado, o que prontamente se levou a cabo, sendo o barbeiro exibido pela cidade com arautos que anunciavam: "Este é o castigo de quem mente para as pessoas!".

Disse o narrador: após isso, o delegado voltou-se para Albāz Alašhab e lhe perguntou: "Como você se salvou? Por que ele o acusou de haver matado o cambista?", e o xeique lhe contou o que acontecera de cabo a rabo, tal como antes o cambista contara ao delegado, que se voltou para o cambista e disse: "Você ainda vive com a sua esposa?". O cambista respondeu: "Não, ela morreu". O delegado ordenou que fosse servida a refeição e comeram os três; em seguida, voltando-se para Albāz Alašhab, o delegado lhe disse: "Sua história, Albāz, é assombrosa". Albāz respondeu: "A história do cambista com a esposa não é assombrosa; assombrosa, isto sim, é a história de Sitt Alaqmār, filha de Qāṣim

Ala^c^mār".[163] Ao ouvir aquilo, o delegado voltou-se para ele e disse: "Conte o que você sabe a respeito!". Albāz respondeu: "Sim, comandante".

E nesse momento a aurora alcançou Šahrazād, que parou de falar.

E quando foi a 273ª noite[164]

Disse Šahrazād:

Eu tive notícia, ó rei venturoso, de que [o xeique ^c^Awbaṯān disse:]

Albāz Alašhab disse ao delegado:

O REI QĀṢIM ALA^C^MĀR E SUA FILHA SITT ALAQMĀR

Saiba, ó comandante, que Sitt Alaqmār era filha de Qāṣim Ala^c^mār, cujo pai era um rei dos primeiros tempos chamado Iftiḫār Dār,[165] dotado de poderio e força, e a quem todos os outros reis iam pagar tributo. Ficou em tal situação por algum tempo, durante o qual foi agraciado com dois filhos: um foi Qāṣim Ala^c^mār, pai de Sitt Alaqmār; já o outro foi seqüestrado um por gênio no próprio dia de seu nascimento. O rei Iftiḫār Dār continuou no poder por mais algum tempo, até que seu filho Qāṣim Ala^c^mār cresceu e se mostrou um homem muito enérgico. Quando o rei Iftiḫār Dār faleceu, foi coroado no reino seu filho Qāṣim Ala^c^mār, que após algum tempo no poder foi agraciado com a filha Sitt Alaqmār, dotada de muita formosura e beleza. Seu pai, que reduzira à obediência todos os outros reis, não fora agraciado com outro filho que não ela, embora tenha vivido por longo tempo. Tratava com generosidade seus súditos e os principais do reino, que estavam felizes e contentes com ele. Certo dia, seus vizires se reuniram e disseram: "Nosso rei é justo com os súditos, mas não estamos a salvo de que o destino nos faça perdê-lo; portanto, vamos nos reunir com ele e ordenar-lhe que aumente o número de suas esposas a fim de que, quiçá, Deus altíssimo o agracie com um filho varão que possa substituí-lo". Assim acordados, foram até o rei e o cumprimentaram. Qāṣim Ala^c^mār lhes disse: "Eu queria mesmo me reunir com vocês neste dia, pois me ocorreu que já estou velho e ainda não tenho um filho varão. Quero consultá-los sobre este assunto". Responderam: "Por Deus! Foi mesmo por esse assunto que viemos até você".

163 *Sitt Alaqmār* significa "senhora das luas", e *Qāṣim Ala^c^mār*, "destruidor das vidas".

164 Por provável distração do copista, o manuscrito pula, neste passo, a 273ª noite, passando diretamente para a 274ª noite. O equívoco foi corrigido na tradução.

165 *Iftiḫār Dār*, locução árabe-persa, significa "árvore (*ou*: companheiro) da vanglória (*ou*: do orgulho)".

Disse o narrador: o grão-vizir se colocou diante dele e disse: "Ó rei, peça as moças que quiser e elas lhe serão trazidas". Então o rei ordenou ao grão-vizir que os vizires lhe trouxessem todas as suas filhas, e eles assim procederam, ouvindo e obedecendo: foram imediatamente para casa, arrumaram e adornaram as filhas e levaram-nas até o rei, acompanhadas de camareiras carregando luxuosos equipamentos. O rei instalou cada uma em um aposento, chamou os pais delas, celebrou os contratos de casamento, distribuiu trajes honoríficos e os dispensou dignificados. Começou a passar uma noite com cada uma, e todas engravidaram de varões no mesmo ano, com a permissão de Deus altíssimo. Qāṣim Ala^{c}mār agradeceu a Deus altíssimo por aquilo e criou os filhos até que completaram vinte anos, quando então a morte os colheu e matou a todos em um único mês, não restando senão sua filha Sitt Alaqmār. Invadido por grande tristeza e preocupação, o rei convocou o grão-vizir e os demais vizires, que vieram ter com ele, deram-lhe pêsames pela morte dos filhos e disseram: "Ó rei, que Deus mantenha Sitt Alaqmār!". Contente com aquelas palavras, o rei lhes agradeceu e dispensou. Então, as mulheres dos notáveis da cidade foram ter com Sitt Alaqmār, pondo-se a ensinar-lhe decoro, artimanhas e astúcias, e ela aprendeu de tudo uma parte, até que se aperfeiçoou e alcançou juízo, decoro, leitura e estratégias. Ao perceber que o pai pretendia lhe entregar o reino, ela foi até ele e disse: "Meu pai, confie em Deus no que se refere a mim, pois aprendi leitura, decoro, artimanhas e astúcias, de tudo o suficiente. Pode me entregar aquilo que desejar, pois obedecerei à sua vontade". O rei respondeu: "Filhinha, sempre esperei de você o bem e a concórdia em tudo quanto se lhe pede. Você sabe que tenho vizires os quais me é imperioso consultar a seu respeito para saber o que eles me aconselham a fazer". Ela disse: "Proceda como desejar", e se retirou. O rei ordenou que um arauto convocasse a presença de seus vizires, encarregados, secretários e dignitários, e quando todos apareceram perguntou-lhes: "Vocês aceitam, minha gente, que minha filha Sitt Alaqmār seja a sua rainha depois de mim?".

Disse o narrador: levantou-se então o grão-vizir e respondeu: "Quanto ao que o rei mencionou sobre essa nobre moça, os vizires dizem: 'É-nos imperioso apresentar a ela algumas indagações a fim de verificar se serve para reinar ou não'". O rei disse: "Vocês estão corretos", e ordenou-lhes que se retirassem, chamando em seguida a filha, a quem relatou o que os vizires haviam dito. Ela disse: "Fique tranqüilo e sossegado, pois eu responderei a tudo que eles me perguntarem". Nesse momento, o rei chamou os vizires e lhes informou o que a filha respondera. O grão-vizir disse: "Temos dez questões que o rei deverá levar para sua filha e nos transmitir a sua resposta. Nós aguardaremos aqui onde estamos". O rei disse ao grão-vizir: "Escreva em um papel a fim de que ela possa pôr as respostas sob as perguntas", e então o grão-vizir escreveu: "Ó rainha, que Deus tenha misericórdia de você! Dentre as pessoas, quais são as mais sabedoras, as mais experientes, as mais pacientes, as mais corajosas, as mais eloqüentes, as mais arrojadas, as mais diligentes, as mais inteligentes e as mais generosas?".[166]

Disse o narrador: quando o papel chegou à rainha Sitt Alaqmār, ela escreveu a resposta: "Já li o que os senhores vizires escreveram. A mais sabedora das pessoas é aquela que dá preferência a Deus, interior e exteriormente; a mais experiente, aquela que engole a contrariedade e corre atrás da oportunidade; a mais generosa, aquela que interiormente cuida de todas as questões; a mais paciente, aquela cujo decoro é superior às suas paixões; a mais corajosa, aquela que reprime a própria grosseria diante das pessoas; a mais eloqüente, aquela que deixa a curiosidade de lado e se limita à concisão; a mais diligente, aquela que cuida ela própria das coisas, sem ligar para alheias animosidades;[167] a mais arrojada, aquela que cuida de si mesma e se previne das armadilhas; a mais inteligente, aquela que aflige suas tentações e se livra da calamidade [provocada] pela razão".[168]

Disse o narrador: quando a resposta da filha do rei chegou às mãos dos vizires e eles a leram, viram escrito no fim do papel: "Retirem-se, ó vizires, para que eu converse com o rei sobre algo que me acudiu ao coração". Nesse momento os vizires depositaram o papel diante do rei e se retiraram, e ele, compreendendo o que estava escrito em seu final, foi até a filha, que lhe disse: "Ó rei, eu gostaria de deixá-lo a par de algo que pode ter certeza que ocorrerá. Estudei geomancia, calculei o seu mapa astral e constatei que não lhe restam senão três anos[169] de vida, e que será sucedido por um rei de sua estirpe, um rapaz varão". Ele perguntou: "Esse rapaz será meu filho?". Ela respondeu: "Não. Será filho de outro, embora pertencente à sua estirpe". Quando o diálogo se encerrou, Sitt Alaqmār se retirou para seus aposentos.

166 Conforme o leitor não terá deixado de notar, existem aí nove questões, e não dez, e a coincidência entre as respostas e as perguntas não é total, o que permite conjecturar algum erro de cópia.

167 A palavra traduzida como "animosidade" parece estar incorreta no texto-base, no qual se lê *ᶜudwāt*, "iguais", "semelhantes"; supôs-se que fosse *ᶜadāwāt*.

168 "Aquela que aflige as suas tentações" traduz *man šajana tajribatahu*; e "se livra da calamidade [provocada] pela razão" traduz *taḫallaṣṣa min āfat ᶜaqlihi*.

169 O texto-base traz "trinta anos", mas é bem provável que sejam mesmo três.

Disse o narrador: nesse momento, o rei ordenou que astrólogos e sacerdotes fossem trazidos, e eles vieram e se colocaram diante dele, que lhes ordenou que se acomodassem e lhe calculassem o mapa astral, e eles constataram que as coisas se dariam conforme dissera sua filha Sitt Alaqmār. Ao saber que a questão era verdade, o rei convocou seus encarregados e vizires e lhes disse: "Gostaria de casar minha filha com o homem que ela aceitar e escolher para si. Divulguem a notícia entre os presentes, nobres e povo. Ninguém irá desposá-la sem que ela o veja com seus próprios olhos; caso lhe agrade e eu permita que vocês o vejam, tê-lo-ei aceitado".

Disse o narrador: então as pessoas aceleraram as providências, cartas foram encaminhadas para todos os países e lugares distantes do reino de Qāṣim Ala[c]mār, e começaram a afluir reis pretendendo se casar com ela por causa do reino.

E nesse momento a aurora alcançou Šahrazād, que parou de falar.

E quando foi a

274ª

noite

Disse Šahrazād:

Eu tive notícia, ó rei venturoso, de que [o xeique [c]Awbaṯān disse:]

[Albāz Alašhab disse ao delegado:]

Todos os reis acorreram até ela, provenientes de todos os lugares, não obstante a longa viagem, na esperança de ter êxito na jornada, cada um deles deixando em seu reino alguém para substituí-lo até o retorno. Os que iam chegando à terra do pai de Sitt Alaqmār permaneciam alguns dias bem hospedados, a fim de descansar das fadigas de viagem e arrumar-se da melhor maneira possível para o dia determinado pela jovem para a audiência de pedido de sua mão em casamento. Cada um falava sobre suas intenções com o grão-vizir, especialmente destacado para esse assunto. Muitas pessoas já a haviam pedido em casamento quando surgiu, no meio dos pretendentes, um jovem filho de rei que era primo paterno de Sitt Alaqmār, a qual notou semelhanças entre o jovem e seu pai; os vizires, assim que o viram, perceberam que a moça se inclinava por ele mais do que por qualquer outro. Sitt Alaqmār foi até o rei e lhe disse: "Papai, desejo perguntar-lhe algo. Não esconda nada de mim!". O pai disse: "Por Deus que nada esconderei de você!". Ela perguntou: "Ó rei, você tem irmão?". Ele respondeu: "Sim, eu tinha um irmão cuja história é assombrosa". Ela perguntou: "Como é isso?". Ele respondeu: "Antes de mim, meu pai teve um filho que na mesma hora de seu nascimento foi seqüestrado pelos gênios. Dele não se sabe notícia alguma, nem sequer chegaram a lhe dar um nome". Sitt Alaqmār disse: "Vocês não lhe deram nome depois do seqüestro?". Ele respondeu: "Até morrer, a mãe dele o lastimou com o nome de Almuḫtaṭaf.[170] Também morreu meu pai, que era o rei desta cidade, e, após a sua morte, fui eu coroado em seu lugar. E você é o único parente consangüíneo que me resta". Ela lhe disse: "Saiba, ó rei, que o filho de seu irmão encontra-se hospedado em sua casa, e a questão está se resolvendo da maneira que lhe apetece". O rei perguntou: "Por acaso meu irmão tem filho?". Ela respondeu: "Sim, e ele está aqui". No mesmo instante o rei mandou chamar o rapaz, que se apresentou, e lhe perguntou: "Qual é o seu nome?". Ele respondeu: "Meu nome é Mubtadir,[171] filho de Almaḫṭūf, filho de Iftiḫār Dār". Então Qāṣim Alacmār disse: "É o filho do meu irmão, pelo Deus mais elevado!", e perguntou-lhe: "Você conhece a história do seu pai, meu jovem?". Ele respondeu: "Sim".

170 *Almuḫtaṭaf*, ou *Almaḫṭūf*, como aparece adiante, significa "o seqüestrado".

171 *Mubtadir* significa "aquele que toma a iniciativa".

O HOMEM SEQÜESTRADO PELA GÊNIA

Meu pai me contou que, mal a mãe o deu à luz, os gênios o seqüestraram, na mesma hora – alegava que a filha do rei dos gênios o seqüestrara e criara, a ele se devotando até que cresceu e atingiu força de homem. Ela o levava para passear por todos os recantos da terra e o vestia com várias espécies de ricas vestimentas. Certo dia, a gênia o carregou para uma ilha no meio do mar e lhe perguntou: "Que acha de ser introduzido na terra dos humanos, ficar por lá um ano e depois retornar a mim?". Ele respondeu: "Por Deus que não gosto de me separar de você um só momento!". Ela disse: "Para mim, é imperioso que você vá. Trata-se de uma questão determinada por Deus altíssimo, a fim de que a memória de vocês não se aparte dos títulos de reinado. Depois virei buscá-lo para mim até que Deus efetive o que pretende com você". Em seguida, saiu e o levou até os portões de uma grande cidade, em cujas cercanias ela lhe mostrou um local onde havia dinheiro e lhe disse: "Quando você desejar algo das coisas mundanas – ouro, prata, gemas ou roupas –, venha até aqui, onde encontrará o que desejar. Ademais, irei atendê-lo"; depois, despediu-se e foi embora. Meu pai entrou na cidade, mas durante dias estranhou os seres humanos, até que enfim a gênia veio vê-lo e o censurou dizendo: "Até agora você não se acostumou aos seres humanos! Se você não noivar e casar, nunca mais virei vê-lo".

Disse o narrador: ao ouvir tais palavras, meu pai percebeu que o caso era sério. Dirigiu-se a uma casa ampla, alugou-a do dono por uma porção de dinares e ali se instalou, comprando criados, serviçais e cavalos, e deixando bem clara a sua situação de bem-estar. Como as pessoas passassem a falar a seu respeito, não entrava na cidade tecido luxuoso que não lhe levassem, e ele o comprava pagando várias vezes o valor. Em seguida, pôs-se a adquirir vilas e, passado pouco tempo, tornou-se mais importante que o próprio rei daquela cidade; pediu-lhe então a filha em casamento, cumulando-o de dinheiro para que o pedido fosse atendido. Consumou enfim o matrimônio, permanecendo junto dela até que se completasse o ano mencionado pela gênia, junto da qual ficava por dias durante suas constantes escapadas para caçar sozinho, até que ela lhe dissesse: "Vá ficar com sua esposa, que está grávida, para que ela dê à luz e termine de amamentar seu filho, pois eu não o abandonarei". Meu pai ficou com minha mãe três anos, ao cabo dos quais a filha do rei dos gênios lhe disse: "Peça para viajar; diga-lhes: 'Irei ausentar-me por três anos', e deixe-lhes quanto dinheiro eles quiserem. Nomeie um procurador para suas vilas e plantações".

Disse o narrador: meu pai foi até minha mãe e o pai dela, deixando-os a par de que pretendia viajar e ausentar-se por três anos. Muito triste com aquilo, meu avô lhe disse: "Não me agrada separar-me de você uma só hora". Meu pai lhes disse: "Eu lhes deixei o suficiente até a minha volta". Percebendo que meu pai imperiosamente viajaria, meu avô levou o exército até os portões da cidade para se despedir dele, mas meu pai ordenou-lhe que retornasse junto com todos os acompanhantes, e ele retornou. Meu pai se dirigiu até o ponto onde se encontrava com a gênia, sentou-se por alguns momentos e ela apareceu, ordenando-lhe que largasse cavalo, espada e tudo quanto trazia; ele obedeceu e ela o conduziu até a sua casa na ilha, e ambos ali ficaram três anos, findos os quais ela o levou a certo país onde ele comprou trigo e tecidos como presentes e voltou para a terra de minha mãe, sendo ali recepcionado com toda a pompa por meu avô; ficou junto de minha mãe um ano e em seguida viajou até a gênia, com a qual permaneceu dez anos, findos os quais retornou à minha mãe, sendo recebido por meu avô, que o saudou. Crescido, reconheci e cumprimentei meu pai, que me estreitou ao peito. Apeguei-me tanto a ele que não suportava por um só momento a sua distância. Como ele fizesse tenção de ir caçar, eu lhe disse: "Pai, leve-me com você". Ele respondeu: "Sim", e ordenou que os cozinheiros, garçons, criados, adestradores de falcões, cachorros, aves e panteras saíssem no dia seguinte pela manhã. Ao amanhecer, saíram meu avô, meu pai – comigo ao lado – e o exército, e nos pusemos em marcha. Já distantes da cidade, sentimos o peso do calor excessivo e nos sentamos para almoçar. Eu disse ao meu pai: "Eu gostaria, papai, de caçar animais sozinho". Ele respondeu: "Quando terminarmos de comer e o dia se refrescar, montaremos e sairemos, você, seu avô e eu; vamos nos dividir, e cada qual irá caçar por si só". Como meu pai já me instruíra dizendo: "Quando você me vir perseguindo um animal, vá atrás de mim", eu respondi: "Sim". Comemos, descansamos e comecei a dizer ao meu pai: "Vamos!"; ele respondeu: "Sim", e disse ao meu avô: "Não saia daqui até voltarmos". Saímos ele e eu, caçamos um pouco, e eis que chegávamos a uma fonte de água da qual bebiam gazelas e feras. Começamos a persegui-las: fui atrás de duas gazelas, sendo seguido por meu pai, e nos mantivemos em seu encalço até que elas nos conduziram a uma gruta na qual entraram. Meu pai apeou-se, eu fiz o mesmo, e ele sacou uma relha de ferro que espetou no solo, nela amarrando os nossos cavalos; disse-me: "Siga-me", eu o segui, e eis que nos aproximamos de lampiões, velas acesas e um templo[172] subterrâneo adornado com várias espécies de imagens e teto de ouro cravejado de pérolas e gemas: vi então algo como jamais vira antes.

Disse o narrador: enquanto eu caminhava atrás de meu pai, eis que surgiu uma jovem que parecia o sol luminoso; gritou por mim: "Meu senhor Mubtadir!", e respondi: "Estou aqui ao seu dispor, minha ama!". Ela disse: "Venha até mim", e eu parei diante dela, que se aproximou, estreitou-me ao peito, beijou-me e disse: "Muito cuidado, meu filho, para não se casar com alguém da cidade da sua mãe, ou de qualquer outra! Não se case senão com a sua prima, Sitt Alaqmār, filha de Qāṣim Alaᶜmār, filho de Iftiḫār Dār, dono de ilhas e mares, mesmo que você gaste por ela todo o dinheiro que possui, pois ela é a senhora de todas as filhas de reis neste tempo, e conquistou

172 "Templo" traduz *bīᶜa*, que pode ser tanto "igreja" como "sinagoga".

uma porção notável de sabedoria, juízo, decoro, planejamento, artimanha, astúcia e trapaça, e muita coisa de beleza, formosura, opulência e perfeição".

E nesse momento a aurora alcançou Šahrazād, que parou de falar.

E quando foi a

275ª

noite

Disse Šahrazād:

Eu tive notícia, ó rei venturoso, de que [o xeique ᶜAwbaṯān disse:]

Albāz Alašhab disse ao delegado:

Ó comandante, o jovem filho de Almuḫtaṭaf disse ao tio:

Após me dizer aquilo, ó rei, a gênia abriu uma porta e entrou [no templo], entrando eu [e meu pai] atrás, e eis que à nossa direita e à esquerda havia aposentos com portas de ouro e prata que ela, sem interrupção, abriu uma atrás da outra, mostrando-nos o que ali havia, e vimos ouro, prata e outros metais valiosos. Em seguida, ela nos ordenou que regressássemos, e saímos, enquanto ela ia fechando as portas atrás de nós; não paramos de andar por aquele templo até retornarmos ao local onde primeiramente estávamos. Meu pai me disse: "Meu filho, esta é sua senhora e senhora de seu pai. Nunca lhe desobedeça as ordens, nem conte a ninguém sobre o que viu. Foi ela que me criou até que eu atingisse força de homem, e me conduziu à cidade onde me casei com a sua mãe", e continuou: "Siga o seu caminho, meu filho, pois irei abandoná-lo, e a todos os seres humanos. Se acaso lhe acudir alguma necessidade ou desejo, é este o local; venha para esta gruta. Não faça nada sem antes participar ao seu avô, pai de sua mãe. Quando ele morrer, procure a sua prima, e, por maior que seja o dote exigido pelo pai dela, pague-lhe mais do que ele quiser. Muito cuidado, não vá falar a ninguém sobre mim ou sobre esta sua senhora!"; em seguida, disse: "Leve quanto dinheiro quiser".

Disse o narrador: eu disse: "Já tenho dinheiro suficiente", e fui até os dois cavalos, os quais encontrei no mesmo lugar. Montei no meu, conduzi o de meu pai com as mãos e me encaminhei a meu avô, a quem informei que meu pai chegaria depois. Entramos na cidade e após pouco tempo meu avô morreu; indagaram-me então sobre meu pai e respondi que não sabia por que caminhos ele andava. Enterrei meu avô, fiz donativos, distribuí esmolas, reformei o que quis no país e fui visitar meu pai. Quando cheguei, ele e a gênia ficaram contentes, e fiquei junto deles por um dia; quando amanheceu, ele me ordenou que viesse até você. Eis-me aqui, portanto, pretendente à mão de sua filha e desejoso de me casar com ela; qual é o seu parecer, ó rei?

Disse [*Albāz Alašhab*]: as suas palavras agradaram extremamente ao rei, que disse: "Seja muito bem-vindo! Minha filha lhe pertence, pois você dentre todos é quem mais a merece; foi ela quem nos falou a seu respeito, que você é seu parente e primo". Dignificou-o, honrou-o, chamou a filha e lhe disse: "Minha filha, concordei em dar a sua mão em casamento a ele". Ela respondeu: "Papai, gostaria de apresentar-lhe algumas questões; se ele as responder, ter-se-á completado a opulência e a formosura". E Sitt Alaqmār se dirigiu para seus aposentos, onde escreveu um papel em que dizia: "Ó adventício, muito bem-vindo! Dê-nos ciência dos motivos do afeto, do amor, da castidade, do lucro, da aversão, da fraternidade, do abandono, do ódio e do saber". Ao ler o papel, o rapaz mandou trazer tinteiro e escreveu: "Você me trouxe o papel de quem testa, solícito. O motivo do afeto é o decoro; o do amor, a dádiva; o da castidade, o desvio do olhar; o do lucro, o esforço; o da aversão, a sabedoria; o da fraternidade, a afabilidade; o do abandono, a punição; o do ódio, a mentira; o do saber, a busca".[173]

Disse o narrador: ao ler aquilo, Sitt Alaqmār ficou feliz, considerou um bom presságio, chamou o pai, que logo veio, e informou-o de que o rapaz era adequado a ela. Extremamente feliz, o rei saiu de imediato, ordenou que o palácio fosse adornado, colocou um trono de ouro vermelho e nele se instalou, fazendo o sobrinho sentar-se ao seu lado. Chamou comandantes e vizires e lhes disse: "A todos os presentes: este é o filho de meu irmão, e eu sou seu tio. Ele veio pedir a mão de minha filha, e eu o casarei com ela. Sejam testemunhas disso". Eles responderam: "Nós testemunhamos!".

Disse o narrador: então parabenizaram-no e saíram dali. O rei foi para os subúrbios da cidade e deu um enorme banquete, convocando a população a que se reunisse sem mais tardar, e todos responderam ouvindo e obedecendo; comeram, beberam e, quando se fartaram, tomaram seus lugares. O rei lhes disse: "Saibam que este é o filho de meu irmão, e eu os convoquei para que sejam testemunhas de que estou renunciando ao reino em seu favor. É ele agora o seu rei, pois estou muito velho.

173 Para os motivos do "lucro" e do "saber", apresenta-se a mesma palavra, *ṭalab*, literalmente, "procura" ou "pedido".

Mantenham-se sob sua palavra e parecer". Em seguida, entregou-lhe a filha, realizaram-se banquetes, o matrimônio se consumou, e o rapaz se tornou rei da cidade, obtendo a obediência de todos. Sitt Alaqmār viveu a vida mais deliciosa e feliz. Esta é a história dela.

Quanto ao delegado, ele ficou muito admirado com a história de Albāz Alašhab e lhe disse: "Você vai morar aqui comigo noite e dia"; o xeique respondeu ouvindo e obedecendo, e morou com ele até que lhe sobreveio o destruidor dos prazeres e dispersador das comunidades.

E nesse momento a aurora alcançou Šahrazād, que parou de falar.[174]

174 Conforme talvez tenha sido notado, a narrativa se encerra sem fazer menção alguma ao seu "cenário secundário", diga-se assim, que é o da corte do remoto rei persa para o qual, respectivamente, os xeiques Munamnam e ᶜAwbaṯān contam as suas histórias, muito embora se possa supor, naturalmente, que ainda aqui a tópica se repete e o "destruidor dos prazeres" cumpre a sua deleitosa função precípua. Depois dessa história, inicia-se, nos manuscritos "Arabe 3612" e "Arabic 646", a do rei ᶜUmar Annuᶜmān, longa narrativa com diversas histórias encaixadas, que fará parte do próximo volume do *Livro das mil e uma noites*.

[Na 176ª noite]

Disse [Šahrazād]:

Eu tive notícia, ó rei venturoso, de que havia, em tempos antigos e eras remotas, um rei chamado Baḫt Zād, dotado de bom parecer e conhecimentos, cujo domínio se situava na cidade de Sīstān,[176] na região da Índia, com dez vizires que lhe cuidavam dos assuntos do reino. Certo dia, ele saiu para caçar e viu, montado em uma égua, um lacaio puxando pelas rédeas uma camela sobre a qual havia uma liteira coberta de brocado tecido a ouro. O rei, que se afastara de seus soldados, perguntou ao lacaio: "De quem é essa liteira, e quem vai nela?". O lacaio respondeu: "Esta liteira pertence a Isfihsalār,[177] um rei mais poderoso que Baḫt Zād" – o lacaio ignorava com quem estava a falar. Baḫt Zād perguntou: "Quem vai na liteira?", e ele respondeu: "A filha do rei". Enquanto dialogavam, eis que a jovem ergueu uma borda da cortina para ver quem falava com o lacaio, caindo então sobre ela as vistas do rei, que se viu diante de uma beleza sem par, a qual lhe arrebatou o coração inteiro, dominando-lhe razão e inteligência. Disse ao lacaio: "Entregue-me as rédeas dessa camela com quem nela está. Sou eu o rei Baḫt Zād. Não leve embora esta jovem, pois o pai dela não encontrará genro melhor que eu; vou enviar-lhe uma carta e dar-lhe como dote uma grande província". O lacaio disse: "Esta jovem, portanto, pertence-lhe e está sob seu arbítrio; porém, o correto é que por ora você me deixe levá-la ao pai dela para depois pedi-la em casamento. Não convém que a despose desta maneira, pois isso consistiria em uma ofensa ao pai, sem cuja autorização desposá-la será deveras condenável". O rei disse: "Não agüento esperar que você vá ao pai dela e depois volte. Ademais, não será nenhuma vergonha para ele que eu me torne seu genro".

E a aurora alcançou Šahrazād, que deixou interrompida a sua fala permitida.

175 No texto-base, o "Arabe 3615", a presente história se inicia na metade da 176ª noite. Utilizou-se ainda o volume VI da edição de Breslau, na qual ela cobre da 435ª à 486ª noite, e a versão constante do livro *Noites egípcias* (veja o posfácio a este volume). O original grafa *Zād Baḫt*, mas essas palavras, de origem persa, estão provavelmente em posição invertida no manuscrito: a grafia correta seria *Baḫt Zād*, expressão que significa "filho da sorte", e que foi aqui adotada.

176 Cidade situada na região sudeste do Irã. Na edição de Breslau: "sua cidade se chamava Kanīm Madūd, e seu reino se estendia desde os limites de Sīstān e das fronteiras do Hindostão até o mar". As *Noites egípcias* não dão a localização do reino.

177 O original traz *Isfir Salād*, mas a forma correta é a registrada; trata-se de palavra de origem persa cujo sentido, na origem,

E quando foi a 177ª noite

Ela disse:

Eu tive notícia, ó rei venturoso, de que o lacaio disse: "Ó rei, tudo quanto se faz com pressa não perdura, e tudo quanto pode ser feito conforme os bons costumes não deve ser feito com torpeza. Se as coisas estão sob seu controle, a pressa não produz nenhum benefício. E sei que o pai dela ficará aborrecido caso você a despose à força, e talvez esse erro acabe tendo algum efeito sobre o seu reino". O rei disse: "Ai de você! O pai dela é meu vassalo, e pouco me importa que ele se revolte ou aceite". E, chamando em voz alta um de seus soldados, disse-lhe: "Tome as rédeas dessa camela!"; gritou com o lacaio, que fugiu em disparada, e levou consigo a jovem, cujo nome era Mahraja,[178] casando-se com ela e possuindo-a assim que chegou ao reino.

Quanto ao lacaio, ele retornou à sua cidade e informou ao pai da jovem que o rei Baḫt Zād a levara à força, "sem observar os seus direitos nem manter o respeito por você". Encolerizado, o pai da jovem reuniu o exército e disse: "O rei Baḫt Zād está surrupiando os nossos filhos, e já não existe nenhum proveito em servi-lo". Em seguida, escreveu-lhe uma carta na qual afirmava ser seu criado, e sua filha, sua criada – "e que Deus altíssimo prolongue os seus dias e a sua felicidade; minhas congratulações pelo casamento. Eu já era muito zeloso em servi-lo, protegendo as províncias e afastando os inimigos, mas agora serei ainda mais zeloso nos serviços e no aconselhamento, dado que me tornei seu parente – Deus seja louvado! –, e você, meu genro", e enviou um mensageiro com tal carta, acompanhado de presentes e regalos para o rei Baḫt Zād, o qual, ao recebê-los, se alegrou bastante, tranqüilizando-se e entregando-se aos prazeres noite e dia. Um de seus vizires foi vê-lo e lhe disse: "Ó rei, saiba que o pai da jovem é agora seu inimigo, pois ele não se esqueceu do que você lhe fez, tomando-lhe a filha à força. É inevitável que esse erro afete o seu reino", mas o rei não deu atenção a tais palavras, perseverando no que já estava: comida, bebida e prazeres. O pai da jovem reuniu soldados e cavaleiros, atacando à noite a terra do rei, que apenas se deu conta quando o alarido começou na cidade, e perguntou à esposa: "Que fazer?"; ela respondeu: "Você é quem sabe!". Então, ele preparou duas éguas corredoras e dois sacos com mil dinares cada um; ambos cavalgaram e saíram da cidade, fugindo para o deserto de Kirmān, enquanto Isfihsalār[179] se assenhoreava da cidade.

A esposa do rei Baḫt Zād estava grávida, em dias de dar à luz, sendo surpreendida pelo parto durante a fuga. Foram até uma montanha, em cujo sopé ele a desapeou ao lado de uma fonte de água, e ali a mulher deu à luz um menino varão que parecia a lua. Ela trajava uma rica vestimenta de brocado

é "comandante do exército". Em árabe, designava mais propriamente o encarregado-mor das armas, conforme se registra no *Dicionário de vocábulos dos períodos ayyūbī, mameluco e otomano*, de Ḥasan Ḥallāq e ʿAbbās Ṣabbāġ. Na edição de Breslau, afirma-se que se trata do vizir de Baḫt Zād, o que é incongruente.

178 *Mahraja*: forma feminina da designação genérica *Mihrāj*, que os indianos davam aos governadores provinciais. Na edição de Breslau, seu nome é *Bahrajūr*, e, nas *Noites egípcias*, *Zād Mahr*.

179 No original, *Išhayār*. Manteve-se a forma do nome tal como aparece na primeira vez. *Kirmān* é uma região no sul do Irã.

tecida a ouro, e foi nela que envolveu o bebê, após ter cortado o cordão umbilical. Passaram a noite naquele local e, quando amanheceu, o rei disse: "Nós estamos muito ocupados para cuidar dessa criança; não podemos ficar aqui nem tampouco carregá-la. Vamos deixar o menino aqui e, se Deus houver determinado que ele viva, irá enviar-lhe alguém que o crie". Chorando, a mãe enfiou debaixo da cabeça da criança um saco com mil dinares e disse: "Quem o encontrar irá criá-lo com este dinheiro", e o depositou ao lado da fonte, envolvido na vestimenta de brocado; subiram ambos em suas montarias e partiram.

Por coincidência,[180] alguns bandoleiros que haviam roubado um cofre chegaram àquela montanha para repartir o butim; olhando para o seu sopé, viram ao lado da fonte algo brilhando sob a luz do sol – era o brilho do ouro tecido na vestimenta em que o bebê fora envolvido. Desceram, viram aquela criança que parecia a lua, e disseram: "Louvado seja Deus! Quem o jogou aqui?". O chefe do bando, cujos filhos não sobreviviam, tomou-o para si e disse: "Eu o farei meu filho", e enviou um de seus cavaleiros para um acampamento de beduínos nas redondezas da montanha, e ele retornou trazendo uma tigela de leite, da qual o chefe fez a criança beber até chegar à sua terra, onde lhe arranjou uma nutriz para amamentá-lo e cuidar dele.

E a aurora alcançou Šahrazād, que deixou interrompida a sua fala permitida.

180 "Por coincidência" traduz a expressão árabe *fa-ttafaqa*, cujo deverbal se usa em construções como *wa min ġarīb alittifāqāt...*, "e entre as mais insólitas coincidências...", fórmula amplamente utilizada para introduzir eventos.

E quando foi a

178ª

noite

Ela disse:

Eu tive notícia, ó rei venturoso, de que o chefe dos ladrões arranjou uma nutriz que cuidou do bebê até que ele cresceu e se desenvolveu.

Quanto ao rei e sua esposa, ambos continuaram em fuga até que se refugiaram junto a um rei persa que, após dignificar e engrandecer Baḫt Zād, indagou do motivo de sua vinda, sendo logo informado do que o pai da jovem esposa fizera. Então, o rei persa enviou, junto com Baḫt Zād, soldados e régulos com o apoio dos quais ele atacou o reino durante a noite, matou o pai da jovem e se reinstalou no trono. Assim que dominou a situação em seu reino, enviou um emissário à montanha para procurar seu filho, mas dele não se encontrou rastro nem notícia.

181 O trecho entre colchetes foi traduzido da edição de Breslau.

182 O trecho entre colchetes foi, da mesma forma, traduzido da edição de Breslau.

Quando completou quinze anos de idade, o filho do rei passou a sair para assaltar com o bando do chefe dos ladrões.

Por coincidência, [certo dia, quando assaltavam][181] uma caravana proveniente de Sīstān, os ladrões foram tenazmente enfrentados por alguns homens corajosos que nela se encontravam. Daquela feita, o chefe não estava presente, e os corajosos mataram vários ladrões, enquanto os restantes batiam em retirada. O rapaz foi capturado e, vendo que era formoso e de bom porte, [perguntaram-lhe: "Quem é o seu pai? Como você veio parar no meio destes ladrões?". Ele respondeu: "Sou filho do maioral dos ladrões"].[182]

E, por algo que Deus queria, a caravana entrou na cidade do rei Baḫt Zād, ao qual os membros da caravana se dirigiram e informaram o que lhes sucedera com os bandoleiros; o rei lhes ordenou que lhe encaminhassem o rapaz e, quando seus olhos pousaram sobre ele, o sangue se enterneceu com o sangue, e Deus – tal é a divina sapiência – lançou o amor por ele no coração do rei, que perguntou ao chefe da caravana: "Quem será este rapaz?". O homem respondeu: "Ó rei do tempo, ele é filho do chefe dos ladrões". O rei disse: "Eu quero esse rapaz", e eles lho deram. Baḫt Zād ordenou a seus criados que o conduzissem ao banho e o vestissem com um valioso traje honorífico, e eles obedeceram, reconduzindo em seguida o rapaz à presença do rei, que o dignificou, aproximou do trono e o elegeu para seu serviço pessoal. O rapaz o serviu por algum tempo, durante o qual o rei lhe observou o decoro, o juízo, a honestidade e a competência e, admirado, passou a atribuir-lhe um valor consideravelmente maior, deixando todos os seus tesouros nas mãos dele e ordenando que dali não saísse um único centavo sem a sua autorização, consulta e sinete. As mãos dos vizires ficaram então impossibilitadas de avançar no dinheiro do rei. As coisas permaneceram nesse estado por um bom tempo, durante o qual o rei não viu do rapaz senão retidão, perfeição e seriedade; antes dele, o tesouro real estava nas mãos dos vizires, que com ele agiam conforme lhes aprazia; quando saiu de suas mãos, transferindo-se para as do rapaz – cuja palavra se tornou aceita pelo rei, que passou a valorizá-lo imensamente e a preferi-lo a todos os demais –, eles o invejaram e começaram a elaborar tramóias para destruí-lo, mas fracassaram, ao passo que o rapaz alcançava boa sorte junto às criadas e as concubinas do rei. Contudo – em razão de algo que Deus queria para executar a decisão que tomara a respeito de suas criaturas –, coincidiu que, certa noite, o rapaz se embriagou e começou a perambular pelo palácio real, sendo atirado, por desígnio e decreto divinos, em um quarto onde o rei costumava dormir com a esposa, que era a mãe do rapaz. Ao chegar à porta desse quarto, a embriaguez o levou a entrar. Era fim de tarde. Ele entrou e, encontrando uma cama de mármore folheado com ouro vermelho, guarnecida de um valioso colchão, deitou-se ali; vencido pela embriaguez e com a cabeça pesada, dormiu. Aquele quarto tinha sido arrumado por uma criada que nele colocara toda espécie de fruta, bebida e murta, acendera velas de âmbar, encostara a porta e partira. O rapaz chegou após a sua partida e dormiu ali, conforme dissemos.

[Nesse ínterim], o rei se ergueu do trono, pegou pela mão a esposa, mãe do rapaz, e foi para o quarto, no qual, ao entrar, deparou com o próprio ali dormindo. Perguntou então à esposa, encolerizado: "Que faz ele aqui?". Ela respondeu: "Não sei!". Ele disse: "Não acredito que ele tenha ousado entrar aqui senão com você!", e aplicou um pontapé no rapaz, que acordou, colocando-se em pé e beijando o chão ao ver o rei, o qual lhe disse: "Seu filho-da-puta, criado na indecência! O que o trouxe ao espaço mais íntimo[183] de minha casa?", e determinou que a esposa fosse aprisionada em um lugar e o rapaz em outro; mandou convocar os dez vizires, aos quais disse: "Não estão vendo o que fez este moleque ladrão? Entrou no meu quarto e dormiu na minha cama! Temo que ele tenha alguma coisa com a minha mulher. Como vocês vêem essa questão?". Um dos vizires respondeu: "Deus prolongue a sua permanência, ó rei do tempo! Que mérito você viu naquele rapaz para o ter escolhido? Não é ele filho de ladrão, de baixa origem? Dele não provirá bem nenhum, e somente se verão más ações. Quem cria cobras delas não recebe senão picadas. Quanto à mulher, não creio que tenha culpa, pois dela até agora não se manifestou senão o bem, a retidão e a honestidade. Se acaso o rei permitir que eu vá ter com ela a fim de indagá-la sobre o assunto todo, será mais conveniente"; o rei permitiu, o vizir foi até a mulher e disse: "Você praticou uma grande vergonha! Conte-me a verdade e diga-me como as coisas de fato ocorreram". Ela se calou e depois disse: "Em nome do criador da criação, eu nunca vira aquele jovem antes desta noite! Não sei como ele chegou ao quarto". O vizir percebeu que ela não tinha culpa.

183 "Espaço mais íntimo" traduz *ḥarīm*, origem da palavra "harém".

E a aurora alcançou Šahrazād, que deixou interrompida a sua fala permitida.

E quando foi a

179ª

noite

Ela disse:

Eu tive notícia, ó rei venturoso, de que o vizir pensou: "Agora temos a possibilidade de matar o rapaz", e, voltando-se para a esposa do rei, disse: "Se quiser escapar da aniquilação e salvar a sua honra, fale conforme as minhas instruções e eu a justificarei perante o rei com bastante clareza, livrando-a da morte". Ela perguntou: "E o que é?". Ele respondeu: "Quando o rei indagar sobre o motivo da ida do rapaz ao quarto, diga-lhe: 'Ó rei do tempo, este rapaz me viu certo dia, apaixonou-se por mim e enviou-me, por meio de uma velha, recados dizendo: 'Eu lhe darei do tesouro real mil peças de ouro, cada qual no valor de mil dinares, para me reunir com você por uma hora'. Então eu insultei e escorracei a velha, que voltou até ele e o informou do que eu lhe fizera; ele tornou a me enviar um recado dizendo: 'Se você não concordar comigo no que desejo, irei embriagar-me, entrar no quarto do rei e dormir em sua cama; desse modo, ele me matará e você chafurdará no escândalo e na vergonha aos olhos do rei e de todos'. É isso que você deve dizer ao rei; irei agora mesmo até ele informá-lo de que você me disse estas palavras". A esposa do rei acedeu: "É isso que direi a ele". Então, o vizir foi ao rei e disse: "Merece punição o ingrato que nega o bom tratamento desfrutado e a generosidade recebida. As sementes de coloquinto nunca são doces. É certo que a mulher é inocente, sem culpa nenhuma nisso", e lhe fez o relato segundo combinara com a mulher. Ao ouvir aquilo, o rei ficou sumamente encolerizado, ordenou que o rapaz fosse conduzido à sua presença e lhe disse: "Seu filho-da-puta, dei-lhe poderes sobre o meu tesouro e prevalência sobre os meus vizires! Por que me traiu com minha mulher, invadindo meu aposento e sendo desleal com o nosso compromisso?". O rapaz disse: "Ó rei, não fiz aquilo por minha vontade ou escolha, e nem sequer sabia haver chegado ao quarto; aquilo somente me ocorreu por minha falta de sorte e debilidade do meu ascendente zodiacal, pois quem extravia a boa estrela acaba por cair em coisas semelhantes a essa: alheias línguas passam a falar coisas que redundam em seu mal e suas virtudes se transformam em vícios. Fiz um enorme esforço para não ter defeitos e erros, mas a má sorte se antecipou, e eis que sobreveio a desgraça, de nada adiantando, agora, o esforço e o cuidado, tal como sucedeu ao mercador que foi atingido pela má sorte". O rei perguntou: "Qual é a sua história? Como seus esforços se voltaram contra ele?". O rapaz disse:

O MERCADOR DE MÁ SORTE

Deus preserve o rei. Conta-se que existiu em tempos remotos um mercador que tinha, em sua atividade, importância e força, mas, como sua estrela da sorte se tornasse má sorte, ele disse: "Apesar de possuir muito dinheiro, tenho vagado errante de país em país. O mais correto é que eu compre e venda estabelecido em minha terra", e, com metade de seus cabedais, comprou trigo durante o verão, pensando: "Quando vier o inverno, obterei grandes lucros", mas, quando o inverno chegou, o preço caiu pela metade.[184] Muito abatido, ele conservou o trigo por mais um ano, e o preço caiu ainda mais que no ano anterior. Um de seus amigos lhe disse: "Você não tem sorte com trigo. Venda-o por qualquer preço".

E a aurora alcançou Šahrazād, que deixou interrompida a sua fala permitida.

184 Nas *Noites egípcias*, acrescenta-se a explicação de que o preço do trigo caiu porque o ano fora fértil, o que ressalta o aspecto especulativo do procedimento.

185 Na edição de Breslau o amigo sugere um astrólogo. Nas *Noites egípcias*, não se faz referência a isso.

E quando foi a

180ª

noite

Ela disse:

Eu tive notícia, ó rei venturoso, de que o rapaz disse ao rei:

Um dos amigos do mercador lhe sugeriu que vendesse o trigo por qualquer preço, "pois você já ganhou muito em anos passados". O mercador respondeu: "Mesmo que se passem dez anos, não o venderei senão com lucro", e tapou com argila a boca do silo em que guardava o trigo, tamanha era a sua cólera, mas ocorreu uma inundação gigante que fez o teto do silo desabar sobre o trigo, o qual apodreceu e se estragou, sendo o mercador obrigado a contratar pessoas para recolhê-lo e jogá-lo fora. O amigo lhe disse: "Eu não advertira que teria sido mais feliz vender o trigo? Seja como for, porém, vá a um geomante[185] que leia a sua sorte na areia", e ele foi a um geomante, a quem disse: "Leia a minha sorte na areia"; o homem, após lançar a areia, disse-lhe: "Sua estrela é de mau augúrio. Não faça nenhum negócio por estes dias", mas, sem atribuir importância às suas palavras, o mercador pegou a outra metade de seus cabedais, alugou um navio, encheu-o de mercadorias e partiu em viagem; atingido, porém, por uma tempestade, o navio afundou com tudo quanto continha. O mercador se agarrou a uma tábua e foi empurrado pelas ondas até a praia de uma aldeia, na qual entrou nu e faminto, mas agradeceu a Deus por estar bem. Avistou um velho que lhe perguntou como estava, e ele então informou-o de tudo quanto lhe sucedera, inclusive que o navio naufragara levando junto as suas posses. Bastante contristado com aquilo, o velho lhe trouxe comida, e ele comeu até se saciar; em seguida, trouxe-lhe roupas, e ele as vestiu; finalmente, o velho lhe disse: "Fique comigo e farei de você meu homem de confiança para cuidar de meus grãos. Como salário, pagarei dez dirhams por dia, além de comida e bebida". O mercador lhe respondeu: "Que Deus o recompense!", aceitando trabalhar naquela roça. Quando chegou a época da colheita, o mercador calculou quanto tinha a receber à base de dez dirhams por dia, e, verificando que daria muito dinheiro, pensou: "Não acredito que o velho se permitirá pagar-me tanto dinheiro; por isso, levarei destes grãos a quantidade correspondente ao valor que tenho a receber como salário; se ele honrar o compromisso, devolverei; caso contrário, terei garantido o que é meu". Assim, calculou quantos dias trabalhara, tomou uma quantidade correspondente de grãos e a escondeu em certo local, entregando em seguida o restante dos grãos ao velho, que lhe pagou o salário com a mesma quantidade de grãos que ele escondera e lhe disse: "Venda esses grãos e dê um jeito em sua situação. Se você trabalhar comigo dez anos, todo ano receberá essa quantidade". O mercador pensou: "Cometi um ato detestável contra esse velho, que tão bem me tratou. O correto é que eu lhe devolva os grãos que peguei", e, dirigindo-se ao local onde os escondera, não os encontrou, retornando então perplexo. O velho lhe perguntou: "Que tem você?", e ele o informou sobre as sementes que ocultara e que tencionava devolver. Encolerizado, o velho lhe disse: "Para a falta de sorte não existe estratagema"; tomou de volta o que lhe pagara, surrou-o e expulsou-o. Bastante entristecido, o mercador dirigiu-se até o litoral da Índia, onde encontrou dez homens que mergulhavam à cata de pérolas. Logo que o viram, reconheceram-no e perguntaram-lhe: "Onde foram parar os seus cabedais? Que lhe aconteceu?". Ele respondeu: "A má sorte afugentou os meus cabedais". Condoídos, eles disseram: "Vamos mergulhar agora, e desta vez de tudo quanto extrairmos lhe daremos metade", e mergulharam, saindo cada um deles com uma ostra que continha duas pérolas, cada qual do tamanho de uma avelã. Muito contentes, deram-lhe cada qual uma pérola, deixando o mercador, por seu turno, muito contente e pensando: "Minha boa fortuna retornou!". Os mergulhadores lhe disseram: "Entre na cidade, venda as pérolas e com elas refaça o seu capital". Ele então enfiou tudo no bolso e se dirigiu à cidade, sendo seguido no caminho por dois ladrões, os quais, vendo-lhe as roupas puídas, disseram: "É um vagabundo". Ao se aproximar da cidade, o mercador colocou na boca as pérolas, deixando no bolso somente duas; contudo, tossiu inadvertidamente e uma das pérolas caiu de sua boca, sendo avistada pelos ladrões, que saltaram sobre ele e lhe apertaram a garganta até fazê-lo desmaiar, após o que levaram as pérolas e o deixaram ali crentes de que ele morrera, tamanha a força com que lhe apertaram a garganta. Um homem passou por ali e lhe aspergiu água ao rosto, fazendo-o recobrar a consciência.

E a aurora alcançou Šahrazād, que deixou interrompida a sua fala permitida.

E quando foi a

181ª

noite

Disse Šahrazād:

Eu tive notícia, ó rei venturoso, de que o rapaz disse ao rei:

Depois que o mercador recuperou a consciência, o homem o transportou até a cidade em sua azêmola e lhe indagou de sua história; o mercador respondeu: "Não adianta nenhum esforço contra a má sorte". Chegando à cidade, dirigiu-se ao mercado de jóias, sacou as duas pérolas restantes e as ofereceu a um joalheiro que, ao reparar em suas roupas puídas, em seus sinais de fraqueza e nas duas pérolas de altíssimo valor, desconfiou de que ele as roubara e lhe perguntou: "Onde estão as outras oito pérolas?". O mercador respondeu: "Os ladrões as levaram!".[186] O joalheiro então o prendeu e disse: "Estas pérolas pertenciam a mim; eram dez, e essas duas fazem parte do conjunto. Onde estão as outras oito pérolas?". O mercador se pôs a gritar por socorro, mas ninguém lhe deu ouvidos e arrastaram-no até a cadeia, onde afirmaram que ele era ladrão e roubara dez pérolas, das quais duas haviam aparecido; agora, exigiam-lhe o restante. O mercador disse: "Até quando esse malfadado destino e esta falta de sorte?". Quem dera essas duas pérolas houvessem sido levadas com as outras! Se assim fosse, eu não teria vindo

186 A edição de Breslau e as *Noites egípcias* trazem uma versão diversa desse episódio, fazendo o mercador, inversamente, guardar duas pérolas na boca e oito no bolso. Em Breslau, cuja lição, aqui, parece melhor, consta: "Ele foi à cidade, retirou as duas pérolas para vendê-las e o destino fez coincidir que a um joalheiro da cidade tivessem roubado pérolas iguais às que o mercador tinha. Quando aquele mercador viu as duas pérolas nas mãos do leiloeiro, perguntou-lhe: 'A quem pertencem?'; ele respondeu: 'Àquele homem', e então, vendo-o debilitado e em miserável estado, desconfiou dele e lhe perguntou: 'Onde estão as oito pérolas restantes?', e o mercador, pensando que ele o indagava a respeito das pérolas que estavam em seu bolso, respondeu: 'Foram roubadas de mim por ladrões', mas o joalheiro estava extraindo a sua confissão..." etc.

187 *Zūr* significa "falsificação". Na edição de Breslau, o nome é *Bahrūn*, e nas *Noites egípcias*, *Hārūn*.

parar nesta cadeia". E na cadeia permaneceu algum tempo, até que os mergulhadores foram à cidade e um deles acabou preso, encontrando-se, na cadeia, com o mercador, ao qual perguntou o que fazia ali, e ele então lhe relatou tudo quando sucedera. Ao sair da cadeia, o mergulhador avisou aos seus companheiros do ocorrido com o mercador, e eles foram até o governador da cidade, a quem informaram haver dado dez pérolas ao mercador, e tudo quanto sucedera entre este e o joalheiro. O governador acreditou neles, ordenou que o joalheiro fosse surrado, confiscou-lhe os bens e os deu ao mercador dizendo: "Fique comigo para que eu o beneficie". Ele então entrou para o serviço do governador e pensou: "Minha boa fortuna retornou, e se apagou a má sorte". Manteve-se em tal serviço por um período durante o qual conquistou boa posição, a tal ponto que despertou a inveja dos membros da corte do governador, o qual tinha uma filha cuja residência ficava ao lado da do mercador; as duas casas eram separadas por uma fina parede na qual o mercador encostou uma caixa, cuja ponta acabou provocando um pequeno furo que o mercador se apressou em tapar com argila. Vendo-o tapar o buraco, um dos criados do governador foi lhe dizer: "O mercador perfurou o muro da parede a fim de espiar a sua filha". Furioso, o governador se dirigiu imediatamente à casa do mercador e, vendo-o tapar o buraco, não duvidou das palavras do criado e ordenou que lhe arrancassem os olhos. O mercador disse: "E eu que pensava que a boa fortuna retornara, sem saber que a má sorte perdura! Só lhe resta levar minha vida embora!".

[*Prosseguiu o rapaz*:] "Portanto, ó rei, é isso que ocorre com quem não tem sorte: todos os seus movimentos, tudo quanto faça de bom se tornará ruim, resultando inúteis tanto os seus esforços como a sua prevenção. Isso que me aconteceu deve-se à má sorte e aos fados nefastos". Mal o rapaz findou a história, também o dia se findou, e o rei ordenou que ele fosse reconduzido à cadeia até o amanhecer.

Quando foi o segundo dia, veio o segundo vizir, que se chamava Zūr,[187] e disse: "Que Deus favoreça o rei! Isso que o rapaz cometeu é uma enormidade, um escândalo horroroso contra o rei". Este ficou então furioso, ordenou que o rapaz fosse trazido à sua presença e, quando ele chegou, disse: "Você perpetrou uma descomunal transgressão, um grande crime, e por isso vou matá-lo da maneira mais terrível, a fim de que você constitua para todas as criaturas uma lição". Disse o rapaz: "Ó rei, examine o meu caso sem pressa, pois os árabes dizem: 'O fruto da pressa é o arrependimento', e o exame acurado de todos os assuntos é uma coroa na cabeça dos reis, plenilúnio de excelentes ações e sustentáculo do reino. Todo aquele que não examina os assuntos com cuidado nem os estuda se arrependerá tal como se arrependeu o mercador, ao passo que todo aquele que os examina com vagar se regozijará tal como se regozijou o filho do mercador". O rei perguntou: "E como foi a história do mercador e de seu filho?". O rapaz disse:

O MERCADOR APRESSADO E SEU FILHO PONDERADO

Deus lhe dê vida longa! Conta-se que certo mercador...

E a aurora alcançou Šahrazād, que deixou interrompida a sua fala permitida.

E quando foi a 182ª noite

Ela disse:

Eu tive notícia, ó rei venturoso, de que o rapaz disse ao rei:

Conta-se que certo mercador, que tinha um filho e uma bela esposa, viajou quando ela estava grávida e lhe disse: "Se Deus quiser, voltarei antes de você dar à luz". Despediram-se e ele viajou, vagando de terra em terra até chegar a uma grande cidade, onde lançou mão de tantas artimanhas que conseguiu entrevistar-se com o rei, o qual lhe ofereceu boa recepção, e, vendo tratar-se de homem ajuizado, entendido, de boa figura, doces palavras e espírito agradável, ordenou-lhe que se estabelecesse consigo. O mercador não pôde desobedecer, mas, saudoso da mulher e do filho, certo dia beijou o chão diante do rei, desejando-lhe a manutenção do poder e do fausto, além da pronta eliminação de qualquer adversidade ou desgraça. O rei lhe perguntou: "Está precisando de algo?". Ele respondeu: "Ó rei do tempo, estou com saudades de meu filho e de minha família. Peço de sua generosidade que me permita ir até eles, buscá-los e retornar a você". O rei lhe concedeu a permissão e lhe deu presentes e regalos; o mercador se despediu, embarcou e partiu em viagem.

Entrementes, a sua mulher dera à luz um menino, o qual já completara dez anos, e durante essa longa ausência do marido perdera as notícias a seu respeito. Nas proximidades da cidade onde ela estava havia outra cidade, na qual, por coincidência, aportou o navio que lhe transportava o marido. Tendo recebido a notícia de que um navio aportara na cidade vizinha, a mulher pegou os dois filhos e rumou para lá a fim de indagar dos passageiros alguma notícia sobre o marido, e ali chegou à hora do crepúsculo, dirigindo-se então para a beira-mar. No navio, um dos marinheiros disse aos mercadores: "Tomem cuidado esta noite, pois na cidade existem muitos ladrões". A chegada da mulher com os dois meninos à beira-mar se deu à noite, quando o seu marido já dormia com um saco de cem dinares sob a cabeça. Ela disse aos filhos: "Subam ao navio e indaguem sobre o seu pai". Logo que eles subiram, o mercador acordou e, ao ver os dois meninos, supondo que fossem ladrões, pegou a lança e os atacou aos gritos; o saco com os dinares que estava sob a sua cabeça caiu no meio dos fardos. Vencidos pelo medo, os dois meninos foram agarrados por um dos marinheiros, que os levou ao mercador, e este, dando falta do saco de dinheiro, acreditou que eles o haviam roubado e os espancou para que confessassem, mas eles não o fizeram. Encolerizado em razão do saco, jurou que, se não o devolvessem, ele os jogaria ao mar. Os meninos disseram: "Não temos notícia do saco. Examine bem o nosso caso e não se apresse!". O marinheiro disse ao mercador: "Não lhes dê ouvidos! Foram eles que roubaram o saco de dinheiro e o entregaram a algum terceiro que os acompanhava em terra. Não vão confessar!". A cólera do mercador aumentou tanto que ele pegou dois fardos de linho que havia no navio, amarrou-os aos meninos e os atirou ao mar, e, enquanto as ondas os arrastavam, ele ia dormir aflito por causa dos dinares.

Já a esposa do mercador, vendo que os meninos se demoravam, foi até a beira-mar e perguntou deles aos marinheiros, que responderam: "Não vimos ninguém". Ela chorou dizendo: "Nesta noite escura, dois garotos estrangeiros que não conhecem ninguém! Temo que se tenham afogado no mar!", e chorou mais alto e gritou. Um marujo lhe perguntou: "De que país é você?". Ela respondeu: "Sou do país tal, mulher de fulano de tal, o mercador. Os dois garotos são filhos dele, que está ausente faz um bocado de tempo. Ouvimos falar sobre a chegada deste navio, e viemos buscar notícias a seu respeito". O mercador, já desperto, escutou as palavras da mulher e, quando ela terminou de falar, deu um salto, rasgou as roupas e gritou: "Ai de mim! Atirei meus filhos ao mar com minhas próprias mãos, sem saber!". A mulher também gritou, pediu ajuda e fez tenção de se jogar ao mar, sendo impedida pelo marido. Ambos se sentaram e choraram juntos. Quando amanheceu, o homem viu o saco de dinheiro entre os fardos; sua tristeza aumentou e sua lágrima se multiplicou.

[*Prosseguiu o rapaz*:] "Veja, ó rei, como é ruim a pressa e a falta de exame dos assuntos. Não se apresse em me matar e talvez a verdade se esclareça".

[*E o rapaz continuou a história*:]

Em seguida, o mercador levou a esposa para o navio e ambos saíram em busca dos filhos. Foi isso que sucedeu ao casal. Quanto aos garotos, o mar, após tê-los separado, arrastou cada um para um litoral. O mais velho foi lançado na praia de uma cidade cujo rei cavalgava para ir caçar e pescar; passava pela orla quando viu aquele fardo sendo empurrado pelas ondas, e sobre ele um garoto semelhante ao plenilúnio; ordenou então que fosse conduzido até a sua presença. Um grupo de mergulhadores o trouxe e, assim que o rei deitou-lhe os olhos, Deus lançou o afeto por ele em seu coração. Disse aos vizires: "Farei dele meu filho", pois os filhos desse rei não sobreviviam. Pediu aos vizires que mantivessem aquilo em segredo, e eles responderam ouvindo e obedecendo. Ordenou que o colocassem sobre um de seus corcéis e cavalgaram até a cidade, onde o rei determinou que o vestissem com um traje honorífico, no que foi prontamente obedecido. Depois, o rei convocou os líderes de seu governo e lhes disse: "Este é o meu filho. Mantive-o escondido esse tempo todo por medo ao mau-olhado, mas agora estou mostrando-o". Os notáveis ficaram contentes, atiraram aljôfares sobre o menino e lhe deram presentes e jóias correspondentes aos filhos de rei. Passado um ano, o rei faleceu e o rapaz foi entronizado e reconhecido pelos notáveis e pelos súditos. Quando se estabilizou no reino, recordou-se dos pais e do irmão, mandando procurá-los por todo lugar, mas deles não obteve notícia.

Quanto ao mercador e sua esposa, ambos vagaram por muitos países, mas dos meninos não encontraram notícia nem vislumbraram rastro. O mercador entrou enfim em uma cidade onde deparou com um mergulhador – desses que buscavam pérolas – oferecendo um menino à venda. Ao vê-lo, o coração do mercador simpatizou com ele.

E a aurora alcançou Šahrazād, que deixou interrompida a sua fala permitida.

E quando foi a

183ª

noite

Ela disse:

Eu tive notícia, ó rei venturoso, de que o rapaz disse ao rei: A simpatia pelo menino invadiu o coração do mercador, em cujo interior se moveu o afeto da paternidade, e – sem saber que se tratava de seu filho – ele pensou: "Comprarei esse menino e me consolarei da perda dos meus dois filhos". E assim procedeu, levando-o para seu país, onde disse à esposa: "Comprei um criado que parece o plenilúnio!". Mal pousou os olhos sobre ele, a mulher o reconheceu e gritou: "Este é o meu filho caçula! Deus o devolveu para nós!". Sumamente felizes, eles distribuíram esmolas em quantidades vultosas e jejuaram em agradecimento a Deus altíssimo; perguntaram ao menino sobre o irmão, mas ele respondeu: "Não sei onde está". O mercador se pôs a viajar de país em país à procura de notícias, mas nada encontrou. Dez anos se passaram e o mercador se tornou um ancião. A cidade em que moravam era próxima da cidade da qual seu filho era rei. Quando o caçula completou vinte anos e adquiriu maioridade,[188] o pai lhe preparou uma caravana para a cidade cujo rei era seu irmão e lhe disse: "Busque notícias sobre o seu irmão. Quiçá Deus nos reúna a ele!". O rapaz viajou então para a cidade cujo rei era seu irmão, carregando fardos de brocado, seda e outras mercadorias luxuosas, [ali chegando à noite].[189] Pela manhã, o chefe da alfândega foi ao rei e o informou daquilo, dizendo: "Chegou um mercador com tecidos luxuosos e outras mercadorias", e o rei ordenou que fosse conduzido à sua presença, ignorando tratar-se de seu irmão, em virtude do longo tempo em que não o via e também da barba comprida. Comprou tudo quanto ele vendia, tecidos e demais mercadorias, e o amor fraterno se moveu em seu coração, que simpatizou com o jovem; disse-lhe: "Gostaria que você ficasse aqui comigo e não se separasse mais de mim por nenhum momento, a seu gosto e escolha. Não o deixarei viajar e farei todo o bem por você". Não lhe sendo possível recusar, o rapaz ficou com o rei, que não o deixava dia e noite, exceto nas horas de sono; não conseguia privar-se dele uma hora sequer. O rapaz escreveu uma carta aos pais dando-lhes notícias de si, informando que o rei não o deixava viajar e ordenando-lhes, por conseguinte, que viajassem até ele, fosse como fosse, a fim de que morassem juntos no maior conforto. Ambos então se aprestaram e viajaram, chegando à presença do filho, que os recebeu, dignificou e lhes deu trajes honoríficos.

188 "Adquiriu maioridade" traduz o obscuro *dabba ᶜiḏārahu*; nas *Noites egípcias* consta a também ininteligível construção *ḥaṭṭa ᶜāḏirahu*.

189 O trecho entre colchetes é acréscimo do tradutor.

Coincidiu com a chegada deles o ataque de um inimigo ao rei, que reuniu seus soldados e montou acampamentos nos arredores da cidade, acompanhado do irmão caçula; acomodaram-se ambos em uma das tendas. Quando anoiteceu, o rei se embriagou e dormiu. Seu irmão pensou: "O rei já dormiu e se colocou sob os meus cuidados. Como ele tem muitos inimigos, minha missão é vigiá-lo", e, desembainhando a espada, postou-se à sua cabeceira. Passou então por ali um criado que não gostava do rapaz, por causa das atenções que o rei lhe dispensava, e, vendo-o à sua cabeceira de espada desembainhada, achou que ele pretendia matá-lo e gritou pelos demais criados, que agarraram o rapaz e o surraram até que desmaiou. O rei então lhes fez sinal para que parassem e eles disseram: "Deixe-nos matá-lo, pois ele pretendia matar você!". O rei disse: "Deixem-no até amanhã. Quando ele acordar, examinarei o caso. Se o matar agora, não será possível ressuscitá-lo. Matá-lo eu posso a qualquer hora". Quando amanheceu, trouxe-o à sua presença e ordenou que fosse punido com torturas de variada espécie; disse-lhe: "Conte a verdade e escapará. Confesse por qual motivo pretendeu matar-me, tendo eu feito tudo de bom por você!". Ele disse: "Ó rei do tempo, Deus sabe que eu não pretendi matá-lo; tudo quanto eu queria era protegê-lo!". Os notáveis do governo disseram: "Ele não pretendeu senão matar você". Invejosos da proximidade que o rapaz mantinha com o rei, e da atenção que este lhe dispensava, eles disseram: "Ó rei do tempo, ele é espião de algum rei. O mais correto é que você o mate". O rei disse: "A reflexão sobre qualquer assunto é melhor que a pressa, a qual conduz ao arrependimento". Em seguida, ordenou que o rapaz fosse aprisionado e marchou contra o inimigo rebelde, a quem derrotou e retornou vitorioso. A notícia da prisão do rapaz chegou aos seus pais, bem como o fato de que o rei pretendia matá-lo. O pai escreveu ao rei contando a sua história, suplicando, contando a história do rapaz, e dizendo-lhe que não o matasse: "Mate-me no lugar dele, pois fui eu que o lancei ao mar quando era pequeno, junto com o irmão, e então Deus me reuniu a ele e à sua pobre mãe".

Ao ler a história, o rei mandou chamar o mercador e lhe disse: "Como você jogou os seus filhos ao mar?", e o mercador lhe contou tudo do começo ao fim, mencionando tudo quanto lhe sucedera. Ouvindo aquilo, o rei teve certeza de

190 *Abū Ṣābir* significa, literalmente, "pai do paciente".

que se tratava de seu pai e se lançou sobre ele, abraçou-o, estreitou-o ao peito, beijou-lhe a mão e disse: "Você é meu pai e aquele é meu irmão! Agora tenho certeza de que ele não quis senão me proteger", e ordenou que decepassem a cabeça do criado que gritara dizendo que o rapaz pretendia matá-lo. Em seguida disse ao irmão: "Graças a Deus que não me apressei em matar você; caso contrário, ter-me-ia arrependido quando já não adiantasse mais nada", e mandou dar-lhe uma valiosa vestimenta honorífica, fazendo-o sentar-se ao seu lado e lhe dizendo: "Nada é melhor do que a reflexão sobre todos os assuntos e o exame das conseqüências". Disse ao pai: "Se você tivesse refletido um pouco, não se teria entristecido e arrependido por todo esse tempo. Se eu não tivesse refletido e examinado o caso do meu irmão, ter-nos-ia sucedido a ambos aflição e tristeza tais que nos levariam à morte". Depois, mandou trazer a mãe e viveram uma vida muito feliz e prazerosa.

[*Prosseguiu o rapaz*:] "Que coisa é melhor, ó rei, que a reflexão e o exame detido dos assuntos?". O rei disse: "Devolvam-no à prisão a fim de que examinemos o seu caso".

Terceiro dia da paciência: no terceiro dia, o terceiro vizir apresentou-se ao rei, rogou por ele e disse: "Ó rei, esse rapaz nos jogou na boca das pessoas, devendo por isso ser morto rapidamente, a fim de que as línguas dos súditos parem de falar sobre nós!". O rei ordenou que ele fosse trazido, e, quando ele chegou...

E a aurora alcançou Šahrazād, que deixou interrompida a sua fala permitida.

E quando foi a

184ª

noite

Ela disse:

Eu tive notícia, ó rei venturoso, de que quando o rapaz chegou, o rei lhe disse: "Seu baixo de origem, você nos transformou em ditado na boca das pessoas, e por isso devemos matá-lo rapidamente!". O rapaz lhe disse: "Tenha paciência, ó rei, pois ela faz parte da moral dos nobres, e Deus ama os pacientes. Foi por mérito da paciência que Abū Ṣābir[190] alçou-se do fundo do poço ao trono do reino". O rei perguntou: "Quem é Abū Ṣābir? E qual a sua história?". O rapaz respondeu:

Conta-se que em certa aldeia vivia um homem chamado Abū Ṣābir, que tinha ovelhas e vacas, e também uma bela mulher e dois filhos. Um leão começou a investir contra o rebanho de Abū Ṣābir, dele subtraindo presas diariamente. A esposa lhe disse: "Vá atrás desse leão e quiçá você o mate". Respondeu: "Quem pratica o mal, o mal acaba se virando contra ele". Certo dia, o rei da cidade saiu para caçar, encontrou o leão e o matou. Abū Ṣābir disse para a esposa: "Eu não lhe disse para ter paciência? O mal se volta contra quem o pratica". Após alguns dias, uma pessoa foi assassinada na aldeia e acusaram Abū Ṣābir. O rei lhe confiscou os bens e o rebanho, e o expulsou – juntamente com mulher e os filhos – da aldeia. A esposa lhe disse: "Envie a sua história para o rei, e quem sabe ele lhe devolva o rebanho". Abū Ṣābir respondeu: "Ele fez o mal contra nós e irá encontrá-lo. Todo aquele que mata será morto. Não se preocupe com o confisco de meus bens, mas sim com as conseqüências disso". E, assim dizendo, partiu com a família. Quando chegaram ao deserto, foram atacados por dez ladrões que lhes roubaram todos os dirhams e as roupas que sobraram, e também os filhos. A mulher lhe disse: "Vá, siga os ladrões e peça os seus filhos! Quem sabe eles os devolvam!". Ele respondeu: "Tenha paciência, pois aquele que pratica o mal encontrará o mal". Avistaram uma cidade por volta do entardecer e, como ainda estivessem distantes dela, a mulher disse: "Vamos rápido para entrar na cidade antes de sermos colhidos pela noite!". Ele respondeu: "Dormiremos aqui e entraremos na cidade pela manhã". Foram para a beira de um rio. Ele disse à esposa: "Espere aqui até que eu vá para a cidade e traga comida", e partiu. A mulher se sentou, mas passou por ela um cavaleiro que a viu, admirou-se de sua beleza e lhe disse: "Venha comigo", prometendo-lhe tudo de bom. Ante a sua recusa, porém, ele desembainhou a espada e, temerosa, ela se levantou, sendo colocada na garupa, não sem antes escrever na areia, com o dedo: "Ó Abū Ṣābir, você não cessou de ter paciência até perder os bens, o rebanho, os filhos e a esposa. Reconquiste agora o que perdeu!". Abū Ṣābir retornou, não encontrou a esposa, leu o que ela escrevera e chorou dizendo: "Terei paciência, pois talvez tenham sido afastadas de mim coisas ainda piores". Partiu à procura da esposa, mas dela não encontrou notícia. Entrou em uma cidade cujo rei estava construindo um palácio, e foi agarrado para trabalhar à força no carregamento de argila e pedras; trabalhou no meio dos operários por um mês inteiro, recebendo um pão por dia. Havia, entre os operários, um homem que, após servir por um ano, caiu das escadas, quebrou o braço, gritou, e Abū Ṣābir lhe disse: "Tenha paciência, pois ela retira o homem do fundo do poço e o instala no trono do reino". O rei, que estava em uma janela próxima, ouviu as palavras de Abū Ṣābir e se encolerizou: mandou trazê-lo à sua presença e, quando o viu diante de si, mandou baixá-lo em um poço seco e profundo existente no quintal do palácio. Passou a jogar-lhe todo dia um pão com as mãos, dizendo-lhe: "Ó Abū Ṣābir, tenha paciência, pois você vai sair do fundo do poço para o trono do reino!". Abū Ṣābir permaneceu no poço por cinco anos.

E a aurora alcançou Šahrazād, que deixou interrompida a sua fala permitida.

E quando foi a

185ª

noite

Ela disse:

Eu tive notícia, ó rei venturoso, [de que o rapaz disse]:

Abū Ṣābir permaneceu no poço por cinco anos, durante os quais aumentou a injustiça daquele rei contra os notáveis do governo. Ele tinha um irmão mais jovem, a quem prendera e matara às escondidas, mas os notáveis, sem saber disso, supunham que o jovem ainda estava vivo. Quando as injustiças e as iniqüidades do rei aumentaram, os soldados se rebelaram e tentaram matá-lo, e ele fugiu. Procuraram então seu irmão mais jovem, mas não o encontraram. Um de seus secretários disse: "Eu via o rei diariamente indo àquele poço, jogando um pão com as mãos e falando com ele. Não resta dúvida de que o irmão dele está lá!". Dirigiram-se ao poço e retiraram-no, ignorando tratar-se de Abū Ṣābir, pois já fazia dez anos que o rei matara seu irmão caçula; assim, acreditando que fosse ele, levaram-no ao banho, vestiram-no com a roupa de reis e o instalaram no trono, dizendo-lhe: "Pretendíamos matar o seu irmão, mas ele fugiu. Você tem mais direito ao trono que ele". Então Abū Ṣābir compreendeu que aquilo era uma benesse de Deus, que desse modo o recompensava por sua paciência: com um reino. Louvou a Deus, enumerou-lhe os méritos, guardou segredo e teve boa conduta nas decisões de governo: deu aos oprimidos seus direitos nas demandas, distribuiu vestimentas honoríficas aos vizires, secretários e notáveis do governo, aumentou as rações da soldadesca e lhe distribuiu dinheiro, bem como aos seus líderes; escolheu para si escravos, escravas e criados.

Coincidentemente, por decreto e desígnio divinos, o rei que expulsara Abū Ṣābir de sua aldeia e lhe confiscara os bens se excedeu em injustiças e iniqüidades, provocando uma revolta dos soldados, que tentaram matá-lo; ele fugiu e, ouvindo notícias sobre Abū Ṣābir, foi atrás dele a fim de pedir-lhe ajuda com o fornecimento de tropas. Quando chegou, Abū Ṣābir o hospedou, dignificou e tratou bem; em seguida, tomou-lhe tudo e o expulsou da cidade sem nada. Espantados com aquela atitude, os notáveis do governo o acusaram de falta de juízo, mas ocultaram aquilo em seus interiores, pois ninguém pôde indagá-lo a respeito. Após algum tempo, apareceram por ali os ladrões que lhe haviam levado os filhos e o dinheiro; chegaram à cidade e disseram: "Esse rei foi entronizado há pouco e quer construir um império e ter escravos". Foram até Abū Ṣābir, beijaram o chão diante dele e lhe ofereceram escravos, dizendo: "Que Deus prolongue a vida do rei! Nós lhe trouxemos estes dois rapazes de Bizâncio, em seu nome". Ao vê-los, Abū Ṣābir reconheceu os filhos e ordenou que fossem levados a seu secretário doméstico, que as mãos dos que os trouxeram fossem decepadas e que lhes confiscassem tudo. Os notáveis do reino ficaram aborrecidos e disseram: "Ele é mais opressor que o irmão".

Quanto ao cavaleiro que seqüestrara a esposa de Abū Ṣābir, era ele dono de uma fazenda e possuía muito dinheiro; envidou todos os esforços para que a mulher se submetesse, mas, não o conseguindo, acorrentou-a e a fez empregada de suas outras mulheres. Certo dia, ela armou uma artimanha e fugiu, mas ele correu atrás dela, agarrando-a, e ela gritou: Ó muçulmanos! Este homem me tomou à força de meu marido!", e contou toda a sua história; pegaram então o cavaleiro, conduzindo-o junto com a mulher até a presença de Abū Ṣābir, que a reconheceu ao vê-la, e ordenou que fosse levada para junto dos filhos; ela ficou muito contente e compreendeu que Deus compensara o seu marido pela paciência. Abū Ṣābir ordenou que o cavaleiro sofresse mil chibatadas e o incômodo dos notáveis aumentou; disseram: "Este rei chegou ao cúmulo da opressão! Tornou-se pior que o irmão!". Quando tais palavras chegaram ao rei, ele reuniu seus ministros e auxiliares e lhes disse: “Saibam que quem pratica o bem o encontra. Quantas imagens horríveis não têm belos sentidos?”. Não entendendo o sentido de suas palavras, disseram: “Ó rei, esclareça-nos a verdade desta situação”. Ele respondeu: “Saibam que o rei que se refugiou aqui – a quem tratei bem e de quem depois tomei tudo, expulsando-o da cidade – foi recompensado da mesma maneira que agiu comigo, porquanto eu era um de seus súditos e ele tomou tudo que eu possuía e me expulsou, com meus filhos e minha esposa, separando-nos, sem que houvesse culpa. Assim, eu o recompensei por sua atitude. Quanto aos dois homens cujas mãos decepei, eles eram ladrões que nos atacaram no caminho, levando tudo quanto nos restara, bem como aqueles dois meninos, que são meus filhos, aos quais Deus agora me reúne. Quanto a esta mulher, ela é minha esposa, mãe dos dois meninos, e foi levada à força por esse cavaleiro, a quem recompensei conforme a sua atitude. Quanto ao rei que reinava antes de mim, ele me atirou no poço e Deus dele me retirou, instalando-me no trono do reino com seu mérito e generosidade, além da bênção da paciência e do bom pensamento em relação a Deus altíssimo”. Os notáveis ficaram contentes e perceberam que ele não era o irmão do rei deposto, mas sim uma dádiva de Deus altíssimo; beijaram o chão diante dele, oferecendo presentes e jóias caras aos seus filhos e desculpando-se com o rei pelo que haviam pensado dele. Abū Ṣābir lhe disse: “Depois deste dia, não voltem a pensar mal dos outros nem se oponham às decisões dos reis. Desta vez, eu os perdôo”.

Quanto ao primeiro rei, que o prendera no poço, ele se refugiou junto a outro rei, que lhe forneceu tropas com as quais foi combater Abū Ṣābir, e este, por seu turno, enfrentou-o com seus soldados e lhe derrotou o exército, capturando-o e dizendo-lhe: “Eu sou Abū Ṣābir, que me alcei do fundo do poço ao trono do reino com minha paciência, e você é aquele que, em virtude da falta de paciência, caiu do trono do reino ao mais fundo do poço”, e ordenou que fosse atirado no mesmo poço onde ele estivera. Abū Ṣābir passou o resto de sua vida com a mulher e os filhos.

E a aurora alcançou Šahrazād, que deixou interrompida a sua fala permitida.

E quando foi a

186ª

noite

Ela disse:

Eu tive notícia, ó rei venturoso, de que o rapaz disse ao rei:

Ó rei do tempo, Abū Ṣābir passou o resto de seus dias na vida mais deliciosa e feliz.

[*Prosseguiu o rapaz*:] "É esse o fruto da paciência. Tenha o máximo de paciência possível, não se apresse em me matar, e quiçá Deus faça aparecer a verdade e impeça a falsidade". O rei ordenou que ele fosse devolvido à prisão e, quando foi o quarto dia, apresentou-se o quarto vizir, cujo nome era Zūr Šāh, e disse: "Ó rei, sua inteligência é muito grande para ser dominada pelas palavras desse rapaz! Ou você o mata e descansa, ou o perdoa. Mas enquanto ele estiver vivo, essa história não sairá da boca das pessoas". Então o rei ordenou que ele fosse trazido, dizendo-lhe quando apareceu: "Ó rapaz, já durou muito a atenção que meu coração está dando às suas histórias; hoje irei matá-lo". O rapaz disse: "Ó rei, não se apresse, pois todo aquele que não tem paciência é atingido pelo mesmo que atingiu o rei Barzād por causa da pressa". O rei perguntou: "E como foi a história dele?". O rapaz respondeu:

BARZĀD, O PRÍNCIPE IMPACIENTE

Saiba, ó rei do tempo, que houve na Pérsia, em tempos remotos, um rei cujo filho, o mais belo e inteligente de toda aquela época, se chamava Barzād, e gostava muito de estrangeiros, aos quais recebia bem, dava presentes e perguntava: "Acaso vocês viram, nos países pelos quais passaram, alguém mais belo que eu?", e eles respondiam: "Nunca vimos alguém como você". Certo dia, ele fez a mesma pergunta a um viajante proveniente do Egito, que lhe respondeu: "Você é perfeito em beleza e formosura, porém dizem que a filha do rei do Egito é que é a singularidade de seu tempo". Ao ouvir aquilo, a paixão pela moça dominou o coração do rapaz, que disse: "Ela é que serve para mim", e ficou doente, tamanha era sua paixão de oitiva. Seu pai o examinou e, notando-lhe a cor amarelada e a constituição alterada, perguntou-lhe: "O que o atingiu?"; o rapaz informou-o do que ouvira e disse: "Se eu não conseguir meu desejo, estarei morto!". Então seu pai enviou um emissário com presentes e jóias ao rei do Egito, pedindo-lhe que casasse a sua filha com seu filho. O rei do Egito consentiu, feliz por se tornar seu parente, informando, na resposta, que exigia cem mil dinares como dote pela filha, além de vários outros gêneros

191 Por "sua beleza" traduziu-se a palavra *maḥaliyyatuhu*, incompreensível.

192 "Primeira noite de desfile" traduz *laylat awwal aljalā'*, quando a noiva é exibida diversas vezes, em diversos trajes e paramentos, diante do noivo.

de presentes. O pai do rapaz enviou-lhe oitenta mil dinares, mas não dispunha do restante. O filho do rei disse: "Não tenho paciência de esperar até você conseguir o dinheiro". O pai lhe respondeu: "Não se apresse ou se arrependerá", e ordenou-lhe paciência e reflexão. Encolerizado, o rapaz, que era valente, iludiu-se com a própria valentia, vestiu trajes de guerra, montou no seu cavalo e saiu pelo deserto assaltando caravanas para obter dinheiro. Atacou então uma caravana proveniente do Iêmen rumo ao Egito, que tinha entre seus membros homens corajosos. O rapaz gritou com a caravana e cavalgou em sua direção, sendo cercado de todos os lados por cavaleiros a quem combateu ferozmente, mas seu cavalo afinal tropeçou e ele foi aprisionado; fizeram tenção de matá-lo, mas, quando lhe tiraram o capacete e viram seu rosto como a lua, levaram-no até o Egito; ao lhe perguntarem quem era, não respondia por vergonha e medo de escândalo. Entretanto, já havia se espalhado a notícia de que o filho do rei da Pérsia desaparecera sem deixar notícias, e o mercador que o capturara, tendo ouvido a respeito, identificou-o graças à sua beleza[191] e descrição. Quando entraram no Egito, hospedou-o em sua casa e lhe disse: "Você é filho do rei da Pérsia e genro do rei do Egito. Por que não me disse quem é? E por que virou salteador de estrada?". O rapaz abaixou a cabeça e o mercador continuou: "Conte-me o motivo de você ter se tornado ladrão"; então o rapaz lhe contou sua história. O mercador se compadeceu dele e o tratou extremamente bem, dando-lhe os vinte mil dinares e dizendo: "É uma dádiva minha para você. Agora, volte ao seu pai e não se apresse, pois o fruto da pressa é o arrependimento". Em seguida, alugou-lhe animais de carga, deu-lhe presentes e jóias e o enviou ao pai. Assim que se viu fora do Egito, o rapaz disse: "Para onde estou indo? Quando vai encerrar-se o prazo? O melhor é que eu vá até o rei entregar-lhe os vinte mil dinares que restam do dote", e retornou ao Egito, dirigindo-se até a recepção da corte, na qual cumprimentou o rei e o informou que trazia o restante do dote. O rei o aproximou e instalou em um palácio ao lado do de sua filha. Ordenou aos serviçais que o arrumassem e mobiliassem opulentamente, colocando nele utensílios, comidas, bebidas, criados e tudo quanto fosse necessário para a ocasião.

Em seguida, fez uma colossal festa de casamento com banquetes, e na primeira noite de desfile[192] as camareiras foram até a filha do rei para arrumá-la. Mas a impaciência do filho do rei era tamanha que ele foi e disse: "É absolutamente imperioso que eu a veja para saber se é mais bela que eu, conforme me informou aquele viajante". Havia na parede que separava o seu palácio do palácio da jovem uma portinhola, à qual ele se dirigiu, espiando-a através dela. A mãe da jovem o viu e, pensando que fosse algum criado, pegou uma flecha e jogou-a contra ele, acertando seu olho e arrancando-o. O rapaz gritou e caiu desmaiado. A notícia chegou ao rei, que se entristeceu deveras e disse: "Quem não tem paciência com as coisas é atingido pelo pior".

E a aurora alcançou Šahrazād, que deixou interrompida a sua fala permitida.

E quando foi a 187ª noite

Ela disse:

Eu tive notícia, ó rei venturoso, de que o rapaz disse ao rei:

Quando o olho do rapaz foi arrancado, o pai da jovem disse: "Quem não tem paciência é atingido por tudo quanto é detestável", e o filho do rei arrependeu-se quando já não lhe adiantava nada, pois já perdera o olho, a dignidade e o respeito; se acaso houvesse esperado, teria atingido seu anelo da melhor maneira.

[*Prosseguiu o rapaz*:] "Observe a pressa, ó rei, como são más as suas conseqüências e como quem a pratica é atingido pelo arrependimento. Não se apresse em me matar, pois estou à sua mercê e quando quiser poderá fazê-lo; se o fizer, porém, e depois descobrir a verdade, não poderá ressuscitar-me". O rei ordenou então que ele fosse devolvido à prisão, e, quando foi o quinto dia, compareceu o quinto vizir, cujo nome era Jahrasūs, e disse: "Não se deve adiar para amanhã a tarefa de hoje, pois tal adiamento provocará calamidades. Não se iluda com as histórias desse rapaz, pois isso será para você uma infâmia na boca do povo". O rei se encolerizou e determinou que o rapaz fosse trazido à sua presença; quando ele compareceu, lhe disse: "Suas ações foram péssimas e você me traiu depois de todas as benesses que lhe proporcionei. Não há proveito em adiar a sua execução: vou matá-lo hoje, impreterivelmente". O rapaz disse: "Ó rei, Deus sabe que não o traí nem tenho culpa. A Deus rogo a salvação. Se eu tivesse feito algo do que alegam o rei e seus amigos, o mal

193 O original traz *Dāntīn* e depois *Dāwnīn*. Seguiu-se o que consta em Breslau. Nas *Noites egípcias* está *Dādibin*.

porventura praticado teria revertido contra mim, tal como reverteu contra o rei Dādibīn[193] e seu vizir". O rei perguntou: "E como foi isso?". O rapaz respondeu:

A PACIÊNCIA DA ASCETA

Conta-se, ó rei, que havia no Tabaristão um rei chamado Dādibīn, que tinha dois vizires, o primeiro chamado Zūrkān e o segundo, Kārdān. Zūrkān tinha uma filha que não havia naquele tempo melhor nem mais casta e religiosa: ela rezava, entregava-se à adoração de Deus e era ascética; chamava-se Arwī. O rei ouviu falar de sua beleza e, nutrindo por ela profundo anelo, convocou seu pai e lhe disse: "Quero que você me dê a sua filha em casamento". O vizir respondeu: "Vou ver se ela concorda". O rei disse: "Depressa!". O pai foi então pedir o consentimento dela, que respondeu: "Não quero marido, papai. Estou inteiramente dedicada à adoração a Deus altíssimo e abandonei os desejos e os prazeres. Não posso praticar a adoração a Deus tendo marido. Se for mesmo imperioso, case-me então com alguém que seja menor e menos importante que eu. Mas não me case com alguém que é maior que eu, pois nesse caso serei como uma miserável concubina". O vizir informou o que dissera a filha ao rei, cujo amor por ela aumentou e ele disse: "Se você não me casar com ela, irei tomá-la à força!". O vizir disse: "Vou retornar a ela e informá-la disso". Ela disse: "Não quero marido. Se ele me obrigar, suicido-me!". Desnorteado entre o rei e a filha, à noite o vizir pegou-a e fugiu com ela. Quando amanheceu, o rei mandou procurá-lo, mas, como não o encontrassem, enviou cavaleiros à procura deles, montando ele próprio; encontraram-nos e conduziram-nos a ele, cuja cólera contra o vizir aumentou tanto que o golpeou com uma clava na cabeça, matando-o, e se casou com a moça, que foi morar com ele, mas se pôs a adorar a Deus diuturnamente, mantendo-se assim por um bom tempo. Pretendendo viajar até certo ponto do país, o rei lhe disse: "Saiba que encarreguei o vizir Kārdān de cuidar de você. Não confio em ninguém além dele", e viajou. Certo dia, o vizir passou pelo palácio da jovem e a viu, encantando-se com ela; enviou-lhe uma velha com o objetivo de seduzi-la para ele, informando-a de seu amor; disse-lhe: "Concorde e não divirja de mim; se concordar, prepararei as coisas de um modo que você vai apreciar". Quando a velha lhe informou aquelas coisas, a jovem a destratou e enviou uma dura resposta ao vizir; disse-lhe, depois de maltratá-la e admoestá-la: "Diga ao vizir: 'Prenda o seu coração à sua esposa; que seu coração esteja com sua esposa e lhe dê atenção, pois em qualquer mulher o desejo se satisfaz do mesmo jeito. Desta vez eu o desculparei por causa do respeito que você merece, mas que isso não se repita; não se precipite à aniquilação e destruição; volte a Deus altíssimo'". Quando aquilo chegou ao vizir, ele percebeu que ela não lhe obedeceria e se arrependeu do que fizera. Temendo que a mulher o denunciasse ao rei e este o matasse, pensou: "Não me resta senão elaborar alguma artimanha", e pôs-se a refletir sobre o que faria, lembrando-se enfim de um cozinheiro, Ḫayr,[194] que pertencera ao pai assassinado da jovem. O rei elegera esse cozinheiro para servi-lo pessoalmente, bem como a seu harém e seus parentes mais chegados, em virtude de sua honestidade e religiosidade, determinando-lhe ainda que servisse sua esposa, a filha do vizir que matara, porque ele a havia criado desde pequena; já bem ancião, o cozinheiro levava a comida para a esposa do rei. Era conhecido no palácio e gozava de imenso respeito e valorização. Quando o rei regressou de viagem, o vizir e os notáveis receberam-no, e a primeira pergunta do rei foi sobre Arwī, sua esposa. O vizir respondeu: "Tudo está como o rei gosta e prefere, graças a Deus altíssimo; contudo, corre por aí uma piada que não é possível ocultar-lhe, nem tampouco lhe contar, pois contém uma enormidade". O rei disse: "Diga o que sabe sem nada esconder". Ele disse: "Ó rei, todo aquele que pronuncia palavras torpes, ainda que verdadeiras, torna-se inimigo, mas vou informar ao rei desta conversa antes que outro o faça, muito embora minha língua não fale na presença do rei estas coisas, que considero horríveis". O rei disse: "Fale o que você tem!". Ele disse: "Ó rei do tempo, quanto a essa mulher pela qual você se apaixonou, dando-lhe preferência sobre todas as suas mulheres em razão do que nela vê de fé, ascetismo e adoração a Deus, saiba o seguinte: alguns dias após sua partida, chegou um homem que me levou à porta do palácio de Arwī e me disse: 'Pare diante desta porta e ouça e veja com os seus próprios olhos o que ocorre de abominações e escândalos nesse palácio', e então ouvi Arwī dizendo: 'Fulano, que escândalo! O motivo da morte de meu pai foi você, que tirou a minha virgindade, e quando o rei pediu a minha mão, fiquei com medo do escândalo, não aceitando casar-me por tal motivo, e afetei

194 *Ḫayr* significa "bem".

195 Como já mencionado em nota, *amān* é uma garantia de vida que alguém pede em virtude de algo que vai revelar.

196 *Faraj* significa "libertação".

ascetismo e temor a Deus para evitar suspeitas. Assim, meu pai morreu injustamente por sua causa, e quando o rei se casou comigo, elaborei uma artimanha a fim de que ele não descobrisse que eu já era mulher. Continuo elogiando você diante do rei e fazendo-o apreciá-lo, a tal ponto que ele o aproximou e o tornou um de meus servidores íntimos, mas você, apesar disso, me destrata e desobedece às minhas pretensões. Temo que o rei descubra a nosso respeito e sejamos mortos'. Ḫayr, o cozinheiro, perguntou: 'Então qual artimanha vamos fazer para liquidá-lo?'. Ela respondeu: 'Existem muitas espécies de veneno. Esta castidade e este ascetismo que exibo são por sua causa'. O cozinheiro Ḫayr disse: 'Se a questão for essa, então adicione veneno à comida dele, que comerá e morrerá. Se fizer isso em segredo, ninguém perceberá nada e você terá se vingado por seu pai, pois foi o rei que o matou'". Em seguida, o vizir fez imensos juramentos de que fora esta a conversa que ouvira entre os dois, e de que ele não fizera a denúncia senão como aconselhamento ao rei e por temor à vida. E continuou: "Você sabe melhor qual é o seu interesse".

E a aurora alcançou Šahrazād, que deixou interrompida a sua fala permitida.

E quando foi a

188ª

noite

Ela disse:

Eu tive notícia, ó rei venturoso, de que [o rapaz disse ao rei:]

O vizir disse ao rei: "Você sabe melhor qual o seu interesse. Na minha opinião, o correto é mandar matá-lo". Ao ouvir essa história de seu vizir, o rei se encolerizou deveras e, entrando no palácio, mandou convocar o cozinheiro Ḫayr e lhe decepou a cabeça sem lhe perguntar nada. Em seguida, mandou trazer a sua esposa, Arwī, a fim de matá-la. O vizir disse a ela: "Ó mulher de más ações e origem vil, o que o rei lhe fez para que você lhe dê tal recompensa com suas ações, levando-o à infâmia e ao escândalo?". Arwī, percebendo então que o vizir pretendia destruí-la pelo fato de ela o ter desacatado, disse: "Eu lhe peço o *amān*,[195] ó rei! Não se apresse e examine o meu caso". Desviando o rosto de sua direção, o rei lhe disse: "Não tenho nada para conversar com você. Ai, que pena! Tanta beleza e formosura e me faz essas más ações!", e ordenou que fosse morta e servisse de exemplo diante de testemunhas. Um de seus secretários, chamado Faraj,[196] deu um passo adiante, beijou o chão diante do rei e lhe disse: "Ó rei, isso é uma enormidade, em especial contra mulheres. Você já lhe matou o pai por causa dela. Se o rei achar melhor agir conforme a lei de Deus altíssimo, deverá proceder conforme eu disser, e obterá a recompensa. Trata-se de algo pior que a morte". O rei perguntou: "E o que devo fazer com ela?". O secretário disse: "Mande carregá-la em um camelo até um deserto inóspito onde ninguém more; não lhe forneça comida nem água e deixe-a por lá. Caso seja culpada, ela morrerá, e você se manterá isento do assassinato. Caso seja inocente, Deus altíssimo cuidará dela e lhe proverá o sustento". Essa proposta agradou ao rei e aos notáveis do reino, com exceção do vizir, que pretendia matá-la. O rei ordenou que se procedesse conforme dissera o secretário, enviando junto com a mulher um de seus criados particulares, que a abandonou em um deserto inóspito e foi embora. A mulher se pôs a rezar e a declarar a unicidade de Deus altíssimo e a sua grandiosidade, sabedora de que ele seria generoso sigo; construiu com pedras um nicho que indicava a direção de Meca e continuou rezando.

Por coincidência, ocorreu de passar por ali um cameleiro a quem havia fugido um de seus animais mais valiosos, e ele o vinha procurando havia dias, sem resultado. Passando por aquele deserto, viu a mulher rezando e foi até lá, parando admirado até que ela encerrou a reza. Ao notar-lhe a beleza e a formosura, perguntou: "Quem é você?". Ela respondeu: "Uma das adoradoras de Deus altíssimo". Ele perguntou: "E o que está fazendo aqui?". Ela respondeu: "Adorando a Deus". Ele lhe ofereceu pão, tâmaras e água, e ela comeu. O homem perguntou: "Se quiser casar-se comigo, eu a levarei para minha casa e farei por você todo o bem". Ela respondeu: "Quanto ao casamento, dele não tenho precisão, pois estou entregue à adoração de meu senhor e abandonei a companhia das pessoas. Mas, se você quiser fazer algum bem comigo, leve-me para algum lugar que tenha uma fonte de água onde eu possa me abluir e rezar". Enquanto conversavam, eis que o camelo perdido apareceu! O homem o apanhou, considerando isso um sinal de bom augúrio proveniente da mulher, e a carregou sobre o camelo até uma fonte de água, diante da qual a fez apear-se, entregando a ela tudo quanto carregava de pão e tâmaras; depois, deixou-a e foi até o rei da cidade, ao qual informou sobre o caso daquela adoradora de Deus, que era a melhor das pessoas, de rosto e de beleza. O rei lhe disse: "Leve-me até ela", e cavalgou, acompanhado de um grupo de auxiliares e do cameleiro. Quando chegaram até ela, verificaram que estava rezando; vendo então uma beleza como nunca vira igual, enamorado e com o coração todo conquistado, o rei disse: "Afastem-se de mim!", e, assim que se afastaram, desceu do cavalo e se sentou próximo da mulher, dizendo-lhe quando a reza terminou: "Saiba que sou o rei desta cidade e minha intenção é casar com você". Ela respondeu: "Você já tem muitas mulheres, ó rei, e eu não tenho vontade de me casar; vou me manter aqui, adorando o meu senhor e declarando a sua unicidade", e foi rezar. Quando terminou, o rei lhe disse: "Se não vier comigo, ficarei com você", e ordenou que lhe montassem uma tenda ali perto, pondo-se a jejuar e a rezar junto com ela; a admiração dele aumentou e ela lhe disse: "Ó rei, estou com vergonha de você e já não posso desacatá-lo; faça, portanto, o que quiser". Ele então ordenou que se trouxesse uma tenda de brocado, na qual levou a mulher para seus palácios, instalando-a no melhor deles e determinando que o mobiliassem opulentamente; depois, fez menção de fazer o contrato de casamento, e ela lhe disse: "Ó rei, aos olhos das pessoas eu sou defeituosa, e também aos seus olhos, pois você me encontrou no deserto, e por isso não pensa bem a meu respeito. No entanto, eu era esposa do rei Dādibīn, e isso que me ocorreu se deve ao seu vizir. Exijo que compareçam aqui o rei, o vizir e o secretário Faraj; caso contrário, não concordarei com as suas intenções, ainda que você me corte em pedaços". Então o rei enviou um enorme exército, cujo comando entregou a um de seus secretários, a quem ordenou que trouxesse à sua presença o rei, o vizir e o secretário; eles partiram e os trouxeram, colocando-os diante do rei; Arwī postou-se atrás das cortinas e disse ao vizir: "Ó Kardān, essa é a punição por sua vil atitude! Diga-me por que você mentiu contra mim e me expulsou do convívio com o rei após ter-me infamado, lançado o seu rei em tamanha humilhação e liquidado aquele pobre inocente do cozinheiro Ḫayr. Diga o que ocorreu de fato, pois você não será salvo senão pela veracidade!". O vizir respondeu: "Quem pratica o mal o encontra ainda que tarde. Eu errei e fiz o que fiz – tudo por causa do meu amor por você!".

E a aurora alcançou Šahrazād, que deixou interrompida a sua fala permitida.

Ela disse:

Eu tive notícia, ó rei venturoso, de que o rapaz disse ao rei: O vizir Kardān disse: "Só fiz aquilo por causa do meu amor por você, que não quis se submeter a mim e por isso a caluniei e difamei. Livre-nos Deus de existir na terra alguém de maior pureza que você, maior ascetismo ou maior adoração a Deus!". Ela disse: "Graças a Deus que fez aparecer a minha inocência", e depois disse ao rei Dādibīn, seu marido: "Você matou o meu pai; portanto, é absolutamente imperioso que morra", e ordenou ao rei que lhe golpeasse a cabeça com uma clava tal como ele fizera com seu pai; golpearam-no então e lhe despedaçaram a cabeça; ordenou que jogassem o vizir no mesmo deserto em que a haviam jogado, sem comida nem água. Enfim, ordenou que o secretário Faraj fosse dignificado, e assim fez o rei, tratando-o bem e nomeando-o no lugar do rei morto.

E quando foi a 189ª noite

[*Prosseguiu o rapaz*:] "Assim, todo aquele que pratica o bem o encontra, e todo aquele que pratica o mal o encontra. Eu rogo a Deus que nenhum invejoso me derrote". O rei ordenou que ele fosse devolvido à prisão e, no sexto dia, compareceram três vizires – o primeiro chamado Ha<u>d</u>wašāh, o segundo, Sādjahar, e o terceiro, Sulaymān –, que disseram: "Ó rei, você está prolongando demais a vida desse rapaz. Dê alívio a si mesmo e ao povo livrando-se dele; não se iluda com as suas histórias". O rei ordenou que ele fosse trazido, e, quando apareceu, disse-lhe: "Ó rapaz de infausta visão! Vejo toda gente desejando a sua morte e ninguém tendo misericórdia de você". O rapaz disse: "Eu imploro àquele cujos adoradores não se decepcionam quando lhe pedem e rogam, àquele que, quando quer salvar seu adorador, ninguém o poderá prejudicar. Minhas ambições se limitam a Deus, e todo aquele que lhe pede ajuda encontra o mesmo que encontrou o rei Baht Azmānī". [O rei perguntou: "Como era esse rei? E qual é a sua história?". O rapaz disse:][197]

197 O trecho entre colchetes foi traduzido da edição de Breslau, pois no texto-base não ocorre essa transição. O nome do rei foi traduzido das *Noites egípcias*, que parecem conter a forma mais correta; no texto-base ele se chama *Baht Azmāy*, e, em Breslau, *Baht Zamān*.

O REI E O AUXÍLIO DIVINO

O rei Baht Azmānī, que herdara o reino de seus ancestrais, não se ocupava senão com divertimentos e fruição de prazeres, e não tinha inimigos. Após um período, todavia, foi atacado por um poderoso inimigo, que ele combateu e derrotou, tomando-lhe muitíssimo dinheiro, despojos e corcéis. O rei derrotado retornou à sua terra e pediu ajuda a outro rei, que lhe forneceu tropas e soldados; então, ele retomou a guerra contra Baḫt Azmānī, derrotando-o desta feita e capturando-lhe o reino e os filhos. Baḫt Azmānī refugiou-se junto a um poderoso rei, ao qual pediu ajuda e contou o que lhe sucedera. Comovido, esse rei enviou junto com ele um grande exército fortalecido por vastos cabedais e homens. Baḫt Azmānī foi fazer nova guerra a seu inimigo, que o enfrentou e, pela segunda vez, o derrotou. Vencido, Baḫt Azmānī fugiu sozinho, os soldados em seu encalço, até chegar a uma praia na qual viu um navio pronto para zarpar; entrou, atravessou o mar e saiu do outro lado, em um deserto a partir do qual despontava uma enorme cidade, fortificada e inexpugnável, cujo nome ele perguntou, bem como o de seu rei, sendo então informado de que o rei se chamava Ḫadīdān e era um homem de boa conduta. Baḫt Azmānī procurou-o e se colocou a seu serviço, sendo então empregado por Ḫadīdān, que o dignificou e lhe deu presentes – mas o seu coração continuou preso ao seu reino, seus filhos e suas mulheres.

Certo dia, um inimigo atacou aquele reino com um imenso exército. Ḫadīdān o enfrentou com suas tropas, em cujo comando colocou Baḫt Azmānī, e disse aos soldados: "Que nenhum de vocês inicie o combate". E, mal as fileiras se dispuseram e os homens se organizaram aos milhares, Ḫadīdān apanhou sua lança e carregou contra as tropas inimigas, atingindo no peito o comandante, de cujas costas a ponta da lança saiu brilhando. Quando viram que o seu comandante fora morto, os soldados jogaram as armas, fugindo à procura de salvação, e ele lhes tomou despojos e cabedais, retornando ao seu trono feliz e contente. Após alguns dias, Baḫt Azmānī lhe perguntou: "Ó rei, você arriscou a própria vida! O rei está na posição do espírito, e os soldados, na do corpo". Ḫadīdān riu e respondeu: "Não busco ajuda nos soldados, mas somente em Deus altíssimo, a quem peço socorro".

E a aurora alcançou Šahrazād, que deixou interrompida a sua fala permitida.

E quando foi a

190ª noite

Ela disse:

Eu tive notícia, ó rei venturoso, de que o rapaz disse ao rei: O rei Ḫadīdān respondeu ao rei Baḫt Azmānī:

Eu não peço socorro senão a Deus altíssimo, pois os soldados não passam de instrumentos nas mãos do rei. Fiz para mim mesmo o voto de não combater inimigo algum senão sozinho, e o motivo é que, no início do meu reinado, eu tinha muitos soldados nos quais me apoiava, iludido com sua grande quantidade. Eu pensava: "Mesmo que todos os povos do mundo fossem meus inimigos, eu não me preocuparia, pois eles não poderiam comigo, tamanha é a quantidade de soldados dos quais disponho". Deixei de me apoiar em Deus, e ele enviou contra mim oitenta homens, que entraram em meu país e o devastaram. Saí para combatê-los com minhas tropas e soldados, mas aqueles oitenta homens[198] me venceram e mataram os notáveis de meu governo; fugi derrotado com cinqüenta cavaleiros para o mar, e ali embarquei em um navio. Encontramos então uma montanha na qual subimos todos, enquanto os inimigos dominavam o meu reino e se apossavam dele. Perplexo, não sabia o que fazer: havia perdido meu reino, meu dinheiro, meu governo. Encontrei naquela montanha um homem santo,[199] o qual, ao me ver chorando angustiado, perguntou-me sobre a minha situação, e eu lhe respondi que era um rei cujo exército, composto por cem mil cavaleiros, fora derrotado por oitenta homens que se apoderaram do meu reino, dos meus cabedais, dos meus filhos, das minhas concubinas e dos meus depósitos. Ele riu de minhas palavras e perguntou: "Você sabe por que isso lhe sucedeu?". Respondi: "Não". Ele disse: "Porque você se apoiou em seus soldados e deixou de se apoiar em Deus altíssimo, esquecendo-o, e ele o desamparou; já aqueles oitenta homens foram fiéis a Deus altíssimo, nele se apoiaram e fortaleceram, e Deus altíssimo os socorreu".

Disse o narrador: Então eu chorei e afirmei estar penitenciado em Deus altíssimo e nele apoiado; já não me fiaria em meu dinheiro nem em meus soldados, e roguei a ele que me devolvesse o reino a fim de que eu alterasse meu modo de governar, distribuísse esmolas e corrigisse a minha situação. O homem santo me disse: "Volte ao seu reino e observe a situação daqueles oitenta homens: se acaso eles estiverem governando com justiça, você não poderá com eles; porém, se eles tiverem fortificado a cidade e aumentado o número de soldados por medo de você, tal como você próprio fizera, então poderá derrotá-los". Enviei um espião para a minha terra a fim de ver como estavam

198 Na edição de Breslau, são oitocentos os atacantes e oitocentos mil (!) os soldados do rei. Nas *Noites egípcias*, os atacantes são "umas poucas pessoas" e os soldados do rei, oitocentos cavaleiros.

199 Por "homem santo" traduziu-se *rajul min alabdāl*, em que a última palavra, *abdāl*, plural de *badal* (na definição de F. Corriente, "homens eleitos que Deus vai substituindo sobre a terra"), é também característica da terminologia do sufismo, a mística muçulmana. As outras duas versões trazem *zāhid*, "asceta".

o governo e a conduta deles; ele retornou e me informou que eles estavam ocupados com divertimentos, jogos, comidas e prazeres – "oprimem o povo, apóiam-se no exército e fortificaram a cidade por medo a você". Percebi então que Deus altíssimo já me devolvera o reino, com sua generosidade e mérito, e que o seu auxílio já estava assegurado. Os cinqüenta homens e eu nos pusemos a adorar a Deus à beira-mar e a suplicar-lhe. Enviei alguém que reconquistasse o coração dos soldados para mim, e eles aos poucos passaram a vir até nós, até que nos tornamos cem homens; embarcamos em um navio, fomos até a cidade e os cercamos; eles abriram os portões da cidade, saíram para nos combater, e nós os derrotamos, matando-os a todos, sem que um só escapasse. Reinstalei-me no trono do reino e passei a governar os súditos com justiça; compreendi que o único que prejudica ou beneficia é Deus altíssimo, e todo aquele que se apóia em outro se extravia. Desde aquela época, nunca mais os inimigos me encontraram, pois sou eu quem os encontra, e Deus sempre me socorre contra eles.

Após ouvir aquilo, Baḫt Azmānī disse-lhe: "Ó rei, é essa a minha situação! Sou rei da cidade tal, meu nome é Baḫt Azmānī, e me sucedeu o mesmo que lhe sucedeu. Agora, vou partir, apoiar-me em Deus altíssimo e confiar-me a ele, que talvez assim devolva o meu reino". Em seguida, escalou uma montanha até o cume, penitenciou-se em Deus altíssimo, apoiou-se nele e dedicou-se integralmente à sua adoração. Passado um ano, ouviu uma voz dizer sobre a sua cabeça: "Ó Baḫt Azmānī, vá sem medo de ninguém, pois seu reino voltará a você", e então ele caminhou até se aproximar de sua cidade, ali vendo um grupo de soldados do inimigo. O rei que lhe tomara o trono havia imposto aos seus súditos que todo aquele que encontrasse um forasteiro deveria levá-lo à sua presença, a fim de ser indagado sobre Baḫt Azmānī; se acaso o conhecesse, seria morto. Assim, os soldados lhe perguntaram ao vê-lo: "Quem é você? E de onde veio?". Ele pensou: "A voz me disse que Deus me ajudará", e lhes respondeu: "Sou Baḫt Azmānī, rei desta cidade. Vim para que vocês me matem e me livrem da tristeza". Os corações dos soldados se apiedaram dele e, com pena, perguntaram-lhe: "Você já purificou a sua consciência perante Deus altíssimo?". Ele respondeu: "Não tivesse feito isso, não retornaria à minha cidade". Disseram: "Nosso rei até agora lhe tem medo. Portanto, jure que nos recompensará pelo que fizermos por você; jure que nos dará preferência a qualquer outro e nós o recolocaremos em seu trono". Ele então se comprometeu a lhes dar o que pediram e eles o fizeram jurar por sua fé; disseram-lhe: "Vá e fique disfarçado nesta aldeia até que retornemos", e, separando-se dele, entraram na cidade, reuniram-se com os comandantes, secretários e principais do governo e os fizeram jurar lealdade a Baḫt Azmānī. Seu rei havia extrapolado na injustiça e na opressão. Após obter o juramento, os soldados retornaram a Baḫt Azmānī, introduziram-no na cidade, atacaram o rei e saíram apregoando: "Deus auxilia Baḫt Azmānī!". Em seguida, prenderam o rei e seus seguidores, matando-os a todos, e instalaram Baḫt Azmānī no trono do reino. Seus secretários e servidores de governo vieram vê-lo, postando-se diante dele e felicitando-o pela reconquista do reino. Ele lhes distribuiu vestimentas honoríficas e os dignificou mais e mais.

[*Prosseguiu o rapaz*:] "Saiba, ó rei, que todo aquele que purifica a consciência perante Deus será por ele salvo".

E a aurora alcançou Šahrazād, que deixou interrompida a sua fala permitida.

E quando foi a

191ª

noite

Ela disse:

Eu tive notícia, ó rei venturoso, de que o rapaz disse ao rei seu pai: "Todo aquele que purifica a consciência Deus altíssimo o salva dos males que teme, e também eu busquei apoio em Deus e a ele me entreguei". O rei ordenou que ele fosse devolvido à prisão.

Quando foi o sétimo dia, apareceu [o sétimo vizir, que se chamava Bahkamāl],[200] e disse: "Ó rei, eu o vejo negligenciando a morte desse rapaz, e isso é uma vergonha descomunal para você, pois o povo da cidade está pisoteando a sua honra". Então o rei ordenou que o rapaz fosse trazido e, cheio de cólera, disse-lhe: "Seu moleque de origem baixa, até quando vai me enganar com seus disparates? Hoje mesmo irei matá-lo, sem escapatória!". O rapaz disse: "Que Deus o preserve, ó rei! Seja cuidadoso com quem já está sob sua mercê e Deus será cuidadoso com você. Deus altíssimo gosta do perdão, sobretudo vindo dos reis. E quem pratica o bem o encontrará tal como o encontrou o rei Karad". O rei perguntou: "E como foi a sua história?". O rapaz respondeu:

200 O trecho entre colchetes foi traduzido da edição de Breslau, que é a única a nomear o vizir. O texto-base diz somente "apareceu um vizir", e as *Noites egípcias* trazem "apareceu o sétimo vizir".

Conta-se, ó rei do tempo, que havia em tempos remotos e priscas eras um rei chamado Karad, que possuía um vasto reino, soldados e tropas. Seu proceder com os súditos era vil, e ele não perdoava ninguém que errasse. Certo dia, Karad saiu para caçar acompanhado dos principais de seu governo. Um dos criados lançou uma flecha contra uma ave e acertou a orelha do rei, despedaçando-a. Ele disse: "Investiguem quem lançou esta flecha e o tragam à minha presença". Verificou-se então que se tratava de um criado chamado Bayrahan, o qual, ao ser colocado diante do rei, caiu desmaiado de medo. O rei ordenou que fosse morto e ele disse: "Ó rei, o que ocorreu não foi por minha escolha nem vontade. Perdoe-me, pois o perdão é a melhor obra, podendo mesmo constituir-se em proteção algum dia, afastando-o de perigos bem maiores". O rei então o perdoou. Na origem, esse criado era filho de um rei chamado Hamāy e fora aprisionado durante um dos combates da guerra que ocorrera entre seu pai e certo inimigo. O pai havia enviado emissários para vários países à sua procura e em busca de notícias a seu respeito. Um desses emissários entrou afinal na cidade em que o menino estava e, reconhecendo-o, entregou-lhe a carta de seu pai. O menino lhe disse: "Guarde segredo, pois o rei daqui está irritado comigo", e o emissário manteve tudo em segredo. O menino preparou as coisas e fugiu com o emissário; não cessaram de se esconder durante o dia e avançar durante a noite até que ele chegou ao seu pai, que ficou muito contente com o seu retorno e mandou enfeitar a cidade para celebrar a ocasião. Por seu turno, o rei Karad deu por falta do menino e foi informado de que ele fugira.

Certo dia, o rei Karad, tendo saído para a caça nas proximidades do mar, pôs-se a perseguir uma gazela, que de tanto correr chegou à praia, com o rei em seu encalço. Veio então uma onda enorme que o alcançou e jogou no meio do mar, e ali ele viu uma tábua sobre a qual subiu, enquanto seu cavalo se afogava; as ondas o impeliram até outra praia, onde ele subiu a terra seca e louvou Deus altíssimo por ter escapado com vida. Em seguida, caminhou sem saber que rumo tomar. Nas proximidades se localizava a cidade cujo rei era o pai do menino que lhe despedaçara a orelha; Karad entrou nela ao anoitecer e, encontrando uma loja sem porta, dormiu ali mesmo. O andar superior da loja pertencia a um mercador endinheirado que lá dormia quando ladrões chegaram e a invadiram, matando-o e levando-lhe todo o dinheiro. Entre a loja de baixo e o andar do mercador havia uma abertura pela qual o sangue deste escorreu, caindo sobre as roupas de Karad e lhe sujando as mãos enquanto dormia, sem saber de nada. Quanto amanheceu, chegou o governador e as pessoas se aglomeraram ao ver o sangue escorrendo do andar superior; subiram, encontraram o mercador assassinado, o andar despojado de tudo quanto continha, e disseram a Karad: "Foi você que matou o mercador", agarraram-no e o levaram ao rei, que estava dormindo; então, colocaram Karad na cadeia, e ele, perplexo consigo mesmo, com o exílio e com as suas escassas artimanhas, pensou: "Tanto que oprimi as pessoas!"; lembrou-se do menino que lhe despedaçara a orelha e a quem perdoara, e teve esperança. Enquanto mergulhava nessas reflexões, uma ave pousou no muro da cadeia, e Karad, apanhando uma pedra, lançou-a contra ela; naquele momento, porém, o menino que o atingira com a flecha cavalgava na praça, a jogar péla com bastão, e foi atingido pela pedra na orelha, que se despedaçou. Logo se espalhou pela cidade uma gritaria: "Descubram quem foi que atirou a pedra!"; disseram: "Foi atirada por um forasteiro que está na cadeia por ter matado um mercador na noite passada", e foram informar ao rei a história do mercador assassinado por aquele prisioneiro que agora arrancara a orelha de seu filho. O rei foi para a praça e determinou que Karad fosse trazido da cadeia à sua presença, bem como os familiares do mercador assassinado, e, na presença de todos, ordenou que Karad fosse crucificado. Quando lhe descobriram a cabeça, o rei viu que ele não tinha orelha e lhe disse: "Agora aparecem em você as provas da nocividade! Sua orelha não foi decepada senão por causa da sua corrupção!". Ele respondeu: "Ó rei, não veja a falta de minha orelha como prova de algum crime cometido; ela foi, na verdade, cortada por engano por um menino que eu tinha comigo, cujo nome era Bayrahan, tal como ocorreu com a orelha de seu filho. Aquele menino disparou uma flecha contra um pássaro, mas ela acertou a minha orelha, decepando-a". Ao ouvir aquilo, Bayrahan pôs-se a contemplar o rosto de Karad e, reconhecendo-o, foi abraçá-lo, contou ao pai a história – que Karad o perdoara apesar do poder que tinha sobre ele – e pediu: "Papai, perdoe-o tal como ele me perdoou"; então o rei perdoou Karad e lhe perguntou sobre o motivo de sua vinda ao país, sendo logo informado da história da perseguição à gazela, a entrada na água, a subida na tábua, o afogamento do cavalo, a chegada à cidade durante a noite, a dormida na loja, os ladrões que mataram o mercador e o sangue escorrido nas roupas através da abertura enquanto ele dormia sem saber de nada. O rei se desculpou, deu-lhe um rico traje honorífico, hospedou-o em um magnífico palácio, tratou-o bem, dignificou-o e lhe disse: "Essa é a compensação pelo favor que você fez ao meu filho, perdoando-o apesar de dispor de poderes sobre ele". Em seguida, enviou-o à sua cidade com presentes, jóias, cavalo, escravos e um grupo de soldados para escoltá-lo até seu reino. Karad aprendeu então que o bem não se perde e que quem perdoa tendo poder será libertado por Deus de toda dificuldade.

[*Prosseguiu o rapaz*:] "Saiba, ó rei, que nada é melhor que o perdão de quem tem poder, em especial os reis. Se eu for culpado, ser-me-á absolutamente imperioso sofrer as más conseqüências disso; se eu for inocente, peço a Deus a salvação". Quando ele encerrou a história, o rei determinou que ele fosse devolvido à prisão.

No oitavo dia, os dez vizires reuniram-se e disseram: "Se não conseguirmos providenciar a sua morte hoje, isso começará a ficar muito longo"; compareceram todos diante do rei e disseram: "Ó rei, esse rapaz é feiticeiro, pois está enganando-o com sua conversa e enfeitiçando-o com suas mentiras e calúnias. O povo já está falando da sua honra de modo inadequado. Você está negligenciando o assunto, mas nós dez testemunhamos que ele merece morrer; se isso não se fizer hoje, dê-nos licença para abandonar o seu reino". Encolerizado, o rei ordenou que o rapaz fosse trazido da prisão à sua presença, e, quando ele apareceu, os dez vizires lhe disseram: "Seu demônio, você pretende se salvar por meio da calúnia, da difamação e da trapaça, esperando obter perdão desta enormidade que cometeu!". O rei ordenou que lhe decepassem o pescoço e eles disseram: "Nós mesmos o mataremos e salvaremos a honra do rei", e o rei disse: "A única unanimidade apresentada por esses dez é a de que você merece morrer. O testemunho de dois já é aceitável, o que dizer então de dez?". O rapaz perguntou: "Ó rei, como podem eles testemunhar sem ter visto?".

E a aurora alcançou Šahrazād, que deixou interrompida a sua fala permitida.

E quando foi a

192ª

noite

Ela disse:

Eu tive notícia, ó rei venturoso, de que o rapaz perguntou ao rei: "Como poderiam testemunhar sem ter visto? Na verdade, eles me invejam devido à minha proximidade de você e do bom tratamento que me dispensa; é por isso que desejam a minha morte: querem agir a seu bel-prazer com o seu dinheiro, tal como faziam antes. Se você me matar e lhes conceder esse desejo, temo que se arrependa tal como se arrependeu o rei Īlān Šāh por causa de seus vizires". O rei perguntou: "E como foi a sua história?". O rapaz respondeu:

O REI ĪLĀN ŠĀH E O LEAL ABŪ TAMĀM

Conta-se, ó rei, que existiu um homem chamado Abū Tamām,[201] ajuizado, veraz, letrado, virtuoso e dono de muito dinheiro. O rei da cidade onde ele vivia era opressor e tirânico, e nenhum de seus súditos demonstrava ter dinheiro por medo de que ele o tomasse. Por isso, Abū Tamām mudou-se para outra cidade, cujo rei se chamava Īlān Šāh, onde construiu uma casa, para lá transferindo todos os seus bens e familiares. As notícias sobre o seu bom caráter e proceder chegaram ao rei, que o convocou para uma entrevista e, quando ele compareceu, dignificou-o, aproximou-o de si e lhe disse: "Mantenha tranqüilo o coração, não esconda de mim o que quer que necessite, nem deixe de comparecer às reuniões comigo". Abū Tamām beijou o chão, rogou pelo rei e pensou: "Difícil manter-se à vontade na convivência com os reis, pois se trata de um risco de vida. Todo aquele que se aproxima dos reis ganha invejosos e inimigos. Porém, vou servi-lo de longe, sem me aproximar inteiramente". Passou a levar diariamente presentes ao rei, e a servi-lo bastante. O rei lhe concedeu posição e valor superiores a qualquer outro de seus súditos. Īlān Šāh tinha três vizires que nunca o abandonavam, fosse dia, fosse noite. Quando o rei aproximou de si Abū Tamām, passou a ocupar-se com ele, abandonando os vizires, que se reuniram um dia e disseram: "O rei concedeu proeminência a este forasteiro, elegeu-o e o encarregou de todo o seu tesouro, de cuja aproximação e manipulação ora nos impede. Se não prepararmos alguma artimanha para afastá-lo, estaremos aniquilados". Um deles disse: "O rei dos turcos, cuja filha não possui semelhante em nenhuma região, mata todos os mensageiros dos reis que pretendem desposá-la. Assim, o mais correto é que se mencio-

201 *Abū Tamām* quer dizer "pai da plenitude".

ne o nome dela na frente do rei Īlān Šāh; exageremos nos elogios a seus méritos e formosura até que o amor por ela invada o seu coração, e, quando isso ocorrer, ele enviará Abū Tamām, em cuja inteligência tanto se apóia, para pedi-la em casamento; quando for ao rei dos turcos, Abū Tamām será morto por ele e nós enfim descansaremos". Reuniram-se então com o rei, mencionaram a jovem, e tanto exageraram nos elogios à sua beleza que Īlān Šāh se apaixonou por ela. Disseram: "Ela serve para sua esposa", e um dos vizires emendou: "Amo, envie para pedi-la em casamento um homem ajuizado, honesto e virtuoso". O rei refletiu sobre um homem adequado a tal propósito e não vislumbrou senão Abū Tamām; mandou chamá-lo e disse: "Quero que você vá até o rei dos turcos,[202] entregue-lhe este meu presente e peça a filha dele em casamento para mim". Abū Tamām respondeu: "Ouço e obedeço".

Disse o narrador: então o rei preparou-o com presentes e jóias e escreveu uma carta pedindo a mão da filha do rei dos turcos, para cujo reino Abū Tamām se dirigiu e chegou. Assim que recebeu a notícia de sua chegada, o rei dos turcos, pai da jovem, enviou-lhe alguém para recepcioná-lo com apreço e hospitalidade; deu-lhe ainda uma cavalgadura e hospedou-o em uma casa adornada da melhor maneira. Na manhã do dia seguinte, o rei convocou-o e, ao comparecer, Abū Tamām fez reverências, saudou-o, rogou a sua benevolência e entregou-lhe a mensagem, os presentes e as jóias. Ao ler a carta, o rei dos turcos disse: "Sim, sobre a cabeça e o olho![203] Vá até ela para que ambos se vejam; assim, você ficará a par do estado dela, e ela ouvirá de sua boca a descrição do rei que deseja a sua mão, pois o mensageiro é um bom indicativo da inteligência do rei". E, assim dizendo, enviou-o até a filha na companhia de um criado. Ao entrar no palácio em que ela morava, Abū Tamām notou que estava luxuosamente mobiliado e com os melhores ornamentos; a jovem estava sentada em uma cadeira de ouro vermelho, com mantos, jóias e gemas que assombrariam qualquer mente. Abū Tamām viu aquilo e, percebendo que o pai dela pretendia testá-lo e experimentá-lo, pensou: "Dizem os provérbios: 'Quem cala escapa', 'Quem estica o olho cansa a mente' e 'Mãos compridas são decepadas'". Então, abaixou a cabeça e não olhou para nada; calou-se e não pronunciou palavra. A filha do rei indagou-o sobre diversas questões, mas ele nada respondeu. Ela disse: "Abra os olhos, veja o que pus

202 Por equívoco, o texto-base traz, neste ponto, "rei dos gregos", contradizendo a si mesmo e às outras versões.

203 Mais uma vez, traduziu-se ao pé da letra – *ᶜalà arra's wa alᶜayn* – essa expressão tão caracteristicamente árabe, que indica a firme intenção, a um só tempo submissa e satisfeita, de realizar o pedido de alguém.

aqui para você e leve o quanto quiser", mas ele não olhou para nada; ela disse: "Fale, pois o mensageiro nunca é mudo nem cego nem surdo", mas ele nada respondeu. Ao ver aquilo, a jovem enviou uma mensagem ao pai: "Este mensageiro é cego, surdo e mudo", e então o pai mandou chamar Abū Tamām e perguntou-lhe sobre o que vira, dizendo: "Você viu se a minha filha serve para o rei ou não?".

E a aurora alcançou Šahrazād, que deixou interrompida a sua fala permitida.

E quando foi a

193ª noite

Ela disse:

Eu tive notícia, ó rei venturoso, de que o rapaz disse ao rei:

O rei dos turcos perguntou: "Você viu se a minha filha serve para o seu rei?". Abū Tamām respondeu: "Eu nada vi, nem vim para ver nada, mas somente para pedir a mão dela em casamento e ser leal e honesto". O rei dos turcos disse: "Eu só o enviei à minha filha para que você a visse e apanhasse o que lhe agradasse, e para que ela o visse e às jóias". Ele respondeu: "Não é minha atribuição ver ou apanhar o que não me pertence. Não vim passear nem espairecer ou ganhar dinheiro, mas sim como honesto conselheiro do meu rei, que me enviou". Ouvindo-lhe tais palavras, o rei dos turcos encostou a cabeça nele, beijou-o, deu-lhe um rico traje honorífico, e lhe disse: "Estou admirado de encontrar um ser humano ajuizado, honesto e casto", e lhe mostrou um poço. Abū Tamām perguntou: "O que é isso, ó rei?". Ele respondeu: "É aqui que estão as cabeças dos mensageiros que vieram pedir a mão de minha filha. Matei-os porque os experimentei, a exemplo do que fiz com você, constatando então que se tratava de traidores e ignorantes que sairiam daqui fuxicando sobre o que viram; com base na ignorância deles pude deduzir a ignorância de quem os enviou, e matei-os. Agora, porém, meu coração está tranqüilo com você, pois notei que o seu decoro deriva do decoro de seu rei". E tratou Abū Tamām com generosidade, fê-lo sentar-se ao seu lado, dignificado, respeitado e honrado, e após alguns dias preparou-o para a viagem, enviando junto com ele um mensageiro carregado de presentes e jóias para o rei Īlān Šāh, o qual ficou muitíssimo contente com a chegada de ambos, dignificando o mensageiro do rei dos turcos, hospedando-o em um lugar dotado de ameno jardim e arranjando-lhe roupas e rações. Depois, Īlān Šāh tornou a enviar Abū Tamām com o dote da jovem, no valor de cem mil dinares, além de muitas jóias e brocado. Na chegada, Abū Tamām foi dignificado e saudado pelo rei dos turcos, que preparou a filha para a viagem, escoltada por criados e soldados, e a colocou em uma liteira cravejada de jóias e com cortinas de brocado tecido a ouro brilhante. Viajaram até chegar à cidade de Īlān Šāh, que os recebeu acompanhado dos notáveis de governo, reservando para a jovem um magnífico palácio no qual a hospedou. A cidade foi enfeitada e Īlān Šāh realizou os banquetes e a festa de casamento, após o que a possuiu, verificando que ela era superior à descrição. Distribuiu trajes honoríficos aos que vieram com ela, dignificou-os bastante e eles retornaram ao seu rei.

O afeto do rei por Abū Tamām aumentou tanto que ele lhe concedeu permissão para vir vê-lo sem autorização prévia. Os três vizires disseram: "Erramos em nosso cálculo. Se isso demorar demasiado, estaremos aniquilados, pois ele vai ser tão inimigo nosso quanto nós somos dele. Suas palavras têm aceitação perante o rei! É de nosso interesse agir para destruí-lo". O rei tinha dois pequenos criados que dormiam à sua cabeceira, e os vizires os convidaram para visitá-los na casa de um deles; deram a cada um dos meninos mil dinares e lhes disseram: "Gostaríamos que vocês atendessem a um pedido nosso, que reverterá em seu interesse". Os meninos perguntaram: "Qual é o pedido?". Os vizires responderam: "Quando o rei se deitar e vocês perceberem que ainda não está dormindo, que um diga ao outro: 'Não se pode confiar no resultado das ações de quem não tem boa origem! Dele não se deve esperar o bem nem buscar apoio!'. O segundo deve perguntar: 'Qual o sentido dessas palavras?', e o primeiro deve responder: 'Esse Abū Tamām, por quem o rei fez todos os favores, fiando-se nele – que não é honesto – e fazendo-se representar por ele. Trata-se, porém, de um traidor com quem os favores são desperdício. Honesto é quem não trai seu amigo, seja em pessoa, em dinheiro ou em família. Quando o rei Īlān Šāh o enviou para pedir a mão da filha do rei dos turcos, ele se reuniu a sós com ela, beijou-a e combinaram que a levaria em nome do rei Īlān Šāh, mas que se reuniria com ela em segredo, sabendo previamente que o rei não a afastaria dele. O rei a tudo ignora devido à sua fé na virtude e na castidade de Abū Tamām, bem como no fato de apoiar-se nele. Ninguém se atreve a levar isso ao conhecimento do rei em razão do respeito e do afeto que Abū Tamām desfruta diante dele. Um grupo já sabe disso e conversa a respeito, e meu temor é que a notícia se espalhe e não seja possível ocultá-la, ficando o rei desmoralizado e infamado perante os outros reis'". Os meninos disseram: "Faremos isso e mais ainda, pois ele é uma das pessoas mais detestáveis para nós". Quando o rei se deitou, eles foram se instalar à sua cabeceira e trocaram diálogos conforme haviam sido instruídos pelos vizires, e até exageraram. O rei fingiu estar dormindo do início ao fim do diálogo que ambos travaram, enquanto o fogo lhe consumia o coração pelo que ouvia; pensou: "Não fosse isso verdade, esses criados não falariam a respeito, sem nenhum motivo nem justificativa, pois não são dissimulados". Súbito, levantou-se, chamou Abū Tamām em um local isolado e lhe perguntou: "Qual a punição de quem trai o companheiro com sua mulher e naquilo em que se lhe depositara a confiança? O que merece?". Abū Tamām respondeu: "A morte!", e então o rei cuspiu-lhe no rosto, insultou-o e golpeou-o na cabeça com uma clava, matando-o, tamanho era o seu ódio. Atirou-o em um poço e manteve o caso em segredo. Quando seu ódio passou, arrependeu-se bastante por tê-lo matado e se condoeu, pois apreciava a sua companhia. Sua tristeza era tão grande que [um dos vizires][204] lhe perguntou: "Por que essa aflição, ó rei do tempo? Se você fez algo que deveria ter feito, não se entristeça; se tiver feito algo que não deveria ter feito, a aflição não resolve o que já passou, e a permanência do rei é compensação suficiente para qualquer coisa que tenha ocorrido". [Percebendo que a tristeza do rei devia-se ao arrependimento pela perda de Abū Tamām],[205] os que o invejavam ficaram contentes com sua morte, que o rei não revelou à mulher, pois a amava muito. Todo dia ela lhe perguntava sobre o motivo de sua tristeza, mas ele não a informava. Separar-se de Abū Tamām foi-lhe tão duro que ele não sentia mais alegria de viver nem tranqüilidade: toda noite ele se ocultava e ia à porta do quarto dos dois meninos para tentar ouvir o que diziam, à espera de palavras que talvez revelassem algo mais. Certa noite, o rei se pôs a espionar à porta do quarto e viu que eles tinham consigo o dinheiro ganho dos vizires; atiraram-no de lado, suspiraram profundamente e disseram: "Maldita a hora em que ganhamos este dinheiro, aceitando-o daqueles opressores e participando do crime contra aquele pobre inocente que jamais fizera mal a nós

204 No original, "o vizir".

205 O trecho entre colchetes foi traduzido da edição de Breslau.

nem a ninguém!". O outro menino disse: "Nós não sabíamos que o rei se apressaria em matá-lo! Porém, graças a Deus que ele não fez mal à esposa". Então o rei empurrou a porta e, com um alfanje nas mãos, disse-lhes: "Contem-me a verdade; revelem quem os instruiu a dizer o que disseram, e quem lhes deu este dinheiro! Como foi essa história?". Responderam: "Dê-nos garantias de vida, ó rei, e nós contaremos a verdade!". Ele disse: "Concedido". Eles disseram: "Os vizires fulano e sicrano nos instruíram a dizer tudo quanto você ouviu e nos deram este ouro". O rei saiu como louco e ordenou a convocação dos vizires, e, quando eles se apresentaram, o rei os insultou, amaldiçoou e disse: "Vocês se privaram do bem nesta vida e na outra. A inveja os levou a fazer o que fizeram e é imperioso que eu os torne uma lição para todos". Ordenou que fossem crucificados, torturou-os de várias maneiras e lhes confiscou os bens, entregando-os aos descendentes de Abū Tamām, aos quais também presenteou com trajes honoríficos e cobriu de gentilezas; em seguida, foi até a esposa, contou-lhe toda a história e disse: "Os invejosos precipitaram Abū Tamām na aniquilação e conspurcaram a sua honra, mas graças a Deus que você está bem". A mulher respondeu: "Pobre Abū Tamām! Por Deus que nunca vi homem mais casto! Não fora ele, você jamais teria ficado comigo", e lhe contou tudo quanto Abū Tamām fizera quando o rei o enviara com o pedido de casamento, e como fora zeloso com ela durante o caminho. O rei ficou enormemente arrependido, e sua vida se tornou um desgosto pela perda de Abū Tamām, cujo cadáver a esposa do rei resgatou do poço e enterrou no melhor lugar, nele construindo uma vastíssima cúpula, e tanto o lamentou e chorou que morreu, sendo enterrada ao seu lado. A vida do rei se tornou um desgosto maior ainda pela perda da esposa e de Abū Tamām.

[*Prosseguiu o rapaz*:] "Foi isso o que sucedeu a ele, ó rei do tempo, em razão da pressa em matar. E temo que a você ocorra o mesmo arrependimento que ocorreu ao rei que matou Abū Tamām. Adiar as coisas não é nocivo, pois, se aquele rei tivesse adiado a morte de Abū Tamām, se tivesse tido paciência, as coisas se teriam esclarecido e sua inocência se demonstraria; contudo, ele se apressou em matá-lo e se arrependeu quando o arrependimento já não adiantava".

E a aurora alcançou Šahrazād, que deixou interrompida a sua fala permitida.

Ela disse:

Eu tive notícia, ó rei venturoso, de que o rapaz disse ao rei: "Caso você se apresse em me matar, arrepender-se-á tal como o rei Īlān Šāh se arrependeu por ter matado Abū Tamām; tomara Deus se demonstre a minha inocência". O rei então ordenou que ele fosse devolvido à prisão.

E quando foi a

194ª

noite

Quando foi o nono dia,[206] o nono vizir compareceu e disse: "Ó rei, você está apreciando as palavras desse rapaz e prolongando-lhe demasiado a existência, sem saber o que o povo anda dizendo sobre a sua honra – são infâmias e vergonhas contra você e contra nós". Em seguida saiu dali, reuniu-se aos outros vizires e foi até a mulher do rei, a quem disse: "O rei já não tem zelo nem preocupação em defender a honra. Se você ouvisse o que o povo anda falando do rapaz e de você! Estão dizendo que você está apaixonada por ele e por isso não deixa o rei matá-lo". Ouvindo aquilo, a mulher foi até o rei e lhe disse: "Ó rei, mantendo esse rapaz vivo você me veste com os trajes da infâmia! Já não tem zelo por mim! Ou você me mata e me dá repouso, ou o mata, fazendo com que as pessoas parem de falar a nosso respeito". Encolerizado, o rei ordenou que o rapaz fosse trazido à sua presença. Já tendo ouvido muita conversa, e informado das palavras dos vizires e da mulher, que incitara o rei a matá-lo, o rapaz disse: "Que Deus apóie o rei! Saiba que a melhor precaução é o aquietar-se durante a cólera. Ninguém deve fiar-se nas palavras das mulheres, pois a elas lhes faltam juízo e fé; as mulheres não atentam para o que dizem. Por isso é que o testemunho de um homem vale o de duas mulheres, e na herança elas recebem a metade do que recebe o homem – é porque elas não se preocupam com as conseqüências. Tudo quanto essa mulher disse deve-se ao medo. O coração[207] das mulheres é fraco, elas não têm paciência e querem preservar a honra,[208] tal como a mulher de Šāh Īwān, que de tão preocupada consigo mesma quis matar o próprio filho". O rei perguntou: "E como foi a história dele?". O rapaz respondeu:

O REI E SEU ENTEADO

Que a sua existência se prolongue! Saiba, ó rei do tempo, que certo rei antigo houve, denominado Šāh Īwān, temido pelos outros reis graças ao seu grande exército, de muitos soldados. Ocorreu então que alguns dos notáveis de seu governo reuniram-se para conspirar e disseram: "Se o rei não for corajoso nas

206 A partir daqui, a diferença entre o texto-base e as outras versões são tão numerosas – trata-se, na prática, de outra história – que se preferiu apresentar em separado a tradução do que consta na edição de Breslau. Veja o Anexo 1 no final deste volume, entre as páginas 329 e 353.

207 Não custa lembrar que, na concepção medieval, a função do "coração" era muita vez similar, hoje, à do cérebro: lugar da inteligência, do raciocínio.

208 "Honra" aqui traduz uma expressão árabe muito em voga: *mā' wujūhihinna*, "água de seus rostos".

guerras e nos combates, atacando seus inimigos, nem ele nem seu exército gozarão de respeito ou terão lei que os governe". O vizir disse: "Eu lhes prepararei um estratagema", e em dada noite disse ao rei: "Amo, Deus já lhe concedeu um reino magnífico e vastas províncias. Agora, você necessita de uma esposa que lhe cause orgulho diante dos reis, uma que não tenha neste tempo quem se lhe assemelhe em beleza, e que descenda dos maiores reis, a fim de lhe dar um filho que ocupe o poder depois de você". O rei perguntou: "Onde acharei alguém com tais características?". O vizir respondeu: "Peça a mão da filha do rei de Bizâncio, que é a maior e melhor descendente de reis" – mas ele sabia que o pai dela não a daria em casamento. O rei Šāh Īwān enviou ao rei de Bizâncio um mensageiro carregado de presentes e jóias para pedir-lhe a mão da filha em casamento; ao chegar, porém, o rei de Bizâncio lhe disse: "Ela não serve para o rei de vocês", e devolveu os presentes. O mensageiro retornou e inteirou Šāh Īwān de tudo quanto fora dito, informando-lhe ainda não existir naquele tempo ninguém mais belo que a sua filha, e então o amor por ela se apossou do coração de Šāh Īwān, que se apaixonou de oitiva, pois, conforme se diz, às vezes o ouvido se apaixona antes do olho.

A paixão por ela levou-o a preparar um exército enorme, entre cujos membros ele distribuiu dinheiro e trajes honoríficos, ordenando-lhes que realizassem algaras contra as terras do rei de Bizâncio – matando e fazendo prisioneiros – e o trouxessem cativo.

E a aurora alcançou Šahrazād, que deixou interrompida a sua fala permitida.

E quando foi a

195ª

noite

Ela disse:

Eu tive notícia, ó rei venturoso, de que o rapaz disse ao rei:

Šāh Īwān disse a seus soldados: "Vão até o rei de Bizâncio e tragam-no aprisionado para mim". Os soldados viajaram, as expedições saindo uma após a outra, até que invadiram o início de seu reino, cativando, matando, aprisionando e destruindo, sem que o rei bizantino os pudesse enfrentar. Seu vizir lhe disse: "Ó rei, você já perdeu a maior parte de seu país e seus soldados foram aniquilados, tudo por causa de sua filha. O interesse impõe que você peça um acordo ao rei Šāh Īwān, casando-o com sua filha e nos livrando desta guerra", e então o rei bizantino enviou um mensageiro a Šāh Īwān e o casou com ela.

Ao consumar o casamento, Šāh Īwān[209] se encantou com a esposa, que se apossou de seu coração por inteiro, e o amor por ela levou-o a negligenciar tudo o mais. O pai da jovem, porém, prometera-a em casamento a outro rei antes de Šāh Īwān, e a mãe a entregara àquele rei sem o conhecimento do pai; ela engravidara e dera à luz um menino, mas esse rei a quem fora prometida morreu e sua mãe escondeu o caso, inventando que o menino era filho da camareira de sua filha. Quando o afeto pelo menino ficou muito forte, ela o tornou um dos principais escravos de seu pai, que passou a dignificá-lo pelo fato de ser ele filho da camareira de sua filha. A mãe se contentava em vê-lo de longe e, por isso, não se casava nem viajava para nenhum outro país. Após seu casamento com Šāh Īwān, contudo, muito saudosa do filho, sua paciência se esgotou e ela disse certo dia ao marido: "Ó rei, Deus lhe deu de tudo que os reis podem possuir; contudo, eu tenho um criado sem igual em inteligência, conhecimento e beleza; por isso, gostaria que ele fosse seu". Šāh Īwān respondeu: "Enviarei ao seu pai um mensageiro para pedi-lo". Ela disse: "Creio que ele não concederá, pois lhe tem muito afeto; você deve, isto sim, enviar alguém que o engane e traga o rapaz sem que ele saiba". O rei então convocou um homem inteligente e ardiloso, a quem informou os sinais do rapaz, e lhe disse: "Veja algum ardil para trazê-lo sem que ninguém perceba". O homem se encaminhou até a capital do rei bizantino, pai da moça, e fez artimanhas até conseguir ver o rapaz a sós, dizendo-lhe, enfim, após dirigir-lhe palavras afáveis: "Coitado de você! Se acaso estivesse com o rei Šāh Īwān, ele lhe daria um grande país!", e tanto o agradou, e tantas promessas lhe fez, que o rapaz perguntou: "Como chegar até esse rei?". O homem respondeu: "Eu posso levá-lo até ele, com a condição de que você me dê uma parte de tudo quanto ele lhe der". O menino respondeu: "Sim!", e o homem o levou, fugindo por outro caminho, até fazê-lo chegar a Šāh Īwān, o qual, ao vê-lo, agradou-se dele, dignificou-o e aproximou-o. A mãe se contentava em observá-lo. Quando as criadas a viram esticando os olhos para o lado do rapaz, desconfiaram e supuseram que ela estava apaixonada, pois não sabiam que se tratava de seu filho. Certo dia, quando ele passava perto dela, o afeto a fez perder o juízo e aninhar-lhe a

209 A partir deste ponto, o nome do rei passa a ser escrito como *Īlān Šāh*, personagem de outra história, em um claro indício da desimportância dos nomes.

cabeça junto ao peito. O rapaz se subtraiu dela e fugiu. Ao ver aquilo, o rei refletiu e disse: "Não restam dúvidas de que esta mulher, quando estava com o pai, amava este rapaz e lançou mão dessa artimanha para trazê-lo até aqui, a fim de atingir seu anelo"; ordenou então que o rapaz fosse preso, mas a deixou em paz, pois era intenso o seu amor por ela; como o desgosto com aquilo, porém, impedia-o de brincar com a mulher conforme era seu hábito, ela lhe disse: "Ó rei do tempo, nunca ninguém me tocou além de você. A infâmia e a desonra me atingiram por causa desse rapaz, que lhe fez alterar o coração. O mundo tornou-se para mim um desgosto em razão do seu desgosto, e eu lhe peço que nos mate". O rei ordenou que o rapaz fosse morto por um de seus secretários, mas este levou-o para casa e pensou: "Como matar esse rapaz que nenhum erro cometeu?". Colocou-o então em um sótão de sua casa e lhe arranjou comida e bebida.

E a aurora alcançou Šahrazād, que deixou interrompida a sua fala permitida.

E quando foi a

196ª

noite

Ela disse:

Eu tive notícia, ó rei venturoso, de que o rapaz disse ao rei:

O secretário guardou o rapaz no sótão, providenciou-lhe comida e bebida, e informou o rei de que o matara; o rei informou à esposa, mãe do rapaz, e ela, muito entristecida, disse-lhe: "Você fez a melhor coisa", mas em seu coração crepitavam as chamas da tristeza pelo filho; alterada pela enormidade que lhe sucedera, perdeu todo o equilíbrio. Na casa do rei havia uma velha camareira em quem a mulher confiava; gostava dela e lhe fazia confidências. A velha perguntou à mulher: "Por que todo esse choro e essa tristeza em que está mergulhada? Conte-me o motivo disso!". Como não obtivesse resposta, a velha tanto insistiu nas perguntas que a mulher disse: "Choro por algo que já passou, e para o qual já não existe artimanha". A velha disse: "Não há doença para a qual não exista remédio. Não esconda nada de mim e conte-me toda a sua história", e então a mulher lhe revelou tudo, e que no final das contas acabara provocando a morte do filho por causa do rei. A velha lhe disse: "Você produziu cólera tal em seu amo que o levou a matar-lhe o filho, e, no entanto, não reconquistou o coração do rei. Existe desgraça maior que essa? Porém, não fique angustiada com isso, pois se Deus quiser eu dispersarei essa aflição de você e do rei, de modo a fazê-lo saber que você é inocente e não errou, e a deixá-lo arrependido pelo que cometeu, tornando-a para ele a pessoa mais querida. Para tanto, quero que, nesta noite, você se deite na cama e finja estar dormindo; quando o rei chegar, colocar algo sobre o seu peito e disser: 'Gostaria que você me informasse de tudo quanto fez por causa daquele rapaz', conte-lhe tudo quanto você me contou, do começo ao fim, inclusive que foi a sua mãe que reuniu você a seu primeiro esposo; depois, cale-se e não fale mais nada". Em seguida, a velha se retirou, foi até o rei e se pôs a conversar com ele, passando de uma história a outra, enquanto o rei refletia sobre a morte do rapaz e se condoía por estar distanciado da esposa. A velha lhe disse: "Ó rei, conte-me qual o motivo de sua tristeza, e quiçá disso não provenha a sua libertação!". Então o rei lhe contou a história da esposa e do rapaz. A velha disse: "Essa é uma questão fácil! Se você quiser saber a verdade dessa história, bem como o que vai pelo coração de sua mulher, traga-me cinco penas de pavão para que eu faça nelas alguns sortilégios. Quando a sua mulher dormir, coloque essas penas sobre o peito dela e diga: 'Por esses nomes que recitei e pelos sortilégios, revele-me o que seu coração sente pelo rapaz, com a sua própria língua'. Ela falará com a sua própria língua sobre o que tem no coração, e você saberá a verdade sobre esse assunto, dispersando-se assim dúvidas, cismas e tentações". Muito contente, o rei ordenou a um caçador que lhe trouxesse penas de pavão, as quais foram trazidas e entregues à velha, que as recolheu, levou-as para casa e retornou antes do anoitecer, reunindo-se com o rei, entregando-lhe as penas e ordenando-lhe que as colocasse sobre o peito da mulher. O rei pegou as penas, entrou no quarto, viu que a mulher estava dormindo, colocou-lhe as penas sobre o peito e disse: "Por esses nomes que foram recitados, e pelos sortilégios realizados, revele-me qual o seu caso com o rapaz", e então a mulher contou toda a sua história. Espantado, o rei disse: "Como é decidida essa mulher! Ela suportou a morte do filho, por vergonha e amor por mim!", e a acordou, tratou-a com gentileza e disse: "Por que você não me informou que o rapaz era seu filho?". Ela chorou e disse: "Foi por vergonha de você! Com isso, eu desejava a sua satisfação!". Arrependido, o rei chorou e se lamentou pela morte do rapaz, determinando que lhe providenciassem uma cerimônia de pêsames. O secretário perguntou ao rei: "Pêsames por quem?", e o rei lhe informou a história de cabo a rabo. O secretário então disse: "Não fique angustiado, ó rei do tempo, pois o rapaz está vivo em minha casa; posterguei a morte dele até que houvesse certeza dos fatos, pois a pressa em matar produz enorme arrependimento". O rei ficou muitíssimo contente e ordenou que o rapaz fosse trazido à sua presença; quando ele chegou, colocou-o ao lado da mãe e, constatando que era parecido com ela, estreitou-o ao peito, revelando-lhe que a mulher era sua mãe; o rapaz ficou contente, bem como ela, que o estreitou ao peito, e desde então passaram a levar uma boa vida.

[*Prosseguiu o rapaz*:] "Saiba, ó rei, que as mulheres não se importam em causar a morte de seus próprios filhos para salvar a honra. Tema a Deus e não se apresse em me matar". Então o rei ordenou que ele fosse reconduzido à prisão.

No décimo dia, compareceram os dez vizires, acompanhados dos notáveis e maiorais da cidade, e pediram para ver o rapaz; quando ele se apresentou, disseram ao rei: "Ouça destas pessoas o que o povo está dizendo sobre você e sobre a honra de sua esposa. Ou você mata o rapaz ou abandonaremos a cidade". Encolerizado, o rei disse ao rapaz: "Seu traidor, até quando vai me enganar com as suas histórias? É imperioso que você morra hoje ou me conte a verdade integral sobre a sua história". Em seguida, o rei determinou que ele fosse morto. O rapaz disse: "Ó rei do tempo, se Deus houver estabelecido que devo morrer agora, de nada me adiantarão precauções, tal como não adiantaram para o rei Bahrīz". O rei perguntou: "E como é a história do rei Bahrīz? Quais os prodígios que lhe sucederam?". O rapaz disse:

O REI BAHRĪZ, SEU FILHO E O DESTINO

Conta-se, ó rei do tempo, que entre os poderosos reis do passado um houve que, embora detentor de grandes províncias, exércitos e tropas, não fora agraciado com um filho varão que pudesse exercer o poder após a sua morte.

E a aurora alcançou Šahrazād, que deixou interrompida a sua fala permitida.

Ela disse:

Eu tive notícia, ó rei venturoso, de que o rapaz disse ao rei: Como não fora agraciado com um filho varão, Bahrīz rogou a Deus altíssimo que o agraciasse com tal filho, a fim de que o sucedesse no reino. Deus então o agraciou com um filho e, quando este completou um ano, o rei ordenou aos astrólogos que lhe traçassem o mapa zodiacal; eles assim procederam, efetuaram cálculos, e lhe disseram: "Ó rei, após sete anos, um leão irá devorar o menino, e ele, caso escape, irá matar você com as próprias mãos". O rei Bahrīz disse: "Vou levá-lo para um local aonde não cheguem leões e de onde ele não possa chegar até mim". Fora da cidade havia uma enorme montanha, em cujo cume se situava um poço de boca estreita e fundo largo. Quando o menino completou cinco anos, o rei ordenou que fosse levado para aquele poço, e o abasteceu de comida, móveis e utensílios, enviando ainda, em sua companhia, uma aia de confiança. Toda sexta-feira, o rei montava e ia para a boca do poço, a fim de inspecionar o menino e a camareira.[210]

E quando foi a 197ª noite

210 Deste ponto em diante, a sucessão de peripécias diverge bastante entre o texto-base e as outras versões. Veja a partir da página 331 do Anexo 1.

Ocorreu então que um leão subiu naquela montanha enquanto caçava uma gazela, a qual, ao se ver no cume, atirou-se dentro do poço, e o leão lhe seguiu no encalço. A aia fugiu para um dos lados do poço, cujo fundo era bem amplo, e o leão agarrou o menino pelo braço, atirando-o para fora do poço, e em seguida devorando a aia. Quanto ao menino, ele rolou até o sopé da montanha, onde um cameleiro passou e, vendo-o naquele estado, com o sangue a lhe escorrer pelo braço, em razão do golpe do leão, carregou-o, levou-o consigo para casa, trouxe-lhe um médico e não parou de tratá-lo até que sarou.

Conforme o hábito, o rei Bahrīz foi para a boca do poço e gritou pela aia, mas ninguém respondeu. Alguns criados então lhe amarraram cordas na cintura e começaram a descê-lo até o fundo do poço, sem que ele avistasse ninguém. Ao se aproximar do fundo, todavia, viu o leão e gritou para os criados, que o puxaram de volta. Avisados pelo rei de que no fundo do poço havia um leão enorme, os criados o alvejaram com flechas, mataram-no, e desceram até o fundo do poço, mas ali não encontraram nem a aia nem o menino. O rei chorou, entristeceu-se pelo filho, e disse: "Estavam corretas as palavras dos astrólogos". Quando retornou, providenciou uma cerimônia de pêsames, chamou os astrólogos e lhes informou da história; eles disseram: "Se ele tiver sido devorado pelo leão, você não morrerá senão em sua cama, e não terá nada que temer de ninguém". O rei disse: "Não há escapatória do que Deus altíssimo houver determinado".

O filho do rei viveu com o cameleiro até completar vinte anos de idade, quando então se uniu a um bando de salteadores de estrada e começou a cometer assaltos e a roubar caravanas. Veio então uma caravana da cidade de seu pai e eles foram atacá-la, sendo porém derrotados. A caravana entrou na cidade e informou ao rei Bahrīz da existência dos bandoleiros, e ele logo lhes saiu no encalço com uns poucos soldados, os quais acabaram sendo derrotados pelos bandoleiros. Sozinho, o rei se viu em combate com o filho, que lhe aplicou uma espadeirada na cabeça, derrubando-o do cavalo; também o rapaz, pela força do golpe, caiu, sendo atacado e agarrado por um [novo] grupo de soldados, que fizeram menção de matá-lo, mas o rei lhes disse: "Não o matem até que eu investigue quem é esse rapaz que me enfrentou em combate e me derrotou". Em seguida, convocou os astrólogos e lhes disse: "Não creio que eu vá continuar vivo, mas não terei sido morto por meu filho!". Eles disseram: "Ou você se curará e viverá, ou quem o golpeou é seu filho, ou a previsão dos astros é falsa". Ele mandou que o rapaz fosse trazido e lhe perguntou assim que ele apareceu: "Quem é você? Quem é seu pai?". O rapaz respondeu: "Só sei que fui criado em um poço situado no alto da montanha tal e tal, e minha mãe estava comigo. Quando completei sete anos, fomos atacados por um leão; minha mãe fugiu, o leão me agarrou pelo braço e me jogou para fora do poço. Fui visto por um cameleiro que me levou para sua casa e me trouxe um médico que me tratou até me curar; eis aqui as marcas da pata do leão em meu braço. Quando atingi a força de homem, passei a assaltar caravanas junto com meus companheiros, até que se sucedeu isso". Ao ouvir-lhe a história, o rei chorou junto com os soldados, e teve certeza de que se tratava de seu filho; todos ficaram espantados com o poder de Deus altíssimo, convencidos de que a sua predestinação se efetuara, e de que a precaução contra o destino é inútil. O rei disse: "Graças a Deus que o reino passará a meu filho depois de mim, e não a meus inimigos". Em seguida, cingiu a coroa na cabeça do filho, cuja autoridade sobre o reino foi reconhecida pelos soldados e pelos notáveis do governo, que lhe prestaram obediência e colocaram os tesouros do país à sua disposição. Notáveis e vizires aceitaram que ele fosse o rei; o pai recomendou-o a eles, recomendou-lhe justiça e atenção para com os súditos. Depois, a doença [provocada pelo ferimento] se intensificou e ele foi recolhido pela misericórdia divina; seu filho o preparou, enterrou e se instalou no trono do reino em seu lugar.

[*Prosseguiu o rapaz*:] "Portanto, saiba, ó rei, que esforços e artimanhas não têm utilidade contra os decretos de Deus e sua predestinação. É imperioso que suceda a cada ser humano o que lhe foi escrito na eternidade. Envidei todos os esforços para que Deus altíssimo prolongasse a minha vida por dez dias, e a ele rogo que me salve".

E a aurora alcançou Šahrazād, que deixou interrompida a sua fala permitida.

E quando foi a 198ª noite

Ela disse:

Eu tive notícia, ó rei venturoso, de que o rapaz disse ao rei: "Eu rogo a Deus que me salve". Os vizires disseram: "Por Deus que não arredaremos pé daqui até que ele seja morto!". O rei lhes disse: "O dia de hoje já se encerrou; amanhã, um arauto vai anunciar às pessoas, mal amanheça, que compareçam e se ajuntem para assistir à execução do jovem ladrão", e ordenou que o rapaz fosse devolvido à prisão. Quando foi o décimo primeiro dia, o rapaz foi trazido com uma corrente de ferro ao pescoço e as duas mãos amarradas para trás; as pessoas acorreram de todo lugar, pondo-se a contemplá-lo e a chorar por ele, pela perda de sua formosa juventude, enquanto diziam: "Se o rei aceitasse dinheiro, nós pagaríamos o seu peso em ouro como resgate". Mas Deus altíssimo determinou, com sua generosidade, que o chefe dos ladrões – aquele que encontrara o rapaz ao lado da fonte e o criara –, tendo ouvido notícias de que ele alcançara, junto ao rei, posição, riqueza e respeito, dirigiu-se para aquela cidade no intuito de encontrá-lo e informar ao rei que fora ele quem o criara, a fim de receber alguma benesse. O ladrão entrou na cidade naquele mesmo dia e viu que mercado e lojas estavam fechados, e que um arauto apregoava: "Quem quiser ver o que será feito com uma pessoa de baixa origem compareça ao lugar tal, e quem se atrasar não deve censurar senão a si mesmo!". O ladrão se aproximou, olhou para o rapaz e viu que estava amarrado, e o carrasco à sua cabeceira esperando autorização; reconheceu-o então, gritou, rasgou as roupas, atirou-se sobre ele, empurrando o carrasco, e implorou socorro ao rei dizendo: "Este é meu filho!". O rei ordenou que lhe trouxessem aquele homem, o qual, ao ser colocado diante dele, beijou o solo e rogou que o seu poder, felicidade e elevação se conservassem. O rei lhe perguntou: "Este rapaz é seu filho?". Ele respondeu: "Não, mas eu o criei desde que tinha um dia ou dois, e dele não vi senão o bem, o decoro, a castidade e a honestidade. Qual crime o fez merecer a morte, se eu me habituei somente com seu juízo, fidelidade e bons modos? Não creio senão que seja descendente de reis!". O rei perguntou: "Onde você o encontrou?". Ele respondeu: "No sopé de uma montanha, enrolado em um manto de brocado bordado a ouro, e sob sua cabeça havia um saco com mil dinares". O rei perguntou: "Você ainda possui algum pedaço desse manto?". Ele respondeu: "Sim!". O rei disse: "Traga-o para mim", e então ele saiu, retornando com o pedaço de pano, que o rei, ao vê-lo, reconheceu: pertencia ao manto com o qual eles haviam enrolado a criança! Recolheu-o, foi até a sua esposa, mãe do rapaz, e lhe perguntou: "Quem estava enrolado com isto?". Ao ver o pano, a mulher gritou e disse: "Ai, que pena de quem estava enrolado nele! Ai!". O rei lhe perguntou: "Você reconheceria o seu filho se acaso o visse?". Ela respondeu: "Sim, ele possui um sinal". O rei perguntou: "Qual é o sinal?". Ela respondeu: "O polegar de seu pé direito está colado ao indicador". Então o rei ordenou que o rapaz fosse trazido, desacorrentado, junto com o chefe dos ladrões; quando eles chegaram, o rei os introduziu no castelo e disse ao chefe dos ladrões: "Conte-nos em detalhe a história do menino que você encontrou no deserto de Kirmān enrolado em um manto bordado a ouro e com um saco de mil dinares sob a cabeça", e então ele a contou de cabo a rabo, mencionando a data em que o encontrou, data essa que o rei registrara; pegou o papel que continha o registro do menino e constatou que batia com o que dissera o chefe dos ladrões; em seguida, a esposa do rei descobriu os dedos do pé do rapaz e, vendo o sinal, gritou: "É meu filho, pelo Deus da Kaaba!"; abraçou-o, o rei também o abraçou, e a notícia correu pela cidade; acorreram então os notáveis do governo dentre os secretários, comissários, oficiais e soldados, todos para congratular-se com o rei pelo fato de seu filho estar bem, e lançaram sobre ele ouro, prata, gemas e pérolas; o rei libertou prisioneiros, liberou impostos e distribuiu esmolas entre pobres, miseráveis, letrados e recitadores de Alcorão. Todo mundo se admirou da capacidade e da generosidade de Deus altíssimo, que fizera aquele ladrão comparecer naquele dia e informar ao rei a história do rapaz, o qual, não fora isso, teria sido morto injustamente. Louvado seja aquele que salva das aniquilações, aquele que não desaponta quem o procura, e para cujos adoradores nunca se interrompem seus favores!

Quanto aos dez vizires, suas vesículas quase estouraram e eles perceberam que estavam liquidados. O rei convocou uma assembléia, ordenando, quando se reuniram oficiais, vizires, secretários, comissários e outros, que o chefe dos ladrões lhes contasse a história do rapaz de cabo a rabo, e, depois que ele a contou, agradeceram-lhe pela atitude, deram-lhe bastante dinheiro e roupas honoríficas e disseram: "Isso se deve à generosidade de Deus. Você foi o motivo disso: não houvesse comparecido hoje, o rei teria matado seu filho, colérica e equivocadamente". O rei deu ao chefe dos ladrões um traje honorífico, bastante dinheiro e a vila onde morava, para que nela vivesse, ele e sua prole, até a extinção de sua descendência, homens e mulheres; cingiu a coroa real na cabeça de seu filho e lhe deu o nome de Baḫt Dār;[211] em seguida, perguntou à esposa: "Conte-me a verdade sobre sua história com seu filho, sobre como ele entrou no quarto e dormiu na minha cama". Ela então lhe fez sólidas juras de que não havia visto o rapaz senão naquela hora, e ele também jurou o mesmo. Em seguida, a mulher disse: "Saiba, ó rei do tempo, quanto à história que lhe contei a respeito do rapaz, que ela me foi ensinada pelos vizires, a fim de que ele fosse morto, tal é a inveja que lhe têm devido à proximidade dele com você. Eu não concordei em dizer aquilo senão por vergonha de você. Agora, porém, graças a Deus, que fez prevalecer a verdade e desmascarou a falsidade, concedendo-nos a integridade do nosso filho, o bom final, e a salvação de minha honra; é essa a generosidade de Deus e sua bondade para conosco".

E a aurora alcançou Šahrazād, que deixou interrompida a sua fala permitida.

211 Expressão persa que significa algo como "encarregado da sorte".

E quando foi a

199ª

noite

Ela disse:

Eu tive notícia, ó rei venturoso, de que o rei se voltou para seus vizires e lhes disse: "Seus extraviados ignorantes! O que lhes fez este rapaz para que lançassem calúnias e difamações contra ele?". Não encontrando o que responder, os vizires abaixaram a cabeça e se mantiveram calados. O filho do rei disse: "O que lhes sucedeu foi provocado por suas próprias mãos, pés e línguas". O rei perguntou: "E como é isso?". Ele respondeu: "É com esses membros que se buscam as coisas: a mão traidora que não evita a traição, a língua mentirosa que não fala a verdade, e os pés, que vão atrás da mão e da língua. Esses aí estavam habituados a comer seu dinheiro e a meter a mão em seus tesouros; quando você me encarregou de tais tesouros, as mãos deles encurtaram e eles não puderam continuar fazendo o que bem entendiam, sendo então tomados por inveja, ódio e hostilidade. Quando entrei no quarto e sucedeu tudo aquilo, abriu-se-lhes uma porta pela qual pretenderam me aniquilar: elaboraram aquela artimanha, instruíram minha mãe sobre o que dizer e passaram, diariamente, a incitá-lo a matar-me. Quando Deus altíssimo foi generoso comigo e demonstrou minha inocência, a armadilha deles se enrolou em suas próprias gargantas, pois não têm o que dizer". O rei então lhes perguntou pela segunda vez: "Por que motivo vocês quiseram matar e aniquilar o meu filho?". O maioral dos vizires respondeu: "Não há o que me censurar. Quem vê alguém menor que si em capacidade e idade receber mais autoridade deve eliminá-lo". O segundo dos vizires respondeu: "Como pode ter paciência quem vê outro tomar seu lugar e posição, tornando-se maior que ele?". O terceiro respondeu: "Aquele em quem eu mandava passou a mandar em mim; logo, não quero senão eliminá-lo". E, assim, cada um dos vizires respondeu algo. O rei disse: "Nunca vi nada melhor que a prática do bem; quem o pratica o encontra em si mesmo; assim também ocorre com o mal. Cada ser humano não deve desejar para os outros senão o que deseja para si mesmo".[212] Em seguida, o rei determinou que seus pescoços fossem cortados e disse: "Ó vizires perversos, engendradores de armadilhas e trapaças! Quiseram matar meu filho sem que ele tivesse cometido crime nenhum, e tentaram me levar a matá-lo, tudo por inveja dele! Porém, Deus lhe concedeu paciência e vitória, e vocês encontrarão a iniqüidade de suas

212 Nesse conhecido provérbio, traduziu-se por "os outros" a palavra que, no original, é *almu'minūn*, "os crentes", isto é, os muçulmanos.

ações". Ordenou que fossem crucificados e que suas casas e bens fossem saqueados. Instalou o filho no trono, e os outros reis lhe enviaram presentes.

SINDABĀD, O NAVEGANTE[213]

[*Prosseguiu Šahrazād*:] "Mas esta história não é mais assombrosa que a de Sindabād".[214] A irmã lhe perguntou: "E como foi a história dele? O que lhe aconteceu?". Ela disse:

Eu tive notícia, ó rei venturoso, de que havia em Bagdá[215] um homem chamado Sindabād, o carregador, que certo dia transportou um pesado carregamento até um local distante debaixo de um sol bem forte, sendo então prejudicado pelo cansaço e exaurido pelo esforço. O calor intenso fez-lhe escorrer o suor e aumentar a preocupação. Passou então por uma ruela de brisa suave e eflúvio agradável, da qual emanavam odores de sândalo e almíscar. Largou o fardo dos ombros, quase desmaiando de cansaço, e se sentou para descansar. Ouviu então, de uma casa situada no ponto mais elevado da ruela, sons de alaúde e outros instrumentos musicais; aspirou aroma de flores e de saborosas comidas; viu criados e escravos parecidos com luas entrando e saindo, vestidos de roupas opulentas; viu coisas que deliciavam os olhos e proporcionavam repouso à alma; erguendo o olhar para o céu, disse, movido pelo cansaço excessivo e pelo esgotamento: "Ó criador de tudo, em você busco ajuda e perdão dos pecados. Não me oponho ao que você quer, mas por que enriquecer esse daí, que vive na luxúria, enquanto mal consigo matar a minha fome com pão de cevada? O outro goza de delícias sem labuta nem cansaço, e reúne tudo quanto é esplendoroso!". Abaixou a cabeça, abatido, e recitou com o coração contristado:

"Sou um desgraçado sem repouso,
a quem o destino impôs peso sem igual;
ele se refestela em constantes prazeres,
caçando, cantando, bebendo e comendo,
e eis-nos aqui, meras estátuas de metal!
Mas o meu caso é bem pior que os outros!".[216]

Assim que ele concluiu a sua poesia, subitamente um criado saiu da casa, pegou-o pela mão e disse: "Atenda o meu senhor! Ele não suporta desobediências!". O criado deixou-lhe o fardo

213 No texto-base, aqui também o "Arabe 3615", esta história se inicia na 199ª noite. Utilizaram-se como apoio os textos das edições de Būlāq e Calcutá 2.ed., além, eventualmente, do manuscrito "Z13523"; nesse conjunto, ao qual se dará aqui o nome de "compilação tardia", a história de Sindabād tem início no final da 536ª noite (nas edições impressas) e no final da 533ª noite (no manuscrito). Na edição de Breslau, a história está no final do terceiro volume e no início do quarto, ocupando da 250ª à 271ª noite.

214 O original diz "a história do carregador Sindabād", mas é evidente que a palavra "carregador", neste caso, está sobrando, como se evidencia por meio das demais versões.

215 Todas as outras redações acrescentam "no tempo do califa Hārūn Arrašīd", personagem histórica que somente aparecerá mais adiante. A ausência da localização temporal logo no início talvez consista em uma prova da antiguidade da redação do texto-base relativamente às outras redações.

216 Nas outras versões, a poesia é bem mais longa.

217 O original faz um jogo de palavras intraduzível: *wajadtu almāl qad māl wa alḥāl qad ḥāl.*

no quintal da casa, recomendando ao porteiro que o vigiasse, e subiu até o palácio com o carregador, que viu o local arrumado para bem receber, cheio de comensais, com várias espécies de comidas, aromas, instrumentos musicais, belos criados e, no ponto mais elevado da sala, um velho de aspecto respeitável e cerimonioso, com luzes de venerabilidade, a quem, assombrado e extasiado, o carregador Sindabād cumprimentou, sendo correspondido e chamado pelo velho, que, dono do lugar, acomodou-o ao seu lado, pondo-se a conversar com ele animadamente e dando-lhe comida e bebida. Tão logo seu terror e exaustão passaram, o velho lhe perguntou: "Qual o seu nome, meu irmão?". Ele respondeu: "Sindabād, o carregador". O velho disse: "Você nos honrou e entreteve com a demonstração poética feita agora há pouco". O carregador beijou o chão de constrangimento e, tomado pela vergonha, disse: "Meu amo, a exaustão e as dificuldades resultam em estupidez! Eu estava fora de minha razão devido ao cansaço, e então me escapou aquilo que você ouviu". O velho disse: "Você não corre nenhum risco, meu irmão! Recite os versos para mim!". O carregador os repetiu, e o dono da casa disse: "Saiba que sou chamado de Sindabād, o navegante, e não suponha que todo este conforto foi obtido sem fadigas ou canseiras; ao contrário, minhas fadigas foram as maiores, e sofri dificuldades e terrores. A simples audição da minha história é de arrebentar a vesícula e deixar perplexa a mente dos inteligentes. Ouçam, portanto, o relato de minhas sete viagens, meus senhores, e fiquem perplexos, pois seus pontos de partida são assombrosos, e insólitos os seus pontos de chegada". Em seguida, ordenou a um criado que enviasse o fardo do carregador Sindabād para o local aonde teria de levá-lo, e o criado o enviou por meio de outro carregador. Então, o navegante Sindabād voltou-se para o grupo e disse:

PRIMEIRA VIAGEM

Saibam que meu pai era um grande mercador, proprietário de vastos cabedais, e, quando ele se mudou para a misericórdia divina, herdei muito dinheiro e passei a conviver com amigos e camaradas, em cuja companhia efetuei gastos tão vultosos que, ao acordar da embriaguez de minha estupidez, verifiquei que o dinheiro partira e a boa situação sumira.[217] Despertei do meu torpor parecendo aterrorizado, e, considerando a situação sumamente grave, temi a pobreza e me acudiu à mente a lembrança do que se dizia: "Três coisas são melhores que outras três: o dia da morte é melhor que o dia do nascimento, um cão vivo é melhor que um leão morto, e o túmulo é melhor que a pobreza".[218] Apressei-me em me desfazer do que me restava de metais, mobílias e instrumentos: levei tudo ao mercado e ali vendi, reunindo três mil dirhams, com os quais comprei mercadorias e reforcei minha disposição de viajar, lembrando as palavras do poeta:

"É com esforço que se alcançam as alturas,
e quem quer elevar-se passa a noite desperto.
Se desejas crescer e contudo dormes à noite,
os caçadores de pérola mergulham no mar.
Quem procura subir sem no entanto cansar
desperdiça a vida na procura do impossível".

Em seguida desloquei-me, a bordo de um navio, até Basra, e pus-me a navegar por seu mar, em cuja margem direita ficam os árabes,[219] e em cuja margem esquerda ficam os persas. Menciona-se no *Livro dos reinos e das rotas*[220] que esse mar possui setenta parasangas de largura e muitas montanhas, confinando com a Terra dos Negros[221] e com o Mar Vermelho; a partir daí, passa a ser o grande Mar Oriental, cujo comprimento desde o Mar Vermelho até as Ilhas de Alwāq é de quatro mil e quinhentas parasangas, e dele saem grandes pérolas; em suas cercanias, está a Terra dos Negros e a Abissínia. Permanecemos viajando de ilha em ilha, vendendo e comprando, até nos aproximarmos de uma ilha verde na qual atracamos, e os passageiros ali desembarcaram, espalhando-se pela ilha, onde se puseram a comer e a beber. Estávamos nessa situação quando repentinamente o solo da ilha estremeceu, balançou e se agitou, e o capitão gritou alto e bom som: "Voltem para o navio e procurem salvar-se, pois essa ilha é um monstro marítimo ao qual dão o nome de baleia!". Todos acorreram para o navio, mas alguns não chegaram a tempo, e eu estava entre os que se atrasaram! Antes que nos déssemos conta, o monstro mergulhou; com o resto de minhas forças, agarrei-me a uma tábua e pus-me a bater os pés enquanto as ondas me empurravam. A agitação do mar aumentou, e ele se elevou, encapelou e crispou de ondas, que me arrastaram dia e noite. Quando

218 Nas outras versões, o dito é atribuído a "Salomão, filho de Davi, que a paz esteja sobre ambos". No começo do provérbio, o texto-base traz apenas "morte", mas, por uma questão de paralelismo ("dia da morte/dia do nascimento"), optou-se por traduzir "dia da morte", tal como se encontra na compilação tardia.

219 Em lugar de *alġarb*, "o ocidente", que é o que está registrado, leu-se *alᶜarab*, os "árabes". A diferença é um simples pingo.

220 Compuseram-se vários livros com esse título – tratava-se mais propriamente de um gênero – nas antigas letras árabes, dos quais nem todos chegaram até os dias de hoje. Entre os mais conhecidos estão o de Ibn Ḫurdāḏbah e o de Alkarḫī, ambos do século IX d.C.

221 "Terra dos Negros" traduz *azzanj*, "os negros". Antes, "parasanga" traduz *farsaḫ*, medida de origem persa cuja unidade equivale a oito quilômetros.

222 As demais versões incluem minúcias sobre peixes que atacam e ferem as pernas do herói etc.

223 Conforme já se observou em nota, trata-se de palavra que designa, entre os indianos, os governadores provinciais.

224 O trecho entre colchetes foi traduzido da compilação tardia. O texto-base traz: "e é a égua-marinha", o que não faz sentido. De qualquer modo, o texto-base é, no geral, mais lógico, conquanto mais conciso (ou justamente por isso). Por exemplo, na compilação tardia o cavalariço declara que realiza tal atividade mensalmente, o que contraria o fundamento valorativo dessa prática, que consiste em sua própria raridade.

amanheceu, meu sopro vital a ponto de esvair-se, eis que uma onda jogou-me na orla de uma ilha na qual subi, mal controlando meu aniquilamento, e ali me estirei feito morto.[222] Logo que o sol amainou, pus-me a vagar, ora de pé, ora de rastos, ora caindo, ora me levantando. Encontrei na ilha alguma fruta e fonte de água doce; comi o suficiente para matar a fome, bebi da fonte e dormi enfim naquela noite, recuperando então ânimo e vigor; caminhei, pois, e vislumbrei na orla marítima algo semelhante a uma montaria; avancei em sua direção, e eis que se tratava de uma égua amarrada da qual me aproximei, sendo então repreendido aos gritos por um homem que estava em uma vala, e, ao voltar-me, ele me perguntou: "Por acaso, quem é você?". Respondi: "Sou náufrago". Ele se achegou e me pegou pela mão.

E a aurora alcançou Šahrazād, que deixou interrompida a sua fala permitida.

E quando foi a 200ª noite

Ela disse:

Eu tive notícia, ó rei venturoso, de que Sindabād, o navegante, disse ao grupo:

Ele me pegou pela mão e me fez descer à vala, onde me providenciou comida e bebida. Perguntei-lhe: "Por que você está aqui, meu irmão? Por que motivo aquela égua está amarrada?". Respondeu: "Somos cavalariços do proprietário desta ilha, cujo nome é rei Mihrāj.[223] Todo ano ele envia conosco uma égua que amarramos na orla, escondendo-nos em seguida neste lugar; então, surge um cavalo-marinho e a cobre; quando desce de cima dela, faz tenção de matá-la, e é nesse momento que nós começamos a gritar, afugentando o cavalo-marinho para o mar. Recolhemos a égua, voltamos de onde viemos e cuidamos dela até que dê à luz o filhote, ao qual criamos; [vale muito dinheiro e não tem igual sobre a face da terra].[224] Este é o último dia de nossa estada aqui e, se acaso não tivesse vindo agora, teríamos voltado e você morreria, pois a civilização está tão distante daqui que você não saberia encontrar o caminho de volta". Enquanto ele assim falava, subitamente emergiu do mar um cavalo-marinho que, após cobrir a égua amarrada, desceu de cima dela e fez tenção de matá-la, mas o homem gritou com ele, fazendo-o atirar-se ao mar. Em seguida, gritou alto e bom som e seus companheiros foram chegando, cada qual com uma égua. Montaram todos, fizeram-me montar e cavalgamos até a cidade do rei Mihrāj, diante do qual me depuseram. Ele me indagou a respeito de minha história e eu lhe contei tudo quanto se passara comigo. Admirado com o meu relato, ordenou que me dessem bastante dinheiro, e permaneci naquela cidade algum tempo, durante o qual o rei me questionava sobre Bagdá, sobre sua situação e arquitetura, e de tudo eu lhe dava notícia. Nas [proximidades da] cidade daquele rei havia uma ilha a que chamavam Kāsil, na qual se ouvia som de tambores ao longo da noite, e os marinheiros diziam que o Anticristo estava lá aprisionado.[225] Avistei naquele mar uma espécie de peixe cujo comprimento é de seiscentos e sessenta metros; nos navios, que temem tais peixes, tocam-se tambores e placas de metal[226] quando eles são avistados, pois, caso se aproximem, fazem o navio adernar e afundar. Também vi naquele mar um peixe de cerca de sessenta centímetros com rosto semelhante ao da coruja.

[O rei me nomeou responsável pelo porto, encarregado de registrar a entrada de todos os navios],[227] e após alguns dias chegou e aportou no litoral da cidade um navio com mercadores e suas mercadorias. Logo me pus a registrar o nome de cada mercador escrito em suas mercadorias, e então o capitão retirou uns fardos e disse: "Isto está consignado em confiança no nome do navegante Sindabād". Ao ouvi-lo, dei um passo adiante e lhe perguntei: "Meu senhor, e onde está o dono desta consignação?". Ele respondeu: "Havia conosco um mercador de Bagdá. Desembarcamos no dorso de um monstro marinho presumindo que fosse uma ilha, mas, quando os passageiros começaram a cozinhar em seu dorso, o monstro sentiu o calor do fogo e submergiu no mar; alguns se afogaram e outros se salvaram. Sindabād estava entre os que se afogaram. Estes são seus cabedais, e estamos comerciando-os para depois fazê-los chegar aos seus filhos e familiares". Gritei: "Eu sou Sindabād! Estas são minhas mercadorias! Ouça a minha história". O capitão disse: "Ninguém mais tem confiança nem diz a verdade... Nós o vimos sendo arrastado no mar pelas ondas! Ele se afogou; deixe-se de absurdos".

E a aurora alcançou Šahrazād, que deixou interrompida a sua fala permitida.

225 "Anticristo" traduz *Addajjāl*, "charlatão", parte do sintagma *Almasīḥ Addajjāl*, "Anticristo", que é o vocábulo usado na Bíblia em árabe. Na edição de Breslau, a tradução dessa controversa passagem é assim: "[...] uma ilha chamada Kāsil na qual se ouviam sons de tambor com adufes, o tambor como instrumento de diversão e música, noite e dia. Os marinheiros dizem que [nesse lugar as pessoas] são [adeptas] de discussões e opiniões" (em matéria religiosa, talvez, mas não necessariamente). O teor da compilação tardia é semelhante, com menos detalhes, e o nome da ilha é *Kābil*. Pode, obviamente, haver ocorrido, em algum momento da transmissão da história, confusão entre as raízes árabes *d j l*, constitutiva de "charlatão", e *j d l*, constitutiva de "discussão". Seja como for, no texto-base a idéia de "Anticristo" não é meramente fortuita, pois foi incorporada como imagem, o que se evidencia pelo acréscimo do adjetivo "aprisionado" a ela. Registre-se que as demais versões aqui consultadas da história de Sindabād são igualmente mais profusas na apresentação de outros dados, como, por exemplo, a visita de uma delegação de brâmanes, descritos como pessoas que nunca tomam vinho etc.

226 "Placas de metal" traduz uma palavra que pode ser lida como *nuḥās*, "cobre", mas pode tratar-se de erro de cópia.

227 O trecho entre colchetes foi traduzido da compilação tardia.

E quando foi a

201ª

noite

Ela disse:

Eu tive notícia, ó rei venturoso, de que Sindabād disse ao seu grupo de comensais:

Eu disse ao capitão: "Não se apresse, amo, e ouça a minha história", e lhe contei que me acontecera isso e aquilo, relatando-lhe minha história de cabo a rabo, citando o nome dos mercadores que estavam no navio e informando que os cavalariços do rei dali é que me tinham feito chegar à cidade, caso contrário eu teria morrido naquela ilha. O capitão então me examinou e reconheceu: eu havia mudado em razão da fome e do medo que sofrera. Levantou-se, abraçou-me e disse: "Graças a Deus que você está bem! Por Deus que você nos deixara sem saber o que fazer! Estes são os seus fardos; leve-os". Recolhi meus fardos e escolhi um presente para o rei Mihrāj, a quem informei do que ocorrera; seu espanto aumentou e ele me cumulou de presentes. Os mercadores venderam suas mercadorias e compraram daquela cidade o que era apropriado para a cidade de Bagdá, e eu agi como eles. Despedi-me do rei, compramos aloés, sândalo, cânfora e cravo, embarcamos e zarpamos, passando de ilha em ilha até chegar a Basra, de onde nos deslocamos a Bagdá. Com um lucro de cem mil dinares, fui para minha casa, juntando-me aos meus familiares e filhos; comprei criados e criadas, bem como as posses das quais me desfizera. Lancei-me avidamente à busca de prazeres e ao desfrute de deleitamentos e gozos, esquecido das dificuldades e das situações de aniquilamento que enfrentara.

[*Prosseguiu Šahrazād*:] Quando terminou sua história, o navegante Sindabād ordenou que trouxessem comida e bebida, e todos comeram, beberam, desfrutaram prazeres e se divertiram;[228] depois, ordenou às escravas que tocassem os instrumentos musicais, e todos se emocionaram; em seguida, ordenou que dessem dez dinares ao carregador Sindabād e lhe disse: "Amanhã retorne a este lugar para ouvir a segunda história". O carregador pegou o dinheiro, beijou-lhe a mão, rogou por ele e voltou feliz para os seus familiares, dizendo: "Graças a Deus, que foi generoso conosco por meio desse homem!". Quando amanheceu, o carregador foi até o mercado e comprou para seus familiares o que eles necessitavam, sendo pródigo nos gastos. Em seguida, retornou à casa do navegante, onde encontrou um criado na porta a esperá-lo. Quando ele entrou, cumprimentando e rogando para o dono a proteção e

228 No texto-base, todos os verbos dessa passagem estão na primeira pessoa do plural.

a misericórdia divinas, Sindabād lhe deu boas-vindas e determinou que se acomodasse, pois os comensais já estavam reunidos desfrutando prazeres, aproveitando todos os momentos e deleitando-se com os gozos; quando afinal colheram a sua cota de prazeres, o navegante Sindabād disse: "Ouçam a segunda história", e prosseguiu:

229 Como não se informa qual região seria, presume-se que seja a mesma da primeira viagem. As outras versões falam em "mercadorias adequadas ao comércio marítimo".

SEGUNDA VIAGEM

Fiquei naquela situação por um ano completo, ao cabo do qual, novamente acometido pelos anseios de viajar, comprei tecidos e demais mercadorias adequadas para aquela região.[229] Embarquei em um navio pronto para zarpar, com companheiros convenientes, e nos fizemos ao mar, pondo-nos a passar de ilha em ilha, a vender e a comprar, até que por fim desembarcamos em uma ilha de muitas árvores e frutas, mas vazia de gente e de construções; ali descemos e passeamos. Peguei minha refeição e me sentei sozinho na beira de um rio, inteiramente desacompanhado; comi, bebi e, confortavelmente batido pela brisa, dormi. Exalçado seja aquele que não dorme! Quando acordei, corri para a praia e constatei que o meu navio já partira! Haviam me esquecido! Fiquei ali sozinho, tão solitário que minha vesícula esteve a ponto de estourar. Perdi a esperança no mundo, desesperei-me da vida e censurei minha alma, que tanto adornara para mim as viagens marítimas. Arrependi-me de ter saído de Bagdá, mas já de nada me adiantava o arrependimento! Trepei em uma árvore elevada, olhei à direita e à esquerda, mas não vi senão céu e água; então, despontou na ilha algo branco ao longe; desci da árvore, muni-me de comida, fui na direção daquele branco, e eis que se tratava de uma grande abóbada branca e lisa. Aproximei-me.

E a aurora alcançou Šahrazād, que deixou interrompida a sua fala permitida.

E quando foi a

202ª

noite

Ela disse:

Eu tive notícia, ó rei venturoso, de que o navegante Sindabād disse ao grupo:

Aproximei-me da abóbada e caminhei em seu entorno, mas não encontrei nenhuma porta nem pude subir nela por causa da sua lisura; sua circunferência era de cinqüenta jardas. Quedei-me perplexo, o sol se aproximando do ocaso, e eis que de repente o tempo escureceu em virtude de uma nuvem que surgiu; lancei-lhe um olhar, e eis que era um pássaro imenso que chegava, e que me fez lembrar uma conversa de marinheiros segundo a qual existia na ilha uma ave chamada roque. Aquela abóbada era o seu ovo, e sobre ele o pássaro pousou. Eu ficara ali grudado ao ovo, e uma das garras do pássaro pousou à minha frente, parecendo uma barra de ferro. Aproximei-me da garra, soltei meu cinto, que era bem resistente, amarrei uma das pontas em minha cintura e a outra à garra, e apertei com firmeza, pensando: "Quando ele voar talvez me leve à civilização, pois aqui estarei inevitavelmente liquidado". Quando a aurora raiou, o pássaro roque saiu voando comigo amarrado à sua pata, e tanto se elevou que me pareceu que se encostaria no céu; em seguida voltou-se para baixo em busca da terra, aproximando-se de celeiros de trigo fora da cidade. Quando restavam uns três metros entre mim e a terra, saquei uma faca que trazia na cintura e tentei cortar aquela amarra, mas ela não se rompeu, e a ave tornou a subir comigo, descendo em um vale, e então rompi a amarra, e eis que o pássaro descera para pegar uma cobra enorme, após o que subiu, enquanto eu permanecia naquele vale que, de tão profundo – situado no sopé de quatro montanhas –, a vista não lhe alcançava a parte superior. Pensei: "A Deus pertencemos e a ele retornaremos! Cada calamidade que vem é bem pior que a anterior!". Caminhei pelo vale, e eis que ele continha o metal diamante, que é uma pedra branca que perfura todas as outras pedras, sendo usado para perfurar pérolas; nem o rochedo nem o ferro o quebravam; somente o chumbo podia fazê-lo. Naquele vale também viviam cobras enormes, cada qual do tamanho de um elefante; durante o dia se escondiam daquele pássaro; só apareciam à noite. Quando o crepúsculo se aproximou, entrei em uma gruta no sopé de uma das montanhas e lhe tapei a entrada com uma grande pedra. Subitamente, as cobras apareceram e eu as observei por uma fenda na pedra; eram do tamanho de um búfalo, e o que vi me deixou aterrorizado. Quando o sol raiou e sua temperatura subiu, elas se esconderam. Estava eu sentado quando de repente caiu ao meu lado um pedaço de carne macia, lançado do alto da montanha. Lembrei-me então de notícias correntes de que mercadores se dirigiam para aquele vale, onde retalhavam pedaços de carne untados com algo semelhante à cola, ao qual tudo quanto encosta se gruda; atiram tais pedaços de carne no vale, diamantes se grudam a eles, as águias descem do alto da montanha atrás deles, recolhem-nos, tornam a subir para o alto da montanha, e ali os mercadores gritam com as aves, que largam os pedaços de carne e fogem voando; cada mercador então recolhe os diamantes grudados ao seu pedaço de carne, e é apenas mediante tal artimanha que se podem extrair os diamantes daquele vale. Ajuntei o que me foi possível de diamantes, corri até um grande pedaço de carne e amarrei fortemente minha cintura a ele com o que restara do cinto. As águias desceram em grande quantidade, e cada uma agarrou seu pedaço de carne; uma grande águia me agarrou, voando comigo até me lançar no ponto mais elevado da montanha, e súbito ouvi gritos altos contra as águias, que largaram os pedaços de carne e saíram voando. O dono do pedaço de carne ao qual eu me amarrara veio recolher os seus diamantes, e, ao me ver, exclamou: "Ai, você atrapalhou o meu negócio!". Respondi: "Não se preocupe, pois tenho comigo muito diamante, e lhe darei mais que os seus camaradas conseguiram". Os mercadores me cercaram, indagaram a minha história, e lhes contei tudo quanto me sucedera. Extremamente espantados, levaram-me para a cidade, que ficava no cume da montanha, e me conduziram ao mercado de jóias, onde saquei minha sacola de couro, que eu enchera de diamantes, tão valiosos que os mercadores jamais haviam visto iguais. Dei muitas coisas ao dono do pedaço de carne com o qual eu subira à montanha, e naquela noite me convidaram para jantar e me dignificaram. Eu imaginava estar sonhando.

Naquelas paragens havia o rinoceronte, que é do tamanho do búfalo; ele se alimenta de ervas terrestres e tem na testa um chifre de aproximadamente sessenta centímetros de comprimento e um palmo de largura. Esse chifre é desenhado de cabo a rabo, e, se você o cortar, verá uma imagem branca em fundo preto semelhante à de um ser humano ou de certo animal. Os chineses utilizam-no para fazer cinturões, cuja unidade vendem ao preço de mil dinares. Os marinheiros relatam que o rinoceronte golpeia o elefante enfiando-lhe o chifre no ventre, erguendo-o depois a fim de livrar-se dele, mas não consegue, e a gordura do elefante lhe escorre pelos olhos, impossibilitando-o de enxergar e consistindo, destarte, no motivo de sua aniquilação, pois cego ele se põe a vagar pela montanha e dali despenca no precipício, morrendo então.[230] Também existe naquela ilha um búfalo sem orelhas, além de muitos outros prodígios.

230 As outras versões contêm detalhes mais fantásticos, tais como: o rinoceronte passeia com o elefante pendurado em seu chifre sem se dar conta, fica cego devido à gordura e é capturado, junto com o elefante, pelo pássaro roque etc.

231 Nas outras versões, Sindabād retorna a Bagdá junto com os mercadores que o resgataram no vale dos diamantes; também o roteiro nelas é mais detalhado, citando a passagem por Basra antes da chegada a Bagdá, conforme seria de esperar em um relato de viagem marítima. No texto-base, porém, a redação é mais enxuta, sem prejuízo da lógica narrativa.

Enfim, vendi os diamantes e comprei mercadorias; chegou um navio com mercadores que efetuaram vendas e compras; perguntei ao capitão para onde se dirigiam e ele respondeu: "Bagdá". Comprei então uma passagem, embarquei minhas mercadorias e viajamos por dias e noites até chegar, sãos e salvos, a Bagdá,[231] onde regressei para esta minha casa.

E a aurora alcançou Šahrazād, que deixou interrompida a sua fala permitida.

E quando foi a

203ª

noite

Ela disse:

Eu tive notícia, ó rei venturoso, de que o navegante Sindabād disse ao grupo:

Então entrei nesta minha casa carregando muito dinheiro; distribuí esmolas, vesti os pobres, convoquei alfaquis para fazerem preces, e em seguida entreguei-me aos prazeres e à busca ávida por gozos.

[*Prosseguiu Šahrazād*:] Encerrada a história, ele ordenou que servissem comida e bebida, e que fossem tocados os instrumentos musicais. Todos comeram, beberam, gozaram e se emocionaram, sumamente espantados com a sua história. Quando o dia findou, ordenou que dessem dez dinares ao carregador Sindabād, e que este retornasse no outro dia cedo. O carregador beijou-lhe a mão, rogou por ele e se retirou para casa feliz e contente, retornando na manhã seguinte para a casa do navegante Sindabād, e ali cumprimentou, rogou misericórdia e viu a audiência reunida. O navegante disse: "Ouçam a terceira história!".

TERCEIRA VIAGEM

Pus-me, portanto, a buscar avidamente os prazeres, esquecido das dificuldades que enfrentara, pelo período de um ano, findo o qual minha alma teve anseios de viajar; adquiri então tecidos e mercadorias, comprei passagem em um navio e zarpamos, viajando de um lugar a outro. De repente, eis que o capitão, largando o velame, prorrompeu em lamúrias por nossa ruína em razão das terríveis catástrofes que aconteceriam. Perguntamos qual era a notícia e ele respondeu: "Saibam que caímos no arquipélago dos selvagens, que já nos cercaram, e não podemos matar nenhum deles, pois são mais numerosos que os gafanhotos de uma praga. Se matarmos um deles sequer, eles matarão todos quantos estão no navio; se não os hostilizarmos,[232] levarão nossos cabedais e nos salvaremos". E, de fato, eis que eles cercaram o navio, nus, vermelhos os pêlos e de palavreado incompreensível, pois eram humanos selvagens, cada qual com altura de quatro palmos; galgaram o madeirame do navio com as mãos, sem usar os pés, escalaram-no e subiram a bordo; soltaram as velas e nos conduziram ao litoral, onde desembarcamos em terra firme; levaram tudo quanto o navio continha e o destruíram, deixando-nos naquela ilha sem saber para onde ir; comemos das frutas que ali havia a fim de aplacar a fome. Divisando um castelo em uma das extremidades da ilha, fomos em sua direção, e, quando chegamos, eis que era um palácio de construção elevada, cuja porta, adornada com ébano, estava apenas encostada, abrindo-se quando a empurramos; entramos e vimos em sua parte superior uma tenda elevada, camas, restos de ossos e espetos de ferro. Embora intrigados com aquilo, deixamo-nos ficar por ali pelo medo e pelo cansaço; o sol já se aproximava do ocaso quando súbito adentrou pela porta do palácio um negro bem escuro, que parecia uma palmeira gigante; os olhos, brilhantes como brasa, semelhavam crateras; os dentes eram como espetos compridos; a boca, mais larga que a de um jumento; seus lábios inferiores lhe chegavam ao peito; suas orelhas eram como as de um elefante; as unhas das mãos e dos pés pareciam garras. Quando o vimos, perdemos os sentidos e ele nos rodeou, sentou-se na cama por algum tempo, levantou-se, veio diretamente até mim, puxou-me pela mão e me ergueu, colocando-me diante de sua cara e pondo-se a me revirar tal como o açougueiro revira carneiros a fim de distinguir os gordos dos magros; ao ver que eu era leve, de carnes escassas, largou-me de lado e agarrou outro; fez isso até que sua mão parou no capitão, que era pesado de corpo, largo de ombros, o mais corpulento dos homens, e, agarrando-o tal como o gavião agarra o passarinho, pegou um dos espetos, introduziu-o em seu ânus, fê-lo sair-lhe pela cabeça, amarrou-lhe mãos e pés, acendeu o fogo, assou-o na brasa por alguns momentos, acomodou-se na tenda, retalhou-o com as unhas e o devorou por inteiro, jogando fora os ossos. Em seguida, estirou-se na cama e dormiu aos roncos até o raiar da aurora, quando então se levantou e saiu. Ao percebermos que ele de fato se ausentara, acorremos uns aos outros, apesar da nossa lamentável situação, e dissemos: "Que terrível manei-

232 O original traz *wa in qātalnāhum*, "se os combatermos", mas o verbo deve ser *qābalnāhum*, o que daria "se os recebermos". Nas outras versões, o ataque é realizado por macacos.

ra de morrer! Haverá alguma artimanha que proporcione salvação?". Saímos e vagamos pela ilha, pois assim talvez encontrássemos um local onde nos abrigar, mas nada encontramos e, incapazes de nos separar uns dos outros, quando anoiteceu regressamos ao palácio;[233] logo o solo estremeceu e o negro surgiu, investindo contra nós e fazendo com o mais gordo de meus companheiros o mesmo que fizera com o capitão: agarrou, assou, devorou e depois se deitou, dormindo aos roncos. Quando despontou o amanhecer, levantou-se e saiu.

E a aurora alcançou Šahrazād, que deixou interrompida a sua fala permitida.

233 Nenhuma das versões consultadas dá uma explicação claramente convincente para o motivo do retorno dos homens ao palácio, onde fatalmente seriam devorados. A lógica narrativa parece pressupor que o leitor saiba previamente tratar-se de uma ilha bem inóspita, na qual seria impossível sobreviver sem abrigo, o que deixava a opção entre morrerem todos ou morrer apenas um – de cada vez.

E quando foi a

204ª

noite

Ela disse:

Eu tive notícia, ó rei venturoso, de que o navegante Sindabād disse ao grupo:

Assim que o dia surgiu, o negro se levantou e saiu. Dissemos uns aos outros: "Vamos nos atirar ao mar e morrer afogados! Ainda assim é melhor que esta morte!". Eu disse: "Façamos, com estas madeiras, jangadas em que caibam três homens cada. Elaboremos uma artimanha para matá-lo, e, se ele morrer, permaneceremos neste palácio, pois quiçá passe por aqui algum navio que nos transporte; porém, se não conseguirmos matá-lo, embarcaremos aos trios nas jangadas e navegaremos; salvos ou afogados, será melhor do que esta morte". Eles concordaram com a minha proposta e então ajuntamos madeira, enrolamos cordas com fibras de palmeira, amarramos umas tábuas nas outras e construímos muitas jangadas, deixando-as na orla. Quando anoiteceu, entramos no palácio, o negro devorou um de nós, e dormiu. Esperamos que começasse a roncar, pois já conhecíamos seus hábitos: ele não se levantava senão ao amanhecer. Dois dos mais fortes dentre nós se levantaram, pegaram dois espetos, e os aqueceram até ficarem como brasa; depois cada dez de nós agarramos um dos espetos, aproximamo-nos do negro, que estava deitado de costas, roncando como trovão de tempestade, e os enfiamos em seus olhos, empurrando-os com o corpo. Ele soltou um grito pavoroso que nos fez cair de cara, já duvidosos de sobreviver, e se dirigiu à porta, que estava encostada, empurrando-a com o peito e saindo; nós corremos até a praia dizendo: "Se o sol se puser e ele não retornar, então terá morrido". Ficamos aguardando na praia, e eis que surgiu o negro apoiado em outros dois, tendo atrás de si um grupo cujos membros eram do seu tamanho ou chegavam mesmo a ser maiores; quando os vimos, embarcamos nas jangadas e as empurramos para o mar. Os negros nos perseguiram aos gritos e atiraram pedras contra nós, atingindo a maioria, alguns dos quais se afogaram. Salvei-me junto com outros dois. As ondas nos arremessavam de um lado a outro, sem que soubéssemos para onde estávamos indo; colhidos pela escuridão, navegamos ao longo da noite, e, quando amanheceu, os ventos nos lançaram na praia de uma ilha repleta de árvores e frutas. Muito felizes por estarmos bem, agradecemos a Deus, que nos salvou de tantas calamidades, descansamos, comemos das frutas e dormimos em seguida na beira da praia, sendo subitamente acordados pelo barulho de uma serpente do tamanho de uma palmeira, que, mal se aproximou, agarrou um de nós, fazendo-o soltar um grito pavoroso, com parte do corpo no interior de sua boca; quando a serpente já o engolira até a altura das axilas, ele estendeu as mãos para impedi-la de lhe engolir o resto do corpo, mas ela começou a batê-lo contra o solo, quebrando-lhe as mãos; devorou-o então por inteiro, cuspiu os ossos e foi-se embora. Quando o dia clareou, meu companheiro e eu saímos dali como que mortos em razão do que víramos, certos de que a serpente faria conosco o mesmo que fizera com o nosso outro companheiro. Enquanto a noite se avizinhava, topamos com uma árvore elevada em cujo topo subi, seguido de meu companheiro, logo abaixo de mim. Quando estava bem escuro, a serpente veio até a árvore, subiu, engoliu o meu companheiro e foi-se embora. Permaneci na árvore até o raiar do sol, desci como se fora morto, certo da aniquilação, e pensei que à noite a serpente me engoliria. Vi pela ilha madeira cortada e amarrei-a em torno do meu corpo, na largura e na altura, em meus flancos e pés, apertando os nós com bastante força; deitei-me e esperei a morte, e, quando anoiteceu, a serpente chegou e se pôs a me revirar; eu me afastava e ela tornava a me puxar para si, mas sem conseguir me engolir graças à madeira amarrada pelos meus pés e corpo; continuou brincando comigo, tal como o gato brinca com o rato, até o raiar da aurora, quando então me deixou e partiu. Com o sol a brilhar, soltei-me das madeiras; estava tal e qual morto pelo que padecera com a serpente, com o seu hálito repugnante, e achei que a morte seria mais fácil. Quando o sol se aproximou do crepúsculo, avistei um navio

234 O sintagma "ainda vivas" traduz uma expressão cuja leitura é dificultosa. Essa fala não consta das demais versões.

235 Nas demais versões, em um longo discurso, o capitão oferece ao narrador a possibilidade de trabalhar com as mercadorias para ganhar algum dinheiro, e garante que depois seria tudo entregue à sua família em Bagdá etc.

no mar; parecia um pedaço de montanha; ergui meu turbante em uma das madeiras; no navio, pensaram: "É um náufrago", e desceram um bote com alguns tripulantes que remaram até a ilha, recolheram-me, colocaram-me no navio, e indagaram a minha história; informei-os de tudo, de cabo a rabo, e eles se espantaram deveras. Um dos passageiros disse: "Os marinheiros contam que aquele negro pertence à raça dos macacos gigantes com forma de ser humano, os quais cozinham as pessoas ainda vivas para devorá-las.[234] Quem fez isso com vocês é o rei dessa raça. Já ouvíramos falar deles e de seu palácio, mas nunca os havíamos visto. Quanto à serpente que você viu, ela enxerga à noite, mas não de dia". Em seguida, o capitão me deu uma roupa de mercador e comida; eu mal conseguia acreditar que me salvara. Navegamos até chegar a uma ilha a respeito da qual o capitão disse: "Esta é a ilha de Salāhiṭ, que contém sândalo". Atracou e os mercadores desembarcaram carregando seu dinheiro para comprar coisas dali. O capitão me disse: "Temos conosco já faz um ano, em confiança, as mercadorias de um homem chamado Sindabād, o navegante".[235] Quando os mercadores se ajuntaram...

E a aurora alcançou Šahrazād, que deixou interrompida a sua fala permitida.

E quando foi a

205ª noite

Ela disse:

Eu tive notícia, ó rei venturoso, de que o navegante Sindabād disse a seus comensais:

Quando os mercadores se ajuntaram, avancei para o capitão e lhe perguntei: "E onde está o dono destas mercadorias, meu amo? O que lhe sucedeu?". O capitão respondeu: "Havia conosco um homem chamado Sindabād, o navegante. Como atracamos em uma ilha com muitas árvores e frutas, os passageiros desembarcaram, inclusive ele, que se isolou em um local tão distante que não o avistamos. Ele comeu, bebeu e dormiu, e nós zarpamos e o esquecemos lá. Estes são os seus cabedais, com os quais estamos negociando para ele".

Então eu disse aos gritos: "Eu sou o navegante Sindabād, e isto é de minha propriedade!". O capitão disse: "Deus do céu! Deus o salvou da morte e agora você quer se apossar dos bens de um homem morto! Deixe-se de tolices!". Retruquei: "Eu sou Sindabād! Ocorreu-me isso e aquilo... Os mercadores que estão indo para o vale dos diamantes podem testemunhar isso a meu favor!". Todos quantos estavam no navio haviam se ajuntado ali, e eis que um dos mercadores, ao ouvir a menção ao vale dos diamantes, deu um passo adiante e disse: "Eu não lhes contara que o maior prodígio por mim presenciado em minhas viagens foi a ocasião em que lançamos no vale dos diamantes pedaços de carne para se grudarem aos diamantes e, quando as águias as retiraram, apareceu um homem no meu pedaço de carne? Vocês não acreditaram, mas por Deus que foi esse homem que veio grudado ao meu pedaço de carne!". Só então o capitão me examinou detidamente e, reconhecendo-me, abraçou-me e disse: "Graças a Deus que você está bem! Por Deus que a sua história é uma das mais espantosas!". Recebi meu dinheiro e pus-me a negociar com meus fardos, vendendo e comprando. Avançamos até outra ilha, onde compramos espigas de trigo, cravo, pimenta e várias espécies de tempero. Vi naquele mar um peixe de cerca de dez metros de comprimento, que gera e nasce na água, [236] com cuja pele se produzem escudos; também há nesse mar um peixe com aparência de camelo, e uma ave que constrói seu ninho com os detritos do refluxo do mar, para neles botar e chocar, na própria superfície da água, de onde nunca sai. Continuamos viajando de um ponto a outro até chegar a Bagdá, onde fui para minha casa levando um dinheiro incontável e inestimável. Distribuí esmolas aos pobres, comprei criadas, criados e propriedades, e pus-me a desfrutar avidamente gozos e prazeres.

[*Prosseguiu Šahrazād*:] Quando anoiteceu, Sindabād ordenou que dessem dez dinares ao carregador,[237] e ordenou-lhe que retornasse ao amanhecer. O carregador lhe beijou a mão, rogou por ele e seguiu para casa feliz e contente. Quando amanheceu, retornou para aquela casa e encontrou as pessoas já agrupadas nos tapetes dos prazeres, da felicidade e dos gozos. Após terem colhido seu quinhão de deleites, o navegante lhes disse: "Ouçam a quarta história!".

236 "Que gera e nasce na água" é o que consta do original.

237 Uma curiosidade: neste ponto, em vez de *ḥammāl*, "carregador", o copista grafou *ḥimār*, "asno".

QUARTA VIAGEM

Permaneci naquela situação por um ano inteiro, após o que minha alma teve anseios de viajar. Esqueci dos terrores e situações de risco que enfrentara, comprei mercadorias, amarrei os fardos, encontrei um navio pronto para partir, mandei trazer meus fardos, adquiri minha passagem e viajamos, atravessando as ilhas e nos distanciando no mar profundo; repentinamente, fomos atingidos por forte borrasca, e o capitão soltou as velas, mas logo o mastro se rompeu e o navio afundou com todos que nele estavam; agarrei-me a uma de suas tábuas, junto com um grupo de mercadores, e remamos com um pedaço de madeira o dia inteiro e a noite inteira; ao amanhecer, as ondas nos lançaram em uma ilha; subimos, agradecemos a Deus altíssimo, e divisamos ao longe um prédio em cuja direção seguimos; quando chegamos, fomos atacados por gente negra de cabelo pixaim, que nos capturou e distribuiu entre si. Cinco outros homens e eu coubemos ao chefe, que nos levou para a sua casa e nos deu uma erva por eles conhecida, da qual não comi, mas meus companheiros comeram e logo a razão deles se transtornou; em seguida, o chefe nos serviu arroz cozido com gordura de coco, e meus companheiros se puseram a comer, bem mais do que comiam habitualmente, como se estivessem enlouquecidos. Eu não comi senão um pouco, apenas o suficiente para conter a fome. Notei que as pessoas eram ali cevadas com aquele arroz,[238] e, a cada vez que alguém engordava, eles o sacrificavam, assavam e degolavam; meus companheiros não atinaram com isso em razão da transformação que se operara em seu raciocínio. Emagreci de medo, meu corpo se debilitou, e eles, supondo-me doente, deixaram de se preocupar comigo; certo dia, então, saí, afastei-me da cidade, e vi um velho apascentando as pessoas que eles engordavam; ao notar que eu estava de posse da minha razão, fez-me um sinal dizendo "vá naquela direção", e eu fui, caminhando sem parar por sete dias e sete noites; no oitavo dia, avistei homens ao longe, fui até eles, e eis que eram pessoas colhendo pimenta! Ao me verem, acorreram a mim e me perguntaram: "Quem é você?". Respondi: "Um náufrago". Perguntaram-me: "Como se safou dos negros canibais desta ilha?". Contei-lhes então minha história, e eles ficaram sumamente espantados; alimentaram-me de suas provisões, conduziram-me ao navio e me levaram até o seu rei, que me fez perguntas; contei-lhe minha história e, espantado com o meu caso, ordenou que me dessem roupas.

Verificando que todas as pessoas daquela cidade cavalgavam sem selas nem estribos nem freios, e que tampouco o rei os usava, indaguei-o: "Meu senhor, por que não cavalga com selas e freios?". Ele respondeu: "E o que são selas e freios?". Respondi: "Eu lhe confeccionarei uma sela", e, indo até um marceneiro, desenhei-lhe no papel uma sela e lhe disse: "Faça

238 Em lugar de "arroz", o texto-base traz "erva", evidente equívoco. Embora divergentes entre si neste ponto, tanto a compilação tardia como a edição de Breslau são mais ricas em detalhes – tais como a informação de que somente o rei, na verdade um ogro, comia carne humana, ou de que aquela gente era adepta do zoroastrismo (*mujūs*) etc.

uma dessas de madeira", e ele me fez uma sela de madeira que levei até um coureiro e disse: "Cubra isto com couro e costure", e ele assim fez; depois, fui a um ferreiro e lhe desenhei as formas de freios e estribos, e ele os fez de ferro; recolhi-os e levei ao coureiro, que os prendeu à sela; fui ao encarregado da estrebaria e lhe ordenei que me trouxesse um dos cavalos que o rei montava, e ele assim procedeu; coloquei-lhe a sela nas costas, amarrei o cinturão, pendurei os estribos em seus flancos, coloquei-lhe os freios e mostrei-o ao rei, ordenando-lhe que cavalgasse. Ao fazê-lo, o rei sentiu extremo conforto e, imensamente feliz, presenteou-me com muito dinheiro; o vizir ouviu falar a respeito e me pediu sela, estribos e freios, dando-me bastante dinheiro; também me pediram isso os notáveis do governo, os secretários, os encarregados e os principais da cidade; enfim, para todos fabriquei tais apetrechos, e eles me deram dinheiro em quantias incontáveis, passando eu a desfrutar de uma posição consideravelmente elevada perante o rei e os maiorais do governo e da cidade. Após algum tempo, o rei me disse: "Gostaria de casá-lo [com alguém daqui][239] para que você fique morando conosco". Não pude discordar: ele me arranjou a filha de um notável, realizou a festa de casamento e me casou com ela. Fui morar em uma casa arrumada com mobílias, utensílios, serviçais e tudo quanto fosse necessário. Eu disse: "Graças a Deus que agora tenho casa e esposa", e vivi uma vida confortável e feliz, com constantes visitas ao rei – por algum tempo.[240] Eu tinha um vizinho cuja esposa faleceu e fui visitá-lo para lhe prestar meus pêsames e dar consolo; notando que ele estava na pior das condições, disse-lhe: "Meu irmão, que Deus prolongue a sua vida e nela lhe multiplique as dádivas! Existem muitas mulheres!". Ele respondeu: "E como Deus iria prolongar-me a vida, se dela só resta uma hora?". Perguntei: "Como é isso?". Ele respondeu: "Hoje irão enterrar-me com minha mulher. É um costume de nossa terra: quando a mulher morre, enterram junto o marido, ainda vivo, e quando o marido morre, enterram junto a mulher, ainda viva". Em seguida, lavaram-na; reuniu-se toda a população da cidade, carregaram o esquife, conduzindo-o – eu a tudo acompanhava – até fora da cidade, onde se dirigiram à encosta de uma montanha, retiraram uma pesada rocha da boca de um poço profundo, e fizeram descer a mulher por meio de cordas; depois, desceram-lhe os ornatos, as jóias, as

239 O trecho entre colchetes foi traduzido da compilação tardia, cuja narrativa é aqui bastante longa e cheia de explicações – mas, basicamente, os fatos descritos são os mesmos. Na verdade, quando o rei diz "Gostaria de casá-lo para que você fique morando conosco", é possível subentender que pretende casá-lo com uma mulher do lugar.

240 Na compilação tardia, o relato sobre a vida conjugal é mais pródigo: "O rei me deu uma casa imensa e graciosa, isolada, bem como serviçais e criados; arranjou-me renda e tença, e fiquei no mais extremo conforto, tranqüilidade e bem-estar, olvidando todas as fadigas, canseiras e tribulações que me haviam sucedido; pensei: 'Quando retornar ao meu país, levá-la-ei comigo; é imperioso que ocorra tudo quanto está predestinado ao homem, e ninguém sabe o que lhe sucederá'. Amei-a, e ela me amou demais; havia concórdia entre nós, e vivemos a vida mais deliciosa com as melhores dádivas".

roupas, as mobílias, enfim, nada deixaram em sua casa; em seguida, puseram-se a abraçar o marido e a despedir-se dele, um por um; sentaram-no em uma cadeira de madeira, colocaram ao seu lado um jarro cheio de água e sete pães, e desceram-no, por meio de cordas, uma altura de cerca de cento e cinqüenta metros, repondo então a rocha na boca do poço e se retirando. Perguntei a um homem ao meu lado: "Como podem enterrar um homem vivo?". Ele respondeu: "Tal é o nosso hábito! Se a mulher morre, enterramos o marido junto; se o marido morre, enterramos a mulher junto".

E a aurora alcançou Šahrazād, que deixou interrompida a sua fala permitida.

E quando foi a

206ª

noite

Ela disse:

Eu tive notícia, ó rei venturoso, de que o navegante Sindabād disse ao grupo:

Não se passaram senão poucos dias e minha mulher adoeceu; de pronto a doença se agravou, e fui tomado de desespero; em seguida ela morreu, e os vizinhos vieram até mim para me dar pêsames pela perda; prepararam o corpo de minha mulher, carregaram-na, levaram tudo quanto havia na casa de roupas e jóias, e avançamos até o mencionado poço, de cuja boca retiraram a rocha, descendo então minha mulher e seus pertences; isso feito, o rei se aproximou de mim para despedir-se e me agarrei às bordas de suas roupas, dizendo: "Sou estrangeiro!", e continuei gritando: "Sou estrangeiro!", mas, sem me dar atenção, agarraram-me e desceram-me à força, após colocarem ao meu lado sete pães e um jarro de água, repondo a seguir o rochedo sobre a boca do poço e indo embora. Quando cheguei ao fundo do poço, verifiquei que ali embaixo era amplo, escuro e terrivelmente malcheiroso por causa dos mortos. Alimentei-me daquele pão no primeiro, no segundo e no terceiro dia, até acabar; também bebi da água do jarro e, a partir do quarto dia, já sem comida nem bebida, dormi no meio dos mortos, à espera de que o meu sopro vital se esvaísse, sem distinguir a noite do dia na escuridão do poço. Caminhei por aquele subterrâneo e constatei que era mesmo bem amplo, cheio de cadáveres e ossadas; repentinamente, eis que a boca do poço se abriu e desceram um homem morto e sua mulher ainda viva, com pão e água; quando ela chegou ao fundo, peguei a perna de um cadáver e golpeei-a na cabeça, matando-a, e pegando seu pão e sua água para deles me alimentar. A cada vez que desciam alguém vivo, eu o matava para tomar o pão e a água, assim sobrevivendo durante algum tempo. Estava nessa situação quando ouvi sons no subterrâneo, e, ao me aproximar, o som fugiu de mim; segui-o, ele se afastou, examinei-o, e eis que era algo brilhante como um astro; fui na direção do brilho, e, quanto mais me aproximava, mais ele aumentava, e eis que era uma luz proveniente de um buraco que dava para a orla marítima. Minha mente se tranqüilizou e meu coração se confortou; aproximei-me do buraco, ampliei-o e deixei-o do tamanho de uma portinhola – o suficiente para um homem sair –, avistando então o mar e a montanha que se situava entre mim e a cidade. O que eu vira brilhando como astro eram os olhos de algum animal marinho que entrara pelo buraco, a fim de se alimentar da carne dos cadáveres do poço. Ao ver a cidade, fiquei muito contente, retornei ao poço, ajuntei jóias, adornos de ouro e pérolas que faziam baixar junto com as mulheres mortas, enrolei tudo em um pano, amarrei com força e saí do subterrâneo, sentando-me na encosta daquela montanha, com a trouxa ao meu lado. Passou por mim um navio, e então ergui meu turbante e gritei: "Náufrago!". Quando me avistaram, enviaram um bote com três homens, que me resgataram e remaram até o navio; ao embarcar, o capitão e os passageiros me perguntaram sobre meu estado, e lhes contei que o navio no qual eu estava se rompera e eu subira em uma tábua; ficaram espantados. Quis pagar minha passagem ao capitão, mas ele não aceitou. Continuamos indo de ilha em ilha até aportar na ilha de Nākūš, que fica a dez dias de Sarandīb;[241] dali, navegamos por seis dias até a ilha de Kalī, que constituiu um reino tributário da Índia; contém minas de chumbo e plantações de bambu, além de cânfora de boa qualidade; o rei, que é bem grande, usa túnica de ouro, seu povo se alimenta de carne humana, e a extensão do reino se percorre em dois dias; vendemos, compramos e prosseguimos de um lugar a outro até que entramos em Bagdá, onde fui para a minha casa carregando dinheiro, jóias de ouro, adornos, gemas e pérolas em grande quantidade; distribuí esmolas aos pobres, comprei criados, criadas, roupas e utensílios.

[*Prosseguiu Šahrazād*:] Quando anoiteceu, o navegante Sindabād ordenou que fossem dados dez dinares ao carregador Sindabād, determinando-lhe que retornasse ao amanhecer.

241 Como já mencionado em nota, *Sarandīb* corresponde ao Ceilão, atual Sri Lanka.

O carregador beijou-lhe a mão, rogou por ele e se retirou feliz e contente; fez amplos gastos com a família e ficou com seus filhos e sua esposa na melhor e mais abundante vida. Quando a manhã despontou, o carregador Sindabād foi para a casa do navegante e, encontrando a audiência de comensais e camaradas já reunida, cumprimentou e rogou misericórdia; recebeu as boas-vindas da audiência e do proprietário, o qual lhe determinou que se acomodasse, e ele obedeceu; trouxeram comida e bebida, e todos comeram e beberam; ordenou-se às criadas que tocassem música, e elas assim procederam, cantando com suas belas vozes. Após todos terem se deleitado, o navegante Sindabād disse: "Ouçam a quinta história".

QUINTA VIAGEM

Passei um período matando o tempo com divertimentos e prazeres.

E a aurora alcançou Šahrazād, que deixou interrompida a sua fala permitida.

E quando foi a 207ª noite

Ela disse:

Eu tive notícia, ó rei venturoso, de que o navegante Sindabād disse ao grupo:

Pus-me a caçar avidamente os prazeres por cerca de um ano, após o que minha alma teve saudades de viajar, e me esqueci do que enfrentara de fadigas e situações de aniquilamento. Mandei fretar um navio com meu próprio dinheiro, carreguei-o, e nele embarcou um grupo de mercadores. Zarpamos e nos mantivemos em curso até chegar a uma ilha sem civilização, na qual aportamos e desembarcamos; divisando ao longe uma cúpula branca, fomos em sua direção, e eis que era um ovo do pássaro roque, do qual o filhote já estava pondo o bico para fora; atacamos o ovo a machadadas, quebramos, retiramos o filhote, cujo tamanho era de uma búfala grande, sacrificamos, cortamos a sua carne, esquentamos as panelas, cozinhamos e comemos. Estávamos nisso quando no céu apareceu uma nuvem negra e o capitão gritou: "Corram para o navio, caso contrário serão mortos! O pássaro roque chegou!". Saímos correndo em direção ao navio, embarcamos, fizemos velas e zarpamos, mas logo ouvimos, parecendo trovões estrondosos, os gritos do pássaro em nosso encalço: ao ver o ovo quebrado, fora buscar um enorme rochedo com suas garras, soltando-o tão logo se viu sobre o navio; como a ventania estava muito forte, o navio adernou para cima e o rochedo caiu ao seu lado no mar, fazendo o seu fundo aparecer; a lateral do navio se quebrou, e estávamos nas proximidades de uma ilha em cuja direção uma onda me atirou, e na qual subi, nela encontrando frutas e frutos, e um rio corrente de água doce; comi, bebi e agradeci a Deus altíssimo. O anoitecer me encontrou amedrontado, abandonado e sozinho. Quando o sol raiou, caminhei entre o seu arvoredo, topando com um regato em cuja margem estava sentado um velho, de quem me aproximei para cumprimentar, e ele respondeu com um menear de cabeça. Perguntei-lhe: "O que está fazendo aqui?", e ele respondeu com um gesto de mão: "Quero atravessar estas árvores para comer destas frutas". Carreguei-o então nos ombros, adentrei o arvoredo e ele se pôs a colher frutas e a comê-las, até que, cansado, eu lhe disse: "Desça"; como ele não obedecesse, fiz tenção de baixá-lo dos meus ombros ao solo, mas eis que ele enrolou as pernas em meu pescoço, como se fossem couro de vaca,[242] e me apertou a garganta até eu quase sufocar; caí no chão, e o velho, sempre grudado em meus ombros, afrouxou um pouco as pernas para que meu sopro vital retornasse, e então enrolou uma das pernas em meu pescoço e a outra em meus flancos, de um modo que, conforme constatei, era mais doloroso que chicotadas vigorosas. Levantei-me e ele sinalizou com a mão: "Leve-me para o meio do arvoredo"; entrei e ele se pôs a comer daquelas frutas. Por um instante fui lento e ele me agrediu de modo mais doloroso que o anterior. E assim permaneceu, montado nas minhas costas, deixando-me descansar por instantes, até me afastar da orla marítima. Contemplei a morte, tamanhos eram os sofrimentos pelo seu peso e pelas agressões; toda vez que eu estendia a mão em sua direção, estrangulava-me com as pernas e me agredia.[243] Notando que na ilha existiam grandes cabaceiras secas, peguei uma delas, cortei-lhe a cabeça, espremi bastante uva, coloquei dentro dela e deixei ao sol alguns dias, até que se transformasse em bebida forte, da qual tomei a fim de me consolar das preocupações, embriagando-me e me pondo a dançar e a cantar; então, o velho me sinalizou: "Dê-me de beber". Dei-lhe, ele se embriagou, suas pernas se afrouxaram de meu pescoço, derrubei-o ao solo, peguei uma grande pedra e golpeei-o na cabeça, quebrando-a.[244] Retornei ao litoral da ilha, e eis que ali estava atracado

242 Nas demais versões: "Enrolou em meu pescoço as suas pernas, e, olhando para elas, vi que, em negrume e aspereza, eram como couro de búfalo".

243 As demais versões são mais ricas em detalhes sobre o sofrimento do navegante: "Eu era praticamente seu prisioneiro; entramos no centro da ilha, e ele se pôs a urinar e a defecar em meus ombros, dos quais não descia, fosse noite, fosse dia; quando queria dormir, enrolava as pernas em torno de meu pescoço, dormia um pouco e logo acordava e me agredia, e então apressadamente eu me erguia, incapaz de desobedecer".

244 Compare esta passagem com a primeira parte do relato do vizir Sāᶜid, na história do rei Muḥammad Bin Sābik e o Ḫawāja Ḥasan, neste mesmo volume, p. 52.

um navio ao qual me dirigi, e, quando me viram, indagaram sobre meu estado; respondi-lhes: "Sou um náufrago"; perguntaram-me sobre o velho e disseram: "Esse é o velho do mar, e qualquer um que caia em suas garras dele não se livra até a morte". Contei-lhes então que o matara com aquela artimanha, e eles ficaram sumamente espantados; em seguida, ofereceram-me alimentação e roupa e zarparam comigo.

Viajamos por dias e atracamos na costa de uma cidade cujo solo era inteiramente constituído de pequenas pedras.[245] Um dos mercadores me pegou, entregou-me um saco, colocou-me no meio de um grupo de moradores da cidade também munidos de sacos, e lhes disse: "Este homem é um náufrago. Levem-no com vocês para recolher coco", e me recomendou a eles. Disse-me: "Proceda conforme eles procederem, e não se afaste, caso contrário será morto", deu-me provisões e acompanhei o grupo. Embrenhamo-nos por entre altas árvores, tão lisas que ninguém as poderia escalar. Havia no local muitos macacos, os quais, ao nos verem, galgaram as árvores, e passamos a atirar-lhes pedras, ao que eles arrancavam cocos para atirá-los em nós. Quando escureceu, retornamos à cidade, e eu tinha tanto coco que mal conseguia carregar; entreguei tudo ao companheiro com quem estava, e ele o vendeu e me repassou o valor dizendo: "Acompanhe-os diariamente", e eu me mantive naquilo por dias, até que ajuntei bastante dinheiro. Então embarcamos e adentramos a ilha [de Ma^{c}arrāt, que contém o aloés da espécie *qimārī*, e depois dela chegamos a uma ilha localizada a cinco dias de distância, que contém o aloés chinês, mais caro que o *qimārī*. Todas as árvores dessa ilha ficam dentro do mar, e seu povo vive uma condição religiosa mais feia que o da ilha do aloés *qimārī*, pois ali se ama a fornicação e o adultério, bebe-se álcool e não se conhecem almuadens nem convocações para a prece].[246] Dali fomos ao local onde se pescavam pérolas; dei de minhas mercadorias aos mergulhadores e eles me trouxeram valiosas pérolas. Viajamos então até chegar a Bagdá, onde fui para casa e passei a gastar meu tempo em deleites e prazeres.

[*Prosseguiu Šahrazād*:] Quando anoiteceu, o navegante Sindabād ordenou que se dessem dez dinares ao carregador Sindabād, recomendando-lhe que regressasse ao amanhecer. O carregador beijou-lhe a mão e se retirou, retornando para a casa do navegante ao amanhecer. Conforme o hábito, encontrou a

245 No lugar desse início de parágrafo, nas outras versões constam as seguintes peripécias, aqui traduzidas a partir da edição de Būlāq: "Viajamos por dias e noites, sendo lançados pelo destino em uma cidade de elevada construção, cujas casas todas davam para o mar. Tal cidade era chamada de Cidade dos Macacos. Quando anoitecia, seus moradores saíam pelas portas que davam para o mar, embarcavam em botes e navios e ali dormiam, no mar, por receio de que os macacos descessem à noite das montanhas e os atacassem. Saí para ver a cidade e o meu navio zarpou sem que eu percebesse. Arrependi-me de ter saído pela cidade, lembrei-me de meus companheiros e do que me sucedera com macacos na primeira e na segunda vez, e pus-me a chorar, entristecido. Um dos moradores da terra veio até mim e me perguntou: 'Meu senhor, por acaso não seria estrangeiro nesta terra?'. Respondi: 'Sim, sou estrangeiro. E um pobre coitado! Eu havia embarcado em um navio que aportara naquela [*sic*] cidade, e saí para vê-la, mas quando retornei já não vi o navio'. Ele me disse: 'Venha conosco. Entre no bote, pois, se você ficar na cidade à noite, será morto pelos macacos'. Eu disse: 'Ouço e obedeço', e imediatamente embarquei no bote com eles, que o empurraram da terra até o distanciarem no mar cerca de uma milha, e ali dormiram naquela noite, comigo junto. Quando amanheceu, voltaram à cidade, e cada um foi cuidar de seus misteres. Era isso o que faziam todas

audiência já reunida, cumprimentou e se acomodou. O dono da casa chegou e disse: "Ouçam a sexta história".

SEXTA VIAGEM

Depois de haver permanecido algum tempo no desfrute de prazeres, minha alma teve anelos de viajar, e então amarrei fardos, comprei passagem em um navio bem resistente e zarpamos. Entramos em meio a um arquipélago e, enquanto avançávamos, eis que o capitão arrancou o turbante e começou a estapear o próprio rosto! Reunimo-nos em torno dele e inquirimos a razão daquilo. Ele respondeu: "O navio se aproximou de uma região cheia de montanhas, e agora só nos resta atravessá-la, caso contrário morreremos! Peçam salvação a Deus altíssimo!". Então, os ventos assopraram com fúria e o navio soçobrou de encontro às encostas de uma montanha, em um local onde havia muitos navios que se haviam quebrado e afundado. Avistei na ilha um rio de água corrente e subimos até lá; verifiquei então que o rio corria da ponta da montanha e a percorria por dentro. Caminhamos por lá e encontramos minas de rubi, valioso aloés e uma fonte de água da qual o âmbar flui, desaguando no mar, onde é tragado pelos animais marítimos, em cujas entranhas se modifica; nas suas fontes, contudo, é colhido em estado bruto.[247] Ninguém consegue sair dessa ilha, pois se trata de um precipício que conduz ao mar e a montanha bloqueia os ventos; não atinando com nenhuma artimanha para escalá-la, quedamo-nos ali perplexos, à espera da morte. Aquele que dispunha de provisões para um mês, consumia-as em dois, e, quando acabavam, morria e o enterrávamos, coisa que não paramos de fazer até que morreram todos quantos estavam comigo no navio, e a mim não me restavam senão parcas provisões; pensei: "Enterrei o último sobrevivente. Quem será que vai me enterrar?".

E a aurora alcançou Šahrazād, que deixou interrompida a sua fala permitida.

E quando foi a 208ª noite

Ela disse:

Eu tive notícia, ó rei venturoso, de que o navegante Sindabād disse ao grupo:

Escavei então uma cova para mim mesmo e disse: "Quando eu me debilitar, dormirei nela". Estava em tal estado de penúria que o arrependimento me fez morder a palma da mão até

as noites, e todo aquele que ficava para trás na cidade era atacado e morto pelos macacos. Durante o dia, os macacos saíam da cidade e se alimentavam dos frutos dos bosques, dormindo nas montanhas até o anoitecer, quando então retornavam à cidade, que fica na região mais longínqua do Sudão. A coisa mais espantosa que presenciei dos habitantes dessa terra foi que um dos homens entre os quais dormi no bote me disse: 'Meu senhor, você é estrangeiro neste país. Tem algum ofício com o qual ganhar a vida?'. Respondi: 'Não, por Deus, meu irmão, não tenho ofício nem sei fazer nada. Sou apenas mercador, proprietário de dinheiro e bens...'", e lhe conta enfim toda a sua história, sendo então por ele instado a catar coco, com o que enriquece e acaba por tomar um navio de volta para a sua terra, em uma narrativa semelhante à do texto-base.

246 O trecho entre colchetes é resultado de leitura combinada da compilação tardia e do texto da edição de Breslau, sendo de ressaltar que nesta última não existe condenação explícita às práticas descritas (fornicação, adultério, bebida, ausência dos rituais de reza etc.). Aliás, os textos divergem quanto a essa afortunada localidade: na

sangrar; censurei-me por ter viajado e comecei a andar feito um louco; enquanto eu refletia, Deus altíssimo me inspirou, fazendo-me parar à beira do rio e pensar: "É imperioso que este rio desemboque em algum lugar; se acaso não chegar a lugar nenhum, de qualquer modo estou liquidado, mas, se ele chegar à civilização, isso será a minha liberdade". Reuni, portanto, bastante madeira de aloés, confeccionei algo que me transportasse, ao qual dão o nome de jangada, amarrando-a fortemente com cordas; dei-lhe peso com pedras de cristal, rubi, esmeralda e o dinheiro dos mercadores que haviam morrido, e enchi a jangada daquele âmbar; em seguida, coloquei-a no rio que corria pela encosta da montanha, fiz de um pedaço de madeira o meu remo, embarquei e empurrei-o na correnteza; minha razão voava. A jangada penetrou em um estreito escuro; deitei-me sobre a barriga enquanto a montanha me roçava a cabeça, e fiquei sem poder distinguir o dia da noite. Comi algo para aplacar a fome. Com a gruta ora se estreitando, ora se alargando, avancei por cerca de um dia e uma noite; dormi, afinal, e, quando acordei, eis que estava em espaço aberto, à beira de um rio! A jangada estava amarrada e um grupo de negros da Índia[248] me cercava. Levantei-me e cumprimentei-os; responderam-me em uma língua por mim desconhecida. Eu supunha estar sonhando, mas era tamanha minha alegria por estar a salvo que me esqueci de tudo quanto sofrera. Um homem se aproximou de mim e me disse em árabe: "Meu irmão, vínhamos buscar neste rio água para irrigar nossa plantação, quando divisamos algo na superfície das águas, dirigindo-nos então a ele, e eis que era esta jangada, com você deitado! Amarramos e esperamos você acordar. Agora, conte-nos a sua história, pois ela deve ser espantosa". Respondi: "Dêem-me de comer e depois perguntem", e eles me trouxeram pão e outros alimentos, dos quais comi até recobrar as forças, e lhes relatei tudo quanto me sucedera. Eles disseram: "O rei tem de ouvir esta história". Ofereceram-me montaria, carregaram a jangada com tudo que continha em uma mula, e avançamos até chegar à ilha de Sarandīb, onde me levaram à presença do rei, a quem cumprimentei como se devem cumprimentar os reis. Ele me deu boas-vindas, tratou-me com palavras afáveis, e indagou sobre a minha história. Contei-lhe tudo o que me ocorrera e ele perguntou: "De que país é você?". Respondi: "De Bagdá", deixando-o sumamente admirado. Quando trouxeram a jangada à

edição de Breslau, é a ilha onde existe aloés *qimārī*, ao passo que na compilação tardia é a ilha onde existe aloés chinês. A denominação *Ma^{c}arrāt* é da edição de Breslau; em Būlāq e no manuscrito Z13523, a ilha se chama ^{c}*Asarāt*; em Calcutá 2.ed., *Ġasarāt*. No lugar desse trecho todo, o texto-base traz apenas o seguinte: "Entramos na Ilha de Qimārī, que contém o aloés *qimārī*". Graças à qualidade de seu aloés, tal ilha é citada em relatos de antigos mercadores árabes, tais como o de um certo Sulaymān, do século IX d.C.

247 Eis a descrição da edição de Būlāq: "E naquela ilha existe uma fonte da qual brota uma espécie de âmbar bruto que flui ao seu lado como cera, pela força do sol, e vai até a costa, onde animais marinhos o engolem e mergulham; o âmbar se aquece em seus ventres e eles o expelem pela boca no mar, em cuja superfície endurece, alterando-se sua cor e seu estado, e as ondas o lançam na costa, de onde é recolhido pelos viajantes e mercadores, que o conhecem e vendem. Quanto ao âmbar puro – o que não é engolido –, ele corre ao lado daquela fonte, endurecendo no próprio solo; quando o sol o bate, derrete-se, e o aroma do vale inteiro fica como almíscar. Quando o sol desaparece, torna a endurecer".

248 A compilação tardia traz "indianos e abissínios"; na edição de

sua presença, o rei viu rubis, âmbar, esmeraldas e aloés – coisas de valor incalculável, inexistentes em seus tesouros, pois provinham de um lugar aonde ninguém chegava, e do qual nenhum mercador trazia algo. Beijei então o solo diante dele e disse: "Ó rei do tempo, a minha jangada e eu estamos às suas ordens". Sorrindo de minhas palavras, o rei disse: "Livre-nos Deus de cobiçar o que Deus lhe concedeu! Não tenho necessidade disso, por Deus! Pelo contrário, vamos ajudá-lo a chegar ao seu país", e eu roguei por ele. A um sinal do rei, um dos servidores me levou e alojou em um grande aposento, onde me arranjou comida, bebida, criados e tudo quanto era necessário. Passei a freqüentar diariamente a assembléia do rei, e, quando ela se encerrava, eu ia para a cidade, passear por seus mercados. Esta ilha fica abaixo da linha do equador; as suas construções são as primeiras que surgiram no mundo, sua noite e seu dia têm igualmente doze horas, e isso nunca se altera. Possui oitenta parasangas de comprimento e trezentas de largura; é grande, estendendo-se entre elevadas montanhas e um vale profundo; tais montanhas são as montanhas de Sarandīb, nas quais foi lançado Adão – sobre ele esteja a paz –, e podem ser vistas a uma distância de três dias. Nessas montanhas existem vestígios das pegadas de Adão: é uma marca de pé afundada [na beira do] mar, com cerca de setenta braças; a outra pisada, Adão a deu no meio do mar. Na montanha, havia várias espécies de rubi e tempero, almiscareiros e civetas.[249] Nessa montanha subi e vi todos os seus prodígios.

Após algum tempo, fui ao rei e lhe pedi para retornar ao meu país; ele permitiu e me deu presentes de tudo quanto havia na ilha, bem como uma carta e presentes ao califa Hārūn Arrašīd; disse-me: "Faça-os chegar a ele e transmita-lhe meus cumprimentos", e eu respondi: "Ouço e obedeço". Os presentes consistiam em uma taça de rubi com boca de um palmo, espessura de um dedo, cheia de pérolas – contei duzentas –, com cerca de dez gramas cada uma, bem como uma almofada de pele de cobra com escamas do tamanho de um dinar cada uma; se alguém acometido de hemorróidas nela se sentasse, curar-se-ia. Enviou ainda cem mil medidas de aloés indiano, trinta grãos de cânfora do tamanho de uma amêndoa cada uma, e uma escrava com suas vestes e jóias, parecendo a lua florescente. Embarcou-me em um navio, forneceu-me tudo quanto eu precisava de comida e bebida, recomendou-me ao capitão

Breslau constam palavras incompreensíveis, em que se vislumbram os semantemas "Caxemira", "Abissínia" e, segundo sugestão de Dozy, "indianos".

249 Trata-se de dois mamíferos: "Almiscareiro: mamífero artiodáctilo da família dos cervídeos (*Moschus moschiferus*), da Ásia Central; de pequeno porte e chifres ausentes; algália [Os machos possuem no abdome uma glândula produtora de almíscar, substância usada na confecção de perfumes]"; "Civeta: designação comum a diversos mamíferos da família dos viverrídeos, encontrados especialmente na África e na Ásia, de pelagem manchada e focinho pontiagudo" (*Dicionário Houaiss*). Note que ambas as palavras são de origem árabe. Essa passagem não consta das outras versões.

e zarpamos até chegar a Bagdá, onde peguei os presentes e a carta e os levei ao califa, diante do qual beijei o solo, entregando-lhe tudo. Quando ele leu a carta e viu os presentes, gostou de tudo e perguntou: "O reino dele é grandioso, Sindabād?". Beijei o chão e disse: "Ó califa de Deus, o reino dele é um dos países mais espantosos, e seu governo é grandioso! No dia em que sai em desfile, monta em um elefante com roupas de brocado tecidas a ouro; seus serviçais particulares são cerca de quinhentos, todos munidos de lanças e maças de ouro; quando cavalga, cavalgam com ele mil cavaleiros adornados de ouro e seda; sua justiça e saber são tais que em sua cidade não existem juízes, pois os habitantes conhecem seus deveres". Hārūn Arrašīd disse: "Esse rei é de fato poderoso", e me deu bastante dinheiro.[250] Então fui para a minha casa, e pus-me a distribuir esmolas e efetuar donativos.

[*Prosseguiu Šahrazād*:] O navegante Sindabād, ordenando que lhe dessem dez dinares, disse ao carregador que regressasse ao amanhecer. O carregador pegou o dinheiro, retirou-se e, ao amanhecer, chegou à casa e viu a audiência, conforme o hábito. Cumprimentou, acomodou-se, pôs-se a comer, beber e divertir-se. O navegante disse: "Ouçam a história da sétima viagem".

SÉTIMA VIAGEM[251]

Alguns dias após o meu retorno, estava eu acomodado em minha casa quando súbito bateram à porta. Um criado abriu, e eis que era um enviado do califa, que me disse: "O califa o deseja". Acompanhei-o então, sendo conduzido à presença do califa, diante do qual beijei o chão, cumprimentando-o e rogando por ele, que me retribuiu com o melhor cumprimento e me ordenou que fosse até a cidade de Sarandīb, para cujo rei ele escreveu uma carta e enviava, por meu intermédio, um magnífico presente, ordenando ainda que me entregassem mil dinares. Beijei o chão e disse: "Por Deus, meu amo, que agora, quando diante de mim mencionam o mar, chego a desfalecer de medo, em razão dos terrores que lá sofri! Não tenho vontade de viajar. Já não posso sair de Bagdá". Ele me fez sentar e disse: "Conte-me o que lhe sucedeu no mar", e eu lhe relatei tudo quanto enfrentara e me sucedera. Assombrado com a minha história, ele me disse: "Você tem de fato o direito de detestar o mar, e de não viajar nele. Mas só mais esta vez, para

250 Na compilação tardia, o califa ordena que historiadores registrem por escrito a história do navegante, "a fim de que se constituísse em uma lição para quem a visse". Já a edição de Breslau não faz menção aos presentes enviados ao califa, embora relate o encontro entre ele e Sindabād: "O califa Hārūn Arrašīd ouviu falar de minha chegada e mandou me chamar; fui até ele, beijei o chão e lhe levei presentes adequados, metais nobres, aljôfares, âmbar bruto valioso e aloés perfumado...".

251 Nas demais versões, a redação desta sétima viagem é inteiramente diversa. Confira no Anexo 2, páginas 354 a 362.

levar a minha mensagem e o meu presente". Sendo-me impossível desobedecer-lhe, peguei o presente e a mensagem e viajei de Bagdá até o mar salgado, onde embarquei em um sólido navio. Viajamos de ilha em ilha até entrar na ilha de Sarandīb, onde fui visitar o rei, beijando o chão diante dele, cumprimentando-o e entregando-lhe a mensagem, que ele leu. Os presentes – uma égua no valor de dez mil dinares, com equipamento todo de ouro e arreios de variadas espécies de seda luxuosa, uma taça de vidro com a espessura de um dedo, um palmo de abertura, e no centro a imagem de um leão que tinha diante de si um homem ajoelhado colocando flecha no arco, e uma mesa que pertencera ao nosso senhor Salomão filho de Davi, sobre ambos esteja a paz – foram aceitos pelo rei de Sarandīb, que por sua vez me deu muitos presentes, e então me despedi e deixei a ilha. Estávamos em plena viagem, passando por várias ilhas rumo a Bagdá, e eis que súbito o navio foi cercado por muitos botes repletos de homens munidos de espadas, adargas, flechas e arcos; pilharam tudo quanto havia no barco, mataram quem lhes resistiu, e nos tomaram como prisioneiros, conduzindo-nos a uma ilha no meio do mar, onde nos venderam como escravos. Fui comprado por um homem que me levou para a sua casa, deu-me comida, bebida e roupa, e então me senti seguro. Ele me perguntou: "Você conhece algum ofício?". Respondi: "Sou mercador".

E a aurora alcançou Šahrazād, que deixou interrompida a sua fala permitida.

E quando foi a

209ª noite

Ela disse:

Eu tive notícia, ó rei venturoso, de que o navegante Sindabād disse ao grupo:

Eu disse ao homem que me comprara: "Sou mercador, e não conheço nenhum ofício". Ele perguntou: "Sabe atirar flechas?". Respondi: "Sim", e ele trouxe um arco e flechas; era noite, e ele cavalgou, levando-me junto, até que entramos em meio a um arvoredo espesso; fez-me trepar em uma árvore elevada e disse: "Fique aqui, e, quando os elefantes vierem para baixo desta árvore, dispare as flechas contra eles. Se atingir algum, deixe-o, e ao entardecer tome o caminho de volta até nós e me informe o que caçou". Respondi: "Ouço e obedeço". O homem foi-se embora e eu me escondi na árvore até o sol raiar, e eis que os elefantes surgiram em meio às árvores, e contra cada um que se aproximava eu atirava uma flecha, que o atingia e matava. Acertei muitos elefantes e fiquei em tal situação até o final da tarde, quando então desci, tomei o caminho e encontrei meu patrão, informando-o de quantos elefantes eu abatera. Tornamos a cavalgar na segunda noite, e na terceira, e na quarta... Permaneci em tal situação por um mês, ao cabo do qual fui à casa de meu patrão, que me deu de comer e beber; pela manhã, cavalguei com ele, dirigindo-nos para a árvore onde eu ficava, e ali ele se pôs a enterrá-los para [depois] extrair-lhes os ossos. Continuei matando elefantes durante dois meses, até que, no último dia, conforme o hábito, trepei na árvore e me sentei escondido. Ouvi então o alarido e o barulho dos elefantes fazendo a terra balançar por alguns instantes; vi então que incontáveis elefantes haviam cercado a minha árvore, que no entanto era rija e grossa, com um diâmetro de quinze metros. Os elefantes estenderam as suas trombas, e eis que entre eles havia um, gigantesco, que enrolou a tromba na árvore, puxou-a e derrubou-a. Ao me ver no chão, entre os elefantes, meu sopro vital esteve a ponto de sair. O elefante gigantesco se aproximou de mim, enrolou a tromba em minha cintura, ergueu-me, colocou-me em seu dorso – eu estava feito morto – e avançou, seguido pelos outros elefantes, até me conduzir a um local onde me apeou com a tromba, deixando-me ali e se retirando, seguido por todos os elefantes. Recobrei as forças e me vi em uma colina de ossos de elefante! Eu disse: "Exalçado seja quem inspirou este animal, pois ele percebeu que, matando-os, o propósito era levar seus ossos, e este lugar que nos indicou é o cemitério deles!". Caminhei por um dia e uma noite até chegar à casa de meu patrão, a quem informei do que sucedera, e ele ficou sumamente espantado e me dignificou. Em seguida, preparou um elefante e montamos nós dois, avançando até que lhe indiquei aquela colina de ossos, que ali ele encontrou em enorme quantidade, carregando o que bem entendeu, e então retornamos à sua casa. Como o homem me cumulasse de honrarias, eu lhe disse: "Meu senhor, eu gostaria de voltar para o meu país", e ele disse: "Na próxima estação, que já se avizinha, os mercadores virão comprar estes ossos, e, quando chegarem, entregarei você a eles, junto com algo que o auxilie na viagem". Roguei por ele e, passados poucos dias, eis que ali aportaram mercadores, que carregaram os ossos e amarraram os fardos, embarcando-os no navio. Meu patrão me embarcou junto com provisões, recomendou-me aos mercadores, e me deu ainda quatrocentos e cinqüenta quilos de ossos de elefante, despedindo-se então. Zarpamos, viajando de ilha em ilha, e vendi aqueles ossos, amealhando bastante dinheiro. Em seguida, atracamos em uma cidade onde aluguei um asno para seguir viagem com os mercadores, pois ali eles montavam e continuavam por via terrestre até Bagdá. Viajamos por todo aquele dia e chegamos a uma cidade com o sol se pondo. Meus companheiros se anteciparam e entraram na cidade, mas eu me retardei atrás deles e encontrei os portões da cidade já fechados; bati e fui atendido de cima das muralhas por um grupo que me perguntou: "O que você quer?". Respondi: "Abram para que eu entre e siga meus companheiros". Disseram: "Nosso costume é não abrir os portões depois que o sol se põe, por causa da grande quantidade de leões que existe fora das muralhas". Gritei e disse: "Levem tudo que tenho, mas abram-me os portões! Sou estrangeiro!". Disseram: "Não podemos abri-los, pois são ordens do rei. Vá até aquela mesquita, tranque a porta e durma lá até o amanhecer. Corra, rápido, caso contrário os leões irão pegá-lo!". Entrei então na mesquita com o asno, tranquei a porta, amarrando o animal na maçaneta da porta, por dentro, e me acomodei, mas logo um leão chegou e empurrou a porta, que se abriu e o asno saiu; o leão ficou do lado de dentro, e o asno, de fora.

E a aurora alcançou Šahrazād, que deixou interrompida a sua fala permitida.

E quando foi a

210ª

noite

Ela disse:

Eu tive notícia, ó rei venturoso, de que o navegante Sindabād disse ao grupo:

Então, o asno ficou do lado de fora, e o leão, de dentro. Toda vez que ouvia o rosnado do leão, o asno puxava a porta, e o leão também a puxava, os olhos postos no asno e a ponta do seu rabo ao meu lado; Deus o deixou cego no que se referia a mim. Manteve-se vigiando a porta até a alvorada, quando chegou o almuadem, o qual, ao ver o asno amarrado na maçaneta da porta e a entrada cheia de esterco, disse: "Amaldiçoe Deus os que amarram suas montarias na porta da mesquita!", e o desamarrou; o leão saiu da mesquita, golpeou o almuadem com a pata, caçou-o, devorou-o e partiu. Começou uma gritaria na cidade, e as pessoas acorreram à mesquita; encontrando-me desmaiado como morto, retiraram-me lá de dentro, borrifaram-me com água e despertei do meu desmaio. Meus companheiros me acudiram, carregamos nossas montarias e partimos, eles assombrados com o que me sucedera. Mantivemo-nos em marcha até entrar em Bagdá, onde me dirigi à minha casa. Quando amanheceu, fui até o califa Hārūn Arrašīd, diante do qual beijei o solo e lhe transmiti os cumprimentos do rei da ilha de Sarandīb. O califa congratulou-me por eu estar bem e me indagou sobre a viagem; contei-lhe a minha história e ele ficou sumamente espantado, ordenando que me dessem mil dinares.

Em seguida, o navegante Sindabād voltou-se para o carregador Sindabād e lhe perguntou: "Meu irmão, porventura você já ouviu terrores maiores que estes? Não poderei eu desfrutar as volúpias e me entregar aos prazeres depois de todas essas provações, não saindo senão para ir ao banho público e à mesquita?". O carregador Sindabād ergueu-se, beijou o solo diante do navegante e disse: "Deus perdoe o que me escapou!". O navegante ordenou que lhe dessem cem dinares e fez dele seu comensal.[252]

252 Neste ponto, com outra caligrafia e obedecendo à disposição característica dos finais dos antigos manuscritos árabes – a de pirâmide invertida –, lê-se: "E isto foi o que chegou até nós da história do navegante Sindabād e do carregador Sindabād, e ela não é mais espantosa do que o sucedido com ᶜAjīb e seu irmão Ġarīb. E a aurora alcançou Šahrazād, que deixou interrompida a sua fala permitida. E quando foi a 211ª noite, o rei se recolheu à sua cama junto com a esposa, e se deliciaram em regozijos e agarrões. Sua irmã Dunyāzād lhe disse: 'Por Deus, maninha'...". E o manuscrito "Arabe 3615" aí se encerra.

[E quando foi a]
885ª
noite

[Disse Dunyāzād à sua irmã Šahrazād: "Por Deus, maninha, se não estiver dormindo, conte-nos uma de suas historinhas para que atravessemos a noite". Ela respondeu: "Com muito gosto e honra".

Eu tive notícia, ó rei venturoso, de que][254] havia, em épocas remotas e pretéritas eras e períodos, certo rei do tempo a quem chamavam Šāh Baḫt, que possuía muitos soldados, servidores e criados, bem como um vizir a quem chamavam Rahwān, sábio, ajuizado, bom gestor e zeloso nos assuntos atinentes a Deus altíssimo, poderoso e excelso, e ao qual o rei encarregara das questões do reino e dos súditos, e nessa condição ele permaneceu algum tempo: a sua palavra era a palavra do rei. Esse vizir tinha muitos inimigos que lhe invejavam o prestígio e procuravam prejudicá-lo, sem para isso, contudo, encontrar caminho. Porém, Deus altíssimo determinou, com seu julgamento e decreto prévios, que o rei visse em sonho que o vizir Rahwān lhe dava o fruto de uma árvore, e que ele comia esse fruto e morria. O rei acordou aterrorizado e amedrontado, e, antes que o vizir comparecesse, ficou a sós com algumas pessoas nas quais confiava e lhes relatou o sonho; sugeriram-lhe, então, que trouxesse astrólogos e intérpretes de sonhos, e depois sugeriram que consultasse um sábio cuja sabedoria era por eles atestada, e o rei o aproximou de si. Antes, porém, alguns inimigos do vizir já se haviam reunido a sós com tal sábio, pedindo-lhe que caluniasse o vizir e sugerisse ao rei que o matasse, e para tanto lhe prometeram bastante dinheiro. O sábio concordou e informou ao rei que o vizir iria matá-lo dentro de um mês, e que, caso não se apressasse a executá-lo, o vizir fatalmente o mataria. Foi apenas depois disso que o vizir chegou. O rei lhe indicou que esvaziasse a local, ele sinalizou aos presentes que se retirassem, e somente depois que eles se retiraram o rei lhe perguntou: "Qual o seu parecer – ó bom vizir, aconselhador em todas as disposições – a respeito de uma visão que tive em sonho?". O vizir perguntou: "Qual foi essa visão, ó rei?". Então o rei lhe relatou o sonho e continuou: "O sábio interpretou-a para mim e me disse: 'Se você não matar o vizir dentro de um mês, ele fatalmente o matará'. Eu me arrependeria amargamente de matar alguém como você, mas temo mantê-lo vivo! O que me aconselha a fazer a respeito?". Após se manter

253 Traduzido do volume 11 da edição de Breslau, pp. 84-318. Conforme se explica no posfácio ao presente volume, algumas das narrativas constantes desta história encontram-se, várias delas duplicadas, no manuscrito "Arabe 3612". *Šāh Baḫt* é expressão persa que significa "rei da sorte" (registre-se que, para Zotenberg, a forma mais correta desse nome seria *Šād Baḫt*). Já *Rahwān*, também palavra persa, quer dizer "rocim" ou "bom caminho". Fleischer, editor de Breslau, levanta a hipótese – derivada das recorrentes obsessões de antigos arabistas europeus com as origens indianas de qualquer obra de ficção em árabe cuja ação se dê na Índia – de que *Rahwān* seria deformação de *Brahman*, "brâmane".

254 Os trechos entre colchetes no começo e no fim das noites foram inseridos com base no que restou da história nas duas versões do manuscrito "Arabe 3612", uma vez que a edição de Breslau elide inteiramente tais passagens, limitando a divisão à numeração das noites.

255 Conforme já se observou em nota, o Ḫurāsān situa-se na região oriental do Irã.

cabisbaixo por alguns instantes, o vizir ergueu a cabeça e disse: "Deus felicite o rei! Qual a necessidade de manter vivo alguém que o rei receia? Para mim, o parecer mais correto é matar-me sem mais delongas". Ao ouvir seu discurso, e compreender as suas palavras, o rei se voltou para ele dizendo: "É muito penoso para mim, ó vizir conselheiro!", e informou-o de que todos os sábios haviam corroborado aquilo. Ao ouvir a fala do rei, o vizir suspirou fundo e percebeu que o rei, embora procurasse aparentar frieza, estava com medo dele; disse-lhe então: "Que Deus dê prosperidade ao rei! Meu parecer é que o rei execute o seu desígnio e efetue o seu destino, pois a morte é imperiosa e, para mim, é preferível morrer injustiçado a morrer como injusto. Se o rei aceitar o adiamento de minha morte para amanhã, poderá despedir-se de mim esta noite, que passaremos juntos, e amanhã fará o que quiser", e depois chorou até molhar a barba encanecida. Enternecido, o rei concedeu o adiamento por aquela noite e esvaziou o conselho. No final da tarde, mandou convocar o vizir, que compareceu, fez mesuras, beijou o chão diante dele e disse...

[E a aurora alcançou Šahrazād, que deixou interrompida a sua fala permitida. Sua irmã Dunyāzād lhe disse: "Maninha, como é boa, saborosa, agradável e esplêndida a sua história!", e ela respondeu: "Isso não é nada perto do que lhes contarei na próxima noite, se acaso eu viver e o rei educado e bem guiado me preservar".]

[E quando foi a]
886ª
noite

[Disse Dunyāzād à sua irmã Šahrazād: "Por Deus, maninha, se não estiver dormindo, conte-nos uma de suas historinhas para que atravessemos a noite". Ela respondeu: "Com muito gosto e honra".

Eu tive notícia, ó rei venturoso, de que] o vizir disse:

Primeira noite do mês

O HOMEM DE ḪURĀSĀN,[255] SEU FILHO E O PRECEPTOR

Certo homem de Ḫurāsān tinha um filho para o qual desejava todo o bem, embora o rapaz gostasse de ficar sozinho, longe das vistas do pai, a fim de entregar-se aos prazeres e deleites. Um dia, ele pediu ao pai que o deixasse peregrinar à Kaaba, em Meca, e visitar o túmulo do profeta, que a paz de Deus esteja com ele, em Medina, a uma distância de quinhentas parasangas. O pai não pôde discordar, pois essa é uma obrigação da fé, e ele desejava todo o bem para o filho; assim, arranjou-lhe a companhia de um preceptor no qual se fiava, deu-lhe muito dinheiro e se despediu. O rapaz partiu para a nobre peregrinação, junto com o preceptor, mas se estabeleceu a meio caminho e começou a gastar muito, pois não sabia administrar o dinheiro. Era seu vizinho um homem pobre, que tinha uma escrava de grande beleza e formosura pela qual o rapaz se apaixonou, e tal paixão, aliada à beleza da moça, provocou-lhe transtornos e tristezas que quase o levaram à aniquilação; também a moça se apaixonou por ele, mais do que ele por ela; e, chamando uma velha de sua estima a quem confidenciara o seu estado, disse-lhe: "Se não me reunir com ele, morrerei!". Após lhe prometer que se esforçaria por reuni-los, a velha se arrumou, foi até o rapaz, cumprimentou-o, informou-lhe o estado da moça, e lhe disse: "Como o patrão dela é ambicioso, convide-o até aqui e seduza-o com dinheiro, pois assim ele a venderá a você". O rapaz preparou então um banquete, postou-se no caminho por onde o patrão da moça passava, convidou-o para comer e ele aceitou, sendo logo levado para a casa do rapaz; sentaram-se, comeram, beberam e puseram-se a conversar. O rapaz disse: "Ouvi que você tem uma escrava e que pretende vendê-la". O homem respondeu: "Por Deus, meu senhor, que não tenho vontade de vendê-la". O rapaz disse: "Ouvi que a compra dela lhe custou mil dinares; pois eu lhe darei seiscentos dinares a mais". O homem respondeu: "Vendida!"; então, trouxeram notários, fizeram as escrituras, e o rapaz lhe pagou metade da quantia dizendo: "Deixe-a com você até que eu complete o valor e possa levar a minha escrava". O homem aceitou e se registrou o valor que faltava; a escrava ficou com seu patrão como depósito. Em seguida, o rapaz entregou mil dirhams ao preceptor, e o enviou ao seu pai a fim de trazer dinheiro para quitar o restante do preço da escrava; disse-lhe: "Não vá desaparecer!". O preceptor pensou: "Como irei até o pai dele contar-lhe que o rapaz torrou todo o dinheiro, gastando-o em suas paixões? Com que olhos olharei para ele, se eu lhe assegurara e garantira que cuidaria de seu filho? Não é esse um bom parecer; não, vou mais é acompanhar esta caravana de peregrinos e deixar para trás esse rapaz estúpido. Quando se aborrecer, ele retomará o dinheiro e voltará para o pai. Assim, livro-me de fadigas e reprimendas", e seguiu para a peregrinação. Quanto ao rapaz, ele esperou o retorno do preceptor, mas, como este não retornasse, aumentaram suas aflições e preocupações com a moça, e seus sentimentos por ela se tornaram tão fortes que ele quase se suicidou. Percebendo aquilo, a moça mandou dizer-lhe, por meio de um mensageiro, que viesse vê-la, e ele foi; ela indagou o que estava acontecendo, e o rapaz informou o que sucedera com o preceptor. A moça disse: "Meu afeto é tão grande quanto o seu. Imagino que o seu enviado tenha morrido no caminho ou seu pai o tenha matado. Dar-lhe-ei todas as minhas jóias e tecidos; venda tudo, pague o restante do meu preço e irei com você até o seu pai", e lhe entregou todas as suas posses, que o rapaz vendeu, obtendo e pagando o restante de seu preço; sobraram-lhe ainda cem dirhams que ele gastou para passar a noite com a moça, em uma vida tão deliciosa que a sua alma quase voava de alegria. Quando amanheceu, porém, ele começou a chorar e a moça lhe perguntou: "O que o faz chorar?"; ele respondeu: "Não sei se meu pai morreu! Ele não tem outro herdeiro que não eu! Como poderei ir até ele sem um único dirham?". A moça disse: "Tenho uma pulseira; venda-a e compre com seu valor pérolas pequenas; reduza-as a pó e faça delas pérolas grandes que você venderá e obterá grandes lucros, com os quais chegaremos ao seu país". O rapaz pegou a pulseira, foi até o joalheiro e disse: "Quebre esta pulseira e venda-a". O joalheiro disse: "Como o rei pediu uma pulseira de qualidade, irei até ele e lhe trarei o valor dela", e levou a pulseira até o rei, o qual, bastante admirado com a boa confecção da jóia, chamou uma velha agregada de seu palácio e lhe disse: "É imperioso que eu tenha a dona desta pulseira, ainda que por uma única noite; caso contrário, morrerei!". A velha lhe disse: "Eu a trarei para você", e, trajando a roupa dos piedosos, foi até o joalheiro e lhe perguntou: "A quem pertencia aquela pulseira que está com o rei?". O joalheiro respondeu: "O dono é um forasteiro que comprou uma escrava desta cidade e vive com ela no lugar tal e tal". A velha foi até a casa do rapaz e bateu à porta, sendo atendida pela moça, que a cumprimentou, e, vendo nela a roupa dos piedosos, perguntou-lhe: "Porventura você tem algum pedido?". A velha respondeu: "Queria um lugar isolado para fazer as minhas abluções", e a moça lhe disse: "Entre!". A velha entrou, satisfez-se, abluiu-se, rezou e puxou um rosário, pondo-se a entoar preces. A moça perguntou: "De onde você veio, peregrina?",[256] e ela respondeu: "De junto do ídolo dos ausentes, na igreja tal. No caso de mulheres cujos entes estejam

256 "Peregrina" traduz *ḥājja*, tratamento respeitoso dado a pessoas mais velhas que, por suposição, já devem ter realizado a peregrinação a Meca. Antes, "rosário" traduz *masbaḥa*, instrumento de prece muçulmano parecido com o rosário cristão, do qual, diz-se, seria a origem.

ausentes, basta que lhe contem as suas necessidades: ele lhes dá informações sobre o estado delas e sobre o do ausente". A moça disse: "Ó senhora peregrina, nós temos um ausente ao qual o coração do meu senhor está ligado! Gostaria de ir a esse ídolo para indagá-lo sobre esse ausente". A velha disse: "Amanhã, peça permissão ao seu marido; eu virei até você e iremos em paz", e partiu. Quando o seu amo chegou, a moça lhe pediu permissão para ir com a velha e ele concedeu. Então, a velha veio, levou a moça e a conduziu até as portas do rei, sem que ela soubesse; entraram e ela viu uma bela casa, com aposentos adornados que não seriam de ídolos; logo o rei chegou e, vendo a beleza e a formosura da moça, avançou para beijá-la, mas ela caiu desmaiada, batendo os pés e as mãos.

[E a aurora alcançou Šahrazād, que deixou interrompida a sua fala permitida. Sua irmã Dunyāzād lhe disse: "Maninha, como é boa, saborosa, agradável e esplêndida a sua história!", e ela respondeu: "Isso não é nada perto do que lhes contarei na próxima noite, se acaso eu viver e o rei educado e bem guiado me preservar".]

[E quando foi a] 887ª noite

[Disse Dunyāzād à sua irmã Šahrazād: "Por Deus, maninha, se não estiver dormindo, conte-nos uma de suas historinhas para que atravessemos a noite". Ela respondeu: "Com muito gosto e honra".

Eu tive notícia, ó rei venturoso, de que o vizir disse:]

Ao ver aquilo, o rei se afastou e, condoído, retirou-se. O estado da moça se agravou: parou de comer e de beber e, a cada vez que o rei se aproximava, ela o rejeitava. Jurando que somente se acercaria dela com a sua aceitação, ele passou a tratá-la com generosidade, dando-lhe roupas e jóias, mas ela somente fazia aumentar a rejeição.

Quanto ao rapaz, amo da moça, ele a aguardou, mas, como ela não retornasse, sentiu o coração abrasado e saiu vagando sem rumo e sem saber o que fazer; pôs-se a jogar terra na cabeça e a gritar: "A velha levou-a e foi embora!"; moleques correram atrás dele e lhe atiraram pedras dizendo: "Louco! Louco!". O secretário do rei, que era um homem velho e bom, encontrou-o e, ao notar-lhe a juventude, ralhou com os moleques, enxotou-os, foi até o rapaz e lhe perguntou o que tinha, sendo então informado de sua história. O secretário lhe disse: "Não há problema! Eu vou encontrar essa moça para você! Contenha o seu desespero!", e continuou tratando-o com carinho até que o rapaz se acalmou. O secretário o levou para casa, tirou-lhe as roupas, deu-lhe farrapos, chamou uma velha que era sua camareira, e lhe disse: "Leve este rapaz, coloque-lhe no pescoço este sino de ferro e circule com ele por todas as ruas da cidade; quando terminar, leve-o até o palácio do rei"; disse ainda ao rapaz: "Onde quer que você veja a sua moça, não pronuncie uma sílaba; apenas me avise em que lugar ela está, pois sou o único que poderá libertá-la". O rapaz lhe agradeceu e saiu com a velha conforme fora orientado pelo secretário, sendo por ela conduzido até a cidade e em seguida ao palácio do rei, onde se pôs a dizer: "Olhe, ó gente de posses, para um rapaz que os demônios tomam duas vezes por dia; paguem para evitar esta desgraça!"; continuou caminhando com ele até chegar a uma casa no setor oriental do palácio, onde as concubinas do rei acorreram para vê-lo, e, perplexas com sua beleza e formosura, choraram e chamaram a moça seqüestrada para ver; ela saiu, olhou e não o reconheceu; ele, porém, reconheceu-a, abaixou a cabeça e chorou; compadecida, a moça lhe deu algum dinheiro e retornou para o seu lugar, enquanto o rapaz regressava com a camareira para a casa do secretário real, a quem informou que a moça estava na casa do rei. Aflito, o secretário disse: "Por Deus que prepararei um estratagema para resgatá-la", e o rapaz beijou-lhe as mãos e os pés. O secretário ordenou à camareira que trocasse de roupa e mudasse a aparência. A velha tinha palavras graciosas e espírito agradável, e o secretário lhe deu um perfume luxuoso e disse: "Vá até as concubinas do rei, venda-lhes este perfume, acerque-se da moça seqüestrada e pergunte-lhe se ela quer o patrão ou não". A velha saiu, chegou ao palácio e foi ter com a moça seqüestrada, da qual se aproximou e recitou os seguintes versos:

"Preserve Deus os dias do contato e os melhore!
Como neles a vida era agradável e doce!
Antes não houvesse discórdia no dia da separação,
que tantos corpos liquidou e tantos juízos destruiu!
Sem culpa, fez meu sangue escorrer e minhas lágrimas,
e me roubou quem amo e de quem não me posso privar".

Ao ouvir a recitação da velha, a moça chorou tanto que inundou as roupas e se aproximou dela, que lhe perguntou: "Você conhece fulano?". A jovem chorou e disse: "É meu amo! Como você o conhece?". A velha respondeu: "Patroa, você não viu o louco que veio aqui ontem com a velha? É ele o seu amo!", e emendou: "Agora não é hora de conversa; quando anoitecer, suba até o alto do palácio, sobre o telhado, a fim de que o seu amo venha a você e aja para libertá-la"; em seguida, deu-lhe o tanto que ela quis de perfume e retornou, informando o ocorrido ao secretário do rei, que por seu turno informou ao rapaz. Quando anoiteceu, o secretário preparou duas éguas, água, muitas provisões, uma montaria para viagem e um guia para o caminho, a quem deixou escondido fora da cidade; depois, munido de longas cordas presas a um gancho, foi junto com o rapaz até o palácio, e, vendo a moça em pé no telhado, lançaram-lhe uma ponta da corda com o gancho; ela enrolou as palmas das mãos nas mangas da roupa e deslizou, chegando até eles, que a levaram até a saída da cidade, onde o rapaz e a moça montaram e partiram conduzidos pelo guia, que lhes mostrava o caminho; avançaram sem interrupção, noite e dia, até chegar à casa do pai do rapaz, o qual, após ser informado pelo filho de tudo quanto acontecera, se alegrou por ele estar bem.

Quanto ao preceptor, ele dilapidou tudo de que dispunha e retornou à cidade, ali encontrando o rapaz, com quem se desculpou e perguntou o que lhe sucedera, ficando espantado com o que este lhe contou. Em seguida, o preceptor voltou a acompanhar o rapaz, que passou a não lhe dar atenção nem lhe pagar o ordenado, conforme seria o hábito, nem lhe revelar nenhum de seus segredos. Ao ver que não obteria nenhum benefício dele, o preceptor foi até o rei que seqüestrara a moça, contou-lhe o que fizera o secretário, sugerindo-lhe que o matasse, e o encorajou a retomar a moça, dizendo-lhe que a traria de volta após ministrar veneno ao rapaz; depois, foi embora. O rei mandou convocar o secretário, a quem censurou por sua atitude; então, o secretário investiu contra o rei e o matou, e os criados do rei investiram contra o secretário e o mataram. Já o preceptor foi até o rapaz, que o questionou sobre a sua ausência, sendo informado de que estivera no país cujo rei seqüestrara a moça. Ao ouvir-lhe as palavras, o rapaz ficou alerta e não lhe confiou mais nada. O preceptor cozinhou uma grande quantidade de doce, nele colocando veneno mortal, e o deu ao rapaz, o qual, ao olhar para o doce, pensou: "Mas esse é um prodígio da parte do preceptor! Esse doce imperiosamente contém alguma des-

257 Cidade do Iêmen.

258 O original diz "para viajar", o que, pelo desenrolar da narrativa, tem aqui alguma conotação de "ganhar a vida".

graça! Vou experimentá-lo nele próprio"; então, fez comida e nela incluiu o doce, convidando-o em seguida para sua casa e lhe servindo a refeição; o preceptor comeu e lhe ofereceram o doce, do qual ele comeu e morreu imediatamente.

[E a aurora alcançou Šahrazād, que deixou interrompida a sua fala permitida. Sua irmã Dunyāzād lhe disse: "Maninha, como é boa, saborosa, agradável e esplêndida a sua história!", e ela respondeu: "Isso não é nada perto do que lhes contarei na próxima noite, se acaso eu viver e o rei educado e bem guiado me preservar".]

[E quando foi a]

888ª

noite

[Disse Dunyāzād à sua irmã Šahrazād: "Por Deus, maninha, se não estiver dormindo, conte-nos uma de suas historinhas para que atravessemos a noite". Ela respondeu: "Com muito gosto e honra".

Eu tive notícia, ó rei venturoso, de que o vizir disse:]

Compreendendo que se tratara de uma artimanha contra si, o rapaz disse: "Quem procura a fortuna na medida de suas possibilidades não é prejudicado".

[*Prosseguiu o vizir Rahwān*:] "E essa história, ó rei do tempo, não é mais espantosa que a do cantor, do perfumista e de sua esposa". Nesse momento, o rei Šāh Baẖt consentiu que o vizir Rahwān se retirasse para casa, onde ele permaneceu o resto da noite e o dia seguinte, até que anoiteceu, quando então o rei, acomodando-se no aposento em que se isolava, pensou na história do cantor e do perfumista e mandou convocar o vizir, ordenando-lhe que a contasse. O vizir disse: "Sim".

Segunda noite do mês

O PERFUMISTA, SUA ESPOSA E O CANTOR

Conta-se, ó senhor, que certo jovem de Hamdān[257] – de boa aparência, bom cantor e tocador de alaúde, apreciado pelos conterrâneos – saiu de sua cidade para percorrer o mundo[258] e, munido de seu alaúde e de outros instrumentos musicais, marchou até se acercar de uma bela cidade pela qual começou a perambular, passando então por um perfumista que, ao vê-lo, o chamou. O cantor atendeu, o perfumista determinou-lhe que se sentasse e ele se sentou, sendo então interrogado sobre a sua condição; o cantor lhe relatou os seus planos e o perfumista fê-lo entrar na loja, comprou-lhe comida, alimentou-o e disse: "Venha, pegue o seu alaúde e caminhe pelas ruas da cidade; quando sentir cheiro de bebida, vá até os bebedores e diga-lhes"...

[E a aurora alcançou Šahrazād, que deixou interrompida a sua fala permitida. Sua irmã Dunyāzād lhe disse: "Maninha, como é boa, saborosa, agradável e esplêndida a sua história!", e ela respondeu: "Isso não é nada perto do que lhes contarei na próxima noite, se acaso eu viver e o rei educado e bem guiado me preservar".]

[E quando foi a] 889ª noite

[Disse Dunyāzād à sua irmã Šahrazād: "Por Deus, maninha, se não estiver dormindo, conte-nos uma de suas historinhas para que atravessemos a noite". Ela respondeu: "Com muito gosto e honra".

Eu tive notícia, ó rei venturoso, de que o vizir disse:

O perfumista disse: "Diga-lhes:] 'Sou cantor'. Eles rirão e lhe dirão: 'Venha conosco!', e quando você cantar, eles passarão a conhecê-lo e gostarão de ouvi-lo; você se tornará conhecido nesta cidade e sua situação irá melhorar". O cantor se pôs a vagar, conforme lhe ordenara o perfumista, até que o sol ficou demasiado quente; não tendo encontrado ninguém que estivesse bebendo, dirigiu-se a um beco para descansar, e ali viu uma casa bela e alta a cuja sombra parou, pondo-se a contemplar a beleza de sua construção. Enquanto observava, abriu-se uma portinhola através da qual surgiu um rosto que parecia a lua, e cuja jovem dona lhe perguntou: "Por que está parado aqui? Acaso precisa de algo?". Ele respondeu: "Sou forasteiro", e lhe contou a sua história. Ela perguntou: "O que acha de comer, beber, deleitar-se com uma face graciosa e ganhar algo para gastar?". Ele respondeu: "Madame, é este o meu propósito; é isso que estou procurando!". Ela abriu a porta, fê-lo entrar, acomodou-o em um aposento alto da casa e lhe ofereceu comida. Ele comeu, bebeu, deitou-se com ela e a possuiu; em seguida, ela se deitou em seu colo e começaram a brincar, a rir e a se beijar. Por volta do meio-dia, o marido da mulher chegou, e ela escondeu o cantor enrolando-o em um tapete. O marido entrou, viu o lugar em que se dera a batalha, sentiu cheiro de vinho e a interpelou a respeito. Ela respondeu: "Estava aqui uma amiga minha para a qual jurei, por vida dela, que deveria beber, e então bebemos juntas um jarro; ela se retirou agorinha antes de você entrar". Crendo que as suas palavras eram verdade, o marido retornou para a loja – era ele o perfumista amigo do cantor, que o convidara e alimentara! O cantor voltou para a jovem e retomaram o que estavam fazendo até o fim da tarde, quando então ela lhe deu dinheiro e disse: "Amanhã de manhã volte para cá". Ele respondeu: "Sim", e partiu; quando anoiteceu, foi a um banho público, e pela manhã se dirigiu à loja do perfumista seu amigo, o qual lhe deu boas-vindas ao vê-lo e lhe perguntou como estava e como havia sido o dia anterior. O cantor respondeu: "Que Deus o recompense, meu irmão! Você me guiou ao conforto", e lhe contou sua história com a mulher, até o ponto em que o marido dela chegou, quando então emendou: "O corno do marido dela chegou ao meio-dia e bateu à porta. Ela me enrolou em um tapete e, quando ele se retirou, saí e retomamos o que estávamos fazendo". Exasperado com aquilo, o perfumista, arrependido pelas instruções que lhe dera e desconfiado da esposa, perguntou-lhe: "O que ela lhe disse quando você se retirou?". O cantor respondeu: "Ela me disse: 'Volte para mim amanhã', e eis-me agora indo para ela! Só vim aqui avisá-lo para que você não se preocupe comigo", despediu-se e partiu. Quando o perfumista calculou que o cantor já chegara, cobriu a porta da loja com uma rede, rumou para casa, suspeitoso da esposa, e bateu à porta. Lá dentro, a esposa disse ao cantor, que já entrara: "Vamos, entre nesta caixa!", ele entrou e ela fechou a tampa, indo então abrir a porta para o marido, que entrou perplexo, vasculhou a casa, passando despercebido pela caixa, e não encontrou ninguém. O perfumista pensou: "Talvez a minha casa seja parecida com a casa na qual ele entrou, e a mulher, parecida com a minha", e retornou para a loja. O cantor saiu da caixa, foi até a mulher e se satisfez nela, homenageando-a com medidas muito bem pesadas, após o que comeram, beberam, beijaram-se, abraçaram-se, e assim atravessaram a tarde. Ela lhe pagou dirhams e, apreciando o seu caprichado acabamento, marcou mais um encontro para o dia seguinte, e o cantor se retirou...

[E a aurora alcançou Šahrazād, que deixou interrompida a sua fala permitida. Sua irmã Dunyāzād lhe disse: "Maninha, como é boa, saborosa, agradável e esplêndida a sua história!", e ela respondeu: "Isso não é nada perto do que lhes contarei na próxima noite, se acaso eu viver e o rei educado e bem guiado me preservar".]

[Disse Dunyāzād à sua irmã Šahrazād: "Por Deus, maninha, se não estiver dormindo, conte-nos uma de suas historinhas para que atravessemos a noite". Ela respondeu: "Com muito gosto e honra".

Eu tive notícia, ó rei venturoso, de que o vizir disse:

O cantor se retirou] e dormiu por aquela noite. Quando amanheceu, retornou à loja de seu amigo perfumista, que o cumprimentou, deu boas-vindas e perguntou como estava. O cantor lhe contou a história até o ponto em que o marido chegava, quando então disse: "O corno do marido chegou, mas ela me colocou em uma caixa e a tampou. O idiota e putanheiro do marido dela começou a rodar pela casa de cima a baixo, e, quando ele saiu, retomamos o que estávamos fazendo". Certo de que a casa era a sua, e a esposa, também a sua, o perfumista perguntou: "E hoje, o que você fará?". O cantor respondeu: "Voltarei a ela, para tecê-la e rasgar a sua tessitura.[259] Só vim para agradecer-lhe pelo que fez por mim", e se retirou. Acendeu-se um fogo no coração do perfumista, que trancou a loja, retornou para casa e bateu à porta. Lá dentro, o cantor disse: "Deixe que eu me esconda na caixa, pois ontem ele não me viu", mas ela lhe disse: "Não, enrole-se no tapete!", e ele se enrolou, encostando-se a uma parede da casa. O perfumista entrou exclusivamente preocupado com a caixa, na qual nada encontrou. Circulou pela casa de cima a baixo, mas não encontrou nada nem ninguém, ficando entre crédulo e incrédulo. Pensou: "Talvez eu tenha suspeitado de minha mulher por algo que ela não fez", e assim, acreditando que ela era inocente, saiu e retornou para a loja. O cantor se desenrolou do tapete e ambos retomaram o que de hábito faziam, nisso se mantendo até o fim da tarde, quando então ela lhe deu uma camisa do marido, que ele aceitou e saiu, indo dormir em sua casa. Ao amanhecer, foi até o perfumista, que o cumprimentou, recepcionou, alegrou-se com sua presença e sorriu para ele, crente que estava na inocência da esposa. Perguntou-lhe como passara o dia anterior e o cantor lhe contou a sua história e disse: "Meu irmão, quando o corno bateu à porta, fiz tenção de entrar na caixa, mas a esposa me impediu e me enrolou no tapete. O homem entrou exclusivamente preocupado com a caixa, quebrando-a e comportando-se como louco, subindo e descendo; depois, tomou seu rumo. Saí de onde estava e retomamos o de sempre até o fim da tarde, quando então ela me deu uma das camisas do marido. Agora,

[E quando foi a]

890ª

noite

259 "Para tecê-la e rasgar a sua tessitura" traduz *ansij lahā wa aḫmiṭ ġazlahā*, expressão obscura cujo sentido obsceno, porém, é evidente, conforme afirma Dozy. Lembre-se que, no dialeto egípcio moderno, o verbo *ḫayyaṭa*, "costurar", também conota "possuir sexualmente". Nessa expressão, como em outra, ocorrida linhas atrás, as palavras têm ligação com a tecelagem.

eis-me aqui indo até ela!". Ao ouvir as palavras do cantor, o perfumista se certificou da história e teve certeza de que toda a desgraceira estava ocorrendo em sua casa, e que a mulher era a sua; ao examinar a camisa, sua certeza aumentou e ele perguntou: "Você está indo agora até ela?". O cantor respondeu: "Sim, meu irmão!", e se despediu e retirou. O perfumista saiu da loja como louco e trancou-a, e, nesse ínterim, o cantor alcançou a casa. Quando o perfumista chegou e bateu à porta, o cantor quis enrolar-se no tapete, mas a mulher o impediu dizendo: "Vá para a parte de baixo da casa, entre no forno e tampe-o", e ele obedeceu. A mulher foi receber o marido e abriu a porta; ele entrou como louco, circulou pela casa e não encontrou ninguém, pois o forno lhe passou despercebido. Após refletir um pouco, ele jurou que não sairia de casa senão no dia seguinte. Quando achou que já passara muito tempo no forno, o cantor saiu e, imaginando que o marido fora embora, subiu ao telhado e dali espreitou o interior da casa, reconhecendo o seu amigo perfumista! Extremamente aborrecido com aquilo, pensou: "Oh, que vergonha! Este é o meu amigo perfumista, que tão bem me tratou e tantos favores me fez! Eis a abominável recompensa que lhe dei!". E, temeroso de retornar ao perfumista, desceu e abriu a primeira porta para escapulir e evitar que ele o visse, mas verificou que a porta de fora estava trancada e não avistou a chave; começou então a pular de telhado em telhado, até que os moradores de uma casa cujo dono era persa ouviram-no, perseguiram-no e, enfim, agarraram-no, supondo que fosse ladrão. O dono da casa começou a surrá-lo, afirmando: "Você é ladrão!", ao passo que ele respondia: "Não sou ladrão, mas sim cantor estrangeiro! Ouvi suas vozes e vim cantar para vocês". Quando as pessoas dali ouviram aquilo, falaram em libertá-lo, mas o persa disse: "Gente, não se deixe enganar pelas palavras dele! Não se trata senão de um ladrão que sabe cantar, e que, ao ser flagrado por gente como nós, alega ser cantor!". Disseram-lhe: "Ó senhor, este homem é estrangeiro e, portanto, é imperioso libertá-lo!". O persa disse: "Por Deus que meu coração antipatizou com esse homem! Deixem-me matá-lo de pancada!". Disseram: "Não existe motivo para tal", e livraram-no das mãos do persa dono da casa, acomodando-o no meio deles. O cantor pôs-se então a cantar e os alegrou. O persa tinha um criado que parecia o plenilúnio, e o cantor ficou atrás dele chorando e demonstrando afeto; beijou-lhe as mãos e os pés, conquistando o rapaz, que disse: "Quando anoitecer, e meu patrão e o povo se retirarem, deixarei que você me possua; eu durmo no lugar tal". O cantor retornou aos convivas. Mais tarde, o persa e seu criado se retiraram. O cantor descobriu onde o criado ficava, mas coincidiu que, no meio da noite, o criado saiu do seu lugar, a vela se apagou, e o persa adormeceu de bruços, bêbado; acreditando tratar-se do criado, o cantor disse: "Muito bom!", desamarrou-lhe as calças, cuspiu no pau e enfiou-o nele. O persa acordou aos gritos, agarrou o cantor, amarrou-o e moeu-o de pancadas, prendendo-o em seguida em uma árvore do quintal; naquela casa também vivia uma graciosa cantora, a qual, ao vê-lo amarrado, esperou o persa se recolher à cama e foi até o cantor, começando a se lamuriar e condoer pelo sucedido, piscando para ele e acariciando e massageando o seu pênis até endurecer, quando então lhe disse: "Me coma e eu o desamarro para que o persa não volte a surrá-lo, pois as intenções dele em relação a você são abjetas". O cantor disse: "Solte-me que eu farei isso". A cantora disse: "Meu receio é que, solto, você não o faça. Mas me coma em pé, e, quando terminar, eu o solto"; ergueu as roupas e se fez penetrar pelo pênis do cantor, dando início ao vai-e-vem. No quintal da casa havia um bode – usado pelo persa para torneios de chifradas – que, ao ver o que a mulher fazia, supôs que ela o desafiava, e, rompendo suas amarras, correu na direção dela e aplicou um trompaço que lhe rachou a cabeça; a mulher caiu de bunda e gritou, acordando imediatamente o persa, que olhou para a cantora, e, vendo o pênis duro do cantor...

[E a aurora alcançou Šahrazād, que deixou interrompida a sua fala permitida. Sua irmã Dunyāzād lhe disse: "Maninha, como é boa, saborosa, agradável e esplêndida a sua história!", e ela respondeu: "Isso não é nada perto do que lhes contarei na próxima noite, se acaso eu viver e o rei educado e bem guiado me preservar".]

[E quando foi a]

891ª

noite

[Disse Dunyāzād à sua irmã Šahrazād: "Por Deus, maninha, se não estiver dormindo, conte-nos uma de suas historinhas para que atravessemos a noite". Ela respondeu: "Com muito gosto e honra".

Eu tive notícia, ó rei venturoso, de que o vizir disse:

O persa] disse-lhe: "Ó maldito! Não lhe bastava o que já fez?", e, após aplicar-lhe tremenda surra, abriu a porta e arre-

260 "O melhor" traduz a seqüência *j ī d*, que não foi possível ler senão como *aljayyid*, "bom", "excelente", "superior". Talvez tenha, nessa passagem, o sentido de "prazer".

messou-o para fora no meio da noite, cujo resto ele passou em umas ruínas, e, quando amanheceu, disse: "Ninguém tem culpa! Eu quis o melhor[260] para mim, e não é nenhuma estupidez alguém querer o melhor para si; também a mulher do perfumista quis o melhor para si. De qualquer modo, o destino derrotou a precaução e agora já não tenho lugar nesta cidade". E abandonou aquela cidade.

[*Prosseguiu o vizir*:] "E essa história, ainda que espantosa, não o é mais que a história do rei, seu filho, e os espantos e assombros que sucederam a ambos". Após ter ouvido aquela história, que considerou bela, o rei pensou: "Ela é próxima do que sei. O melhor parecer é ser paciente e não ter pressa em matar o vizir, até me beneficiar dele". Assim, ordenou-lhe que fosse para casa, e o vizir agradeceu e se manteve em casa durante o dia inteiro; à noite, o rei foi para seu assento, mandou convocar o vizir e lhe ordenou que cumprisse o que prometera.

Terceira noite do mês

O REI CONHECEDOR DE ESSÊNCIAS E SEU FILHO

Disse o vizir:

Conta-se, ó rei, que certo rei teve, já velho, um filho bonito, inteligente e ajuizado, ao qual, quando atingiu a puberdade, o pai disse: "Fique com este reino e tome conta dele por mim, pois desejo refugiar-me em Deus altíssimo"; vestiu um gibão de lã e se entregou à adoração. O rapaz disse: "Também eu desejo refugiar-me em Deus altíssimo!". O pai lhe disse: "Vamos fugir daqui, ir para montanhas nas quais praticaremos a adoração por pudor a Deus altíssimo". E assim ambos recolheram trajes de lã, vestiram-no, saíram e perambularam por desertos e regiões inóspitas. Passados alguns dias, emagreceram de fome e se arrependeram do que fizeram, mas já então o arrependimento de nada lhes adiantava. O rapaz se queixou de cansaço e fome ao pai, que respondeu: "Meu filho, eu lhe fiz aquilo que devia, mas você não me obedeceu. Agora, não há como recuperar o estado anterior, pois o reino foi tomado por outro, que defenderá a sua posse. Eu lhe sugiro algo, esperando que você faça a gentileza de aceitar". O rapaz perguntou: "Que é?". O pai disse: "Leve-me até o mercado, venda-me, receba o valor e faça com ele o que bem entender. Eu ficarei com quem me comprar". O rapaz disse: "Quem o compraria? Você é velho! Ao contrário, venda-me você, pois existe maior demanda por mim". O pai disse: "Se você retomar o reino, poderá me recomprar!". Então o filho acatou o pai e o levou até um vendedor de escravos ao qual disse: "Venda este velho". O homem perguntou: "Quem o compraria, se ele já está nos oitenta anos?", e, dirigindo-se ao velho: "O que você sabe fazer?". O velho respondeu: "Conheço a essência das essências: a essência dos cavalos, das pessoas, enfim, todas as essências". O vendedor pegou-o e pôs-se a oferecê-lo ao público, mas ninguém o comprou. Veio então o chefe da cozinha real e perguntou: "Quem é esse?". O vendedor respondeu: "Um escravo à venda". Intrigado com aquilo, o cozinheiro o comprou, após ter indagado sobre seu ofício, por dez mil dirhams; pagou o preço e o levou para casa, mas não se atrevia a obrigá-lo a nenhum serviço, e, ademais, viu-se obrigado a sustentá-lo, arrependendo-se de tê-lo comprado; pensou: "Que farei com ele?". Sucedeu então que, indo passear no bosque, o rei daquela localidade ordenou ao cozinheiro que o acompanhasse e deixasse em seu lugar alguém que lhe preparasse a refeição, a fim de que ela estivesse pronta quando de seu retorno. O cozinheiro se pôs a pensar em quem colocaria em seu posto, e ficou em dúvida. O velho chegou e, vendo-o em dúvida, disse-lhe: "Conte-me o que você tem! Quem sabe eu não tenha a solução?". O cozinheiro lhe contou o que o rei pretendia fazer, e o velho lhe disse: "Não pense mais no assunto. Deixe um criado a meu serviço e vá com tranqüilidade. Eu lhe resolverei isso". Então o cozinheiro partiu com o rei, após lhe ter providenciado tudo quanto precisava, e deixado junto dele um soldado, ao qual o velho, tão logo o cozinheiro partiu, ordenou que lavasse os recipientes da cozinha. A seguir, preparou excelente comida, servindo-a ao rei assim que ele retornou, e fazendo-o provar um sabor que jamais provara; desconfiado, o rei indagou sobre quem cozinhara aquela comida, sendo informado a respeito do velho, o qual ele ordenou que fosse trazido à sua presença, e lhe perguntou os segredos daquela comida, tratando-o com gentileza e ordenando que ele e o cozinheiro dividissem os encargos da cozinha, e o velho obedeceu. Após algum tempo, foram ter com o rei dois mercadores com duas pérolas valiosas; o primeiro declarou que a sua equivalia a mil dinares, e, como todos se mostrassem incapazes de avaliar a outra, [que era maior][260a], o cozinheiro disse: "Que Deus felicite o rei! O velho que eu comprei afirmou conhecer a essência das essências; ele

260a O trecho entre colchetes é acréscimo do tradutor.

261 *Almutabattil* significa "asceta", o que, obviamente, não é o caso aqui. Dozy supõe que se trate de referência a algum "animal fabuloso". É enorme, todavia, a possibilidade de que se trate de erro de revisão.

conhece comida, e nisso já o testamos, comprovando que é de fato o maior conhecedor. Caso o chamemos e testemos a respeito de pedras preciosas, comprovaremos a sua alegação". Chamado, o velho atendeu e parou diante do rei, que lhe mostrou as duas pérolas; o velho disse: "Esta vale mil dinares". O rei disse: "Assim falou seu dono". O velho continuou: "Esta outra vale quinhentos dinares", e então os presentes riram espantados com tal afirmação. O mercador lhe disse: "Como assim? A minha pérola tem maior volume, aparência mais límpida e é mais redonda! Como pode valer menos que a outra?". O velho disse: "Só afirmei o que sei". O rei disse: "Na aparência, ela é igual à outra pérola. Por que seu valor é a metade?". O velho respondeu: "Sim, mas seu interior é de má qualidade".

[E a aurora alcançou Šahrazād, que deixou interrompida a sua fala permitida. Sua irmã Dunyāzād lhe disse: "Maninha, como é boa, saborosa, agradável e esplêndida a sua história!", e ela respondeu: "Isso não é nada perto do que lhes contarei na próxima noite, se acaso eu viver e o rei educado e bem guiado me preservar".]

[E quando foi a] 892ª noite

[Disse Dunyāzād à sua irmã Šahrazād: "Por Deus, maninha, se não estiver dormindo, conte-nos uma de suas historinhas para que atravessemos a noite". Ela respondeu: "Com muito gosto e honra".

Eu tive notícia, ó rei venturoso, de que o vizir disse:]

O mercador perguntou: "Por acaso a pérola tem aparência e interior?". O velho respondeu: "A sua é oca e contém um verme, ao passo que a outra é de boa qualidade e não quebra". O mercador lhe disse: "Mostre-nos o sinal disso. Como poderemos avaliar a correção de suas palavras?". O velho respondeu: "Quebremos a sua pérola. Se eu estiver mentindo, minha cabeça lhe pertence; se eu estiver dizendo a verdade, você terá perdido sua pérola". O mercador disse: "Aceito!". A pérola foi quebrada, e seu interior era como afirmara o velho: centro oco e um verme no meio. Admirado com o que vira, o rei lhe perguntou como soubera aquilo, e o velho respondeu: "Ó rei, essa jóia se produz no ventre de um animal chamado *almutabattil*,[261] e sua origem é uma gota de chuva. Quando toquei na pérola, notei que estava quente e que havia algum animal dentro dela, pois o animal só vive no calor". O rei disse ao cozinheiro: "Aumente-lhe a ração", e o cozinheiro assim fez.

Transcorrido algum tempo, dois mercadores com dois cavalos foram ter com o rei. Um deles disse: “Eu cobro mil dinares pelo meu cavalo”, e o outro disse: “Eu cobro cinco mil dinares pelo meu cavalo”. O cozinheiro disse: “Já nos acostumamos com a boa orientação do velho. O que acha o rei de chamá-lo?”, e o rei assim ordenou. Após examinar os dois cavalos, o velho disse: “Este cavalo vale mil dinares, e este outro vale dois mil”. As pessoas retrucaram: “Ambos visivelmente são de raça! Mas o segundo é mais jovem, veloz, tem membros mais robustos, cara mais fina, cor e pele mais límpidas!”, e continuaram: “Mostre-nos o sinal da correção de suas palavras”. Ele respondeu: “Tudo que vocês disseram está certo. Porém, este é filho de cavalo velho, e aquele, de cavalo jovem. O filho de cavalo velho, quando pára, não se recupera, deixando o cavaleiro à mercê de quem o persegue, ao passo que o filho de cavalo jovem, por mais que você o faça competir e correr, e por mais que o monte e desmonte, verá que se mantém firme e não se cansa”. O mercador disse: “O cavalo é como descreveu o velho, que, de fato, é o melhor avaliador!”. O rei disse ao cozinheiro: “Aumente-lhe a ração”, e, como o velho ficou parado no lugar, sem se mexer, perguntou-lhe: “Por que não vai agora cuidar de seu serviço?”. O velho respondeu: “Meu serviço é junto ao rei”. O rei disse: “Diga o que precisa”. O velho respondeu: “Preciso que você me pergunte sobre a essência das pessoas, tal como perguntou sobre a essência dos cavalos”. O rei respondeu: “Não temos precisão de lhe pedir isso”. O velho disse: “Mas eu tenho precisão de informá-lo a respeito!”. O rei disse: “Diga o que quiser”. O velho disse: “O rei é filho de padeiro”. O rei disse: “Como pode saber?”. O velho disse: “Saiba, ó rei, que examinei os cargos e as posições e descobri isso”. O rei então saiu, foi até a sua mãe, e indagou-a a respeito do pai; ela o informou que seu marido, o rei, era de constituição débil e não podia ter filhos; “então, temendo que o reino se perdesse após a sua morte, entreguei-me a um jovem padeiro do qual engravidei, e o reino passou às mãos de meu filho, que é você”. O rei retornou ao velho e disse: “Sou filho de um jovem padeiro! Esclareça para mim como você me reconheceu”. O velho respondeu: “Eu sabia que, fosse você filho de rei, ter-me-ia presenteado com valiosos rubis; fosse filho de juiz, dar-me-ia algumas moedas; filho de algum mercador, muito dinheiro; mas, vendo que não ia além dos pães, descobri que você é filho de padeiro". O rei disse: "Você acertou", deu-lhe muito dinheiro e elevou-lhe a posição.

[*Prosseguiu Šahrazād*:] O rei Šāh Baht ficou espantado e admirado com a história. O vizir lhe disse: "Mas ela não é mais espantosa que a história do homem rico que casou sua bela filha com um velho pobre". Então, com a mente ocupada por essa história, o rei Šāh Baht ordenou que o vizir se retirasse para casa, onde ele passou o resto da noite e o dia inteiro. Ao cair da noite, o rei Šāh Baht, sozinho, determinou que o vizir fosse trazido à sua presença, e disse-lhe quando chegou: "Conte-me a história do homem rico". O vizir respondeu: "Sim".

Quarta noite do mês

O HOMEM RICO QUE CASOU A FILHA COM UM VELHO POBRE

Saiba, ó rei poderoso, que certo mercador rico tinha uma bela filha que parecia o plenilúnio. Quando ela atingiu a idade de quinze anos, o pai chamou um velho pobre, hospedou-o em sua sala, alimentou-o, tratou-o bem e lhe disse: "Quero casá-lo com a minha filha". O velho se recusou em razão da sua pobreza e disse: "Não a mereço nem convenho a ela". Como o rico homem insistisse, o velho repetiu as palavras e disse: "Só aceitarei se você me informar o motivo de sua opção por mim. Se eu vir nisso algo bom, concordarei; caso contrário, não o farei de modo algum". Disse-lhe o rico homem:

Saiba que sou oriundo da China, e em minha juventude era muito bonito e próspero. Nenhuma mulher me atraía, e eu preferia a companhia dos rapazes. Vi então em sonho uma balança montada, em torno da qual se dizia: "Aqui está a fortuna de fulano!". Fiquei por ali até ouvir o meu nome. Olhei, e eis que me vi diante de uma mulher extremamente feia! Acordei aterrorizado, dizendo: "Não me casarei jamais! Talvez me caiba essa feiosa!". Na seqüência, viajei para este país em uma caravana comercial; gostei da viagem e do lugar, e aqui me estabeleci durante esse período todo, fazendo amigos e parceiros de negócio. Quando terminei de vender minhas mercadorias e recebi o preço, não me restou outro afazer senão passear com as pessoas.

[E a aurora alcançou Šahrazād, que deixou interrompida a sua fala permitida. Sua irmã Dunyāzād lhe disse: "Maninha, como é boa, saborosa, agradável e esplêndida a sua história!", e ela respondeu: "Isso não é nada perto do que lhes contarei na próxima noite, se acaso eu viver e o rei educado e bem guiado me preservar".]

[E quando foi a]

893ª

noite

[Disse Dunyāzād à sua irmã Šahrazād: "Por Deus, maninha, se não estiver dormindo, conte-nos uma de suas historinhas para que atravessemos a noite". Ela respondeu: "Com muito gosto e honra".

Eu tive notícia, ó rei venturoso, de que o vizir disse que o homem rico disse:]

Troquei minhas roupas, escondendo alguns dinares na manga, e pus-me a perambular pela cidade; estava nisso quando vi uma casa cuja beleza me deixou tão maravilhado que parei para contemplá-la. Súbito, surgiu na casa uma formosa mulher que, ao me ver, entrou rapidamente. Intrigado, fui até um alfaiate que havia por ali e o interroguei sobre a casa, e a quem pertencia. Ele respondeu: "Pertence a fulano, o notário, que Deus o amaldiçoe!". Perguntei: "Por acaso ele é o pai da moça?". [O alfaiate respondeu: "Sim"].[262] Dirigi-me então ao homem em cuja loja eu vendia minhas mercadorias, e lhe informei de que gostaria de ter contato com o notário fulano da cidade. O homem se reuniu com seus amigos e fomos todos juntos até o notário; quando chegamos, cumprimentamo-lo e nos acomodamos. Eu disse a ele: "Vim pedir em casamento sua filha, a quem desejo". Ele respondeu: "Não tenho filha que lhe sirva". Eu disse: "Que Deus o castigue! A recusa é sua, e não dela!", mas ele se manteve irredutível. Seus companheiros lhe disseram: "Ele é adequado e digno; não é justo recusar a boa fortuna à jovem!". O notário disse: "Ela não lhe serve", eles insistiram e ele disse: "Minha filha que vocês estão pedindo é extremamente feia e possui tudo quanto é característica reprovável". Eu lhe disse: "Eu a aceito tal como você a descreve". O grupo disse: "Louvado seja Deus, acabou a conversa! Não há mais o que dizer! Qual é o dote?". O notário respondeu: "Quatro mil dinares". Eu disse: "Ouço e obedeço". A questão então se resolveu, celebramos o contrato de casamento, promovi o banquete e, na noite de núpcias, vi uma criatura que jamais Deus altíssimo criara tão horrenda! Supondo que seus familiares haviam aprontado aquilo a título de brincadeira, ri-me e esperei que a moça que eu vira aparecesse. Todavia, como o tempo fosse passando e eu não visse ninguém senão aquela criatura, quase enlouqueci com tal trapaça, e pus-me a rogar a Deus e a lhe suplicar que me salvasse dela. Quando amanheceu, veio a camareira e perguntou: "Alguém precisa de banho?". Respondi: "Não". Ela perguntou: "Quer almoçar?".

262 O trecho entre colchetes é acréscimo exigido pelo contexto.

263 O final desta história, na qual existem visíveis "buracos", está bastante confuso.

Respondi: "Não", e assim permaneci por três dias, sem nada comer nem beber. Vendo-me em tal estado, a moça com quem eu me casara disse: "Homem, conte-me a sua história! Por Deus que, se eu puder salvá-lo, não deixarei de fazê-lo". Ouvi atentamente as suas palavras e, com esperanças em sua sinceridade, contei-lhe a história da moça que eu vira e pela qual me apaixonara. Ela disse: "Se for minha criada, tudo o que é meu é seu; se for de meu pai, irei pedi-la a ele, recebê-la e entregá-la a você". Em seguida, pôs-se a chamar criada por criada, exibindo-as para mim, até que vi a criada pela qual me apaixonara, e disse: "É ela!". Minha esposa disse: "Não inquiete o seu coração, pois se trata de uma criada que o meu pai me deu; agora, estou dando-a a você. Aquiete-se, portanto, tranqüilize-se e folgue". Quando anoiteceu, ela me trouxe a criada, a quem adornou, perfumou e disse: "Não desobedeça a seu amo em nada do que ele desejar de você!". Ao nos deitarmos na cama, porém, pensei: "Essa jovem está sendo mais nobre que eu!". Dispensei a criada sem a haver tocado e fui imediatamente até minha esposa; dormi com ela, deflorei-a e ela engravidou na mesma hora; completaram-se seus meses e deu à luz esta minha filha, cuja extrema formosura me deixou feliz: herdou a inteligência da mãe e a beleza do pai. Um grupo de notáveis veio pedi-la em casamento, mas eu recusei. Outro dia, contudo, vi em sonho aquela mesma balança montada; homens e mulheres estavam por ali pesando, e foi então como se eu visse você e me dissessem: "Esse é fulano, e é ele a fortuna de fulana, sua filha". Compreendi então que Deus altíssimo não a destinou senão a você, e por isso gostaria de casá-los ainda em minha vida, antes que se casem depois de minha morte!".[263]

Ao ouvir tais palavras, o velho aceitou se casar com a jovem, o que logo se fez, sendo por ela agraciado com imenso amor.

[*Prosseguiu o vizir*:] "Mas essa história não é mais espantosa nem insólita que a do sábio, seus três filhos, e a recomendação que ele lhes fez". O rei, após ter ouvido a história de seu vizir, adiou-lhe a morte pensando: "Vou dar-lhe mais um prazo a fim de me beneficiar com a história do sábio e seus filhos"; ordenou-lhe que fosse para casa, e, quando foi a noite seguinte, o rei se acomodou sozinho, mandou chamá-lo e lhe pediu que contasse a história do sábio e seus filhos.

Quinta noite do mês

O SÁBIO E SEUS TRÊS FILHOS

Disse o vizir Rahwān:

Saiba, ó rei, que certo sábio tinha três filhos, e esses filhos lhe deram netos; quando eles se reproduziram demasiado, tornando-se muitos, iniciaram-se as divergências. O sábio reuniu os três e disse: "Sejam uma só mão contra os outros; não humilhem, caso contrário serão humilhados, e saibam que o paradigma de vocês é como o do homem que rompia cordas mas que, ao debilitar-se, já não pôde fazê-lo. Tal é a situação da separação e da união. Muito cuidado! Jamais busquem apoio em gente de fora contra si mesmos, pois nesse caso estarão à beira da aniquilação: a palavra de quem os auxiliar na vitória terá mais peso que a de vocês. Possuo um dinheiro que enterrarei em algum lugar; será a sua reserva por ocasião da necessidade". Mas os filhos não lhe deram ouvidos e se separaram; um deles pôs-se a vigiar o pai, que saiu da cidade para esconder o dinheiro e, isso feito, regressou. Pela manhã, esse filho, que vira o local onde o dinheiro fora enterrado, foi até o local, escavou, pegou o dinheiro e partiu. Quando a morte se aproximou, o velho chamou os filhos, informou-os onde escondera o dinheiro e morreu; os filhos foram até o local, escavaram e encontraram muito dinheiro, que dividiram entre si; o dinheiro levado pelo filho que vigiara o pai estava na parte de cima do buraco, e ele não percebera que embaixo havia ainda mais dinheiro; mas, mesmo assim, ele levou sua parte na divisão com os dois irmãos, reuniu-a ao que já pegara antes sem o conhecimento do pai e dos irmãos, e se casou com a filha de seu tio paterno, sendo por ela agraciado com um menino varão que era a mais bela das criaturas de seu tempo. Quando o menino cresceu, temeroso de que o filho empobrecesse por alguma reviravolta em sua situação, o pai lhe disse: "Saiba, meu filho, que na juventude dispensei aos meus irmãos um péssimo tratamento no que se refere ao dinheiro de nosso pai. Por ora vejo que você está bem, mas, se acaso precisar de algo, não peça a nenhum dos meus irmãos nem a mais ninguém, pois guardei para você, nesta casa, um tesouro. Somente o abra se estiver precisando para a sua manutenção diária", e morreu; seu dinheiro passou ao filho e, como era muito, o rapaz nem esperou que se esgotasse o que tinha em mãos. Pelo contrário, abriu o lugar onde se encontrava o tesouro, um cômodo pintado de branco, em cujo centro havia uma corda estendida...

[E a aurora alcançou Šahrazād, que deixou interrompida a sua fala permitida. Sua irmã Dunyāzād lhe disse: "Maninha, como é boa, saborosa, agradável e esplêndida a sua história!", e ela respondeu: "Isso não é nada perto do que lhes contarei na próxima noite, se acaso eu viver e o rei educado e bem guiado me preservar".]

[E quando foi a]

894ª

noite

[Disse Dunyāzād à sua irmã Šahrazād: "Por Deus, maninha, se não estiver dormindo, conte-nos uma de suas historinhas para que atravessemos a noite". Ela respondeu: "Com muito gosto e honra".

Eu tive notícia, ó rei venturoso, de que o vizir disse:

... bem como] dez pedras, uma sobre a outra, e um pedaço de papel no qual se escrevera: "Como a morte forçosamente ocorrerá, enforque-se, mas nada peça aos meus irmãos nem a ninguém; chute as pedras até que a sua alma abandone toda artimanha; assim estará a salvo do escárnio dos inimigos e invejosos, bem como da amargura da pobreza". Ao ler aquilo, intrigado com a atitude do pai, o rapaz disse: "Este é o pior tesouro!". Começou a sair diariamente para comer e beber com seus companheiros, e tanto gastou que nada lhe restou; após dois dias sem comer nem beber, pegou um lenço de rosto, vendeu-o por dois dirhams, comprando com esse valor pão e leite que deixou sobre uma prateleira, e saiu; veio então um cachorro que comeu o pão e estragou o leite; ao voltar e presenciar aquilo, o rapaz estapeou-se no rosto e saiu sem rumo, passando por um amigo, a quem relatou o que lhe sucedera; o amigo disse: "Não tem vergonha de falar isso? Como então? Desperdiçou o dinheiro e agora vem contar mentiras, afirmando que o cachorro subiu na prateleira? Invencionice!", e o admoestou severamente. O rapaz tomou o caminho de volta, vendo tudo escuro em torno de seus olhos e rosto, e dizendo: "Meu pai falou a verdade". Abriu a porta do cômodo, subiu nas pedras, amarrou a corda no pescoço, chutou as pedras, balançou-se, e então a corda se rompeu, o teto se fendeu, e caiu sobre ele muito dinheiro. Percebendo destarte que o pai o instruíra, o rapaz o bendisse, recomprou as terras e outros bens que vendera, deu bom uso ao dinheiro e retornaram os amigos, aos quais, após convivência de alguns dias, ele disse: "Tínhamos em casa um pão que foi devorado por ratos, e então colocamos no lugar desse pão um rochedo de uma braça de comprimento e uma braça de largura, mas os ratos voltaram e o roeram, por causa do cheiro do pão". O amigo que lhe desmentira a história do pão e do leite disse: "Não se impressione com isso, pois os ratos fazem coisas ainda piores". Ele disse: "Vão todos para suas casas. Por ocasião da pobreza, eu mentia quanto ao fato de o cachorro subir na prateleira, comer o pão e estragar o leite, mas agora, em virtude da existência da riqueza, vocês acreditam que ratos roem rochedos de uma braça de largura e uma braça de comprimento?". Vexados com aquele discurso, eles se retiraram. E o jovem fez prosperar o seu patrimônio e melhorou a sua situação.

[*Prosseguiu o vizir*:] "Mas isso não é mais insólito nem espantoso que a história do rei que se apaixonou pela imagem". O rei Šāh Baḫt pensou: "Se eu ouvir essa história, talvez me beneficie com alguma sabedoria. Não irei apressar-me em tirar a vida deste vizir; não o matarei antes de trinta dias". Na seqüência, ordenou-lhe que se retirasse, e o vizir foi para casa. Então, mais um dia raiou; quando entardeceu, o rei se acomodou no local onde ficava a sós, mandando chamar o vizir, que compareceu, e pedindo-lhe que contasse a história. O vizir disse:

Sexta noite do mês

O REI QUE SE APAIXONOU POR UMA IMAGEM

Saiba, ó rei venturoso, que certo rei na região da Pérsia, bastante poderoso, desfrutava de respeito e auxiliares, mas era estéril, e no final da vida foi agraciado por Deus com um filho varão. O menino, que era bonito, cresceu, aprendeu todos os saberes, e tomou para si um local isolado, que consistia em um palácio elevado, construído de mármore colorido e ornado com pedras preciosas e pinturas. Ao entrar naquele palácio, viu em seu teto uma imagem [de mulher], cuja aparência ele jamais vira mais bela.

[E a aurora alcançou Šahrazād, que deixou interrompida a sua fala permitida. Sua irmã Dunyāzād lhe disse: "Maninha, como é boa, saborosa, agradável e esplêndida a sua história!", e ela respondeu: "Isso não é nada perto do que lhes contarei na próxima noite, se acaso eu viver e o rei educado e bem guiado me preservar".]

[E quando foi a]

895ª

noite

[Disse Dunyāzād à sua irmã Šahrazād: "Por Deus, maninha, se não estiver dormindo, conte-nos uma de suas historinhas para que atravessemos a noite". Ela respondeu: "Com muito gosto e honra".

Eu tive notícia, ó rei venturoso, de que o vizir disse:]

Em torno daquela imagem [de mulher no coche][264] havia criadas, e ele caiu desmaiado, dominado pelo amor por ela, sentando-se em seguida debaixo da imagem. Certo dia, seu pai entrou no palácio, encontrando-o emagrecido e com a cor alterada, de tanto que ele fitava a imagem. Presumindo que o rapaz estava doente, o pai mandou chamar sábios e médicos para tratá-lo. Acabou dizendo, por fim, a uma das pessoas que recebeu: "Se descobrir o que meu filho tem, minha mão será bem generosa com você".[265] O homem entrou onde o rapaz estava e se pôs a lisonjeá-lo, até descobrir que tudo se devia àquela imagem; então, retirou-se e contou ao rei, que mandou transferir o filho para outro lugar, transformando aquele palácio em uma mansão para receber seus hóspedes, e, a todo aquele que ali se hospedava, o rei indagava sobre a imagem daquela mulher no coche, mas ninguém sabia informá-lo, até que, certo dia, hospedou-se no palácio um viajante que olhou para a imagem e disse: "Não existe divindade senão Deus! Essa imagem foi pintada por meu irmão!". O rei mandou chamá-lo para pedir-lhe notícias sobre aquela imagem, e onde se encontrava aquele que a pintara. O viajante respondeu: "Meu senhor, somos irmãos! Meu irmão foi para a Índia e lá se apaixonou pela filha do rei. É ela nessa imagem. Em qualquer cidade onde entre, meu irmão pinta a imagem dela. Estou atrás dele, em uma longa viagem!". Quando ouviu aquilo, o filho do rei disse: "É absolutamente imperioso que eu viaje até essa jovem". Ato contínuo, recolheu todo gênero de jóias, muito dinheiro, e viajou por dias e noites, até que entrou na terra da Índia, aonde somente chegou após grandes fadigas. Perguntou sobre o rei da Índia, que também soube a seu respeito e lhe permitiu que fosse visitá-lo. Ao se ver diante dele, o rapaz pediu a mão de sua filha em casamento. O rei da Índia disse: "Você é adequado à minha filha. Porém, ninguém pode mencionar homens diante dela, de tanto que os odeia!". Então o rapaz montou tendas defronte do palácio da jovem, e ali ficou até que, certo dia, conseguiu falar com uma de suas criadas particulares, para isso dando-lhe muito dinheiro. Ela perguntou: "Precisa de algo?". Ele respondeu: "Sim",

264 O trecho entre colchetes é acréscimo do tradutor, justificado pelo andamento da narrativa.

265 "Minha mão será bem generosa com você" traduz *kāna laka ʿindī alyad albayḍāʾ*, literalmente, "você terá, comigo, mão branca".

e lhe contou a sua história. Ela disse: "Você arriscou a vida!". Ele passou a buscar ajuda até que todo o seu dinheiro acabou e os criados começaram a evitá-lo. Ele disse a alguém em quem confiava: "Gostaria de ir ao meu país, pegar o que necessito e retornar para cá". Disse-lhe essa pessoa: "Você é quem sabe!", e então o rapaz tomou o caminho de sua terra; a viagem foi longa, acabou tudo quanto ele tinha e seus acompanhantes morreram, não lhe restando senão um criado, a quem ele fez carregar o que era possível de provisões, abandonando o resto; continuaram avançando até que uma fera surgiu e devorou o criado, e o filho do rei se quedou sozinho; logo, sua montaria parou e ele a abandonou, pondo-se a caminhar até que suas pernas se incharam e ele chegou à terra dos turcos, nu, esfomeado e não dispondo senão de umas jóias que estavam penduradas em seu braço. Dirigiu-se ao mercado de joalheiros, chamou um agenciador e lhe entregou as jóias. O agenciador examinou-as e, vendo que se tratava de duas pedras de rubi, disse: "Siga-me", e foi até um joalheiro, ao qual entregou as pedras dizendo: "Compre-as". O joalheiro perguntou: "De onde são?". O agenciador respondeu: "O dono é este rapaz". O joalheiro perguntou ao rapaz: "Onde conseguiu estas pedras?", e o rapaz contou tudo quanto lhe sucedera, e que era filho de rei. Espantado com tais acontecimentos, o joalheiro conseguiu vender os rubis por mil dinares, e o rapaz lhe disse: "Apronte-se e viaje comigo ao meu país". O joalheiro então se aprontou e viajou com o filho do rei, até que se aproximaram da fronteira com o país de seu pai, e ali as pessoas o dignificaram bastante, enviando ao rei a notícia da chegada de seu filho. O pai foi recepcioná-lo, dignificaram o joalheiro, e o filho do rei permaneceu algum tempo em sua terra, retomando em seguida, com o joalheiro, o caminho da terra da graciosa filha do rei da Índia, mas foram surpreendidos no caminho por ladrões. Embora combatesse com denodo, o filho do rei foi morto, sendo então enterrado pelo joalheiro, que pôs uma marca em seu túmulo e saiu vagando sem rumo, entristecido, sem informar a ninguém da morte do rapaz, e finalmente regressou à sua própria terra.

Foi isso que sucedeu ao filho do rei e ao joalheiro. Quanto à filha do rei da Índia – à procura da qual o rapaz partira e em virtude da qual morrera –, enquanto ele esteve lá ela o observara de cima do palácio, bem como à sua beleza e formosura, e certo dia perguntou à criada: "Ai de você! O que foi feito da

266 Região situada entre o Irã e o Afeganistão. Note que, na passagem anterior, essa região havia sido mencionada como "terra dos turcos".

tenda que estava montada ao lado do meu palácio?". A criada respondeu: "Era a tenda de um rapaz, filho do rei da Pérsia, que veio pedi-la em casamento e se exauriu por sua causa, mas você não teve dó!". A filha do rei perguntou: "Ai de você! E por que não me avisou?". A criada respondeu: "Fiquei com medo da sua irritação!". Então a jovem pediu permissão para falar com o pai e lhe disse: "Por Deus que irei atrás dele do mesmo modo que ele veio atrás de mim! Do contrário, não terei sido justa com ele". Em seguida, preparou-se e saiu atravessando terras inóspitas e gastando dinheiro até chegar a Sijistān,[266] onde chamou um joalheiro a quem pediu que lhe confeccionasse algumas jóias. Ao vê-la, o joalheiro a reconheceu, pois o filho do rei da Pérsia lhe havia falado a respeito e a pintado para ele. Indagou-a sobre a sua história, ela o informou e o homem estapeou o rosto, rasgou as roupas, jogou terra na cabeça e pôs-se a chorar. A jovem perguntou: "Por que está fazendo isso?", e ele lhe contou a história do filho do rei, a quem acompanhara, informando-a afinal de sua morte. Entristecida, a jovem viajou até o pai e a mãe do rapaz. Então, o pai, o tio paterno, a mãe e os notáveis do reino foram visitar-lhe o túmulo; a jovem lamentou-se por ele, soltou altos gritos e ficou um mês em seu túmulo, para o qual trouxe pintores e lhes ordenou que a pintassem junto com o filho do rei; também escreveu sua história, nela registrando os terrores que enfrentou, e depositou-a no alto do túmulo. Após algum tempo, todos foram embora.

[E a aurora alcançou Šahrazād, que deixou interrompida a sua fala permitida. Sua irmã Dunyāzād lhe disse: "Maninha, como é boa, saborosa, agradável e esplêndida a sua história!", e ela respondeu: "Isso não é nada perto do que lhes contarei na próxima noite, se acaso eu viver e o rei educado e bem guiado me preservar".]

[E quando foi a] 896ª noite

[Disse Dunyāzād à sua irmã Šahrazād: "Por Deus, maninha, se não estiver dormindo, conte-nos uma de suas historinhas para que atravessemos a noite". Ela respondeu: "Com muito gosto e honra".

Eu tive notícia, ó rei venturoso, de que o vizir disse:]

[*Prosseguiu o vizir*:] "Mas essa história, ó rei, não é mais espantosa que a do lavadeiro, sua mulher, o soldado, e o que ocorreu entre eles". Nesse momento, o rei ordenou ao vizir que se retirasse para sua casa, e este passou o dia inteiro em casa. No final da tarde, o rei se acomodou, mandou que trouxessem o vizir à sua presença, e lhe disse: "Conte-me a história do lavadeiro e sua mulher". O vizir respondeu: "Com muito gosto e honra", e, dando um passo adiante, disse:

Sétima noite do mês

O LAVADEIRO, SUA ESPOSA E O SOLDADO

Saiba, ó rei, que vivia em certa cidade uma bela mulher que se apaixonara por um soldado. Seu marido era lavadeiro, e quando ele saía para o serviço o soldado vinha ficar com ela até a hora do regresso do lavadeiro, retirando-se então. Ficaram naquela situação por algum tempo, até que o soldado disse à mulher: "Quero arranjar uma casa nas proximidades daqui. Escavarei um túnel da minha casa até a sua. Você dirá ao seu marido: 'Minha irmã, que estava ausente com o marido, retornou; eles chegaram de viagem por estes dias e eu os acomodei aqui na vizinhança, a fim de que possamos nos reunir a qualquer momento. Vá até o marido dela, que é soldado, levando-lhe algo para comer, e diga que quer ver a minha irmã; você vai achar que ela sou eu e que eu sou ela, sem dúvida! Ai, meu Deus! Ai, meu Deus! Vá até o marido de minha irmã e veja o que ele lhe dirá!'". Assim, quando o soldado arranjou as coisas do jeito que dissera, a mulher disse ao marido lavadeiro tão logo ele chegou à sua casa: "Por Deus, vá lá agora, pois minha irmã perguntou a seu respeito!". Então o idiota do lavadeiro, sem saber da história, obedeceu, e a sua esposa também foi pelo túnel que o soldado construíra ligando a sua casa à casa dele; chegou, subiu, e se sentou ao lado do seu amante soldado. O lavadeiro chegou, entrou, cumprimentou o soldado e a esposa e, perplexo com as coincidências da história, ficou em dúvida e retornou às pressas para casa, mas a mulher foi mais rápido pelo túnel, chegou, vestiu as roupas que estava usando em casa, sentou-se, e disse quando ele entrou: "Eu não lhe disse que fosse até minha irmã, cumprimentasse o marido dela e conversasse com os dois?". Ele respondeu: "Eu fiz isso, mas fiquei em dúvida ao ver-lhe a mulher!". Ela disse: "Eu não avisei que ambas nos parecemos muito, e que só nos distinguimos pela roupa? Volte e sossegue!". A estultice do homem era tanta que ele acreditou, retornando e entrando na casa do soldado, onde a sua mulher, que se antecipara, já estava. O lavadeiro olhou para ela, pensou e a cumprimentou; a mulher retribuiu o cumprimento, e quando ela falou o lavadeiro se atrapalhou e perguntou ao soldado: "Como ela fala assim?". O soldado respondeu: "Esta é a minha mulher e essas são as palavras dela!". Então o lavadeiro se levantou às pressas, retornou para casa, e viu a esposa, que se antecipara através do túnel. Retornou para a casa do soldado, e a viu sentada no mesmo lugar; envergonhado, sentou-se ao lado do soldado e ambos comeram e beberam; o lavadeiro se embriagou, e, quando o dia virou noite, o soldado raspou parte dos cabelos do lavadeiro, que eram longos, ao modo dos turcos, aparou o resto, vestiu-o com capa, tarbuche e um alforje; colocou-lhe sapatilhas e um cinturão com espada; na cintura, pôs-lhe aljava, arco e flechas, e lhe enfiou na manga uma carta assinada ordenando ao governador da província de Ispahã que "pague a Rustum Ḫammārtaknī, mensalmente, a quantia de cem dirhams, cem arráteis de pão, cinco arráteis de carne, e o faça membro de sua guarda turca"; deixou-lhe ainda alguns dirhams no bolso, carregou-o e largou-o em uma mesquita, onde o lavadeiro ficou dormindo até o sol raiar, quando então despertou e, vendo-se naquela situação, desconfiou de si mesmo e acreditou ser de fato turco; pôs-se a ir e vir, e em seguida pensou: "Vou para minha casa. Se a minha mulher me reconhecer, então sou Aḥmad, o lavadeiro; caso contrário, serei o turco Ḫammārtaknī. Assim pensando, foi para casa, e, quando a embusteira da esposa o viu, gritou na sua cara: "Para onde vai, soldado? Está invadindo a casa de Aḥmad, o lavadeiro! Trata-se de um homem conhecido que tem um cunhado turco de influência ante o sultão! Se não for embora, avisarei ao meu marido, e ele irá castigá-lo por tal atitude!". Ao ouvir-lhe as palavras, o álcool agiu em sua cabeça e, imaginando ser o turco Ḫammārtaknī, o lavadeiro saiu da casa. Enfiando a mão na manga, encontrou a carta e a entregou a alguém que a leu; ao ouvir-lhe o conteúdo, ficou um pouco mais esperto e pensou: "Talvez minha mulher esteja me enganando. Irei aos meus colegas lavadeiros, e, se eles não me reconhecerem, então de fato serei o turco Ḫammārtaknī". Dirigiu-se até os lavadeiros, os quais, vendo-o ao longe, supuseram que ele fosse o turco Ḫammārtaknī, ou algum outro turco dos que vinham lavar as roupas de graça com eles, sem lhes pagar nada. Os lavadeiros haviam se queixado disso havia algum tempo ao sultão, que lhes dissera: "Se algum turco vier atrás de vocês, apedrejem-no". Quando o viram, atacaram-no com paus e pedras, ferindo-o. Ele disse: "Sou turco e não estou sabendo!". Em seguida, pegou os dirhams que levava no alforje, comprou comida, alugou uma montaria e foi para Ispahã, deixando sua esposa para o soldado e seguindo seu caminho.

[E a aurora alcançou Šahrazād, que deixou interrompida a sua fala permitida. Sua irmã Dunyāzād lhe disse: "Maninha, como é boa, saborosa, agradável e esplêndida a sua história!", e ela respondeu: "Isso não é nada perto do que lhes contarei na próxima noite, se acaso eu viver e o rei educado e bem guiado me preservar".]

[E quando foi a] 897ª noite

[Disse Dunyāzād à sua irmã Šahrazād: "Por Deus, maninha, se não estiver dormindo, conte-nos uma de suas historinhas para que atravessemos a noite". Ela respondeu: "Com muito gosto e honra".

Eu tive notícia, ó rei venturoso, de que o vizir disse:] "Essa história, conquanto espantosa, não o é mais que a história do mercador, da velha e do rei". Admirado com aquilo, o rei Šāh Baḫt ficou com o coração ansioso pela história do mercador e da velha. Ordenou ao vizir que se retirasse para casa, e ele foi para lá, ali passando o dia seguinte. No final da tarde, o rei se acomodou no local onde ficava a sós e ordenou que o vizir lhe fosse trazido. Quando este chegou, pediu-lhe a história do mercador, da velha e do rei. O vizir disse: "Com muito gosto e honra".

Oitava noite do mês

O MERCADOR, O REI E A VELHA[267]

Saiba, ó rei, que um grupo da cidade de Ḫurāsān desfrutava de boa vida e autoridade, mas isso se extinguiu e sua boa vida se acabou. O povo da cidade invejava tais pessoas pelas benesses que Deus lhes concedera, e delas não restou senão uma velha que, apesar de muito fraca, não foi perdoada pelo povo, que a expulsou da cidade dizendo: "Não queremos a vizinhança desta velha, para a qual fazemos o bem, mas ela nos recompensa com o mal". A velha se refugiou numas ruínas onde os estrangeiros lhe davam esmolas, e com isso ela se manteve por algum tempo. O rei da cidade de Ḫurāsān, detestado pela população, era desafiado por um primo a quem, afinal, Deus altíssimo proporcionou vitória sobre o rei, que ele destronou, mas ao qual continuou, no fundo da alma, invejando. Tal inveja não passou despercebida

267 A redação desta história apresenta problemas tão brutais de nexo e encadeamento – devidos, decerto, a revisão descuidada – que a sua tradução exigiu contínuas intervenções.

ao vizir, que deixou de temê-lo e, ávido por dinheiro, começou a convocar à sua presença os homens da cidade, apresentando-lhes questões de ordem religiosa e mundana, e confiscando o dinheiro de quem não soubesse responder. Sucedeu então que um dos mais prósperos mercadores muçulmanos de Ḫurāsān – o qual estava de viagem e, por conseguinte, desconhecia o que ali estava acontecendo – regressou à cidade tarde da noite, e chegou às ruínas onde a velha morava; deu-lhe alguns dirhams e disse a ela: "Nada tema!". A velha elevou a voz em rogos pelo homem, que depositou suas coisas com ela durante toda a noite e o dia. Alguns ladrões haviam-no seguido para roubar-lhe o dinheiro, mas nada puderam fazer. O mercador beijou a cabeça da velha e passou a tratá-la ainda melhor. A velha lhe disse: "Não quero que nada de mal aconteça ao senhor, e estou temerosa das perguntas que o vizir está fazendo, com má intenção, aos ignorantes", e lhe explicou detalhadamente a situação, emendando por fim: "Mas não se preocupe. Leve-me para a sua casa. O vizir lhe fará perguntas e, estando com você, irei interpretá-las". Então o mercador levou a velha consigo para a cidade, hospedou-a em sua casa e a tratou bem. Informado da chegada do homem, o vizir mandou trazerem-no à sua casa, questionando-o durante algum tempo sobre as suas viagens e o que nelas enfrentara; em seguida, disse: "Vou fazer-lhe perguntas. São questões que será melhor você me responder". O mercador se conservou calado. O vizir perguntou: "Qual o peso do elefante?". Perplexo, o mercador nada respondeu e, certo da aniquilação, disse: "Conceda-me três dias de prazo"; o vizir concedeu. O mercador saiu do palácio e contou à velha o que sucedera. Ela disse: "Amanhã vá ao vizir e lhe diga: 'Construa um barco, lance-o ao mar e ponha um elefante sobre ele. Quando o barco afundar, marque o ponto a que a água chegou e retire o elefante, colocando em seu lugar pedras, até que o barco suba ao nível do sinal; então, leve as pedras, pese-as, e assim você saberá o peso do elefante'". Quando amanheceu, o mercador foi até o vizir e falou-lhe tal como o instruíra a velha. O vizir ficou espantado e logo disse: "O que você me diz de um homem que vê em sua casa quatro buracos nas paredes, e em cada buraco uma cobra querendo atacá-lo? Na casa existem quatro estacas, e cada buraco não pode ser tapado senão com duas estacas. Como ele fará para tapar todos os buracos e se salvar das cobras?". Atingido por grande medo, nada acudiu à memória do mercador, que pediu ao vizir: "Conceda-me um prazo para pensar na resposta", e o vizir respondeu: "Venha com uma resposta; do contrário, confiscarei tudo quanto você possui". O mercador saiu e foi até a velha com a cor alterada. Ela lhe perguntou: "O que o velhote lhe indagou?", e o mercador lhe fez o relato. A velha lhe disse: "Vou livrá-lo disso", e ele muito lhe agradeceu. Ela disse: "Amanhã vá até ele com o coração forte e diga: 'A resposta ao que você perguntou é que se deve colocar a ponta de duas estacas no primeiro buraco, pegar uma terceira estaca, juntá-la à metade das duas primeiras estacas, e colocar a sua ponta no segundo buraco; em seguida, cruzar a ponta da terceira estaca com a da quarta estaca, e com ambas as pontas tapar o quarto buraco; em seguida, pegar a outra ponta das duas primeiras estacas e tapar o terceiro buraco'".[268] O mercador repetiu essa resposta ao vizir, que se espantou com seu acerto e disse: "Pode ir embora! Por Deus que nunca mais lhe perguntarei nada, pois você, com seu conhecimento, está destruindo meu fundamento".

268 É bem possível que nesses enigmas, em especial no segundo, existam erros de revisão que impedem o seu adequado entendimento.

[E a aurora alcançou Šahrazād, que deixou interrompida a sua fala permitida. Sua irmã Dunyāzād lhe disse: "Maninha, como é boa, saborosa, agradável e esplêndida a sua história!", e ela respondeu: "Isso não é nada perto do que lhes contarei na próxima noite, se acaso eu viver e o rei educado e bem guiado me preservar".]

[E quando foi a]

898ª

noite

[Disse Dunyāzād à sua irmã Šahrazād: "Por Deus, maninha, se não estiver dormindo, conte-nos uma de suas historinhas para que atravessemos a noite". Ela respondeu: "Com muito gosto e honra".

Eu tive notícia, ó rei venturoso, de que o vizir disse:]

Depois disso, o vizir o tratou com gentileza e ele lhe falou sobre a velha. O vizir disse: "Ao homem ajuizado é imperioso ter a companhia de outro ajuizado. Essa frágil mulher devolveu a este homem a vida e o dinheiro do modo mais simples".

[*Prosseguiu Šahrazād*:] Concluindo a história, o vizir Rahwān disse: "E isto não é mais espantoso que a história do estúpido curioso que foi fazer o que não lhe concernia". Ao ouvir aquilo, o rei pensou: "Como é semelhante ao que nós estamos vivendo!", e ordenou que o vizir se retirasse para casa, e ali ele permaneceu até o amanhecer. No final da tarde, o rei se acomodou no lugar onde ficava a sós, mandou chamar o vizir e lhe pediu que contasse a história. O vizir disse:

Nona noite do mês

O ESTÚPIDO CURIOSO

Saiba, ó rei venturoso, que havia em tempos remotos um homem estúpido e ignorante que tinha muito dinheiro, e cuja bela mulher era apaixonada por um belo rapaz que esperava o homem se ausentar para ir ficar com ela, mantendo-se nesse hábito por longo período. Certo dia, estando ambos a sós, o amante disse à mulher: "Minha senhora, minha amada, se você me ama e me quer, entregue-se a mim e me satisfaça diante de seu marido! Do contrário, nunca mais virei até aqui, nem me aproximarei de você". Ao ouvir-lhe as palavras, a mulher – que o amava imensamente, não suportava ficar longe dele uma hora sequer, nem agüentava a sua irritação – respondeu: "É claro, em nome de Deus, meu amado, alegria dos meus olhos! Não viva o seu inimigo!". Ele perguntou: "Hoje?". Ela respondeu: "Sim, por vida sua!", e prometeu que lhe satisfaria o pedido. Quando o marido chegou, ela disse: "Quero sair para passear", e ele respondeu: "Sim, com muito gosto e honra!"; saíram então, dirigindo-se a um belo local que tinha muita uva e água; ele levou tudo para ela e lhe armou tenda ao lado de uma grande árvore. A mulher fez um esconderijo ao lado da tenda e disse ao marido: "Quero subir na árvore!". O marido disse: "Como quiser!", e ela subiu. Já no alto da árvore, ela gritou e começou a estapear-se dizendo: "Seu depravado! São esses os seus hábitos? Você jura, mas mente! São esses os seus hábitos!"; repetiu essa fala uma, duas e três vezes, e desceu em seguida, rasgando as roupas e dizendo: "Seu depravado! É isso que faz comigo, diante de meus olhos! Então o que é capaz de fazer quando está distante de mim?". O homem perguntou: "Qual é a história?". Ela respondeu: "Você estava trepando com uma mulher bem diante dos meus olhos!". Ele disse: "Não, por Deus! Mas deixe que eu suba e veja!". Tão logo ele subiu na árvore, o amante da mulher veio e agarrou-a pelas pernas. O marido olhou, e eis que um homem estava trepando com a sua esposa! Ele disse: "Sua depravada! Que atitude é essa?", e desceu às pressas do alto da árvore ao chão. A mulher perguntou: "O que você viu?". Ele respondeu: "Um homem trepando com você!". Ela disse: "Mentiroso! Você não viu nada, e só está dizendo isso para me enganar!". Repetiram aquilo três vezes, e por três vezes o amante dela saiu do esconderijo e a possuiu, enquanto o marido observava e ela gritava: "Seu mentiroso! Por acaso está vendo algo?". Ele respondia: "Sim", e descia às pressas, mas não encontrava ninguém. Finalmente ela lhe disse: "Por vida minha, olhe bem e não diga senão a verdade!". O homem disse: "Vamos embora deste lugar, pois aqui há muitos demônios e gênios". O homem ficou em dúvida se aquilo era ilusão e imaginação, e o amante satisfez o seu desejo.

[E a aurora alcançou Šahrazād, que deixou interrompida a sua fala permitida. Sua irmã Dunyāzād lhe disse: "Maninha, como é boa, saborosa, agradável e esplêndida a sua história!", e ela respondeu: "Isso não é nada perto do que lhes contarei na próxima noite, se acaso eu viver e o rei educado e bem guiado me preservar".]

[E quando foi a] 899ª noite

[Disse Dunyāzād à sua irmã Šahrazād: "Por Deus, maninha, se não estiver dormindo, conte-nos uma de suas historinhas para que atravessemos a noite". Ela respondeu: "Com muito gosto e honra".

Eu tive notícia, ó rei venturoso, de que o vizir disse:] "E isso, ó rei do tempo, não é mais espantoso que a história do rei e do coletor de impostos".[269] Ao ouvir as palavras do vizir, o rei o dispensou; no final da tarde mandou chamá-lo, pedindo-lhe a história do rei e do coletor de impostos. O vizir disse:

Décima noite do mês

O REI E O COLETOR DE IMPOSTOS

Saiba, ó rei, que certo rei vivia em uma terra próspera, plena de benesses, mas ele tanto oprimiu e maltratou seu povo que a arruinou, e não o chamavam senão de tirano opressor; se acaso ouvisse falar em algum opressor de outra terra, mandava chamá-lo, seduzindo-o com dinheiro para que ficasse consigo. Havia um coletor de impostos que era extremamente opressor, um dos que mais maltratavam as pessoas, e então o rei mandou chamá-lo e ele veio; ao se ver diante dele, notando que se tratava de um homem poderoso, o rei lhe disse: "Já haviam descrito você para mim, mas vejo que é superior à descrição! Conte-me como trabalha e o que diz, a fim de que eu saiba tudo a seu respeito". O homem respondeu: "Com muito gosto e honra. Saiba, ó rei, que eu oprimo as pessoas e faço prosperar o país, ao passo que outros o arruínam e não o fazem prosperar". O rei, que apoiava a cabeça na mão, pôs-se de pé e pediu: "Fale-me sobre isso!". O homem respondeu: "Sim. Vou até o homem

269 O original traz *ᶜušr*, "dízimo".

do qual cobrarei impostos, armo uma artimanha, invento coisas para fazer, até isolá-lo das pessoas; então, exploro-o da maneira mais cruel, até deixá-lo sem nenhum dinheiro. Em seguida, apareço, as pessoas vêm até mim e começam a perguntar sobre o homem; eu respondo que havia recebido ordens de fazer muito pior – 'pois ele foi denunciado ao rei por fulano, que Deus o amaldiçoe' –, e em seguida devolvo ao homem, em público, parte do seu dinheiro e o envio para casa dignificado, carregando o dinheiro devolvido e rogando por mim, bem como todos quantos estejam com ele. Espalha-se pela cidade a notícia de que devolvi o dinheiro, e também ele o diz às pessoas, e assim todos vão me louvando, embora eu tenha tomado metade do seu dinheiro. Esqueço-o até que se passe algum tempo, quando então o chamo, menciono-lhe algo que devia antes e lhe peço, em segredo, um tanto de dinheiro; ele aceita, vai para casa, e volta carregando de boa vontade o que lhe ordenei. Em seguida, mando chamar algum homem com o qual ele tenha inimizade, prendo-o e dou a entender que foi tal homem que o denunciou e levou metade de seu dinheiro. E as pessoas ainda me agradecem". Espantado com tal atividade e providência, o rei encarregou-o de todos os seus assuntos, bem como os do reino, e o país continuou sob seu domínio; disse-lhe: "Tome e faça prosperar". Certo dia, o coletor saiu, viu um velho lenhador carregando lenha, e lhe disse: "Pague-me um dirham de imposto por sua lenha". O velho respondeu: "Só se você me matar e matar meus filhos". O coletor perguntou: "Quem é que vai matar quem?". O velho disse: "Se você me deixar, entrarei na cidade e venderei o carregamento por três dirhams; dar-lhe-ei um dirham, e com os outros dois comprarei sustento para os meus filhos. Porém, se você me cobrar o imposto fora da cidade, o carregamento será vendido por apenas um dirham que você levará, e meus filhos e eu não teremos o que comer. Para você, as duas atitudes são indiferentes, tal como sucedeu a Davi e Salomão, que a paz esteja com eles".

SENTENÇAS DE DAVI E SALOMÃO

O velho lenhador disse: "Saiba que Davi, sobre ele esteja a paz, recebeu de alguns agricultores queixa contra pastores cujo rebanho invadiu à noite a sua plantação e ali pastou, devorando tudo. Davi, que a paz esteja com ele, ordenou que se calculasse o valor da plantação. Salomão, que a paz esteja com ele, levantou-se e disse: 'É melhor que se entregue aos agricultores o rebanho, a fim de que eles colham seu leite e sua lã, sendo assim ressarcidos do valor de sua plantação, e depois o rebanho será devolvido aos donos'. Davi corroborou a sentença de Salomão, voltando atrás em sua própria sentença. Embora Davi não fosse opressor, a sentença de Salomão era mais adequada e tinha visão".

Ao ouvir tais palavras, o coletor se apiedou e disse: "Ó velho, eu lhe concedo o que me deve, contanto que você me acompanhe e não se separe de mim, pois quiçá sua companhia me traga alguma vantagem que minore os meus erros e me guie retamente". Então o velho o seguiu, e eles encontraram outro lenhador com seu carregamento. O coletor lhe disse: "Pague o que deve". O lenhador respondeu: "Dê-me um prazo até amanhã, pois hoje tenho de pagar o aluguel; amanhã venderei outro carregamento e lhe pagarei o imposto de dois dias". Como o coletor recusasse a proposta, o velho disse: "Se você o obrigar a pagar, estará também obrigando-o a sair do país, pois se trata de estrangeiro que não terá onde morar. Assim, caso ele se mude por causa de um dirham, a perda será de trezentos e sessenta dirhams anuais, uma grande perda para você em troca de muito pouco". O coletor disse: "Eu lhe concedo um dirham mensal para pagamento do aluguel de sua casa", e partiram, topando com outro lenhador, ao qual o coletor disse: "Pague o que deve". O lenhador respondeu: "Terei um dirham quando entrar na cidade. Leve estes quatro centavos!". O coletor disse: "Não aceito!". O velho disse: "Leve os quatro centavos que ele está oferecendo. São mais fáceis de carregar e causam menos danos na devolução".[270] O coletor disse: "Por Deus que essa é boa!", e, afastando-se, gritou alto e bom som: "Não posso suportar isso que me aconteceu hoje!"; arrancou as roupas e saiu pelo mundo em penitência ao seu Deus.

[*Prosseguiu o vizir*:] "E esta não é mais espantosa que a história do ladrão que acreditou na mulher e rogou não encontrar nenhuma semelhante a ela, a tal ponto ela defendia seus próprios interesses". O rei pensou: "Se o coletor se penitenciou com duas admoestações, impõe-se que eu preserve este vizir até ouvir a história do ladrão". Ordenou ao vizir que se retirasse para casa, e no final da tarde do dia seguinte acomodou-se, mandou chamar o vizir e lhe pediu a história do ladrão e da mulher. O vizir disse:

270 Entenda-se aqui que o velho alude à devolução no Juízo Final etc.

271 Habitual jura entre os antigos árabes, hoje restrita a regiões interioranas, em que o homem jura que se separará da mulher caso não se dê o que ele está dizendo (ou não seja verdade o que ele diz etc.). Hoje, nas regiões urbanas, tal jura, por motivos assaz compreensíveis, está restrita ao âmbito da chacota.

Décima primeira noite do mês

A MULHER E O LADRÃO

Saiba, ó rei, que certo homem era ladrão por ofício, mas só roubava quando já não tinha nada; não assaltava vizinhos nem andava com nenhum ladrão, por medo de que o descobrissem e denunciassem. Assim ele se conservou por largo tempo, situação tranqüila e segredo guardado. Deus altíssimo determinou então que entrasse na casa de um pobre vagabundo que ele supôs ser rico. Ao se ver no interior da casa, nada encontrou; exasperou-se e, premido pela necessidade, acordou o dono da casa, que dormia ao lado da esposa.

[E a aurora alcançou Šahrazād, que deixou interrompida a sua fala permitida. Sua irmã Dunyāzād lhe disse: "Maninha, como é boa, saborosa, agradável e esplêndida a sua história!", e ela respondeu: "Isso não é nada perto do que lhes contarei na próxima noite, se acaso eu viver e o rei educado e bem guiado me preservar".]

[E quando foi a]

900ª

noite

[Disse Dunyāzād à sua irmã Šahrazād: "Por Deus, maninha, se não estiver dormindo, conte-nos uma de suas historinhas para que atravessemos a noite". Ela respondeu: "Com muito gosto e honra".

Eu tive notícia, ó rei venturoso, de que o vizir disse:]

O ladrão acordou o homem e lhe disse: "Mostre-me onde estão as suas reservas!", mas o homem não tinha nenhuma reserva para mostrar. Incrédulo, o ladrão insistiu, ameaçou-o e espancou-o, mas, vendo que não obteria vantagem alguma, disse-lhe: "Para eu acreditar que você não tem dinheiro, jure que se divorciará de sua esposa se não for verdade!".[271] Tão logo o homem jurou, a esposa disse: "Ai de você! Quer se divorciar de mim? Acaso as reservas não estão enterradas naquele cômodo?", e, voltando-se para o ladrão, rogou-lhe que batesse mais no marido, a fim de que este lhe entregasse o dinheiro cuja inexistência ele mentirosamente jurara; o ladrão enfiou o homem no cômodo e o surrou com mais força ainda, a fim de que lhe entregasse o dinheiro ali escondido; tão logo ambos entraram no cômodo, a mulher trancou a porta, que era bem resistente, e disse: "Ai de você, ignorante! Agora está pego! Vou gritar para que a guarda noturna venha prendê-lo! Está liquidado, seu demônio!". Ele disse: "Deixe-me sair!". Ela disse: "Você é homem e eu sou mulher; você está munido de uma faca e eu estou com medo de você". Ele disse: "Tome a faca". A mulher pegou a faca e disse ao marido: "Por acaso você é mulher e ele, homem? Espanque-o até lhe deixar o traseiro dolorido, tal como fez com você, e, se ele reagir, darei um grito tão forte que os guardas virão prendê-lo e o farão em dois pedaços". O marido disse ao ladrão: "Seu mil vezes cornudo! Seu cachorro! Seu traiçoeiro! Por acaso você tinha algum depósito comigo para vir me exigir restituição?", e lhe aplicou dolorosa e terrível surra com um pedaço de carvalho, enquanto o ladrão pedia socorro à mulher e lhe implorava que o salvasse, mas ela disse: "Espere aí mesmo, pois quando amanhecer você vai ver o que é bom!". O marido surrou o ladrão dentro da casa até deixá-lo liquidado e desmaiado, e, quando ele acordou, o marido parara de surrá-lo, enquanto a mulher lhe dizia: "Homem, esta casa é alugada e estamos devendo aos proprietários um monte de dirhams, mas não temos nada para pagar. O que você fará?". Eram essas as palavras que ela dirigia ao marido quando o ladrão perguntou: "E qual é o valor da dívida?". O marido respondeu: "Oitenta dirhams". O ladrão disse: "Eu lhe pagarei esse valor! Liberte-me!". A mulher disse ao marido: "Homem, quanto devemos ao padeiro?". O homem respondeu: "Um bom dinheiro". O ladrão perguntou: "E qual seria essa quantia?". O homem respondeu: "Cento e vinte dirhams". O ladrão disse: "Já são duzentos dirhams. Liberte-me e lhe darei essa quantia". A mulher disse: "Querido, nossa filha já está crescida, e é absolutamente imperioso que a casemos e lhe arranjemos as coisas de que precisa!". O ladrão perguntou: "E de quanto ela precisa?". O homem respondeu: "Cem dirhams, para ser moderado". O ladrão disse: "Já são trezentos dirhams". A mulher disse: "Querido, se a nossa filha se casar, precisará de gastos de inverno, de carvão e de lenha, e de outras coisas indispensáveis!". O ladrão perguntou: "O que mais você quer?". Ela respondeu: "Cem dirhams". O ladrão disse: "Pagarei então quatrocentos dirhams!". A mulher disse: "Querido, alegria de meus olhos, é absolutamente imperioso que o meu marido tenha em mãos um capital para comprar mercadorias e abrir uma loja". O ladrão perguntou: "E quanto é isso?". Ela respondeu: "Cem dirhams". O ladrão respondeu: "Divorcio-me três vezes de minha esposa se eu tiver algo a mais que isso. É um dinheiro que estou guardando há vinte anos! Solte-me

272 "Mina", nesta passagem, refere-se à antiga medida de peso grega, equivalente a 324 gramas.

para que eu o entregue a você!". Ela disse: "Seu ignorante, como iria libertá-lo? É impossível! Dê-me um sinal de que fala a verdade", [e o ladrão lhe deu o sinal]. A mulher gritou pela filha, a quem disse: "Vigie esta porta", e recomendou ao marido que também vigiasse até que ela retornasse. Foi então até a esposa do ladrão, contou-lhe o que sucedera ao marido, que ele era ladrão e fora preso, e que havia negociado sua libertação por setecentos dirhams; também lhe mencionou o sinal, e então a esposa do ladrão lhe pagou os setecentos dirhams.

[E a aurora alcançou Šahrazād, que deixou interrompida a sua fala permitida. Sua irmã Dunyāzād lhe disse: "Maninha, como é boa, saborosa, agradável e esplêndida a sua história!", e ela respondeu: "Isso não é nada perto do que lhes contarei na próxima noite, se acaso eu viver e o rei educado e bem guiado me preservar".]

[E quando foi a]

901ª

noite

[Disse Dunyāzād à sua irmã Šahrazād: "Por Deus, maninha, se não estiver dormindo, conte-nos uma de suas historinhas para que atravessemos a noite". Ela respondeu: "Com muito gosto e honra".

Eu tive notícia, ó rei venturoso, de que o vizir disse:]

A mulher recebeu o dinheiro e retornou para casa quando já alvorecia. Libertou o ladrão e lhe disse quando ele saiu: "Querido, quando o verei de novo? Quando virá roubar o nosso dinheiro?". O ladrão respondeu: "Ó endividada, virei quando você estiver precisando de setecentos dirhams para arrumar a sua vida e a dos seus filhos, e para quitar as suas dívidas!", e saiu, mal acreditando que se safara.

[*Prosseguiu o vizir*:] "E esta não é mais espantosa que a história dos três homens e nosso senhor Jesus Cristo". Então o rei ordenou ao vizir que se retirasse para casa, e no final da tarde do dia seguinte mandou chamá-lo e lhe ordenou que contasse a história. O vizir disse: "Ouço e obedeço".

Décima segunda noite do mês

OS TRÊS HOMENS E JESUS CRISTO

Saiba, ó rei poderoso, que três homens saíram à procura de riquezas e encontraram uma pedra de ouro com cinqüenta minas de peso;[272] assim que a viram, ergueram-na e carregaram-na nos ombros; aproximando-se de certa cidade, um deles disse: "Vamos sentar no templo, enquanto um de nós vai comprar algo para comermos", e um deles foi comprar. Contudo, ao entrar na cidade, sua alma cogitou de atraiçoar os dois e ficar com o ouro somente para si; para tanto, comprou comida e a envenenou, mas, quando marchava ao encontro dos outros, ambos o atacaram e mataram, a fim de ficar com o ouro sem ter de reparti-lo com ele, e em seguida comeram a comida e morreram, ficando os restos da refeição jogados diante deles. Então Jesus, filho de Maria, passou por ali, e, vendo aquilo, perguntou o que sucedera a Deus altíssimo, que lhe revelou a história deles. O assombro de Jesus cresceu e ele relatou aos seus discípulos o que vira. Um deles disse: "Ó espírito de Deus, como isso é semelhante à minha história!". Jesus perguntou: "E como foi isso?". O discípulo respondeu:

272a Essa observação do rei, conforme não terá escapado ao leitor, refere-se à história seguinte. Portanto, trata-se de uma expectativa gerada no espírito do rei, e não de uma análise.

A AVENTURA DO DISCÍPULO DE JESUS

Eu estava na cidade tal, e escondi mil dirhams no eremitério tal. Após algum tempo, recolhi esse dinheiro, coloquei-o em minha cintura, e parti. Quando atravessava o deserto, seu peso se tornou excessivo e vi, galopando atrás de mim, um cavaleiro que se aproximava e ao qual eu disse: "Ó cavaleiro, carregue estes dirhams e ganhe paga e rogos!". Ele respondeu: "Não o farei, pois do contrário me fatigarei e fatigarei meu cavalo". Em seguida, após avançar um pouco, ele pensou: "Se eu levar o dinheiro e fizer o cavalo correr, como ele poderá me alcançar?", enquanto eu pensava: "Equivoquei-me, pois se ele tivesse carregado o dinheiro e fugido, o que faria eu?". O cavaleiro voltou até mim e disse: "Dê-me o dinheiro, a fim de que eu o carregue para você". Respondi: "O mesmo que passou pela sua cabeça passou pela minha; vá com segurança".

Disse Jesus, que a paz esteja com ele: "Se aqueles três tivessem agido com integridade, teriam preservado suas vidas, mas deixaram de lado as conseqüências de suas ações, pois quem age com integridade fica bem e vence, mas quem perde a integridade se aniquila e se arrepende".

Em seguida, o vizir Rahwān disse ao rei Šāh Baht: "Essa história não é mais espantosa que a do rei que retomou o reino e o dinheiro após ter se tornado pobre, despojado até mesmo de um único dirham". Depois de ter ouvido a história, o rei pensou: "Como isso é parecido com a minha história, com o assassinato de meu vizir. Se eu não agir com integridade, terei aniquilado o vizir",[272a] e determinou-lhe que se retirasse para casa, mandando chamá-lo no final da tarde do dia seguinte, a fim de que comparecesse diante dele, e então ordenou que contasse a história. O vizir disse: "Ouço e obedeço".

Décima terceira noite do mês

O REI QUE RECUPEROU O REINO E O DINHEIRO

Conta-se, ó rei, que havia em certa cidade da Índia um rei justo e de bom proceder, o qual tinha um vizir ajuizado, de correto parecer e louvado em seus métodos. A esse vizir todas as questões eram submetidas: seus princípios lhe haviam aplainado o caminho até o rei, e a estima em que o tinham os seus contemporâneos era portentosa. O rei lhe observava as opiniões e a ele delegara todos os seus assuntos, graças à boa administração que dedicava aos súditos, para a qual contava com a ajuda de gratos auxiliares. O rei tinha ainda um irmão que o invejava e queria estar em seu lugar. Considerando, porém, que aquilo já se demorava demasiado, e que a permanência do rei seria longa, consultou alguns dos seus convivas, os quais lhe disseram: "A boa administração do rei se deve ao vizir...".

[E a aurora alcançou Šahrazād, que deixou interrompida a sua fala permitida. Sua irmã Dunyāzād lhe disse: "Maninha, como é boa, saborosa, agradável e esplêndida a sua história!", e ela respondeu: "Isso não é nada perto do que lhes contarei na próxima noite, se acaso eu viver e o rei educado e bem guiado me preservar".]

[E quando foi a] 902ª noite

[Disse Dunyāzād à sua irmã Šahrazād: "Por Deus, maninha, se não estiver dormindo, conte-nos uma de suas historinhas para que atravessemos a noite". Ela respondeu: "Com muito gosto e honra".

Eu tive notícia, ó rei venturoso, de que o vizir disse:

Os convivas disseram:] "... e, não fora o vizir, o rei perderia o reino". Então ele tencionou destruir o vizir, mas não encontrou nenhum pretexto para entrevistar-se com ele. Julgando que aquilo já tardava, disse à esposa: "Vou fazer algo, e quero saber se você acha que terá proveito". Ela perguntou: "E o que é?". Ele respondeu: "O vizir é que incita o meu irmão à devoção e à frugalidade com as suas posses, e lhe impõe tal prática, corrompendo-lhe a inteligência, monopolizando a administração e dominando as verbas e as situações". A mulher disse: "O que você afirma é verdade. Qual o estratagema contra ele?".

O irmão do rei disse: "Para o estratagema é necessário que você me ajude no que eu lhe ordenar". Ela disse: "Você terá minha ajuda em tudo quanto desejar". Ele disse: "Escavarei um buraco fundo no corredor interno", e assim fez, cobrindo-o à noite com uma fina cobertura que, pisada, se romperia. Em seguida, mandou um mensageiro chamar o vizir, alegando ser da parte do rei, e ordenou ao mensageiro que o fizesse entrar pela porta interna. O vizir entrou por ali sozinho e, ao pisar na cobertura do buraco, esta se rompeu, ele caiu, e o irmão do rei pôs-se a apedrejá-lo lá de cima. Vendo-se naquela situação, o vizir teve certeza de que estava aniquilado; não se agitou mais que uns momentos e logo se paralisou. Ao notar que ele já não fazia o menor movimento, o irmão do rei retirou-o dali, enrolou-o em um saco e o atirou ao mar revolto, no meio da noite. Tão logo sentiu o contato da água, o vizir acordou e nadou por algum tempo. Passou então por ele uma embarcação, ele gritou e foi recolhido. No reino, os súditos começaram a procurá-lo; não o encontrando, entristeceram-se. Ao saber do sumiço, o rei ficou perplexo, sem saber o que fazer; em seguida, procurou um vizir para substituí-lo, e seu irmão lhe disse: "Tenho um vizir competente". O rei disse: "Traga-o", e o irmão o trouxe: era um homem que ele já havia instruído, e que agarrou o rei e o acorrentou. O irmão ocupou seu lugar e a tudo corrompeu imensamente. As pessoas se revoltaram com aquela situação, e o vizir lhe disse: "Temo que os indianos peguem seu irmão e lhe devolvam o reino; se isso ocorrer, estaremos todos liquidados. Que tal levá-lo, atirá-lo ao mar, ficarmos livres dele, e espalharmos entre o povo que ele morreu?". Ambos concordaram, carregaram-no e atiraram-no ao mar. Quando sentiu o contato com a água, o rei se pôs a nadar, e continuou nadando até chegar a uma ilha, na qual permaneceu por cinco dias sem encontrar nada para comer. No sexto dia, já desenganado de se manter vivo, eis que passou por ali uma embarcação para a qual ele fez sinais, e então o viram e vieram resgatá-lo, conduzindo-o a um país, no qual ele desembarcou desnudo e viu um homem plantando, a quem pediu orientação. O camponês lhe perguntou: "Você é estrangeiro?". Ele respondeu: "Sim". O agricultor sentou-se ao seu lado, conversou com ele e, vendo tratar-se de um homem ajuizado e inteligente, perguntou-lhe: "Gostaria de ver um companheiro meu, companheiro esse que vi no mesmo estado em que você se encontra agora, e que hoje é meu amigo?". O rei respondeu: "Você me provocou muita vontade de vê-lo! Seria possível reunir-me a ele?". O camponês disse: "Com muito gosto e honra". Ficaram juntos até o camponês terminar o plantio, quando então o levou para casa, apresentando-o ao homem de que lhe falara, e eis que era o seu vizir! Assim que se viram, ambos se puseram a chorar e se abraçaram, e o choro deles fez o camponês chorar também. Para manter em sigilo a situação de ambos, o rei disse: "Este homem é de meu país! É como se fosse meu irmão!". Permaneceram ambos com o camponês, auxiliando-o em troca de comida, por longo tempo, durante o qual buscavam notícias sobre seu país, sendo informados da opressão e da injustiça às quais o povo era submetido. Certo dia, aportou na ilha uma embarcação com um mercador de seu país, que os reconheceu e, contentíssimo, deu-lhes boas roupas e lhes sugeriu que regressassem ao país e à companhia de seus entes queridos; eles lhe relataram a tramóia da qual haviam sido vítimas e que Deus altíssimo os faria regressar – e ambos de fato regressaram; o povo se uniu ao rei, que atacou seu irmão e o vizir dele, aos quais derrotou e trancafiou na cadeia. Assim, o primeiro rei foi reentronizado e o vizir se colocou à sua disposição, recuperando ambos a sua anterior posição.

[E a aurora alcançou Šahrazād, que deixou interrompida a sua fala permitida. Sua irmã Dunyāzād lhe disse: "Maninha, como é boa, saborosa, agradável e esplêndida a sua história!", e ela respondeu: "Isso não é nada perto do que lhes contarei na próxima noite, se acaso eu viver e o rei educado e bem guiado me preservar".]

[E quando foi a]

903ª noite

[Disse Dunyāzād à sua irmã Šahrazād: "Por Deus, maninha, se não estiver dormindo, conte-nos uma de suas historinhas para que atravessemos a noite". Ela respondeu: "Com muito gosto e honra".

Eu tive notícia, ó rei venturoso, de que o vizir disse:]

No entanto, como se encontrassem arruinados e sem nenhum cabedal, o rei perguntou ao vizir: "Como poderemos subsistir neste país em tamanha pobreza?". O vizir respondeu: "Mande chamar o seu mensageiro; não se preocupe". Destacou um dos oficiais e lhe disse: "Deixe os navios à nossa disposição". O país tinha cinqüenta mil súditos, e igual quantia nos campos. O vizir enviou a todos uma ordem, dizendo: "Que cada um traga um ovo e o coloque sob uma galinha", e todos assim agiram, pois não era pesado nem custoso. Passados vinte dias, todos chegaram à capital, e o rei ordenou que todas as aves, machos e fêmeas, fossem postas juntas e bem cuidadas, e assim as pessoas procederam, sem que tal fosse penoso a ninguém; esperaram por algum tempo, até que o vizir indagou sobre os pintinhos: contaram-lhe que haviam crescido e lhe trouxeram todos os seus ovos; em seguida, o vizir ordenou que fossem preparados,[273] e após vinte dias cada ave produziu entre trinta e vinte e cinco, no mínimo quinze, e cada pessoa cuidou da parte que lhe tocava. Após dois meses, o vizir indagou das galinhas e dos galos adultos, obtendo de cada pessoa cerca de dez galináceos. O vizir mantinha as galinhas com os criadores, e ordenou que no campo se mantivessem os galos, e assim obteve uma grande produtividade, especializando-se no comércio de galináceos e ganhando, no período de um ano, dinheiro suficiente para a manutenção do poder do rei, cuja situação, com a administração do vizir, consolidou-se, o país prosperou, praticou-se a justiça entre os súditos, aos quais se devolveu tudo quanto lhes fora tomado, e todos viveram uma vida feliz. O bom parecer e a integridade são melhores que o dinheiro, pois a inteligência é útil a qualquer tempo e momento.

[*Prosseguiu o vizir*:] "Essa história não é mais espantosa que a do homem que foi morto por sua própria cautela". Tendo ouvido as palavras do vizir, o rei, sumamente espantado, ordenou-lhe que se retirasse para a sua casa, e, quando ele retornou, pediu-lhe que contasse a história do homem morto pela própria cautela. O vizir disse:

273 "Preparados" traduz *tajhīz*, talvez "cruzados". Essa parte do texto é praticamente incompreensível.

Décima quarta noite do mês

O HOMEM MORTO PELA PRÓPRIA CAUTELA

Saiba, ó rei venturoso, que certo homem, extremamente cauteloso com a própria vida, viajou para uma terra cheia de feras selvagens, e, como a caravana na qual ele estava chegou durante a noite à cidade, os portões não foram abertos. Os sete membros da caravana tiveram, pois, de dormir fora da cidade, e aquele homem, em virtude de sua excessiva cautela, não conseguia parar em um só lugar para dormir, por medo de animais selvagens e répteis, indo procurar um local vazio para pernoitar. Existia nas proximidades uma ruína, e ele se pôs a escalar um muro elevado, mas as suas pernas claudicaram...

[E a aurora alcançou Šahrazād, que deixou interrompida a sua fala permitida. Sua irmã Dunyāzād lhe disse: "Maninha, como é boa, saborosa, agradável e esplêndida a sua história!", e ela respondeu: "Isso não é nada perto do que lhes contarei na próxima noite, se acaso eu viver e o rei educado e bem guiado me preservar".]

[E quando foi a]

904ª noite

[Disse Dunyāzād à sua irmã Šahrazād: "Por Deus, maninha, se não estiver dormindo, conte-nos uma de suas historinhas para que atravessemos a noite". Ela respondeu: "Com muito gosto e honra".

Eu tive notícia, ó rei venturoso, de que o vizir disse:]

... e ele escorregou do alto e morreu, enquanto seus companheiros permaneceram com saúde. Se acaso ele tivesse derrotado seu corrompido parecer, e se entregado ao decreto e à predestinação divina, seria mais correto e melhor, mas ele fez pouco-caso dos outros, desconsiderou-lhes a inteligência, e não aceitou ficar junto deles, pois sua alma lhe afigurou que ele era inteligente, e sua ignorância o precipitou à aniquilação. Ele supôs que morreria se ficasse com os seus companheiros.

[*Prosseguiu o vizir*:] "E essa história não é mais espantosa que a do homem que ofereceu casa e comida a quem não conhecia". Ouvindo isso, o rei pensou: "Não me afastarei das pessoas matando meu vizir", e ordenou-lhe que se retirasse para casa. No final da tarde do dia seguinte, mandou chamá-lo e lhe pediu que contasse a história. O vizir disse:

Décima quinta noite do mês

O HOMEM GENTIL COM O DESCONHECIDO

Saiba, ó rei, que certo beduíno tinha bom aspecto e aparência, elevado brio e orgulho na alma. Seus companheiros íntimos, que o distraíam e com os quais convivia, reuniam-se a cada vez na casa de um deles. Em dada ocasião, sendo a sua vez de recepcioná-los em casa, ele preparou boa comida saborosa, bebida bem coada, perfumes cheirosos, belas frutas, e várias espécies de divertimento e diversos gêneros de tesouros, compostos de ditos sapienciais, histórias, anedotas graciosas, notícias e poesias peregrinas, entre outras coisas. No grupo de seus convivas, ninguém deixaria de se deliciar com aquilo: todas as artes graciosas e tudo quanto para eles fosse necessário. Prontas as coisas, ele saiu pela cidade à cata de seus companheiros, não deixando ninguém em casa.

Vivia naquela cidade um homem galante, jovem, de rosto resplandecente, largos brios e que, mercador bem situado em sua terra, ali chegara abarrotado de mercadorias e com muito dinheiro; tendo, porém, apreciado a vida naquela cidade, expandira-se nos gastos e dilapidara todas as suas posses, das quais nada mais lhe restava senão as roupas que trazia, vendo-se forçado, certa feita, a abandonar a casa onde residira nos tempos de abundância, não sem antes ter perdido toda a sua mobília. Pôs-se a buscar abrigo nas casas dos moradores locais, dormindo uma noite em uma, outra noite em outra. Naquele dia, enquanto vagava, avistara uma mulher de tão extrema beleza e formosura que o encantamento o fez esquecer a situação em que se encontrava. A mulher se dirigiu a ele gracejando, ele lhe pediu que ficassem juntos e namorassem, e ela concordou dizendo: "Vamos para a sua casa". O rapaz então se arrependeu e lamentou, perplexo com aquilo e com a perda da oportunidade de ficar com a moça por causa da sua penúria e falta de recursos. Envergonhado de dizer "não" após ter-lhe aplicado uma cantada, começou a caminhar diante dela pensando em como se livrar do problema e inventar uma justificativa que a convencesse. Continuou entrando de rua em rua até chegar a um beco sem saída, no fim do qual havia uma porta com cadeado; [era ali a casa do beduíno]. Ele disse à jovem: "Desculpe-me, pois o meu criado trancou a porta! Como fazer agora? Quem a abrirá?". Ela disse: "Meu senhor, os cadeados desta casa valem dez dirhams!".

[E a aurora alcançou Šahrazād, que deixou interrompida a sua fala permitida. Sua irmã Dunyāzād lhe disse: "Maninha, como é boa, saborosa, agradável e esplêndida a sua história!", e ela respondeu: "Isso não é nada perto do que lhes contarei na próxima noite, se acaso eu viver e o rei educado e bem guiado me preservar".]

[E quando foi a]

905ª noite

[Disse Dunyāzād à sua irmã Šahrazād: "Por Deus, maninha, se não estiver dormindo, conte-nos uma de suas historinhas para que atravessemos a noite". Ela respondeu: "Com muito gosto e honra".

Eu tive notícia, ó rei venturoso, de que o vizir disse:]

A jovem arregaçou as mangas – descobrindo dois braços que pareciam cristal –, pegou uma pedra e com ela golpeou os cadeados, quebrando-os. A porta se abriu e ela disse ao rapaz:

“Entre, meu senhor”. Ele entrou, entregando-se a Deus altíssimo e poderoso, e ela entrou atrás, fechando a porta por dentro: eis que estavam em uma casa simpática, que reunia todo o necessário para o bem e a alegria. O rapaz subiu para a sala – e eis que estava equipada com as melhores mobílias, conforme já se disse –, onde se debruçou em uma almofada, enquanto a jovem pegava o véu, arrancava-o e ficava em trajes menores, exibindo as suas belezas. O rapaz abraçou-a, beijou-a e a possuiu, após o que foram ambos banhar-se, retornando então para onde estavam; o rapaz disse: “Saiba que não conheço direito a minha casa porque dependo do meu criado. Vá ver o que ele preparou na cozinha”. A mulher levantou-se, foi até a cozinha, e viu panelas sobre a lenha, contendo toda espécie de boa comida, além de pão, trigo e verduras frescas; colocou pão em um prato, serviu-se do que havia nas panelas, e levou-lhe comida e bebida; brincaram e se divertiram por um bom tempo, e, enquanto estavam nisso, o dono da casa chegou com os seus convidados para o serão habitual. Tendo visto que a porta não estava trancada, bateu sutilmente e disse aos convidados: “Paciência! Alguns parentes meus vieram visitar-me. As desculpas pertencem primeiramente a Deus altíssimo e depois a vocês”. Então os amigos se despediram e dispersaram. O dono da casa tornou a bater levemente na porta, e o rapaz, ao ouvir as batidas, ficou lívido. A mulher disse: “Creio que o seu criado voltou”, e ele disse: “Sim”. A mulher levantou-se, abriu a porta e disse ao dono da casa: “Onde estava? Seu patrão está furioso com você!”. Ele respondeu: “Minha senhora, eu não estava senão resolvendo os problemas dele”, e, amarrando uma toalha na cintura, entrou e cumprimentou o rapaz, que lhe perguntou: “Onde você estava?”. O dono da casa respondeu: “Estava resolvendo as suas coisas”. O rapaz lhe disse: “Vá, coma, e venha beber aqui conosco”, e então ele saiu conforme lhe fora determinado, comeu, foi lavar-se e se sentou no tapete da sala, pondo-se a conversar com ambos. O rapaz se tranqüilizou e alegrou, dominado pelo prazer. Foi assim que, na melhor vida e gozando as mais amplas delícias, eles atravessaram o primeiro terço da noite, quando então o dono da casa se levantou e lhes arrumou a cama, sugerindo que dormissem, e ambos dormiram até a alvorada – enquanto ele permanecia acordado, pensando nos dois –, quando então a mulher acordou e disse ao seu companheiro: “Quero ir embora”; despediram-se e ela se retirou, sendo seguida pelo dono da casa, que lhe deu um saco de dirhams e disse, desculpando o rapaz: "Não leve a mal o meu patrão". Retornando até o rapaz, disse-lhe: "Vá até o banho", e começou a massagear-lhe as mãos e os pés. O rapaz pôs-se a rogar por ele e a dizer: "Meu senhor, quem é você? Não acredito que exista no mundo alguém igual, nem com natureza mais bela!". Em seguida, cada um deles explicou ao outro a sua história e condição, e se encaminharam ao banho. O dono da casa fez questão que o rapaz voltasse consigo, convocou seus companheiros, comeram, beberam, a história lhes foi contada, e todos agradeceram ao dono da casa e o enalteceram. O rapaz continuou convivendo com aquelas pessoas durante o período em que ficou na cidade, até que Deus lhe proporcionou viajar, e então se despediram e ele partiu.

[*Prosseguiu o vizir*:] "E acabou-se, ó rei do tempo, a história dele, que não é mais espantosa que a do rico que perdeu o dinheiro e o juízo". O rei apreciou a história que ouvira e disse ao vizir: "Retire-se para a sua casa". No final da tarde do dia seguinte, instalou-se em sua sala e ordenou que o vizir fosse trazido à sua presença e contasse a história do homem rico que perdera o dinheiro e o juízo. O vizir disse:

Décima sexta noite do mês

O HOMEM RICO QUE PERDEU O DINHEIRO E O JUÍZO

Saiba, ó rei, que certo homem rico perdeu o dinheiro, e então as preocupações e as obsessões o derrotaram a tal ponto que ele também endoidou e perdeu o juízo. De seu dinheiro haviam restado cerca de vinte dinares. Ele pedia esmolas às pessoas e reunia o que lhe davam aos dinares que lhe haviam restado. Na cidade havia um meliante que, sempre atrás de informações para roubar, soube que o louco dispunha de algum ouro escondido, e não parou de vigiá-lo até que o viu pondo os dirhams esmolados em uma vasilha e entrando em uma ruína abandonada, onde urinou, escavou um buraco, nele enfiou a vasilha e jogou terra por cima, deixando como estava antes; quando ele partiu, o meliante entrou, retirou o dinheiro e repôs as coisas tais como estavam. Mais tarde, o louco retornou trazendo consigo algo para acrescentar ao dinheiro, mas nada encontrou.

[E a aurora alcançou Šahrazād, que deixou interrompida a sua fala permitida. Sua irmã Dunyāzād lhe disse: "Maninha, como é boa, saborosa, agradável e esplêndida a sua história!",

e ela respondeu: "Isso não é nada perto do que lhes contarei na próxima noite, se acaso eu viver e o rei educado e bem guiado me preservar".]

[E quando foi a]

906ª

noite

[Disse Dunyāzād à sua irmã Šahrazād: "Por Deus, maninha, se não estiver dormindo, conte-nos uma de suas historinhas para que atravessemos a noite". Ela respondeu: "Com muito gosto e honra".

Eu tive notícia, ó rei venturoso, de que o vizir disse:]

O louco refletiu sobre quem o teria seguido: ele notara que o meliante passara a ficar muito tempo próximo de si e a lhe fazer perguntas, tendo sumido quando a vasilha fora roubada. Assim, procurou-o até encontrá-lo, sentado a um canto; caminhou na sua direção e, tão logo o meliante o viu, pôs-se a murmurar baixinho de si para si, dizendo: "Na vasilha há sessenta dinares, eu tenho mais vinte no lugar tal, e hoje ajuntarei tudo na vasilha". Ao ouvi-lo rezingando, titubeando e disparatando, o meliante se arrependeu de ter levado o dinheiro e disse: "Agora, ele vai retornar à vasilha, não encontrará nada, e eu perderei o que ele guardou. O mais correto para mim é repor os dinares, a fim de que ele os veja e deixe tudo quanto possui dentro dela; assim, levarei tudo". Receoso de que o louco o seguisse para lá e visse algo que lhe destruísse o que concertara, disse-lhe: "Ó apressado, gostaria que você viesse comigo à minha casa e comesse pão comigo". E o meliante levou o louco para a sua casa, acomodou-o ali e foi para o mercado, onde vendeu algumas de suas roupas e penhorou alguns objetos de casa; depois, foi para o local em que estava a vasilha, enterrou-a e retornou para casa levando uma boa refeição, da qual deu de comer e de beber ao louco, e saíram ambos; o meliante se escondeu para não ser visto pelo louco, que foi recolher a vasilha, e em seguida o meliante foi até o local, feliz com aquilo que cobiçava encontrar, mas escavou e nada encontrou. Percebendo que o louco o enganara, a aflição o fez estapear-se na cabeça, e pôs-se a seguir o louco por todo canto, a fim de roubar o que lhe pertencia, mas não conseguiu porque o louco soube qual era o anelo do meliante, certo de que este o vigiava, e se preveniu. Se acaso tivesse examinado a pressa e o que ela gera de perdas, não teria feito aquilo.

[*Prosseguiu o vizir*:] "E essa história, ó rei do tempo, não é mais espantosa, nem mais insólita, nem mais emocionante que a história das ocorrências entre Ḫubluṣ, sua esposa e o sábio". Após ter ouvido a história, o rei abandonou a vontade de matá-lo e se estimulou a deixá-lo vivo. Ordenou-lhe que se retirasse para casa, chamando-o no final da tarde do dia seguinte, e, quando ele apareceu, pediu-lhe que contasse a história. O vizir disse: "Ouço e obedeço".

Décima sétima noite do mês

ḪUBLUṢ, SUA ESPOSA E O SÁBIO

Saiba, ó rei venturoso, que certo homem chamado Ḫubluṣ, corrupto e espertalhão, tornou-se conhecido e famoso nessas artes. Sua mulher, graciosa e caracterizada pela beleza e formosura, atraiu a paixão de um homem da cidade, pelo qual ela também se apaixonou. Ardiloso e dono de artimanhas, Ḫubluṣ freqüentava, com o propósito de espreitar as pessoas, as reuniões que se faziam diariamente na casa de um de seus vizinhos, um sábio para quem as pessoas acorriam a fim de lhe ouvir as histórias e os sermões, e cuja esposa se caracterizava pela beleza, formosura, inteligência e juízo. Em uma dessas reuniões, com o propósito de entabular uma artimanha para se aproximar da mulher de Ḫubluṣ, o apaixonado acercou-se dele, confidenciando-lhe que vira a esposa do sábio e se apaixonara por ela, e pediu-lhe ajuda naquilo. Ḫubluṣ então informou que ela era extremamente casta e recatada, e não cairia em nada condenável. O homem disse: "Não posso deixá-la. É uma mulher que me dá atenção e se inclina por mim, cobiçosa que está do meu dinheiro; ademais, meu amor por ela é grande. Não me resta senão a sua ajuda". Ḫubluṣ disse: "Você terá de mim o que quiser". O homem disse: "Eu lhe darei dois dirhams por dia, desde que você fique junto do sábio e, quando ele for encerrar a reunião, fale bem alto para indicar isso". Acertaram-se, portanto, e, quando Ḫubluṣ foi se sentar ao pé do sábio, o homem compreendeu que o segredo estava guardado e preservado, pois, enquanto Ḫubluṣ, feliz e satisfeito com os dois dirhams, mantinha-se na reunião do sábio, o homem fazia o que queria com sua esposa. Quando o sábio fazia menção de levantar-se e encerrar a reunião, Ḫubluṣ, sem saber que a desgraça se dava na sua própria casa, falava alto e o amante ouvia, deixando a sua esposa.

Considerando excessivas as palavras que diariamente Ḫubluṣ pronunciava tão logo ele fazia menção de encerrar a reunião, o sábio tomou-se de suspeitas, sobretudo porque o lugar era conhecido. Certo dia, irritado, fez menção de encerrar a reunião em dado momento e, dirigindo-se a Ḫubluṣ, agarrou-o e disse: "Por Deus que, se proferir um único som, eu farei com você algo bem desagradável". E, ainda agarrado a ele, foi ver a esposa, a quem encontrou sentada em sua cama, sem fazer nada de suspeito ou condenável. Após refletir algum tempo sobre aquilo, o sábio, sempre agarrado a Ḫubluṣ, dirigiu-se à casa deste, ali encontrando o amante deitado na cama com a esposa do vizinho. O sábio disse a Ḫubluṣ: "Ó maldito, a desgraça está em sua casa!". Então Ḫubluṣ bateu em retirada e não mais retornou àquela terra, abandonando a mulher. Tais são as punições dos corrompidos. Quem acredita dominar astúcias e ardis é por eles dominado, e, se acaso se precavesse das suspeitas e das desgraças que planeja contra os outros, não seria prejudicado.

[E a aurora alcançou Šahrazād, que deixou interrompida a sua fala permitida. Sua irmã Dunyāzād lhe disse: "Maninha, como é boa, saborosa, agradável e esplêndida a sua história!", e ela respondeu: "Isso não é nada perto do que lhes contarei na próxima noite, se acaso eu viver e o rei educado e bem guiado me preservar".]

[E quando foi a]
907ª
noite

[Disse Dunyāzād à sua irmã Šahrazād: "Por Deus, maninha, se não estiver dormindo, conte-nos uma de suas historinhas para que atravessemos a noite". Ela respondeu: "Com muito gosto e honra".

Eu tive notícia, ó rei venturoso, de que o vizir disse:] "Essa história, conquanto espantosa e insólita, não o é mais que a história da devota piedosa que foi acusada de corrupção pelo cunhado". Ao ouvir tais palavras, tomado de espanto e ainda mais admirado com o vizir, o rei lhe ordenou que se retirasse para casa e retornasse depois. O vizir dormiu em casa, ali passando o dia; no final da tarde o rei mandou chamá-lo, e, quando ele apareceu, pediu-lhe que a contasse. O vizir respondeu: "Sim".

Décima oitava noite do mês

A DEVOTA PIEDOSA ACUSADA DE CORRUPÇÃO

Saiba, ó rei, que havia um homem de Nisāpūr que foi fazer a peregrinação, e cuja mulher era extremamente bela e religiosa. Quando partiu, recomendou-a ao irmão, pedindo-lhe que a auxiliasse nos seus misteres e a apoiasse nas suas necessidades até que ele retornasse. Ambos os irmãos se davam muito bem. O peregrino embarcou em um navio e a sua ausência se prolongou; seu irmão ia constantemente ver-lhe a mulher para perguntar a ela como estava e lhe trazer as coisas das quais necessitava. Depois de tanto visitá-la, ouvir-lhe as palavras e ver-lhe o rosto, o amor por ela invadiu o seu coração; desejou-a, e sua alma, seduzida e iludida, levou-o a convidá-la para dormir consigo. A mulher se recusou e considerou horrendo tal proceder. Não encontrando outro caminho para satisfazer a sua ambição, pôs-se a tratá-la com lhaneza e sutileza, mas ela, em todas as suas questões, ia muito bem e não voltou atrás em sua palavra. Ao ver que a mulher não gostava dele, imaginou que ela o delataria ao irmão tão logo este voltasse, e lhe disse: "Se você não aceitar o que propus, vou lançar-lhe uma acusação que irá destruí-la". Ela respondeu: "Deus exalçado e altíssimo está entre nós. Saiba que, mesmo me retalhando em postas, não farei o que você quer". Então, a estupidez cega o fez julgar que ela contaria tudo ao irmão e, tomado pela ira, foi até um grupo de pessoas na mesquita e lhes avisou que vira um homem fornicando com a cunhada. Acreditando em suas palavras, escreveram um relatório a respeito e concordaram em apedrejá-la: escavaram um buraco fora da cidade, colocaram-na dentro dele e apedrejaram-na até achar que ela morrera, abandonando-a então ali. Um xeique do interior passou pelo lugar, levou-a para casa e tratou-a. Esse homem tinha um filho que, ao vê-la, se apaixonou e tentou seduzi-la, mas ela se recusou, desobedecendo-lhe, e a atração e a paixão por ela aumentaram tanto que o levaram a sugerir a um rapaz de sua aldeia que fosse roubar, à noite, alguma coisa da casa de seu pai e, quando flagrado, dissesse que agira de comum acordo com a mulher e contasse que se tratava de sua namorada e que por sua causa ela fora apedrejada na cidade. O rapaz assim procedeu, entrando na casa à noite e roubando objetos e roupas; o dono da casa acordou, agarrou-o, amarrou-o e surrou-o para que confessasse; o rapaz então confessou que a mulher tramara aquilo com ele e que se tratava de sua namorada da cidade. A notícia se espalhou e os habitantes da aldeia decidiram matá-la, mas o xeique que lhe dera abrigo impediu-os dizendo: "Eu recolhi esta mulher no intuito de obter a recompensa divina, ignorando o que se dizia a respeito dela; não permitirei que ninguém a machuque"; em seguida, deu-lhe mil dirhams de esmola e a expulsou da aldeia.

274 A partir deste ponto, inicia-se a primeira versão contida na décima sétima parte do manuscrito "Arabe 3612". Está dividida em noites em onze pontos que se abrem com: "e quando foi a noite seguinte, que era a...", sem, no entanto, atribuir-lhes numeração alguma. As histórias apresentam-se soltas, e não dentro do quadro-moldura, isto é, não existem as figuras do rei Šāh Baḫt nem do vizir Rahwān. E todas as noites são iniciadas e encerradas com as fórmulas habituais aqui utilizadas. Embora a tradução, nessa altura, deva continuar sendo feita a partir da edição impressa, convém notar que, nas discrepâncias – e sem que se visse necessidade de apontá-las a todo momento –, amiúde lançou-se mão do texto do manuscrito.

Quanto ao rapaz que assaltara a casa, após alguns dias de prisão foram indagar o que fazer com ele ao xeique, e este o desamarrou quando lhe disseram: "É jovem, e errou".

Quanto à mulher, ela saiu errando sem rumo, vestida com os trajes da devoção, e não deixou de vagar até adentrar uma cidade cujos fiscais ela viu intempestivamente exigindo da população o pagamento de impostos. Aproximou-se de um homem do qual se exigia pagamento e lhe perguntou o que ocorria; informada de sua situação, deu-lhe os mil dirhams que possuía, livrando-o do espancamento e ensejando a sua soltura; agradecido, o homem pôs-se a caminhar ao seu lado e lhe sugeriu que o acompanhasse até a sua casa; ela o acompanhou, jantou, e ali passou a noite. Quando escureceu, a alma do homem o levou ao mal devido à beleza e formosura da devota: cobiçando-a, tentou seduzi-la, mas ela o rechaçou e o atemorizou com Deus altíssimo, recordando-lhe a mercê que lhe fizera, salvando-o da surra e da humilhação. O homem não desistiu, mas, vendo a sua resistência, receou que ela contasse aos outros e, pela manhã, escreveu um papel no qual depositou tantas falsidades e calúnias quantas quis; foi até o sultão e disse: "Tenho um conselho", recebendo permissão para entrar; entregou o tal papel com as calúnias ao sultão e disse: "Encontrei esta carta com a mulher devota e asceta; ela é espiã, infiltrada contra o rei pelo inimigo. Verifiquei que o direito do rei prevalece sobre todo e qualquer direito, e seu aconselhamento detém preferência, pois é ele quem conserva a integridade dos súditos, os quais seriam aniquilados sem a sua existência. É por isso que apresento tal conselho". Supondo que essas palavras fossem verdade, o rei enviou junto com o homem alguém para prender e matar a mulher, mas ela não foi encontrada. Foi isso que ocorreu ao homem.

Quanto à mulher, ela decidiu iniciar viagem tão logo o homem saiu da casa. Quando se preparava para partir, pensou: "Não sairei em trajes femininos", e vestiu o traje utilizado pelos homens piedosos, pondo-se a vagar sem rumo, e não parou até adentrar certa cidade cujo rei[274] tinha uma filha única a quem muito admirava e amava. Essa filha olhou para aquele devoto e, imaginando tratar-se de um jovem em peregrinação, disse ao pai: "Quero que este rapaz se hospede comigo a fim de que eu aprenda com ele o saber, o ascetismo e a fé". Contente com aquilo, o pai ordenou ao devoto que se hospedasse em seu palácio, junto à sua filha, alojando-se ambos em um só local, e, embora a filha do rei fosse extremamente ascética, casta, digna de alma, sobranceira e dedicada à devoção, os ignorantes começaram a difamá-la; os membros do governo passaram a dizer que a filha do rei se apaixonara pelo jovem peregrino, e que ele a amava. O rei era velho e os fados decretaram que chegasse à cláusula de seus dias: ele morreu, e durante seu enterro as pessoas reuniram-se e começaram a falar demais, bem como os parentes do rei e seus soldados; a opinião geral concordava em matar a filha do rei e o jovem peregrino; as pessoas disseram: "Ele constitui o nosso escândalo, junto com aquela meretriz; e não aceita a infâmia senão a destruição".[275] Avançaram então contra os dois, matando a filha do rei em sua mesquita, sem nada lhe perguntar, e a devota, que eles suponham ser um rapaz, disse-lhes: "Ai de vocês, seus hereges! Mataram uma senhora religiosa!". Disseram-lhe: "É isso que nos diz, seu corrompido? Você estava apaixonado por ela, e ela por você! Vamos matá-lo, não há escapatória!". Ela disse: "Deus me livre! A questão é bem diferente disso!". Perguntaram: "E qual a prova?". Ela respondeu: "Tragam-me mulheres", e lhe trouxeram algumas que, após a examinarem, constataram tratar-se de uma mulher, e então todos se arrependeram e consideraram uma enormidade o que haviam feito; pediram-lhe perdão e disseram: "Em nome daquele a quem você adora, é necessário que nos perdoe!". Ela respondeu: "Já não posso permanecer entre vocês, vou me retirar!". Eles lhe imploraram, choraram e disseram: "Em nome de Deus altíssimo, por favor, aceite tomar conta do reino e dos súditos!", mas ela se recusou e rejeitou; chorando, as pessoas a cercaram e não a deixaram até que ela aceitou e se fixou no país; a sua primeira ordem foi que enterrassem a filha do rei e que se construísse uma abóbada sobre o túmulo, na qual ela se instalou para adorar a Deus altíssimo e governar com justiça entre o povo. Deus exalçado e altíssimo concedeu-lhe – graças à sua excelente devoção, paciência e ascetismo – a satisfação dos rogos que lhe fazia, não deixando de atender a um único que fosse. As notícias a seu respeito se propagaram por todos os quadrantes, as pessoas acorreram a ela de todo lugar, e ela rogava pelo oprimido a Deus altíssimo e poderoso, que logo o libertava e quebrava o opressor, ou então rogava pelo doente, e Deus o curava. Permaneceu nisso por algum tempo.

275 No manuscrito: "não mata a infâmia senão a destruição".

[E a aurora alcançou Šahrazād, que deixou interrompida a sua fala permitida. Sua irmã Dunyāzād lhe disse: "Maninha, como é boa, saborosa, agradável e esplêndida a sua história!", e ela respondeu: "Isso não é nada perto do que lhes contarei na próxima noite, se acaso eu viver e o rei educado e bem guiado me preservar".]

[E quando foi a]

908ª noite

[Disse Dunyāzād à sua irmã Šahrazād: "Por Deus, maninha, se não estiver dormindo, conte-nos uma de suas historinhas para que atravessemos a noite". Ela respondeu: "Com muito gosto e honra".

Eu tive notícia, ó rei venturoso, de que o vizir disse:]

Isso foi o que sucedeu à mulher. Quanto ao seu marido, ele voltou da peregrinação e foi informado pelo irmão e pelos vizinhos do fim que levara a sua esposa. Ficou muito triste, mas duvidou do que eles contaram pelo que conhecia da castidade e das preces da esposa, e chorou a sua perda.

Voltando à devota, ela rogou a Deus altíssimo que a inocentasse ante o seu marido e as pessoas, e então Deus enviou ao seu cunhado uma grave doença cuja cura ninguém conhecia. Ele disse ao irmão: "Na cidade tal há uma devota ascética cujos rogos são atendidos. Leve-me até lá para que ela rogue por mim e Deus altíssimo e poderoso me cure desta doença!". Então o irmão recolheu-o e se puseram em viagem, chegando à aldeia do xeique que retirara a devota do buraco e a tratara em sua casa. Hospedaram-se com ele, e o xeique lhes perguntou como estavam e o motivo da viagem. O marido disse: "Pretendo levar este meu irmão, que está doente, para a devota cujos rogos são atendidos, a fim de que ela rogue por ele e Deus o cure pela bênção do rogo dessa mulher". O xeique disse: "Por Deus que o meu filho também está sofrendo de uma grave doença! Já ouvimos falar dessa devota, que roga pelo doente e ele se cura. As pessoas me sugeriram que o levasse até ela, e eu de fato acompanharei vocês!". Responderam: "Sim", e concordaram todos naquilo, pondo-se em marcha até a devota, um carregando o filho e o outro carregando o irmão. Também o rapaz que roubara objetos da casa, caluniando-a e afirmando ser seu namorado, contraíra uma grave doença, e seus pais o carregaram até a devota a fim de que rogasse por ele; o destino os reuniu no caminho, e todos marcharam juntos até chegar à cidade onde vivia o homem ao qual ela dera mil dirhams, salvando-o da punição; encontraram-no indo até ela em razão da doença que contraíra; todos foram até ela sem saber que era a mesma pessoa que haviam tratado tão mal; avançaram sem interrupção até chegar a ela, aglomerando-se à porta de seu palácio, no qual se localizava o túmulo da filha do rei. As pessoas iam até ela, cumprimentavam-na e lhe pediam o rogo, mas por ninguém ela rogava antes que lhe relatasse os pecados cometidos, e somente depois ela pedia perdão por ele e rogava pela cura; então, a pessoa se curava com a permissão de Deus altíssimo. A devota disse ao grupo que chegara, cujos membros ela reconhecera, embora eles não a houvessem reconhecido: "Que cada um de vocês cite seus pecados para que eu peça perdão por ele e realize os rogos". O cunhado disse: "Quanto a mim, ó devota asceta, tentei seduzir a esposa de meu irmão, mas ela me rechaçou, e a cólera e a estupidez me levaram a caluniá-la e a acusá-la de adultério diante das pessoas da minha cidade, que então a apedrejaram e mataram injustamente. Esta é a conseqüência da injustiça e da calúnia, e do assassinato de uma pessoa, que é proibido por Deus". O filho do xeique da aldeia disse: "Quanto a mim, ó mulher piedosa, meu pai trouxe até nossa casa uma mulher apedrejada a quem meus familiares trataram até se curar. Era extremamente bela e formosa e tentei seduzi-la, mas ela me rechaçou e se fortaleceu em Deus altíssimo e poderoso. Minha estupidez me fez tramar com um rapaz para que roubasse roupas e dinheiro da casa de meu pai, a fim de que em seguida eu o capturasse diante do meu pai e o fizesse confessar, e ele deveria alegar que a mulher era a sua amante na cidade, que fora apedrejada por sua causa e que tramara aquele roubo com ele, abrindo-lhe as portas da casa. Tudo mentira contra ela, pelo fato de não me ter obedecido em meus intentos. Fui, como você vê, atingido pela punição". Disse o rapaz que bancara o ladrão: "Fui eu quem combinou o roubo com ele, abri a porta e aleguei falsidades e calúnias contra ela. Mas Deus exalçado sabe muito bem que eu nunca fizera mal nenhum a ela nem a conhecia de modo algum". Disse o homem que a difamara perante o sultão mediante a falsificação de uma carta – mostrando-se ingrato, pois ela o salvara da punição dando-lhe mil dirhams –, e que tentara seduzi-la em sua casa ao se encantar com a sua beleza: "Eu a injusticei e menti contra ela, e esta é a punição dos opressores". Ao ouvir as palavras deles diante dos presentes, a devota disse: "Louvores a Deus, o rei

275a Nem a edição impressa nem o manuscrito mencionam a cura do ladrão, certamente por falha do original comum.

276 "Saco com dez mil dirhams" traduz *badra*, que é o que consta da edição impressa e do manuscrito.

277 O trecho entre colchetes foi traduzido do manuscrito.

onipotente, e que as preces sejam sobre seus profetas e enviados", e continuou: "Testemunhem, pessoas aqui presentes, as palavras destes homens, e saibam que sou eu a mulher que eles declararam haver injustiçado". Em seguida, voltando-se para o cunhado, disse-lhe: "Sou a esposa de seu irmão, e Deus exalçado e altíssimo me salvou das acusações que você me assacou e da estupidez de que falou, mostrando, com suas virtudes e generosidade, a minha inocência. Pode retirar-se agora, pois eu o absolvo da injustiça cometida contra mim", e rogou por ele, que se curou da doença. Ela disse ao filho do xeique da aldeia: "Saiba que sou eu a mulher que seu pai salvou do mal e do prejuízo, e contra a qual você cometeu o que cometeu de acusações e de estupidez mencionadas", pediu perdão e rogou por ele, que se recuperou da doença. Depois, disse ao homem do imposto: "Fui eu que lhe dei os dirhams, e você fez o que fez comigo", pediu perdão e rogou por ele, que se recuperou.[275a] Os presentes espantaram-se com aqueles homens que haviam prejudicado a mulher e que haviam sido ali reunidos, todos juntos, a fim de que Deus exalçado e altíssimo demonstrasse a inocência dela diante de testemunhas. A devota voltou-se para o xeique que a salvara do buraco, rogou por ele, deu-lhe muitos presentes, entre os quais um saco com dez mil dirhams,[276] agradeceu-lhe e retiraram-se todos, exceto o seu marido.

[E a aurora alcançou Šahrazād, que deixou interrompida a sua fala permitida. Sua irmã Dunyāzād lhe disse: "Maninha, como é boa, saborosa, agradável e esplêndida a sua história!", e ela respondeu: "Isso não é nada perto do que lhes contarei na próxima noite, se acaso eu viver e o rei educado e bem guiado me preservar".]

[E quando foi a] 909ª noite

[Disse Dunyāzād à sua irmã Šahrazād: "Por Deus, maninha, se não estiver dormindo, conte-nos uma de suas historinhas para que atravessemos a noite". Ela respondeu: "Com muito gosto e honra".

Eu tive notícia, ó rei venturoso, de que o vizir disse:]

Ao se ver a sós com o marido, a devota o aproximou, feliz com sua chegada, [e lhe deu a opção de ficar com ela ou retornar para o seu país, e ele preferiu ficar].[277] Então ela reuniu a população da cidade e informou a integridade do marido, sugerindo que a ele se entregassem os misteres do governo e fosse entronizado. As pessoas concordaram e o homem se tornou rei e se estabeleceu entre eles. A mulher se entregou à devoção a Deus e retomou, com o marido, a situação em que vivia antes.

[*Prosseguiu o vizir*:] "E essa história, ó rei do tempo, não é mais espantosa nem mais emocionante que a do empregado que rasgou o ventre da jovem e fugiu". Ao ouvir isso, o rei Šāh Baḫt pensou: "É bem possível que tudo o que disseram sobre o vizir seja mentira, e que sua inocência apareça tal como apareceu a inocência da devota". Em seguida, tratou o vizir com afabilidade e lhe ordenou que se retirasse para casa. No final da tarde do dia seguinte, determinou que fosse trazido e lhe pediu a história do empregado e da jovem. O vizir disse: "Ouço e obedeço".

Décima nona noite do mês

O EMPREGADO E A JOVEM

Saiba, ó rei venturoso, que havia em tempos remotos, em certa região habitada pelos árabes, uma mulher grávida do marido. O casal tinha um empregado de bom entendimento. Quando veio o momento de parir, a mulher deu à luz uma menina; era noite, e mandaram o empregado pedir fogo aos vizinhos. Na região vivia uma sacerdotisa que perguntou ao empregado se o recém-nascido era macho ou fêmea. O empregado respondeu: "Menina". A sacerdotisa disse: "Fornicará com cem homens, casar-se-á com um empregado e será morta por uma aranha". Ao ouvir aquilo, o empregado deu meia-volta, retornou, entrou, pegou a criança, rasgou-lhe a barriga e saiu em fuga pelo deserto, permanecendo no exílio pelo período que Deus quis, e durante o qual ganhou dinheiro. Após vinte anos retornou para a sua terra, indo residir nas vizinhanças de uma velha a quem agradou, tratou bem e pediu que lhe arranjasse uma mulher para fornicar. A velha disse: "Não conheço senão uma bela mulher que se tornou famosa com essa ocupação", e lhe descreveu a sua beleza, seduzindo-o por ela. O empregado disse: "Vá chamá-la imediatamente e ofereça-lhe o quanto desejar". A velha foi fazer a oferta à mulher, convidando-a a ficar com aquele homem, mas ela respondeu: "Saiba que eu praticava a fornicação, mas agora me penitenciei em Deus altíssimo e já não desejo fazê-lo; desejaria, isto sim, licitamente; se ele aceitar, estarei diante dele". A velha retornou e informou as palavras da mulher ao empregado, que a desejou graças à sua beleza e penitência, e se casou com ela, apaixonando-se quando da consumação do casamento, e também ela se apaixonou por ele. Passado um bom tempo, o empregado indagou-a sobre uma cicatriz que tinha no corpo, e ela respondeu: "Só o que sei é o que minha mãe me contou; trata-se de algo cujo sentido é espantoso!". Ele perguntou: "E o que é?". Ela respondeu: "Minha mãe me contou que me deu à luz em certa noite de inverno. Tínhamos um empregado ao qual ela ordenou que lhe procurasse fogo. Após uma curta ausência, ele logo voltou, roubou-me das mãos dela e rasgou o meu ventre e barriga, fugindo a seguir. Quando viu aquilo, tomada pela piedade e dominada pela misericórdia, minha mãe costurou-me a barriga e medicou-me até que o corte cicatrizou pelo poder de Deus poderoso e exalçado". O empregado perguntou: "Qual o seu nome? E o de sua mãe? E o de seu pai?". Ela lhe deu os nomes e ele, percebendo que era a criança que tentara matar,[278] perguntou: "Onde estão sua mãe e seu pai?". Ela respondeu: "Morreram todos". Nesse momento ele lhe disse: "Sou eu o empregado que rasgou a sua barriga". Ela perguntou: "Por que fez isso?". Ele respondeu: "Em razão de palavras que ouvi da sacerdotisa". Ela perguntou: "Quais foram essas palavras?". Ele respondeu: "Ela alegou que você fornicaria com cem homens, e que depois disso eu me casaria com você". Ela disse: "Sim, eu forniquei com cem homens, nem mais nem menos, e ei-lo agora casado comigo". Ele disse: "A sacerdotisa afirmou que você morreria no final da minha vida por causa da picada de uma aranha. Ela acertou quanto à fornicação e ao adultério, e meu receio é de que ela também acerte quanto à morte". Então, dirigiram-se para um local fora da cidade, onde construíram um castelo com pedra maciça e gesso branco, colocando-lhe lampiões[279] no interior, pintando-o de branco e não lhe deixando nenhum buraco; o homem empregou no palácio duas criadas para servir, varrer e limpar, tudo por medo da aranha, e ali se instalou com a esposa por algum tempo. Certo dia, ele olhou para o teto e eis que viu uma aranha; derrubou-a, e, quando a mulher a viu, disse-lhe: "É isto que a sacerdotisa alegou que me mataria! Por vida sua, deixe-me matá-la com minhas próprias mãos!". O homem alertou-a contra aquilo, mas ela o forçou a prometer que a deixaria matá-la; cheia de medo e cuidado, pegou um pedaço de pau e golpeou a aranha com um golpe tão forte que o pedaço de pau se quebrou e uma lasca entrou em sua mão, fazendo-a supurar

278 Para o sintagma traduzido como "a criança que tentara matar", o texto árabe traz apenas *ṣāḥibatuhu*, literalmente, "sua companheira", expressão que pode ser entendida também como "aquela que ele já conhecia".

279 "Colocar lampiões" traduz *asraja*, que é o que consta do manuscrito. A edição impressa traz o verbo *samraja*, que não consta dos dicionários, com exceção de Dozy, que só o introduz para informar que lhe desconhece o sentido.

e inflamar; a inflamação se estendeu ao braço, daí aos flancos, até o coração, e ela morreu.

[*Prosseguiu o vizir*:] "E isso não é mais espantoso nem mais insólito que a história do tecelão que virou médico por ordem de sua esposa". Tendo ouvido a história, a admiração do rei cresceu e ele pensou: "O destino está verdadeiramente escrito para as pessoas. Não aceitarei maledicências contra este meu vizir conselheiro". Ordenou-lhe que se retirasse para casa, mandando chamá-lo no final da tarde do dia seguinte, e, quando ele apareceu, pediu-lhe que contasse a história. O vizir disse: "Ouço e obedeço".

Vigésima noite do mês

GALENO E O TECELÃO QUE VIROU MÉDICO A MANDO DA ESPOSA

Saiba, ó rei, que havia na Pérsia certo homem que se casou com uma mulher mais nobre que ele, e de melhor origem.

[E a aurora alcançou Šahrazād, que deixou interrompida a sua fala permitida. Sua irmã Dunyāzād lhe disse: "Maninha, como é boa, saborosa, agradável e esplêndida a sua história!", e ela respondeu: "Isso não é nada perto do que lhes contarei na próxima noite, se acaso eu viver e o rei educado e bem guiado me preservar".]

[E quando foi a]

910ª

noite

[Disse Dunyāzād à sua irmã Šahrazād: "Por Deus, maninha, se não estiver dormindo, conte-nos uma de suas historinhas para que atravessemos a noite". Ela respondeu: "Com muito gosto e honra".

Eu tive notícia, ó rei venturoso, de que o vizir disse:]

A mulher não tinha um protetor que a impedisse de fazer dilapidações,[280] e por isso, mesmo a contragosto, casou-se com um homem inferior à sua condição pela necessidade, fazendo-o registrar no contrato de casamento, porém, condições que o colocavam sob as ordens e exigências dela, vedando-lhe o caminho a qualquer desobediência em atos ou palavras. Esse homem era tecelão, e estabeleceu para si como condição no contrato de casamento a obrigação de pagar vinte mil dirhams à mulher, quantia essa que ele demoraria muito tempo trabalhando para ajuntar. Certo dia, a mulher saiu para comprar coisas de que necessitava e viu um médico que estendera o seu tapete no caminho, com muitas mezinhas e instrumentos médicos, pondo-se a falar no jargão médico,[281] cercado por gente de tudo

280 "Um protetor que a impedisse de fazer dilapidações" traduz *waliyy yaṣūnuhā ʿan aliktifā*, literalmente, "um tutor que a protegesse da satisfação", formulação meio incompreensível que consta do manuscrito e do impresso.

281 "Pondo-se a falar no jargão médico" traduz *yahḏur*, que normalmente significa "disparatar". Para a particularidade do sentido aqui articulado, seguiu-se Dozy, que cita justamente esse trecho como exemplo. Mais adiante, "jargão" traduz *hāḏūr*, da mesma raiz.

281a Médico grego (131-201 d.C.), foi um dos grandes referenciais da medicina árabe.

282 O trecho entre colchetes foi traduzido do manuscrito.

quanto é lugar. Espantada com a sua vasta riqueza, a mulher pensou: "Se o meu marido fosse como ele, a nossa vida seria melhor, e o aperto e a pobreza em que vivemos diminuiriam". Retornou para casa entristecida e preocupada; vendo-a em tal estado, o marido perguntou-lhe o que tinha, e ela respondeu: "Meu peito está opresso por causa de você e da sua pobreza", e prosseguiu: "Não quero viver em apertos. Com o seu ofício, você não ganha nada; mude de ofício ou liberte-me e pague o meu preço". O marido a censurou e admoestou, mas ela, sem voltar atrás, disse: "Saia e veja como age aquele médico; aprenda com ele o que falar". O homem disse: "Não preocupe o seu coração, pois irei todo dia para o lugar onde fica o médico". Assim, ele passou a ir diariamente escutar o jargão que o médico falava, até que enfim decorou, dominou e assimilou tudo aquilo. Isso feito, dirigiu-se à mulher dizendo: "Decorei as palavras do médico e conheci sua maneira de falar o jargão, de fazer receitas e tratamentos, e decorei o nome dos remédios, bem como o de todas as doenças. Nada mais resta do que você ordenou; o que me ordena agora?". Ela respondeu: "Largue mão da tecelagem e monte um consultório médico". Ele retrucou: "Mas os meus conterrâneos me conhecem! Isso não dará certo senão em um país estrangeiro. Vamos viajar desta terra para viver em outro lugar". Ela disse: "Faça o que preferir". O homem recolheu os aparelhos de tecelagem, vendeu-os, e com o dinheiro comprou remédios e mezinhas; fez um tapete para si, e viajaram para uma aldeia na qual se estabeleceram. Após vestir indumentária de médico, o homem passou a circular pelas aldeias, pelos bairros e regiões isoladas, provendo seu sustento com os ganhos que auferia; sua condição se estabilizou, sua situação melhorou, e ambos agradeceram a Deus pelo que tinham. A aldeia tornou-se sua terra, enquanto a passagem dos dias e das noites continuava a levá-lo de uma terra a outra, até que enfim ele chegou à terra dos gregos, instalando-se em uma de suas cidades, na qual vivia o sábio Galeno,[281a] a quem o tecelão não conhecia nem sabia quem era. Conforme o hábito, ele saiu à procura de um local onde as pessoas se aglomerassem, e viu a praça de Galeno, ali estendendo seu tapete, exibindo suas mezinhas e instrumentos médicos, e pondo-se [a recitar o jargão médico][282] e a entoar loas a si mesmo e a seu ofício, alegando possuir tamanha inteligência como nenhum outro alegara. Ao ouvir aquilo, Galeno cogitou que se tratava de um dos médicos sábios da Pérsia, e que "se ele não estivesse seguro de seu saber e disposto a debater e discutir comigo, não teria vindo à porta de minha casa falar essas coisas". Invadido por preocupações e suspeitas, Galeno se aproximou para disfarçadamente vigiar o tecelão e ver aonde chegaria. As pessoas começaram a se aglomerar ao seu redor, descrevendo-lhe as coisas, e ele lhes respondia, ora acertando, ora errando, sem que Galeno pudesse certificar-se de seus conhecimentos; finalmente, veio-lhe uma mulher carregando uma garrafa de água com urina, e o tecelão, olhando a garrafa de longe, disse-lhe: "Esta é a urina de um homem estrangeiro". Ela disse: "Sim". Ele disse: "É judeu e seu problema é indigestão". Ela disse: "Sim". Todos ficaram espantados, e aquilo foi portentoso aos olhos de Galeno, que ouviu palavras que os médicos somente proferem após detida observação, pois não avaliam a urina senão remexendo-a e examinando-a de perto, sendo incapazes de distinguir se é de homem, se de mulher, se de estrangeiro, se de judeu ou se de nobre. A mulher perguntou ao tecelão: "Qual é o remédio?". Ele disse: "Passe o pagamento". Ela lhe pagou um dirham...

[E a aurora alcançou Šahrazād, que deixou interrompida a sua fala permitida. Sua irmã Dunyāzād lhe disse: "Maninha, como é boa, saborosa, agradável e esplêndida a sua história!", e ela respondeu: "Isso não é nada perto do que lhes contarei na próxima noite, se acaso eu viver e o rei educado e bem guiado me preservar".]

[E quando foi a]

911ª noite

[Disse Dunyāzād à sua irmã Šahrazād: "Por Deus, maninha, se não estiver dormindo, conte-nos uma de suas historinhas para que atravessemos a noite". Ela respondeu: "Com muito gosto e honra".

Eu tive notícia, ó rei venturoso, de que o vizir disse:]

... e ele lhe deu remédios que não correspondiam àquele problema, e só iriam agravá-lo. Tendo presenciado aquela incapacidade, Galeno ordenou a seus discípulos e criados que lhe trouxessem aquele médico, bem como os seus instrumentos e mezinhas, e mais que rapidamente eles o colocaram à sua frente. Ao vê-lo diante de si, Galeno perguntou-lhe: "Você me conhece?". Ele respondeu: "Não, nem nunca o vi antes de hoje". Galeno perguntou: "Você conhece Galeno?". Ele respondeu: "Não". Galeno perguntou: "E o que o levou a fazer

283 "Certificou-se do valor do dote" foi traduzido da edição impressa. O manuscrito diz "aliviou o tecelão do peso do dote", o que, conforme se verá adiante, não faz sentido.

284 Em algumas épocas, a cor amarela foi distintiva dos judeus no Oriente.

285 Prato habitualmente constituído de carne moída com trigo.

isso?". O tecelão contou-lhe então a sua história, o dote que devia à esposa e as cláusulas de casamento que ela lhe impusera. Espantado com aquilo, Galeno certificou-se do valor do dote[283] e hospedou o tecelão em uma casa próxima à sua, tratou-o com gentileza, ficou a sós com ele e lhe disse: "Explique-me como foi a história da garrafa. Como você soube que se tratava de um homem, e estrangeiro, e judeu? Como soube que o problema dele era indigestão?". O tecelão respondeu: "Sim, eu soube, porque nós, os persas, dominamos a fisiognomonia. Vi que a mulher era loira de olhos azuis, alta, de traços fortes; mulheres assim, quando se apaixonam por um homem, perdem-se de amor; vi que ela estava ardendo em desespero por ele, e percebi que era seu marido; quanto a ser estrangeiro, vi que a roupa da mulher era diferente da roupa dos habitantes daqui, e percebi que era estrangeira; vi que a boca da garrafa estava tapada com um trapo amarelo,[284] e percebi que era judeu e ela, judia; ela me veio em um domingo, e é hábito dos judeus comer *harīsa*[285] e outros alimentos que passam a noite no forno; no sábado, eles a comem quente e depois fria, em grandes quantidades, o que lhes provoca indigestão. Foi por meio disso que efetuei tais deduções, e por meio dos seus indicativos eu soube aquilo que você ouviu". Nesse momento, Galeno ordenou que trouxessem o valor do dote da esposa do tecelão e lhe disse: "Separe-se dela". Proibiu-o de voltar a exercer a medicina, pagou-lhe o que gastara, e forçou-o a retomar seu ofício.

[*Prosseguiu o vizir*:] "Mas isso não é mais espantoso nem mais insólito que a história dos dois homens ardilosos que fizeram ardis um contra o outro". Tendo ouvido aquela história, o rei Šāh Baḫt pensou: "Como essa história se assemelha com a situação em que me encontro com este inigualável vizir!", e lhe ordenou que se retirasse para casa e reaparecesse no final da tarde do dia seguinte. Quando anoiteceu, o vizir foi até o rei, que lhe ordenou contá-la, e ele respondeu: "Ouço e obedeço".

[E a aurora alcançou Šahrazād, que deixou interrompida a sua fala permitida. Sua irmã Dunyāzād lhe disse: "Maninha, como é boa, saborosa, agradável e esplêndida a sua história!", e ela respondeu: "Isso não é nada perto do que lhes contarei na próxima noite, se acaso eu viver e o rei educado e bem guiado me preservar".]

[Disse Dunyāzād à sua irmã Šahrazād: “Por Deus, maninha, se não estiver dormindo, conte-nos uma de suas historinhas para que atravessemos a noite”. Ela respondeu: “Com muito gosto e honra”.

Eu tive notícia, ó rei venturoso, de que o vizir disse:]

[E quando foi a]

912ª

noite

Vigésima primeira noite do mês

OS DOIS LADRÕES QUE FIZERAM ARTIMANHAS UM CONTRA O OUTRO

Saiba, ó rei venturoso, que havia na cidade de Merv[286] um homem ardiloso, que a toda gente saturara com suas artimanhas, as quais o tornaram famoso por todos os quadrantes; por exemplo, certa feita, tendo recolhido um fardo de excrementos de ovelha, ele jurou para si que não voltaria para casa antes de vendê-lo pelo preço das uvas-passas; vivia na cidade de Array[287] outro homem ardiloso, que com a gente dali fizera o mesmo por meio de suas artimanhas, e que também recolhera um fardo de excrementos de cabra,[288] jurando para si que não o venderia senão ao preço dos figos secos, e que tal não se daria senão declaradamente e mediante aviso prévio;[289] cada qual deles se pôs a caminho com seu carregamento, até que se cruzaram em certa hospedaria, onde começaram ambos a queixar-se um ao outro das fadigas da viagem e da deterioração de sua mercadoria, e cada qual percebeu que o outro pretendia enganá-lo. O mérvida perguntou ao rázi:[290] “Você me venderia a sua mercadoria?”. O rázi respondeu: “Sim”. O mérvida perguntou: “E compraria a minha mercadoria?”. O rázi respondeu: “Sim”. Acertaram então aquilo, cada qual vendeu ao outro o que tinha e se despediram; tão logo desapareceram um das vistas do outro, resolveram espiar os fardos para ver o que continham, e, constatando que só tinham excrementos de ovelha e de cabra, voltaram ambos para tomar satisfações um com o outro, mas, encontrando-se diante da hospedaria, riram um do outro, compactuando afinal em fazer artimanhas juntos e dividir entre si o dinheiro que deviam e o que possuíam – sociedade em partes iguais para os dois –, e o rázi disse: “Venha comigo para a minha terra, que está mais próxima que a sua”; o mérvida aceitou,[291] acompanhando-o, e, quando chegaram à sua casa, o rázi disse à esposa, aos vizinhos e aos moradores de sua casa: “Este é meu irmão que estava ausente na terra de Ḫurāsān, mas agora retornou”. Durante três dias o mérvida ficou ali hospedado e dignificado, e no quarto dia o rázi lhe

286 No manuscrito: “na cidade [ou *capital*] da China”; na edição impressa: “na cidade de Bagdá”. Contudo, mais adiante se evidencia que o propósito era referir Merv, atual Mery, hoje situada no Turcomenistão, cidade que na antiga tradição cômica árabe-islâmica era topicamente mencionada como berço por excelência de gente avarenta e tacanha.

287 Traduziu-se do manuscrito; a edição impressa traz “outra cidade”. Array situa-se a sudeste de Teerã e é o local de nascimento do califa Hārūn Arrašīd.

288 No manuscrito: “camelo”.

289 “E que tal não se daria senão declaradamente e mediante aviso prévio” foi traduzido do manuscrito. Diversos trechos se traduziram do manuscrito ou mediante o auxílio da leitura nele contida.

290 “Mérvida”: natural da cidade de Merv. “Rázi”: natural da cidade de Array. Por falta de um gentílico conhecido em português, optou-se por transcrever a palavra árabe, mediante a qual mais de um letrado muçulmano se celebrizou.

291 No manuscrito, inverte-se a situação:

disse: "Saiba, meu irmão, que estou disposto a fazer algo". O mérvida perguntou: "O quê?". O rázi respondeu: "Quero me fingir de morto. Vá você ao mercado e alugue carregadores e ataúde; carregue-me então e circule comigo pelos mercados da cidade recolhendo dinheiro". O mérvida respondeu: "Sim", e no dia seguinte dirigiu-se ao mercado, alugou carregadores e ataúde, retornou e encontrou o seu companheiro com a barba desgrenhada[292] e os olhos fechados, atirado ao chão do vestíbulo, amarelado, ventre inchado, membros murchos e sozinho. Supondo que o rázi estivesse de fato morto, mexeu nele, que nada falou; pegou uma faca e lhe espetou os pés, mas, sem se mexer, o rázi perguntou: "Que está fazendo, seu estúpido?". O mérvida respondeu: "Imaginei que você estava morto!", e prosseguiu: "Aja a sério e deixe de lado a galhofa"; levou-o então ao mercado, recolheu donativos por sua alma e retornou para casa, onde aguardou o amanhecer e saiu com ele para outro mercado, topando porém com o chefe de polícia, que no dia anterior dera o seu donativo no primeiro mercado, e, irritado, investiu contra os carregadores, espancou-os, pegou o rázi e o levou, dizendo: "Eu o enterrarei e ganharei a recompensa divina"; sua comitiva carregou-o até a sua casa, e para lá trouxeram escavadores que lhe escavaram um túmulo; compraram-lhe túnica, mortalha e, para lavá-lo, chamaram o xeique do bairro, que o desnudou, colocou em um banco, lavou e começou a amortalhá-lo, mas interrompeu a tarefa para defecar; ao retomá-la, tornou a lavá-lo e só então o introduziu na mortalha, após o que foi abluir-se, sendo acompanhado pelos presentes, como parte dos preparativos para o enterro. Ao se ver sozinho, o morto levantou-se como se fora um demônio; vestiu as roupas do xeique, enfiou a mortalha debaixo do braço, recolheu as taças e o balde, cobriu-os com um pano, e saiu.[293] Os porteiros, supondo que fosse o xeique encarregado de lavar o cadáver, disseram-lhe: "Se você já terminou de lavar, informaremos ao patrão". Ele respondeu: "Sim", e foi embora para casa, onde encontrou o mérvida dizendo à sua mulher: "Por vida sua que não tornará a ver-lhe a face, jamais, pois a esta hora ele já está enterrado. Eu mesmo só escapei deles com muito esforço e sofrimento! Se ele falar, irão matá-lo!". A mulher perguntou: "E o que deseja de mim?". O mérvida respondeu: "Quero satisfazer-me em você! Saciar a minha febre! Sou melhor que o seu marido!", e começou a seduzi-la.

o mérvida é que convida, e o rázi é que aceita. Mas isso, obviamente, não tem importância, ou obedece a determinações que hoje têm escassa importância. Na origem, provavelmente, a história se referia a locais vagos, indeterminados, "uma cidade" etc., e disso se guardam vestígios no texto, que a todo instante diz: "um disse ao outro". A introdução de nomes das cidades e dos gentílicos é tardia. E, com toda a evidência, nem umas nem outros têm maior importância, pois a oposição, aqui, é semanticamente motivada por "um" espertalhão de "um" lugar e "outro" espertalhão de "outro" lugar.

292 "Barba desgrenhada" traduz *mašdūd alliḥya*, literalmente, "de barba puxada".

293 A partir deste ponto, tem início a segunda versão deste texto na vigésima quarta parte do manuscrito "Arabe 3612", da 674ª à 690ª noite. O texto é introduzido por: "Em nome de Deus, misericordioso, misericordiador; e a recompensa pertence aos piedosos; e não há agressão senão contra os injustos; que as bênçãos de Deus estejam sobre nosso senhor Muḥammad, sobre seus companheiros, esposas, apoiadores, partidários e familiares, bem como sobre todos os profetas e enviados, e seus companheiros, amém". As fórmulas com que se iniciam e terminam as

Ao ouvi-lo, o rázi pensou: "Esse safado está cobiçando a minha mulher. Vou tratá-lo da pior maneira", e entrou célere na casa. Vendo-o, o mérvida se espantou e perguntou-lhe: "Como escapou?". O rázi lhe contou a artimanha que usara, e ambos se puseram a conversar sobre quanto haviam arrecadado das pessoas: era muito dinheiro. O mérvida disse: "Faz tempo que estou ausente e quero voltar para a minha terra". O rázi perguntou: "O que você quer?". Respondeu: "Que você divida o dinheiro arrecadado e venha comigo para a minha terra, onde lhe mostrarei as minhas artimanhas e atitudes". O rázi respondeu: "Venha amanhã e dividiremos o dinheiro", e, quando o mérvida partiu, o rázi foi até a mulher e lhe disse: "Ajuntamos muito dinheiro e aquele cachorro traidor pretende levar a metade! Nunca! Estou com raiva e minhas disposições em relação a ele mudaram desde que o ouvi[294] galanteando você. Vou lhe fazer algo que me fará ficar com o dinheiro todo só para mim. Não me desobedeça!". A mulher respondeu: "Sim!". Ele disse: "Pela madrugada vou me fingir de morto. Grite, arranque os cabelos – pois assim as pessoas se aglomerarão ao seu redor – e me enterre. Quando as pessoas forem embora, escave e me retire. Não tema por mim, pois suporto dias no túmulo". A mulher disse: "Faça como quiser". Quando veio a madrugada, ela lhe amarrou a barba, jogou-lhe um lençol por cima e começou a gritar; as pessoas se aglomeraram ao seu redor, mulheres e homens do bairro. O mérvida chegou para repartir o dinheiro e, ouvindo o choro, perguntou: "O que aconteceu?". Responderam-lhe: "Seu irmão morreu!". Ele pensou: "O maldito está de artimanha contra mim para ficar sozinho com o dinheiro. Vou aprontar-lhe uma que o fará esquecer as artimanhas"; rasgou as roupas, descobriu a cabeça e chorou, gritando: "Ai meu irmão mais velho e mestre!". Foi na direção dos homens, que lhe deram pêsames, e dali até a esposa do rázi, a quem perguntou: "Como foi a morte dele?". Ela respondeu: "Só o que sei é que amanheceu morto!". Ele perguntou sobre o dinheiro, os dirhams que ela tinha consigo.

[E a aurora alcançou Šahrazād, que deixou interrompida a sua fala permitida. Sua irmã Dunyāzād lhe disse: "Maninha, como é boa, saborosa, agradável e esplêndida a sua história!", e ela respondeu: "Isso não é nada perto do que lhes contarei na próxima noite, se acaso eu viver e o rei educado e bem guiado me preservar".]

noites são as mesmas da primeira versão, mas, ao contrário daquela, nesta as histórias apresentam-se inseridas no mesmo prólogo-moldura da edição impressa, isto é, são narradas pelo vizir Rahwān para o rei Šāh Baḫt. Para evitar confusões, as notas indicarão a primeira versão do manuscrito como "3612a", e a segunda como "3612b".

294 "Desde que o ouvi": nas três versões, o texto diz "desde o dia em que o ouvi". Como na narrativa o galanteio é imediatamente anterior à conversa entre marido e esposa, fica evidente que a tentativa de produzir um lapso temporal maior foi falha. Semelhante incongruência ocorre em outros passos desta história.

[E quando foi a]

913ª

noite

[Disse Dunyāzād à sua irmã Šahrazād: "Por Deus, maninha, se não estiver dormindo, conte-nos uma de suas historinhas para que atravessemos a noite". Ela respondeu: "Com muito gosto e honra".

Eu tive notícia, ó rei venturoso, de que o vizir disse:]

A mulher respondeu ao mérvida: "Disso eu nada sei nem tenho notícia". O mérvida se instalou à cabeceira do morto e disse: "Saiba, ó rázi, que não me separarei de você senão após dez dias com suas noites; dormirei e acordarei ao lado de sua tumba. Portanto, levante-se e deixe de ser estúpido!". Como o rázi não respondesse, o mérvida, tencionando fazê-lo se mexer, passou a espetá-lo com um canivete nas mãos e nos pés, e o fez até cansar e acreditar que ele de fato morrera. Todavia, logo se recordou do que o outro fizera antes e pensou: "É artimanha para ficar com o dinheiro todo para si", e se pôs a prepará-lo para o enterro, comprando-lhe[295] mortalha e demais coisas necessárias, e conduzindo o cadáver para ser lavado; o mérvida esquentou a água até borbulhar, e ela ferveu tanto que um terço se evaporou. Começou a derramar aquela água sobre o couro do morto, que se avermelhou, azulou e inchou, mas ele continuou na mesma; as pessoas enfiaram-no na mortalha, depositaram-no no ataúde e o carregaram até o cemitério, onde o colocaram na cova, jogaram terra em cima e se dispersaram. O mérvida e a esposa do rázi ficaram chorando ao lado do túmulo, e assim permaneceram até que o sol se pôs, quando então a mulher disse: "Vamos para casa, pois esse choro não é útil nem trará o morto de volta". O rázi respondeu: "Por Deus que não sairei daqui; passarei a noite e amanhecerei ao lado do túmulo por dez dias com suas noites". Ao ouvir-lhe tais palavras, a mulher – não obstante seus receios de que ele cumprisse a promessa e jura, o que lhe mataria o marido – pensou: "Ele só pode estar com artimanhas. Tão logo eu saia e vá para casa, ele ficará mais um pouco e também irá embora",[296] e partiu. O mérvida ficou ali até o meio da noite, quando então pensou: "Quando e como poderei deixar esse cachorro trapaceiro morrer, perdendo todo o dinheiro? O mais acertado é escavar o túmulo, retirá-lo e recuperar os meus direitos castigando-o com uma dolorosa surra". Isso dito, escavou o túmulo, retirou o rázi, arrancou galhos da árvore de um bosque próximo, fez varas, puxou-o pelas pernas e lhe aplicou dolorosa sova, sem que o morto se mexesse. Depois de um bom tempo, seus

295 O "3612a" acrescenta: "rapidamente, com dirhams tomados à sua esposa".

296 A edição impressa acrescenta: "O mérvida lhe disse: 'Vá você para casa'", o que não tem muito cabimento.

ombros começaram a doer, e, temeroso de ser flagrado e preso por algum comissário do policiamento noturno, entrou debaixo do morto e retirou-o daquele cemitério, levando-o ao cemitério dos zoroastristas, onde tornou a surrá-lo violentamente, até ficar com os ombros adormecidos, mas o morto não se mexeu. Após sentar-se ao seu lado para descansar, o mérvida logo retomou a surra até o dia se findar. Por coincidência do destino, chegaram alguns ladrões que tinham o hábito de levar os produtos de seus roubos para reparti-los naquele local. Eram dez portando muito dinheiro, e, quando chegaram ao cemitério, ouviram lá dentro sons de espancamento. O maioral deles disse: "É um zoroastrista sendo punido pelos anjos!". O bando entrou no cemitério e, ao se aproximar, o mérvida, temendo que fosse a polícia, fugiu, escondendo-se entre as tumbas. Os ladrões foram se aproximando e toparam com o rázi, que estava de pernas amarradas, e ao seu lado setenta varas; sumamente assombrados, disseram: "Combata-o Deus! Esse era um herege tão cheio de pecados que a terra o expeliu de seu ventre! Por vida minha que a pele dele ainda está macia! Trata-se de sua primeira noite, e os anjos há pouco o estavam castigando! Dentre vocês, quem tiver pecados que o espanque para se aproximar de Deus altíssimo!". Disseram: "Todos nós temos pecados!", e cada um deles se aproximou do rázi e lhe aplicou cerca de cem vergastadas, dizendo conforme o surrava: "Essa é por meu pai! Essa, por meu avô! Essa, por meu irmão!", bem como: "Essa é por minha mãe!". Não cessaram de se revezar no espancamento até ficar cansados, enquanto o mérvida permanecia escondido no meio dos túmulos, ouvindo, rindo e dizendo: "Parece que nem comecei a fazê-lo pagar por seus pecados... Não existe força nem poderio senão em Deus exalçado e grandioso!". Nesse ínterim, os ladrões passaram a dividir o dinheiro e os bens que tinham, entre os quais estava uma espada sobre cujo destino divergiram. O maioral deles disse: "Minha opinião é que devemos experimentá-la; se for boa, saberemos o seu valor; se for ruim, também saberemos". Disseram: "Experimentem-na neste morto zoroastrista, que ainda está tenro". O maioral dos ladrões empunhou a espada, desembainhou-a, puxou o cadáver e fez menção de golpeá-lo.

[E a aurora alcançou Šahrazād, que deixou interrompida a sua fala permitida. Sua irmã Dunyāzād lhe disse: "Maninha, como é boa, saborosa, agradável e esplêndida a sua história!",

e ela respondeu: "Isso não é nada perto do que lhes contarei na próxima noite, se acaso eu viver e o rei educado e bem guiado me preservar".]

[E quando foi a]

914ª noite

[Disse Dunyāzād à sua irmã Šahrazād: "Por Deus, maninha, se não estiver dormindo, conte-nos uma de suas historinhas para que atravessemos a noite". Ela respondeu: "Com muito gosto e honra".

Eu tive notícia, ó rei venturoso, de que o vizir disse:]

Quando o morto rázi viu a espada, teve certeza de que morreria de verdade e pensou: "Já suportei ser lavado com água fervente, amortalhado e espetado com canivete; suportei o túmulo e sua estreiteza; suportei a surra, e tudo isso para escapar da morte; agora, a espada eu não posso suportar, pois é um só golpe e acabou!". Nesse instante ele se pôs de pé, agarrou o tendão de um cadáver, e gritou alto e bom som: "Ó mortos, levem-nos!". Ele próprio golpeou com o tendão o ladrão da espada, que a largou e fugiu derrotado, enquanto o seu colega mérvida pegava uma perna de cadáver e com ela golpeava outro ladrão; ambos gritaram e golpearam nos traseiros os ladrões, que fugiram espavoridos, ali abandonando o que tinham, e não pararam de correr até ficar à distância de uma parasanga do cemitério dos zoroastristas, quando então interromperam a correria, aterrorizados com a enormidade dos assombros que lhes sucederam, e estarrecidos com os mortos. Quanto ao rázi e ao mérvida, ambos se reconciliaram e começaram a repartir o dinheiro dos ladrões. O mérvida disse: "Não lhe darei um único dirham deste dinheiro até você me dar a minha parte do dinheiro que está na sua casa". O rázi respondeu: "Não o farei". O mérvida disse: "Descontarei deste dinheiro o que você me deve". Divergiram a respeito, começaram a brigar, e cada um se pôs a dizer ao outro: "Não lhe darei nenhum dirham!", com o tom da conversa se elevando e a discussão se prolongando. Quanto aos ladrões, quando eles pararam de correr, perguntaram-se uns aos outros: "Que coisa foi aquela? Vamos voltar para ver!".[297] O maioral deles disse: "Isso é impossível! Nunca ouvimos que os mortos ressuscitam[298] nessa forma. Voltemos para resgatar o nosso dinheiro, pois os mortos dele não têm necessidade". Destarte, combinaram retornar e disseram: "Perdemos as nossas armas e não temos forças para enfrentá-

297 "Que coisa foi aquela?" traduziu-se dos manuscritos; "Vamos voltar para ver" traduziu-se da edição impressa.

298 "Ressuscitam" traduz *ʿāšū*, "vivem".

los. Não nos aproximaremos de onde eles estão; somente um de nós irá observar e, se porventura não lhes ouvir som, veremos então como proceder".[299] Concordaram em enviar um membro do grupo,[300] que foi até os túmulos, avançando até o portão, e ali ouviu o mérvida dizendo ao rázi: "Não lhe darei deste dinheiro um único dirham!", ao passo que o outro dizia a mesma coisa; discutiam e insultavam-se, sem parar de falar. O ladrão retornou célere, trêmulo, aos seus companheiros, que lhe perguntaram: "O que você presenciou?". Ele respondeu: "Corram e dêem o fora, seus ignorantes! Salvem as suas vidas, pois muitas criaturas ressuscitaram da morte e agora discutem e brigam!". Então os ladrões fugiram em disparada, enquanto o mérvida e o rázi retornavam para casa, apaziguados, tendo acumulado dinheiro sobre dinheiro, e viveram por um bom período.

[*Prosseguiu o vizir*:] "Mas isso não é mais espantoso nem mais insólito que a história dos espertalhões que fizeram artimanhas contra o cambista por meio de um asno". Tendo ouvido a história, o rei sorriu e a apreciou;[301] determinou que o vizir se retirasse para sua casa e, quando anoiteceu, mandou chamá-lo e ordenou-lhe que contasse a história.

[E a aurora alcançou Šahrazād, que deixou interrompida a sua fala permitida. Sua irmã Dunyāzād lhe disse: "Maninha, como é boa, saborosa, agradável e esplêndida a sua história!", e ela respondeu: "Isso não é nada perto do que lhes contarei na próxima noite, se acaso eu viver e o rei educado e bem guiado me preservar".]

299 "Veremos então como proceder" traduziu-se dos manuscritos; a edição impressa diz: "ele nos dirá como agir".

300 A edição impressa e o manuscrito "3612b" acrescentam: "e lhe deram duas flechas", o que não faz muito sentido, ou, por outra, só faria sentido caso o posterior desenrolar da narrativa fosse outro (por exemplo, duas setas, uma para o rázi e outra para o mérvida; veja a nota anterior). Este passo evidencia ser possível que o compilador tivesse diante de si narrativas assemelhadas com desfechos diversos, e, optando embora por um deles, o resquício de algum outro tenha permanecido.

301 Nessa passagem, e em outras semelhantes, a redação é prolixa, mas deve-se entender, obviamente, que o rei sorriu da história contada, e não da história por contar.

[E quando foi a]

915ª noite

[Disse Dunyāzād à sua irmã Šahrazād: "Por Deus, maninha, se não estiver dormindo, conte-nos uma de suas historinhas para que atravessemos a noite". Ela respondeu: "Com muito gosto e honra".

Eu tive notícia, ó rei venturoso, de que] o vizir Rahwān disse ao rei Šāh Baḫt:

Vigésima segunda noite do mês

OS ESPERTALHÕES E O CAMBISTA

Quatro espertalhões resolveram ir ter com um cambista cheio de dinheiro, após terem entabulado uma artimanha para apropriar-se de uma parte desse dinheiro. Um dos trapaceiros, conduzindo um asno com uma bolsa de dirhams, foi até o cambista,

302 "Dirhams especiais de prata" traduz *darāhim nuqra*, que é o que consta em todas as versões. Embora o dirham, conforme se sabe, designe normalmente uma moeda de prata, não raro de baixo valor, a locução aqui indica alguma classe especial, motivo pelo qual se adotou, com base em Dozy, tal solução.

303 Nos manuscritos, em lugar de "seus benefícios", *ḫayruhu*, consta "suas notícias", *ḫabaruhu*, palavras facilmente confundíveis uma com a outra.

304 "Atividade" traduz *maᶜīša*, "modo de viver", que é o que consta em todas as versões.

305 Na edição impressa consta "vinte".

apeou-se e lhe pediu dirhams especiais de prata.[302] O cambista trouxe os dirhams, fez o preço, e o espertalhão pôs-se a negociar bancando o débil, o que levou o cambista a cobiçar os seus pertences; nesse momento, chegaram os outros espertalhões e cercaram o asno. Um dos espertalhões disse: "É ele!". O outro disse: "Espere até eu examiná-lo", e começou a observar o asno e a limpá-lo desde o pescoço até as orelhas, enquanto o terceiro acariciava o animal e o limpava desde a cabeça até o dorso; ele dizia: "Sim, ele tem!"; o outro dizia: "Não tem!". Após algum tempo agindo dessa maneira, dirigiram-se ao dono do asno e lhe fizeram um lance de compra, ao que ele retrucou: "Não o vendo senão por dez mil dirhams". Ofereceram-lhe mil dirhams e ele se recusou, jurando que somente o venderia pelo sobredito valor; continuaram a lhe fazer propostas até que o valor chegou a cinco mil dirhams, mas o homem disse: "Não o vendo senão por dez mil dirhams!", enquanto o cambista lhe fazia sinais para que o vendesse, mas ele se recusava dizendo: "Meu amigo, você nada sabe sobre a condição deste asno! Cuide do ouro e da prata, e bastam-lhe as desditas com as moedas de prata especial e com o câmbio! Os benefícios[303] deste asno lhe são ocultos. Cada ofício tem quem o exerça, e cada atividade,[304] quem a pratique". Quando aquilo se prolongou demasiado, os espertalhões interromperam a discussão, ficaram a um canto e, indo às escondidas até o cambista, confidenciaram-lhe: "Se você puder comprá-lo para nós, faça-o, e lhe daremos cinqüenta[305] dirhams". Ele disse: "Saiam e fiquem longe dele", e eles obedeceram. O cambista se dirigiu ao dono do asno, e não cessou de seduzi-lo com dinheiro até que enfim lhe disse: "Deixe aqueles para lá e me venda esse asno, que eu o considerarei um presente seu", e lhe pagou cinco mil e quinhentos dirhams; pesou-lhe o valor e tratou-o com benevolência, até que a venda se efetuou e o espertalhão recebeu o dinheiro, dizendo-lhe ao se retirar: "É uma confiança que deposito sobre o seu pescoço: não o venda para aqueles ladrões senão por dez mil dirhams, pois eles o comprarão em razão de um tesouro do qual tiveram conhecimento e que não lhes será indicado senão por este asno. Portanto, prenda-o com mão firme e não divirja de mim, caso contrário, se arrependerá". Tão logo se separaram, chegaram os outros três espertalhões, companheiros do primeiro, e disseram ao cambista: "Deus o recompense por nós por haver comprado o asno! Como poderemos compensá-lo?".

O homem respondeu: "Não o vendo senão por dez mil dirhams". Ouvindo aquilo, os três foram examinar e acariciar o asno, e disseram enfim ao cambista: "Nós nos equivocamos. Não é este o asno que buscávamos. Não pagaremos por ele senão dez centavos", e, abandonando-o, retiraram-se. Pesadamente atingido, e irritado com as palavras deles, o cambista disse: "Minha gente, depois de me pedir que o comprasse para vocês, agora vêm me dizer que estão confusos e que não lhes serve senão por dez centavos?". Responderam: "Considerávamos que ele tinha o que queríamos, mas eis que ele é o contrário do que queremos e tem defeitos, pois o seu dorso é curto", e, desprezando o animal, deram as costas e debandaram. O cambista chegou a imaginar que eles pechinchavam para comprar o asno pelo preço que pretendiam, mas, como eles se demorassem em retornar, começou a lamuriar-se aos brados e a reclamar das desgraceiras da vida, gritando e rasgando as roupas. Os mercadores se aglomeraram ao seu redor e lhe perguntaram o que ocorria, e ele lhes contou a sua história, descrevendo o que os espertalhões haviam dito e como o enganaram, fazendo-o cobiçar e comprar um asno cujo preço equivalia a cinqüenta dirhams por cinco mil e quinhentos dirhams. Seus amigos censuraram-no e as pessoas riram dele, espantadas com a sua estupidez e crença nas palavras dos espertalhões, das quais não duvidou, sua intromissão no que não conhecia e seu envolvimento com o que não investigara.

[*Prosseguiu o vizir*:] "É esta, ó rei Šāh Baḫt, a punição pelos zelos para com o mundo e a cobiça pelo que não se conhece: ruína e arrependimento. E essa história, ó rei do tempo, não é mais espantosa que a do ladrão decoroso".[306] Após ter ouvido a história anterior, o rei pensou: "Se eu tivesse ouvido as palavras dos meus conhecidos e me inclinado pelas falsidades a respeito do meu vizir, teria chegado ao extremo arrependimento. Graças a Deus, que bem me concedeu a satisfação e a reflexão, e me agraciou com a paciência"; voltou-se para o vizir e lhe ordenou que se retirasse para casa e retornasse conforme o hábito. No final da tarde do dia seguinte, mandou trazê-lo e lhe pediu que contasse a história. O vizir respondeu: "Ouço e obedeço".

[E a aurora alcançou Šahrazād, que deixou interrompida a sua fala permitida. Sua irmã Dunyāzād lhe disse: "Maninha, como é boa, saborosa, agradável e esplêndida a sua história!",

306 Na edição impressa, "a história do espertalhão"; no manuscrito "3612b", "a história do espertalhão que disse"; ambos os títulos estão incorretos. O manuscrito "3612a" não dá nome à história.

307 "Pediu emprestadas" traduz *istaqraḍa*, que é o que consta da edição impressa; já os manuscritos trazem *istacraḍa*, "exibiu", "ofereceu". É possível que ambas as grafias estejam incorretas. A redação da passagem é ambígua, permitindo supor que a vítima do golpe é que fora à casa do espertalhão, e não o contrário. Para a tradução, optou-se pela leitura que pareceu ter maior nexo.

e ela respondeu: "Isso não é nada perto do que lhes contarei na próxima noite, se acaso eu viver e o rei educado e bem guiado me preservar".]

[E quando foi a]

916ª

noite

[Disse Dunyāzād à sua irmã Šahrazād: "Por Deus, maninha, se não estiver dormindo, conte-nos uma de suas historinhas para que atravessemos a noite". Ela respondeu: "Com muito gosto e honra".

Eu tive notícia, ó rei venturoso, de que o vizir disse:]

Vigésima terceira noite do mês

O LADRÃO DECOROSO

Saiba, excelso senhor, que em tempos remotos houve certo espertalhão que era decoroso, tinha razão, inteligência, conhecimento e sagacidade. Seu costume era entrar nas cidades e fingir-se de mercador, aproximando-se dos abastados e convivendo com mercadores; para tanto, afetava bondade e fé, e em seguida elaborava, cuidadosamente, uma artimanha, tomava-lhes dinheiro para os seus gastos e se retirava para outro local. Permaneceu nessa situação por um bom período de tempo, e então lhe ocorreu entrar em certa cidade, na qual vendeu algumas mercadorias que levava consigo e fez amigos entre os mercadores dali, pondo-se a conviver com eles, a freqüentá-los e a convidá-los para a sua casa e os seus serões, e também eles o convidaram para as suas casas. Ficou naquilo por algum tempo até que resolveu sair da cidade; a notícia se espalhou entre os seus amigos, que ficaram tristes com a separação; ele então escolheu o amigo que tinha mais dinheiro e melhor situação: foi à sua casa, sentou-se com ele, pediu-lhe algumas coisas emprestadas[307] e, quando se preparava para sair, ordenou ao homem que lhe devolvesse "aquele depósito que deixei com você". O homem perguntou: "Qual depósito?". O espertalhão respondeu: "Aquele saco com mil dinares". O homem perguntou: "E quando você me entregou esse saco?". O espertalhão respondeu: "Exalçado seja Deus magnífico! Porventura não foi no dia tal, com a marca tal, que era assim e assado?". O homem disse: "Não sei nada disso". A discussão se acalorou entre ambos, e em decorrência também os demais presentes passaram a discutir aos brados, deixando a vizinhança a par do que ocorria. O homem dizia: "Não sei do que se trata", ao passo que o espertalhão afirmou enfim: "Minha gente, este homem é meu amigo, mercador dos mais acreditados,[308] com o qual deixei um depósito, mas ele agora está negando. Depois dessa, em quem as pessoas vão acreditar?". Os circunstantes se agitaram e gritaram [em apoio ao espertalhão]: "Trata-se de um homem que pratica o bem! Dele não conhecemos senão a lealdade, a honestidade e o decoro. Possui inteligência e brios, e não alegaria absurdos, pois nos tornamos seus companheiros e convivemos com ele; nós conhecemos a verdade de sua fé!";[309] alguns passaram a dizer ao mercador: "Fulano, consulte a memória e lembre-se! É capaz de você ter esquecido!", ao que ele respondia: "Minha gente, não sei do que ele está falando, nem deixou nenhum depósito comigo!". Como a discussão se prolongasse, o espertalhão lhe disse: "Estou de viagem e graças a Deus altíssimo possuo muito dinheiro, de modo que tal quantia não me fará falta. Que você jure para mim, porém".[310] As pessoas disseram: "Este homem está sendo justo às próprias custas!". O mercador então ficou em situação constrangedora, próximo da punição e da má fama, mas um seu amigo, que se arrogava sagacidade e inteligência, aproximou-se dele às escondidas e lhe disse: "Deixe que eu arme um estratagema contra esse espertalhão, a quem já conheço bem; trata-se de um mentiroso, e você, inescapavelmente, está a ponto de lhe pagar o ouro, mas eu afastarei as suspeitas e direi a ele: 'O depósito está comigo, mas você se confundiu e imaginou que estava com outro!'. Com isso, eu o afastarei de você". O mercador respondeu: "Faça-o e me livre da maldade e das suspeitas do povo". O homem então se voltou para o espertalhão e lhe disse: "Meu senhor, sou fulano! Você se confundiu, pois o saco de dinheiro está comigo, você o depositou comigo! Este xeique está inocente disso". O espertalhão respondeu, com humor agudo e irritação: "Exalçado seja Deus! Quanto ao saco que está com você, ó homem livre e honesto, eu sei que está depositado com Deus! Minha alma está sossegada a respeito, pois tal saco, estando com você, é como se estivesse comigo. Só comecei falando do saco que está com este mercador por saber que ele cobiça o dinheiro alheio!". Então o homem ficou perplexo, parou e nada respondeu, e ambos se limitaram a pagar-lhe cada qual mil dinares. O espertalhão ganhou dois mil dinares e, quando ele partiu, o mercador voltou-se para o seu amigo sagaz e inteligente e lhe disse: "Fulano, o nosso exemplo é o mesmo do falcão e do gafanhoto". [O amigo perguntou: "E como foi esse caso?". Ele disse:][311]

308 "Mercador dos mais acreditados" foi traduzido das duas versões manuscritas; mais adiante, "se agitaram" também se traduziu dali. E o trecho entre colchetes é acréscimo do tradutor.

309 A palavra traduzida como "fé", *dīn*, poderia também ser lida como *dayn*, "dívida", o que mudaria inteiramente o teor da afirmação. Aliás, no "3612a" o copista, dando-se conta da ambigüidade, acrescentou diacríticos sobre a palavra a fim de que ela fosse lida como *dayn*, "dívida", mas aqui se preferiu ler *dīn*, "fé", porque nenhum dos circunstantes poderia ter presenciado algo que o texto constitui como falsidade. Para o caso de se ler a palavra como "dívida", a tradução da frase ficaria: "Reconhecemos que a dívida [do mercador] é verdadeira".

310 "Que você jure para mim, porém", *wa lākin iḥlif lī*, é o que consta em todas as versões. Pode tanto significar "jure que você nada me deve" como "jure que me pagará depois". Em ambos os casos, contudo, não se compreende o desconforto da vítima.

311 O trecho entre colchetes foi traduzido do "3612b".

O FALCÃO E O GAFANHOTO

[Conta-se que um falcão construiu seu ninho nas proximidades de uma casa de gafanhoto],[312] e este, orgulhoso com a sua proximidade, foi até ele, cumprimentou-o e disse: "Meu senhor e senhor de todas as aves, estou orgulhoso de sua proximidade, muito honrado em ser seu vizinho, e minha alma se fortaleceu com a sua presença!". O falcão lhe agradeceu por tais palavras e se entabulou entre ambos uma amizade. Certo dia, o gafanhoto disse ao falcão: "Ó senhor das aves, por que o vejo solitário e isolado, sem a companhia de um amigo de sua espécie, uma ave com a qual fique sossegado nos dias de bonança e a qual o apóie nos dias de dificuldade? Pois se costuma dizer que [é nos momentos de maior potência do seu corpo e presença da sua força que o homem mais necessita de um amigo que seja o fundamento de sua felicidade e o sustentáculo do seu espírito, e no qual se apóie na dificuldade e na bonança].[313] Eu, conquanto lhe deseje o bem que possa melhorar a sua situação, sou incapaz de fazer o que minha alma gostaria; porém, por que não consente que eu procure para você uma ave que lhe corresponda em corpo e força?". O falcão respondeu: "Pois eu lhe confiro tal prerrogativa e a você estou me confiando". Nesse momento, meu irmão, o gafanhoto foi até a sociedade das aves, mas nada viu que se assemelhasse ao falcão em sua aparência e corpo, salvo um gavião, e, supondo que fosse uma boa ave, apresentou-o ao falcão, ao qual aconselhou que ficasse amigo dele.[314] Já ocorrera de o falcão adoecer, e o gafanhoto ficara com ele por algum tempo, até que se curou, recuperou e fortaleceu, e ele lhe agradeceu pelo favor; alguns dias depois daquilo,[315] o falcão teve uma recaída e precisou da ajuda do gavião; o gafanhoto saiu, ausentou-se por um dia e voltou com outro gafanhoto. Quando o falcão olhou para ele, o gafanhoto lhe disse: "Foi isso que eu lhe trouxe", e o falcão o recompensou e disse: "Você fez uma bela busca e foi gentil na escolha".

[*Prosseguiu o mercador*:] "Isso tudo, meu amigo, e se tratava de um gafanhoto, que desconhece as essências que se ocultam nos corpos esplendorosos. Mas, no seu caso, meu amigo, rogo a Deus que bem o recompense, pois você foi gentil e cuidadoso em fazer a artimanha...".

[E a aurora alcançou Šahrazād, que deixou interrompida a sua fala permitida. Sua irmã Dunyāzād lhe disse: "Maninha, como é boa, saborosa, agradável e esplêndida a sua história!",

312 O trecho entre colchetes foi traduzido do "3612b", cuja narrativa é similar à do "3612a". Já na edição impressa a história se abre com: "Saiba que havia um falcão e um gafanhoto, em tempos remotos...".

313 O trecho entre colchetes foi traduzido do "3612b", com algum apoio no "3612a". Eis a tradução do trecho correspondente na edição impressa: "o homem busca repouso para o corpo e preservação das suas forças, e nisso ele está mais que ninguém necessitado de um amigo que seja a complementação da sua felicidade e o pilar do seu espírito, e no qual se apóie na dificuldade e na bonança".

314 "Ficasse amigo dele": no "3612a", "que o dispensasse". A partir desta passagem, até o final da história do falcão e do gafanhoto, a redação é obscura nas três versões, cujos visíveis erros e lacunas provavelmente remontam ao original comum.

315 "Depois daquilo", isto é, depois de ter sido apresentado ao gavião. A tradução de toda essa passagem, desde "já ocorrera de o falcão adoecer", é fruto de interpretação do tradutor. A gramática do texto árabe induz a pensar que as coisas se deram imediatamente após as duas aves terem travado conhecimento, e que foi o gavião que tratou do falcão em sua primeira "crise", o que explicaria a passagem seguinte – a procura inútil do gafanhoto – como resultado do

e ela respondeu: "Isso não é nada perto do que lhes contarei na próxima noite, se acaso eu viver e o rei educado e bem guiado me preservar".]

sumiço do falso amigo (pois o gavião, ou milhafre, é pensado como um animal traiçoeiro). Enfim,

[Disse Dunyāzād à sua irmã Šahrazād: "Por Deus, maninha, se não estiver dormindo, conte-nos uma de suas historinhas para que atravessemos a noite". Ela respondeu: "Com muito gosto e honra".

[E quando foi a]

917ª

noite

Eu tive notícia, ó rei venturoso, de que o vizir disse:

O mercador disse:] "... mas a precaução não evita o destino: é a predestinação que derrota a prevenção. Como são boas as palavras do poeta que disse os seguintes versos:

'Às vezes escapa o cego de um buraco
no qual despenca o lúcido clarividente;
ou escapa o ignorante de uma palavra dita
na qual tropeça o sapiente habilidoso;
ou sofre o crente para obter seu ganha-pão
enquanto o celerado ímpio é premiado.
Qual o ardil do espertalhão, dentre tantos?
Tal é a predeterminação de quem tudo pode'".[316]

conforme se afirmou, existem vários problemas na redação, alguns dos quais talvez derivem da grafia semelhante, em árabe, das palavras "gavião", *ḥid'a*, e "gafanhoto", *jarāda*.

316 Com variações mínimas, tais versos foram recitados durante a 142ª noite do segundo volume, na história do rei Qamaruzzamān. Tal como se encontra nas duas versões, a impressa e o "3612b", o penúltimo verso talvez esteja com a redação estropiada, e nesse caso a leitura correta seria a da história de Qamaruzzamān, "Qual a artimanha quando se fica perplexo?". No "3612a" constam apenas os dois primeiros versos.

[*Prosseguiu o vizir*:] "E essa, ó rei do tempo, não é mais insólita nem mais espantosa que a história do rei e da esposa de seu secretário, essa sim mais insólita e mais emocionante". Tendo ouvido aquela história, fortaleceu-se a disposição do rei de perdoar o vizir e abandonar o açodamento em um assunto do qual ele não tinha certeza; tratou-o com gentileza e ordenou-lhe que fosse para a sua casa; quando anoiteceu, mandou chamá-lo e lhe pediu para ouvir a história. O vizir disse: "Ouço e obedeço".

Vigésima quarta noite do mês

O REI E A ESPOSA DE SEU SECRETÁRIO[317]

Saiba, ó rei venturoso, que havia em tempos remotos e épocas e períodos passados, certo rei da Pérsia que era apaixonado pelo amor das mulheres. Falaram-lhe então da esposa de um de seus secretários, a qual tinha beleza e formosura, esplendor e perfeição, e isso o levou a ir visitá-la. Ao vê-lo, a mulher reconheceu-o e perguntou: "O que leva o rei a fazer isso?". Ele respondeu: "Tenho por você uma enorme afeição, e é absolu-

317 Esta história – que parece ser apropriação de um dos relatos constantes do livro conhecido em árabe como "Os sete vizires" ou "O sábio Sindabād" – não consta do "3612a".

318 Esta história, ao contrário da que lhe serve de moldura, consta do "3612a".

tamente imperioso possuí-la!", e lhe deu dinheiro em quantidade tal que satisfaria qualquer mulher. Ela disse: "Não posso fazer o que o rei está dizendo, por temor ao meu marido", e, evitando-o da maneira mais vigorosa, não se submeteu. O rei saiu tão encolerizado que esqueceu o seu manto na casa. Coincidiu então que o marido chegou logo após a saída do rei e, vendo o manto, reconheceu-o. Sabedor do amor do rei pelas mulheres, perguntou à esposa: "O que é isto que estou vendo aqui?". Ela respondeu: "Eu lhe direi a verdade", e lhe contou a história. O homem não acreditou, e a dúvida invadiu o seu coração. Quanto ao rei, ele passou a noite preocupado e triste, e, quando amanheceu, mandou chamar aquele secretário, a quem encarregou de uma das províncias, ordenando-lhe que fosse para lá, confiante em que, se o homem saísse e se afastasse, poderia juntar-se à sua esposa. Sagazmente, o secretário atinou com o seu objetivo e lhe disse: "Ouço e obedeço", e continuou: "Sairei, arrumar-me-ei, recomendarei as coisas de que preciso e, em seguida, me dirigirei para onde o rei ordenou". O rei lhe disse: "Faça isso depressa". O secretário foi arrumar as coisas das quais precisava, reuniu os parentes de sua esposa e disse: "Estou disposto a largar a minha mulher". Suspeitosos, os parentes queixaram-se dele ao rei, que o convocou junto com os queixosos à sua presença, e então todos se puseram a discutir. Sem saber direito o que sucedera, o rei perguntou ao secretário: "Por que você vai deixá-la? Como pode se permitir isso? Ir a uma terra imaculada e depois abandoná-la?". O secretário respondeu: "Deus dê prosperidade ao rei! Por Deus, ó rei, que vi nessa terra rastros de leão, que temo me devore caso eu entre nela. O meu caso e o dela, o exemplo do que aconteceu entre nós, é como o da velha e da esposa do mercador de tecidos". O rei lhe perguntou: "Como foi essa história?". O secretário respondeu:

A VELHA E A ESPOSA DO MERCADOR DE TECIDOS[318]

Saiba, ó rei, que certo mercador de tecidos tinha uma esposa bela, protegida e casta, a qual foi um dia vista, ao sair do banho público, por um rapaz, que se apaixonou e teve seu coração invadido por ela, pondo-se então a tentar todas as artimanhas para conquistá-la. Quando se cansou, e sua paciência se esgotou, e sua firmeza o traiu, já sem ter à mão nenhuma artimanha, queixou-se a uma velha de mau agouro que prometeu reuni-lo à mulher; o rapaz agradeceu e assegurou que lhe daria muitos presentes. A velha disse: "Vá até o marido dela e compre uma roupa luxuosa". Então ele foi até o mercador, comprou um turbante de linho com fios de ouro e o levou para a velha, que o pegou e, após queimá-lo em dois lugares, levou-o, vestida com a roupa dos ascetas piedosos, à casa do mercador, em cuja porta bateu. Ao vê-la naqueles trajes, a mulher do mercador abriu, recepcionando-a magnificamente e dando-lhe boas-vindas. A velha entrou, conversou com a mulher por algum tempo, e disse enfim: "Quero abluir-me para as preces!". A mulher lhe trouxe água, a velha se abluiu e foi rezar; ao concluir, largou o turbante no local onde rezara e partiu. O mercador chegou à sua casa após a partida da velha, já na hora da prece vespertina, indo rezar no mesmo local onde a velha rezara, e ali, aguçando o olhar, viu o turbante e o reconheceu. Como o caso lhe provocasse suspeitas, a cólera transpareceu em seu rosto e, irritado com a esposa, tratou-a com rispidez, ficando o resto do dia e da noite sem lhe dirigir a palavra – isso tudo sem a mulher compreender por que o marido se encolerizara. Então, ela olhou bem e viu, diante do marido, o turbante com marcas de queimadura.

Disse o narrador: assim, ela deduziu que o marido não se encolerizara senão por causa do turbante, isto é, passou a achar que o motivo eram tais queimaduras. Quando amanheceu, tão logo o mercador, ainda encolerizado, saiu, a velha retornou e, vendo a mulher com a cor alterada, a face empalidecida, e o coração e o ânimo abatidos, [perguntou-lhe: "Por que a vejo assim, a cor alterada e o coração abatido, minha filhinha?", e então a jovem lhe falou a respeito da cólera do marido e de sua causa. A velha agourenta disse:][319] "Não se entristeça, minha filha, pois tenho um filho cerzidor, e ele – por vida sua! – irá cerzir o turbante e deixá-lo como era". Contente com aquelas palavras, a mulher perguntou: "E quando será isso?". A velha respondeu: "Amanhã, se Deus altíssimo quiser, eu lhe trarei o meu filho na hora da saída de seu marido; ele cerzirá o turbante e se retirará imediatamente", e, após fazer uns agrados à jovem, foi embora, dirigindo-se para a casa do rapaz, a quem informou de tudo. Depois, ela o levou, pela manhã, para diante da casa do mercador – o qual, quando vira o turbante, decidira separar-se da esposa, e só não o fizera de imediato para ter tempo de reunir o valor do dote e um pouco mais, por temor

319 O trecho entre colchetes foi traduzido das versões do manuscrito.

320 Na edição impressa, "a mim, a ele [*ao marido*] e ao meu filho".

321 No "3612b", "a mulher respondeu encolerizada [*ou:* forçada]".

322 A palavra traduzida por "arranjei" constitui um bom exemplo de certa espécie de dificuldade de tradução em razão das metástases na transcrição do árabe: a edição impressa traz *handastu*, "delineei", "projetei"; o manuscrito "3612a" traz *hadamtu*, "destruí", e o "3612b", *hamadtu*, "apaguei", mas a palavra, com certeza, é *mahhadtu*, "aplainei [o caminho]".

323 O trecho entre colchetes foi traduzido do "3612a".

aos pais dela. Assim, quando ela bateu e a mulher lhe abriu a porta naquele dia, a velha agourenta, acompanhada do rapaz, entrou dizendo: "Vá, traga o turbante para cerzir e entregue-o ao meu filho", e fechou a porta com ambos lá dentro. O rapaz agarrou a mulher, submeteu-a, nela se satisfez e foi embora. A velha disse à mulher: "Saiba que aquele é meu filho, que a amava imensamente, tanto que quase a vida lhe feneceu por sua causa, pelos anseios dele por você! Tramei então esta artimanha e provoquei isso; o turbante não pertence ao seu marido, mas sim ao meu filho. Agora, que já atingi meu objetivo, deixe-me elaborar uma artimanha contra o seu marido para a reconciliação, e assim você deverá obediência a mim e ao meu filho".[320] A mulher respondeu:[321] "Sim, faça-o". A velha foi até o rapaz e lhe disse: "Saiba que eu já arranjei[322] o seu caso com ela. Vá até o mercador, comece a falar-lhe a respeito do turbante e, quando eu passar, levante-se e me segure para que eu providencie a reconciliação entre ele e a esposa". O rapaz foi então para a loja do mercador, sentou-se lá dentro e lhe perguntou: "Sabe o turbante que comprei de você?". O mercador respondeu: "Sei". O rapaz perguntou: "Sabe o que lhe aconteceu?". O mercador respondeu: "Não". O rapaz disse: "Comprei-o de você, fui aplicar incenso e sucedeu que ele se queimou em dois lugares, nos quais ficaram dois furos. Então o peguei e entreguei a uma mulher cujo filho me disseram ser cerzidor; ela levou o turbante e partiu, e agora não sei onde encontrá-la". Ao ouvir aquilo, o mercador ficou desconfiado, espantou-se com a história do turbante e tranqüilizou-se a respeito da esposa; não demorou e a velha mãe do cerzidor passou por ali, e o rapaz ergueu-se de supetão, segurou-a e exigiu o turbante. A velha lhe disse: "Saiba que entrei em certa casa, fiz abluções, rezei no tapete [da dona da casa, ali esqueci o turbante][323] e saí; como eu não conhecia a casa onde rezei, não consegui localizá-la; eis-me aqui, agora, vagando todo dia até o anoitecer para, quem sabe, achar a casa, cujo dono não conheço!". Quando ouviu as palavras da velha, o mercador disse a ela: "Pois então Deus já lhe devolveu o que você perdeu! Alvíssaras, porque o turbante está comigo em minha casa", e, pondo-se de pé imediatamente, entregou-lhe o turbante tal como estava...

[E a aurora alcançou Šahrazād, que deixou interrompida a sua fala permitida. Sua irmã Dunyāzād lhe disse: "Maninha, como é boa, saborosa, agradável e esplêndida a sua história!",

e ela respondeu: "Isso não é nada perto do que lhes contarei na próxima noite, se acaso eu viver e o rei educado e bem guiado me preservar".]

[E quando foi a]

918ª noite

[Disse Dunyāzād à sua irmã Šahrazād: "Por Deus, maninha, se não estiver dormindo, conte-nos uma de suas historinhas para que atravessemos a noite". Ela respondeu: "Com muito gosto e honra".

Eu tive notícia, ó rei venturoso, de que o vizir disse:

O secretário disse:]

... e a velha entregou-o ao rapaz. O mercador fez as pazes com a esposa, a quem deu roupas e jóias para contentá-la e agradá-la.

[*Prosseguiu o vizir*:] Ao ouvir essa história de seu secretário, o rei se envergonhou, acabrunhou e lhe disse: "Continue servindo, conforme o seu hábito, e habite a sua terra, pois o leão esteve lá mas não a corrompeu, e a ela nunca mais retornará". E lhe deu um valioso presente. Satisfeito, o homem regressou para a mulher, com a qual passou a viver sossegado, e recebeu, contente, os seus familiares.

[*Prosseguiu o vizir*:] "E essa história, ó rei, não é mais espantosa nem mais insólita que a da bela e graciosa mulher mimada e o homem de horrenda aparência". Após ter ouvido a história anterior, o rei a considerou curiosa e bela, determinando ao vizir que se retirasse para casa, onde ele permaneceu o dia inteiro. Quando se findou a tarde, o rei mandou chamá-lo e lhe ordenou que a contasse. O vizir disse: "Sim".

Vigésima quinta noite do mês[324]

A BELA MULHER E O HOMEM FEIO

Saiba, ó rei, que certo homem árabe tinha vários filhos, entre os quais um menino de aparência tão bela e formosa como nunca se vira, e tampouco inteligência tão perfeita. Quando ele atingiu a força de homem, o pai casou-o com uma prima cuja beleza não era nenhum esplendor, nem louváveis as suas características; por isso, não agradou ao rapaz, o qual, porém, se resignou a aceitá-la em virtude dos laços de parentesco. Certo dia, ele saiu no encalço de um seu camelo que se extraviara, e ficou nisso durante o dia inteiro e a noite. Quando escureceu, foi hospedar-se na casa de um árabe daquela vila, sendo recebido por um homem de baixa estatura e feia aparência, que

324 Na edição impressa falta a marcação da noite do mês, que foi traduzida do "3612b".

325 Nas versões do manuscrito, "o encantaram".

326 Na edição impressa, "ocupe-se de seu trabalho", ou seja, "do que é de sua conta", o que parece falha de cópia. Traduziu-se das versões do manuscrito.

327 Por um óbvio erro de revisão, a edição impressa traz: "onde ficamos três dias".

o cumprimentou e acomodou ao lado da tenda, sentando-se e travando com ele a melhor das conversas. Quando a refeição ficou pronta, a mulher veio servi-la. O rapaz olhou para a dona da casa, e viu uma aparência que mais formosa não havia! Tamanha beleza e formosura o deixaram tonto,[325] bem como seu talhe e estatura! Permaneceu assim embasbacado a olhar ora para ela, ora para o marido, e, como isso se prolongasse, o homem lhe perguntou: "Ó filho de gente generosa, ocupe-se de seu jantar,[326] pois esta mulher e eu temos uma história espantosa, mais formosa que a formosura que você vê nela. Eu lhe contarei essa história assim que terminarmos de comer". Quando enfim concluíram a refeição, o rapaz lhe pediu a história e o homem lhe disse:

Saiba que em minha juventude eu já era assim feio, de horrível aparência, e tinha irmãos que eram gente da maior formosura, motivo pelo qual meu pai os preferia a mim, os tratava melhor que a mim, e me atribuía serviços inferiores aos deles, tal como atribuía aos escravos. Certo dia, uma camela do rebanho de meu pai se extraviou, e ele me disse: "Vá procurá-la, e não volte senão com ela!". Retruquei: "Mande algum outro dos seus filhos", mas ele não o fez e me tratou com rispidez, insistindo até chegar ao ponto de pegar um chicote e me surrar com ele; corri então para um dos seus animais de viagem, montei nele e saí em disparada, fazendo tenção de viver nos desertos e não mais retornar para o meu pai. Avancei por aquela noite e anoiteci junto à família desta que agora é minha esposa, cujo pai me hospedou; era um velho entrado em anos, e, passada metade da noite, levantei-me para satisfazer as minhas necessidades, sendo então seguido por cachorros, sem que ninguém soubesse nada a meu respeito, com exceção desta mulher; os cachorros me estranharam e me perseguiram até que caí de costas em um buraco cheio de água, profundo, e um dos cachorros caiu comigo. Naquele tempo, esta mulher era uma jovem solteira, muito forte e ativa, e, condoída de minha situação, foi até mim com uma corda e me disse: "Agarre-a!". Agarrei a corda e nela me prendi, mas, quando se aproximou e eu puxei a corda, ela caiu junto comigo no buraco, e ali passamos a ser três:[327] ela, eu, e o cachorro. Quando amanheceu e não a viram, seus pais começaram a procurá-la pela vila, mas não a encontraram. Dando também por minha falta, presumiram que havíamos fugido juntos. Ela tinha quatro irmãos semelhantes a águias, que montaram em seus cavalos e se espalharam à nossa procura. Passada a manhã, o cachorro começou a latir, e os outros cachorros a responder-lhe e a se aproximar, parando na beira do buraco e ganindo para ele. Ao ouvir o latido dos cachorros, o velho xeique caminhou em sua direção, até parar na beira do buraco...

[E a aurora alcançou Šahrazād, que deixou interrompida a sua fala permitida. Sua irmã Dunyāzād lhe disse: "Maninha, como é boa, saborosa, agradável e esplêndida a sua história!", e ela respondeu: "Isso não é nada perto do que lhes contarei na próxima noite, se acaso eu viver e o rei educado e bem guiado me preservar".]

[E quando foi a]

919ª noite

[Disse Dunyāzād à sua irmã Šahrazād: "Por Deus, maninha, se não estiver dormindo, conte-nos uma de suas historinhas para que atravessemos a noite". Ela respondeu: "Com muito gosto e honra".

Eu tive notícia, ó rei venturoso, de que o vizir disse:]

... e ao chegar ali viu algo espantoso. Era um homem corajoso, ajuizado, um xeique experimentado com as coisas; trouxe cordas e nos retirou todos dali; perguntou-nos sobre nosso estado, e ela lhe contou a história de cabo a rabo. O velho chorou[328] e se pôs a refletir; quando os irmãos retornaram, relatou-lhes o caso de cabo a rabo e disse: "Saibam, meus filhos, que a sua irmã não pretendeu senão fazer o bem. Se acaso vocês matarem este homem, [que é seu hóspede],[329] estarão granjeando para si a infâmia eterna, cometendo uma injustiça com ele, consigo mesmos e com sua irmã. Não existe motivo claro que imponha a sua morte. Trata-se de uma coincidência, e não se pode negar a ocorrência de outras iguais a ela"; em seguida, voltou-se para mim e me indagou a respeito de minha origem, e eu lhe tracei minha árvore genealógica. Ele disse: "Um nobre par, e ajuizado!", e me ofereceu casamento com a filha, ao que respondi positivamente; o velho então a casou comigo e fui morar com ele; Deus altíssimo abriu diante de mim as portas do bem e da fortuna, tanto que me tornei o homem mais rico da vila; louvado seja Deus pelas benesses que me concedeu!

[*Prosseguiu o vizir*:] Impressionado com a sua história, o rapaz dormiu ali e, pela manhã, encontrou o seu camelo extraviado, capturou-o e retornou [aos seus pais],[330] informando-os o que vira e o que lhe sucedera.

328 "Chorou" se traduziu do "3612a", e não consta das outras versões.

329 O trecho entre colchetes foi traduzido das versões do manuscrito.

330 O trecho entre colchetes foi traduzido das versões do manuscrito.

[*Prosseguiu o vizir*:] "E essa história não é mais espantosa nem assombrosa que a do rei que perdeu o reino, o dinheiro, a esposa e os filhos, e depois Deus os recuperou para ele, compensando-o com um reino mais poderoso, melhor, mais admirável, rico e altivo". Admirado com aquilo, o rei Šāh Baḫt lhe ordenou que se retirasse para casa, e, quando anoiteceu, mandou chamá-lo e determinou que lhe contasse a história do rei que perdera o reino, a esposa e o dinheiro. O vizir Rahwān disse: "Ouço e obedeço".

Vigésima sexta noite do mês

O REI QUE TUDO PERDEU E DEPOIS RECUPEROU

Saiba, ó rei, que houve certo rei da Índia, de bom proceder e métodos louváveis, justo com os seus súditos, generoso com as pessoas de saber, piedade, ascetismo, adoração e fé, e esquivo aos corruptos, ignorantes e traidores. Ele permaneceu nessa conduta em seu reino por tantos dias, meses e anos quantos quis Deus altíssimo, e se casou com uma prima sua dotada de beleza, formosura, esplendor e perfeição, pertencente à casa real, de boa vida e bem tratada, que logo lhe deu dois varões que eram os mais belos. Veio então o que estava decretado e não pode ser obstado: Deus altíssimo lhe enviou outro rei que lhe atacou o país, recebendo apoio, entre o seu povo, daqueles que apreciavam o mal e a corrupção, e com essa gente o agressor se fortaleceu contra o rei e lhe conquistou o reino, derrotando-lhe os exércitos e matando-lhe os soldados. O rei pegou a esposa e os dois filhos, recolheu tudo quanto pôde e escapou para salvar a vida, fugindo no meio da noite turva sem saber para onde se dirigir. Após um bom tempo em marcha, foi surpreendido no caminho por alguns ladrões que levaram tudo quanto ele e os seus carregavam, a ponto de não deixá-los senão com as roupas, abandonando-os sem suprimentos nem cavalo nem montaria. A família prosseguiu a caminhada até se aproximar de um bosque de árvores, para chegar até o qual se impunha atravessar um braço de mar que se interpunha entre eles. Como fossem pouco profundas tais águas, ele carregou um dos filhos, atravessou-as e o deixou do outro lado; voltou, pegou o outro filho, atravessou as águas e o deixou ao lado do irmão, voltando para pegar a mãe deles, à qual carregou e atravessou; quando chegou, porém, não encontrou as crianças; olhou para o centro da ilha e viu um velho e uma velha que tinham construído para si uma cabana; deixou a esposa com eles e saiu em busca dos filhos, mas deles não obteve notícia; procurou à direita e à esquerda, e não os viu em lugar nenhum. Isso foi o que aconteceu com ele. Quanto aos meninos, ambos se haviam embrenhado para urinar no bosque, cujo arvoredo era tão espesso que qualquer um nele se perderia,[331] e dele não se distinguia começo nem fim. Os meninos entraram, não souberam voltar, e se perderam naquele bosque graças a algo que Deus altíssimo desejava. O pai procurou por eles e, não os encontrando, retornou para junto da esposa e começaram a chorar a perda dos filhos. E o que sucedeu aos dois meninos foi que, quando entraram para urinar no bosque, e foram por ele engolidos, ficaram vagando por dias e dias, sem saber por onde haviam entrado, até que saíram do lado oposto.[332] Já os seus pais permaneceram na ilha junto com o casal de velhos,[333] e passaram a se alimentar de suas frutas e a beber da água de seus rios, até que, [certo dia, estando ambos sentados, eis que atracou na beira da ilha, para se abastecer de água, um navio cujos tripulantes os viram e lhes dirigiram a palavra. O navio pertencia a um mago, bem como toda a sua carga, com as suas bagagens e bens, pois ele era mercador e viajava pelos países. O velho da ilha, iludido pela cobiça, subiu a bordo e falou ao dono do barco a respeito da esposa do rei, descrevendo-lhe a sua beleza de modo tal que ele a desejou ardentemente, e sua alma o levou a cogitar traição e ardis contra ela, a fim de tomá-la do esposo,][334] para tanto lhe enviando um mensageiro, que disse: "Temos conosco no navio uma mulher grávida, e receamos que ela dê à luz esta noite! Você tem conhecimento de parto?". Ela respondeu: "Sim". No final do dia, o mago lhe determinou que subisse a bordo para fazer o parto da mulher, cuja hora chegara, e lhe garantiu roupas e comissão. A esposa do rei subiu a bordo de boa vontade e coração tranqüilo, bem como o de seu marido,[335] mas, quando se viu lá dentro, as velas foram erguidas e estendidas e o navio zarpou. O rei gritou, a sua esposa chorou e tentou se atirar ao mar, mas o mago ordenou aos criados do navio que a detivessem, e eles assim agiram. Não passou nem uma hora e já a noite escurecia e o barco desaparecia das vistas do rei, que desmaiou de tanto chorar e se afligir; passou a noite chorando pela mulher e pelos filhos, e, quando amanheceu, compôs e pôs-se a recitar os seguintes versos:

331 Existe um possível erro de cópia na edição impressa, pois ali se diz: "nele entravam as sombras [*ou:* a imaginação] e se perdiam na sexta-feira [*ou:* na semana]", ou seja, até as sombras que nele entravam se perdiam na sexta-feira (?). Não foi possível utilizar as versões do manuscrito, cuja narrativa, neste passo, é bastante diversa.

332 Nas versões do manuscrito, não se faz, neste ponto, menção alguma aos meninos depois de seu sumiço.

333 Nas versões do manuscrito, os velhos vivem de abastecer e servir os navios que aportam na ilha, e o casal passa a trabalhar para eles. O rei também indaga a que distância fica o *ʿumrān*, "a civilização", sendo informado "de uma grande distância, difícil de trilhar, distante de atingir, por terra".

334 Nas versões do manuscrito, o trecho correspondente ao que está entre colchetes é bem mais extenso. Eis a tradução do "3612b", que está mais legível: "Certo dia, chegou àquele local um navio enorme cujos tripulantes e passageiros desceram para recolher água e pão, e ali passaram a noite e o dia. O dono do barco, que era judeu, enviou um criado seu com uma galinha para a esposa do rei assar; ela a pegou, limpou, colocou na travessa, enfiou no forno, e disse ao criado: 'Fique ao lado e retire-a quando estiver pronta; não se distraia, caso contrário

se queimará', e se pôs a trabalhar na massa do pão e no preparo de outras coisas para a gente do navio. O criado ficou contemplando a mulher, encantado com a sua beleza e espantado com a sua formosura; perplexo, insistiu em olhar para ela, distraindo-se da galinha, que se queimou; seu cheiro se espalhou, a mulher sentiu, e correu para tirá-la do forno, já meio queimada. O criado pegou a galinha e a levou para o judeu, dono do navio, ao qual falou a respeito da esposa do rei, descrevendo-lhe a sua beleza de modo tal que ele a desejou ardentemente, e sua alma o levou a cogitar traição e ardis contra ela, para tomá-la do marido...". A partir daí, a narrativa volta a concordar com a da versão impressa, salvo em detalhes. "Mago" traduz *majūsī*, isto é, praticante do zoroastrismo.

335 "Bem como [o coração] do seu marido", *wa qalb zawjihā*, foi traduzido das versões do manuscrito.

"Ó destino, quanto injustiças e agrides!
Dize-me: ainda tens algo contra mim?
Eis-me aqui, depois da partida de todos os meus amados,
com os quais partiu minha felicidade:
foram-se todos no mesmo dia.
A pureza de minha vida se turvou com a separação dos amados!
Por Deus que eu não lhes sabia o valor,
nem o valor de estar junto deles!
Então nos separamos, e meu coração lavra a chama do meu [sofrimento!
Não esqueço o dia em que partiram,
deixando-me para trás, sozinho,
chorando, com minha solidão e meu sofrimento!
Dize-me e me responde, se acaso
meus ouvidos voltarem a ouvir:
a voz do mensageiro anuncia o retorno dos ausentes!
Esfregarei o rosto na terra onde pisarem,
direi à minha alma: sossega, eles voltarão;
não me censures o coração por sua ausência,
pois eu o rasguei antes de rasgar as roupas!".

[E a aurora alcançou Šahrazād, que deixou interrompida a sua fala permitida. Sua irmã Dunyāzād lhe disse: "Maninha, como é boa, saborosa, agradável e esplêndida a sua história!", e ela respondeu: "Isso não é nada perto do que lhes contarei na próxima noite, se acaso eu viver e o rei educado e bem guiado me preservar".]

[E quando foi a]

920ª noite

[Disse Dunyāzād à sua irmã Šahrazād: "Por Deus, maninha, se não estiver dormindo, conte-nos uma de suas historinhas para que atravessemos a noite". Ela respondeu: "Com muito gosto e honra".

Eu tive notícia, ó rei venturoso, de que o vizir disse:]

O rei chorou até o amanhecer a separação de sua mulher e de seus filhos, e saiu vagando sem rumo, sem saber como agir, não parando de caminhar pela praia por dias e noites, sem saber para onde se dirigir, nem comer comida nenhuma, salvo plantas rasteiras, nem ver pessoa nenhuma, animal ou o que quer que seja, até que a caminhada o conduziu ao alto de uma montanha,[336] e ali o rei permaneceu sozinho, alimentando-se de suas frutas e bebendo de sua água. Depois, desceu da montanha,

A edição impressa traz: "e transportou sua bagagem" [para o navio], *wa naqalat raḥlahā*, o que não tem cabimento. A escrita das duas frases, em árabe, é facilmente confundível.

caminhou por três dias, passando por vilas e povoados, e não interrompendo a marcha até topar com uma enorme cidade situada à beira-mar, diante de cujo portão chegou ao final do dia, motivo pelo qual os porteiros não lhe permitiram entrar; passou aquela noite esfomeado e amanheceu [sentado diante de uma loja][337] nas proximidades do portão. O rei daquela cidade morrera sem deixar herdeiro, e a população divergira em dizeres e opiniões sobre quem o substituiria, a tal ponto que uma guerra civil estava a pique de eclodir por aquele motivo. Agora, porém, haviam entrado em acordo, decidindo que o novo rei, inconteste, seria aquele por quem se afeiçoasse o elefante deixado pelo falecido rei. Juraram aquilo e, pela manhã, exibiram o elefante e levaram-no para fora da cidade; não restou um único homem ou mulher que não comparecesse. Eles encheram o elefante de atavios, colocaram o trono em seu dorso, a coroa em sua tromba, e o animal começou a examinar as faces dos presentes, mas não parou diante de nenhum, até chegar àquele rei solitário e estrangeiro que tinha perdido a esposa e os filhos: prosternou-se diante dele, cingindo-lhe a coroa na cabeça, e ergueu-o, depondo-o em seu dorso; então, todas as pessoas se prosternaram e trocaram alvíssaras [na expectativa da justiça],[338] e foram tocados diante dele os instrumentos que anunciavam a boa-nova. O rei entrou na cidade, dirigiu-se até o palácio da justiça e ao saguão do palácio, alojou-se no trono real com a coroa na cabeça, e as pessoas entraram para lhe dar congratulações e rogar por ele. Então, conforme seu costume, ele começou a atender aos pedidos que lhe eram encaminhados pela população, a organizar os soldados conforme suas patentes e a contemplar-lhes os interesses, bem como de todos os demais súditos; libertou prisioneiros, eliminou impostos, distribuiu trajes honoríficos, fez doações, deu presentes, aproximou de si os comandantes, vizires e mestres de ofícios, e recebeu os secretários e representantes. Muito contente com ele, a população da cidade disse: "Esse não era senão um dos maiores reis!". Em seguida, ele mandou chamar os sábios, os letrados e os descendentes de reis, com os quais conversou e aos quais apresentou questões e indagações, pesquisando com eles muitos assuntos relativos a todas as artes, o que indicou a legitimidade de sua posição real. Também os questionou sobre obscuridades e verdades a respeito das religiões e das leis do reino e das políticas, sobre o que deve fazer o rei, como estudar a situação dos

336 As versões do manuscrito observam que se tratava de uma montanha "de difícil acesso, e então ele pelejou e subiu, até chegar ao cume".

337 O trecho entre colchetes foi traduzido das versões do manuscrito.

338 Do mesmo modo, o trecho entre colchetes foi traduzido das versões do manuscrito.

339 Neste ponto, nenhum dos textos apresenta um relato coerente. Na edição impressa, fala-se em "uma filha e uma esposa", e logo depois se fala em "filhas"; nas versões manuscritas dá-se o mesmo, com o acréscimo de uma irmã. A tradução procurou ater-se à coerência narrativa.

340 No "3612b", a expressão "e quanto à sua prima" está escrita em letras garrafais, como se se tratasse da abertura de um novo tópico.

súditos, e afastar o inimigo e suas astúcias na guerra. Com isso, a felicidade e o júbilo das pessoas aumentou com o presente que Deus altíssimo lhes fizera mediante a entronização daquele homem como rei, que cuidou bem dos assuntos do reino, e a situação se estabilizou em virtude das leis satisfatórias. O rei anterior tinha uma mulher, uma irmã e uma filha, e pretendia-se casar alguma delas com ele, a fim de que o reino não saísse das mãos da casa reinante; portanto, ofereceram-lhe casar-se com uma dessas parentas do rei anterior,[339] e então ele se comprometeu a fazê-lo mais tarde e se afastou delas, temendo romper o compromisso com a sua prima, para a qual jurara que não se casaria com outra. Pôs-se a rezar durante o dia e a ficar acordado à noite, a distribuir muitas esmolas e a rogar a Deus exalçado e altíssimo que o reunisse aos filhos e à esposa. Deu-se então que, após um ano, arribou à cidade um navio com mercadores e muitas mercadorias. Era costume naquela cidade, quando aportava algum navio, que o rei enviasse os seus criados de confiança para inspecionar as mercadorias que lhe seriam oferecidas, e somente depois disso lhe eram levadas: o que lhe servisse era comprado, e o que não servisse recebia permissão para ser vendido à população. Seguindo esse costume, ele enviou alguém para inspecionar as mercadorias e marcá-las com o sinete real, deixando um criado encarregado de vigiá-las. Quanto à sua prima,[340] o mago, depois do seqüestro, tentou conquistá-la e lhe ofereceu muito dinheiro, mas ela o rechaçou e quase se matou de desespero, pelo que lhe sucedera, e tristeza, pela separação de seu primo; parou de comer e de beber e, como manifestasse o propósito de se atirar na água, o mago acorrentou-a firmemente, obrigou-a a vestir uma túnica de lã, e lhe disse: "Vou maltratá-la e humilhá-la até que você me obedeça e agrade", mas ela teve paciência e considerou que Deus altíssimo a salvaria das mãos daquele maldito; forçada, viajou com ele de terra em terra, até que chegaram àquela cidade cujo rei era o seu marido. As mercadorias do mago foram marcadas com o sinete real, e a mulher fora enfiada em uma de suas caixas. Dois dos criados do rei que falecera, e que agora serviam ao novo rei, tinham sido encarregados de vigiar o barco e as mercadorias; quando escureceu, puseram-se a conversar sobre o que lhes sucedera durante a infância, e como o seu pai e a sua mãe haviam saído de seu país e reino quando este fora conquistado pelos perversos, e como haviam se perdido no bosque, e como o destino os separara de seus pais; enfim, conversaram sobre a sua história de cabo a rabo, e, ao ouvi-la, a mulher, percebendo que se tratava dos seus filhos, gritou de dentro da caixa: "Eu sou fulana, mãe de vocês, e o sinal entre nós é assim e assado", e então eles reconheceram o sinal, atiraram-se à caixa, quebraram-lhe os cadeados e retiraram a mãe, a qual, vendo-os, estreitou-os ao peito, e ambos caíram sobre ela; desmaiaram todos, e, quando acordaram, choraram por algum tempo; espantadas com o que viam, as pessoas os rodearam, perguntando qual era a história, e os dois rapazes, filhos do rei, tomaram a iniciativa de contá-la aos circunstantes. O mago chegou e, ao ver aquilo, prorrompeu em gritos e lamúrias, perguntando aos rapazes: "Por que motivo quebraram a minha caixa? Eu tinha dentro dela jóias que vocês roubaram. Esta é minha criada, que tramou com vocês tal artimanha para tomar o meu dinheiro". Em seguida, rasgou as roupas e pediu socorro dizendo: "Recorremos a Deus e ao rei justo, que me salvará destes dois rapazes opressores!". Eles responderam: "Ela é nossa mãe, e você a seqüestrou!". A discussão aumentou entre eles e os circunstantes também discutiram, dando início ao disse-me-disse sobre a mulher, os rapazes e o mago; a coisa se acirrou a tal ponto que eles foram levados até o rei, e, quando se viram em sua presença, explicaram a história a ele e aos circunstantes. O rei lhes ouviu as palavras, reconheceu-os, e seu coração quase voou de alegria; a lágrima saltou de seus olhos ao observar os filhos e a esposa, e ele agradeceu a Deus altíssimo e o louvou por tê-lo reunido aos seus; [controlando-se,][341] ordenou aos presentes que se retirassem, e que o mago, a mulher e os dois rapazes permanecessem no depósito real, cuidando de tudo quanto ali havia, até que Deus bem fizesse amanhecer e viessem juiz, árbitros e testemunhas idôneas, a fim de que se julgasse o caso conforme a nobre lei, tudo na presença de quatro juízes.[342] Eles assim procederam, e o rei passou aquela noite a rezar e louvar a Deus altíssimo pelos bens que lhe concedera: reino, poder e reencontro com aqueles cuja perda o angustiava.

[E a aurora alcançou Šahrazād, que deixou interrompida a sua fala permitida. Sua irmã Dunyāzād lhe disse: "Maninha, como é boa, saborosa, agradável e esplêndida a sua história!", e ela respondeu: "Isso não é nada perto do que lhes contarei na próxima noite, se acaso eu viver e o rei educado e bem guiado me preservar".]

341 A palavra entre colchetes foi traduzida das versões do manuscrito.

342 Alusão às quatro escolas jurídicas do islã, a saber, *ḥanafiyya*, *mālikiyya*, *šāfi^{c}iyya* e *ḥanbaliyya*, cujas denominações derivam dos nomes de seus fundadores, os imames Nu^{c}mān Abū Ḥanīfa (699-768 d.C.), Mālik Ibn Anas (712-795 d.C.), Muḥammad Bin Idrīs Aššāfi^{c}ī (767-820 d.C.) e Aḥmad Ibn Ḥanbal (780-855 d.C.).

[E quando foi a]

921ª

noite

343 O trecho entre colchetes foi traduzido das versões do manuscrito.

[Disse Dunyāzād à sua irmã Šahrazād: "Por Deus, maninha, se não estiver dormindo, conte-nos uma de suas historinhas para que atravessemos a noite". Ela respondeu: "Com muito gosto e honra".

Eu tive notícia, ó rei venturoso, de que o vizir disse:]

O rei passou a noite agradecendo a Deus altíssimo, que o reunira aos seus, e, quando amanheceu, ele convocou juízes, representantes da justiça e testemunhas idôneas; chamou o mago, os dois rapazes e sua mãe, e os indagou sobre a história deles. Os dois rapazes deram início e disseram: "Somos filhos do rei fulano, e, como o reino foi conquistado por inimigos perversos, nosso pai nos pegou e fugiu conosco por medo aos inimigos", [e narraram toda a sua história até chegar à caixa na qual a mãe estava presa].[343] O rei disse: "Vocês relataram algo espantoso. O que sucedeu ao seu pai?". Responderam: "Não sabemos o que o tempo fez dele depois que nos perdemos". O rei se calou e, em seguida, dirigiu-se à mulher, a quem perguntou: "E o que diz você?". A mulher lhe explicou a sua história, o que sucedera a ela e ao marido, de cabo a rabo, contando inclusive a história do casal de velhos que vivia à beira-mar, bem como a artimanha que o mago entabulara contra ela, levando-a para o navio, e as humilhações e os castigos que padecera. Tudo isso ocorria com os juízes, árbitros e representantes da justiça ouvindo tudo. Ao ouvir o fim da história de sua mulher, o rei lhe disse: "Sucederam-lhe coisas terríveis! Por acaso você sabe o que fez seu marido, e o que lhe sucedeu?". Ela respondeu: "Não, por Deus que dele não tenho notícia; só sei que não deixo de fazer meus bons rogos por ele uma hora que seja, e, enquanto eu viver, não deixarei o pai dos meus filhos, filho do meu tio paterno, minha carne e meu sangue!", e chorou. O rei abaixou a cabeça e os seus olhos marejaram sob o efeito daquela história; em seguida, ergueu a cabeça na direção do mago e lhe disse: "Conte você, agora". O mago disse: "Essa aí é minha criada, que comprei com meu dinheiro no país tal por tantos dinares, fiz dela minha concubina e, apaixonado, dei-lhe acesso ao meu dinheiro, mas ela me traiu e concertou meu assassinato com um criado meu, seduzindo-o com a promessa de que se tornaria sua esposa; quando tomei ciência disso, e me assegurei da traição que se dispunha a praticar, despertei e lhe fiz o que fiz, por temor à minha vida, à sua traição e perfídia, à sua língua trapaceira, com a qual ela ensinou a esses dois rapazes as alegações que apresentaram! Tudo artimanha e perfídia da parte dela, e cinismo! Não se iludam com essa mulher, nem com as suas palavras!". O rei lhe disse: "Você mente, seu maldito!", e ordenou que fosse preso e acorrentado; em seguida, voltou-se para os dois rapazes, seus filhos, estreitou-os ao peito e chorou copiosamente, dizendo: "Ó juízes aqui presentes, idôneas testemunhas e povo deste reino, saibam que estes são meus filhos e ela é minha esposa e prima. Eu era rei lá para os lados de tal e tal", e contou-lhes a sua história do começo ao fim, e agora a repetição não trará nova informação; as pessoas prorromperam em choros e lamentos pela enormidade do que ouviram, pelas espantosas coincidências dessa insólita história. A esposa do rei foi conduzida à residência real, e ele cobriu-a e aos filhos de boas e adequadas benesses; as pessoas se puseram a rogar por ele e a felicitá-lo pelo retorno da esposa e dos filhos, e, quando concluíram os rogos e as felicitações, pediram ao rei que fosse rápido na punição ao mago, uma punição humilhante que lhes satisfizesse a sede de vingança contra ele por meio de castigos e humilhações. O rei então se comprometeu a marcar um dia no qual todos se reuniriam para presenciar o castigo e as punições que o mago sofreria; depois, ficou a sós com a mulher e os filhos.

[E a aurora alcançou Šahrazād, que deixou interrompida a sua fala permitida. Sua irmã Dunyāzād lhe disse: "Maninha, como é boa, saborosa, agradável e esplêndida a sua história!", e ela respondeu: "Isso não é nada perto do que lhes contarei na próxima noite, se acaso eu viver e o rei educado e bem guiado me preservar".]

[E quando foi a] 922ª noite

[Disse Dunyāzād à sua irmã Šahrazād: "Por Deus, maninha, se não estiver dormindo, conte-nos uma de suas historinhas para que atravessemos a noite". Ela respondeu: "Com muito gosto e honra".

Eu tive notícia, ó rei venturoso, de que o vizir disse:]

Durante três dias o rei ficou a sós com a mulher e os filhos; mantiveram-se isolados das pessoas, e, no quarto dia, ele foi ao banho, saiu, e se sentou no trono do reino. As pessoas foram então entrando segundo sua categoria e posição; seguindo o hábito, os comandantes, vizires, secretários, representantes, notáveis do governo, falcoeiros, mestres de ofício e chefes de polícia.[344] Sentado no trono, coroa na cabeça, o rei colocou um

344 "Falcoeiros" traduz *bazdāriyya*, e "chefes de polícia" traduz *umarā' aljandāriyya*.

344a A contradição entre os olhos arrancados do mago e o fato de ele "ver" as punições restantes deve-se à junção de duas tópicas de tortura, ao arrepio da verossimilhança.

filho à sua direita e outro à sua esquerda, e todos se sentaram diante dele e alçaram as vozes agradecendo a Deus altíssimo e enaltecendo-o, e fizeram longos rogos pelo rei, citando as suas virtudes e os seus méritos; ele lhes respondeu da melhor maneira, e ordenou que o mago fosse conduzido para fora da cidade e colocado em um elevado banco que se construíra para ele; disse então às pessoas: "Eis-me aqui aplicando-lhe as mais diversas espécies de sofrimento", e se pôs a contar aos presentes as artimanhas que o mago fizera contra sua prima, provocando a separação entre ela e seu marido, e como tentou seduzi-la, e ela se fortaleceu contra ele em Deus poderoso e excelso, preferindo a humilhação à obediência, apesar da dureza do castigo, e sem se importar com o dinheiro, as roupas e as jóias que ele lhe oferecia. Quando concluiu a sua história, o rei determinou que os presentes cuspissem no rosto do mago e o amaldiçoassem, e eles assim agiram; em seguida, ordenou que a sua língua fosse arrancada; no segundo dia, que as suas orelhas e o nariz fossem cortados, e os olhos, arrancados; quando foi o terceiro dia, mandou que lhe decepassem as mãos, e, no quarto dia, os pés; e não parou de retalhá-lo, membro por membro, e atirar cada membro cortado ao fogo – com o mago observando-o –,[344a] até que seu sopro vital se extinguiu, depois de ele ter experimentado várias formas e espécies de sofrimento; ao cabo, o rei ordenou que o cadáver fosse pendurado na muralha da cidade por três dias, findos os quais mandou que fosse queimado, e suas cinzas pulverizadas e lançadas ao vento. Em seguida, o rei mandou chamar o juiz e as testemunhas idôneas, e ordenou que se efetuasse o casamento da filha e da irmã do rei morto com seus filhos, e as entregou a eles depois de fazer-lhes um banquete de três dias, e elas foram exibidas para eles desde o anoitecer até o amanhecer; ambos as possuíram, desvirginaram-nas, engravidaram-nas, e foram por elas agraciados com filhos; o rei, pai deles, ficou com a esposa, sua prima, mãe dos dois, pelo tempo que quis Deus poderoso e excelso, ambos felizes por se terem reunido; o reino permaneceu em suas mãos, bem como o poder e o auxílio divino, e o rei governou com justiça e equanimidade – sendo amado pelos súditos, que rogavam a Deus para que ele e seus filhos se mantivessem por longo tempo –, e todos levaram a vida mais feliz, até que lhes sobreveio o destruidor dos prazeres, dispersador das comunidades, destruidor dos palácios e construtor dos túmulos.

[*Prosseguiu o vizir*:] "É isso que chegou a nós da história do rei, de sua mulher e de seus filhos. E se porventura ela é deleite e recreio, não é mais deleitosa nem recreativa que a do rapaz de Ḫurāsān, sua mãe e sua irmã". Quando ouviu a história, que o agradou, o rei Šāh Baḫt ordenou que o vizir se retirasse para casa, e, no final da tarde do dia seguinte, mandou que fossem buscá-lo, e, quando ele chegou, ordenou-lhe que contasse a história. O vizir disse: "Ouço e obedeço".

Vigésima sétima noite do mês

O RAPAZ DE ḪURĀSĀN, SUA IRMÃ E SUA MÃE

Saiba, ó rei – mas Deus sabe mais sobre o que está ausente, e é mais sapiente quanto ao que ocorreu e se passou nas nações antigas –, que, em certa parte de Ḫurāsān, vivia um de seus homens mais ricos, mercador dos mais importantes, que fora agraciado com uma prole constituída por um filho e uma filha, em cuja educação ele caprichou e se esmerou, e então ambos tiveram o melhor desenvolvimento. O pai ensinou tudo quanto se deveria ensinar ao filho, as tradições do profeta Muḥammad, bem como o decoro, as artes de bem-dizer e as ações dos reis,[345] e este por sua vez ensinou à irmã. O rapaz se chamava Salīm, e a garota, Salmā. Quando os seus filhos cresceram, o pai lhes construiu um palácio ao lado do seu e os fez morar nele, provendo-o de criadas e criados para servi-los, e estabelecendo-lhes pensões e dotações para roupas, além de tudo o mais de que necessitassem, caro ou barato, carne, pão, bebidas, vestidos, provisões, utensílios e outros. Salmā e Salīm foram residir naquele palácio, e pareciam um único espírito em dois corpos: dormiam na mesma cama, acordavam juntos, e se consolidavam no coração de cada um deles o amor, o afeto e a harmonia. Certa noite, que já ia em meio, estando Salīm e Salmā sentados a conversar e a se distrair, eis que ouviram um som proveniente lá de baixo e foram observar pela janela, através da qual se avistava a entrada do palácio de seu pai: alguém dera uma leve[346] batida na aldrava da porta, que se abriu, saindo lá de dentro uma criada com uma vela, e atrás da criada a mãe deles, e viram um homem cujas roupas estavam cobertas por um grande manto, e a cabeça, oculta por uma toalha.[347] A mãe acorreu até ele, cumprimentou-o, saudou-o, abraçou-o e lhe disse: "Ó amado de meu coração, luz de meus olhos, delícia do meu coração, entre!", e o homem entrou, trancando a porta

345 "Decoro e artes de bem-dizer" traduz *adab*, que neste caso pode significar tanto uma como outra coisa; "as ações dos reis" foi traduzido do "3612b"; no "3612a" consta: "aquilo que os reis decoram". A redação das versões do manuscrito está melhor que a da edição impressa.

346 "Leve": no "3612b", "violenta".

347 Esta passagem está bastante confusa em todas as versões, com repetições e inverossimilhanças que forçaram a intervenção do tradutor. A edição impressa traz "homem de bela figura", o que é incongruente, uma vez que a mesma descrição diz que ele mal se podia ver; também traz "irmã deles" em vez de "criada", o que contraria o que se afirmara antes; ademais, ocorrem confusões com as grafias das palavras *minšafa*, "toalha", *muštamil*, "abrangente", *mišmala*, "espécie de manto" (conforme explicação de R. Dozy em seu *Dictionnaire detaillé des noms des vêtements chez les arabes*, 1843) etc., quase sempre resultado de má leitura. Nas versões do manuscrito, a entrada do homem está repetida, o que indica que o equívoco provavelmente remonta ao original do qual a história foi copiada.

atrás de si. Vendo aquilo, Salmā e Salīm ficaram perplexos; voltando-se para a irmã, Salīm perguntou: "Está vendo essa provação, minha irmã?".

[E a aurora alcançou Šahrazād, que deixou interrompida a sua fala permitida. Sua irmã Dunyāzād lhe disse: "Maninha, como é boa, saborosa, agradável e esplêndida a sua história!", e ela respondeu: "Isso não é nada perto do que lhes contarei na próxima noite, se acaso eu viver e o rei educado e bem guiado me preservar".]

[E quando foi a]

923ª noite

[Disse Dunyāzād à sua irmã Šahrazād: "Por Deus, maninha, se não estiver dormindo, conte-nos uma de suas historinhas para que atravessemos a noite". Ela respondeu: "Com muito gosto e honra".

Eu tive notícia, ó rei venturoso, de que o vizir disse:]

Salīm perguntou a Salmā: "O que você sugere que se faça a respeito?". Ela respondeu: "Não sei o que dizer sobre uma coisa como essa, meu irmão. Contudo, quem procura o melhor não se decepciona, nem se arrepende quem pergunta.[348] Saiba que isso é uma provação que nos sucedeu e uma desgraça que nos foi destinada. Urge uma providência que a descubra e uma artimanha com a qual lavemos tal infâmia de nossas faces". Salmā e Salīm mantiveram-se vigiando a porta até que a aurora raiou, e então o jovem que entrara abriu a porta; a mãe dos dois irmãos se despediu, ele foi embora, e ela entrou junto com a criada. Salīm disse à irmã: "Saiba que estou disposto a matar esse homem se ele retornar outra noite, e dizer às pessoas que se trata de um ladrão, a fim de que ninguém saiba o que ocorreu, e depois matarei quem o apresentou à minha mãe". Salmā disse: "Se acaso você o matar em nossa casa, e ele não tiver nenhuma relação com roubos, meu receio é de que as suspeitas se voltem contra nós; ademais, não estamos seguros de que ele não pertença a algum grupo cujo poder seja temível e cuja inimizade seja arriscada, pois nesse caso você terá saído da infâmia oculta e caído na infâmia aberta, no horror aberto e permanente". Ele perguntou: "E qual é o melhor parecer?". Ela respondeu: "Se for de fato absolutamente imperioso matá-lo, não se apresse em fazê-lo, pois tirar uma vida sem justificativa é uma enormidade!".

Šahriyār pensou: "Por Deus que eu estupidamente estava matando mulheres e meninas! Louvores a Deus, que, ocupando-

348 A edição impressa acrescenta ainda *wa lā ẓafira man āṯara alḥarq bilʿajala*, "nem triunfa quem trata a queimadura com pressa" (?), formulação meio obscura que se considerou mais adequado deslocar cá para as notas. O "3612a" acrescenta: "a respeito de delitos".

me com esta jovem Šahrazād, me impediu de continuar matando, pois tirar uma vida é uma enormidade! Por Deus que, se acaso o rei Šāh Baḫt perdoar o seu vizir, também eu perdoarei Šahrazād!". E continuou prestando atenção à história dela:[349]

Salmā disse a Salīm: "Não se apresse em matá-lo; reflita sobre o assunto e a quais conseqüências conduzirá, pois 'quem não pensa nas conseqüências não tem o destino como companheiro'".[350] Então, pela manhã, ambos começaram a trabalhar no preparo de algo que afastasse aquele homem de sua mãe, a qual, pressentindo da parte deles algum mal, em virtude das alterações que lhes notou nos olhos – a mulher era sagaz e ardilosa[351] –, ficou em guarda contra os dois. Salīm disse a Salmā:[352] "Já vi em que essa mulher nos fez cair; ela pressentiu o que estamos planejando e percebeu que já descobrimos tudo; sem dúvida que está planejando contra nós tal como estamos planejando contra ela. Ela antes escondia de nós o que fazia, mas agora vai nos enfrentar. Isso que nos sucedeu, presumo, já estava escrito para nós[353] por Deus exalçado e altíssimo, com seu conhecimento prévio, e mediante o qual ele realizará o decreto de seu cálamo e a sua sapiência". Ela perguntou: "E o que é?". Ele respondeu: "Vamos, você e eu, sair no meio desta noite, abandonar este país e buscar outro onde viver, e aonde não chegue notícia nenhuma desta adúltera; 'o que se ausenta aos olhos se ausenta ao coração'.[354] Certo poeta disse os seguintes versos:

'Distanciar-me de vocês é para mim melhor e mais belo,
pois, olho que não vê, coração que não se entristece'".

A irmã lhe disse: "O seu é o melhor parecer. Faça isso, em nome de Deus! Vamos embora, e teremos êxito e graça". Ambos pegaram suas roupas mais opulentas, e as jóias e dinheiros mais leves de seus depósitos, ajuntaram tudo, prepararam dez asnos, e alugaram criados de fora da cidade; Salīm ordenou à sua irmã que vestisse roupas masculinas – ambos eram muitíssimo parecidos –, a fim de que ninguém distinguisse entre os dois – exalçado seja aquele que não tem semelhante, nem divindade que não seja ele! –; ordenou-lhe que montasse em um cavalo, ele montou em outro, e saíram à noite sem o conhecimento de nenhum de seus familiares ou membros de seu palácio; vagaram pelas vastas terras de Deus e avançaram

349 Esta passagem aparentemente extemporânea encontra-se nas três versões, inclusive no "3612a", no qual, em princípio, as histórias são apresentadas de modo independente, como se narradas diretamente por Šahrazād, sem referência alguma ao rei Šāh Baḫt e ao vizir Rahwān, que é o narrador "direto" no "3612b" e na edição impressa. Nesta última, aliás, o final da passagem é: "E continuou prestando atenção à história dela, ouvindo-a dizer à irmã [Dunyāzād]", como se as narrativas de Šahrazād se dirigissem à irmã e não ao rei. Já nas duas versões do manuscrito, a passagem se fecha com: "Ela continuou a sua história, e ele a ouviu dizendo:".

350 Provérbio popular.

351 No "3612a", "rameira renitente".

352 Nas versões do manuscrito, é Salmā que diz a Salīm, o que, pelo andar da narrativa, é equivocado.

353 Nas versões do manuscrito, "já estava escrito na face dela".

354 Provérbio popular.

355 *Makrān*: no "3612a", *Baqrān*; no "3612b", *Bakrān*. *Aššarr*, "o mal": no "3612a", *Attazrūr*; no "3612b", *Assurūr*, "a alegria".

356 "Churrasqueiro" traduz *šawwā'*, "assador", pessoa que prepara o *mašwī*, "carne assada".

sem interrupção, noite e dia, por dois meses, findos os quais chegaram, na terra de Makrān, a uma cidade situada no litoral, denominada Aššarr,[355] a primeira do Sind, em cujas cercanias se apearam. Pela manhã, viram uma cidade próspera, graciosa, de bela aparência, grande, repleta de árvores, rios e frutas, de vastos campos cultivados. O rapaz disse à sua irmã Salmā: "Não saia daqui até que eu entre na cidade, verifique-a, teste seus moradores, e encontre uma casa para comprarmos e nos mudarmos; se o lugar for bom, ficaremos aqui; caso contrário, prepararei viagem para outra localidade". Ela respondeu: "Faça isso, com a graça e a bênção de Deus poderoso e excelso". O rapaz pegou um saco com mil dinares, amarrou-o à cintura, entrou na cidade e vagou sem interrupção por suas ruas e mercados, observando-lhe as casas e sentando-se para conversar com aqueles, dentre os seus moradores, nos quais augurava o bem, até que o dia chegou à metade e ele fez tenção de retornar para a irmã, mas pensou antes: "É absolutamente imperioso que eu compre comida pronta para que comamos, minha irmã e eu". Foi então até um homem que, embora fanfarrão, vendia assados de bom aspecto, e lhe disse: "Cobre o preço deste prato e acrescente-lhe galinha e carneiro, e tudo o mais que o seu mercado tenha de doces e pães; ajeite tudo em pratos". O homem cobrou o preço, ajeitou as coisas como ele pedira, e as depositou em uma caixa de carregador. Por aquilo tudo, Salīm pagou ao churrasqueiro[356] o mais generoso dos preços, e, quando pretendia se retirar, o homem lhe disse: "Não há dúvida de que você é estrangeiro, meu jovem", e ele respondeu: "Sim". O churrasqueiro continuou: "Existe uma tradição do profeta, meu jovem, que diz que o conselho é parte da fé, e afirmam os entendidos que aconselhar faz parte do caráter dos crentes. Gostei de ver a sua juventude, e por isso quero lhe dar um conselho". Salīm disse: "Faça-o, diga o seu conselho, que Deus o fortaleça!". O churrasqueiro disse: "Saiba, meu filho, que o estrangeiro, quando entra nesta nossa terra e se alimenta de comidas gordurosas, sem tomar bebidas envelhecidas, é prejudicado e acaba contraindo graves doenças; caso você não tenha algo disso pronto, posso conseguir-lhe antes que você leve a comida". Salīm lhe disse: "Que Deus bem o recompense! Você poderia me mostrar onde se vende?". O churrasqueiro respondeu: "Dessa bebida, tenho tudo quanto você quiser!". Salīm perguntou: "Será que posso ver?".

Disse o narrador: o churrasqueiro se pôs em pé e disse: "Passe para este lado!". Salīm entrou na loja e, após o churrasqueiro ter lhe mostrado algumas bebidas, disse: "Quero o melhor". O churrasqueiro abriu uma porta, entrou e disse a Salīm: "Entre e siga-me", e Salīm o seguiu até um quarto escuro onde lhe mostrou algumas bebidas que lhe serviam; enquanto o mantinha distraído com aquilo, o churrasqueiro puxou uma faca da cintura, agarrou o rapaz por trás, derrubou-o e sentou-se sobre seu peito.

[E a aurora alcançou Šahrazād, que deixou interrompida a sua fala permitida. Sua irmã Dunyāzād lhe disse: "Maninha, como é boa, saborosa, agradável e esplêndida a sua história!", e ela respondeu: "Isso não é nada perto do que lhes contarei na próxima noite, se acaso eu viver e o rei educado e bem guiado me preservar".]

[E quando foi a] 924ª noite

[Disse Dunyāzād à sua irmã Šahrazād: "Por Deus, maninha, se não estiver dormindo, conte-nos uma de suas historinhas para que atravessemos a noite". Ela respondeu: "Com muito gosto e honra".

Eu tive notícia, ó rei venturoso, de que o vizir disse:]

O churrasqueiro encostou a faca no pescoço de Salīm, esquecido de Deus e de tudo quanto este ordenara. Salīm perguntou: "Por que você está fazendo isso, rapaz? Observe e tema a Deus altíssimo! Não está vendo que sou estrangeiro e tenho de sustentar uma esposa abandonada? O que você pretende matando-me?". O churrasqueiro respondeu: "É absolutamente imperioso matá-lo para levar o seu dinheiro!". O rapaz disse: "Leve o meu dinheiro e não me mate, pois assim pesará contra você o crime de minha morte; será um favor comigo, pois tomar o dinheiro é mais leve que tomar a vida". O churrasqueiro disse: "Impossível. Você não vai escapar com essa, meu jovem, pois em sua salvação estará a minha morte". Salīm disse: "Mas eu lhe juro, e lhe dou o compromisso de Deus poderoso e excelso, o pacto que ele firmou com seus profetas, que jamais revelarei o seu segredo!". O churrasqueiro disse: "Quem dera, quem dera! Não há como fazer isso por você!".

Disse o narrador: Salīm continuou jurando, humilhando-se e chorando, mas, como o churrasqueiro insistisse em matá-lo, ele então se pôs a recitar os seguintes versos de poesia:

"Reflita e não se apresse em fazer o que pretende;
seja piedoso com os outros e encontrará um piedoso;
não existe mão sobre a qual não esteja a mão de Deus,
nem opressor que não acabe encontrando outro opressor".

O churrasqueiro disse: "É absolutamente imperioso matá-lo, fulano, pois se porventura lhe conservar a vida, serei eu o morto". Salīm disse: "Meu irmão, tenho uma sugestão diferente". O churrasqueiro disse: "Qual é? Seja breve antes de sua morte". Salīm disse: "Mantenha-me como seu escravo e exercerei para você um ofício de sábios, que lhe proporcionará, diariamente, dois dinares". O churrasqueiro perguntou: "E qual é esse ofício?". Salīm respondeu: "Perfuração de jóias". Ao ouvir tais palavras, o churrasqueiro pensou: "Que mal me fará se eu o mantiver preso, acorrentado, e lhe trouxer o que fazer? Se estiver falando a verdade, mantê-lo-ei vivo; se estiver mentindo, matá-lo-ei". Trouxe então fortes correntes, colocou-as em suas pernas e o prendeu em sua casa, encarregando uma pessoa de vigiá-lo; indagou-lhe quais os equipamentos de que necessitava para trabalhar, o rapaz os descreveu, e o churrasqueiro, após se ausentar algum tempo, providenciou-lhe tudo. Salīm se pôs a fazer aqueles trabalhos, com os quais ganhava diariamente dois dinares; essa passou a ser a sua faina e a rotina com o churrasqueiro, que não lhe matava senão metade da fome.

Isso foi o que sucedeu a Salīm. Quanto à sua irmã Salmā, ela o aguardou até o final do dia, e o irmão não veio; aguardou pelo segundo, pelo terceiro e pelo quarto dia, mas, como dele não recebesse notícia, chorou copiosamente, bateu com as mãos no peito, pensou em sua situação e exílio, na ausência do irmão, e recitou os seguintes versos de poesia:

"A paz esteja convosco, quem dera vos víssemos
e nossos corações se tranqüilizassem, e os olhos;
vós não sois senão toda a minha esperança,
e o amor por vós entre as costelas se oculta".

Em seguida, esperou-o até o final do mês, mas dele não obteve notícia nem encontrou vestígio; muito incomodada, despachou os seus criados à procura do irmão, e ficou na maior tristeza e aflição. No mês seguinte, em dada manhã, ordenou que apregoassem o nome dele pela cidade e esperou condolências, não ficando ninguém na cidade que não viesse dar-lhe condolências e entristecer-se por ela – sem duvidar de que se tratava de um homem. Passadas três noites com seus dias, no segundo mês, já sem esperanças de que o irmão retornasse, e sem que as suas lágrimas estancassem, Salmā resolveu estabelecer-se naquela cidade; procurou então uma casa e se mudou para lá; as pessoas procuravam-na provenientes de todo local, conviviam com ela, ouviam-lhe as palavras e testemunhavam o seu decoro; pouco tempo depois, subitamente morreu o rei daquela cidade, e as pessoas divergiram sobre quem entronizar, a tal ponto que a guerra civil quase eclodiu entre eles. As gentes dotadas de bom parecer, as de inteligência e as experimentadas sugeriram que se entronizasse o rapaz que perdera o irmão – eles acreditavam que ela era homem. Tendo todos concordado com aquela sugestão, foram oferecer o reino a ela, que recusou a princípio, mas tanto insistiram que acabou aceitando. Salmā pensou: "Que desejo teria eu em reinar sem meu irmão? [Mas quem sabe assim não obtenho alguma notícia dele?]".[357] Destarte, instalaram Salmā no trono, cingiram-lhe a coroa na cabeça, e ela começou a tomar as suas providências e a agir nos misteres relativos ao reino; todos ficaram muitíssimo felizes com ela.

357 O trecho entre colchetes foi traduzido do "3612b".

Isso foi o que sucedeu a Salmā. Quanto ao seu irmão Salīm, ele ficou com o churrasqueiro pelo período de um ano inteiro, trabalhando diariamente para proporcionar-lhe um lucro de dois dinares; após tanto tempo, o churrasqueiro se apiedou e se condoeu do rapaz, supondo que, se acaso o soltasse, Salīm não denunciaria as suas ações ao sultão – pois o churrasqueiro de tempos em tempos enganava uma pessoa, trazia-a para a sua casa, matava-a, roubava-lhe o dinheiro, cozinhava-lhe a carne e a servia para as pessoas. Ele perguntou ao rapaz: "Garoto, quer que eu o livre disso, desde que você seja ajuizado e jamais denuncie nada do que lhe aconteceu?".

[E a aurora alcançou Šahrazād, que deixou interrompida a sua fala permitida. Sua irmã Dunyāzād lhe disse: "Maninha, como é boa, saborosa, agradável e esplêndida a sua história!", e ela respondeu: "Isso não é nada perto do que lhes contarei na próxima noite, se acaso eu viver e o rei educado e bem guiado me preservar".]

[E quando foi a]

925ª

noite

[Disse Dunyāzād à sua irmã Šahrazād: "Por Deus, maninha, se não estiver dormindo, conte-nos uma de suas historinhas para que atravessemos a noite". Ela respondeu: "Com muito gosto e honra".

Eu tive notícia, ó rei venturoso, de que o vizir disse:]

Salīm lhe disse: "Juro-lhe pelo que você quiser que guardarei o seu segredo e, enquanto viver, não pronunciarei uma única palavra contra você". O churrasqueiro disse: "Estou resolvido a fazê-lo sair acompanhado de meu irmão, com o qual você viajará pelos mares como se fosse o seu escravo. Quando chegarem à terra da Índia, ele o venderá, e assim você se livrará da prisão e da morte". Salīm respondeu: "Essa é a melhor das resoluções. Que Deus altíssimo bem o recompense!". Então o churrasqueiro preparou o irmão, e lhe equipou um navio com mercadorias, ali deixando Salīm aos cuidados dele. O navio zarpou, e Deus escreveu-lhes que viajariam bem; chegaram à primeira cidade, conhecida como Almanṣūra, onde atracaram. O rei daquela cidade morrera,[358] deixando esposa e filha. A esposa, que era uma das mais ajuizadas e inteligentes pessoas de seu tempo, alegou que a sua filha era um rapaz, a fim de que o reino permanecesse em suas mãos; supondo que aquilo fosse verdade, isto é, que a menina fosse rapaz, os militares e comandantes lhe prestaram obediência. A mãe preparou as coisas, vestindo a filha com trajes masculinos e fazendo-a sentar-se no trono real, a fim de que fosse vista por todos. Os notáveis do governo e privados do rei entravam, cumprimentavam-na, faziam reverências e se retiravam, sem duvidar de que se tratava de um rapaz. Essa situação perdurou por meses e anos, até que o navio do irmão do churrasqueiro, com Salīm a bordo, entrou na cidade, e ele foi ao palácio oferecê-lo à esposa do rei, que o comprou, tratou bem dele, dignificou-o e se pôs a testar-lhe o caráter e a experimentá-lo em algumas questões, notando nele, afinal, tudo quanto têm os filhos de rei: inteligência, decoro e bom caráter; então, ficou a sós com ele e lhe disse: ["Quero que você me esclareça a sua história, pois não creio que seja escravo; jamais alguém como você o seria!", e então Salīm lhe contou tudo quanto lhe sucedera de fio a pavio; lembrou-se da irmã e chorou. A mulher disse: "Não fique triste, pois chegou a hora da sua libertação. Quero lhe fazer um favor, torná-lo meu filho,][359] mas você deve guardar segredo". Ele prometeu conforme tudo o que a mulher bem quis, e então

358 Nas versões do manuscrito, "viajara" em vez de "morrera".

359 O trecho entre colchetes foi traduzido das versões do manuscrito. Na edição impressa consta apenas: "Quero lhe fazer um belo favor".

ela lhe revelou o segredo sobre a sua filha e disse: "Irei casá-lo com ela e encarregá-lo de cuidar de seus misteres; farei de você rei e governante desta cidade". O rapaz agradeceu e se comprometeu a fazer tudo quanto ela lhe ordenasse. A mulher deu um passo em sua direção e lhe disse: "Saia e vá escondido até um local fora da cidade", e então ele saiu; na manhã seguinte, a mulher lhe preparou carregamentos, equipamentos, jóias e muitas outras coisas que foram colocadas no dorso de camelos; a mulher fez as pessoas imaginarem que o primo do rei estava chegando, e ordenou aos privados e a todos os soldados que o recepcionassem; enfeitou a cidade para ele, determinou que se rufassem os tambores, e todos os membros da corte descavalgaram diante dele e lhe prestaram reverência; o rapaz foi hospedado no palácio, e a esposa do rei ordenou que os nobres do reino comparecessem à sua audiência; eles assim procederam, testemunhando da parte dele tamanho decoro que se fascinaram e olvidaram o decoro dos reis precedentes. Quando estavam mais à vontade diante dele, a mulher se pôs a chamar os comandantes e privados um a um, fazendo-os jurar que guardariam segredo, e, sentindo-se segura, revelou-lhes que o falecido rei não deixara senão uma filha, e que ela não agira daquele modo senão com o fito de preservar o reino nas mãos da família e evitar que delas escapasse; informou-os de que estava disposta a casar a filha com o primo recém-chegado, e que seria ele o responsável pelo reino; eles aceitaram esse parecer, e, quando chegou ao último, ela revelou o segredo abertamente, fazendo com que fosse divulgado. Trouxe juízes e testemunhas idôneas, escreveu-se o contrato de casamento, distribuíram-se numerosos presentes entre os soldados, que foram cumulados de benesses; a noiva foi exibida ao rapaz, que tomou conta do reino e do seu governo, assim permanecendo por um ano inteiro, após o qual disse à esposa: "Saiba que não tenho prazer na vida nem sossegarei ao seu lado até obter notícias de minha irmã, onde ela foi parar, e qual seu estado sem mim. Partirei, ausentado-me por um ano, e depois retornarei para vocês, se Deus altíssimo quiser, tendo atingido o que espero". A esposa lhe disse: "Não suportarei a sua ausência,[360] e por isso irei com você e o ajudarei no que pretende; serei sua auxiliar nisso". Em seguida, encheu um navio de tudo quanto é coisa opulenta – mercadorias, bens, alimentos e outros –, encarregou do governo um vizir, em cuja pessoa, ações e preparo confiava, e

360 "Não suportarei a sua ausência" foi traduzido das versões do manuscrito; na edição impressa consta: "Não acredito em você".

361 Conforme se constatará, a presença da sogra carece de funcionalidade narrativa.

362 O trecho entre colchetes foi traduzido das versões do manuscrito.

363 Os versos são um pouco diferentes nas versões do manuscrito.

364 Nesta passagem, a redação da edição impressa está confusa e com visíveis erros de revisão; por isso, utilizaram-se como apoio as versões do manuscrito, simplificadas porém compreensíveis.

lhe disse: "Fique governando por um ano inteiro do modo que for necessário". Então, saíram os três em viagem – a mulher do rei falecido,[361] sua filha, e seu genro Salīm; embarcaram no navio e zarparam, viajando até a terra de Makrān, aonde chegaram no final do dia, e dormiram no navio até o amanhecer. Pela manhãzinha, o jovem Salīm desceu do navio para ir ao banho; caminhou até o mercado, chegou às proximidades do banho, e no caminho esbarrou com o churrasqueiro, que o reconheceu, agarrou, amarrou e levou para casa, onde lhe acorrentou as pernas com a mesma corrente, imediatamente enfiou-o no mesmo lugar onde ficara aprisionado da primeira vez [e lhe ordenou que voltasse a perfurar jóias, como da primeira vez].[362] Salīm chorou ao se ver naquele miserável estado, novamente atingido pela mesma desventura em razão de sua má sorte – de rei, voltara às correntes, à prisão e à fome. Chorando, queixou-se e recitou os seguintes versos de poesia:

"Meu Deus, acabou minha paciência e força,
e meu peito se oprime, ó senhor dos senhores!
Meu Deus, quem é mais poderoso do que tu?
És generoso, e bem sabes de minha situação".[363]

Isso foi o que sucedeu a Salīm. Quanto à sua esposa e à sua sogra, a primeira aguardou o marido, mas, como ele não retornasse, pressentiu que algo ruim lhe acontecera, e enviou os criados à sua procura; porém, eles retornaram sem dele ter encontrado vestígio nem notícia.[364] Refletindo sobre a sua situação, ela se queixou, chorou, lamentou, reclamou, censurou o destino traiçoeiro, lamuriou-se contra esse mesmo destino, pranteou e recitou os seguintes versos de poesia:

"Preserve Deus os dias do gozo de amor, e
melhore! Como a vida era neles boa e feliz!
Quem dera não se desse o motivo da separação,
que a tantos corpos debilitou, e vidas extinguiu,
fazendo, sem culpa, jorrar-me lágrimas e sangue,
e me subtraindo quem amo, sem o qual não vivo!".

Disse o narrador: quando concluiu a recitação, ela continuou refletindo sobre o seu caso e pensou: ["Por Deus que essas coisas só ocorreram por decreto de Deus altíssimo e com o seu poder; isso estava registrado e inscrito na fronte"];[365] então, desembarcou do navio, caminhou até um lugar aprazível, perguntou às pessoas, e logo alugou uma casa, para ali transferindo tudo quanto era mercadoria que o navio continha; mandou chamar agentes de venda, aos quais vendeu tudo quanto possuía, e, com parte do dinheiro, pôs-se a indagar as pessoas, na esperança de farejar alguma notícia a respeito do marido; pôs-se a distribuir esmolas, a ministrar remédios aos doentes, a doar roupas para quem tinha o corpo desnudo e a socorrer os desvalidos, mantendo-se nesse labor mediante a gradual venda de mercadorias; assim, deu esmolas aos débeis e miseráveis pelo período de um ano inteiro, após o que as notícias a seu respeito se espalharam pela cidade e as pessoas passaram a louvá-la intensamente. Enquanto tudo isso acontecia, Salīm era mantido acorrentado e preso, dominado por obsessões em razão da provação em que caíra.

365 O trecho entre colchetes é inteiramente diverso nas versões do manuscrito, que trazem: "Essas coisas somente se resolvem mediante embuste".

[E a aurora alcançou Šahrazād, que deixou interrompida a sua fala permitida. Sua irmã Dunyāzād lhe disse: "Maninha, como é boa, saborosa, agradável e esplêndida a sua história!", e ela respondeu: "Isso não é nada perto do que lhes contarei na próxima noite, se acaso eu viver e o rei educado e bem guiado me preservar".]

[E quando foi a]

926ª

noite

[Disse Dunyāzād à sua irmã Šahrazād: "Por Deus, maninha, se não estiver dormindo, conte-nos uma de suas historinhas para que atravessemos a noite". Ela respondeu: "Com muito gosto e honra".

Eu tive notícia, ó rei venturoso, de que o vizir disse:]

Quando suas aflições se tornaram demasiadas, e suas desgraças se prolongaram, Salīm caiu gravemente enfermo. Ao ver o seu estado – ele estava quase morto de tanto desespero –, o churrasqueiro entregou-o aos cuidados de uma velha, cujo nariz era do tamanho de uma jarra, ordenando-lhe que o medicasse, servisse e tratasse bem, e assim quem sabe ele se restabelecesse da doença que contraíra; desacorrentou-o, tirou-o da prisão, e aquela velha o recebeu e levou para casa, onde passou a tratá-lo e a dar-lhe comida e bebida. Afinal livre daquela tortura, Salīm se curou da doença. Tendo ouvido, por intermédio das pessoas, notícias a respeito da mulher que distribuía esmolas aos débeis, e cuja bondade chegara a pobres e a ricos, a velha levou Salīm para a porta da casa, colocou-o sobre uma

366 As versões do manuscrito acrescentam: "com vergonha da mulher".

367 O trecho entre colchetes foi traduzido das versões do manuscrito.

esteira, enrolou-o em um manto e se sentou ao seu lado; por coincidência, a mulher passou por eles e, quando a viu, a velha levantou-se, rogou por ela, e lhe disse: "Minha filha, este moço é um jovem estrangeiro a quem a carência, os piolhos, a fome, a nudez e o frio estão matando". Ao ouvi-la, a mulher lhe fez um donativo com o dinheiro que tinha, e o seu coração se tomou de simpatia por Salīm. A velha pegou o donativo dado a Salīm, reservou uma parte para si e, com o restante, foi comprar-lhe uma túnica velha; pegou então o rapaz, desnudou-o, jogou fora o gibão que ele usava, lavou-lhe as sujidades que tinha no corpo, perfumou-o com um pouco de perfume, vestiu-lhe a túnica, comprou-lhe alguns frangos e lhe preparou um cozido, que ele comeu, recuperando as forças. Salīm gozou a melhor vida até o amanhecer, quando então a velha[366] lhe disse: "Se a mulher vier até você, levante-se, beije-lhe as mãos e diga-lhe: 'Sou estrangeiro e o frio e a fome estão me matando'; destarte, quiçá ela lhe dê algo para você gastar consigo"; Salīm respondeu: "Ouço e obedeço". A velha pegou-o pela mão, saiu, acomodou-o diante da porta de casa, e, enquanto ele estava ali sentado, eis que a mulher passou pelo local; a velha ficou em pé, e, quando ela chegou, Salīm beijou-lhe a mão, rogou por ela, e, ao encará-la, reconheceu a própria esposa! Então gritou, chorou, gemeu e reclamou, e nesse momento ela se aproximou e se atirou sobre ele, pois já o reconhecera por completo, tal como ele a reconhecera; agarrou-o, abraçaram-se, ela chamou os seus homens, criados e todos quantos a cercavam, e carregaram-no, retirando-o daquele local; nesse momento, a velha gritou pelo churrasqueiro lá dentro da casa, e este lhe disse: "Vá na minha frente!"; ela foi à sua frente, e ele correu atrás dela sem interrupção, até que se agarrou a Salīm e disse: "Qual é a de vocês? Estão levando o meu criado!". A mulher gritou com ele dizendo: "Saiba que este é o meu marido, que eu perdera!". Salīm gritou: "Socorro! Socorro! Busquemos refúgio em Deus e no sultão contra esse demônio [opressor e injusto]!".[367] Imediatamente as pessoas se aglomeraram ao redor daquilo, aos berros e gritos, e a maioria disse: "Encaminhem o caso para o sultão", que era Salmā, irmã de Salīm; então a questão lhe foi encaminhada, e um intérprete, diante do sultão, disse-lhe: "Ó rei do tempo, comparece aqui uma mulher indiana, proveniente da Índia, agarrada a um criado, um jovem que ela alega ser o seu marido e ter sumido por dois anos; afirma ainda que não veio para cá senão por causa dele, e já faz alguns dias que ela anda distribuindo esmolas. Também comparece um indivíduo, um churrasqueiro, que alega ser o rapaz seu criado".

Disse o narrador: quando a rainha ouviu aquelas palavras, seu coração disparou e, ferido, fê-la gemer, lembrando-se de seu irmão e do que lhe sucedera. Em seguida, ordenou aos presentes que trouxessem os querelantes à sua presença; ao vê-los, reconheceu o irmão, [mas ele não a reconheceu,][368] e, embora a ponto de gritar, controlou-se afinal, limitando-se a se levantar, sentar de novo, acumular paciência sobre paciência, e finalmente dizer: "Saibam que cada um de vocês deve me informar de sua história". Então Salīm deu um passo adiante em direção ao rei, beijou o chão, louvou-o, e lhe contou a sua história do começo ao fim, até o momento em que chegara à cidade junto com a irmã...

[E a aurora alcançou Šahrazād, que deixou interrompida a sua fala permitida. Sua irmã Dunyāzād lhe disse: "Maninha, como é boa, saborosa, agradável e esplêndida a sua história!", e ela respondeu: "Isso não é nada perto do que lhes contarei na próxima noite, se acaso eu viver e o rei educado e bem guiado me preservar".]

368 O trecho entre colchetes foi traduzido das versões do manuscrito. Eliminou-se, ainda, uma pequena incongruência da edição impressa, que diz que a rainha "reconheceu-os".

[E quando foi a]

927ª noite

[Disse Dunyāzād à sua irmã Šahrazād: "Por Deus, maninha, se não estiver dormindo, conte-nos uma de suas historinhas para que atravessemos a noite". Ela respondeu: "Com muito gosto e honra".

Eu tive notícia, ó rei venturoso, de que o vizir disse:

E Salīm continuou contando] como entrou na cidade e caiu nas mãos do churrasqueiro, o que lhe sucedeu, com as surras, a exploração, a prisão e o acorrentamento aos quais o submeteu, transformando-o depois em escravo de seu irmão, que o vendeu na Índia, o motivo de ali ter sido coroado, seu casamento e demais histórias e notícias, bem como que não teria sossego em sua vida enquanto não encontrasse a irmã, "mas este churrasqueiro me capturou uma segunda vez, amarrando-me e acorrentando-me", e Salīm relatou a doença e a debilidade que o vitimaram pelo período de um ano inteiro.

Disse o narrador: quando ele terminou de falar, imediatamente a esposa deu um passo adiante e contou a sua história do começo ao fim, até o momento em que a mãe dela comprara Salīm do irmão do churrasqueiro, e como depois os súditos

369 O trecho entre colchetes foi traduzido das versões do manuscrito.

370 Nas versões do manuscrito, consta apenas um dístico, cuja tradução é a seguinte: "Deitei da paixão a taça, quebrada, apequenado,/ e a paixão me dominou coração e alma".

371 As versões do manuscrito acrescentam: "e descobriu o rosto" ("3612a"), "e retirou o véu" ("3612b").

ficaram sob seu governo, falando sem interrupção até a narrativa de sua chegada àquela cidade.

Disse o narrador: quando ela concluiu a sua história, o churrasqueiro disse: "Ai, como agem os iníquos!", e continuou: "Por Deus que esta mulher mente contra mim! Este rapaz é cria minha, filho de uma de minhas criadas; fugiu de mim [embarcando em um navio, mas voltou][369] e eu o recapturei!". Depois de ouvir todas as histórias, a rainha disse ao churrasqueiro: "A decisão a respeito de vocês não se dará senão com justiça!"; dispensou os presentes, voltou-se para o irmão, e disse: "Para mim já está clara a sua veracidade e a veracidade de suas palavras. Louvores a Deus, que reuniu você à sua esposa; leve-a, tome o rumo de seu país, esqueça a sua irmã Salmā e retire-se em paz".

Disse o narrador: ao ouvir aquilo, Salīm disse: "Juro, pelo rei sapientíssimo, que não deixarei de procurar a minha irmã até morrer, ou encontrá-la se assim o quiser Deus altíssimo". Em seguida, recordando-se da irmã, recitou, de coração ferido, aflito e entristecido, os seguintes versos de poesia:

"Ó quem me censura e critica o coração,
provasse o mesmo que ele, me perdoaria!
Por Deus, ó censor por minha irmã, deixe
meu coração, tenha piedade e me socorra!
Habituei-me à paixão em segredo e em público;
e no meu coração, que a tristeza não deixa,
lavra um fogo que não se assemelha nem
ao fogo do inferno, e ainda vai me matar!".[370]

Disse o narrador: quando sua irmã Salmā ouviu as palavras que ele pronunciou, não conseguiu dominar-se e se atirou sobre ele,[371] revelando-lhe a sua situação; ele a reconheceu e se atirou sobre ela, permanecendo desmaiado por algum tempo; ao despertar, disse: "Louvores a Deus, o generoso contemplador!". Em seguida, cada qual queixou-se para o outro das dores da separação. Espantada com aquilo, e considerando muito bonita a paciência e a resignação da irmã, a esposa de Salīm cumprimentou-a, agradeceu-lhe o que fizera, e lhe disse: "Por Deus, minha senhora, que toda essa felicidade em que nos encontramos somente se deu por meio da sua bênção! Louvores a Deus, que nos agraciou com o poder vê-la!".

[E a aurora alcançou Šahrazād, que deixou interrompida a sua fala permitida. Sua irmã Dunyāzād lhe disse: "Maninha, como é boa, saborosa, agradável e esplêndida a sua história!", e ela respondeu: "Isso não é nada perto do que lhes contarei na próxima noite, se acaso eu viver e o rei educado e bem guiado me preservar".]

[E quando foi a]

928ª noite

[Disse Dunyāzād à sua irmã Šahrazād: "Por Deus, maninha, se não estiver dormindo, conte-nos uma de suas historinhas para que atravessemos a noite". Ela respondeu: "Com muito gosto e honra".

Eu tive notícia, ó rei venturoso, de que o vizir disse:]

Então os três – Salmā, Salīm e sua esposa – isolaram-se no mais completo estado de felicidade, júbilo e regozijo durante três dias. Espalhou-se na cidade a notícia de que o rei encontrara o seu irmão, perdido há anos, localizando-o na casa do churrasqueiro. No quarto dia, todos os soldados e súditos aglomeraram-se às portas do rei, pediram permissão, entraram, prestaram-lhe reverência, e felicitaram-no pelo encontro de seu irmão. Salmā determinou às pessoas que prestassem reverência ao seu irmão, e todos obedeceram, prestando reverência a Salīm, e em seguida se calando para ouvir quais eram as ordens do rei, que disse: "Soldados e súditos, todos bem sabem que foram vocês que me forçaram a aceitar o reino, e me pediram que dele me encarregasse; concordei em ser empossado e assim procedi, mas saibam que sou mulher e que me disfarcei e protegi em trajes masculinos para tentar esconder a minha condição quando perdi meu irmão. Agora, porém, que Deus altíssimo me reuniu a ele, não é correto que, mulher, seja eu a rainha, exercendo meu império sobre os súditos, pois as mulheres não têm império quando há homens.[372] Se preferirem, coloquem o meu irmão no trono do reino; ei-lo aqui, e eu me devotarei à adoração e ao louvor de Deus altíssimo por ter me reunido a ele; ou, se preferirem, peguem seu reino e entronizem quem vocês quiserem". Toda gente gritou: "Nós o aceitamos como rei". Todos lhe prestaram reverência e o felicitaram pelo reino; os sermões se fizeram em seu nome, os poetas o enalteceram, e ele agraciou os soldados e a corte com imensas benesses, estendendo aos súditos justiça, equanimidade e boa conduta; realizadas aquelas suas determinações, ordenou que o churrasqueiro fosse trazido à audiência, bem como os seus parentes, preser-

372 "Império" traduz *sulṭān(a)*, usado respectivamente como "detentor(a) de poder" e "autoridade". Recorde-se que, em meados do século XIII d.C., quando no Egito os mamelucos aceitaram Šajarat Addur ("árvore de pérolas"), ex-concubina do sultão Ṭūrān Šāh, como sultana, o califa de Bagdá lhes enviou uma mensagem um tanto ou quanto jocosa, dizendo: "Se porventura faltam homens aí no Egito, podemos enviar-lhes alguns aqui do Iraque". Nas versões do manuscrito, "não é certo que eu seja mulher e rei".

vando apenas a velha, que fora a causa da sua libertação e o servira. Reuniu-os na saída da cidade, torturou o churrasqueiro e os seus de várias maneiras, e depois o matou da maneira mais cruel; em seguida, queimou-o no fogo e lhe espalhou as cinzas ao vento. Permaneceu no governo, detendo toda a autoridade, pelo período de um ano completo, após o que [deixou um vizir no posto e, levando a irmã,][373] retornou a Almanṣūra, ali permanecendo um ano. E assim ficaram eles, indo de um país a outro e ficando um ano em cada um; então, Deus agraciou Salīm com filhos, e, quando eles cresceram, o pai designou como seus sucessores aqueles que eram mais adequados ao reino; viveu com a irmã, a esposa e os filhos pelo tempo que Deus altíssimo quis, [até que lhes sobreveio o destruidor dos prazeres e dispersador das comunidades].[374]

[*Prosseguiu o vizir*:] "E essa, ó rei do tempo, não é mais espantosa nem mais insólita que a história do rei da Índia e seu vizir injustiçado e invejado". Ao ouvir aquilo, o rei ficou preocupado e lhe ordenou que se retirasse para casa; no final da tarde, mandou chamá-lo e determinou que contasse a história do rei da Índia e seu vizir. Ele respondeu: "Ouço e obedeço".

Última noite do mês[375]

O REI DA ÍNDIA E SEU VIZIR

Saiba, ó rei de venturosa fortuna, que havia na Índia um rei de excelso poder, dotado de juízo e capacidade, cujo nome era Šāh Baḫt. Ele tinha um vizir bom, ajuizado e de arrojado parecer, correspondente a ele em capacidade, correto em suas opiniões, que com seu juízo e correção passou a dominar o reino, e então aumentou o número dos que o invejavam e se ampliaram os seus adversários, passando todos a procurar-lhe defeitos e fomentar artimanhas contra ele, até que traçaram nos olhos do rei Šāh Baḫt o rancor e o despeito contra esse vizir, e no coração lhe plantaram o ódio. Começaram a fazer seguidos complôs, e o seu cerco contra ele aumentou, até que enfim levaram o rei a detê-lo, aprisioná-lo, confiscar-lhe o dinheiro e torná-lo inócuo. Quando essas pessoas viram que ele nada mais tinha que o rei pudesse ambicionar, temeram que este o soltasse mercê de um bom parecer que lhe tocasse o coração, e assim o vizir recuperaria o seu anterior estado, estragando-lhes a situação e rebaixando-lhes a posição, pois perceberam que o rei precisaria de pareceres reconhecidamente bons e não esqueceria a prática

373 O trecho entre colchetes foi traduzido das versões do manuscrito.

374 O trecho entre colchetes foi traduzido de "3612b", no qual, nesse ponto, se encerram as histórias narradas pelo vizir ao rei, sem conclusão, começando abruptamente, na 672ª noite, uma história contada por um sábio a um rei e sua esposa Nuzhat Azzamān, "deleite do tempo", história essa que tampouco apresenta conclusão, interrompendo-se abruptamente duas noites depois.

375 "Última noite do mês" traduz literalmente o que está na edição impressa. Esta história também se encontra no "3612a", mas resumida em dezoito linhas.

habitual do vizir. Coincidiu então que um indivíduo de corrompida doutrina encontrou um modo de disfarçar e adornar uma fraude, e fez coisas com as quais ocupou os corações do vulgo, corrompendo-lhes a mente com suas falsidades: preparou bandeiras indianas e nelas fez sinais para negar o artífice e criador do universo – excelsa seja a força de Deus altíssimo contra as falas dos que o negam, e se alce bem mais alto que elas.

[E a aurora alcançou Šahrazād, que deixou interrompida a sua fala permitida. Sua irmã Dunyāzād lhe disse: "Maninha, como é boa, saborosa, agradável e esplêndida a sua história!", e ela respondeu: "Isso não é nada perto do que lhes contarei na próxima noite, se acaso eu viver e o rei educado e bem guiado me preservar".]

[E quando foi a]

929ª noite

[Disse Dunyāzād à sua irmã Šahrazād: "Por Deus, maninha, se não estiver dormindo, conte-nos uma de suas historinhas para que atravessemos a noite". Ela respondeu: "Com muito gosto e honra".

Eu tive notícia, ó rei venturoso, de que o vizir disse:]

Afirmando que os astros é que são responsáveis pelos misteres do mundo, ele colocou doze casas em doze constelações, cada constelação representada por trinta avelãs, correspondendo a trinta dias, que constituíram, nas doze casas, trezentos e sessenta, número dos dias do ano. Nesse trabalho, ele mentiu, blasfemou e negou – esteja Deus altíssimo acima disso! –, e logrou dominar o rei mediante o auxílio dos invejosos e dos que detestavam o vizir; aproximaram-se do rei, e corromperam-lhe as disposições com relação ao vizir, até que o abateram; o rei o abandonou e demitiu, e aquele homem alcançou o que pretendia contra o vizir. A questão se prolongou, as condições do reino se corromperam por causa das más disposições, deixando-o à beira do colapso, e, com a maior parte de seu governo dando para trás, o rei despertou para a importância dos conselhos de seu resoluto vizir, de suas boas disposições e de suas opiniões exitosas, mandando então chamá-lo, bem como àquele homem perverso; fez comparecer os notáveis de seu governo e os nobres do reino, consentiu-lhes que falassem, discutissem e criticassem aquele homem perverso, procurando dissuadi-lo de sua doutrina corrompida. O vizir ajuizado, sábio resoluto, levantou-se, agradeceu a Deus altíssimo, louvou-o, glorificou-o, santificou-o, declarou a sua unicidade e discutiu

376 Como não se terá deixado de notar, tanto a última história como o remate do vizir parecem padecer de um problema qualquer. Caso não seja proposital, a coincidência entre o nome do rei da última história e da moldura pode ser indício de falha na transmissão da história.

com o homem perverso, derrotando-o, calando-o e não cessando de contestá-lo, até que o levou a penitenciar-se de sua doutrina. Extremamente contente com aquilo, o rei Šāh Baḫt disse: "Graças a Deus que me livrou disso e me pôs a salvo da extinção de meu reino e das benesses de que desfruto". A situação do vizir voltou à ordem e ao bom estado, e o rei reintegrou-o ao seu lugar e elevou-lhe a posição, reunindo aqueles que haviam tramado contra ele e os dizimando todos.

[*Prosseguiu o vizir*:] "E como essa história do rei Šāh Baḫt se assemelha ao que me sucedeu com a alteração do procedimento do rei com relação a mim e a sua crença no que disseram contra mim, mas depois você se certificou de que minhas ações são boas, e Deus altíssimo lhe inspirou sabedoria e o agraciou com reflexão e paciência, como agraciara o outro rei, até que evidenciou a minha inocência e lhe mostrou a verdade. Eis agora passados os dias após os quais o rei dissera que me extinguiria a vida; o prazo passou, bem como o tempo da desgraça, e se acabou para êxito do rei". Ditas essas palavras, o vizir abaixou a cabeça e se calou. Ao ouvir-lhe as palavras, o rei Šāh Baḫt, encabulado e envergonhado, espantado com a gravidade de sua inteligência e com a sua paciência, avançou para ele e o abraçou, e o vizir lhe beijou os pés; o rei lhe presenteou opulentas vestes honoríficas, premiou-o, tratou com extrema generosidade, aproximou-o, recolocou-o na posição que ocupava no vizirato, prendeu aqueles que haviam tentado destruí-lo com suas mentiras e encarregou o próprio vizir de julgar o sábio que lhe interpretara o sonho. E o vizir ficou cuidando dos misteres do reino, até que todos foram colhidos pela morte.[376]

[*Prosseguiu Šahrazād*:] "Foi isso que nos chegou, ó rei do tempo, da história do vizir e de seu rei Šāh Baḫt". Sumamente espantado com Šahrazād, o rei aproximou-a de seu coração, tamanho era seu amor por ela, que adquiria cada vez mais valor, e pensou: "Por Deus que alguém como ela não merece a morte, pois o destino não permitirá que surja outra igual. Por Deus que eu estava enceguecido, e se ele, com sua misericórdia, não me tivesse endireitado e me agraciado com ela – que me contou esplêndidos paradigmas, situações verdadeiras, admoestações verazes e agradáveis anedotas –, eu não teria retomado o bom caminho! Louvores a Deus por isso, e a ele eu rogo que no fim me faça ficar com ela, como o vizir com o rei Šāh Baḫt". Em seguida, vencido pelo sono, o rei Šahriyār dormiu, excelso seja aquele que não dorme!

ANEXOS

Os anexos da presente edição são textos que podem servir como elementos de comparação para o leitor interessado na história da constituição deste livro.

No decorrer da história do rei Baḫt Zād e seus dez vizires (páginas 135 a 189), observou-se em nota que, a partir do nono dia, a versão do volume VI da edição de Breslau e das Noites egípcias *difere bastante da versão ali utilizada para a tradução, que é a do manuscrito "Arabe 3615", da Biblioteca Nacional de Paris. Por isso, segue abaixo a tradução a partir do texto constante em Breslau, mais completo que o das* Noites egípcias. *Nessa história, bem como em muitas outras de sua já lendária edição, o editor de Breslau (ou o copista do manuscrito que lhe serviu de base) efetuou uma divisão por noites puramente mecânica, quase intrusiva, não mencionando Šahrazād nem eventuais outros narradores, tampouco retificando a sintaxe – a exemplo do que fez em muitas outras partes de sua edição. À primeira vista, ele se limitou a introduzir, um tanto ou quanto aleatoriamente, os números das noites no meio das frases, procedimento esse que foi mantido nesta tradução, muito embora o mais acertado talvez fosse, neste caso, simplesmente eliminar tal divisão. Também se mantiveram as observações por assim dizer exteriores ao fluxo narrativo, e que constituem na verdade pequenos títulos e descrições – ao modo de didascálias –, provavelmente constantes do original incorporado à edição de Breslau.*

[*471ª noite*]
[...]
Quando foi o nono dia, os vizires disseram: "Esse rapaz já nos exauriu. Toda vez que o rei vai matá-lo, ele o tapeia e enfeitiça com suas histórias. Qual seria o melhor parecer para matá-lo e nos livrarmos dele?". Concordaram então em ir até a mulher do rei, à qual disseram: "Você ainda não se deu conta desta questão na qual está envolvida. Essa indiferença em nada a beneficiará, e o rei está ocupado em comer, beber e distrair-se, esquecido de que o povo está tocando adufes, cantando por sua causa e dizendo: 'A mulher do rei se apaixonou por um rapaz', e, quanto mais tempo esse rapaz ficar vivo, mais essa conversa vai aumentar, e não diminuir". Ela disse: "Vocês me açularam contra ele. Por Deus, o que devo fazer?". Responderam: "Vá até o rei, chore e lhe diga: 'As mulheres vêm me contar do sarcasmo contra mim na cidade. Por que você está aí tranqüilo mantendo esse rapaz vivo? Se você não o matar, então me mate para que essa conversa acabe'". Nesse momento a mulher se

ergueu, rasgou as roupas e foi até o rei, na presença dos ministros; atirou-se sobre ele e lhe disse: "Ó rei, acaso a infâmia contra mim não é também contra você? Não teme a infâmia? Não é característica dos reis que sejam zelosos para com as suas mulheres? É assim, mas você permanece indiferente enquanto toda a população da cidade fala a seu respeito, homens e mulheres. Mate-o, portanto, a fim de que essa conversa acabe, ou mate-me no caso de não poder permitir-se matá-lo". Nesse momento a cólera do rei se reforçou e ele disse: "Não tenho nenhum conforto em mantê-lo vivo. É imperioso que ele morra hoje mesmo. Volte para os seus aposentos e tranqüilize o coração". Ordenou que o rapaz fosse trazido, e, quando foi colocado diante do rei, os vizires se voltaram para ele e disseram: "Ai de você, rapaz de baixa origem! Sua hora final se aproxima. A terra está ansiosa para rasgar o seu corpo". O rapaz lhes disse: "A morte não se dá com as suas palavras nem com a sua inveja; a morte, isto sim, é uma predeterminação inscrita na fronte. Se na minha fronte estiver escrito algo, esse algo imperiosamente vai chegar, e nenhum esforço, cuidado ou resguardo hão de evitá-lo, tal como sucedeu ao rei Ibrāhīm e seu filho". O rei perguntou: "Quem era o rei Ibrāhīm? Quem era o seu filho?". O rapaz respondeu:

O REI IBRĀHĪM, SEU FILHO E O QUE SUCEDEU A AMBOS

Havia certo rei que se chamava Sultão Ibrāhīm, ao qual todos os reis se submetiam e acatavam. Ele não tinha filho, o que o deixava angustiado, pois temia que o reino se lhe escapasse das mãos. Não deixou de precaver-se e de comprar concubinas com as quais dormia, até que uma delas engravidou. Muitíssimo feliz, o rei concedeu prêmios e benefícios abundantes. Quando os dias da concubina se completaram e se aproximou a hora do parto, foram trazidos astrólogos que previram a sua hora, puseram os astrolábios para funcionar e certificaram-se do tempo; a jovem deu à luz um varão, e o rei ficou muitíssimo contente. As pessoas compartilharam aquela boa-nova e os astrólogos logo efetuaram seus cálculos: ao examinarem seu horóscopo e ascendente, porém, empalideceram e se assustaram. O rei lhes disse: "Falem-me sobre o seu horóscopo. Dou-lhes a minha palavra de que vocês nada têm a temer". Eles responderam: "Ó rei, o horóscopo deste menino indica que, aos sete anos de idade, existe o risco de que um leão o devore; se ele se safar do leão, ocorrerá algo mais grave e mais difícil". O rei perguntou: "O que é?". Responderam: "Não contaremos até que o rei nos ordene e nos dê garantia de vida". O rei disse: "Por Deus que vocês têm garantia de vida". Eles disseram: "Se acaso ele se safar do leão, a morte do rei se dará pelas suas mãos". O rei empalideceu e se angustiou.

472ª noite

O rei disse: "Vou me precaver e me esforçar para evitar que o animal o devore e que ele me mate. Os astrólogos estão mentindo". Então o menino foi criado por aias e damas do palácio, muito embora o rei não deixasse de pensar nas palavras dos astrólogos, e, como a sua vida se tornasse um desgosto, subiu ao cume de uma elevada montanha, cavou um poço profundo, dividindo-o em vários compartimentos e despensas e enchendo-o de todo gênero de alimentos, roupas e demais coisas necessárias, escavou canais de água da montanha em direção ao buraco e lá colocou o menino junto com uma aia para cuidar dele. Todo início de mês o rei ia e se postava na boca do poço, jogava uma corda e puxava o menino até si para abraçá-lo, beijá-lo e brincar com ele por algum tempo, devolvendo-o em seguida ao mesmo lugar e retornando ao palácio. Ele contava os dias para que se passassem sete anos, e, quando chegou o tempo previsto e o decreto escrito na fronte – restavam dez dias para que o menino completasse sete anos –, caçadores de feras chegaram àquela montanha, nela subiram no encalço de um leão que avistaram, e que fugiu e entrou no poço, em cujo centro caiu. A aia fugiu de imediato e se escondeu em uma das despensas ao ver o leão, que foi atrás do menino, agarrando-o e lhe ferindo o ombro; depois, foi até a despensa em que a aia se escondera e a devorou, enquanto o menino ficava caído e desmaiado. Já os caçadores, quando viram que o leão se atirara ao poço, foram para a sua entrada e ouviram gritos infantis e femininos, cuja interrupção os fez achar que ambos tinham sido mortos; postaram-se na boca do poço, e eis que de súbito o leão se ergue e dá contínuos pulos procurando sair; a cada vez que sua cabeça surgia, os caçadores o atacavam com pedras, até que o feriram bastante e ele desabou; um deles desceu ao poço, matou o leão e viu o menino ferido; foi até a despensa e encontrou a mulher morta, da qual o leão comera até se fartar. Vendo os tecidos e as outras coisas que ali havia, informou a seus companheiros e pôs-se a passar-lhes tudo, até que finalmente carregou o menino e o retirou do poço, levando-o para a casa deles, onde lhe trataram o ferimento. O menino cresceu ali, sem que soubessem quem era na verdade, e, quando o questionavam, ele não sabia o que responder, pois ao ser levado para o fundo do poço ainda era pequeno.

Disse o narrador: espantados com a sua história, afeiçoaram-se extremamente ao menino, e um dos caçadores o adotou como filho, adestrando-o na caça e na montaria até que chegou à idade de doze anos, quando se tornou um valente cavaleiro que saía com o grupo para caçar e assaltar. Coincidiu então que, certo dia, eles saíram para assaltar e atacaram à noite uma caravana cujos membros estavam dispostos à luta e os enfrentaram, derrotando-os e matando-os. O rapaz se feriu e ficou estirado em um canto até o amanhecer, quando então abriu os olhos e, verificando que os seus companheiros estavam mortos, reuniu forças e se pôs a caminho, topando com um homem que procurava um tesouro e lhe perguntou: "Aonde você vai, meu rapaz?", e ele o informou do que lhe sucedera. O homem lhe disse: "Tranqüilize o coração, pois a sua sorte chegou; Deus lhe trouxe alegria e felicidade. Eu tenho um tesouro no qual há muito dinheiro. Venha comigo ajudar-me e eu lhe darei dinheiro suficiente para o resto da vida". E levou-o para casa, tratou-lhe os ferimentos e o fez descansar por alguns dias.

473ª noite

Em seguida, o homem pegou o rapaz, duas montarias, e tudo quanto necessitasse, e marcharam até uma elevadíssima montanha. O homem puxou de um livro, leu-o, e escavou cerca de cinqüenta braças no pico da montanha; surgiu então um rochedo que ele arrancou, e eis que esse rochedo era a tampa de um poço; esperou que o ar saísse dali de dentro e depois amarrou uma corda na cintura do rapaz, baixando-o até o fundo do poço. Com uma vela acesa, o rapaz olhou bem e viu muito dinheiro na parte mais elevada do poço. O homem baixou-lhe corda e cesto, e o içou após o rapaz tê-lo enchido, e assim repetidamente até içar tudo. Carregou as montarias com o dinheiro e terminou o serviço, enquanto o rapaz esperava que lhe lançasse a corda e o içasse; porém, o homem tapou a boca do poço com uma grande pedra e partiu.

Ao ver o que o homem lhe fizera, o rapaz confiou-se a Deus altíssimo e louvado, ficando perplexo quanto ao que fazer e dizendo: "Que morte mais amarga!". O mundo se escurecera ao seu redor, no poço nada se enxergava, e ele se pôs a chorar e a dizer: "Escapei do outro poço e dos ladrões, e agora a minha morte neste poço será pela paciência". Ficou aguardando a morte e, enquanto refletia, eis que ouviu barulho bem forte de água corrente; levantou-se e caminhou no poço em direção àquele som, chegando enfim a uma das extremidades do poço, onde estava mais forte o barulho da água; encostou o ouvido e, notando que era muito forte, pensou: "Trata-se de uma poderosa corrente de água; neste lugar, imperiosamente morrerei, hoje ou amanhã; sendo isso imperioso, vou me atirar na água e assim não morrerei de tanto esperar neste poço". Fortaleceu o espírito, reuniu as forças e se atirou na água, que o carregou com força, passando com ele por baixo da terra e lançando-o afinal em um vale profundo, onde havia um grande rio que corria por baixo da terra. Ao se ver sobre a face da terra, o rapaz, perplexo, chorou e desfaleceu pelo resto do dia. Ao despertar, vagou por aquele vale, ...

474ª noite

... teceu louvores a Deus altíssimo e saiu dali, não interrompendo a caminhada até chegar a um local habitado, uma grande aldeia que era parte das províncias de seu pai. Entrou e se encontrou com os moradores, que lhe perguntaram sobre o seu estado. O rapaz lhes contou a sua história, e eles se admiraram de como Deus o salvara de tudo aquilo. Ficou morando com aquela gente, que muito se afeiçoou a ele.

Isso foi o que sucedeu ao rapaz. Quanto ao seu pai, quando ele foi ao poço, conforme o hábito, gritou pela aia, que não respondeu. Com o peito opresso, ele baixou ao poço um homem que lhe informou do sucedido. Ouvindo as suas palavras, o rei estapeou a própria cabeça e chorou copiosamente. Foi ao centro do poço para certificar-se da situação, e viu mortos o leão e a aia, mas não o menino. Avisou então os astrólogos de que a sua previsão era verdadeira, e eles responderam: "Ó rei, se o leão o devorou, seu destino se cumpriu e você escapou das mãos dele; mas se ele tiver escapado do leão, então por Deus que tememos por sua vida, pois o rei será morto pelas mãos de seu próprio filho". Passaram-se os dias, o rei deixou aquilo de lado e se esqueceu do assunto. Mas Deus quis a realização de seu desígnio, que nenhum esforço pode impedir: o rapaz permaneceu na aldeia, juntando-se a um grupo de moradores para assaltar. As pessoas se queixaram ao rei, que era o pai do rapaz, e o rei saiu para combater o grupo, acompanhado de alguns membros de sua corte; cercaram os ladrões, e o rapaz, que estava junto com eles, disparou uma flecha que atingiu mortalmente o rei; ferido, foi carregado para seu palácio, após terem capturado o rapaz e seus companheiros, colocando-se todos diante do rei, a quem se perguntou: "O que nos ordena que façamos com eles?". Ele respondeu: "Agora estou muito angustiado com a minha própria vida; portanto, tragam-me os astrólogos", e estes foram trazidos e postos diante dele. O rei lhes disse: "Vocês haviam dito: 'Sua morte se dará pelas mãos de seu filho'. Como é então que a minha morte se dará pelas mãos de um desses ladrões?". Espantados, os astrólogos disseram: "Ó rei, não é impossível, combinando-se o conhecimento dos astros com a capacidade de Deus, que quem o atingiu seja seu filho". Ao ouvir as palavras dos astrólogos, o rei mandou trazer os ladrões e lhes perguntou: "Digam-me a verdade, qual de vocês disparou contra mim a flecha que me acertou?". Responderam: "Foi este rapaz que está conosco". O rei se pôs a examiná-lo e lhe disse: "Rapaz, informe-me sobre a sua condição, sobre quem é o seu pai. Por Deus que você tem garantia de vida". O rapaz respondeu: "Meu senhor, não conheço meu pai; meu pai era o poço onde eu morava com uma aia que me criava. Fomos atacados certo dia por um leão que me feriu o ombro e me largou, atacando e devorando a aia. Deus arranjou quem me tirasse do poço", e contou tudo quanto o acometera, de cabo a rabo. Ouvindo-lhe as palavras, o rei deu um grito e disse: "Por Deus que esse é meu filho", e lhe pediu: "Descubra o ombro". O menino obedeceu, e eis que seu ombro tinha uma cicatriz. Nesse instante o rei reuniu corte, súditos e astrólogos, e lhes disse: "Saibam que o que Deus escreveu na fronte, ventura ou desventura, ninguém pode apagar. Tudo o que estiver predestinado a ocorrer ao homem ocorrerá. Notem que todo o meu cuidado e esforço não me foram nada úteis. O que Deus predestinou ao meu filho ele sofreu, e o que ele predestinou a mim eu encontrei. Todavia, louvo e agradeço a Deus, porquanto isso se deu pelas mãos de meu filho e não de outro qualquer. Graças a Deus, que fez o reino chegar ao meu filho";

estreitou-o ao peito, abraçou-o, beijou-o e disse: "Meu filho, foi assim que a história se sucedeu. Precavi-me contra você colocando-o no poço, mas essa precaução de nada adiantou". Em seguida, pegou da coroa e a cingiu à cabeça do rapaz, a quem corte e povo juraram fidelidade; o rei lhe recomendou os súditos, a eqüidade e a prática da justiça. Naquela própria noite se despediu e morreu, e o filho reinou em seu lugar.

[*Prosseguiu o rapaz*:] "Também no seu caso, ó rei, se Deus houver escrito algo em minha fronte, esse algo imperiosamente ocorrerá, e minhas palavras ao rei de nada me valerão, bem como nada vale a aplicação de paradigmas contra o desígnio de Deus. De igual maneira, esses vizires, apesar de seus cuidados e esforços para me aniquilar, em nada serão beneficiados se Deus for me salvar, e ele me dará apoio contra eles". Ao ouvir tais palavras, o rei se quedou perplexo e disse: "Devolvam-no à prisão e amanhã examinaremos o seu caso. O dia já se acabou e pretendo dar-lhe uma morte horrível; faremos o que ele merece".

Décimo dia do prazo escrito, que não se adianta nem se adia

No décimo dia, que era chamado de Dia do Festival, pois nele as pessoas – nobreza e povo – iam dar parabéns ao rei e cumprimentá-lo, retirando-se em seguida, os vizires planejaram conversar com um grupo de notáveis da cidade, aos quais disseram: "Quando hoje vocês forem ter com o rei para cumprimentá-lo, digam-lhe: 'Ó rei, graças a Deus que a sua conduta e política são louvadas, e que você é justo com todos os súditos. Contudo, este rapaz que você tratou tão bem retornou à sua vileza de origem e dele se manifestaram coisas muito feias. O que você pretende mantendo-o vivo, preso em seu palácio, todo dia dando-lhe ouvidos e deixando-o viver? Acaso não sabe o que as pessoas andam falando? Mate-o e livre-se dele!'". Os notáveis disseram: "Ouvimos e obedecemos!", e, quando foram ter com o rei, prosternaram-se, deram-lhe parabéns e ele lhes elevou a posição. Habitualmente, as pessoas o cumprimentavam e se retiravam, mas, quando os notáveis se apresentaram, o rei, percebendo que desejavam dizer-lhe algo, voltou-se e disse a eles: "Solicitem a sua demanda", e os notáveis falaram ao rei do modo como os haviam industriado os vizires, que estavam ali presentes e reforçaram tais palavras. O rei lhes disse: "Saiba, minha gente, que suas palavras sem dúvida contêm afeto por mim e conselho. Vocês sabem que, quisesse eu matar metade das pessoas aqui presentes, tê-las-ia matado, pois isso não me seria difícil; como então não poderia matar aquele rapaz que está em minha prisão, à minha mercê, sendo que a sua culpa se demonstrou e ele merece a morte? Eu só retardei a execução em razão da enormidade do crime; porém, assim postergando e fortalecendo os meus argumentos contra ele, aplacarei a sede do meu coração e do coração dos meus súditos. Se não o matar hoje, de amanhã ele não escapará". Nesse instante, mandou trazer o rapaz, que ao se ver diante do rei se prosternou e rogou por ele, que lhe disse: "Ai de você! Até quando as pessoas irão me faltar com o respeito por sua causa, censurando-me pelo adiamento de sua execução? O povo de minha terra tanto me critica por sua causa que me tornei tema de chacotas entre todos! Vieram até mim me faltar com o respeito por não o ter matado! Até quando esse adiamento? Hoje mesmo quero fazer correr o seu sangue e deixar as pessoas livres da sua conversa". O rapaz disse: "Ó rei, se acaso lhe fazem chacotas por minha causa, por Deus, por Deus poderoso que os responsáveis por isso são os seus vizires, que conversam com as pessoas, contando-lhes sobre vilanias e males da casa real. Porém, eu rogo a Deus que lhes reverta as artimanhas contra as suas próprias cabeças. Quanto às ameaças de morte que o rei me faz, eu estou à sua mercê, e ele não deve preocupar-se com a minha morte, pois me assemelho a passarinho em mãos de caçador, que o pode sacrificar ou libertar, a gosto. Quanto ao adiamento da minha morte, isso não se deve ao rei, mas sim àquele em cujas mãos minha vida está; seja como for, ó rei, por Deus que, caso Deus queira a minha morte, você não poderia adiá-la uma única hora. O homem não pode afastar de si algo ruim, tal como de nada adiantaram para o filho do rei Sulaymān Šāh os cuidados e esforços em atingir seus intentos relativamente à criança recém-nascida, cuja morte foi adiada diversas vezes, pois Deus a salvou até que completasse sua vida e atingisse o fim de seus dias". O rei lhe disse: "Ai de você! Quão enormes são a sua perfídia e as suas palavras! Conte-me como foi a história deles!".

HISTÓRIA DO REI SULAYMĀN ŠĀH, SEUS FILHOS, SUA SOBRINHA, OS FILHOS DELA E AS DIFICULDADES QUE OS ACOMETERAM, E DAS QUAIS SE SAFARAM

475ª noite

Disse o rapaz:

Havia, ó rei, um rei chamado Sulaymān Šāh, de boa conduta e bom parecer. Ele tinha um irmão que morreu deixando uma filha, a qual foi muito bem criada por Sulaymān Šāh. A menina possuía juízo e perfeição, não existindo naquele tempo ninguém superior a ela. O rei Sulaymān Šāh tinha dois filhos, [ambos apaixonados pela moça e cada qual acreditando que o pai pretendia casá-lo com ela].[1] O mais velho se chamava Bahlawān, o mais novo, Malik Šāh, e a moça, Šāh Ḫātūn.

Certo dia, o rei Sulaymān Šāh foi ver sua sobrinha Šāh Ḫātūn; beijou-lhe a cabeça e disse: "Você é minha filha, mais cara para mim que os meus filhos, graças ao afeto que eu nutria por seu falecido pai. Pretendo casá-la com um dos meus filhos e dele fazer meu sucessor e rei depois de mim. Veja quem você quer dos meus dois filhos, pois se criou com eles e os conhece". A moça se ergueu, beijou a mão do rei e disse: "Meu senhor, sou sua serva; você é que me governa, e, assim, faça o que achar melhor, pois a sua vontade é mais elevada, sublime e digna; e se você quiser que eu o sirva pelo resto da vida, isso será mais gratificante para mim que qualquer outra coisa". O rei apreciou-lhe as palavras, presenteou-a com um traje honorífico e lhe deu valiosos presentes. Depois, sua escolha recaiu sobre o filho mais novo, Malik Šāh, casando-o então com ela e dele fazendo seu sucessor, e o povo lhe prestou juramento de fidelidade. Quando tal notícia chegou ao seu irmão Bahlawān – que seu irmão menor recebera a preferência –, seu peito se oprimiu e ele foi atingido por inveja e rancor, que ocultou no coração, enquanto o fogo lhe devorava o interior, pela moça e pelo reino.

Quanto à jovem Šāh Ḫātūn, ela coabitou com o filho do rei e dele engravidou, dando à luz um filho que parecia a lua iluminada. Ao ver o que sucedera ao irmão, Bahlawān, derrotado pelo ciúme e pela inveja, passou dada noite pelo palácio do pai e se dirigiu aos aposentos do irmão, em cuja porta uma aia dormia segurando o berço onde o seu sobrinho também dormia. Parou diante dele e se pôs a contemplar-lhe o rosto, cujos raios luminosos eram como os da lua. O demônio então lhe pene-

1 O trecho entre colchetes foi traduzido das *Noites egípcias*, cuja redação neste ponto é melhor e mais clara. A edição de Breslau traz: "e ambos estavam apaixonados por ela, um dos quais o pai estava intimamente resolvido a se casar com a moça, ao passo que o outro estava por seu turno intimamente resolvido a se casar com ela".

2 "Jugular" traduz o desconhecido vocábulo *zakrūra*, cujo sentido deixou o arabista Dozy em dúvida. Seguiu-se aqui a lição das *Noites egípcias*, claríssima nesta passagem.

trou no coração, fazendo-o pensar o seguinte: "Por que esse menino não é meu? Tenho mais direito a ele que o meu irmão! Tenho mais direito à jovem e ao reino!". Tais pensamentos o venceram e foram sucedidos pela cólera, tanto que ele pegou uma faca e a enfiou na garganta da criança, procurando cortar-lhe a jugular para matá-la.[2] Deixou-a quase morta e entrou no quarto do irmão, a quem encontrou dormindo com a jovem ao lado. Fez tenção de matá-la, mas pensou: "Vou deixá-la para mim", e, indo na direção do irmão, matou-o separando-lhe a cabeça do corpo; saiu e se retirou, mas, desesperado e desprezando a morte, procurou o local onde estava seu pai Sulaymān Šāh para matá-lo, mas não conseguiu chegar até ele, saindo então do palácio e se refugiando na cidade até o dia seguinte; depois, procurou um dos castelos do seu pai e nele entrou para se entrincheirar.

Isso foi o que lhe sucedeu. Quanto à criança, a aia acordou para amamentá-la e, vendo o berço a escorrer sangue, gritou e acordou quem dormia. O rei acordou e foram até o local dos gritos, encontrando a criança [quase] degolada, o berço pingando sangue, e o pai da criança também morto em seu quarto. Examinaram bem o menino e verificaram que ainda estava com vida, com a jugular inatingida; costuraram então o ferimento...

476ª noite

... e o rei procurou por seu filho Bahlawān, mas não o encontrou; vendo que fugira, percebeu que fora ele o responsável por aquilo, e isso pesou muito sobre o rei, sobre a população do reino e sobre a jovem Šāh Ḫātūn. Sulaymān Šāh preparou o corpo de seu filho Malik Šāh e o enterrou; fizeram-lhe uma grande recepção de condolências e se entristeceram muito por ele. O rei tomou a seu cargo a educação do menino.

Quanto ao seu filho Bahlawān, seu poder aumentou consideravelmente depois que fugiu e se refugiou no castelo; não lhe restava senão fazer guerra ao pai, cuja amizade agora era toda devotada à criança, a quem ele criava sobre os próprios joelhos e rogava a Deus viver para poder entregar-lhe o governo; quando completou cinco anos, fê-lo montar a cavalo, e a população da cidade nutriu as melhores expectativas em relação ao menino, para o qual rogavam uma longa vida a fim de que imitasse os passos do pai e o coração do avô.

Quanto ao revoltoso Bahlawān, ele se pôs a serviço de Qayṣar, rei de Bizâncio,[3] nele buscando apoio para guerrear contra o pai. Os bizantinos então se inclinaram a seu favor e lhe forneceram muitas tropas. Ao ouvir notícias a tal respeito, Sulaymān Šāh enviou mensagem ao Qayṣar dizendo: "Ó rei de excelsa capacidade, não ajude um opressor contra mim. Ele é meu filho e fez isso e aquilo, matou o irmão e o sobrinho no berço", sem informar ao rei dos bizantinos que o menino sobrevivera. Ao tomar conhecimento disso, o rei dos bizantinos considerou o fato monstruoso e enviou mensagem dizendo a Sulaymān Šāh: "Se você quiser, ó rei, decepar-lhe-ei a cabeça e a enviarei a você". A resposta foi: "Não tenho necessidade disso. Ele encontrará punição por seus atos e maldades, se não hoje, amanhã". Depois disso, passaram a trocar mensagens e informações. O rei de Bizâncio ouviu falar a respeito da jovem Šāh Ḫātūn, de sua beleza e formosura; com o coração apaixonado por ela, enviou um pedido de casamento a Sulaymān Šāh, que, impossibilitado de recusar, foi até a jovem e lhe disse: "Minha filha, o rei dos bizantinos pediu a sua mão em casamento. O que me diz?". Ela chorou e respondeu: "Ó rei, como o seu coração pode se aprazer em me falar dessa maneira? Por acaso quero algum marido depois do meu primo?". O rei disse: "Minha filha, você fala a verdade, mas nós temos de ver as conseqüências das coisas. Eu levo a morte em consideração; já estou velho e não tenho outra preocupação que não você e o seu filho pequeno. Escrevi ao rei de Bizâncio e a outros reis dizendo que o tio o matou, sem revelar que ele sobreviveu; ocultei o fato. Agora, o rei de Bizâncio escreveu pedindo-a em casamento; não é algo que se recuse; queremos com ele fortalecer a nossa retaguarda". A moça se aquietou e não pronunciou palavra, e o rei Sulaymān Šāh respondeu ao Qayṣar de Bizâncio ouvindo e obedecendo; enviou-lhe a jovem, o bizantino a possuiu e, verificando que era superior à descrição que lhe haviam feito, seu afeto por ela aumentou tanto que lhe deu preferência sobre todas as suas mulheres; seu afeto por Sulaymān Šāh também cresceu consideravelmente. Mas o coração de Šāh Ḫātūn continuou ligado ao filho, a respeito do qual ela nada podia falar.

Quanto ao filho de Sulaymān Šāh, o rebelde Bahlawān, ao ver que o rei de Bizâncio se casara com Šāh Ḫātūn, isso se constituiu em um severo golpe para ele, que perdeu as esperanças de ficar com ela. Já seu pai, Sulaymān Šāh, apegou-

3 *Qayṣar*, forma árabe de "César", era uma espécie de título por eles atribuído aos imperadores de Bizâncio (cf. o alemão *kaiser*, o russo *tsar* etc.).

4 "Masmorra" traduz o vocábulo árabe *maṭmūra*, que é a sua origem.

5 Equivocadamente numerada como 447ª noite. O erro se repete nas duas noites seguintes, 478ª e 479ª, numeradas como 448ª e 449ª.

se extremamente ao menino, ao qual deu o mesmo nome do pai, Malik Šāh, e, quando ele atingiu a idade de dez anos, a população lhe fez juramento de fidelidade e o rei o nomeou seu sucessor, morrendo ao cabo de alguns dias. Mas Bahlawān tinha radicais defensores em um grupo de soldados, os quais lhe enviaram mensagens e o trouxeram às escondidas; foram até o rei, o pequeno Malik Šāh, prenderam-no e instalaram seu tio Bahlawān no trono, jurando-lhe fidelidade e obediência; disseram-lhe: "Nós o quisemos e lhe entregamos o trono do reino, mas não queremos que mate o seu sobrinho, pois a sua proteção está a nosso encargo, e foi essa a nossa promessa e jura ao pai e ao avó dele". Ele lhes respondeu positivamente e prendeu o menino em uma masmorra[4] apertada. Essa grave notícia chegou à mãe do menino, a qual, muito aflita e sem poder contar nada, entregou a questão a Deus altíssimo. Ela não podia falar nada a seu marido, o Qayṣar, para não desmentir seu tio Sulaymān Šāh.

477ª noite[5]

Quanto ao rebelde Bahlawān, ele se tornou rei no lugar de seu pai e controlou a situação; o pequeno Malik Šāh permaneceu quatro anos na masmorra, após o que as suas condições e sua figura se modificaram, e foi então que o excelso altíssimo quis libertá-lo e tirá-lo da prisão. Certo dia, Bahlawān sentou-se com alguns membros da corte e do governo e se pôs a conversar com eles sobre o seu pai Sulaymān Šāh e sobre o que lhe ia pelo coração. Entre os presentes, estavam alguns vizires de bem, que lhe disseram: "Ó rei, Deus lhe concedeu e o fez chegar ao seu objetivo, tornando-o rei no lugar de seu pai; você atingiu o que procurava. Qual a culpa do menino? Desde o dia em que nasceu nunca teve sossego nem alegria. A figura dele se modificou e a condição se alterou. Que culpa tem ele para merecer tamanho sofrimento? A culpa é de outros, sobre os quais Deus lhe concedeu a vitória. Esse pobre coitado não tem culpa". Então Bahlawān disse: "O caso é como vocês dizem, mas temo a sua perfídia e não confio em sua perversidade; quiçá a maioria das pessoas o apóie". Disseram-lhe: "Ó rei, o que ele poderia fazer? Qual a sua força? Se estiver com medo dele, envie-o para alguma região recôndita". Ele respondeu: "Vocês disseram a verdade. Vamos enviá-lo como comandante em uma guerra longínqua". Nesse lugar, combatiam-se inimigos de coração cruel, e a intenção de Bahlawān era que o rapaz fosse morto. Ordenou que fosse retirado da masmorra, aproximou-o de si, examinou-lhe o estado, deu-lhe trajes honoríficos e todos ficaram contentes com aquilo. Bahlawān concedeu-lhe autoridade, muitas tropas e o enviou para aquela região, onde todos os enviados morriam ou caíam prisioneiros. Malik Šāh foi com os seus soldados para lá, e eis que um dia, subitamente, os inimigos os atacaram à noite. A maioria dos companheiros de Malik Šāh fugiu, e os restantes foram aprisionados; levaram Malik Šāh prisioneiro e o atiraram em um poço junto com alguns de seus camaradas, que muito se lamentaram pela sua beleza e formosura. Malik Šāh ficou no poço por um ano inteiro, enfrentando as piores condições. Quando foi o ano-novo, conforme era hábito daqueles inimigos, os prisioneiros eram retirados e atirados do alto de uma torre; jogaram-nos então, inclusive Malik Šāh, que conseguiu cair de pé, nada sofrendo ao chegar ao solo,[6] pois a sua vida estava protegida. Os que eram atirados morriam e ali ficavam até que as feras os devorassem e as ventanias os dilacerassem. Malik Šāh ficou estirado no solo, desmaiado por todo aquele dia e aquela noite. Ao acordar e se ver são e salvo, agradeceu a Deus altíssimo e se pôs a caminhar sem destino, alimentando-se de folhas de árvores; durante o dia, escondia-se em um canto qualquer, e à noite caminhava sem saber para onde. Fez isso por dias até chegar a uma construção onde viu pessoas; foi até elas e lhes contou o seu estado: estivera aprisionado na fortaleza, fora atirado do alto da torre, e estava são e salvo por obra de Deus altíssimo. Condoídas, aquelas pessoas lhe deram de comer e beber, e ele permaneceu com elas alguns dias, ao cabo dos quais indagou sobre o caminho que levava até a cidade do rei Bahlawān, sem lhes revelar que se tratava do seu tio. Informaram-lhe o caminho e ele se pôs em marcha, descalço, até chegar às proximidades da cidade, nu, famélico, magérrimo e pálido. Sentou-se diante dos portões da cidade, e eis que de repente chegou um grupo de cortesãos do seu tio Bahlawān. Estavam caçando e, pretendendo dar de beber aos cavalos, apearam-se para descansar. O rapaz foi até eles e disse: "Quero perguntar-lhes algo que vocês sabem". Responderam: "Fale o que deseja". Perguntou-lhes: "O rei Bahlawān está vivo?". Os homens riram-se dele e disseram: "Como você é tonto, seu moleque! Estrangeiro e vagabundo, de onde é para vir perguntar sobre reis?".

6 As duas versões concordam nessa passagem, embora com termos diversos.

Ele respondeu: "É meu tio!". Espantados, disseram: "Era uma só questão, mas agora são duas", e lhe perguntaram: "Rapaz, parece que você é maluco. De onde esse parentesco com reis? Não sabemos senão que ele tinha um sobrinho preso que foi enviado para combater os infiéis, e estes o mataram". Ele respondeu: "Sou eu mesmo. Eles não me mataram. Sucedeu-me isso e aquilo...". Então os homens o reconheceram e imediatamente se puseram de pé diante dele, beijaram-lhes as mãos e, muito contentes, disseram-lhe: "Ó senhor, você de fato era rei e filho de rei. Não lhe desejamos senão o bem; rogamos-lhe vida longa! Veja como Deus o salvou de seu tio opressor, que o enviou para um lugar do qual ninguém se salva, com o único intuito de liquidá-lo! Você foi exposto à morte e Deus o salvou dela. Como então você torna a se jogar nas mãos do inimigo? Por Deus, salve-se e não retorne a ele de novo! Quiçá você se mantenha vivo sobre a face da terra até quando Deus altíssimo quiser. Se acaso você cair nas mãos de Bahlawān mais uma vez, ele não irá deixá-lo vivo uma única hora!". O rapaz lhes agradeceu e disse: "Deus os recompense por mim com todo o bem, pois vocês me aconselharam. Aonde ordenam que eu vá?". Responderam-lhe: "Para a terra dos bizantinos, onde está a sua mãe". Ele disse: "Quando o rei dos bizantinos escreveu ao meu avô Sulaymān Šāh, pedindo a mão de minha mãe, ela ocultou a minha existência, manteve-a em segredo, e não posso desmenti-la". Disseram-lhe: "É verdade. Seja como for, nós queremos ajudá-lo. Até mesmo se servir alguém como criado será melhor".

478ª noite

Então, cada um daqueles homens sacou uma quantia, que juntaram e entregaram a ele, dando-lhe também roupas e alimento. Caminharam ao seu lado por cerca de uma parasanga, distanciando-o da cidade e informando-o de que já estava a salvo, e se retiraram. O rapaz caminhou até sair dos domínios de seu tio e entrar no domínio dos bizantinos, ali se dirigindo a uma aldeia onde se empregou como criado de um dos moradores, a quem serviu como agricultor, além de outros serviços. Quanto à sua mãe Šāh Ḫātūn, tornaram-se muito agudas as saudades que ela tinha do filho, em quem não parava de pensar e cujas notícias haviam se interrompido, tornando-lhe a vida um desgosto; já não dormia e lhe era impossível falar a respeito diante de seu marido, o rei Qayṣar. Quando se casara, viera junto com ela, da parte de seu tio Sulaymān Šāh, um criado ajuizado, inteligente e sábio. Certo dia, a sós com ele, ela chorou e lhe disse: "Você me serve desde que sou pequena! Não poderia descobrir notícias do meu filho? Já não consigo falar por causa dele!". Ele respondeu: "Minha senhora, esse é um assunto que ocultei desde o início. Mesmo que o seu filho estivesse aqui, você não poderia admitir o fato, sob risco de perder o respeito do rei, e ninguém jamais acreditaria, pois já se espalhou a notícia de que o seu filho foi morto pelo tio". Ela disse: "A questão é como você afirma; suas palavras são verdade. Porém, só quero saber se o meu filho está vivo, não importa que esteja deste lado da fronteira pastoreando ovelhas, não importa que não me veja e que eu não o veja!". O criado perguntou: "E qual seria a artimanha neste caso?". Ela respondeu: "Eis aí o meu dinheiro e as minhas reservas. Leve o quanto quiser e traga-o para mim, ou ao menos notícias dele". Assim, ambos entabularam uma artimanha entre si, alegando que tinham coisas a resolver em seu país: desde a época de seu marido Malik Šāh, ela possuía lá dinheiro enterrado, cuja localização ninguém conhecia com exceção do criado, que iria trazer esse dinheiro. Šāh Ḫātūn informou o rei daquilo e pediu permissão para o criado, que a recebeu e partiu, com a recomendação de elaborar alguma artimanha para passar despercebido.

Disse o narrador: o criado partiu vestido de mercador e entrou na cidade de Bahlawān, pondo-se a espionar sobre a situação do rapaz e sendo informado de que estivera aprisionado em uma masmorra, da qual o tio o retirara e enviara para o local tal e tal, onde fora morto. Aquela informação pesou muito sobre o criado, oprimindo-lhe o peito e deixando-o sem saber o que fazer. Ocorreu então que, certo dia, um dos cavaleiros que haviam topado com o pequeno Malik Šāh na entrada da cidade, dando-lhe roupas, alimento e dinheiro, avistou o criado na cidade, e o reconheceu apesar dos trajes de mercador; perguntou-lhe como estava e sobre os motivos de sua vinda. O criado respondeu: "Vim vender mercadorias". O cavaleiro lhe disse: "Vou revelar-lhe algo; conseguirá você guardar segredo?". O criado perguntou: "O que é?". O cavaleiro respondeu: "Eu e alguns cavaleiros que estavam comigo encontramos o filho do rei Malik Šāh no lugar tal e lhe fornecemos provisões, roupas e dinheiro, mandando-o ir para os lados da terra dos bizantinos, próximo da mãe, pois temíamos que seu tio Bahlawān o matasse", e lhe contou tudo quanto se passara. Com a fisionomia alterada, o criado disse ao cavaleiro: "Peço-lhe garantia de vida", e o cavaleiro respondeu: "Garantia concedida, garantia concedida, ainda que você tenha vindo atrás dele". O criado disse: "É esse o meu objetivo! A mãe dele já não sabe o que é paz, sono ou vigília! Ela me enviou para descobrir notícias dele". O cavaleiro disse: "Vá em paz. Ele está no lado bizantino da fronteira, conforme eu lhe disse". O criado agradeceu, rogou por ele, e cavalgou o caminho de volta, seguindo rastros. O cavaleiro o acompanhou até parte do caminho, e lhe disse: "Foi aqui que nos separamos dele", e fez meia-volta, retornando ao seu país. O criado prosseguiu o caminho, perguntando sobre o rapaz em cada aldeia onde entrava, descrevendo-o tal como o descrevera para ele o cavaleiro; seguiu agindo assim até entrar na aldeia onde o rapaz se encontrava...

479ª noite

... ali entrando e se hospedando; indagou do rapaz e ninguém lhe deu notícias; perplexo, fez menção de ir embora: montou em seu cavalo, atravessou a aldeia, e avistou uma besta amarrada e um rapaz dormindo ao seu lado com as rédeas na mão; olhou para ele e passou, sem que o seu coração questionasse a respeito; logo adiante, porém, parou e pensou: "Se o rapaz que estou procurando já está do tamanho daquele rapaz adormecido por quem passei, como vou reconhecê-lo? Ó meu longo cansaço, ó minha longa privação! Como posso estar procurando uma pessoa que não conheço, e que, se acaso eu vir próxima de mim, não reconhecerei?". Em seguida, retomou as reflexões acerca do rapaz adormecido e foi até ele, que continuava dormindo. Apeou-se do cavalo, sentou-se ao seu lado e se pôs a contemplá-lo, examinando-lhe o rosto com atenção. Pensou: "Se porventura eu sei alguma coisa, esse rapaz é Malik Šāh!", e começou a sacudi-lo, dizendo: "Ó rapaz!", e o rapaz despertou e se sentou. O criado lhe perguntou: "Quem é o seu pai nesta aldeia? Onde é a sua casa?". Entristecido, o rapaz respondeu: "Sou forasteiro". O criado perguntou: "De que país é você? Quem é o seu pai?". Ele respondeu: "Do país tal". E o criado não cessou de perguntar, e o rapaz de responder, até que se certificou e o reconheceu; levantou-se, abraçou-o, beijou-o, chorou por seu estado, informou-o de que o vinha procurando, e contou-lhe que viera às escondidas do rei, marido de sua mãe, a qual ficaria satisfeita em saber que ele estava com saúde, mesmo sem vê-lo. Em seguida, o criado entrou na aldeia, comprou um cavalo, fez o rapaz montar, e ambos se mantiveram cavalgando até chegarem às cercanias de sua cidade, sendo ali atacados por ladrões que lhes roubaram tudo, amarraram-nos, arrojaram-nos em um poço à beira do caminho, e partiram deixando-os para morrer naquele local, onde já haviam atirado muita gente, que ali morrera. O criado começou a chorar e o rapaz lhe perguntou: "Que choro é esse? Que utilidade ele terá aqui?". O criado respondeu: "Não choro por medo da morte, mas sim de tristeza por você, pela sua má situação e pelo coração de sua mãe. Depois de todos os horrores a que foi submetido! Morrer, depois de enfrentar tantas provações, esta morte humilhante!". O rapaz respondeu: "Tudo o que me sucedeu já estava escrito, e o que está escrito ninguém pode apagar. Se a minha hora tiver soado, ninguém poderá retardá-la".

480ª noite

Passaram ambos ali aquela noite, o dia seguinte, a segunda noite, o segundo dia... até que a fome os enfraqueceu tanto que passaram a emitir um débil gemido. Ocorreu então, mediante a sabedoria de Deus altíssimo e o seu poder, que o rei de Bizâncio, Qayṣar, marido de sua mãe Šāh Ḫātūn, perseguisse, junto com alguns companheiros, uma caça que acossaram até as proximidades daquele poço. Um dos membros da comitiva se apeou do cavalo para sacrificar a presa na beira do poço e, ouvindo leves gemidos provenientes do fundo, montou novamente, reuniu-se à comitiva e informou aquilo ao rei, que ordenou a um de seus criados que descesse ao fundo do poço, de onde regressou carregando o rapaz e o criado, cujas amarras foram rompidas; como ambos estavam desmaiados, passaram a jogar-lhes bebida na boca até que despertaram. O rei olhou para o criado, reconheceu-o e disse: "Fulano?". O criado respondeu: "Sim, meu senhor rei!", e se prosternou. Sumamente espantado, o rei perguntou: "Como chegou a este lugar? O que lhe sucedeu?". O criado respondeu: "Viajei, recolhi o dinheiro e o carreguei até aqui; porém, havia espias me observando sem que eu soubesse; armaram uma tocaia aqui, levaram o dinheiro e nos atiraram no poço para que morrêssemos de resignação, tal como fizeram com outros. Mas Deus altíssimo piedosamente o enviou a nós". O rei e sua comitiva ficaram espantados, enquanto ambos louvavam a Deus altíssimo pela chegada do rei até eles naquele lugar.

481ª noite

Voltando-se para o criado, o rei perguntou-lhe: "Quem é esse rapaz que está com você?". O criado respondeu: "Ó rei, esse é o filho de uma aia que nos pertencia e a quem deixamos pequeno. Hoje eu o vi e sua mãe me disse: 'Leve-o com você', e então eu o tomei como companhia para ser criado do rei, pois trata-se de um rapaz esperto e inteligente". O rei, sua comitiva, o criado e o rapaz se puseram em marcha, e durante o caminho o rei perguntou ao criado sobre Bahlawān e sua conduta com os súditos. O criado respondeu: "Por sua cabeça, meu senhor, que com ele as pessoas estão consideravelmente prejudicadas; ninguém gosta de vê-lo, seja da nobreza, seja do povo".

O rei foi até a sua esposa Šāh Ḫātūn e lhe disse: "Dou-lhe a boa-nova da chegada de seu criado", e lhe relatou tudo quanto sucedera a ele, falando-lhe também a respeito do rapaz que viera com o criado. A mulher quase voou de ansiedade ao ouvir aquilo e quis gritar, só sendo impedida por seu juízo. O rei perguntou: "O que você tem? É tristeza pelo dinheiro ou pelo criado?". Ela respondeu: "Não, por sua cabeça, ó rei! É que as mulheres são mesmo débeis de coração". Depois, o criado foi ter com ela, deixando-a a par de tudo quanto lhe ocorrera, e também do estado de seu filho, das dificuldades que enfrentara, de como o tio o expusera à morte, de como fora aprisionado, jogado em um poço, atirado do alto de uma torre, e de como Deus o salvara de todas essas dificuldades. Enquanto o criado contava, ela chorava, e depois lhe perguntou: "Quando o rei o viu e lhe perguntou sobre ele, o que você respondeu?". O criado disse: "Respondi que ele é filho de uma aia que nos pertencia e a quem deixamos pequeno; ele cresceu e eu o trouxe comigo para ser criado do rei". Ela disse: "Muito bem".

482ª noite

Depois, ela recomendou ao criado que zelasse pelos serviços do rapaz ao rei, que passou a tratá-lo muito bem. Uma nova fortuna foi escrita para o rapaz, que entrava e saía do palácio do rei, a quem servia o dia inteiro, e diante do qual sua posição melhorava sempre. Quanto a sua mãe Šāh Ḫātūn, ela se punha a observá-lo através da varanda e das janelas, olhando para o filho e ardendo por sua causa, sem poder dirigir-lhe a palavra; tendo passado um longo tempo naquela situação, morta de saudades dele, certo dia ela parou na porta do quarto e o abraçou, beijando-o no rosto e no peito; estava nessa situação quando o mestre do palácio real subitamente saiu e a viu abraçando-o; perplexo, perguntou a quem pertencia o quarto, e lhe responderam que a Šāh Ḫātūn, esposa do rei. O homem retornou tremendo como um raio, a tal ponto que o rei lhe perguntou: "Ai de você! Qual é a nova?". Ele respondeu: "Ó rei, e qual nova pode ser mais terrível do que eu vi?". O rei disse: "E o que você viu?". O homem respondeu: "Vi aquele rapaz que o criado trouxe consigo; ele não veio senão por causa de Šāh Ḫātūn, pois agora mesmo passei pela porta do quarto dela e a vi abraçando-o e beijando-o no rosto".

Ao ouvir aquilo, o rei abaixou a cabeça, perplexo e assombrado; em seguida, ajeitou-se no trono, pegou na barba e começou a puxá-la, quase arrancando-a. Levantou-se imediatamente, agarrou o rapaz e o prendeu, junto com o criado, em uma masmorra do palácio; depois foi até Šāh Ḫātūn e disse: "Por Deus que você fez muito bem, ó filha dos livres, ó mulher que os reis pediram em casamento graças à sua fama excelente e às belas histórias sobre si! Mas o que é a sua essência interior? Amaldiçoe Deus aqueles cujo interior é oposto ao exterior, tal como a sua abjeta figura, cuja aparência é graciosa mas cuja essência é horrorosa! Rosto gracioso e ações horrorosas! Quero fazer de você e daquele traste uma lição para todas as pessoas. Você não enviou seu criado senão atrás dele, para trazê-lo e introduzi-lo em minha casa, pisando com ele na minha cabeça. Isso não é senão um enorme atrevimento, mas você verá o que lhes farei!". Em seguida, cuspiu-lhe no rosto e saiu. Šāh Ḫātūn nada falou, sabedora de que, se dissesse algo naquele momento, ele não acreditaria, e implorou a Deus altíssimo dizendo: "Ó Deus poderoso, você conhece as coisas secretas, as exteriores e as interiores! Se a minha hora tiver soado, que não se retarde, mas, se não tiver, que se retarde!".

483ª noite[7]

Passaram-se alguns dias e a situação continuou a mesma. Mergulhado em cismas, o rei já não comia, bebia ou dormia, sem saber o que fazer, e dizendo: "Se eu matar o criado e o rapaz,

7 Equivocadamente numerada como 482ª noite.

minha alma não se sentirá satisfeita, pois eles não têm culpa; foi ela que mandou trazê-lo. Se eu matar todos os três... minha alma não me permitirá fazer isso! Vou, isto sim, postergar-lhes a morte, pois temo arrepender-me". Deixou-os um tempo, portanto, para estudar o caso. O rei tinha uma velha aia sobre cujos joelhos ele se criara; tratava-se de uma mulher inteligente, que ficou intrigada com ele, e, impossibilitada de vê-lo, foi ter com Šāh Ḫātūn, constatando que ela se encontrava em pior estado que o rei; perguntou-lhe: "Quais são as notícias?", mas, como a mulher se mostrasse desconfiada, pôs-se a agradá-la e a indagá-la com palavras gentis, até que Šāh Ḫātūn a fez jurar segredo; a velha jurou que guardaria segredo de tudo quanto lhe dissesse, e então a mulher lhe contou sua história de cabo a rabo, e que o rapaz era seu filho.

Disse o narrador: nesse momento, a velha se prosternou diante dela e disse: "Esta é uma questão fácil de resolver". A rainha perguntou: "Por Deus, mãezinha, que prefiro morrer e que meu filho morra a afirmar algo em que não acreditarão e dirão: 'Ela está alegando isto para afastar a infâmia'. Não tenho mais remédio senão esperar".

Disse o narrador: apreciando-lhe as palavras e a inteligência, a velha lhe disse: "O caso é como você diz, minha filha. Rogo a Deus que demonstre a verdade. Paciência, pois imediatamente irei ao rei ouvir o que ele tem a dizer, e depois prepararei algo a respeito, se Deus altíssimo quiser", e se levantou, indo ao encontro do rei, a quem encontrou com a cabeça entre as pernas, desesperado; sentou-se ao seu lado alguns instantes, dirigiu-lhe palavras amáveis e disse: "Meu filho, você está me queimando o coração, pois já faz alguns dias que não cavalga, aí desesperado, sem que eu saiba o que tem!". Ele respondeu: "É tudo por causa daquela maldita, minha mãe! Embora eu pensasse bem a seu respeito, ela fez comigo isso e aquilo...", e lhe contou tudo de cabo a rabo. A velha disse: "Essa preocupação toda por causa de uma mulher sem valor!". Ele disse: "Agora só estou pensando em como irei matá-los, a fim de que as pessoas os tomem como lição". Ela disse: "Meu filho, muito cuidado com a pressa, pois a sua herança é o arrependimento. Não lhe faltará ocasião para matá-los. Quando você se certificar disso, aja como bem entender". Ele disse: "Minha mãe, a questão não requer investigações. O fato é que ela mandou o criado, e o criado trouxe o rapaz para ela". Ela disse: "Esta é uma coisa que temos como fazê-la confessar, e você descobrirá tudo o que passa pelo coração dela".

484ª noite

O rei perguntou: "E como fazer isso?". Ela respondeu: "Eu lhe trarei um coração de pavão; quando ela estiver dormindo, coloque-o sobre o peito dela e lhe pergunte tudo quanto quiser, pois ela será sincera e a verdade ficará demonstrada". Muito contente, o rei disse: "Traga logo, e que ninguém saiba!". A velha se retirou, foi até Šāh Ḫātūn e disse: "Resolvi o seu problema. Vai ser assim: esta noite, quando o rei entrar aqui, finja estar dormindo e, a toda pergunta que ele lhe fizer, responda dormindo".

Disse o narrador: a rainha lhe agradeceu, e a velha saiu, arranjou um coração de pavão e o entregou ao rei, que mal pôde esperar o anoitecer, quando então foi até a rainha, sentou-se ao seu lado – ela estava deitada dormindo –, e depositou o coração de pavão sobre o seu peito. Parou uns instantes para certificar-se de que ela ainda dormia e lhe perguntou: "É essa a recompensa que você me dá, Šāh Ḫātūn?". Ela perguntou: "E qual é o delito?". Ele disse: "Qual delito pode ser maior que esse? Você mandou buscar o tal garoto e o trouxe por causa da paixão de seu coração, para fazer com ele o que desejar". Ela respondeu: "Não conheço a paixão, e entre os seus criados existe quem seja mais belo e formoso que ele. Não estou apaixonada por ninguém". Ele perguntou: "Então por que você o agarrou e beijou?". Ela respondeu: "Ele é meu filho, pedaço do meu fígado. Era tanta a minha saudade, e tanto o meu afeto, que não pude conter-me, e me atirei sobre ele e o beijei". Ao ouvir aquilo, perplexo e assombrado, o rei disse: "Você argumenta que se trata de seu filho, mas tenho comigo uma carta com a letra de seu tio Sulaymān Šāh, na qual ele afirma que o menino foi degolado por seu tio Bahlawān". Ela respondeu: "Sim, ele tentou degolá-lo, mas não lhe rompeu a jugular. Meu tio mandou costurar o ferimento e o criou, pois a sua hora ainda não havia soado". Ouvindo aquilo, o rei disse: "Basta-me esse argumento", e naquele mesmo instante, no meio da noite, mandou trazer o rapaz e o criado, examinou a garganta do menino à luz de velas, e viu que estava cortada de uma orelha a outra; era uma cicatriz que parecia uma linha esticada. Nesse momento o rei se prosternou para Deus por ter salvado o garoto de todos os terrores e dificuldades que enfrentara, extremamente feliz por ter adiado e não apressado a execução, que lhe provocaria enorme arrependimento. O garoto não se salvara senão porque sua hora não soara.

[*Prosseguiu o rapaz*:] "Também eu, ó rei, tenho uma hora que vai soar e um período que devo cumprir. Seja como for, rogo a Deus altíssimo que me auxilie contra esses perversos vizires".

Disse o narrador: assim que o rapaz encerrou a história, o rei disse: "Devolvam-no à prisão", e, quando isso foi feito, ele se voltou para os vizires e lhes disse: "Esse rapaz está disparando a língua contra vocês. Bem sei dos seus cuidados para com o meu governo, e dos seus conselhos; acalmem os seus corações, pois farei tudo quanto vocês sugerem". Ouvindo aquelas palavras, os vizires exultaram e cada um deles se pôs a dizer algo. O rei disse: "Não lhe adiei a execução senão para que se prolonguem as conversas e aumentem as histórias; é absolutamente imperioso que ele morra, e para tanto quero que vocês espetem um poste de madeira nos confins da cidade e que um arauto convoque o povo a reunir-se, pegá-lo e carregá-lo até esse poste, enquanto o arauto grita: 'Este é o castigo de quem, aproximado pelo rei, pratica a traição!'". Os vizires ficaram tão felizes em ouvir aquilo que não dormiram aquela noite; mandaram divulgar a notícia, instalaram o poste e, de manhã, já estavam às portas do rei, a quem disseram: "Ó rei, as pessoas estão aglomeradas desde a sua porta até o local onde está o poste, para presenciar a realização das ordens do rei com relação ao rapaz".

Décimo primeiro dia do apressamento da liberdade com a felicidade

Disse o narrador: no décimo primeiro dia, os vizires compareceram e o povo se aglomerou. O rei ordenou que o rapaz fosse trazido, e, quando ele chegou, os vizires se voltaram para ele e lhe perguntaram: "Seu rapaz de vil origem, você ainda ambiciona viver? Ainda espera a salvação depois de hoje?". Ele respondeu: "Seus vizires perversos, e por acaso alguma pessoa com inteligência perde as esperanças em Deus altíssimo? Por mais que a pessoa seja injustiçada, a libertação lhe advirá do meio da adversidade, e a vida, do meio da morte".

O rei perguntou: "E como foi essa história?". O rapaz respondeu:

Conta-se, ó rei, que certo rei tinha um elevado palácio que dava para uma de suas prisões. Toda noite ele ouvia alguém dizer: "Ó aproximador da libertação, ó doador da libertação, liberte-me!". Certa feita o rei se encolerizou e disse: "Esse estúpido pretende libertar-se de seu crime!"...

485ª noite

... e então indagou: "Quem está nessa prisão?". Responderam-lhe: "Um homem[8] sobre o qual encontramos sangue". Após ordenar que lhe trouxessem aquele homem, o rei lhe perguntou: "Seu estúpido, homem de pouca inteligência, como pretende escapar dessa prisão, tendo cometido um crime tão terrível?". Entregou-o então a alguns soldados e lhes disse: "Levem-no e crucifiquem-no nos arredores da cidade". Era noite, e os soldados conduziram-no para fora da cidade na intenção de crucificá-lo, mas, tendo sido subitamente atacados por ladrões de espada em punho e armas, largaram-no, e então aquele homem que caminhava para a crucificação escapou, correndo sem parar por terras inóspitas. Quando deu por si estava em uma floresta, onde foi atacado por um leão de aspecto aterrorizante, que o agarrou e se sentou sobre ele; em seguida, foi até uma árvore, arrancou-a, colocou-a sobre o homem, e saiu em busca de uma leoa. Durante todo esse tempo, o homem continuou confiando que Deus altíssimo o libertaria; pensou: ["Isto não é senão uma guerra; não é hora de dormir". Saiu de baixo da árvore],[9] retirou as folhas, e viu então naquele lugar muitos ossos de pessoas que o leão devorava; aguçou o olhar, e eis que viu um monte de ouro, jogado, a perder de vista. Admirado, o homem se pôs a recolher ouro no colo e depois saiu correndo da floresta, sem se voltar para a direita nem para a esquerda, tamanho era seu medo do leão; continuou correndo até chegar a uma aldeia, e desabou como morto, assim ficando até o amanhecer; recuperado das fadigas, enterrou o ouro, entrou na cidade, e Deus o libertou. Depois, ele recolheu o ouro.

O rei disse ao rapaz: "Até quando, rapaz, vai nos enganar com a sua conversa? Já é hora de matá-lo", e ordenou que o crucificassem no poste. Quando começaram a levantá-lo, eis que o chefe dos ladrões, aquele que o encontrara e criara, chegava à cidade

8 O original traz "um grupo".

9 O trecho entre colchetes foi traduzido das *Noites egípcias*. Na edição de Breslau consta o seguinte: "pensou: 'O que é isto?', e, retirando as folhas, viu...".

naquele instante; perguntou: "Que aglomeração é essa? Quem são esses coitados aqui reunidos?", e então lhe informaram que o rei tinha um criado que cometera um delito gravíssimo e agora ia matá-lo. O chefe dos ladrões abriu caminho, olhou para o rapaz, reconheceu-o, avançou até ele, abraçou-o, pôs-se a beijá-lo na boca e disse: "Encontrei esse menino na montanha tal, enrolado em um manto de brocado, e o criei; ele passou a assaltar conosco e, certo dia, atacamos uma caravana que nos derrotou e feriu muitos de nós; levaram o garoto, e desde esse dia vago por todo lugar atrás dele, mas até agora não havia conseguido nenhuma notícia. É ele!". Ao ouvir aquilo, o rei se convenceu de que verdadeiramente se tratava de seu filho, gritou alto com todas as forças e se atirou sobre ele, abraçando-o, beijando-o e chorando; disse: "E eu que pretendia matá-lo para depois morrer de arrependimento!". Em seguida, rompeu-lhe as amarras, tirou a coroa, colocou-a na cabeça do filho, e o som das trombetas e dos tambores se alteou; uma enorme alegria se manifestou e a cidade foi enfeitada. Foi um dia tão portentoso que até os pássaros pararam no ar, por causa da gritaria e do alarido. Soldados e povo carregaram com esplendor o rapaz, e a notícia chegou até a sua mãe, Bahrajūr, que saiu e se atirou sobre ele. O rei ordenou que as prisões fossem abertas e retirados todos quantos nelas estivessem. Durante sete dias e sete noites promoveram festanças e ficaram muitíssimo felizes.

Isso foi o que sucedeu ao rapaz. Quanto aos vizires, desabou sobre eles o pavor, o silêncio, a vergonha e o medo, pois estavam certos da morte. O rei fez o menino sentar-se diante de si, com os vizires ali acomodados, e ordenou que entrassem os membros da corte e a gente da cidade. O rapaz se voltou para os vizires e lhes perguntou: "Viram, seus vizires perversos, a ação de Deus e a aproximação da libertação?", mas eles não pronunciaram palavra. O rei disse: "Basta-me que hoje ninguém, nem mesmo os pássaros no céu, deixou de se alegrar por mim! Vocês, contudo, parece que estão com o peito opresso! Esta é a maior hostilidade que poderiam demonstrar por mim. Se lhes tivesse dado ouvidos, meu arrependimento se prolongaria e eu morreria de tristeza e resignação". O rapaz disse: "Meu pai, não fossem os seus bons pensamentos, a sua visão, a morosidade e a reflexão acerca das coisas, você agora não teria sido alcançado por tamanha felicidade; se acaso me houvesse matado rapidamente, aumentariam em muito o seu arrependimento e a sua tristeza. Assim é: quem se apressa se arrepende".

486ª noite

Em seguida, o rei mandou trazer o chefe dos ladrões, a quem ordenou que se desse um traje honorífico, determinando ainda que todo aquele que gostasse do rei deveria dar trajes honoríficos ao chefe dos ladrões, e estes despencaram em tal quantidade sobre ele que o cansaram; em seguida, nomeou-o chefe da polícia local. Também ordenou que instalassem outros nove postes ao lado do poste já instalado, e disse ao filho: "Você não tinha culpa, mas esses vizires perversos buscavam matá-lo". O rapaz disse: "Eu não tinha outra culpa que não a tentativa de aconselhá-lo, meu pai. Como você protegeu o seu governo e afastou as mãos deles dos seus tesouros, os vizires ficaram com ciúme e inveja de mim, e a raiva contra mim os levou a desejar a minha morte". O rei disse: "A hora deles já se aproximava, meu filho! Que tal fazermos com eles o mesmo que pretenderam fazer com você? Esforçaram-se para matá-lo, infamaram-no, caluniaram a minha intimidade entre os reis...". Então, voltando-se para os vizires, o rei lhes disse: "Como vocês são mentirosos! Qual desculpa lhes resta?". Responderam: "Ó rei, nenhuma desculpa nos resta. A má ação que pretendíamos contra esse vil rapaz se voltou contra nós; nós lhe desejávamos o mal e o mal encontramos; cavamos um poço para ele e nesse poço fomos atirados!". Nesse momento o rei ordenou que os vizires fossem pendurados nos postes, e que ali fossem crucificados, pois Deus é justo e dá os direitos.

E o rei ficou com o seu filho e a sua esposa vivendo em alegria e felicidade, até que lhes sobreveio o destruidor dos prazeres[10] e morreram todos. Exalçado seja o vivo que nunca morre, aquele que detém a glória e cuja misericórdia está sobre nós até a eternidade, amém.

10 Como já mencionado em nota, "destruidor dos prazeres" é outra das alcunhas, apropriadíssima, do arcanjo da morte, comandado por Deus.

11 O trecho entre colchetes foi traduzido da edição de Breslau. O texto da redação final parece menos consistente: "zarpamos, seguros e sãos, objetivando viajar, acompanhados de bons ventos, até que nos aproximamos de uma cidade denominada Cidade da China".

ANEXO 2

A SÉTIMA VIAGEM DE SINDABĀD

Conforme se observa nas notas à tradução (páginas 189 a 218) e no posfácio a este volume, o texto da sétima viagem de Sindabād nas edições impressas de Būlāq, Calcutá 2.ed. e Breslau, e do manuscrito "Z13523", é inteiramente diverso do texto do manuscrito "Arabe 3615". Por esse motivo, considerou-se adequado traduzir esse texto diferente da sétima viagem, de modo integral, no presente anexo. Utilizou-se a edição de Būlāq, cujo texto é, na prática, idêntico ao de Calcutá 2.ed. e ao do manuscrito "Z13523" (aqui genericamente designados como "compilação tardia"), e levemente distinto do da edição de Breslau.

E quando foi a 563ª noite

Ela disse:

Eu tive notícia, ó rei venturoso, de que, após o navegante Sindabād ter realizado o relato de sua sexta viagem, cada um tomou seu rumo, e o Sindabād terrestre dormiu em sua casa. Em seguida, fez a prece matinal e regressou à casa do navegante Sindabād. Os outros também foram chegando e, quando o grupo se completou, o navegante Sindabād tomou a palavra para contar a história da sétima viagem. Disse:

Saiba, minha gente, que após retornar de minha sexta viagem, retomei o que eu vivera em tempos d'antanho: alegria, regozijo, diversão e música. Mantive-me nessa condição por algum tempo, em contínua e diuturna felicidade e satisfação, pois já obtivera muitos ganhos e magníficos proventos. Mas a minha alma teve anelos de passear por outros países, de fazer-se ao mar, de conviver com os mercadores e de ouvir relatos; assim, movimentei-me para tanto, amarrei fardos para o comércio marítimo com mercadorias luxuosas e as transportei da cidade de Bagdá para a de Basra, onde vi um navio preparado para viajar, com um grupo de grandes mercadores a bordo; embarquei com eles, entabulei camaradagem e zarpamos, [na mais extrema alegria e felicidade; o navio nos foi agradável, com a permissão de Deus altíssimo, e fomos de cidade em cidade, viajando dias e noites, passeando de ilha em ilha e de mar em mar,][11] e conversando uns com os outros sobre questões de viagem e comércio. Enquanto estávamos nessa situação, eis que uma violenta borrasca nos atingiu pela proa, e despencou sobre nós uma forte chuva que nos encharcou, bem como aos nossos fardos, os quais cobrimos com feltro e lona, por medo de que as mercadorias se estragassem, e pusemo-nos a rogar a Deus altíssimo, suplicando-lhe que nos salvasse daquilo. Nesse momento, o capitão apertou o cinto, arregaçou as mangas, subiu ao mastro e, após voltar-se à direita e à esquerda, olhou para os passageiros e se pôs a estapear o próprio rosto e a arrancar a barba. Perguntamos: "Qual a notícia, capitão?", e ele respondeu: "Peçam a Deus altíssimo a salvação disso em que nos metemos! Chorem a perda de suas próprias vidas, despeçam-se uns dos outros, e saibam que a borrasca nos derrotou e arrojou para os confins dos mares do mundo!". Em seguida, desceu do mastro e abriu uma caixa, dela retirando um saco de algodão; abriu-o e dele retirou uma terra que parecia cinza, umedeceu-a com água, esperou um pouco e a cheirou; em seguida, retirou da mesma caixa um pequeno livro, leu-o e nos disse: "Saibam, passageiros, que há neste livro algo espantoso: ele indica que todo aquele que chega até esta terra dela não se salva, mas sim morre; ela se chama Região dos Reis,[12] e nela se localiza o túmulo de nosso senhor Salomão filho de Davi, esteja a paz sobre ambos; existem aqui víboras de tamanho colossal e monstruosa aparência; todo navio que chega a esta região é atacado por um monstro marinho[13] que o engole com tudo quanto contém!". Ficamos sumamente espantados com essas palavras do capitão; mal terminou ele de falar, o navio começou a se erguer e baixar no mar; ouvimos um grito portentoso, semelhante ao trovão tonitruante, que nos deixou aterrorizados; parecendo mortos, certos da aniquilação naquele momento, eis que um monstro marinho avançava qual montanha elevada em direção ao navio. Amedrontados, choramos por nossas vidas, um choro copioso, e nos preparamos para morrer, olhando assombrados para a monstruosa aparência daquele animal, e então eis que surgiu, vindo em nossa direção, outro animal maior ainda! Começamos a nos despedir uns dos outros, chorando a perda de nossas vidas, e eis que um terceiro animal surgiu, maior ainda que os dois anteriores! Quedamo-nos inconscientes, sem nada entender, as mentes estarrecidas de tanto medo e pavor! Os três animais se puseram a girar em torno do navio. O terceiro se preparou para abocanhar o navio com tudo quan-

12 Consta na edição de Breslau: "Todo aquele que chega até este mar morre, e dele ninguém se salva; chama-se Mar da Região do Rei".

13 "Monstro marinho" traduz *ḥūt*, "baleia".

to continha, até que de súbito um violento vendaval assoprou e ergueu a embarcação, que, ao cair, se quebrou e despedaçou em muitíssimas partes, dispersando-se todas as suas tábuas e afundando-se a totalidade dos seus fardos, mercadores e passageiros. Arranquei todas as minhas roupas, deixando somente uma, e nadei um pouco, alcançando assim uma das tábuas, à qual me agarrei e subi, enquanto as ondas e os ventos me fustigavam sobre a água, e eu me agarrava com força àquela tábua, as ondas erguendo-me e baixando-me. Meu sofrimento, medo, fome e sede eram enormes, e comecei a me censurar por ter feito aquilo: submeter-me a tais fadigas após ter conquistado tanto conforto. Disse para mim mesmo: "Ó Sindabād, ó navegante! Você não desiste, apesar de sempre padecer dificuldades e fadigas! Não desiste de navegar! E, mesmo que desista, será uma desistência mentirosa! Sofra, portanto, tudo quanto sofrer! Você merece!".

E a aurora alcançou Šahrazād, que deixou interrompida a sua fala permitida.

E quando foi a 564ª noite

Ela disse:

Eu tive notícia, ó rei venturoso, de que, ao naufragar, o navegante Sindabād disse de si para si: "Eu mereço tudo quanto me acontece. Tudo isso me foi predestinado por Deus altíssimo, a fim de que eu abandone a ambição, pois isso que estou sofrendo se deve a ela. E eu já tenho tanto dinheiro!". E continuou:

Recobrando a razão, pensei: "A partir desta viagem, eu me rendo a Deus altíssimo, com sinceridade: não tornarei a viajar, e pelo resto de minha vida não mencionarei viagens, quer em minha língua, quer em meu pensamento". Continuei chorando e suplicando a Deus altíssimo, e então me recordei de meu conforto, alegria, diversão, festas e tranqüilidade, e fiquei nessas recordações durante o primeiro dia e o segundo, até que cheguei a uma ilha enorme, que tinha muitas árvores e rios, e pus-me a comer de suas frutas e a beber de sua água até me recuperar, reanimar, fortalecer e tranqüilizar o peito. Então caminhei pela ilha, encontrando do seu lado oposto um enorme rio de água doce, mas cuja correnteza era muito forte. Lembrando-me da jangada em que embarcara antes, pensei: "É imperioso que eu construa uma jangada igual e quem sabe me salvo disto;

se acaso conseguir, terei atingido o meu propósito, e me renderei a Deus altíssimo, desistindo de viajar; e se acaso morrer, meu coração descansará de fadigas e de sofrimentos". Ajuntei madeira daquelas árvores de sândalo raro,[14] sem igual, que eu não sabia o que era, e, depois disso, mediante artimanha, enrolei os galhos e as plantas da ilha como se fossem cordas, com eles amarrando a jangada; disse: "Se eu me salvar, será por Deus", e embarquei, avançando pelo rio até sair da ilha, da qual me afastei; continuei avançando pelo primeiro dia, mais o segundo e o terceiro de minha saída dali, sem dormir[15] nem comer nada nesse período, mas quando sentia sede bebia água do rio; fiquei como um frango entontecido, tamanhos eram meu cansaço, fome e medo, e a jangada enfim chegou às proximidades de uma montanha elevada, com um rio que corria debaixo dela. Ao ver aquilo, temi por minha vida, em razão da estreiteza que eu enfrentara da primeira vez em um rio semelhante, e pretendi parar a jangada e desembarcar ao lado da montanha, mas fui vencido pela correnteza, que puxou a jangada comigo ainda a bordo e a arrastou para baixo da montanha. Vendo aquilo, tive certeza da morte e disse: "Não há força nem poderio senão em Deus altíssimo e grandioso". A jangada avançou por um curto espaço, que desembocou em um local amplo, e eis que era um grande vale no qual o bramido das águas se assemelhava ao trovão, e sua corrente era como o vento. Deitei-me agarrado à jangada, temeroso de despencar dali, enquanto as ondas me arremessavam à direita e à esquerda, no meio daquele lugar. A jangada continuou empurrada pelo curso das águas do vale, sem que eu conseguisse pará-la nem deslocá-la em direção à terra firme, até que finalmente passou diante de uma cidade enorme e de graciosas construções, bastante povoada: quando me viram na jangada no meio do rio, tangido pela corrente, os moradores da cidade [atiraram cordas para mim, mas, como eu não conseguisse pegá-las, atiraram redes que envolveram a jangada, puxando-a até a margem];[16] caí entre eles como morto, tamanhas eram minha fome, sono e pavor. Fui resgatado do meio deles por um homem entrado em anos, um magnífico xeique, que me deu boas-vindas e jogou sobre mim muitas e belas roupas, com as quais cobri a minha nudez. Em seguida, ele me pegou e levou ao banho público, ali me trazendo bebidas revigorantes e essências aromáticas. Depois que saímos do banho, conduziu-me para casa, e sua família ficou contente

14 "Sândalo raro" traduz *aṣṣandal al*ᶜ*āl*. O adjetivo não tem referência em nenhum dicionário, e sua única ocorrência registrada, ao que parece, é essa passagem da história de Sindabād.

15 A expressão "sem dormir" foi traduzida a partir da edição de Breslau. As outras versões, por um erro que decerto remonta ao original comum, trazem "eu dormi".

16 O trecho entre colchetes foi traduzido da edição de Breslau, pois nas outras versões a passagem apresenta redação confusa.

com a minha presença. Alojou-me em um local simpático, preparou-me comida suculenta, da qual comi até me saciar, agradecendo a Deus altíssimo por minha salvação. Feito isso, os criados trouxeram água quente e lavei as mãos, enxugando-as e limpando a boca com toalhas de seda trazidas pelas criadas. O xeique então se levantou e arranjou para mim um local isolado ao lado da sua casa, colocando os seus criados e criadas para me servir, satisfazer as minhas necessidades e resolver tudo quanto me interessasse, e eles se puseram a cuidar de mim. Por três dias fiquei nessa situação na sua casa de hóspedes, com boa comida, boa bebida e bons perfumes; recuperei o alento, meu terror se dissipou, meu coração se apaziguou e minha alma repousou. No quarto dia, o xeique veio até mim e disse: "Sua presença nos deleita, meu filho, e louvores a Deus por você estar bem! Gostaria de vir comigo até a orla e descer ao mercado para vender a sua mercadoria e receber o preço? Quiçá você compre com esse dinheiro algo para praticar o comércio". Calei-me por alguns instantes, pensando: "De onde é que eu tenho mercadoria? Qual o motivo dessas palavras?". O xeique me disse: "Não se preocupe nem cisme, meu filho. Vamos até o mercado, e, se acaso encontrarmos quem lhe pague por sua mercadoria um preço que lhe agrade, eu o receberei para você, mas, se acaso não receber oferta que lhe agrade, eu a guardarei para você no meu depósito até que chegue a época de vender e comprar". Pensei a respeito, dizendo à minha razão: "Obedeça-lhe para ver o que será essa tal mercadoria", e respondi ao xeique: "Ouço e obedeço, meu velho tio! O que você fizer será abençoado e não posso desobedecer-lhe em nada!". Acompanhei-o até o mercado e verifiquei que ele desmontara a jangada na qual eu viera, construída de madeira de sândalo, e a entregara a um pregoeiro para vendê-la.

E a aurora alcançou Šahrazād, que deixou interrompida a sua fala permitida.

E quando foi a 565ª noite

Ela disse:

Eu tive notícia, ó rei venturoso, de que, ao ir com o xeique para a orla, o navegante Sindabād percebeu que a jangada na qual viera, construída de madeira de sândalo, estava desmontada, e que o pregoeiro estava recebendo ofertas por ela. Os mercadores logo acorreram e começaram a fazer lances, disputando a madeira, até que o preço chegou a mil dinares, quando então os mercadores interromperam os lances.

[*Disse o navegante Sindabād*:]

O xeique se voltou para mim e perguntou: "Ouça, meu filho, é esse o preço de sua mercadoria nestes dias. Quer vendê-la por ele ou esperar? Ou prefere que eu a guarde para você dentro do meu depósito até o momento em que o preço subir, e então a vendemos?". Respondi: "Meu senhor, a questão é toda sua. Faça como quiser". Ele disse: "Não quer vender para mim essa madeira, meu filho? Pago-lhe cem dinares de ouro a mais do que lhe ofereceram os mercadores". Respondi: "Sim, vendido! Pegue e pague". Nesse momento, ele ordenou aos criados que transportassem a madeira para o seu depósito. Retornamos para a sua casa, sentamo-nos, ele contou para mim o valor total da madeira, e trouxe sacos nos quais depositou o dinheiro, guardando-os em um cofre de ferro cuja chave me entregou.

Após alguns dias e noites, o xeique me disse: "Eu lhe farei uma oferta, meu filho. Desejo muito que você aceite". Perguntei: "Qual é a ordem?". Respondeu: "Saiba que já estou entrado em anos e não tenho um filho varão, mas apenas uma filha de pouca idade, aparência simpática e com muito dinheiro e beleza. Gostaria de casá-los para que você viva com ela em nosso país, e depois lhe darei posse de tudo o que me pertence e está sob meu domínio, pois estou velho e você me substituirá". Calei-me sem responder, e ele disse: "Obedeça-me, meu filho, no que lhe digo, pois o meu intento é o seu bem. Se me acatar, eu o casarei com a minha filha e você passará a ser como meu filho, e tudo quanto possuo, tudo o que está sob meu domínio, será seu. Se quiser praticar o comércio e viajar para o seu país, ninguém o impedirá. É seu dinheiro, ao seu dispor, e faça com ele o que bem quiser e escolher". Respondi: "Por Deus, velho tio, que você agora é como se fosse meu pai. Sofri muitos terrores, e já não me resta opinião nem conhecimento. A questão está em suas mãos, em tudo o que quiser". Nesse momento o xeique ordenou que seus criados trouxessem juiz e testemunhas, que foram prontamente trazidos, e me casou com a sua filha, promovendo para nós um magnífico banquete e uma grande festa de casamento; deixou-me então a sós com ela, e vi que era extremamente bela e formosa, de boa estatura, carregada de muitas jóias, roupas, adornos, colares e pedras preciosas, cujo valor não seria menor que milhões de moedas de ouro, mas que ninguém saberia calcular ao certo. Tão logo a possuí, gostei dela e nasceu o amor entre nós. Fiquei com ela por algum tempo, na maior tranqüilidade e satisfação. Seu pai se mudou para a misericórdia de Deus altíssimo, e então preparamos o corpo e o enterramos. Apropriei-me do que lhe pertencia; todos os seus criados passaram a ser meus, sob a minha autoridade e a meu serviço, e os mercadores me distinguiram com o mesmo estatuto que lhe concediam: o xeique era o maioral dentre eles, e nenhum mercador fazia negócios sem lhe dar conhecimento, pois se tratava de seu mestre; e eu o substituí.

Ao me envolver com os moradores da cidade, verifiquei que a condição deles se alterava mensalmente: cresciam-lhes asas com as quais se alçavam aos céus, e não ficavam na cidade senão as crianças e as mulheres. Pensei: "No começo do mês pedirei a algum deles, e quiçá me carreguem para o lugar aonde vão". E, no começo daquele mês, a cor dos habitantes se alterou e sua imagem se modificou; fui então a um deles e lhe disse: "Por Deus, me carregue consigo para que eu passeie e retorne junto com vocês!". Ele me respondeu: "Isso é algo impossível". Mas continuei insistindo até que enfim aceitou; entramos em acordo e me agarrei àquele homem, que se alçou comigo pelos ares. Não contei a ninguém em minha casa, nem aos meus criados ou aos meus amigos. O homem não parou de voar comigo agarrado aos seus ombros, e tão alto subiu que ouvi as preces dos anjos na cúpula dos astros; assombrado, eu disse: "Exalçado seja Deus! Louvores a Deus!". Mal terminei a prece, e já um raio de fogo veio dos céus, quase os queimando; todos então desceram, e me atiraram em uma elevada montanha, sumamente encolerizados comigo, partindo e me abandonando. Sozinho naquela montanha, censurei-me pelo que fizera, dizendo: "Não existe força nem poderio senão em Deus altíssimo e magnífico! Sempre que me livro de uma desgraça, caio em outra pior!". Permaneci naquela montanha sem saber para onde ir, e eis que surgiram, caminhando, dois garotos que pareciam duas luas, cada qual empunhando uma bengala de ouro, na qual se apoiava. Aproximei-me deles, cumprimentei-os, e eles me retribuíram o cumprimento. Perguntei-lhes: "Por Deus, quem são vocês? O que fazem?". Responderam: "Somos adoradores de Deus altíssimo", e em seguida me entregaram uma bengala de ouro vermelho, igual às que tinham, e seguiram seu caminho, deixando-me só. Pus-me a vagar pelo cume daquela montanha apoiando-me na bengala e refletindo a respeito dos dois garotos, quando súbito uma cobra saiu de baixo da montanha, tendo na boca um homem que ela engolira até o umbigo enquanto ele gritava: "Quem me salvar será salvo por Deus de toda dificuldade!". Avancei até a cobra e a golpeei com a bengala de ouro na cabeça, e ela então soltou o homem.

E a aurora alcançou Šahrazād, que deixou interrompida a sua fala permitida.

E quando foi a 566ª noite

Ela disse:

Eu tive notícia, ó rei venturoso, de que, ao ser golpeada com a bengala de ouro empunhada pelo navegante Sindabād, a cobra cuspiu o homem. Disse o navegante Sindabād:

O homem se aproximou de mim e disse: "Como me salvei dessa cobra por seu intermédio, não irei abandoná-lo. Você é agora meu companheiro nesta montanha". Respondi: "Bem-vindo!", e caminhamos pela montanha. De repente, um grupo veio em nossa direção. Olhei para aquelas pessoas, e eis que entre elas estava o homem que me carregara nos ombros e voara comigo! Acerquei-me dele, desculpei-me, tratei-o com gentileza, e disse-lhe: "Não é assim que os companheiros fazem uns com os outros, camarada!". O homem me respondeu: "Foi você que nos aniquilou com suas preces enquanto estava montado em minhas costas". Eu disse: "Não me leve a mal, mas é que eu não estava ciente. Depois disso, no entanto, não voltarei a falar nada!". Então ele se permitiu transportar-me, com a condição, porém, de que eu não mencionasse o nome de Deus nem lhe fizesse preces enquanto estivesse em suas costas, e me carregou; [entreguei a bengala ao homem que estava no ventre da cobra e o deixei ali].[17] O homem voou comigo como da primeira vez, até me fazer chegar à minha casa, onde fui recebido pela minha esposa, que me cumprimentou e felicitou por eu estar bem; disse-me: "Depois disso, acautele-se de sair com tais pessoas, nem conviva com elas, pois são irmãos dos demônios e não sabem mencionar Deus altíssimo". Perguntei a ela: "Como é que o seu pai se dava com eles?". Respondeu: "Meu pai não fazia parte deles

17 O trecho entre colchetes foi traduzido da edição de Breslau. Nenhuma das outras versões fornece pistas sobre o destino do homem quase engolido pela cobra.

nem agia como eles. Minha opinião é a seguinte: já que o meu pai morreu, venda tudo o que temos, pegue o preço em mercadorias e viaje para a sua terra e sua família; eu irei com você, pois não tenho necessidade de permanecer nesta cidade após a morte da minha mãe e do meu pai". A partir daí comecei a vender os bens do xeique, um após o outro, enquanto aguardava que alguém partisse daquela cidade para viajar com ele. Estava nessa situação quando um grupo [de estrangeiros][18] pretendeu viajar, mas, não encontrando embarcação, comprou madeira e construiu um grande navio; comprei passagem, paguei meu frete na totalidade, e embarquei com a minha esposa e tudo quanto possuíamos, deixando para trás algumas propriedades e imóveis, e partimos. Mantivemo-nos em viagem marítima, de ilha em ilha, e de mar em mar, e com bons ventos chegamos sãos e salvos à cidade de Basra, na qual não me detive: comprei passagem em outra embarcação, para a qual transportei tudo o que tinha, e me dirigi para a cidade de Bagdá, onde entrei em meu bairro e fui para a minha casa, sendo recebido pelos meus familiares, companheiros e entes queridos. Guardei tudo quanto trouxera em meus depósitos. Meus familiares calcularam o período de minha ausência na sétima viagem em vinte e sete anos. Haviam perdido a esperança de me rever. Quando cheguei, contei-lhes tudo que fora e que me sucedera, e todos se quedaram grandemente assombrados com aquilo e me felicitaram por estar bem.

Então, penitenciei-me ante Deus altíssimo e desisti de viajar por terra ou por mar depois dessa última viagem, termo de todas as viagens e quebrantadora dos desejos. Agradeci a Deus exalçado e altíssimo, louvei-o e o enalteci por haver-me devolvido aos meus familiares, à minha terra e ao meu país.

[*Prosseguiu o navegante Sindabād:*] "Veja, portanto, ó Sindabād, o que me sucedeu, o que sofri, e o que foi de mim". O Sindabād da terra disse então ao Sindabād do mar:[19] "Por Deus, não me leve a mal pelo que falei contra você!". E continuaram convivendo amistosamente, na maior satisfação, alegria e tranqüilidade, até que lhes sobreveio o destruidor dos prazeres, separador das comunidades, demolidor dos palácios e construtor dos túmulos, que é a taça da morte. Exalçado seja o vivente que nunca morre!

18 As palavras entre colchetes foram traduzidas da edição de Breslau. As outras edições falam em "um grupo da cidade", ou "um grupo que estava na cidade".

19 Houve-se por bem, nesta última passagem, preservar a literalidade na tradução "da terra/ do mar", para manter a oposição pretendida pelo original entre os dois Sindabāds: um que se esfalfava em terra, carregando, e outro que se arriscava ao mar, mercadejando.

POSFÁCIO

UMA CONFIGURAÇÃO DO QUE PODERIA TER SIDO

Para Júlia e Letícia

Com o presente volume tem início a tradução do assim chamado, segundo convenção filológica, "ramo egípcio" do *Livro das mil e uma noites*, basicamente constituído pelas histórias que, pelo menos a partir do século XVI, foram utilizadas para completar a obra e fazer o seu título corresponder-lhe ao conteúdo. Não se trata, conforme se explicou nas notas introdutórias aos dois primeiros volumes desta coleção, de uma única iniciativa, mas de várias, das quais a mais bem lograda foi a levada a cabo no Cairo, durante a segunda metade do século XVIII, por um mestre escriba egípcio cujo nome não chegou até os nossos dias. É a essa iniciativa que se dá o nome de "ramo egípcio tardio", base das modernas edições impressas, a primeira das quais foi a egípcia de Būlāq, de 1835, secundada pela segunda edição de Calcutá (Calcutá 2.ed.), de 1839-1842. E é dessas duas que derivam todas as edições "completas" atualmente difundidas no Mundo Árabe.

No presente projeto de tradução, contudo, optou-se por dar à estampa um texto o mais possível plural, evitando a rigidez dos esquemas preconcebidos que congelam a fala de Šahrazād como "obra" dada e acabada, coisa que ela, claramente, não é. Para este volume, pensou-se em perseguir outros leques de configuração, legíveis ou ao menos reconstituíveis por meio de alguns manuscritos "incompletos", todos egípcios, que chegaram aos dias de hoje, nos quais se evidenciam possibilidades diversas de agrupamento narrativo.

Enfeixando histórias pertencentes ao que, por falta de melhor denominação, chamaremos de "ramo egípcio antigo" – pois são todas anteriores à segunda metade do século XVIII – este volume tem a pretensão de ser, talvez, o mais "aberto" de todos quantos farão parte da coleção: quase um ensaio do que poderia ter sido, se é que não chegou a ser efetivamente, uma das seqüências de leitura do *Livro das mil e uma noites*. Suas histórias diferem das contidas no chamado "ramo egípcio tardio" por dois motivos principais: primeiro, por ocuparem posição distinta e apresentarem conteúdo também distinto de suas homônimas no "ramo egípcio tardio", como é o caso das histórias

"O rei Muḥammad Bin Sābik e o Ḫawāja Ḥasan, contendo Sayf Almulūk e Badī^{c}at Aljamāl" e "Sindabād, o navegante"; segundo, por terem sido completamente elididas desse ramo, como é o caso de "As aventuras do xeique Alḫaylaḫān Bin Hāmān", "Os xeiques Munamnam e ^{c}Awbaṯān", "O rei Baḫt Zād e os seus dez vizires" e "O rei Šāh Baḫt e seu vizir Rahwān".

MANUSCRITOS E IMPRESSOS UTILIZADOS

a) Manuscrito "Arabe 3612" da Biblioteca Nacional de Paris, que se estima ter sido copiado no século XVII e pertenceu ao cônsul francês no Egito Benoît de Maillet. Já descrito nos dois primeiros volumes desta coleção. Utilizado para as três primeiras e para a sexta história deste volume.

b) Manuscrito "Arabic 646" da John Rylands Library, em Manchester. Estima-se ser do século XVI, foi copiado para certo "mestre Maṣarà" (ou "Maṣrī", ou "Maṣarrà") por um escriba cristão – "o devoto desprezível, humilde, incapaz e coitado", como ele próprio se descreve – de nome Nasīm Bin Yūḥannā Ibn Abū Almasā', e pertenceu ao mercador francês Jean Varsy, que foi discípulo do eminente orientalista Silvestre de Sacy (1758-1838), viveu muito tempo no Egito e morreu na primeira metade do século XIX.[1] Esse manuscrito começa na 255ª noite e vai até a 541ª, mas muitas de suas folhas se perderam, problema esse que Jean Varsy procurou remediar acrescentando-lhe novas folhas que contêm trechos equivalentes aos faltantes, copiados, com sua bela caligrafia árabe, do manuscrito "Arabe 3612", conforme foi possível depreender por meio de comparação. Varsy também acrescentou ao "Arabic 646" algumas folhas com esboços de tradução, provavelmente de sua lavra, de trechos das histórias, bem como a descrição do conteúdo desse manuscrito, mas sua letra em caracteres latinos, ao contrário da sua caligrafia em árabe, é dificultosa de ler. Além da segunda e terceira histórias deste volume, para cuja tradução foi utilizado como fonte subsidiária, esse manuscrito contém, ainda, a mais antiga versão da história de ^{c}Umar Annu^{c}mān, que deverá estar no próximo volume desta coleção.

c) Manuscrito "Bodl. Or. 550", da Bodleian Library, Oxford. Copiado em 1764, pertenceu a Edward Montagu e Jonathan

1 Não foi possível apurar a data da morte de Jean Varsy (ou Varsi), que se assinava em árabe Yūḥannā Bin Yūsuf Alwārisī, e sobre cujo destino o escritor Robert Irwin se limita a informar, em sua disseminada pesquisa sobre as *Noites*, que, "discípulo francês de Silvestre de Sacy, estabeleceu-se no Egito como mercador no final do século XVIII" (*The arabian nights, a companion*, Londres, 2004, p. 58). Dublê de mercador e arabista, Varsy foi o responsável pelo mais antigo texto árabe da história de Ali Babá (^{c}*Alī Bābā*), que ele parece ter traduzido do texto francês de Jean-Antoine Galland, "arabizando-o" e acrescentando-lhe trechos de sua própria lavra.

Scott, entre outros. Já descrito nos dois primeiros volumes desta coleção. Utilizado, como fonte de comparação, para a primeira história deste volume.

d) Manuscrito "Arabe 3615", da Biblioteca Nacional de Paris. Já descrito no primeiro volume desta coleção, estima-se ter sido copiado no século XVII. De excelente legibilidade, da lavra de um escriba bastante cuidadoso, embora não particularmente hábil no manejo dos instrumentos de escrita, foi utilizado para a quarta e quinta histórias do presente volume.

e) Edição de Breslau,[2] em doze volumes, publicada entre 1825 e 1843 sob supervisão de Maximilian Habicht para os primeiros oito volumes e, após sua morte, de Heinrich Fleischer para os quatro últimos. Já descrita no primeiro volume desta coleção, essa edição não pode receber o mesmo tratamento das outras, objeto que é de sérios questionamentos quanto à sua legitimidade.[3] No entanto, precisamente por não obedecer a nenhum plano pré-traçado, tendo sido produzida um pouco ao léu, ao sabor de circunstâncias fora do padrão, oferece vasta gama de alternativas a leitores e pesquisadores. Aqui, foi utilizada sobretudo para a sexta história e para o Anexo 1, tendo também servido como fonte de comparação para o Anexo 2, bem como para a primeira, quarta e quinta histórias deste volume.

f) "Compilação tardia", em vez de "ramo egípcio tardio", é como se decidiu chamar o conjunto composto pelos dois volumes da primeira edição de Būlāq, de 1835, pelos quatro da segunda edição de Calcutá (Calcutá 2.ed.), de 1839-1842, além dos quatro volumes do manuscrito "Z13523", da Biblioteca Nacional do Egito, de 1808-1809, cuja utilização foi parcimoniosa, pois a sua cópia digitalizada somente ficou disponível quando já ia bem adiantada a tradução do presente volume. De qualquer modo, para os propósitos deste volume, a diferença entre esse manuscrito e as edições impressas, ao que pareceu, é exígua. Uma das curiosidades do "Z13523" é que ele ultrapassa o número de noites do título, chegando à quantia de mil e sete noites. O conjunto aqui denominado "compilação tardia" foi utilizado para a tradução do Anexo 2 e para comparação na primeira e quinta histórias.

Nas notas à tradução de cada história, chamou-se de "texto-base" o manuscrito principal do qual se lançou mão.

2 A partir de 1945, a cidade voltou a pertencer à Polônia, e em polonês o seu nome é Wroclaw.

3 O arabista britânico Duncan B. McDonald desmascarou o mito engendrado por Maximilian Habicht – o de que a sua edição derivava de um manuscrito tunisiano –, provando que seus argumentos eram falsos. Baseado nisso, e em pesquisas próprias, Muhsin Mahdi emitiu um juízo extremamente severo a respeito dessa edição, desqualificando-a por completo. Todos esses juízos, no entanto, podem ser matizados: embora, de uma perspectiva rigorosamente centrada na filologia da língua árabe, a edição decerto tenha escasso valor, isso não invalida outros usos que se lhe dêem, pois reúne histórias de manuscritos dispersos que de outro modo talvez nunca tivessem sido publicados, servindo, de alguma forma, para fornecer uma viva idéia, bem ilustrada com exemplos, das várias tentativas de completar o livro a partir do século XVII, pelo menos.

1. "*O rei Muḥammad Bin Sābik e o Ḫawāja Ḥasan, contendo Sayf Almulūk e Badīᶜat Aljamāl*":
Sua principal fonte, ora chamada de "texto-base", foi o manuscrito "Arabe 3612" da Biblioteca Nacional de Paris, no qual ocupa as noites 198ª a 228ª (nesta tradução, de 198ª a 230ª, pois ocorre a repetição dos números, não do conteúdo, das noites 205ª e 220ª, que foram então renumeradas pelo tradutor). Nesse mesmo manuscrito, entre as noites 267ª e 273ª, repete-se uma versão ligeiramente diversa, aqui citada como "3612b", contendo cerca de metade dessa história, com vários passos interessantes para a compreensão de certas obscuridades e falhas da primeira versão. É estranho que o único copista desse manuscrito – dono de uma caligrafia boa e uniforme – não tenha se dado conta de que copiava pela segunda vez a mesma história, o que dá margem a, no mínimo, duas hipóteses: ou o trabalho se realizou aos poucos, com largos períodos de abandono, o que explicaria a distração, ou então se trata da junção, a toque de caixa, de vários pedaços de manuscritos independentes entre si – produzidos sob demandas diversas – para fazer volume, o que explicaria não somente a repetição dessa história, mas também a constante repetição de blocos de numeração de noites, com idas e vindas aparentemente injustificáveis. Já no manuscrito "Bodl. Or. 550", a história se limita a uma única e extensa noite, a nonagésima primeira, e é bem mais curta, o que pode igualmente se dever a dois motivos: trata-se de cópia da versão mais antiga ou, então, de alguma versão resumida. Seja como for, a versão do "Bodl. Or. 550" contém incongruências e insuficiências – fato do qual se procurou dar conta nas notas – e por esse motivo não pôde servir de base para a tradução. Na "compilação tardia", essa história situa-se entre as noites 756ª e 778ª; na edição de Breslau, não aparece a "moldura" constituída pela história de "Muḥammad Bin Sābik", iniciando-se diretamente a história de "Sayf Almulūk e Badīᶜat Aljamāl", entre as noites 291ª e 320ª. Todas essas versões são inferiores, de qualquer ponto de vista, à versão do texto-base.

2. "*As aventuras do xeique Alḫaylaḫān Bin Hāmān*":
Foi traduzida dos dois únicos manuscritos que a contêm, o "Arabe 3612", no qual ocupa as noites 251ª a 267ª, e o "Arabic

646”, no qual ocupa as noites 255ª a 272ª. Na tradução, seguiu-se a numeração do primeiro, a cujo texto também se deu preferência. Ressalve-se, porém, que neste caso não seria adequado chamá-lo de texto-base, uma vez que as diferenças entre os dois manuscritos são bem exíguas. Ao segundo manuscrito, conquanto mais antigo em pelo menos um século, faltam várias folhas, conforme já se salientou. Dá-se um fato curioso, embora filologicamente banal, com essa história, e com a próxima: a fonte de onde ambas foram copiadas pelo escriba do manuscrito “Arabe 3612”, no século XVII, certamente derivava do “Arabic 646”, do século XVI, ou de algum outro que lhe era similar. Depois, azares difíceis de determinar, mas comuníssimos em manuscritos antigos, provocaram a perda de várias folhas do manuscrito “Arabic 646”, até que um de seus proprietários europeus, o arabista francês Jean Varsy, no século XIX, acrescentou-lhe folhas para suprimir as lacunas, depois de copiá-las ele próprio do mesmo manuscrito “Arabe 3612”, que decerto pôde consultar na Biblioteca Nacional de Paris. Desse modo, no que tange a esta história e à próxima, ambos os manuscritos mantêm uma relação de circularidade: o “Arabe 3612” foi copiado de um manuscrito semelhante ao “Arabic 646”, e este último foi completado a partir do “Arabe 3612”.

3. “*Os xeiques Munamnam e ᶜAwbaṯān*”:
Traduziu-se do manuscrito “Arabe 3612”, no qual ocupa as noites 268ª a 275ª, e do “Arabic 646”, no qual ocupa as noites 273ª a 280ª. O que se afirmou a respeito da história anterior se aplica integralmente a esta, com a ressalva de que, no “Arabic 646”, o número de folhas perdidas desta história – três de um total de onze – é menor que o da anterior – nove de um total de vinte e duas.[4]

Essas três primeiras histórias foram apresentadas em um único bloco por provirem de um mesmo manuscrito, no qual estão quase em seqüência – entre a primeira e as outras duas medeia a história “Nūruddīn ᶜAlī Bin Bakkār e Šamsunnahār”, nas noites 229ª a 250ª, que faz parte do ramo sírio e já foi traduzida no segundo volume desta coleção. Ademais, a posição da história “O rei Muḥammad Bin Sābik e o Ḫawāja Ḥasan, contendo Sayf Almulūk e Badīᶜat Aljamāl” nos manuscritos “Arabe 3612” e “Bodl. Or. 550” leva a pensar que ela foi a primeira – pelo menos em algumas configurações do *Livro das mil*

4 “As aventuras do xeique Alḫaylaḫān Bin Hāmān” e “Os xeiques Munamnam e ᶜAwbaṯān” talvez sejam histórias especialmente elaboradas para o *Livro das mil e uma noites*, uma vez que não existe vestígio delas em nenhum outro lugar, com exceção das mencionadas traduções turcas. Na forma como ora podem ser lidos, ambos os textos, que merecem estudo mais aprofundado, efetuam uma espécie de saturação de tópicas, que no entanto parecem nunca ser levadas às últimas conseqüências: amuletos que se exibem com pompa mas não são utilizados; pais que retornam após longa ausência sem que isso tenha qualquer importância no destino de seus filhos; quebras de tabu que não redundam em punição alguma etc. Tais reticências fazem entrever, no mínimo, duas possibilidades: erro de transmissão ou ironia. Como narrativa, apresentam semelhança com os relatos de viagem, tais como a *riḥla*, “viagem”, de Abū Ḥāmid de Granada, morto em 1169 d.C.

e uma noites – a ser utilizada para completar o livro no ramo egípcio antigo. Infelizmente, faltam várias partes do início do manuscrito "Arabic 656", um dos mais antigos das *Noites* (século XVI), mas a ordenação de suas partes conservadas apresenta tamanha similaridade com o "Arabe 3612" que torna lícito supor que, nele, essa história ocupava a mesma posição, isto é, era a primeira estranha ao *corpus* do ramo sírio. Nas edições e nos manuscritos do ramo egípcio, ela também aparece, mas no final da obra – noites 756ª a 778ª –, e com redação bem diversa, o que pode indicar que, a princípio "descartada", ela acabou sendo reaproveitada, no final do livro, para completá-lo. Daí, portanto, a sua posição no início deste volume.

Depois dela, a posição das histórias "As aventuras do xeique Alḫaylaḫān Bin Hāmān" e "Os xeiques Munamnam e ᶜAwbaṯān" se justifica por sua existência nos ditos manuscritos "Arabic 646" e "Arabe 3612", os únicos que as contêm. Ambas as histórias apresentam problemas de leitura que afugentaram editores e tradutores – nunca haviam sido editadas em árabe nem traduzidas, até onde se saiba, a nenhuma língua ocidental. É bem possível que sua preeminência para "completar" o *Livro das mil e uma noites* tenha sido ofuscada pela obscuridade de alguns de seus trechos, levando copistas posteriores a descartá-las. Mas, que elas tiveram seu lugar em alguma configuração do livro, isso fica provado também por dois manuscritos turcos do século XVII que são as primeiras traduções conhecidas das *Noites*: neles, constam essas duas histórias, uma após a outra, respectivamente nas noites 347ª a 372ª e 373ª a 381ª.[5]

4. "*O rei Baḫt Zād e seus dez vizires*":
Foi traduzida do manuscrito "Arabe 3615", no qual ocupa as noites 176ª a 199ª. Utilizou-se para comparação a versão que consta do sexto volume da edição de Breslau, noites 435ª a 486ª, e a versão independente incluída em um livro editado no Cairo em 1997, por Hišām ᶜAbdulᶜazīz e ᶜĀdil ᶜAbdulḥamīd, sob o título de *Alf layla wa layla bi-alᶜāmmiyya almiṣriyya*, "As mil e uma noites em dialeto egípcio" (abreviadamente referidas, nas notas, como *Noites egípcias*). Na verdade, trata-se da edição de cinco histórias, com base em um manuscrito de 1772, escritas em dialeto egípcio e nas quais não se faz menção alguma ao *Livro das mil e uma noites*, não passando a intitulação do livro de mera especulação dos organizadores, que par-

5 Hermann Zotenberg, *Notice sur quelques manuscrits des Mille et Une Nuits*, Paris, 1888, p. 22.

tiram do pressuposto, discutível, de que as cinco histórias do manuscrito por eles editado apresentam similaridades com as histórias de Šahrazād. Do cotejo entre as três versões evidenciou-se que o texto do manuscrito "Arabe 3615" é mais antigo e melhor que o da edição de Breslau, e muito mais bem-acabado que o das *Noites egípcias*, fato que se procurou destacar nas notas. No Anexo 1, traduziu-se a parte final da versão dessa história do manuscrito em Breslau, que é inteiramente diverso do seu final no "Arabe 3615".[6]

5. "*Sindabād, o navegante*":
Traduziu-se do manuscrito "Arabe 3615", no qual ocupa as noites 199ª a 210ª. Para comparação, utilizou-se a compilação tardia, na qual a história ocupa as noites 536ª a 566ª, e a edição de Breslau, na qual ocupa as noites 250ª a 271ª.[7] Note-se que no ramo egípcio tardio, cujos manuscritos em geral apresentam quatro tomos, a história de Sindabād abre o terceiro tomo, situando, logo em seu início, os eventos da história no tempo do califa Hārūn Arrašīd (786-809 d.C.), tal como se vê no manuscrito "Z13523", da Biblioteca Nacional do Egito, e na segunda edição de Calcutá (Calcutá 2.ed.), que imitou a divisão adotada nos manuscritos do ramo egípcio tardio. Na versão do manuscrito "Arabe 3615", esse califa somente aparece no final da narrativa, o que consiste em um índice de sua antiguidade, bem como a referência ao livro *Almasālik wa Almamālik*, "As rotas e os reinos". Segundo Paul Casanova,[8] a versão do "Arabe 3615" é singular dentre todas que chegaram até hoje de "Sindabād, o navegante".[9] Uma comparação com relatos árabes de viagem à Índia e ao Extremo Oriente, como os do mercador Sulaymān e de Ibn Wahb, do século IX, evidencia que muito do conteúdo, obviamente ficcionalizado, das viagens de Sindabād é fruto da apropriação de tais relatos.[10]

A quarta e a quinta histórias apresentam-se em seqüência, formando um único bloco, pelo mesmo motivo das três primeiras, isto é, estão no mesmo manuscrito, o "Arabe 3615", o qual, de acordo com a avaliação de Muhsin Mahdi, contém o *corpus* mais antigo dentre todos os do ramo egípcio.

6. "*O rei Šāh Baḫt e seu vizir Rahwān*":
A inclusão dessa história foi a decisão mais difícil que o tradutor teve de tomar para este volume. Trata-se de um conjun-

6 Para essa história, uma das fontes da edição de Breslau provavelmente é, além do manuscrito "Arabe 3616" da Biblioteca Nacional de Paris, copiado pelo padre sírio Denis Chavis, o manuscrito "Arabe 3637" da mesma biblioteca, de 1772, que contém histórias avulsas sem relação direta com as *Noites*.

7 São sete as viagens de Sindabād. Mas, como a sétima viagem da compilação tardia é inteiramente diversa da constante no manuscrito "Arabe 3615", ela foi traduzida à parte no Anexo 2.

8 "Notes sur les voyages de Sindbâd le marin", *Bulletin de l'Institut Français d'Archéologie Orientale*, 1922, pp. 113-199.

9 Lembre-se que nem todas as versões conhecidas dessa história fazem parte do *Livro das mil e uma noites*, pois dela existem manuscritos independentes. A propósito do uso da palavra "navegante" para traduzir o epíteto *albaḥrī*, "marítimo", que acompanha o nome próprio "Sindabād", seria conveniente esclarecer que as usuais "marujo" ou "marinheiro" são inadequadas, pois caracterizam pessoas que trabalham em navios, o que não é o caso desse personagem, para o qual o navio era mero meio de transporte – e eventual pretexto para naufrágios. Em vista disso, optou-se por um termo mais neutro: "navegante".

10 Tais relatos são hoje costumeiramente editados, em árabe, sob o título

impróprio de *Riḥlat Assīrāfī* [A viagem de Assīrāfī], pois esse tal Assīrāfī não passava de um letrado do século x que, aparentemente sem nunca ter viajado para aquelas paragens, reuniu relatos anteriores, polindo-os e comentando-os. Além de orientalistas franceses do XIX, como Langlès e Reinaud, também o crítico egípcio Ḥusayn Fawzī, em 1932, estabeleceu com agudeza as relações das viagens de Sindabād com tais relatos no seu excelente livro *Ḥadīṯ Assindabād Alqadīm* [História do antigo Sindabād], Cairo, 1943.

11 Zotenberg cita um manuscrito da Biblioteca Nacional de Paris, "de origem egípcia, escrito no século XVII ou início do XVIII, [...] que contém uma série de fábulas e historietas (noites 823ª a 836ª), a história de Šāh Baḫt (noites 837ª a 892ª) e a história de Rukn Addīn Baybars (noites 893ª a 909ª)" (*Notice sur...*, *op. cit.*, p. 48), do qual não foi possível, desafortunadamente, obter cópia.

to de narrativas de um vizir para o seu rei, relativamente às quais não restam dúvidas de que fizeram parte das primeiras tentativas de completar o livro, pois aparecem duas vezes no manuscrito "Arabe 3612", e em pontos diferentes. O problema é que nenhuma dessas duas versões está completa, pois lhes faltam grandes partes do início. A única versão completa dessa história, da qual o tradutor dispunha, é a do décimo primeiro volume da controversa edição de Breslau. O dilema era: como incluir essa história a partir de uma fonte tão contestada pela crítica? Por outro lado, como deixar de incluí-la, se ela comprovadamente faz parte de um manuscrito antigo das *Noites*? Após alguma hesitação, o tradutor resolveu adotar a seguinte saída: traduzi-la, com redobrado cuidado por assim dizer "filológico", da edição de Breslau, até o ponto em que as versões do manuscrito se iniciam, e então usá-las maciçamente. O resultado final mostrou, de modo surpreendente, que a versão de Breslau fornece um texto bastante razoável, e que seus inegáveis problemas em minúcias da edição do texto árabe não chegam a interferir no âmbito da tradução propriamente dita.

Quanto às duas versões de "O rei Šāh Baḫt e seu vizir Rahwān" no manuscrito "Arabe 3612", referidas nas notas como "3612a" e "3612b", deve-se notar que o texto de ambas é basicamente o mesmo, com uma diferença: enquanto em "3612b" as várias narrativas encaixadas, à semelhança da edição de Breslau, são narradas pelo vizir, na versão "3612a" elas são apresentadas de modo independente, sem o prólogo-moldura que as engloba, constituído pela história do rei com seu vizir. Teriam essas narrativas encaixadas circulado inicialmente agrupadas, mas independentes de um prólogo-moldura que as englobasse, ou, pelo contrário, foram a certa altura desmembradas dele mas mantidas em seqüência devido à sua fluidez temática? Tal questão é ainda irrespondível à luz dos documentos hoje disponíveis, mas não custa supor que o prólogo-moldura pode ter sido especialmente criado para as *Noites*, a fim de produzir uma situação similar à da narradora principal, Šahrazād.[11]

NÓTULA SOBRE A TRANSCRIÇÃO

Resta explicar, ao cabo, que se adotou um critério mais confortável para a transcrição dos nomes próprios compostos por regência: assim, em lugar de *Sayfulmulūk*, "espada dos reis", preferiu-se *Sayf Almulūk*. Em suma, preferiu-se, nas expressões compostas, fazer a transcrição obedecer à escrita do árabe, e não à sua pronúncia, ao contrário do que se fez nos dois primeiros volumes. Espera-se, com isso, obter maior fidelidade e, ao mesmo tempo, poupar o leitor de nomes excessivamente longos, que muita vez assustam, como seria o caso de *Badīᶜatuljamāl*, "maravilha de beleza", cuja beleza em português é mais bem-vista, supõe-se, na forma *Badīᶜat Aljamāl*.

PÓS-ESCRITO AO RAMO SÍRIO

A respeito da datação do mais antigo manuscrito do ramo sírio, utilizado na tradução dos dois primeiros volumes desta coleção, o arabista alemão Heinz Grotzfeld[12] observa, com base em uma ocorrência na 133ª noite[13] – em que o aluguel de uma casa em Damasco é de duas moedas, chamadas *ašrafī*, por mês –, o seguinte: houve dois períodos durante os quais circularam moedas com tal nome no Oriente Árabe, em ambos os casos derivados dos nomes de governantes mamelucos do Egito: Ḫalīl Bin Qalāwūn, dito Almalik Alašraf, que governou de 1290 a 1293 d.C., e Alašraf Sayf Addīn Barsbāy, que governou de 1422 a 1437 d.C. Os dois cunharam moedas que receberam o nome de *ašrafī*. O crítico iraquiano Muhsin Mahdi, de Harvard, cujo ponto de vista foi encampado no prefácio e na nota 226 do primeiro volume desta coleção, remete a denominação ao período do primeiro dos dois governantes, mas Grotzfeld, que para tanto pesquisou finanças e moedas no Mundo Islâmico Medieval, contesta-o vigorosamente, informando que as moedas cunhadas durante o governo de Ḫalīl Bin Qalāwūn, dito Almalik Alašraf, não passavam de lingotes sem peso certo nem valor nominal fixo, o que tornaria impossível um pagamento da forma indicada pelo texto. Segundo esse autor, as moedas cunhadas com o nome do segundo, Alašraf Sayf Addīn Barsbāy, responsável por uma reforma monetária na metade do século XV, é que tinham valor nominal, e, portanto, foi somente a partir dessa época que o nome dessa moeda se popularizou, tornando-se praticamente sinônimo de dinar, designação genérica de moeda de ouro, a ponto de os historiadores desse período utilizarem a palavra *ašrafī* para referir preços de épocas em que tal moeda não existia. Essa questão é fundamental para

12 "The age of Galland manuscript of the *Nights*: numismatic evidence for dating a manuscript?", *Journal of Arabic and Islamic Studies*, 1996, pp. 50-64.

13 Na página 303 do primeiro volume desta coleção.

14 Seu juízo final é categórico: "Não existe nenhum argumento para datar o manuscrito de Galland das *Noites* como mais antigo que 1450, aproximadamente".

Grotzfeld em sua querela contra Muhsin Mahdi a respeito da datação do manuscrito, o qual, diferentemente do que supôs este último, não poderia ser de meados do século XIV, mas sim, como sustenta Grotzfeld, da segunda metade do século XV. Embora a sua argumentação seja bastante convincente e, como já se afirmou, respaldada por sólida pesquisa,[14] isso não implica necessariamente que a elaboração do *Livro das mil e uma noites* seja desse período tardio, pois o manuscrito mais antigo também pode ser cópia, com as adaptações de praxe, de manuscritos mais antigos que não chegaram até hoje. Basta lembrar a constante recorrência, no mesmo manuscrito, do verbo *wazana*, "pesar", com o sentido de "pagar", o que somente se justificaria em um contexto no qual se empregam, como moeda, lingotes sem peso certo nem valor nominal estabelecido. Ademais, conforme o próprio Grotzfeld notou, o termo *ašrafī*, como substituto de "dinar", popularizou-se tanto que passou a ser anacronicamente utilizado para períodos anteriores, e não é inteiramente descabido imaginar que o copista desse manuscrito das *Noites*, deixando-se levar pelo hábito de seu tempo, tenha escrito *ašrafī* onde o seu original trazia "dinar". Talvez a data precisa do chamado "manuscrito Galland" – ou manuscrito "Arabe 3609", "Arabe 3610" e "Arabe 3611" da Biblioteca Nacional de Paris – não seja, afinal, tão determinante assim para o estudo das *Noites*.

* * *

O tradutor agradece os apoios de variado gênero recebidos de Ana Cristina Lopes, Antônio Brancaglion Jr., Cilaine Alves Cunha, Clayton da Silva Viana, Denis Pierre Araki, Fatma Moussa, Khaled Al-Maaly, Maged El Gebaly, Marly Shibata, Mona Anis, Paul Achcar, Paulo Martins, Ricardo Musse e Ronald Polito.

Este livro, composto na fonte
Fournier e paginado por
Dona Antônia Design,
foi impresso em pólen soft 70-g
na Geográfica, São Paulo,
Brasil, na primavera de 2007